Charles Lewinsky

Gerron

Roman

Büchergilde Gutenberg

Abbildung S. 543: Kurt Gerron auf einer
Werbepostkarte, um 1930

Lizenzausgabe für die Büchergilde Gutenberg,
Frankfurt am Main, Zürich, Wien
Mit freundlicher Genehmigung
des Nagel & Kimche Verlags, München

Herstellung: Andrea Mogwitz und Rainald Schwarz
Satz: Satz für Satz. Barbara Reischmann
Druck und Bindung: Friedrich Pustet
ISBN 978-3-7632-6512-1
Printed in Germany 2012

www.buechergilde.de

Für die beste Leserin,
die ein Autor sich wünschen kann:
meine Tochter Tamar

Er war nett zu mir, und das macht mir Angst. Er hat mich nicht angeschrien, was normal gewesen wäre, sondern war höflich. Ein Tonfall, als ob er mich siezen würde.

Er hat mich nicht gesiezt, das wäre ihm nicht in den Sinn gekommen, aber er hat meinen Namen gewusst. «Du, Gerron», hat er zu mir gesagt und nicht «Du, Jud».

Es ist gefährlich, wenn ein Mann wie Rahm deinen Namen kennt.

«Du, Gerron», hat er gesagt, «ich habe einen Auftrag für dich. Du wirst einen Film für mich drehen.»

Einen Film.

Er will etwas Privates, habe ich zuerst gedacht, einen Film über sich selber. Der liebende Vater Karl Rahm mit seinen drei Kindern. Der Herr Obersturmführer als Mensch verkleidet. Etwas in der Art. Was er an seine Familie in Klosterneuburg schicken kann.

Ja, wir wissen, wie viele Kinder er hat. Wir wissen, wo er herkommt. Wir wissen alles über ihn. So wie arme Sünder alles über Gott wissen. Oder über den Teufel.

Die Ufa, das hat mir Otto erzählt, dreht jedes Jahr einen Film zum Lob von Joseph Goebbels. Immer zu seinem Geburtstag. Sie schicken ihm einen ihrer Stars, den Rühmann zum Beispiel, der macht was Niedliches mit den Goebbelsschen Kindern, und damit schleimen sie sich beim Herrn Propagandaminister ein.

So etwas, habe ich mir vorgestellt, will jetzt auch der Rahm. Das wäre kein Problem gewesen. Nicht in meiner Lage.

Aber Rahm denkt größer. Der Herr Obersturmführer hat andere Pläne.

«Hör zu, Gerron», hat er gesagt. «Ich hab mal einen Film von dir gesehen. Ich weiß nicht mehr, wie er hieß, aber er hat mir gefallen. Du kannst was. Das ist das Schöne an Theresienstadt: Hier sind eine Menge Leute, die was können. Ihr spielt ja auch Theater und so. Und jetzt will ich eben einen Film.»

Dann hat er mir erzählt, was für ein Film es werden soll.

Ich bin erschrocken. Man muss es mir angemerkt haben, aber er hat nicht darauf reagiert. Weil er mein Erschrecken erwartet hat. Oder weil es ihm egal war. Ich kann solche Gesichter nicht lesen.

«Wir haben schon früher mal einen Versuch in der Richtung gemacht», sagte er, «aber der ist nicht gelungen. Ich war sehr unzufrieden. Die Leute, die das versaut haben, sind nicht mehr hier.»

Es fährt immer ein nächster Zug nach Auschwitz.

«Jetzt bist du dran», sagte Rahm. Immer noch freundlich. Seine Stimme immer noch freundlich. «Wenn wir beide Glück haben, kommt dieses Mal etwas Gutes dabei raus. Nicht wahr, Gerron?»

«Ich muss mir das überlegen», habe ich gesagt. Zu Rahm. Eppstein, der als Judenältester auch geladen war, atmete ein erschrockenes Stöhnen in sich hinein. Ein Jude hat nicht zu widersprechen. Nicht wenn der Lagerkommandant etwas verlangt. Der SS-Mann, der mich hergebracht hatte, machte sich schon zum Prügeln bereit. Ich habe seine Hand nicht gesehen, nur die Bewegung gespürt. Man dreht sich aus der Achtungsstellung nicht weg. Nicht im Büro des Lagerkommandanten. Der Schlag war schon unterwegs, aber Rahm winkte ab.

«Er ist ein Künstler», sagte er. Machte immer noch sein freundliches Onkel-Rahm-Gesicht. «Er braucht Inspiration. Das ist in Ordnung, Gerron», sagte er. «Ich gebe dir drei Tage. Zum Nachdenken. Damit der Film auch ein Erfolg wird. Nicht dass ich noch einmal mit jemandem unzufrieden sein muss. Drei Tage, Gerron.»

Meine Prügel habe ich dann doch noch bekommen. Vor der Tür von Rahms Büro. Der SS-Mann schlug mich ins Gesicht, wie sie es meistens tun. Aber nicht mit voller Kraft. Ich werde noch gebraucht.

Wenn man schon wüsste, wie es aufhört, würde man anfangen wollen? Würde man sich nicht die Nabelschnur um den Hals winden, um erwürgt zu sein, noch bevor man an die Luft kommt? Würde man nicht Mittel finden, um gar nicht erst an den Start zu gehen bei einem Rennen, das man schon verloren hat?

Man hat mir von einem Kind erzählt, das, noch vor meiner Zeit, im Zug von Amsterdam nach Westerbork zur Welt kam, und für das Gemmeker die besten Kinderärzte aus der Stadt kommen ließ. Eine Säuglingsschwester, die schon mal einer leibhaftigen Kronprinzessin die Windeln gewechselt hatte. Die Mutter allerdings ging noch am Tag ihrer Ankunft nach Osten. Sie hatte mit der unbotmäßigen Geburt die Zahlen auf den Transportpapieren durcheinandergebracht und durfte zum Ausgleich eine andere Liste vervollständigen.

In Westerbork herrscht ein anderer Wahnsinn als hier in Theresienstadt. Aber auch er hat Methode. Um als voll zählende Mencheneinheit nach Auschwitz geschickt zu werden, muss man ein halbes Jahr alt sein.

Dieses Kind aus dem Zug: Hätte es geboren werden wollen, wenn es gewusst hätte, dass seine wohlbehütete Jugend genau sechs Monate dauern würde? Plus drei Tage für die Zugfahrt?

Natürlich nicht.

Es gibt eine Legende, die mein Großvater Emil Riese mir erzählt hat, jeden Satz mit einer Wolke aus Zigarrenqualm beweihräuchernd. Ich liebte die phantastischen Geschichten meines Großvaters, so wie mein der Rationalität verschriebener Vater sie hasste.

Sie ging so: Wenn ein Mensch erschaffen wird – er erklärte mir nicht, wie das vor sich ging, und ich war noch nicht in dem Alter, wo man danach fragt –, wenn ein Mensch beginnt, Mensch zu sein, dann weiß er schon alles, was es zu wissen gibt, das, was in den klugen Büchern steht, und auch die Dinge, die noch keiner entdeckt hat. Er kennt die Ereignisse der Vergangenheit, und er weiß, was noch alles geschehen wird, draußen in der Welt und drinnen im eigenen Leben. Aber kurz bevor er geboren wird – auch wie das im Einzelnen vor sich ging, blieb mir damals noch ein Rätsel –, kommt ein Engel und tippt ihm mit dem Zeigefinger an die Stirn. Pling.

Dann vergisst der neue Mensch alles, was er eigentlich schon gewusst hat. Wenn er dann zur Welt kommt, sagte mein Großvater, erinnert er sich gerade noch daran, wie man oben etwas in sich hineinsaugt und unten etwas aus sich herauspresst. Ich lachte, und er füllte die Pause, indem er an seiner Zigarre paffte. Eine effektvolle Erzähltechnik, die einen die Pointen besser plazieren lässt. Ich habe sie später auf der Bühne selber angewendet.

Nur die Juden, fuhr Großpapa fort, sind schlau genug und drehen den Kopf weg, wenn der Engel kommt. Sein Finger trifft dann nicht mehr ihre Stirn, sondern gerade noch die Nasenspitze. Sie vergessen deshalb nicht alles, was sie schon gewusst haben, sondern nur das meiste. Deshalb, sagte mein Großvater, sind wir Juden klüger als andere Leute, und deshalb, sagte er, haben wir krumme Nasen. Eine Erklärung, auf die noch nicht einmal der *Stürmer* gekommen ist.

Papa war damals nicht dabei. Er hätte die Geschichte vor ihrem Ende unterbrochen und gesagt: «Erzähl dem Jungen nicht solche Sachen! Und überhaupt, immer dieser Zigarrenrauch, das kann für das Kind nicht gesund sein.»

Die altmodische Wohnung an der Händelstraße war immer voller Qualm. «Ich darf das», meinte Großpapa. «Wenn man Witwer ist, darf man alles.»

Wenn mich mein eigener Engel mit seinem Schnipser verfehlt hätte, und ich hätte mein Leben von Anfang an gekannt, mit all seinen miesen Episoden und seinem noch mieseren Finale, wie man ein Theaterstück kennt, nachdem man das Textbuch gelesen hat – ich hätte meine Rolle trotzdem spielen wollen. Weil der Text noch nicht die Inszenierung ist. Mein Wissen hätte ich als ersten Entwurf betrachtet, als etwas, das man während der Proben immer noch diskutieren und abändern kann. Und was die wirklich unangenehmen Passagen anbelangt: Strich bis zur nächsten Szene.

Nein, ich hätte mich nicht im Mutterleib festgekrallt. Mich hätte man nicht mit Gewalt in die Welt zerren müssen. Ich hätte es probieren wollen. Angetrieben von einem unvernünftigen Vertrauen in die eigene Gestaltungskraft.

In den Jahren, als ich berühmt war, habe ich immer mal wieder einen Fragebogen beantworten müssen, für eine Zeitung oder eine Illustrierte. In jedem zweiten kam die Frage vor: *Was ist Ihr größter Fehler?* Ich habe dann hingeschrieben, was man eben so hinschreibt: *Ungeduld* oder *Ich kann Süßigkeiten nicht widerstehen.* Aber eigentlich hätte da stehen müssen: *Mein größter Fehler? Ich glaube an die Inszenierbarkeit der Welt.*

Olga ist mir um den Hals gefallen. Wie Mama damals, als ich von der Front auf Urlaub kam. Nicht jeder, der zu Rahm bestellt wird, kommt auch wieder zurück.

«Gott sei Dank», hat sie gesagt. Olga ist kein Mensch, der betet, das sind wir beide nicht, aber es war mehr als eine Floskel. «Ich habe dir ein Stück Brot aufgehoben», hat sie gesagt. Ich habe versucht, es ganz langsam zu essen, und habe es dann doch hinuntergeschlungen.

Olga hat mich nichts gefragt. Hat sich auf meinen Schoß gesetzt und ihren Kopf an meine Brust gelegt. Ihre Haare riechen immer wie frisch gewaschen. Ich weiß nicht, wie sie das macht, hier im Ghetto.

Ich habe die richtigen Worte gesucht und sie nicht gefunden. Es gibt keine richtigen Worte. Ich habe ihr erzählt, was man von mir verlangt, und auch sie ist erschrocken. Nicht wegen des Films, sondern weil ich Rahm widersprochen habe.

«Du bist verrückt», hat sie gesagt.

Vielleicht bin ich das. Manchmal tue ich Dinge, für die man Mut haben müsste. Und bin doch gar kein mutiger Mensch. Ich meine nur immer noch – und dabei müsste ich unterdessen wirklich gelernt haben, dass das nicht stimmt –, ich meine nur immer noch, dass man die Dinge beeinflussen kann.

Sogar bei Rahm.

«Ich habe drei Tage Zeit», habe ich gesagt, «aber ich weiß jetzt schon, welche Antwort ich ihm geben muss.»

«Wir wissen es beide», hat Olga gesagt. «‹Ja, Herr Obersturmführer›, heißt deine Antwort. ‹Selbstverständlich, Herr Obersturmführer. Zu Befehl, Herr Obersturmführer.›»

«Ich kann diesen Film nicht machen.»

«Man kann alles. Du bist auch in Ellecom aufgetreten.»

Es war nicht fair, mich daran zu erinnern. Das war der schrecklichste Tag meines Lebens.

Einer der schrecklichsten Tage.

Dann haben wir lang geschwiegen. Es tut gut, mit Olga zu schweigen.

Durch das offene Fenster kam eine Wolke von Gestank. Oder sie war die ganze Zeit schon dagewesen, und ich hatte sie bloß nicht bemerkt. Man gewöhnt sich an alles.

Man kann alles machen.

«Nicht diesen Film», habe ich zu Olga gesagt. «Den Rest meines Lebens müsste ich mich dafür schämen.»

«Wie lang ist der Rest deines Lebens, wenn du dich weigerst?» Sie redet nicht um die Dinge herum.

«Du würdest mich verachten.»

«Es gibt schlimmere Dinge als Verachtung.»

Es gibt immer noch schlimmere Dinge. Die Binsenweisheit unseres Jahrhunderts. Der Weltkrieg? Eine kleine Fingerübung. Ein Staat, der auseinanderfällt? Nur der Bühnenumbau für die wirklich großen Szenen. Die Nazis und all ihre Gesetze? Auch nur zum Warmlaufen. Der Höhepunkt kommt erst noch. Ganz zum Schluss. Wie im Kino. Lass dich überraschen.

«Wie lang dauert es, bis so ein Film fertig ist?», hat Olga gefragt. «Wirklich ganz fertig?»

«Drei Monate. Mindestens. Die Dreharbeiten sind das Geringste. Aber vorher muss man ein Buch schreiben und hinterher der Schnitt …»

«In drei Monaten», hat sie gesagt, «kann der Krieg vorbei sein.»

«Ich bin nicht der Mensch, der so was kann», habe ich gesagt.

«Du hast drei Tage.» Olga ist aufgestanden. «Du solltest sie nutzen, um herauszufinden, was für ein Mensch du wirklich bist.»

Dann hat sie mich allein gelassen.

Ich. Geboren am 11. Mai 1897 in Berlin. In derselben Wohnung, in der ich dann meine Jugend verbrachte: Klopstockstraße 19, ein paar Häuser vom Bahnhof Tiergarten entfernt. In der Küche, hinten hinaus, konnte man das Rattern und Pfeifen der Stadtbahnzüge hören. Bei starkem Westwind – das war dann immer eine große Aufregung – musste man vor dem Rauch der Lokomotiven die Fenster schließen. Weil sonst das ganze Essen nach Eisenbahn roch.

Ich nehme an, dass mein Großvater die Wohnung ausgesucht hat. Er wollte seine Tochter auch als verheiratete Frau nahe bei sich haben. Meine Mutter hieß Toni, also Antonia.

Ihre Eltern, die Rieses, wollten, dass die nächste Generation endgültig den Schritt vom Gutbürgerlichen zum Großbürgerlichen tun sollte. Deshalb stand in unserer Wohnung ein Klavier. Den Versuch, mir die dazugehörige Ausbildung angedeihen zu lassen, gaben meine Eltern bald wieder auf. Ich habe zwar ein gutes Ohr, aber auch zwei linke Hände. Zum Glück kamen sie nie auf den Gedanken, mich stattdessen zu einem Gesangslehrer zu schicken. Mit einer schulmäßigen Ausbildung hätte ich nie Karriere gemacht.

Mama blieb ihr Leben lang höhere Tochter. Nach der Schule hatte man sie für ein Jahr in ein Pensionat gesteckt, nicht gerade in der Schweiz, das konnte man sich denn doch nicht leisten, aber immerhin in Bad Dürkheim an der Weinstraße. Von dort hatte sie ein fertiges Repertoire an Gesten und Haltungen mitgebracht. Eine Möchtegern-Schauspielerin, die sich von Provinzheroen hat ausbilden lassen. Wenn sie lachte, hielt sie sich die Hand vor den Mund und drehte in gespielter Schamhaftigkeit den Kopf zur Seite; wenn sie Beifall spendete, tat sie das nur mit den Fingerspitzen. Man hatte ihr eingetrichtert, es sei unfein, mit der ganzen Handfläche zu applaudieren.

Aber die wichtigste Regel, die man ihr fürs Leben beigebracht hatte, war diese: «Männer mögen keine klugen Frauen.» Also versteckte Mama ihre Intelligenz. So wie sie einen Pickel an der Stirn hinter einer geschickt gedrehten Locke hätte verschwinden lassen. Gab sich naiv. Ließ sich nicht anmerken, dass sie Papas lauthals verkündete Prinzipien nicht wirklich ernst nahm. Die beiden führten eine sehr glückliche Ehe.

Papa, in einem neumärkischen Mühlendorf namens Kriescht aufgewachsen, war als Sechzehnjähriger nach Berlin gekommen. Ein Exodus, den er so dramatisch zu schildern wusste, als habe er von Haien verseuchte Gewässer durchschwimmen und tief verschneite Gebirge überwinden müssen. Er fand eine Anstellung in der Kleiderfabrik meines Großvaters, Leipziger Straße 72, und heiratete später dessen einzige Tochter.

Aus *Emil Riese, Fabrikation von Neuheiten in Damen- und Kinderfragen, Serviteurs, Blusen, Jupons, Taschentüchern und Schürzen* – die Gründungsanzeige hing gerahmt bei uns im Flur, und ich lernte sie auswendig, wie ich alles Geschriebene auswendig lernte – wurde bald Riese & Gerson und irgendwann, als mein Großvater alt wurde, Max Gerson & Cie. Wobei eine *Compagnie* in Wirklichkeit gar nicht existierte. Aber sie verlieh dem Firmenschild einen imposanteren Charakter.

Die Firma. Bei uns zu Hause war das ein magischer Begriff. Wenn Papa eines meiner kindlichen Vergehen übermäßig streng bestrafte und ich mich schluchzend bei Mama beschwerte, brauchte sie nur zu sagen: «Er hat eben Ärger in der Firma», und schon war ich zwar nicht getröstet, aber die Ordnung der Welt war doch wieder hergestellt. Es kam auch vor, und wieder hatte es auf geheimnisvolle Weise mit der Firma zu tun, dass Papa mitten in der Woche ein Stück Baumkuchen mit nach Hause brachte. Das musste dann auf der Stelle – mit Schlagsahne! – gegessen werden. Da konnte Mama noch so heftig protestieren, von wegen dem Jungen nur den Appetit verderben. Gegen die Firma kam sie nicht an.

Das Allerschönste war, wenn ich Papa in die Büros an der Leipziger Straße begleiten durfte. Die eigentlichen Schneiderarbeiten wurden an Zwischenmeister ausgegeben und von einer gesichtslosen Armee von Heimarbeiterinnen im Berliner Norden erledigt, aber eine Treppe höher war das Lager mit den Stoffen und den fertigen Waren. Ein Labyrinth aus Regalen, in dem man wunderbar Verstecken spielen konnte.

Vielleicht gibt es den Betrieb immer noch. Man vergisst so leicht, dass das Leben weitergeht. Nur: Wenn die Firma noch existiert, heißt sie ganz bestimmt nicht mehr Max Gerson & Cie.

Ich sitze auf einem Schaukelpferd. Ich bin klein und kann den Fußboden nur berühren, wenn ich die Beine strecke. Ich schaukle und schaukle. Mein Pferd rutscht jedes Mal ein kleines bisschen weiter nach vorn, bis es gegen die Wand stößt. Ich komme nicht mehr vorwärts und starre das Hindernis an. Auf der Tapete marschieren Zwerge in Reih und Glied. Statt der Gewehre haben sie Blumen geschultert. Sie machen mir Angst. Ich beginne zu weinen.

Das ist meine allerfrüheste Erinnerung.

Irgendwann kommt Mama – aber das ist jetzt keine Erinnerung mehr, das hat man mir so erzählt – und will mich mitsamt meinem hölzernen Pferd umdrehen. Damit ich wieder losreiten kann, quer durchs Kinderzimmer. Ich weine lauter und schlage um mich. Sie darf mein Pferd nicht umdrehen, niemand darf das. Sie darf es nur zurückziehen bis zur andern Seite des Zimmers. Dann schaukle ich wieder los, in dieselbe Richtung wie vorher. Bis ich das nächste Mal vor der Wand stehe. Und anfange zu weinen.

«Zwanzig Mal am Tag hast du das gemacht.» Wenn Mama die Geschichte erzählte, tippte sie mir jedes Mal mit dem Zeigefinger an die Stirn und sagte: «Du hattest schon immer einen harten Schädel.»

Als wir Berlin verließen, blieb das Schaukelpferd auf dem Dachboden an der Klopstockstraße zurück. Wahrscheinlich steht es immer noch dort. Ein altgedienter Parteigenosse hat sich die Wohnung geschnappt, und er hat keine Kinder. Unser Portier Heitzendorff. Der auf das doppelte F am Schluss seines Namens so großen Wert legt, dass ihn alle Welt den Effeff nennt. Seine Frau half Mama manchmal beim Reinemachen aus, und es ist leicht vorzustellen, dass sie dieselben Möbel jetzt, wo es ihre eigenen sind, mit noch mehr Sorgfalt abstaubt. Papas Anzüge, die im Schrank hängen blieben, werden dem dicken Effeff allerdings zu eng sein.

Das Schaukelpferd war alt und sah aus, als sei es nie neu gewesen. Die weiße Farbe ins Gelbliche verblasst. «Gerade darauf kannst du stolz sein», tröstete mich Papa. «Das ist eine besonders vornehme Rasse. Ein Isabellenschimmel.» Und so war ich denn stolz, denn Papa, das glaubte ich damals noch, wusste alles und irrte sich nie.

Ich erinnere mich nicht mehr, warum wir viele Jahre später – ich muss damals schon Pennäler gewesen sein – noch einmal auf das Thema gekommen sind. Mama hatte wohl wieder die alte Geschichte vom Schaukelpferd erzählt.

«Ich hab dich nicht angelogen», sagte Papa. «Es war tatsächlich ein Isabellenschimmel.» Und holte *Meyers Konversations-Lexikon* aus der Glasvitrine. In den vielen Bänden, davon war Papa felsenfest überzeugt, ließ sich jede Antwort finden. Wenn man nur die Frage richtig zu stellen wusste. An freien Abenden schmökerte er darin herum wie andere Leute in einem Roman. Jetzt schlug er den Artikel über die spanische Königin Isabella auf, und ich musste ihn laut vorlesen. Papa war nur ein gewöhnlicher Konfektionär, aber er spielte gern den Schulmeister. Die Königin, las ich vor, hatte geschworen, ihr Hemd so lang nicht zu wechseln, bis ihr Gatte irgendeine feindliche Stadt erobert hatte, ich weiß nicht mehr, welche, und als die Mauern endlich fielen, war ihr Hemd nicht mehr weiß, sondern gelb.

Falsch!, würde ich heute mit roter Tinte an den Rand schreiben. Weiße Hemden, zu lang getragen, werden nicht gelb, sondern grau. Damit kenne ich mich aus.

Dass ich immer nur in dieselbe Richtung reiten wollte, führte Mama auf meine angeborene Sturheit zurück. Aber das war es nicht. Ich hatte etwas Peinliches zu verstecken. Mein hölzerner Isabellenschimmel war einäugig. Links und rechts an seinem Kopf waren früher einmal die beiden Hälften eines Katzedoniers, wie wir Jungen die schwarz gefleckten Murmeln nannten, aufgeklebt gewesen. Aber das linke Auge hatte mein Schaukelpferd verloren. Das war der Grund, warum ich als Drei- oder Vierjähriger schreiend und um mich schlagend darum kämpfte, dass das Pferd immer nur in dieselbe Richtung galoppierte. Dem Betrachter, darum ging es mir, musste die blinde Seite verborgen bleiben. Sonst hätte jemand merken können, dass es gar kein richtiges Pferd war.

Als Junge war ich ein hoch aufgeschossenes, dünnes Kerlchen. «So schnell wächst nur Unkraut», sagte Papa.

Es existiert, nein, existierte eine Aufnahme, zu meinem dreizehnten Geburtstag gemacht, da stehe ich im Atelier eines Photographen vor einer kunstvoll gerafften Portiere. Ich kann mich noch an ihre dunkelgrüne Farbe erinnern. Ich trage einen Anzug, meinen allerersten. Wahrscheinlich sollten die neuen langen Hosen ebenso für die Ewigkeit festgehalten werden wie ich selber.

Unten rechts auf dem Passepartout, der das Bild einfasste, stand in eingeprägten Goldbuchstaben *Portrait-Atelier Alphons Tiedeke, Friedrichstraße 78.* Aber es kann nicht Herr Tiedeke selber gewesen sein, der mich photographierte. Ein junger Mann in einem weißen Malerkittel wuselte um mich herum. Ließ mich verschiedene Posen einnehmen und war mit keiner davon zufrieden. Schließlich schleppte er einen Stuhl herbei, von der Art, wie man ihn im Theater aus dem Fundus holt, wenn ein Ritterschloss zu möblieren ist. Auf dessen Seitenlehne sollte ich mich stützen, das sehe dann auf elegante Weise nonchalant aus. Nun war ich aber schon damals, mit dreizehn, so groß gewachsen, dass mein Arm in gerader Haltung nicht bis zur Lehne hinunter reichte. So stehe ich auf dem Bild mit schiefen Schultern da. Zur Seite geneigt, als sei mir etwas aus der Hand gefallen, und ich versuche, unauffällig danach zu tasten. Das Bild stand viele Jahre gerahmt auf Mamas Toilettentisch.

Noch später nahm sie es mit bis nach Holland. Es steckte auch in ihrem Koffer, als sie dann weitertransportiert wurde.

Seit jenem Tag wollte ich Photograph werden. Herrn Tiedekes Assistent hatte mich nicht nur durch seine Kleidung beeindruckt – das Ziertuch, das lässig gefaltet aus der Brusttasche seines Malerkittels ragte, war, wie Papa fachkundig bemerkte, aus echter japanischer Seide –, sondern vor allem durch die Tatsache, dass er an mir herumhantieren durfte wie an einer Gliederpuppe. Es war das erste Mal, dass ich so etwas wie Regiearbeit erlebte.

Ich baute mir selber eine Kamera. Ein Küchenstuhl, an dessen Lehne ein schwarz angemalter Schuhkarton befestigt war. Ein altes Bügeltuch, unter dem ich mich für die Aufnahmen verkroch. Ich war der Hofphotograph Gerson, und mein Klassenkamerad und bester Freund Kalle war seine Majestät der Kaiser, der sich von mir ablichten ließ. Kalle machte bei jedem Spiel mit, das ich mir ausdachte. Solang er darin etwas Vornehmes sein durfte. Einmal, als wir verbotenerweise mit Streichhölzern zündelten, war er der Kaiser Nero und sang ganz scheußlich, während ich Rom abfackelte.

Wir bevorzugten Spiele, bei denen es darum ging, sich etwas auszudenken, und vermieden sportlichere Aktivitäten wie Räuber und Gendarm. Mir kamen beim Rennen immer die eigenen, viel zu schnell gewachsenen Gliedmaßen in die Quere. Ich stolperte über mich selber. Kalle hatte es auf der Lunge und war deshalb vom Turnunterricht befreit. Wahrscheinlich wäre er irgendwann an Tuberkulose gestorben. Wenn er dafür lang genug gelebt hätte.

In der Schule hätten wir uns gern ein Pult geteilt. Aber die Sitzordnung richtete sich streng nach den erzielten Noten. Der Platz ganz rechts in der ersten Reihe war für den Primus reserviert, der in unserer Klasse ein netter Kerl und überhaupt kein Streber war. Mein Pult kam irgendwo in der Mitte, und Kalle saß ganz hinten. Seine Versetzung war nicht nur von der Quinta in die Quarta gefährdet; es ging ihm jedes Jahr so. Dass er es doch immer wieder ganz knapp schaffte, hatte mehr mit Mitleid zu tun als mit seinen schulischen Leistungen.

Die Photographiererei verlor ihren Reiz schon bald wieder. Es fielen mir zu wenige Posen ein, in die ich mein Modell noch hätte drapieren können. Kaiser Kalle verlieh mir einen letzten Orden, und dann bauten wir unsere Kamera zum Teleskop um und entdeckten, vom Halleyschen Kometen inspiriert, viele neue Himmelskörper.

Im Rückblick erscheint es mir unglaublich, wie kindlich wir damals noch waren. Und das 1910, nur vier Jahre, bevor wir alle über

Nacht zu Erwachsenen erklärt und in den Krieg geschickt wurden. Auf der Photographie im neuen Anzug ahne ich noch nichts von dem, was mich erwartet. Schlaksig und dünn stehe ich da. Niemand konnte ahnen, dass ich schon bald sehr dick sein würde.

Überhaupt: Kalle.

Mir kam er ja nicht krank vor. Von Mama, die sich ständig mit ihrem überempfindlichen Magen herumplagte, wusste ich, wie es auszusehen hatte, wenn man nicht gesund war: Man legte sich ins Bett und redete nur noch mit ganz leiser Stimme. Kalle hingegen hatte die lauteste Lache, die ich je erlebt habe. Noch lauter als die des besoffenen Emil Jannings. Ich hörte sie gleich bei unserer ersten Begegnung, als wir beiden frischgebackenen Sextaner schüchtern den Hof des Gymnasiums betraten. Papa hatte mir, weil mein Kopf ja noch wachsen würde, die grün-weiße Schülermütze eine Nummer zu groß gekauft. Da man mir gleichzeitig einen militärisch kurzen Haarschnitt verpasst hatte, rutschte sie mir über die Ohren. Kalle erblickte mich, stutzte und wollte sich dann ausschütten vor Lachen. Was bei ihm mehr als nur eine Floskel war, sondern tatsächlich so aussah. Weil er nach Luft ringen musste und ins Würgen kam. Man hatte bei seinen Heiterkeitsanfällen immer den Eindruck, dass er sich gleich übergeben würde.

Was ihn bei unserer ersten Begegnung so bis zur Atemlosigkeit amüsierte, war nicht mein belämmertes Aussehen, sondern die Tatsache, dass es ihm selber nicht besser erging. Auch sein Vater hatte, aus der genau gleichen vorausschauenden Überlegung, eine zu große Mütze besorgt. Auch ihm hatte man in dem damals üblichen pädagogischen Initiationsritus die Haare kurzgeschoren. Da ich hochgeschossenes Unkraut einen Kopf größer war als er, müssen wir ein wirklich lächerliches Paar abgegeben haben.

Von jenem Tag an waren wir Freunde.

Eigentlich hieß er Karl-Heinz. Als wir in der ersten Stunde für das Klassenbuch unsere Namen angeben mussten, war es ihm wichtig, dass der seine nicht etwa in einem Wort geschrieben würde. Unser Klassenlehrer rief ihn noch das ganze Jahr mit «Bindestrich!» auf.

In Amsterdam habe ich einmal erlebt, dass ein Bindestrich jemandem das Leben rettete. Zumindest vorübergehend. Er stand ohne auf der Liste, und weil er nachweisen konnte, dass das bürokratisch nicht korrekt war, wurde an seiner Stelle jemand anderes verschickt.

Ich kam nie auf den Gedanken, dass Kalles Krankheit etwas Ernsthaftes sein könnte. Nun ja, er hustete, und vom Turnen war er befreit – worum ich ihn beneidete –, aber wir lernten uns in dem Alter kennen, wo einem die Dinge so, wie sie sind, als naturgegeben und unveränderlich erscheinen. Kalle war Kalle, und Kurt war Kurt.

Sein Vater war Privatgelehrter. Ich stellte mir darunter eine Art Doktor Faust vor, der die Nächte im Laboratorium verbringt. Als ich ihn dann kennenlernte, war er nur ein freundlich geistesabwesender Mann, der noch mittags seinen Schlafrock anhatte und beim Lesen nicht gestört werden durfte. Ich habe nie herausgefunden, mit welcher Art von Wissenschaft er sich befasste. Es muss etwas mit Musik zu tun gehabt haben. Einmal erzählte er etwas von geheimen Botschaften, die sich in den Partituren von Johann Sebastian Bach finden ließen. Er war wohl einfach ein harmloser Träumer. Der es sich leisten konnte, ein Leben lang sein Steckenpferd zu reiten.

In völligem Gegensatz zu meinem erzieherisch übereifrigen Vater erwartete er von seinem Sohn nur eins: möglichst wenige Störungen. Wenn wir in Kalles Zimmer Troja erobern wollten – ich als Achill, Kalle als König Menelaos –, dann besorgten wir uns vorher in der Küche ausreichend Truppenverpflegung und konnten sicher sein, während Stunden nicht unterbrochen zu werden.

Kalle war der fröhlichste Mensch, den ich je getroffen habe. Sein Lachen war so ansteckend, dass er damit einmal sogar den dicken Effeff entwaffnete, der seine Hauswartspflichten auf militärische Weise ernstnahm. Wir hatten etwas angestellt, ich weiß nicht mehr was, Heitzendorff hatte uns erwischt und drohte mit martialischen Konsequenzen. Worauf Kalle zu kichern begann. Bei jedem anderen hätte der Effeff das als strafverschärfende Majestätsbeleidigung empfunden, aber stattdessen begann sein Dienstschnurrbart zu zucken, und das Unerhörte trat ein: Heitzendorff, der Gestrenge, lachte mit, und wir beiden Lausbuben kamen ungeschoren davon.

So war Kalle.

Er lachte dann später auch in unsere Abiturfeier hinein. Fand es zu komisch, dass er, den man all die Jahre nur aus reinem Mitleid durchgeschleppt hatte, tatsächlich bestanden haben sollte. Konnte sich gar nicht wieder einkriegen. Die ganze schwarz-weiß-rot geschmückte Aula lachte mit. Oberstudiendirektor Dr. Kramm musste seine patriotische Ansprache unterbrechen und sagte tadelnd: «Es hat sich schon mal einer totgelacht.»

Die einzige Prophezeiung, mit der er recht behalten sollte.

Wenn man wüsste, wenn man ganz sicher wüsste, dass der Film nie zu Ende gedreht wird, oder dass er zu Ende gedreht wird, aber es sieht ihn nie jemand, weil der Krieg vorher vorbei ist ... Die Amerikaner, geht das Gerücht, sollen in Frankreich gelandet sein und die Russen schon in Witebsk stehen. Ich habe mit den andern gejubelt, ganz vorsichtig und leise gejubelt, als man es mir erzählte, und erst hinterher gemerkt: Ich weiß gar nicht, wo Witebsk liegt.

Wenn man ganz sicher wüsste, dass der letzte Akt schon begonnen hat, der nach alter Theaterregel immer der kürzeste ist, wenn man den Vorhangzieher schon sehen könnte, wie er bereitsteht, die Hände am Seil, und nur auf das Zeichen des Inspizienten wartet, wenn es jemanden gäbe, einen Propheten, der einem das garantieren kann, dann wäre es keine Frage, dann würde ich keine drei Tage brauchen, um mich zu entscheiden, dann könnte ich gleich jetzt zu Rahm gehen – als ob da jemand ungerufen hinginge! – und könnte zu ihm sagen: «Aber gern, Herr Obersturmführer», könnte ich sagen, «es wird mir eine Ehre sein», könnte ich sagen, «wie möchten Sie Ihren Film denn gern haben?»

Wenn man es wüsste.

Wir haben uns alle als Propheten versucht, all die Jahre, und keiner hat etwas vorausgesehen. «Sie werden sich nicht lang halten», haben wir prophezeit, und als sie sich dann doch hielten: «Sie werden milder werden, jetzt, wo sie an der Macht sind.» Sie wurden aber nicht milder, im Gegenteil, und wir haben geweissagt: «Die anderen Länder werden es nicht zulassen, dass sie einen neuen Krieg anzetteln.» Und haben uns wieder getäuscht. Ein guter Ausdruck, *sich täuschen*. Man tut es selber und schiebt erst hinterher die Schuld auf andere. Nichts haben wir vorausgesehen, nicht den Blitzkrieg und nicht den gelben Stern und nicht die Viehwaggons, in denen so viel mehr Menschen Platz haben, als außen dransteht. Gar nichts.

Wenn sich die Propheten wieder täuschen, wenn der Krieg noch ewig weitergeht, wenn sie ihn sogar gewinnen, wenn es die Wunderwaffen wirklich gibt, und niemand hat ein Mittel dagegen, wenn der Film gedreht wird und geschnitten und vorgeführt, in den selben Kinos, in denen meine alten, heute verbotenen Filme liefen, wenn sie eine Galapremiere im Gloria Palast veranstalten, ein Teppich vor dem Eingang und Champagner im Foyer, dann werde ich das höhnische Gelächter bis nach Theresienstadt hören. Wenn auf der Leinwand der Schriftzug erscheint *Regie: Kurt Gerron.*

Sie sagen jetzt nicht mehr *Regie*. Sie sagen *Spielleitung*.

«Eine gute Pointe», wird es heißen im Gloria Palast. «Ausgerechnet der Gerron hat den Film gedreht.» Auf die Schenkel werden sie sich schlagen und mit ihren Stiefeln auf den Boden trampeln. Sie tragen jetzt alle Stiefel.

Auslegeordnung:

Rahm will, dass ich einen Film über Theresienstadt drehe. Nicht über das Theresienstadt, in dem ich eingesperrt bin. Über das Theresienstadt, das sie der Welt zeigen wollen. So wie sie es dem Roten Kreuz vorgeführt haben. Einen glücklichen Film aus einer glücklichen Stadt. Wo die Leute ins Kaffeehaus gehen. Sport treiben. Die wunderschöne Landschaft genießen. Wo sie am Morgen fröhlich zur Arbeit marschieren – *Heiho, heiho, wir sind vergnügt und froh* – und am Abend den wohlverdienten Feiertag genießen.

Eine Stadt, wo nicht jeden Tag Karren mit verhungerten alten Leuten durch die Straßen geschoben werden.

Zu diesem Film soll ich das Drehbuch schreiben. Bei diesem Film soll ich Regie führen.

Heiho, heiho.

Rahm hat mir keine Gegenleistung versprochen. Aber einen Film dreht man nicht im Zug nach Auschwitz. Solang ich daran arbeite, bin ich sicher.

Das ist die eine Seite.

Die andere: Wer Pech anfasst, besudelt sich.

Sie haben meine Eltern nach Sobibor geschickt. Und jetzt soll ich ihnen helfen, der Welt vorzulügen, dass sie eigentlich ganz nett zu uns sind? «Das lächelnde Gesicht von Theresienstadt.» Rahms eigene Worte. Das lächelnde Gesicht des Hungers und der Krankheit und des Todes.

Regie: Kurt Gerron.

Was wäre ich für ein Mensch, wenn ich das täte?

Ein Mensch, der nicht nach Auschwitz geschickt wird.

Ein Mensch, der es verdient hätte, nach Auschwitz geschickt zu werden.

Beten müsste man können. Einen Gott müsste es geben, den man fragen kann.

Nur: Es gibt keinen Gott. Einen lieben schon gar nicht.

Als Kind habe ich mir Gott vorgestellt wie unseren Oberstudiendirektor. Mit genau so einem Vollbart, der das halbe Gesicht verdeckt. Schmierenschauspieler kleben sich gern eine Matratze ins Gesicht. In der Hoffnung, damit imposanter zu wirken. Der Gott, zu dem sie da beten, ist ein Knattermime. So stolz auf seine Hauptrolle, dass er nicht merkt, in was für einem Scheißstück er auftritt. Den Applaus, samt Blumensträußen und Lorbeerkränzen, hat er sich gleich selber ins Drehbuch geschrieben. *Wir loben Dich, wir loben Dich, Halleluja, Halleluja, Hosianna.*

Tiefste Provinz.

Ist auch noch stolz darauf, das Stück selber geschrieben zu haben. Allwissend, allmächtig, allgütig. Ein Theaterdirektor, der solche Superlative in seine Anzeigen setzt, steht kurz vor der Pleite. Muss den Leuten schon nachrennen, damit sie ihm gnädig ein paar Freikarten abnehmen. *Die Sensation der Saison! Großerfolg in allen Hauptstädten! Das muss man gesehen haben!*

Nein, muss man nicht. Weil es im Welttheater gar keinen Zuschauerraum gibt. Die Plätze sind alle auf der Bühne. Man wird zum Mitspielen gezwungen und soll dafür auch noch dankbar sein. Wenn man sich über seine Rolle beschwert, heißt es nur: «Selber schuld. Du hättest halt mehr daraus machen müssen.»

Die übliche Ausrede, wenn ein Stück nicht funktioniert. Der Brecht hat das bei *Happy End* auch zu mir gesagt.

Aber geschickt organisiert ist die Sache. Die Leute von der Bühnengenossenschaft tragen Beffchen und Talar und stehen immer auf Seiten der Direktion. Der Normalvertrag ist in Latein oder Hebräisch abgefasst, und man hat ihn schon unterschrieben, bevor man lesen lernt.

Dabei hat der Herr mit dem Vollbart die einfachsten Regeln des Theaters nicht kapiert. Ein Stück wird nicht besser, nur weil Haufen von Leichen auf der Bühne liegen. Man muss die Effekte sparsam setzen, sonst stumpft das Publikum ab. Bassermann, den hätte man als Herrgott besetzen müssen. Der hätte aus der Rolle was gemacht. Vier Akte lang mit angezogener Handbremse spielen und dann im fünften einmal kurz laut werden. So verdient man sich den Iffland-Ring.

Aber er: von der ersten Szene an immer nur brüllen. Donner, Blitz und brennende Dornbüsche. Ein fauler Effekt nach dem andern. Immer noch ein Krieg, noch eine Seuche, noch ein Pogrom. Und dafür will er geliebt werden. Kein Wunder, dass er sich hinter einem Rauschebart versteckt. Sich jedes exotische Kostüm überzieht, das sich im Fundus auftreiben lässt. Jehova, Allah, Buddha.

Hilft alles nichts. Provinz bleibt Provinz.

Aber: Unter den Leuten, die jeden Tag so eifrig die uralten Gebete aufsagen, müssen auch ein paar sein, die tatsächlich an ihn glauben.

Die vom tieferen Sinn des Stücks überzeugt bleiben. Auch wenn ihnen längst klar sein müsste, dass ihre Rolle nur darin besteht, pünktlich aufs Stichwort zu sterben. Die immer noch «Bravo!» rufen, wenn ihnen die Schlinge schon den Hals abschnürt. Die fest mit der Gage rechnen, die sie sich mit ihrer Sterbeszene zu erspielen meinen.

In Westerbork und hier in Theresienstadt habe ich eine Menge Leute dieser Sorte kennengelernt. Sonderbar: Die meisten davon sind keine dummen Menschen. Im Gegenteil.

Dummheit könnte ich verstehen. In einem schlechten Stück bis zum Schluss sitzen bleiben, weil man die Karte nun einmal gekauft hat oder geschenkt bekommen, auch im letzten Akt noch hoffen, dass die Vorstellung irgendwann besser wird – das könnte ich begreifen.

Aber wie jemand sagen kann: «Das Stück ist schlecht und wird immer schlechter, und trotzdem bin ich dankbar dafür» – das will mir nicht in den Kopf. Wie man Abonnent bleiben kann, obwohl man mit dem Spielplan schon lang nicht mehr einverstanden ist. Natürlich, Pfeifen und Buh-Rufen macht eine Aufführung nicht besser. Aber es erleichtert ungemein.

Das verstehen diese Leute nicht. Wollen ihrem Schmierenkomödianten ums Verrecken applaudieren. Man kann ihnen das nicht ausreden.

Bei ihnen wirkt die Droge. Sie schaffen es, besoffen zu sein, wo ich nüchtern bleibe. Haben diese erstrebenswerte Krankheit, gegen die ich immun bin.

Ich bin zu jung gegen Religion geimpft worden. «Solang man mir den lieben Gott nicht unter dem Mikroskop zeigen kann, glaube ich nicht an ihn», sagte Papa. Jede Art von Ritual gehörte für ihn in die Rubrik *Sitten und Gebräuche primitiver Völker*. «Im zwanzigsten Jahrhundert tanzt man keine Stammestänze mehr», sagte er. «Wenn wir erst einmal die Religionen abgeschafft haben, wird auch der Antisemitismus verschwinden.»

Er war eben doch nicht allwissend, mein Vater.

Von allen Religionen mochte er die Juden am wenigsten. Von dieser Haltung ließ er sich auch nicht durch die Tatsache abbringen, dass er selber einer war. *Judskis* nannte er sie. Ich merkte lange Zeit nicht, dass es so ein Wort überhaupt nicht gibt. Ich dachte, es gehöre zu dem privaten Vokabular, das Papa aus seinem Heimatdorf mitgebracht hatte. Oder das vielleicht sogar eine Generation älter war und noch weiter aus dem Osten stammte.

Glumskopp war so ein Wort. Es wurde immer dann verwendet, wenn ich mich mal wieder ungeschickt angestellt hatte – also häufig. Oder *Nachschrabsel*, was etwa so viel bedeutete wie *mein kleiner Liebling*. Und alles und jedes, was auffällig oder sensationell war, bezeichnete Papa als *ambartschig*.

Warum also nicht *Judskis*?

«Ich kann diese Judskis nicht ausstehen», sagte er. Mama tat ihm auch bei der hundertsten Wiederholung noch den Gefallen und setzte ein gehörig schockiertes Gesicht auf. Sie spielte *schockiert* auf dieselbe Weise, wie ich es später bei Magda Schneider gesehen habe. Nur ohne deren neckisch gerümpfte Nase. Seine Provokation und ihre gespielte Empörung gehörten zu ihrer gut eingespielten Ehe. Er sah sich als Rebell gegen jede Art von Konvention und Tradition, und sie ließ ihn gewähren. Schließlich konnte er dieser Neigung nur im Kreis der Familie frönen. Alles andere hätte der Firma geschadet. Seine Kunden, die Grossisten genauso wie die Besitzer von kleinen Kleiderläden, waren nun mal zum größten Teil Judskis.

Wenn es so etwas gibt, war Papa ein orthodoxer Atheist. Die jüdischen Traditionen wurden bei uns streng beachtet, um sie dann aus Prinzip nicht zu pflegen. So besuchten wir einmal im Jahr, am Jom Kippur, die neue Synagoge an der Oranienburger Straße. Nicht aus Frömmigkeit, Gott behüte. Weil er der Meinung war, dass die Kundschaft das von ihm erwarte.

Es war immer ein sehr angenehmer Tag. Ich bekam schulfrei, und in der Synagoge genoss ich die Orgelmusik. Während Papa mit seinen Nachbarn über Geschäftsaussichten und Lieferanten diskutierte. Zu Hause erwartete uns dann ein besonders reichhaltiges Mittagessen. So demonstrierte Papa sich selber, dass der jüdische

Fasttag für ihn nicht mehr Bedeutung hatte als etwa der 27. Januar. Wo man zu Kaisers Geburtstag auch eine Fahne aus dem Fenster hängte, ohne deshalb gleich ein begeisterter Anhänger der Hohenzollern zu sein.

Dass ich pünktlich zum dreizehnten Geburtstag meine ersten langen Hosen bekam, kann ich mir nur dadurch erklären, dass die alten Traditionen für ihn lebendiger waren, als er es sich selber eingestand. Die ganzen Rituale, die sonst für einen jüdischen Jungen zu diesem Datum gehörten, durfte ich aber nicht mitmachen. Dabei wäre ich liebend gern vor der ganzen Gemeinde als Thoravorleser aufgetreten. Es hätte meinem schon damals stark entwickelten Hang zum Theaterspielen entsprochen.

Die Heftigkeit, mit der Papa alles Religiöse und vor allem alles Jüdische als unmodern und überholt ablehnte, hatte nichts mit irgendwelchen aufklärerischen Erkenntnissen zu tun – *Meyers Konversations-Lexikon* hin oder her. Er war einfach davon überzeugt, dass jeder Form von Gottgläubigkeit etwas Provinzielles anhafte. Und provinziell wollte er, wie viele Leute, die selber aus der Provinz stammen, auf keinen Fall sein. Bemühte sich, großstädtischer als jeder alteingesessene Berliner zu wirken, konnte aber die Sprachmelodie seiner Jugend mit dem rollenden R und den gequetschten Vokalen nie ganz ablegen.

Vielleicht habe ich die Faszination für die Verstellung von ihm geerbt. Er hat sein ganzes Leben lang eine Rolle gespielt: die des intellektuellen Revoluzzers. Aber die Umstände – im Zivilstand Lampenputzer – sorgten dafür, dass seine Rebellion immer rein theoretisch blieb. Äußerlich war ihm davon nichts anzumerken. Zu jeder Zeit, auch zu Hause, war er so korrekt gekleidet, wie man das von einem Konfektionär mit dem Hang zur besseren Kundschaft erwarten durfte. Ein diskret gemusterter Anzug mit Weste, eine seidene Krawatte, ein unbequem steifer Kragen. Dazu ein Schnurrbart, den er zwar nicht in *Es ist erreicht*-Manier nach oben zwirbelte, der aber doch regelmäßige Pflege mit einer speziellen Bürste erforderte.

Er war, wie auch Mama, nicht sehr groß gewachsen. Wenn es pädagogisch werden sollte, musste ich langer Spargel mich hinsetzen, damit er während seiner Gardinenpredigt nicht zu mir hinaufzuschauen brauchte.

Wenn er noch lebte, würde ich ihn gern in die Arme nehmen und ihm ins Ohr flüstern: «Du Glumskopp, du!»

Was meine Eltern anbelangt, habe ich mir nichts vorzuwerfen. Ich habe mich immer um sie gekümmert, auch in der Emigration. Wenn ich sie hätte retten können, hätte ich sie gerettet. Ich hätte sie sogar geliebt, wenn sie es zugelassen hätten. Aber mein allzeit vernünftiger Papa mochte keine Gefühlsduseleien, und in Mamas wohlerzogener Welt waren Zärtlichkeiten nicht vorgesehen.

Ich beschwere mich nicht. Es hat mir nie an etwas gefehlt. Nur: Manche Dinge habe ich nicht gelernt. In einem Haus ohne Musik wachsen keine Musiker heran. Als Regisseur war ich gut darin, Liebesszenen zu inszenieren. Weil ich mir auch im Alltag jedes Mal überlegen musste, wie das geht. Wir haben es zu Hause nicht geübt.

Meine Eltern haben mich geliebt, da bin ich mir sicher. Sie konnten es bloß nicht zeigen. Nicht so, wie ich mir das in einer Familie vorstelle. Nicht wie ich ein eigenes Kind geliebt haben würde. Nicht wie dieses Kind mich geliebt hätte. Nicht ...

Es war so, wie's war.

Sie haben viel für mich getan. So wie es ihnen richtig erschien. Vielleicht, ich weiß es nicht, haben sie sich nach meiner Geburt ein Erziehungshandbuch gekauft und dann Punkt für Punkt abgearbeitet. Wenn in dem Buch keine Gefühlsäußerungen vorkamen, war das nicht ihre Schuld. Mama konnte eine Orange mit Messer und Gabel schälen, aber sie wusste nicht, wie man jemanden umarmt. Man hatte es ihr nicht beigebracht. Im Gegenteil: In Bad Dürkheim an der Weinstraße hatte man es ihr ausgetrieben.

Als ich dann Olga begegnete, da war für mich das Wunderbarste an ihr, dass solche Sachen für sie ganz selbstverständlich waren. Dass sie nie darüber nachdenken musste. Sie kam aus einer ganz anderen Art von Familie.

An dem Tag, als sie mich in Hamburg ihren Eltern vorstellte, hatte ich mehr Lampenfieber als vor der wichtigsten Premiere. Und dann hat mich ihre Mutter zur Begrüßung auf beide Backen geküsst, und ihr Vater hat mir den Arm um die Schultern gelegt. Er musste sich dazu auf die Zehenspitzen stellen, und darüber haben wir alle vier gelacht.

Dann sind Olga und ich miteinander nach Berlin gefahren, und wieder war ich der mit dem Lampenfieber. Sie war ganz ruhig. Ich glaube, sie hat die unpersönliche Künstlichkeit, mit der sie in ihrer neuen Familie empfangen wurde, überhaupt nicht bemerkt. Olga besaß schon immer eine Fähigkeit, die mir völlig abgeht: Menschen so zu akzeptieren, wie sie sind. Ich muss immer an ihnen herumschrauben. Sie in meinem Kopf uminszenieren.

Bei der ersten Begegnung streckte Mama ihrer neuen Schwiegertochter die Hand mit so künstlicher Eleganz hin, dass Olga nur ihre Fingerspitzen zu fassen kriegte. Papa machte diesen halben Diener, den sie auch mir beigebracht haben, und sagte: «Sehr erfreut, Sie kennenzulernen, Fräulein Meyer.» Ich hatte sie mit ihrem Vornamen vorgestellt, aber das war ihm nicht korrekt genug.

Dabei war Papa von Anfang an begeistert von ihr. Und das einzige, was Mama auszusetzen hatte, war die Tatsache, dass Olga einen Beruf hatte. In ihrer Welt verdienten sich Frauen nicht ihr eigenes Geld.

Sie mochten sie wirklich. Aber sie konnten es nicht zeigen. Dafür hatten sie kein Talent.

Wenn ich als kleiner Junge Papa gefragt hätte: «Liebst du mich?», hätte er geantwortet: «Das ist doch selbstverständlich.» Was selbstverständlich ist, muss ein logisch denkender Mensch nicht auch noch demonstrieren.

In der Krankenstation von Westerbork habe ich, als es mir wieder besserging, angefangen, die Bibel zu lesen. Man muss das einmal im Leben getan haben. Um zu verstehen, warum manche Menschen davon so begeistert sind.

Du sollst Vater und Mutter ehren steht da. Es braucht ein eigenes Gesetz dafür, weil es eben nicht selbstverständlich ist.

Ich bin kein frommer Mensch, aber an dieses Gebot, das kann ich mit gutem Gewissen sagen, habe ich mich mein Leben lang gehalten.

Nur: Aus mir wäre ein anderer geworden, wenn ich nicht in der überkorrekten Atmosphäre der Klopstockstraße aufgewachsen wäre. Genau so wie Mama ohne Bad Dürkheim eine andere geworden wäre. Oder Papa ohne sein Heimatörtchen Kriescht.

Kriescht.

Man muss den Namen laut aussprechen, um richtig zu spüren, wie hässlich er ist.

Kriiiescht.

Wer will schon aus einem Ort stammen, der so heißt? Selbst ein Napoleon hätte, in Kriescht geboren, keine Karriere gemacht. Unteroffizier wäre er allerhöchstens geworden, bei seiner Körpergröße. Aber niemals Kaiser.

Braunau, das ist ein Name für einen Geburtsort. Da ist schon die Farbe der Hemden mit drin. Aber doch nicht Kriescht.

Bei uns zu Hause war das ein Schimpfwort. Bezeichnete alles, was unelegant war. Wenn ich in der Nase bohrte oder beim Essen die Ellbogen auf den Tisch stützte, wurde ich angeblafft: «Wir sind hier nicht in Kriescht!» Manchmal brachte Papa das Muster einer neuen Bluse oder eines Rocks zur Prüfung nach Hause; meine Mutter war schließlich *in der Konfektion*, wie sie das nannte, aufgewachsen und hatte in diesen Dingen einen sicheren Geschmack. Sie machte dann nicht viele Worte, nickte nur zustimmend oder schüttelte den Kopf. Und manchmal – das war ihr vernichtendstes Urteil – sagte sie mit ganz spitzem Mündchen: «Kriescht». Was *unmöglich* hieß, *provinziell, für Berlin völlig ungeeignet.*

Kriescht eben.

Papa erzählte nicht viel von seiner Jugend in der Mark Brandenburg. Sehr angenehm kann sie nicht gewesen sein. «Es gibt Orte», sagte er, «an die erinnert man sich nicht. Die vergisst man.»

Was natürlich nicht stimmt. Gerade die Orte, an die man sich nicht erinnern will, vergisst man nie.

Und doch ist er noch einmal nach Kriescht gefahren. Wohl nicht freiwillig, sondern weil es sich nicht vermeiden ließ. Es war jemand gestorben, ich weiß nicht mehr wer, und ein Haushalt musste aufgelöst werden. Ich kann damals nicht mehr als fünf oder sechs gewesen sein, und es muss einen Grund gegeben haben, warum ich mitfahren durfte. Vielleicht litt Mama wieder an ihrer Magengeschichte und brauchte Ruhe. Man traute unserer Haushälterin – ich kann mich weder an ein Gesicht noch an einen Namen erinnern – wohl nicht zu, mich genügend still zu halten. Bestimmt hatte Großpapa angeboten, mich die paar Tage aufzunehmen. Ebenso sicher war das Angebot abgelehnt worden. Von wegen Zigarrenrauch und unpädagogischen Geschichten.

Wie auch immer, ich, der kleine Kurt Gerson, der noch nie aus Berlin weg gewesen war, durfte eine Reise machen. Durfte zum ersten Mal in eine Eisenbahn steigen und ganz weit wegfahren. Bis nach Kriescht, das ich mir, ohne bei dem Gedanken die geringste Angst zu empfinden, als einen Ort voller exotischer Bedrohungen und Gefahren vorstellte. Warum sollte ich Angst haben, wo doch Papa dabeisein würde?

Ich besaß damals ein Bilderbuch, in dem trug ein hünenhafter Neger einen kleinen Jungen auf den Schultern durch einen Fluss, während ein Mann mit Tropenhelm hinter ihnen ein Krokodil erschoss. So eine Expedition würde es werden, stellte ich mir vor. Ohne Krokodile natürlich, soviel wusste ich damals schon. Aber mindestens so aufregend. Um für alle Entdeckungen gewappnet zu sein, nahm ich meine Botanisierbüchse mit, in der ich von sonntäglichen Spaziergängen im Tiergarten Würmer und Käfer nach Hause zu schleppen pflegte.

Wie stark doch Empfindungen in uns haftenbleiben! Wenn ich an unsere Abreise denke, spüre ich wieder die Verwunderung darüber, dass Papa nur einen kleinen Koffer mitnahm. Ich weiß nicht, was ich erwartet hatte – eine Karawane schwerbepackter Kamele? –, aber in meiner kindlichen Logik schien es mir unmöglich, eine so große Reise mit nur einem einzigen Gepäckstück anzutreten.

Erst sehr viel später habe ich lernen müssen, dass in einem Koffer ein ganzes Leben Platz haben kann.

Gefühle sind – wie Gerüche – eine Vorrichtung zum Festhalten von Erinnerungen. Ich muss nur daran denken, und schon spüre ich wieder die Vorfreude, das Reisefieber und jenes andere, bittere Gefühl, das ich für alle Zeiten mit Kriescht verbinde.

Unser Zug fuhr vom Schlesischen Bahnhof. Die Tafel am Wagen kündigte exotische Ziele an: Königsberg, Eydtkuhnen, St. Petersburg. Wir fuhren nur bis Küstrin und von dort mit einer Lokalbahn, die herrlich laut pfeifen konnte, weiter bis Kriescht. Wo nichts so war, wie ich es erwartet hatte.

Genau so wie ich damals muss sich ein alter Mann fühlen, der immer noch an die prinzipielle Korrektheit deutscher Behörden glaubt und deshalb sein ganzes Vermögen in einen Heimeinkaufsvertrag in Theresienstadt investiert hat. Für eine Wohnung mit Balkon und Seesicht. Dann kommt er aus der Schleuse und erfährt, dass es hier gar keinen See gibt und auch keinen Balkon und natürlich auch keine Wohnung.

In Kriescht gab es gar nichts. Ich kann die Enttäuschung immer noch spüren. Mit Enttäuschungen kenne ich mich aus.

Da war nur ein einziger Bahnsteig und etwas, das sich Bahnhof nannte. Für mich an andere Maßstäbe gewöhnten Berliner Steppke ein besserer Schuppen. Rund um einen großen, leeren Marktplatz, der nach Kuhscheiße roch, das eine oder andere größere Gebäude. Eine Fachwerkkirche und ein Kriegerdenkmal. So planlos zusammengewürfelt, als ob jemand den Grundbaukasten *Deutsches Provinznest* aufs Geratewohl in die Landschaft gekippt hätte. Ich spürte gleich, dass hier auch nicht der geringste Hauch von Abenteuer in der Luft lag. Am liebsten wäre ich gleich wieder zurückgefahren.

Und dann sagte Papa auch noch: «Wir sind noch gar nicht da.»

Sein Kriescht, erklärte er mir, war nicht hier, wo sich das Dorf unbegabt als Städtchen kostümierte, sondern ein paar Kilometer weiter, in einem Ortsteil namens Nesselkappe. Dorthin fuhr keine Bahn, und Droschken, wie sie in Berlin an jeder Ecke standen, gab es auch nicht. Wir mussten zu Fuß gehen. Deshalb hatte er so wenig Gepäck mitgenommen.

Es kann nicht Winter gewesen sein, obwohl es sich so anfühlte. Es war kalt, und der Weg war lang. Ich erinnere mich an ganze Meteoritenschwärme von trockenen Blättern, die uns der Wind ins Gesicht trieb. Mein Mantel, bestimmt aus eigener Fabrikation, Max Gerson & Cie., wärmte schon bald nicht mehr. Ich habe nie wieder so gefroren wie auf jenem Fußmarsch.

Das stimmt nicht. Ich habe oft viel mehr gefroren. Aber all die andern Male wusste ich schon, dass Frieren bei weitem nicht das Schlimmste ist, was einem passieren kann. Hatte ich schon gelernt, dass sich die Welt nicht an Spielregeln hält.

Papa ging voraus, wohl um mich vor dem Wind zu schützen, der uns entgegenblies. In der einen Hand trug er seinen Koffer, und mit der andern hielt er seinen Hut fest. Von hinten sah das aus, als ob er salutierte. Ich dachte mir eine Geschichte dazu aus: Wir waren zwei Soldaten, die in die Schlacht zogen. Oder wir hatten sie bereits gewonnen und marschierten jetzt nach Hause, um siegreich Meldung zu erstatten. Vielleicht waren wir verwundet, aber das ließen wir uns nicht anmerken. Über so etwas lachten wir bloß. Und marschierten aufrecht, mit festem Schritt und Tritt. Die Phantasie half mir – wie mir meine Phantasie noch oft geholfen hat –, aber irgendwann konnte ich mit Papa nicht mehr mithalten. Vielleicht ging er, ohne es selber zu bemerken, immer schneller, weil sein Körper in stärkerer Bewegung Wärme suchte. Oder ich wurde langsamer. So oder so: Irgendwann konnte ich ihm nicht mehr folgen.

Ich habe nicht gerufen. Helden tun so etwas nicht.

Plötzlich war da nur noch die Straße, links und rechts von Hecken gesäumt, ein Kiesweg voller Schlaglöcher und Tümpel. Und ich war allein auf diesem Weg, ganz allein. Papa war hinter einer Biegung verschwunden. Es war nichts mehr von ihm zu sehen. Ich rannte los, keuchend und weinend, mein Fuß verfing sich in irgendetwas, ich fiel hin und rappelte mich wieder auf, ich rannte weiter, das Gesicht im Wind voller Tränen und Rotz.

Und dann war da die Biegung, und hinter der Biegung eine Kreuzung mit einem Wegweiser, der zeigte in vier leere Richtungen.

Papa war verschwunden.

Nur sein Koffer stand noch da.

Ich wusste, dass ich ihn verloren hatte. Verloren für immer.

Eine Ewigkeit lang stand ich dort allein. Eine kurze Ewigkeit. Wie lang braucht ein Mensch schon, um zu pinkeln? Papa kam wieder aus dem Gebüsch heraus, wischte mir das Gesicht ab und tröstete mich. «Mein armes Nachschrabsel», sagte er.

Als ich mich wieder beruhigt hatte, las er mir, um mich auf andere Gedanken zu bringen, die Ortsnamen auf dem Wegweiser vor. *Nesselkappe* stand da und war gar nicht mehr weit entfernt. Auf einem andern Arm: *Sonnenburg*. Was mir, verfroren wie ich war, als verlockendes Ziel erschien.

«Da gehen wir aber nicht hin», sagte Papa. «Dort ist nur das Zuchthaus.»

Später – ich habe es in Paris erfahren – wurde aus dem Zuchthaus ein KZ, und es half einem nichts, wenn man sagte: «Da gehen wir aber nicht hin.»

Und dann diese fremde Wohnung.

Eigentlich gar nicht so fremd. Die Wohnung eines Verwandten, wenn ich auch heute nicht mehr sagen könnte, an welchen Ast unseres Stammbaums er gehörte. Nach einem Orkan macht es keinen Sinn, abgebrochene Zweige zu zählen.

Die Wohnung hatte nichts Außergewöhnliches, aber mir schien sie unheimlich. Wir waren Eindringlinge, Einbrecher geradezu. Papa stemmte eine Schreibtischschublade, zu der er den Schlüssel nicht fand, mit einem Brecheisen auf. Und der Besitzer all dieser Dinge war gerade erst verstorben. Wir hausten in den Zimmern eines Toten.

Und da war dieser Geruch, diese ungelüftete Muffigkeit. Bei uns an der Klopstockstraße hatte sich auch einmal ein übler Geruch ausgebreitet, jeden Tag stärker, und am Ende war es eine Maus gewesen, im Heizungsrohr verwest. Als wir sie fanden, war sie ganz ausgetrocknet, und Papa las aus *Meyers Konversations-Lexikon* etwas über ägyptische Mumien vor.

Ein gestorbener Mensch, so leuchtete mir das damals ein, ist noch viel toter als eine verweste Maus. Wenn ich nachts neben Papa in diesem fremden Ehebett lag, wenn ich in der Dunkelheit auf die fremden Geräusche lauschte oder auf den fremden Mangel an Geräuschen, dann fand ich vor Angst keinen Schlaf. Ich war mir sicher: Der Verstorbene konnte jederzeit wieder auftauchen und uns Eindringlingen etwas antun.

Mein Leben lang hatte ich in jeder verlassenen Wohnung dasselbe Gefühl. Es machte keinen Unterschied, ob da jemand gestorben war oder geflohen, oder ob er deportiert worden war.

Am Tag verhandelte Papa mit Leuten, die etwas von der Hinterlassenschaft kaufen wollten. Zuerst dachte ich, es müssten alles seine Freunde sein. Im Gespräch mit ihnen entberlinerte sich seine Sprache immer mehr und nahm die Dialektfärbung an, die er sich sonst nur im vertrauten Familienkreis erlaubte. Aber diese Männer gehörten nicht zur Familie. Aus irgendeinem Grund schien er Angst vor ihnen zu haben. Das war deutlich zu spüren, auch wenn er meine Frage danach weglachte.

Wahrscheinlich verramschte er alles viel zu billig. Kaum einer der Interessenten verließ die Wohnung mit leeren Händen. Jeder schleppte zumindest einen Stuhl ab oder einen Waschkorb voller Geschirr. Ich erinnere mich an eine Standuhr, die beim Wegtragen plötzlich zu schlagen begann. Einmal, als vier Männer fluchend ein schweres Büffet die enge Treppe hinunterwuchteten, brach einer der geschnitzten Füße ab, und sie verlangten für den Schaden eine Preisminderung.

Gleich am ersten Tag fand ich in dem staubigen Winkel, wo ein Nachtkästchen schon seit Jahrzehnten am immer gleichen Ort gestanden hatte, einen preußischen Silbergroschen aus dem Jahr 1850. *Scheidemünze* stand darauf, ein fremdes Wort, das mich sehr beeindruckte. Ich durfte den Groschen behalten und habe ihn noch als Erwachsener viele Jahre als Talisman im Geldbeutel herumgetragen. Bis er dann eines Tages, wie so vieles andere, einfach nicht mehr da war.

Die Wohnung leerte sich immer mehr und schien dabei größer zu werden. Die Wände, so kam es mir vor, wuchsen in die Höhe. Auf der Tapete erschienen helle Flecken, wo früher einmal Bilder gehangen hatten. Es ging alles weg, und in der letzten Nacht lagen unsere Matratzen auf dem Fußboden, weil auch das Bett schon verkauft war.

Nur einen kleinen Stapel Bücher wollte niemand haben. Sie waren in einer fremden Schrift geschrieben, und Papa sagte, das sei Judski-Kram und des Aufhebens nicht wert.

Aber das war nicht das Wichtigste, das in Kriescht passierte. Das Wichtigste war etwas anderes.

Etwas viel Unangenehmeres.

Es muss am zweiten oder dritten Tag nach unserer Ankunft gewesen sein. Das Wetter war besser geworden. Dort, wo die tiefstehende Sonne wie der Lichtkegel eines Theaterscheinwerfers durch die Fenster strahlte, tanzten Staubpartikel. Wenn man in die Hände klatschte, stoben sie für einen Moment auseinander, als ob das Geräusch sie erschreckt hätte. Aber möglicherweise gehört die Erinnerung an dieses kindliche Experiment gar nicht zu diesem Tag, und mein Gedächtnis hat sie nur nachträglich dort eingefügt.

Egal.

Mit was auch immer ich mir in dieser fremden Wohnung die Zeit vertrieb, für meinen genervten Vater war es zu laut. Er schlug vor, ich solle runter auf die Straße gehen, von wo die Stimmen spielender Kinder zu hören waren. Jungen meines Alters. Mit denen, meinte Papa, würde ich mich bestimmt wunderbar verstehen.

Wir spielten denn auch zusammen, etwas Kompliziertes, bei dem man mit geschlossenen Augen einen Parcours abhüpfen musste, ohne an der falschen Stelle einen Fuß auf den Boden zu setzen.

Die erlaubten und die verbotenen Felder waren mit einem Ast in den feuchten Boden gekratzt. Die gestampfte Erde, in der das möglich war, erschien mir als großer Fortschritt gegenüber dem Berliner Asphalt.

Ich kannte die Regeln nicht und machte alles falsch. Die andern mochten das. Sie konnten mich bei jedem Fehler auslachen, was sie ganz ohne Bösartigkeit taten. Ich erinnere mich an einen kleinen Jungen in einem zerrissenen Hemd, der sich vor Begeisterung über meine Ungeschicklichkeit nicht beruhigen konnte. Er zog beim Gehen ein Bein nach und war wohl, bis ich dazukam, immer der Schlechteste gewesen.

Bald hatte ich die Regeln begriffen und mir die Felder gemerkt. Ich habe später auch Rollentexte immer sehr schnell auswendig gekonnt. Ich war kurz davor, eine fehlerfreie Runde zu schaffen, als sich mir plötzlich, mitten auf dem Parcours, jemand in den Weg stellte. Jemand, der größer war als ich. Viel größer. Das erste, was ich von ihm sah, als ich die Augen öffnete, war sein grobgestrickter grauer Pullover.

Ein Junge von vielleicht sechzehn Jahren. Und er war nicht allein. Da waren noch zwei andere. Die frisch erlernten Regeln des Spiels waren mir so wichtig, dass ich als erstes dachte: Die stehen ja auf den verbotenen Feldern. Warum sagt ihnen das keiner?

Aber da war keiner mehr, der es ihnen hätte sagen können. Meine Spielkameraden waren verschwunden.

Die drei Jungen, die mir wie Männer vorkamen, wie Riesen, unterzogen mich einem Verhör. Wie ich hieße, woher ich käme, und was ich hier zu suchen hätte.

«Ich heiße Kurt Gerson», sagte ich und fügte, wie man es mir für den Fall, dass ich mich einmal verlaufen sollte, eingetrichtert hatte, hinzu: «Klopstockstraße 19.»

«Klopstock», wiederholte der Junge. «Das ist ein guter Vorschlag. Du willst also, dass wir einen Stock holen und dich verkloppen?»

Die beiden andern begrölten das Wortspiel. Wie besoffene Kabarettbesucher einen zweideutigen Witz.

«Nein», sagte ich. «Bitte nicht.»

«Noch einmal: Wie heißt du?»

Er war mir so bedrohlich nahe, dass ich seinem ungewaschenen Geruch nicht ausweichen konnte. Gern hätte ich einen Schritt rückwärts gemacht, aber das traute ich mich nicht. Es gibt ein Werbephoto, auf dem der schmächtige Heinz Rühmann vor mir steht und zu mir aufblickt, die Nase fast an meinem dicken Bauch. So ähnlich müssen auch damals die Größenverhältnisse gewesen sein. Im Atelier hat man mir für die Aufnahme eine Kiste untergeschoben. Der Junge in Kriescht brauchte das nicht, um auf mich herabzusehen.

«Ich heiße Gerson», wiederholte ich. Meine Stimme fing schon an zu zittern. «Kurt Gerson, ja.»

«Gerson ...» Mein Peiniger schien nach einer Pointe zu suchen, noch brillanter als die vom Stock und vom Kloppen, aber es fiel ihm keine ein. «Wer hat dir erlaubt, dich hier herumzutreiben?»

«Wir haben nur gespielt.»

«Wer es dir erlaubt hat?»

«Mein Vater. Er hat gesagt ...»

«Dein Vater? Interessant. Heißt der etwa auch Gerson?»

Ich nickte. Meine Stimme war immer dünner geworden, und jetzt versagte sie ganz.

«Ich meine, er lügt uns an», sagte der Junge. «Was meint ihr?»

Die andern meinten das auch.

«Mir scheint, er hat keinen Vater. So einen Namen wie Gerson gibt's überhaupt nicht.»

«Außer bei Juden», sagte einer seiner Kumpel.

«Richtig», sagte der Anführer. «Das werden wir überprüfen müssen.»

Und dann zogen sie mir, mitten auf der Straße, die Hosen aus. Einer hielt mich fest, der zweite knöpfte mir sorgfältig die Hosenträger ab, und der Anführer schaute nach, ob ich tatsächlich Gerson heißen konnte. Er ging sogar in die Hocke, um es ganz genau zu sehen.

«Tatsächlich», sagte er dann. «Ein typischer Gerson.»

«Eher ein Gersönchen», sagte einer der anderen, und wieder grölten sie.

Dann hatten sie ihren Spaß gehabt und ließen mich stehen. Meine Hose und die Unterhose bis zu den Knöcheln hinuntergezogen.

Ließen mich einfach stehen. In Kriescht, Ortsteil Nesselkappe.

Sie bekamen ihre Strafe.

Papa hatte aus dem Fenster geschaut, im genau richtigen Moment, und jetzt kam er die Treppe heruntergerannt. Seine Schritte wie ein Gewitter, wie Hagel auf einem Dach. Er riss die Tür auf, doch die drei waren nicht mehr da.

Er kniete bei mir nieder, und obwohl er doch immer so großen Wert auf sein Äußeres legte, war es ihm völlig egal, dass der Boden nass war und ihm die Hosen verdreckte. Er nahm mich in die Arme, der vertraute Vatergeruch hüllte mich ein, und dann war ich wieder angezogen, und er sagte: «Wenn du jetzt weinen willst, ist das in Ordnung.»

Aber ich wollte nicht weinen. Ich war tapfer.

«Gleich gehen wir zur Polizei», sagte Papa. «Aber vorher will ich sehen, wie gut du dieses Spiel gelernt hast.»

Ich hüpfte ihm den ganzen Parcours vor, ohne einen einzigen Fehler, mit geschlossenen Augen.

«Ich bin stolz auf dich», sagte er.

Über dem Eingang der Polizeistation breitete ein großer Adler seine Schwingen aus. Drinnen erwartete uns ein Gendarm mit einem mächtigen Schnurrbart, den Tschako auf dem Kopf. Er salutierte vor Papa, und ich musste erzählen, was alles passiert war, und wie die drei Jungen ausgesehen hatten. Ich machte das sehr gut. Ich beschrieb den Pullover, den ich die ganze Zeit angestarrt hatte, welche Farbe er gehabt habe, dass da unter dem Arm eine zerrissene Stelle gewesen sei und dass er ganz ähnlich gerochen habe, wie der alte Sessel, der oben in der Wohnung immer noch zum Verkauf stand.

«Das ist ja ambartschig», sagte der Gendarm und schrieb alles auf. Er lobte mich, weil ich mir die Sachen so gut gemerkt hatte. Als ich mit meinem Bericht zu Ende war, zwirbelte er die Enden seines Schnurrbarts in die Höhe und sagte: «Das werden wir gleich haben, Herr Gerson.» Dann ging er hinaus. Die Sporen an seinen Stiefeln schepperten bei jedem Schritt, und der Säbel, der zu seiner Uniform gehörte, schwang hin und her.

Die drei waren bekannte Missetäter, und er wusste, wo er sie zu suchen hatte. Den Anführer packte er am Ohr, und der begann sofort zu weinen, so jämmerlich, dass man ihn nur verachten konnte. Der Rotz lief ihm aus der Nase, er hatte kein Taschentuch bei sich und wischte sich alles mit dem Ärmel ab, was bei uns zu Hause als das Schlimmste vom Schlimmen galt. Der Gendarm zog ihn hinter sich her. Die beiden anderen kamen ohne Bewachung mit. Nur die Hände hatte man ihnen auf den Rücken gebunden.

«Sind sie das?», fragte mich der Gendarm. Sie hatten große Angst und hätten mir alles gegeben, wenn ich sie nur nicht verriet. Aber ich war erbarmungslos und sagte: «Ja, das sind sie.»

Dann gab es eine Gerichtsverhandlung. Der Richter saß auf einem hohen Stuhl und hatte einen Hammer, mit dem er immer wieder auf den Tisch schlug. Ich sagte als Zeuge aus, die Hand zum Schwur erhoben, und dann wurden die drei verurteilt. «Kerker», sagte der Richter, und es nutzte ihnen nichts, dass sie auf die Knie fielen und um Gnade bettelten. Nur ich hätte ihnen die gewähren können, aber ich dachte nicht daran. Mit unbewegtem Gesicht sah ich zu, wie man sie in Ketten legte und abführte. Papa klopfte mir auf die Schulter und sagte: «Das hast du gut gemacht.»

Dann gingen wir in die Wohnung zurück. Die Leute, die etwas kaufen wollten, waren jetzt sehr viel höflicher. Wenn es einer nicht war, schwenkte ich meinen Säbel – den hatte mir der Gendarm geschenkt –, und dann knickte der Mann vor Angst zusammen und zahlte ohne zu feilschen jeden Preis, den Papa für ein Möbelstück verlangte.

Noch am gleichen Tag war die Wohnung leer, und weil wir jetzt so viel Geld hatten, gingen wir nicht zu Fuß nach Kriescht zurück, sondern ließen die Eisenbahn zu uns kommen, direkt vors Haus. Als wir abfuhren, standen die Leute Spalier und riefen «Hurra».

Am Schlesischen Bahnhof wartete Mama auf uns und hatte große Angst um mich gehabt. Aber ich tröstete sie und sagte: «Du musst keine Angst mehr haben. Ich bin jetzt groß und weiß mich schon zu wehren.»

Sie war sehr stolz auf mich.

Aber so war es nicht.

So war es: Ich schämte mich viel zu sehr und erzählte Papa nicht, was die drei großen Jungen mit mir angestellt hatten. Dass ich für sie ein Judski war, dass ich mich nicht hatte wehren können, und dass sie mich dort angeschaut hatten, wo mich niemand anschauen durfte.

Er hat es nie erfahren.

Niemand hat es erfahren.

Ich war schon als Kind ein guter Phantasierer. Wenn mir die Wirklichkeit nicht gefiel – wann gefällt einem die Wirklichkeit schon? –, malte ich mir eine andere aus. Zuerst noch mit ungeschickten Strichen, wie Kinderzeichnungen eben sind, und dann, je älter ich wurde, mit immer mehr Einzelheiten und Schattierungen. In meinem Kopf drehte ich Filme, noch bevor ich wusste, dass es so etwas wie Kino gab.

Das heißt nicht, dass ich unangenehme Tatsachen wegleugne. Ich wusste immer sehr gut, wie die Welt wirklich war, und vergaß es auch nicht. Ich zog es nur vor, sie mir ein bisschen zu verschönern. Meine Rolle umzuschreiben. Die Kunst – ja, es ist eine Kunst! – besteht darin, die Wirklichkeit nicht aus dem Stück zu streichen, sondern ihr eine falsche Nase zu kleben. Und zwar so, dass man den Mastix nicht riecht. Nicht irgendeine Nase, sondern eine, die schöner ist als die echte. Oder doch interessanter. Die Geschichten, die ich mir erzählte, mussten wahrer sein als die Wirklichkeit.

Wahrer als die Wirklichkeit, darauf kommt es an. Die Realität zupinseln kann jeder. Die Fensterläden verrammeln und sich vorlügen, dass es deshalb draußen nicht mehr regnet. Das Stück absetzen und das Theater leer lassen. Die Augen zudrücken oder mit offenen Augen blind sein. Das geht immer. Man kann sich auch in Theresienstadt noch einreden, es sei nicht passiert, was passiert ist. Weil nicht sein kann, was nicht sein darf.

Phantasie ist etwas anderes. Nur Künstler sind gute Lügner. Wenn Dilettanten eine Wahrheit erfinden wollen, sieht man die Kulissen wackeln.

Solche erfundenen Wahrheiten müssen nicht ewig halten. Nur bis das Chanson gesungen oder die Szene gespielt ist. Nur bis zum nächsten Blackout.

Mama hielt mich für einen Träumer, und Papa nannte mich Kurt-guck-in-die-Luft. Aber es war keine schlechte Angewohnheit. Es war ein Talent. Eins, das nicht jeder hat.

Kalle war ein guter zweiter Mann. Ein Chargenspieler mit einer Vorliebe für Herrscherrollen. Aber er konnte sich seine Szenen nicht selber ausdenken. Natürlich sagte er schon mal: «Heute bauen wir einen Luftballon und fliegen damit zum Mond», aber das war dann nicht etwas im eigenen Kopf Entstandenes, sondern nur ein Nachplappern. Weil gerade alle Welt für *Frau Luna* schwärmte. Als König oder Kaiser war er nie überzeugend. Er wollte unentwegt majestätisch sein. Ohne Phantasie eben. Es wäre ihm nie in den Sinn gekommen, auf seinem Thron pausenlos zu futtern, wie ich es einmal in einem Weihnachtsmärchen gemacht habe. So etwas fiel ihm nicht ein.

Ich habe aus meinem Talent einen Beruf gemacht. Der so absurd ist, als ob ich ihn mir selber ausgedacht hätte. Die Leute ziehen sich einen Smoking an, ein Kleid, über das sie beim Gehen stolpern, und bezahlen Geld dafür, dass man ihnen etwas vormacht. Sind bereit, alles zu glauben. Wenn sie nicht auf Freikarten reingekommen sind.

Theater ist ja auch nicht das Schwierige. Da ist man nicht allein. Man bekommt eine Bühne und ein Textbuch und einen Regisseur. Ich habe mit Max Reinhardt gearbeitet, und der hätte noch aus dem Fernsprechverzeichnis einen überzeugenden Dialog herausgekitzelt.

Nein, schwierig ist es, sich selber etwas vorzumachen. Es gleichzeitig zu glauben und doch nicht zu glauben. Genau zu wissen, dass man mit heruntergelassenen Hosen dagestanden hat, und sich doch damit zu trösten, dass die Übeltäter jetzt im Kerker sitzen. Dass es dort Mäuse gibt und Ratten und ganz viele ekelhafte Spinnen. Sich die Sätze einzureden, die man gern gesagt hätte, wenn man sie gesagt hätte. Den Ballettmädchen den Hintern zu tätscheln und sich vor aller Augen die Richtige für ein Schäferstündchen auszusuchen, während man doch ganz genau weiß …

Das ist schwer. Das hätte nicht jeder geschafft.

Ich könnte mir in Rahms Film eine Hauptrolle hineinschreiben. Einen letzten großen Auftritt. *Der Conférencier: Kurt Gerron. Bekannt von Bühne und Leinwand.* Könnte die Lügen, die Rahm von mir haben will, einzeln anpreisen. Mit blankpolierten Superlativen. Das hat er doch bestellt, der liebe Onkel Rahm: jede Menge Hokuspokus-Nummern und Damen ohne Unterleib.

Frack und Zylinder könnte ich mir ins Drehbuch schreiben. Ein Zirkuskostüm, wie ich es im *Blauen Engel* anhatte. Nur den Bauch unter der Weste müsste ich mir ausstopfen. Er ist nicht mehr so imposant wie früher. In Lackschuhen durch Theresienstadt spazieren und die Attraktionen anpreisen. «Herrreinspaziert, meine sehr verehrten Herrschaften! Treten Sie näher, treten Sie ein! Hier ist alles schön, hier ist alles fein!» Ein Frackhemd mit Rüschen und die Brust voll klimpernder Orden. «Sehen Sie hier unser Kaffeehaus! Immer die neuesten Zeitungen aus aller Welt! Mit garantiert nur guten Nachrichten! Die Kaffeebohnen jeden Tag frisch geröstet aus Wien eingeflogen und die Schwarzwälder Torten direkt aus dem Schwarzwald!» Einen Zeigestock in der Hand, wie sich das gehört für einen Jahrmarktschreier. «Und hier, meine Damen und Herren, unsere Diätklinik nach Dr. Fletcher! Um die überflüssigen Pfunde wieder loszuwerden, die man sich bei der reichhaltigen Theresienstädter Ernährung anfrisst!» Vor jeder Ansage Trommelwirbel und Tusch. «Kommen Sie, sehen Sie, staunen Sie! Unser Luxushotel, genannt die Kleine Festung! Dieses Haus hat noch nie ein Gast unzufrieden verlassen! Dieses Haus hat überhaupt noch nie jemand wieder verlassen!»

Vielleicht doch kein Frack. Ein Münchhausen-Kostüm. Das wunderbarste Ghetto der Welt, präsentiert vom Meisterlügner persönlich.

Wenn man sich in Phantasien wirklich verstecken könnte, würde mich nie wieder jemand finden.

Wenn ich mir vorstelle, dass ich so ein Drehbuch tatsächlich schreiben würde ... Es Rahm vorlegen. Mit ernsthaftem Gesicht. Vielleicht würde er darauf reinfallen. Zumindest für ein paar Stunden. Ironie ist nicht sein Fach. Wer immer nur Befehle erteilt, verliert das Gehör für Zwischentöne. «Gut gemacht, Gerron», würde er sagen und mir eine Belohnung überreichen lassen. Einen Beutel voller Gold oder, noch viel wertvoller, ein Stück Brot. Mit richtiger Butter.

Das er dann wieder aus mir herausprügeln lassen würde, wenn er die Ironie begreift. Oder wenn sie ihm jemand erklärt.

Im Kabarett gibt es immer wieder mal Zuschauer, die beleidigt sind, weil die andern schon lachen, und sie die Pointe immer noch nicht verstanden haben. Die machen dann böse Zwischenrufe. Schmeißen mit Gläsern, wenn sie betrunken sind. Wenn sie Rahm heißen, setzen sie einen auf die Liste für den nächsten Transport. Oder lassen einen in die Kleine Festung einliefern. Wo einem das Lachen vergeht. Endgültig.

Trotzdem. Wenn ich mir vorstelle, wie Rahm das Drehbuch zuerst gut findet ...

Ich sollte mich nicht in solche Ideen flüchten. Übermorgen will er meine Antwort haben. Ich darf die Zeit, die mir bleibt, nicht mit unsinnigen Träumen verschwenden.

Aber es tut so gut, der Wirklichkeit davonzulaufen. Darin sind wir hier geübt. In unsern Köpfen sind wir alle Schauspieler. Improvisieren uns die schönsten Heldenrollen in die Stücke. Wir haben uns daran gewöhnt, unsere Siege nur noch in der Theorie zu feiern. Nur noch im Konjunktiv zu triumphieren. «Der Konjunktiv ist die Zeitform der irrealen Wünsche», hat uns Oberstudiendirektor Dr. Kramm eingetrichtert. Er hätte auch sagen können: «Der Konjunktiv ist die Theresienstädter Zeitform.»

Ich hätte auch etwas anderes werden können.

Als wir unser Abitur gemacht hatten, als sie uns das Abitur nachgeschmissen hatten wie Ramschware bei einem Ausverkauf, da lief uns, als alles schon erledigt war, der Direktionsdiener hinterher – Hintze hieß er oder Kunze oder so ähnlich –, mit einer Liste, die man in der Eile auszufüllen vergessen hatte. Oberstudiendirektor Dr. Kramm ließ Listen zu jedem nur denkbaren Thema führen: Absenzen, Kreideverbrauch, Benutzung der Präparate aus dem Naturalienkabinett. Er trug deshalb bei seinen Schülern den Übernamen Odysseus, was er natürlich wusste, aber in seiner Eitelkeit als Kompliment deutete. Es hat ihm nie jemand die Herleitung von *der Listenreiche* erklärt. Dass dieser statistikverrückte Dr. Kramm eines seiner geliebten Formulare einfach vergessen konnte, scheint mir ein stärkeres Indiz für das Außergewöhnliche jener Tage als jedes *Ich kenne keine Parteien mehr, ich kenne nur noch Deutsche*-Geschrei.

In die Liste, die Hintze-Kunze so eifrig schwenkte, als sei sie ein Extrablatt und vermelde mindestens die Einnahme von Paris, sollten wir die Studienrichtung eintragen, für die wir uns entschieden hatten. Eine andere als eine akademische Laufbahn kam für seine Schüler nicht in Frage, das stand für den Listenreichen fest. Gerade hatte er in seiner Ansprache verkündet, dass uns das Vaterland das große Geschenk einer klassischen Erziehung gemacht habe, und dass wir nun Gelegenheit hätten, einen kleinen Teil unserer Dankesschuld im Dienste eben dieses Vaterlands abzutragen. Hinterher würden wir dann, im Kampf gestählt, die Schanzen der Wissenschaft so siegreich erstürmen wie die preußischen Helden jene von Düppel.

Ich trug damals nicht *Schauspieler* ein. An die Schauspielerei als Beruf habe ich überhaupt nicht gedacht. Wer in seiner Freizeit Geige spielt oder zum Eislaufen geht, kommt auch nicht auf den Gedanken, daraus gleich einen Beruf zu machen.

Ich schrieb: *Medizin*. Ein Jahr vorher hätte es noch *Jurisprudenz* geheißen. Das studierten damals alle Söhne jüdischer Konfektionäre. So, wie ich mir den Anwaltsberuf vorstellte, hätte er mir auch ganz gut gefallen. Die Geschworenen mit einer dramatischen Ansprache von der Unschuld eines Klienten überzeugen, das war gar nicht so weit entfernt von den Spielereien, die ich mit Kalle trieb.

Er war der einzige, der die Liste nicht seriös ausfüllte. All die Jahre war er sich sicher gewesen, dass er das Abitur nicht schaffen würde, und hatte darum auch keine Berufspläne geschmiedet. Er beantwortete die Frage nach seinem Studienfach ganz einfach mit *Leben*. Wie bei so vielen meiner Mitschüler wurde auch bei ihm nichts aus seinem Plan.

Unser Klassenprimus, der wie alle Primusse – er hätte «Primi» gesagt – Lehrer werden wollte, am liebsten für Latein, schrieb *Philologie* hin. Das hat er dann nie studiert. Er war vier Jahre an der Front, wurde gegen alle Wahrscheinlichkeit nicht ein einziges Mal verwundet und starb 1918 an der Ruhr.

Ich schrieb: *Medizin*.

Das kam so: Als ich in der Unterprima war, wurde Großpapa krank. Ganz plötzlich, und ich konnte es nicht glauben. Natürlich, er war immer alt gewesen, wie Großväter das eben sind, aber gleichzeitig doch auch unsterblich. Ich wusste damals noch nicht, dass auch Menschen, die uns wichtig sind, eines Tages einfach nicht mehr da sein können.

Jetzt lag er da in seinem Bett, ausgetrocknet und mit immer weniger Körper unter der dünnen Haut. Dr. Rosenblum, statt ihn zu heilen, wiegte bedenklich den Kopf und versuchte auf Lateinisch zu erklären, was er auf Deutsch nicht verstand. «Die ärztliche Kunst hat ihre Grenzen», sagte er. «Carcinoma bronchialis. Incurabilis.»

Großpapa machte sich nichts vor und behielt bis zum Schluss seinen Humor. Als Papa einmal allzu herzhaft in Optimismus machte und viel zu unehrlich laut behauptete: «Das wird schon wieder!», ergänzte er den Satz mit seiner neuen Flüsterstimme: «Du meinst: Das wird schon wieder ... eine Beerdigung geben.»

Krankheiten machten meinen Vater wütend. Weil dann deutlich wurde, dass er in Krisen völlig hilflos war.

Einmal, als ich bei meinem schon sehr kranken Großvater saß, bat der mich, eine Zigarre anzuzünden. «Ich vertrage sie nicht mehr», sagte er, «aber den Geruch mag ich immer noch. Und ich freue mich schon so lang darauf, dir das Zigarrenrauchen beizubringen.»

Ich tat ihm den Gefallen, so eifrig und gründlich, dass ich das ganze Klo vollkotzte. Das war das letzte Mal, dass ich meinen Großvater habe lachen hören.

Am Schluss schafften sie es nicht mehr, seine Schmerzen zu lindern.

Damals beschloss ich, Arzt zu werden. Einer, der alle seine Patienten heilt. Da kam wieder meine Phantasie ins Spiel.

Mein Großvater erklärte die Welt mit Geschichten. Lehrreichen, komischen und grusligen.

Als ich in kindlichem Ungeschick mal wieder hingefallen war und mich tränenüberströmt von ihm trösten lassen wollte, ließ er mich auf seine Knie klettern und summte leise das Lied, mit dem er mich schon als Dreijährigen immer hatte beruhigen können: «Wir fahren mit der Eisenbahn, Tschu-tschu-Eisenbahn, wir fahren mit der Eisenbahn, wer fährt mit?» Dann wischte er mir mit seinem Taschentuch die letzten Tränen ab – es roch, wie alles an ihm, nach Vertrautheit und Zigarren – und begann zu erzählen.

Früher einmal, sagte Großpapa, als die Welt so neu war, dass man die frische Farbe noch riechen konnte, hatten alle Menschen drei Beine und fielen deshalb nie hin. «Mit drei Beinen ist man stabil», sagte er, «das wird dir jeder Küchenhocker bestätigen.» Aber drei Beine, erzählte er weiter, haben auch einen Nachteil: Man kommt mit ihnen nicht gut voran. Immer zwei verbünden sich gegen das dritte, und man läuft nur noch im Kreis. Es hätte viel zu erkunden gegeben in dieser frischgebauten Welt, aber die Menschen mussten zusehen, wie die Tiere sie überholten und die besten Stücke für sich selber aussuchten: der Bär den Wald, der Löwe die Savanne und der Wal das Meer.

Und darum, sagte mein Großvater, beschlossen die Menschen eines Tages, ihr drittes Bein abzuschneiden. Das war nicht schwierig und tat auch nicht weh. Die Welt war jung und ihre Bestandteile noch nicht so festgebacken wie heute. Man kann auch einen Ziegelstein mit bloßer Hand verschieben, solang der Mörtel weich ist.

Jetzt war es den Menschen viel wohler, und sie rannten sofort los. Sie hatten es eilig, weil sie den Tieren die besten Stücke der Welt nicht gönnten. Wollten alles für sich selber haben. Den Wald und die Savanne und das Meer.

Aber mit nur zwei Beinen ist man nicht im Gleichgewicht, und darum fielen sie, einer nach dem andern, auf die Schnauze. Dem König rutschte die Krone vom Kopf, dem Richter das Barett, und der General landete in einer Brombeerhecke, wo ihm die Dornen sämtliche Orden von der Brust rissen. «Das kommt davon», sagte Großpapa und ließ mich in sein Taschentuch schneuzen, «wenn man ohne drittes Bein einfach so losrennen will.»

«Und die abgeschnittenen Beine?», fragte ich. «Was haben sie mit denen gemacht?»

«Die sind immer noch da. Nur verstecken sie sich, weil sie jetzt Angst vor den Menschen haben. Wenn man sich ganz, ganz schnell umdreht, kann man sie manchmal noch dabei erwischen, wie sie gerade hinter einer Ecke verschwinden. Wenn man nicht aufpasst, hüpfen sie einem in den Weg, und man stolpert über sie. So wie dir das passiert ist. Man sieht sie nicht kommen. Oder hast du schon einmal ein Bein ohne seinen Menschen gesehen?»

Ja, Großpapa, das habe ich. 1915 war das. In Flandern. Beine und Arme und Köpfe. Sie hatten wohl nicht aufgepasst.

Eine andere seiner Geschichten handelte von der Hölle. Ein Mitschüler hatte auf dem Pausenplatz erklärt, alle Juden müssten für ewige Zeiten im Fegefeuer brennen. Ich hatte ihm das zwar nicht geglaubt – er hatte auch einmal behauptet, Frauen brächten Kinder durch den Bauchnabel zur Welt –, aber die Vorstellung eines ewigen Feuers faszinierte mich. Papa durfte ich nicht danach fragen; es hatte mit Religion zu tun, und die verachtete er. Also ging ich zu Großpapa, und der erklärte mir die Hölle so:

Wenn ein Mensch erschaffen wird, geschieht das immer in doppelter Ausführung. Einmal in Fleisch und Blut und einmal als Bild, das ihn so zeigt, wie er werden kann, wenn er aus seinen angeborenen Talenten und Fähigkeiten das Bestmögliche macht. Dieses Bild wird sein ganzes irdisches Leben lang aufbewahrt, in einer Art himmlischer Kunstgalerie. Wenn er dann gestorben ist, muss er sich davor hinstellen und es mit dem vergleichen, was er wirklich geschafft hat. Dann erkennt er den Unterschied zwischen dem, was er hätte werden können, und dem Scheiß, den er tatsächlich zusammengelebt hat – und das ist die Hölle. «Glaub mir, Kurtchen», sagte er, «das tut mehr weh als jedes noch so heiße Feuer.»

Du hast mich nicht angelogen, Großpapa.

Eine der Geschichten, die mir mein Großvater erzählte, führte dazu, dass meine Eltern die Polizei alarmierten. Und dass ich zum ersten Mal in meinem Leben Nougat aß.

Ich hatte ihn gefragt, warum er Riese hieß, Emil Riese, obwohl er doch gar kein besonders großer Mann war. Mein Großvater nahm solche Fragen ernst, das war das Wunderbare an ihm. Oder gab einem doch das Gefühl, man würde damit ernstgenommen. Ich war damals in dem Alter, wo man noch ganz optimistisch glaubt, alles in der Welt müsse einen logischen Grund haben, und der ließe sich auch herausfinden. Wenn ich es mir recht überlege, gar keine so andere Einstellung als die meines Vaters mit seinem *Konversations-Lexikon. Warum?* ist die optimistischste Frage der Welt. Weil sie die Möglichkeit einer sinnvollen Antwort voraussetzt.

Also: warum Riese? Mein Großvater antwortete mir, wie es seine Art war, mit einer Geschichte. Er erzählte sie im Flüsterton, denn er verriet mir damit, wie er sagte, ein ganz großes Geheimnis. Er sei nämlich – das dürfe ich aber, großes Indianerehrenwort, niemandem verraten – tatsächlich ein Riese und eigentlich mehr als drei Meter groß. Aber solche Überlänge sei lästig in einer Stadt wie Berlin, man stoße sich überall den Kopf und müsse dauernd gebückt herumlaufen. Davon bekomme man dann Rückenschmerzen, und wenn man zum Arzt gehe, habe der nicht einmal eine genügend lange Liege. Darum hätten sich die Berliner Riesen zusammengesetzt und ein für allemal beschlossen, sich klein zu machen. Es gebe dafür Schrumpf-Pillen, davon müsse er jeden Morgen vor dem Frühstück eine einnehmen und dürfe das ja nie vergessen. Denn sonst fange er sofort wieder an zu wachsen, und spätestens gegen Mittag platzten dann schon die ersten Nähte an seinem Anzug.

«Und warum heiße ich Gerson?», fragte ich.

«Das wusste ich einmal», sagte mein Großvater und zündete sich umständlich eine Zigarre an. Wie es Schauspieler tun, wenn sie hoffen, nach ein bisschen Spielastik würde ihnen der Text schon wieder einfallen. «Ich hatte einmal ein Buch, da stand es drin. Aber dann sind Räuber gekommen und haben es gestohlen. Soll ich dir die Geschichte von den Räubern erzählen?»

«Nein», sagte ich. «Ich will eine Gerson-Geschichte hören!»

Und mein Großvater – wie konnte es anders sein? – wusste tatsächlich eine Gerson-Geschichte. Sie handelte vom Hoflieferanten Hermann Gerson, der in seinem Atelier am Werderschen Markt den Krönungsmantel für Kaiser Wilhelm geschneidert hatte. «Damals war der zwar erst König, aber das ist eine andere Geschichte.» Es war der schönste Mantel, den jemals ein Herrscher getragen hatte, und er verbarg den verkrüppelten Arm so gut, dass man überhaupt nichts davon sah. Der Schneider Gerson hätte einen glänzenden Orden dafür bekommen sollen. Aber er bekam ihn nicht mehr, denn er war, noch während der Krönung, ganz plötzlich gestorben. «Und weißt du warum?», fragte mein Großvater. «Weil er seine Arbeit zu gut gemacht hat!»

Der alte Fritz – auch ein König, aber ein toter – hatte sich die Feierlichkeit von seiner Wolke herunter angesehen. Als er den Mantel erblickte, mit all dem Samt und der Seide und den Goldstickereien, da wurde er so eifersüchtig, dass er den Schneider Gerson sofort zu sich in den Himmel holte. Damit der ihm einen noch prächtigeren mache. «Ja, und dort sitzt er nun, der Hermann Gerson, und arbeitet an seinem neuen Auftrag.»

«Ist er mit uns verwandt?», fragte ich. Es wäre alles nicht passiert, wenn mein Großvater ehrlich «Nein» gesagt hätte. Gersons gibt es wie Sand am Meer. Aber er konnte einer guten Geschichte nie widerstehen und antwortete deshalb: «Selbstverständlich! Alle Gersons sind miteinander verwandt. Der berühmte Bazar am Werderschen Markt, du kennst ihn bestimmt, den hat eben dieser Großonkel Hermann gegründet. Wenn du dort deinen Namen sagst, schenken dir die Angestellten ein großes Stück Schokolade.»

Natürlich kannte ich den Modebazar Gerson. Meine Eltern waren schließlich in der Konfektion. Die Tischgespräche an der Klopstockstraße drehten sich oft um berufliche Themen. Dieser Bazar, so hatte ich das mitbekommen, war in der Modewelt das Maß aller Dinge, nur die teuersten Stoffe und die allerbeste Kundschaft. Was dort verkauft wurde, bestimmte, was die feine Gesellschaft trug, und eine Saison oder zwei später dann auch die Kundschaft von Gerson & Cie. Einmal war ich mit meinen Eltern daran vorbeigegangen, nach einem Geschäftsbesuch am Hausvogteiplatz, dem Zentrum der Berliner Konfektion. Vor der Tür hatte ein Mann in einer prächtigen Uniform gestanden. Der war aber kein General gewesen, sondern nur dazu da, den Kunden die Tür zu öffnen. «So eine Firma müsste man haben», hatte Papa gesagt. Aber dass das unsere Verwandtschaft war, davon hatte er mir nichts verraten.

Es war nicht der gesellschaftliche Glanz des Bazar des Modes, der mich so unwiderstehlich anlockte. Es war die Schokolade. Obwohl ich damals noch nicht diesen ständigen Hunger kannte.

Was der Name Gerson wirklich bedeutet, das habe ich erst vierzig Jahre später erfahren.

Den Weg von Max Gerson & Cie. bis zum Hausvogteiplatz meinte ich zu kennen. Ich war ihn mit meinen Eltern schon ein paar Mal gegangen. Die Leipziger zwei Querstraßen weiter, und dann links in die Jerusalemer. Den Namen hatte ich mir gemerkt, weil Papa an dieser Kreuzung immer denselben Satz sagte: «Alle Wege führen nach Jerusalem.» Als Kind verstand ich nicht, dass er damit auf die vielen Judskis anspielte, die dort ihre Geschäfte hatten, aber ich wusste, dass es ein Witz sein musste, denn Mama, die eingespielte Partnerin, lachte jedes Mal neu über die schwache Pointe. Ach, dieses niedliche Pensionstochter-Lachen mit dem schamhaft abgewendeten Gesicht und der Hand vor dem Mund!

Vom Hausvogteiplatz bis zum Werderschen Markt war mir der Weg weniger klar. Davon ließ ich mich nicht abhalten. Mit einem Ziel vor Augen habe ich immer dazu geneigt, meine Fähigkeiten zu überschätzen. Vor meinem allerersten Auftritt im Künstler-Café sagte die resolute Resi Langer zu mir: «Keine Angst, Gerson, Größenwahn ist die halbe Miete.»

Während Papa im Büro beschäftigt war, unterhielt sich Mama mit dem Firmenfaktotum und Lagerverwalter Grämlich, einem militärisch zackigen Mann, der die verblüffende Fähigkeit besaß, sich Nadeln in den Arm zu stecken, ohne mit der Wimper zu zucken. Ich bewunderte ihn sehr dafür und kann mich noch an meine Enttäuschung erinnern, als ich erfuhr, dass der Arm nur eine Prothese war. Das Original hatte er im deutsch-französischen Krieg verloren.

Ich war also ganz allein im Lager und spielte dort Verstecken. Zumindest glaubten das meine Eltern und machten sich deshalb keine Sorgen um mich. Für dieses Spiel hatte ich noch nie einen Partner gebraucht. Jemand, der tatsächlich nach mir suchte und mich womöglich sogar fand, hätte mich nur gestört. In meiner Phantasie konnte ich mir die gefährlichsten Verfolger ausdenken und gleichzeitig ganz sicher sein, von ihnen nicht entdeckt zu werden.

Als meine Eltern aufbrechen wollten und mich nicht gleich fanden, dachten sie zuerst, ich hätte mich besonders gut versteckt. Ich kann meinen ungeduldigen Vater richtig hören, wie er ruft: «So, Kurt, es reicht jetzt! Hör auf mit dem Quatsch.»

Aber ich war nicht mehr da. Ich war unterwegs zum Bazar des Modes.

Bis zum Hausvogteiplatz schaffte ich es ohne Probleme. Aber dort, wo mich der Brunnen in der Mitte daran hinderte, geradeaus weiterzugehen, kam ich vom richtigen Weg ab. Schon bald waren mir die Häuser und Geschäfte überhaupt nicht mehr vertraut. Es wäre vernünftig gewesen, jemanden um Hilfe zu bitten. Meinen Text konnte ich ja: «Ich heiße Kurt Gerson, Klopstockstraße 19.» Aber ich war an jenem Tag nicht vernünftig. Und bin es mein ganzes Leben lang auch nie geworden.

Ich ging weiter und weiter, wohl immer wieder durch dieselben Straßen. Lange Zeit blieb ich zuversichtlich, hinter der nächsten oder übernächsten Ecke mein Ziel doch noch zu finden. Aber selbst als diese Zuversicht immer mehr schwand, war ich nicht bereit aufzugeben. Ich war es gewohnt, mir Drehbücher auszudenken, in denen ich selber die Hauptrolle spielte, und konnte mir nicht vorstellen, ausgerechnet diese Geschichte würde kein Happy End haben.

Irgendwann landete ich auf dem Schlossplatz, zwischen dem kaiserlichen Wohnsitz auf der einen und dem Marstall auf der andern Seite. Vor den Wachhäuschen, die den Eingang zum Schloss flankierten, standen unbeweglich zwei Soldaten in blauen Uniformjacken und goldverzierten Pickelhauben. Ein paar Schritte weiter zwei breitbeinige Gendarmen, die Arme auf dem Rücken verschränkt. Es war gar nicht so eindeutig, wer da wen bewachte.

Da hätte ich nun meine Gendarmen gehabt, von denen man mir eingetrichtert hatte, man könne sie jederzeit um Hilfe bitten. Aber den Zugang zu ihnen versperrten schwere Eisenketten, und ich wagte nicht, die zu übersteigen. Auf einen der Poller, an denen sie befestigt waren, setzte ich mich und gab mich endlich meiner Verzweiflung hin. Ich weiß nicht, was ich mehr beweinte: die Tatsache, dass ich mich unrettbar verlaufen hatte, oder den Verlust der Schokolade, die ich nun nie bekommen würde.

Die Frau, die mich ansprach, ist in meiner Erinnerung eine Prinzessin. Obwohl sie natürlich eine ganz gewöhnliche Passantin war. Nur eine Prinzessin konnte auf meine schluchzend gestammelte

Erklärung – Gerson, Bazar, Schokolade – nicht als erstes dafür sorgen, dass ich meine Eltern wieder fand, sondern zunächst mal in ihre Handtasche greifen und eine Schachtel mit einer Köstlichkeit hervorholen, wie ich sie noch nie genossen hatte. Ich habe denn auch mein ganzes Leben lang keine Süßigkeit mehr geliebt als Nougat.

Noch etwas, das ich nie wieder bekommen werde.

Um die Standpauke, die ich mir verdient hatte, kam ich herum. Meine Eltern waren zu glücklich, mich gesund wiederbekommen zu haben. Nur dass er meinetwegen schon die Polizei alarmiert hatte und den Alarm dann wieder zurücknehmen musste, das ärgerte Papa. Es ließ ihn unvernünftig erscheinen, und unvernünftig wollte er auf keinen Fall sein.

«Wie bist du bloß auf eine so verrückte Idee gekommen?», fragte Mama. Ich habe ihr erst viel später verraten, dass eine Geschichte ihres Vaters daran schuld war.

In Theresienstadt kann man sich nicht verlaufen. Wir kennen jede Ecke unserer Gefängniszelle. Sind alle an derselben Bahnstation angekommen. Wissen genau, wie viele Schritte es von dort zur Schleuse in der Hamburger Kaserne sind. Oder dass man bei der Hannover Kaserne am frühen Morgen das frische Brot aus der Zentralbäckerei riechen kann. Gleich daneben, bei der Magdeburger, wo der Ältestenrat seinen Sitz hat, kann man manchmal sogar richtigen Kaffee erschnuppern. Und, wenn man den Ghetto-Gerüchten Glauben schenken darf, noch ganz andere Köstlichkeiten. Beim Oberen Wassertor, das wie alle Tore in Theresienstadt kein Durchgang ist, sondern eine Sperre, riecht es dann schon nach den Desinfektionsmitteln aus der Krankenstation in der Hohenelber. Man geht am Unteren Wassertor vorbei, von dem die Straße bis Prag führt – rein theoretisch, denn für uns führen Straßen nirgendwo hin – und muss schon wieder nach links abbiegen, an der Dresdner, der Bodenbacher und der Aussiger Kaserne vorbei. Dann hat man Theresienstadt schon fast umrundet. Es fehlt nur noch das letzte kurze Wegstück: geradeaus zurück zur Bahnstation. Wo die Züge nicht nur ankommen, sondern auch abfahren. Der Weg, den jeder früher oder später geht.

Nein, man kann sich in Theresienstadt nicht verlaufen. Hier ist alles mit militärischer Präzision angelegt. Wie sich das für eine Festung gehört. Die Straßen im rechten Winkel angeordnet. Fünfzehn Straßen.

L 1. L 2. L 3. L 4. L 5. L 6. L wie Längsstraße.

Und in der andern Richtung: Q wie Querstraße. Q 1 bis Q 9.

Mehr sind es nicht.

Nur als das Rote Kreuz da war und für den einen Tag alles anders wurde, da haben sie auch die Straßen verkleidet. Haben Namen für sie erfunden und sogar einen Wettbewerb dafür veranstaltet. Bergstraße. Seestraße. Wo wir doch gar keinen Berg und keinen See haben. Wenn wir sie hätten, wäre uns der Zutritt verboten.

L 3–24, das ist unsere Adresse. Das 24. Haus in der 3. Längsstraße. Auch bekannt als Geniekaserne. Direkt am Marktplatz, auch wenn wir von der Aussicht nichts haben. Um zu uns zu kommen, geht man in die Kaserne hinein und durch den Hintereingang wieder hinaus. Wenn man dann auf dem Hof steht, dort, wo sie die Latrine gegraben haben, ist links ein kleines Häuschen. Der große Raum im Erdgeschoß ist voller Betten, so kaputt, dass man sie nicht einmal mehr in Theresienstadt verwenden kann. Man darf sie aber auch nicht auseinandernehmen und damit heizen. Irgendwo sind sie registriert, und es könnte jemand auf den Gedanken kommen, sie nachzuzählen. Eine Holztreppe führt in die obere Etage. Die vierte Stufe von unten fehlt. Man muss das wissen, denn in diesem Treppenhaus brennt schon lang kein Licht mehr. Oben sind sechs winzige Zimmerchen. Früher einmal, als hier noch die Österreicher regierten, als es Österreich noch gab, war das Häuschen das Garnisonsbordell, und in den Kammern bedienten die Damen ihre Kunden. Heute sind es Wohnungen. Man muss A-Prominenter sein, um eine davon zu kriegen.

Kumbal heißt das hier. Oder *Kumbalek*, wenn es besonders klein ist. Ein Zimmer für sich ganz allein.

Wir haben zwei Betten übereinander – nebeneinander hätten sie keinen Platz –, wir haben zwei Stühle und zwei Margarinekisten, die aufeinandergestapelt einen Tisch imitieren. Natürlich, es riecht nicht nach Rosen und Frühlingsflieder. Latrinen stinken nun mal. Aber in Theresienstadt stinkt alles. Man gewöhnt sich. Und zehntausend Menschen beneiden uns um unsere Luxusbehausung.

Wenn Olga recht hat, und der Krieg geht zu Ende, bevor sie auch uns nach Auschwitz transportieren, wenn ich den Film mache und die Arbeiten ein bisschen hinauszögere, nur ein bisschen, so dass sie mir keine Sabotage vorwerfen können, wenn ich Glück habe, wenn ein Wunder geschieht, wenn, wenn, wenn – dann werde ich lachen über L 3–24. «In dem Bordell, wo unser Haushalt war», werde ich singen. Die Details alle nur noch lächerlich finden.

Wenn ich es überlebe, wird Theresienstadt eine Anekdote werden. Wie überhaupt jedes Leben irgendwann zur Anekdote einschrumpft.

Die immer gleichen Jugendgeschichten, hundertmal erzählt, bis sie, ein abgenudelter Revuesketch, aus lauter Pointen bestehen. Mit dem, was wirklich passiert ist, haben sie dann schon lang nichts mehr zu tun. Eine zerkratzte, zu oft vorgeführte Kopie. «So war es», sagt man, aber so war es nicht. So ähnlich vielleicht. Bestenfalls.

Und dann sind da die anderen Geschichten, die eine andere Geschichte, über die man nicht spricht, und die man schon deshalb nie vergessen kann.

Aber sonst? Bruchstücke. Gedächtnisscherben. Mosaiksteine, die sich zu keinem Bild mehr zusammensetzen lassen.

Der Geruch von Bratkartoffeln, wenn man an der Tür der Portierswohnung vorbeigeht. Heitzendorff, der in unserer Küche etwas repariert; der Schweißfleck auf seinem Unterhemd eine Landkarte mit wachsenden Kontinenten. Mein Kuscheltier, ein Löwe, dessen Fell immer fadenscheiniger wird, bis er irgendwann nicht mehr zu reparieren ist und ich ihn im Tiergarten unter einem Haufen Herbstlaub begrabe. Eine tote Taube. Die erste Pointe, die ich lerne: Müde bin ich, Känguru. Der Fuhrkutscher, der an einer Kreuzung auf seinen erschöpften Gaul einprügelt. Die Mondfinsternis von 1906, wie wir alle in den Himmel starren, bis dann im entscheidenden Moment dicke Wolken aufziehen. Dr. Bellinger, der uns im Physikzimmer den elastischen Stoß demonstrieren will und sich dabei die Hand verstaucht. *Der ist dumm, der bei sum setzet das Adverbium.* Der erste Zeppelin über der Stadt und mein Neid auf Kalle, der zum Tegeler Schießplatz hinausfahren darf und die Landung miterlebt. Der Drachen, den ich zum Geburtstag bekomme, und der gleich am ersten Tag in einem Baum hängenbleibt. Die Mutprobe, einen Regenwurm zu schlucken, und wie ich mich davor drücke. Ein Feuerwerk, das mich schreiend aus dem Schlaf auffahren lässt, und Mama, die sagt: «Das ist das neue Jahrhundert.» Und schon hier weiß ich nicht zu unterscheiden, ob ich mich an das Aufwachen erinnere – ich wäre noch nicht mal drei Jahre alt gewesen – oder nur an die Erzählung davon.

Das war meine Jugend. Mehr war da nicht.

Viel zu wenige Erinnerungen an meine Mutter. Ich bringe nicht einmal mehr ihr Gesicht zusammen. Nur ein paar Äußerlichkeiten. Wie sie sich beim Husten die geballte Hand vor den Mund hielt, so dass es aussah, als ob sie einen Kirschkern diskret ausspucken wolle. Die gestärkten weißen Blusen, die sie zu offiziellen Anlässen trug; man durfte ihr dann nicht zu nahe kommen, und wenn man es trotzdem tat, knisterte sie. Dass sie sich das Wort *Conférencier* nicht merken konnte oder wollte und stattdessen *Konferenzer* sagte. Aber das war dann schon später, nach dem Krieg.

«Ich erinnere mich», sagt man, aber das stimmt nicht. Nicht wirklich. Wir setzen uns etwas zusammen, ein Schnitt hier, eine Abblende dort, und schreiben jede Szene so oft um, bis sie in unser Drehbuch passt. Was wir im Gedächtnis behalten, hat mit dem wirklich Erlebten nicht mehr zu tun als eine Theaterkritik mit der Aufführung, die sie beschreibt. Wir sind keine objektiven Berichterstatter.

Aber es bleibt uns nichts anderes übrig. Ganz wörtlich. Wenn das Stück einmal abgespielt ist, bleibt nichts anderes übrig. Nur die Kritiken, die man schon immer mal ordentlich sortieren wollte, aber man ist nie dazu gekommen. Und wenn man die vergilbten Seiten doch einmal aus ihrem Pappkarton holt, dann ist in ihnen meistens nur von den Hauptrollen die Rede, und alles andere läuft unter *Ferner wirkten mit*.

Ferner wirkten mit: Dienstmädchen, Köchinnen und anderes Personal. Ich kann mich an keinen einzigen Namen erinnern. Sie trugen weiße Schürzen und nannten Mama «Gnädige Frau». Ich wollte immer wissen, warum sie Papa nicht, wie es doch konsequent gewesen wäre, mit «Gnädiger Herr» anredeten, sondern mit «Herr Gerson». Wenn es darauf eine Antwort gab, habe ich sie vergessen.

Ferner wirkten mit: Ein Ensemble von Lehrerdarstellern. Die üblichen Typen, nichts Besonderes. In einem Film hätte ich sie auch nicht anders besetzt. Ein paar Einzelmasken darunter: der listenreiche Oberstudiendirektor mit seinem Theodor-Herzl-Bart; Dr. Bellinger, dessen naturwissenschaftliche Experimente so selten funktionierten; ein Turnlehrer namens Ehrbar, der es auf mich abgesehen hatte. Vielleicht wegen meiner Ungeschicklichkeit, vielleicht weil ich Gerson hieß.

Sie wollten uns fürs Leben vorbereiten, aber das hielt sich dann nicht an ihre Lehrbücher.

Ferner wirkten mit: drei Dutzend Mitschüler, von denen ich nach dem Krieg nie mehr einen wiedergesehen habe. Wir waren kein Jahrgang für Klassentreffen. Ein paar Verwandte, die alle denselben Text zu haben schienen: «Was der Junge groß geworden ist!» Und außerdem …

Man kann sich nicht jeden Figuranten merken.

Bei großen Stücken steht am Schluss der Besetzungsliste oft: *Soldaten, Händler, Volk*. Keine schlechte Beschreibung. Mehr bleibt im Rückblick ja doch nicht übrig.

Doch, natürlich. Der eine Abend mit Großpapa. Samt seiner unangenehmen Vorgeschichte.

Ich hatte eine chronische Halsentzündung – *Angina tonsillaris*, ich habe schließlich Medizin studiert – und musste mir die Mandeln schälen lassen. Das war damals, 1904, eine nicht nur schmerzhafte, sondern auch gefährliche Prozedur. Meine Eltern waren sehr besorgt um mich. Als Mama einmal meinte, ich sei nicht im Zimmer, fragte sie Dr. Rosenblum: «Ist es lebensgefährlich?», und er antwortete: «Nur in seltenen Fällen.»

Ich sah mich daraufhin, von meiner lebhaften Phantasie beflügelt, schon im Sarg liegen und beschloss, ein Testament zu verfassen. Für meinen letzten Willen wäre mir eine gewöhnliche Schulheftseite nicht würdig genug erschienen, und so riss ich heimlich ein Blatt aus Mamas altem Poesiealbum mit seinen Scherenschnitten und gemalten Blumengirlanden. Bis Mama den Frevel an diesem sorgsam gehüteten Überbleibsel ihrer Pensionatszeit bemerkte, so meine Überlegung, würde ich längst tot sein und keine Strafe mehr zu befürchten haben. Ich habe keine Ahnung mehr, welche Schätze ich damals wem hinterlassen wollte.

Mein erstes Testament blieb auch mein einziges. Später, als der Tod eine realistische Aussicht wurde, machte es keinen Sinn mehr, etwas regeln zu wollen.

Die Operation selber war dann zwar äußerst unangenehm, brachte aber bei weitem nicht die Höllenqualen mit sich, die ich mir vorher ausgemalt hatte. Als ich in der Charité aus der Chloroformnarkose erwachte, ging es mir, abgesehen von Schluckbeschwerden, eigentlich ganz gut. Das verriet ich aber niemandem, sondern spielte meinen Part als Rekonvaleszent mit einer ganz besonderen Nuance. Mimte den jungen Helden, der übermenschliches Leid mit stoischer Tapferkeit erträgt. Wenn man mich fragte, ob ich Schmerzen habe, schüttelte ich stumm den Kopf, aber so, dass jeder merken musste: In Wirklichkeit waren sie übermenschlich. Das Vorbild für diese Rolle stammte aus einem Jugendbuch über den Burenkrieg, aus dem uns unser Lehrer manchmal in der letzten Stunde am Samstag vorlas. Darin hatte ein tödlich verwundeter junger Held mit ersterbender Stimme seine letzten Worte gesprochen: «Freiheit ist wichtiger als Leben.» Worauf sich Ohm Krüger eine stille Träne von der wettergegerbten Wange wischte.

Ich spielte meine Heldenrolle – zumindest anfänglich – nicht, um etwas damit zu erreichen. Sie entsprach einfach meinem Sinn für Dramatik. Aber dann merkte ich, dass sie einen ungeplanten, aber höchst angenehmen Nebeneffekt hatte. Meine Eltern waren von meiner vermeintlichen Tapferkeit so beeindruckt, dass sie mir alles Mögliche versprachen. Wenn ich nur wieder gesund würde. Ich pokerte hoch, blieb meinem gewählten Charakter treu und behauptete flüsternd, keinerlei Wünsche zu haben. Was die beiden nur noch entschlossener machte, mir Gutes zu tun.

Zu Hause erwartete mich eine Metalleisenbahn. Eine originalgetreue Nachbildung des kaiserlichen Hofzugs samt Schienen, Uhrwerkslokomotive, Tender und Salonwagen. Ich hatte mir das in jenem Jahr zum Geburtstag gewünscht und, weil zu teuer, nicht bekommen. In meiner Erinnerung verbindet sich mit dem kostbaren Spielzeug trotzdem nur Langeweile. Letzten Endes konnte man es auch nur aufziehen und im Kreis fahren lassen. Es gibt Wünsche, die sind in der Vorstellung reizvoller als in der Erfüllung. Daran konnte auch die Firma Märklin nichts ändern.

Was mich wirklich glücklich machte, war etwas anderes, das ich zur Genesung bekam. Und das ließ sich mein Großvater einfallen.

Wir gingen aus. Nur wir zwei. «Ein Abend unter Männern», sagte er. «Zieh deinen Frack an, heute bewegen wir uns in den besseren Kreisen.» Ich war sieben und hatte einen Matrosenanzug.

Mama war skeptisch. Vor allem, weil Großpapa ihr nicht verraten wollte, was er mit mir vorhatte. «Kannst du nicht, wie ein vernünftiger Mensch, mit ihm in den Zoologischen Garten gehen? Oder ins Museum? Muss es unbedingt nachts sein?»

«Es muss», sagte Großpapa. «Die Räuberkaschemmen, in denen wir uns sinnlos betrinken wollen, machen nicht früher auf.»

Solche Sachen verstand Mama nicht. Das war ja gerade das Besondere, dass es draußen schon dunkel wurde. Dass es ein Abenteuer war. Zu einer Stunde, wo es sonst immer hieß: «Waschen, Zähne putzen, schlafen!»

Als wir aus dem Haus kamen, zündete er sich zunächst mal eine Zigarre an und hielt auch mir das Etui hin. «Auch eine Havanna, Herr Direktor?»

«Danke nein, Herr Kollege», antwortete ich. «Ich bin mir bessere Sorten gewöhnt.»

Improvisationen haben mich noch nie geschreckt.

Großpapa lachte so heftig, dass er sich am Zigarrenrauch verschluckte. «Du bist richtig», sagte er. Meine beste Kritik.

Wir gingen dann essen, in ein Lokal mit ganz vornehmen Kellnern. Sie kannten meinen Großvater und begrüßten ihn katzbuckelnd. Herr Riese hier, Herr Riese dort. Ich kann immer noch mein Erschrecken spüren, als mir ein Ober beim Hinsetzen den Stuhl unter den Hintern schob.

«Ein Pilsner wie immer, Herr Riese?», fragte er.

«Zwei Pilsner», sagte Großpapa. «Mein junger Kollege und ich wollen miteinander anstoßen.»

Ich hatte bisher nur einmal an einem Bier genippt und den bitteren Geschmack ekelhaft gefunden. Aber als der Kellner mit den zwei Gläsern zurückkam, war in meinem Limonade. Großpapa hatte das Personal gründlich instruiert.

Wir prosteten uns feierlich zu. Dann winkte er nach der Speisekarte. Sie war so groß, dass ich sie kaum halten konnte, und von den meisten Dingen, die darin aufgeführt waren, wusste ich nicht, was sie bedeuteten.

«Soll ich für Sie bestellen, Herr Konsul?»

«Wenn Sie so freundlich sein wollen, Herr Geheimrat.»

Ich werde nicht wirklich so wortgewandt reagiert haben. Aber es tut mir gut, mich so daran zu erinnern.

Seltsam: Da hat man im Leben tausende Male zu Mittag oder zu Abend gegessen – und ein paar hundert Mal zu Mittag oder zu Abend gehungert –, und die meisten dieser Mahlzeiten sind schon aus dem Gedächtnis verschwunden, wenn sie noch gar nicht richtig verdaut sind. Die Köstlichkeit, die mein Großvater an diesem Abend für mich auswählte, habe ich nie vergessen und sie in Hungernächten immer wieder in kulinarischer Selbstbefriedigung nachgeschmeckt.

Eine Salmmayonnaise, ungesund fett, aber unwiderstehlich. Mit Dillspitzen besprenkelt und einem zarten Hauch von Knoblauch. Dazu gab es frisches, knuspriges Brot, und das war tatsächlich noch warm, was mir als Umkehrung eines Naturgesetzes erschien. Brot war doch nur am Morgen warm.

«Schmeckt es Ihnen, Herr Direktor?»

«Danke der Nachfrage, Herr General.»

Perfekter konnte ein Abend nicht beginnen.

Denn das war erst der Anfang. Kaum hatte ich die Mayonnaise geschafft, kam erneut die Speisekarte, und ich sollte mir einen Nachtisch aussuchen. Diesmal musste man mir die Begriffe nicht erklären. Mit Süßigkeiten kannte ich mich aus. Aber dem Überfluss des Angebots saß ich hilflos gegenüber. Wenn man etwas bestellte, das einen lockte, dann hieß das ja gleichzeitig, dass man etwas anderes, mindestens so Verführerisches, nicht bestellen konnte. Vor dieser Herausforderung an meine Entschlusskraft versagte ich.

Großpapa löste das Problem souverän. «Bringen Sie von allem ein wenig», sagte er.

Keine schlechte Devise, wenn sich das Leben à la carte leben ließe.

Die Nachtische kamen auf einer riesigen Silberplatte mit vielen einzelnen Tellerchen und Schüsselchen. Ich schaffte nicht einmal die Hälfte. «Macht nichts», sagte mein Großvater. «Der Abend fängt erst an. Wenn euer Gnaden so freundlich sein wollen – unsere Droschke wartet.»

Ich war damals, in diesem Alter wohl unvermeidlich, vom Eisenbahnbazillus infiziert; daher auch der von meinen Eltern nachträglich erfüllte Geburtstagswunsch. Als der Kutscher beim Bahnhof Friedrichstraße anhielt, dachte ich einen verrückten Augenblick lang, Großpapa wolle mit mir verreisen. Ich sah uns beide schon in einem Schlafwagen ins Bett steigen, was zu jener Zeit einer meiner ganz großen Träume war.

Aber unser Ziel lag auf der andern Seite der Straße: das Central-Hotel, dieser wilhelminische Prachtsbau, der, ein bürgerlicher Palast, gleich zwei Straßenfluchten für sich in Anspruch nimmt. Und im Central-Hotel der *Wintergarten*. Im Lauf der Jahre habe ich viele Vorstellungen in diesem Variété besucht; ich habe Rastelli gesehen und mich über Otto Reutter schiefgelacht. Aber nie wieder war ich so fasziniert, so verzaubert wie bei diesem ersten Mal.

Nur schon der Mann, der uns zu unsern Plätzen führte! Dass er eine prächtige Uniform anhatte, war nicht das Besondere. Uniformen sah man überall. Selbst die Dienstmänner hatten ihre martialische Verkleidung. Aber die Orden an seiner Brust waren keine Orden, sondern in buntes Papier verpackte Bonbons. Als er sein Trinkgeld bekommen hatte, riss er eines davon ab und schenkte es mir. Ich war in eine Märchenwelt geraten, noch bevor sich der Vorhang öffnete.

Und dann die Vorstellung! Ein Wunder nach dem andern! Da gab es einen Bären, der auf Rollschuhen lief. Ein Mädchen, kaum älter als ich, das mit brennenden Fackeln jonglierte. Ein Tanzpaar, das sich zerstritten zu haben schien, denn der Mann stieß die Frau immer wieder von sich weg, so heftig, dass sie regelrecht durch die Luft flog und erst nach ein paar Überschlägen wieder auf die Beine kam. «Das sind Apachen», flüsterte mir mein Großvater zu. Ich hielt das für einen seiner Scherze, denn dass Apachen Indianer sind und Federschmuck tragen, das wusste man als Siebenjähriger.

In unserem Kabarett trete ich heute selber im Apachenkostüm auf. Hinter dem roten Halstuch lässt sich diskret verbergen, dass mein Doppelkinn zum hässlichen Hautlappen heruntergehungert ist.

Auch eine Sängerin gehörte zum Programm. Ich verstand nicht, warum die Zuschauer – zumindest die Männer – nach jedem Refrain ihres Liedes so johlend lachten, aber ich bewunderte die glitzernden Steine auf ihrem Kleid. Ich hielt sie für echte Diamanten.

Ich war verzaubert. Unrettbar an die Bühne verloren.

Die letzte Nummer vor der Pause – später habe ich oft miterlebt, wie erbittert hinter den Kulissen um diesen prestigeträchtigen Programmplatz gefeilscht wird – war «der unglaubliche und einmalige Carl Hermann Unthan». Der nicht mehr ganz junge Mann, der nach dieser Ansage aus der Kulisse trat, trug keines der prächtigen Bühnenkostüme, in denen die Artisten vor ihm auf die Bühne stolziert waren. Auch keinen Frack wie der Conférencier. Eine ganz bürgerliche schwarze Samtjoppe.

Aber das Jackett – es fiel mir erst auf, als mein Großvater mich darauf aufmerksam machte – hatte keine Ärmel. Da, wo an den Schultern ihr Platz gewesen wäre, fiel der Stoff wie bei einem Cape gerade nach unten. Er war ohne Arme geboren und hatte es, wie er den Conférencier verkünden ließ, trotzdem zu einem der erfolgreichsten Varietékünstler dieser Welt gebracht.

Er demonstrierte zuerst seinen Alltag, kämmte sich mit den Füßen die Haare, setzte mit akrobatischen Verrenkungen einen Hut auf und so weiter. Dann kamen die eigentlichen Zirkuskunststücke. Er schoss mit einer Pistole das Herz aus einer Spielkarte, und dann – Trommelwirbel und Tusch – kam die ganz große Sensation: Er nahm in einem Sessel Platz, und seine blonde Assistentin stellte einen Hocker vor ihn hin. Darauf lagen eine Violine und ein Bogen. Und dann spielte Carl Hermann Unthan Geige. Mit den Füßen. Als ob das ganz selbstverständlich wäre. Ließ sich nicht einmal aus der Ruhe bringen, als eine Saite riss. Man brachte ihm eine andere Geige, er begann das Stück noch einmal von vorn und spielte es fehlerfrei zu Ende. Tosender Beifall. Stehende Ovationen. Mein Großvater musste mich auf die Schultern heben, damit ich sehen konnte, wie sich Carl Hermann Unthan mit bescheidenem Lächeln immer wieder verneigte.

Nicht dass ich mir den Namen damals gemerkt hätte. Der brannte sich mir erst ein paar Jahre später ein, als ich erfahren musste, dass der unglaubliche und einmalige Herr Unthan ein unglaublicher und einmaliger Idiot war.

An jenem Abend im *Wintergarten* erlebte ich zum ersten Mal dieses herrliche Theatergefühl, für das es keinen Namen gibt. Die Krankheit, die wir Schauspieler auf der Bühne so lustvoll erleiden, nennt man Lampenfieber. Aber wie heißt die Entsprechung beim Zuschauer? Dieses Hinschauen-Wollen und vor Aufregung schon Nicht-mehr-hinschauen-Können, dieses Mitzittern und Mitfreuen und Miterleben, dieses Gefühl, dass da oben auf der Bühne alles nur für mich passiert, für mich ganz allein, und gleichzeitig dieses Angestachelt-Werden durch die Reaktionen der andern, dieses Sich-gegenseitig-Hochschaukeln, im Jubel, in der Verzweiflung, im Dabeisein – warum hat unsere Sprache kein Wort dafür?

Natürlich, es ist nicht immer so. Die meisten Vorstellungen werden nur abgesessen. Oben spielt man sich einen Wolf, und im Parkett denken die Abonnenten darüber nach, in welches Lokal sie anschließend gehen wollen. Aber manchmal, weil ein Werner Krauss auf der Bühne steht oder ein Rollschuh laufender Bär oder ein Geigenspieler ohne Arme, manchmal gelingt die Magie. Wer an so einem Abend im Theater sitzt, bleibt sein Leben lang süchtig.

Ich wurde verzaubert, an diesem Abend aller Abende. Und hatte den Höhepunkt doch noch vor mir.

Da war eine weiße Wand, ein Tuch nur, und darauf erschienen Bilder. Bilder, die sich bewegten. Die eine Geschichte erzählten.

Ein Mann hielt eine Ansprache. Man konnte die Worte nicht verstehen, aber im Orchester hatte ein Musiker seine Trompete gestopft und ließ sie meckern. Dann hämmerte der Schlagzeuger auf seine Becken ein, und auf der Leinwand wurde Eisen geschmiedet. Eine riesige Granate wurde gebaut, so groß, dass man in sie einsteigen konnte. Und dann schoben hübsche Mädchen das Passagiergeschoss in eine Kanone. Hübsche Mädchen müssen sein. Eher könnte man auf den Film in der Kamera verzichten als auf sie.

Dann schmetterten die Blechbläser die Marseillaise, und eines der Mädchen schwenkte die Trikolore. Ich erinnere mich blau-weiß-rot an sie, obwohl Filme doch keine Farben haben.

Und dann war da der Mond, ein großes, lebendiges Gesicht, und dann – «Wumm!», machte die Pauke – steckte ihm die Granate im Auge. Ich muss vor Schreck aufgeschrien haben, denn Großpapa streichelte mir beruhigend den Kopf und sagte: «Ist ja gut, Kurtchen, ist ja gut.»

Dann schliefen die Reisenden plötzlich ein. «Weißt du, wieviel Sternlein stehen», sang die Geige, ein Meteor kreiste über die Schlafenden hinweg, und auf einer Mondsichel – denn auch der Mond hatte wieder seinen Mond – schlenkerte eine Fee die Beine.

Sie bemerkten von alledem nichts, sondern wachten auf und machten sich ans Erkunden. Einer steckte seinen Regenschirm in den Boden, und der Schirm wuchs und wuchs wie ein riesiger Pilz. Dann kamen die Mondmenschen und mussten bekämpft werden. Das war nicht schwer: Man musste ihnen nur einen Schlag versetzen und schon – «Pling!», machte das Triangel jedes Mal – lösten sie sich in einer Rauchwolke auf. Aber sie waren zu viele, und mit ihrer Übermacht nahmen sie die Reisenden gefangen und führten sie zu ihrem Herrscher. Damals hatte ich Kalle noch gar nicht kennengelernt, aber wenn ich an diese Szene denke, sehe ich ihn den Mondkönig spielen.

Dann gelang den Reisenden doch noch die Flucht, sie kletterten in ihr Geschoss zurück, kippten es von einem Felsvorsprung in den Abgrund und fielen auf die Erde zurück. Sie landeten im Ozean, ertranken aber nicht, sondern tauchten wieder auf und wurden von einem Schiff ans Ufer geschleppt. Das Orchester intonierte grundlos «Heil dir im Siegerkranz», und dann gingen die Lichter wieder an, und das Wunder war vorbei.

Irgendwie müssen wir nach Hause gekommen sein. Bestimmt war Mama wach geblieben. Ganz bestimmt hat sie meinem Großvater Vorwürfe gemacht. «Weißt du, wie spät es ist, der Junge muss morgen wieder zur Schule, und wie er nach Rauch stinkt, das ist ja ekelhaft.» Bestimmt habe ich von meinen Erlebnissen berichten wollen und durfte es nicht mehr. «Morgen ist Zeit genug, jetzt wird erst einmal geschlafen.» Vielleicht bin ich vor Aufregung wach gelegen. Oder ich habe geträumt. Von Mondmenschen und von Salmmayonnaise und von einem Mann ohne Arme.

Von all dem weiß ich nichts mehr. Es ist auch nicht wichtig. Wichtig war nur eins: Ich hatte meinen ersten Film gesehen.

Ich weiß nicht, wie lang ich schon hier sitze und nachzudenken versuche. Nicht so lang, wie es mir vorkommt. Das Fenster steht offen, aber ich höre niemanden scheißen. Der alte Turkavka, der Klowache hat, sagt für einmal nicht den immer gleichen Text auf, aus dem seine ganze Rolle besteht: «Bitte saubermachen. Bitte saubermachen. Bitte saubermachen.» Alles ist still.

Die Leute müssen noch bei der Arbeit sein.

Warum kann ich mich nicht in eine Werkstatt einteilen lassen wie alle anderen? In die Schreinerei oder die Kartonage? Hingehen, Anweisungen bekommen, ausführen. Es wäre alles soviel einfacher. Glimmer spalten oder in der Wäscherei Leintücher falten. Irgendetwas. Nur nicht Regisseur sein. Nur nicht an diesen gottverdammten Film denken müssen.

Es gibt eine Werkstatt, da kleben sie den ganzen Tag Blumen aus Papier. Damit im Krematorium Sträuße auf den Särgen liegen können. Für jeden Toten ein Blumenstrauß. Denen wird die Arbeit nie ausgehen. Für mich haben sie einmal eine Chrysantheme hergestellt. Weil wir im *Karussell* diese Anno-dazumals-Nummer haben, und da musste – meine Sorgen möchte ich haben – ums Verrecken eine weiße Blume am Frack sein. Warum kann ich nicht dort arbeiten?

Oder in der Orthopädie künstliche Beine schnitzen? Sie machen bessere, als wir damals im Krüppelheim gekriegt haben. Kunstwerke. Nur brauchen sie zu lang dafür. Wenn sie ein Bein fertig haben, ist der dazugehörige Körper oft schon in Auschwitz.

Oder in der Landwirtschaft. Wo man wenigstens mal aus den Mauern rauskommt. Auch wenn man von dem Gemüse, das man anbaut, selber nie einen Bissen abkriegt.

Irgendwo. Scheißegal. Warum kann ich nicht eine Arbeitsstelle haben wie alle andern?

Weil ich zwei linke Hände habe, darum. Einen falsch konstruierten Verstand. Weil ich nichts anderes kann als Theater und Kino.

Weil ich ein Glumskopp bin.

Von draußen kein Ton. Als ob sie die ganze Stadt deportiert hätten und nur mich vergessen. Wie spät es wohl ist?

Wir haben alle keine Uhr. Wem man sie nicht gestohlen hat, der hat sie eingetauscht. Eine Uhr: zwei Kartoffeln. Wenn sie aus Gold ist, manchmal drei. Kein guter Preis, aber Uhren kann man nicht essen. Man braucht sie hier nicht. Wenn man dir sagt, was du zu tun hast, sagt man dir auch, wann du es tun musst.

Soll ich tun, was man mir sagt?

Das muss ich über mich herausfinden. Ob ich genügend mutig bin, um *Nein* zu sagen. Genügend dumm, um mutig zu sein. Nachdenken muss ich. Nicht mich wohlig in Erinnerungen wälzen.

«Du bist im Kino», sagt Olga, wenn ich mal wieder in meine Gedanken abgetaucht bin. Wir sind zwanzig Jahre verheiratet und haben unsere eigene Sprache. Wenn wir uns streiten – nein, nicht streiten, dafür fehlt Olga jede Begabung –, wenn wir miteinander diskutieren, dann genügen uns Stichworte. Wir gehen unsere Auseinandersetzungen durch wie den Stücktext für eine Wiederaufnahme. Antworten auch auf Repliken, die der andere noch gar nicht gemacht hat.

«Du bist im Kino», das heißt: «Du drückst dich vor der Wirklichkeit.» Solang ich im *Wintergarten* sitze, gibt es keinen Rahm. Wenn ich trotzdem Angst bekomme – Großpapa sitzt neben mir, und ich kann jederzeit seine Hand nehmen.

Ich möchte immer im *Wintergarten* sein.

Peter Lorre, der sich Morphium spritzt und, wenn das nicht hilft, auch anderes, hat mir einmal erklärt: «Ohne einen dicken Vorhang ist das Licht zu grell.» Das war in seinem Hotelzimmer in Paris, in dieser Absteige, wo er nicht einmal einen Stuhl für seine Kleider hatte. Jetzt sitzt er in Amerika und isst jeden Tag ein Beefsteak mit Zwiebeln.

Als kleiner Junge habe ich mir die Bettdecke über den Kopf gezogen, damit mir der schwarze Mann nichts tun konnte. Solang man ein Kind ist, hilft das.

Ich bin kein Kind mehr. Ich bin siebenundvierzig Jahre alt. Ich bin ein alter Mann.

Unsere Jugend endete im Sommer 1914. Danach war keine Welt mehr da, in der man hätte jung sein können. Sie machten aus uns Erwachsene, wie man aus der Kuh Wurst macht.

Es begann mit allgemeinem Jubel. Die Militärkapellen mit ihren Schellenbäumen machten Überstunden. In den Gewehrläufen steckten Blumen. Auch das Wetter spielte mit. Die Sonne strahlte jeden Tag vom Himmel, damit die Ehrenjungfrauen ihre duftigsten weißen Kleider anziehen konnten. Es gab viel Ehre in jenen Tagen. «Immer mehr Ehre und immer weniger Jungfrauen», sagte Kalle. Er hatte den Spruch irgendwo aufgeschnappt.

Mein der Skeptik verschworener Vater wurde plötzlich patriotisch. «Letzten Endes sind wir doch vor allem Deutsche», war seine neue Devise. Er kaufte sich eine Landkarte, um mit bunten Stecknadeln die Fortschritte des Feldzugs zu verfolgen. Zum ersten Mal überhaupt erlebte ich eine lautstarke Auseinandersetzung zwischen meinen Eltern. Es ging um Kriegsanleihe, und wieviel er davon gezeichnet hatte. Zuviel, wie sich später herausstellen sollte. In den Geschäftsbüchern von Gerson & Cie. schleppte er die Schulden, die er dafür gemacht hatte, noch jahrelang mit sich herum. Bis die Inflation ihn davon befreite.

Der Krieg begann in den Sommerferien. Die Welt, für die man uns ausbildete, für die man uns die Köpfe mit Winkelfunktionen und lateinischen Vokabeln vollstopfte, hatte aufgehört zu existieren. Es hatte es bloß noch keiner gemerkt. Und so saßen wir ein paar Wochen später wieder brav in den alten Schulbänken. Oberprimaner jetzt. Die meisten in der Klasse rasierten sich schon. Äußerlich hatte sich wenig verändert. Nur auf dem Pausenplatz wurde jeden Tag die Fahne aufgezogen. Physik unterrichtete ein alter Herr, den man noch einmal aus dem Ruhestand geholt hatte. Dr. Bellinger war Leutnant der Reserve und *lag im Felde.* Eine Formulierung, die uns nur so lang absurd erschien, bis wir dann am eigenen Leib erfuhren, wie schnell man sich an der Front den aufrechten Gang abgewöhnt. In Geschichte konnte man der drögen Datenpaukerei entgehen, indem man patriotische Fragen zum aktuellen Heeresbericht stellte. Im Deutschunterricht lernten wir keine Schillerschen Balladen mehr auswendig, sondern rezitierten andere Gedichte.

Ich rezitierte. Ich war, ohne das Wort damals schon zu kennen, eine Rampensau. Solang ich nur vor Publikum dramatisch schmettern durfte, kam es mir auf den Text nicht an. Zur Strafe lässt mich mein verdammtes Gedächtnis die Worte bis heute nicht vergessen. «Hass zu Wasser und Hass zu Land, Hass des Hauptes und Hass der Hand, Hass der Hämmer und Hass der Kronen, drosselnder Hass von siebzig Millionen. Wir lieben vereint, wir hassen vereint, wir alle haben nur einen Feind ...» Und dann die ganze Klasse im Chor: «England!» Mit solcher Scheiße konnte man sich damals den Roten Adlerorden verdienen.

Während ringsumher ganz Europa dem Wahnsinn verfiel, spielten wir Schulalltag. Aber nicht mehr lang. Es kann nicht später als Oktober gewesen sein, als Dr. Kramm die Oberprima in die Aula bestellte. Unsere Klasse füllte noch nicht mal die ersten zwei Stuhlreihen, aber für die Bedeutung dessen, was er uns zu sagen hatte, schien ihm nur die ganz große Bühne angemessen.

Er stellte sich vor uns hin, räusperte sich und strich sich den Bart. Machte tatsächlich diese Schmierentheatergeste, mit der Väterspieler an Hoftheatern schon vor hundert Jahren ihrem Publikum zu signalisieren pflegten: Achtung, jetzt wird's bedeutend! Dann breitete er die Arme aus, als ob er uns segnen wolle, und sagte mit feierlicher Stimme: «Jungs!»

Das allein hätte uns misstrauisch machen müssen. Aber wir hatten noch nicht genügend Lebenserfahrung, um zu wissen, dass Vorgesetzte immer dann zu vertraulichen Vokabeln greifen, wenn sie etwas Unangenehmes mit einem vorhaben. Wenn Oberleutnant Backes «Kameraden» sagte, wurden Freiwillige für ein Selbstmordkommando gesucht.

«Jungs», sagte Dr. Kramm, «ich habe eine gute Nachricht für euch.»

Die gute Nachricht bestand in dem Angebot, wir könnten unser Abitur vorzeitig machen. «In Anbetracht der großen Zeiten, in denen wir leben.» *Zeiten*. Plural. Unsere Epoche war so überlebensgroß, dass eine einfache *Zeit* nicht ausreichte.

Schon in zwei Wochen, sagte Dr. Kramm, könnten wir uns das Abiturzeugnis verdient haben. Unter der Voraussetzung – er habe nicht den geringsten Zweifel, dass seine Jungs dieses Glück mit glühenden Herzen ersehnten –, unter der Voraussetzung, dass wir uns anschließend freiwillig zum Heeresdienst meldeten. In Anbetracht der großen Zeiten.

Der Krieg hatte erst angefangen, und es fehlte ihnen schon an Fleisch für ihre Wurstmaschine. Die ersten Schlachten – *Schlachten*, was für ein ungewollt ehrliches Metzgerwort! – hatten mehr Menschenmaterial verbraucht als erwartet. Nachschub musste her. Weil sich die Freiwilligen nicht mehr wie in den ersten Kriegstagen zum Sterben drängten, erfand man für unsern Jahrgang das Notabitur. Auch so ein verräterisches Wort. In den offiziellen Verlautbarungen war von Not nie die Rede. Da siegten wir immer nur.

Unser Klassenprimus, sonst von freundlicher Humorlosigkeit, erklärte uns das Wort so: «Ihr müsst es nicht auf der ersten Silbe betonen, Nótabitur, sondern auf der dritten: Notabítur. Weil es nämlich lateinisch ist. Vom Verb notare, kennzeichnen. Futur I, dritte Person, Indikativ passiv. Er wird gekennzeichnet werden. Und zwar womit? Mit einer Uniform.»

Ihr Nachschrabsel als Soldat? Für meine Eltern war das undenkbar. Sie versuchten mit allen Mitteln, mir die Idee auszureden. Mama vergaß für einmal die weibliche Unterwürfigkeit, die man ihr im Pensionat beigebracht hatte, stemmte die Arme in die Hüften – eine Geste, die ich von ihr noch nie gesehen hatte – und erklärte: «Wenn du ihm das nicht ausredest, Max, bist du ein ganz schlechter Vater.» Papa musste sich logisch ganz schön verrenken, um die Sorge um mich mit seinem neu entdeckten Patriotismus in Einklang zu bringen. «Du bist noch zu jung», argumentierte er. «Warte wenigstens, bis du achtzehn bist.» Als ob die Anzahl der Geburtstage einen mehr oder weniger dazu befähigte, einen Granatsplitter in den Bauch zu bekommen. In einer logischen Welt würde man überhaupt nur Kinder in den Krieg schicken. Sie geben kleinere Zielflächen ab.

In den Familien meiner Mitschüler wurde dieselbe Debatte geführt. Auch dort, wo mit der Kriegserklärung der Patriotismus in seiner virulentesten Form ausgebrochen war. Ganz egal, wie begeistert jemand «Hurra!» brüllt – der Opfermut lässt sehr schnell nach, wenn es an die eigenen Söhne geht. Die lautesten Schreier, so habe ich es dann im Feld erlebt, sitzen gern auf den sichersten Druckposten.

Am Schluss erklärten wir alle unsere Bereitschaft, dem Vaterland *mit Mut und Blut* zu dienen. In einstimmiger, idiotischer Freiwilligkeit. Wir hatten fast sieben Jahre an einem Gymnasium verbracht und waren damit laut Dr. Kramm «die geistige Elite der deutschen Jugend», aber vom Krieg hatten wir eine ganz kindische Zinnsoldatenvorstellung. Wehende Fahnen und schmetternde Trompeten. *Ich hatt einen Kameraden* und der *Hohenfriedberger Marsch*. Außerdem – damit kann man fast alles erklären, was seither in Deutschland geschehen ist –, außerdem wollte keiner der einzige sein, der nicht mitmachte.

Mit einer Ausnahme. Kalle mit seiner kranken Lunge kam für den *Ehrendienst im grauen Rock* ebenso wenig in Frage wie mit seinen schwachen schulischen Leistungen für das Abitur, Not hin oder her. Für uns andere in der Klasse war das ganz selbstverständlich, aber Dr. Kramm, der Listenreiche, sah die perfekte Statistik gefährdet, von der er sich einen positiven Eintrag in seiner Personalakte und vielleicht sogar einen Orden versprach. «Melde dich ruhig», redete er auf Kalle ein. «Man wird den guten Willen anerkennen, auch wenn du natürlich nicht tauglich bist.»

Das mit der Tauglichkeit kann sich nur ein kranker Kopf ausgedacht haben. Welcher Metzger stopft schon immer nur das beste

Fleisch in seine Wurstmaschine? Als ob man nicht auch mit Plattfüßen auf eine Mine treten könnte.

Die perverseste Form von Tauglichkeitsprüfung habe ich in der Krankenstation von Westerbork erlebt. Bis vierzig Grad Fieber konnte man für einen Transport eingeteilt werden. Ab vierzig Komma eins war man für dieses Privileg nicht mehr tauglich.

Kalle meldete sich also freiwillig zum Heeresdienst. Was er selber am komischsten fand. Als jemand sagte: «Der hustet ganz allein eine feindliche Kompanie in die Flucht», lachte und hustete er so heftig, als wollte er den Beweis für den schlechten Witz antreten.

Sie haben ihn tatsächlich genommen. Nicht für den Dienst mit der Waffe, so anspruchsvoll waren sie denn doch, aber es gab ja auch noch rückwärtige Dienste. Kalle wurde einer Feldküche zugeteilt. Und lachte sich über die Vorstellung schief, dass er mit einer Gulaschkanone auf die Franzosen schießen sollte.

Aber so weit war es noch nicht. Zuerst einmal kam unser Notabitur.

Die Prüfung war ein Witz. Ein augenzwinkerndes Ritual, das niemand ernstnahm. Als ob der Papst, statt feierlich den Messwein zu kredenzen, seine Gemeinde kumpelhaft zu einem Umtrunk einladen würde.

Wir alle, Prüfer und Geprüfte, steckten unter einer Decke. Den Schrecken des gefürchteten Abituraufsatzes entschärfte unser Deutschlehrer schon im Vorfeld, indem er salbaderte, das Thema sei zwar streng geheim, und er könne es uns selbstverständlich auf gar keinen Fall verraten, aber wir würden es schon schaffen, da sei er guten Mutes und wir, das sehe er unseren Gesichtern an, doch sicher auch. Und dann, überdeutlich und im Stil eines Intriganten von der Laienbühne: «Daran erkenn ich meine Pappenheimer.» Zweimal wiederholt: «Pappenheimer!» Worauf wir alle nach Hause liefen und den *Wallenstein* noch einmal lasen.

Es wäre nicht nötig gewesen. Das Thema hieß: *‹In deiner Brust sind deines Schicksals Sterne› – kommentieren Sie!*, und für eine gute Note reichte es völlig aus, den Satz auf uns selber als zukünftige Kriegsteilnehmer zu beziehen und ein paar Seiten mit heldischem Geraune zu füllen.

In der mündlichen Mathematikprüfung fragte man mich allen Ernstes nach dem pythagoreischen Lehrsatz. Stoff aus der Quinta. In Geographie mussten wir auf einer Europakarte diejenigen Gebiete einzeichnen, die Deutschland nach dem selbstverständlich siegreich beendeten Krieg annektieren sollte. Den Rest der obligatorischen Viertelstunde füllte der Experte aus, indem er Erinnerungen aus seiner eigenen Militärzeit zum besten gab. Er war, wie alle, ein Held gewesen.

Und so in sämtlichen Fächern. Man hätte auf die Prüfung ganz verzichten und uns das Abiturzeugnis gleich mit dem Direktionsdiener nach Hause schicken können. Aber das Ritual musste durchgespielt werden. Eine Klasse von Siebzehnjährigen in den Krieg zu schicken, sie für Kaiser und Vaterland in die Wurstmaschine zu stopfen, das war in Ordnung. Aber nur, solang die Formen dabei nicht verletzt wurden.

Ich habe das später noch oft erlebt. Der Leutnant, der auf seiner Tragbahre korrekt gegrüßt werden wollte, dabei hingen ihm unten schon die Gedärme aus dem Bauch. Aus der Fünten, der hinter der Bühne rücksichtsvoll auf Zehenspitzen ging, bevor er das ganze Theater beschlagnahmte. Die Premieren hier in Theresienstadt, mit ihrem traditionellen Über-die-Schulter-Spucken und Toi-toi-toi, als ob uns weit und breit nichts Schlimmeres drohte als eine verpatzte Aufführung. Solang die Formen eingehalten werden, das reden wir uns immer wieder ein, ist die Welt nicht ganz aus den Fugen.

Wir bestanden alle. Sogar Kalle, der mit Lachen nicht mehr aufhören konnte. Ich weiß nicht, ob man ihn aus Mitleid hat durchkommen lassen, aus Patriotismus, oder weil es sich auf der Liste unseres Oberstudiendirektors so gut machte: «Notabitur 1914, hundert Prozent bestanden, hundert Prozent freiwillig zum Heeresdienst gemeldet.» Mit dem Nachtrag, vier Jahre später: «Sechzig Prozent verwundet oder gefallen.»

Auch meine Eltern konnten sich von den althergebrachten Formen nicht so schnell lösen. Ein bestandenes Abitur, so verlangte es die Tradition, musste gefeiert werden. Also feierten wir, obwohl keinem von uns nach Festlichkeit zumute war. Am Abend nach der ansprachenreichen Verleihung der Zeugnisse spendierte Papa ein Essen bei Horcher an der Lutherstraße. Am selben Tisch, seltsamerweise, an dem mir Jahre später Max Reinhardt die Rolle in *PHÄA* anbot. Wir bestellten den berühmten Faisan de presse und tranken einen teuren badischen Wein.

Warum weiß ich noch, dass er badisch war? Warum merkt man sich ein so unwichtiges Detail?

Dabei tranken wir den teuren Wein gar nicht. Das meiste ließen wir stehen. Mama heulte den ganzen Abend, und Papa versuchte so zu tun, als ob er es nicht bemerke. Er hatte mir eine goldene Taschenuhr gekauft. Die ich nie getragen habe. Ins Militär konnte ich sie nicht mitnehmen, und hinterher kam sie mir zu protzig vor. Sie lag all die Jahre in Seidenpapier eingewickelt in einer Schublade an der Klopstockstraße, und als wir Berlin verließen, haben wir sie in der Eile vergessen. Wahrscheinlich liest jetzt Heitzendorff davon die Zeit ab.

So war das mit meinem Abitur. Die *Piccolomini*, der pythagoräische Lehrsatz, und schon war ich bereit für die Wurstmaschine.

Jüterbog, wo man mich zum Soldaten umbaute. Es lohnt nicht, sich daran zu erinnern.

Die übliche Piesackerei. Unteroffiziere, die es ein Leben lang nicht weitergebracht hatten als bis zum Adlerknopf am Kragen, und die uns das entgelten ließen. Kaputtgebrüllte Stimmen.

Eine neue Sprache mit neuen Worten. Kleiderkammer. Küchenbulle. Nahkampfmittelübungsplatz. Marschgepäck, Arschgepäck, Widerspruch hat keinen Zweck. Eine neue Grammatik. Bitte Herrn Leutnant, Meldung machen zu dürfen.

Überhaupt, die ganzen Rangunterschiede. Über uns diese unendliche Pyramide, bis hinauf zum Feldmarschall, und unter uns gar nichts. Wir waren noch nicht einmal Menschen, wurde uns jeden Tag erklärt, man musste erst welche aus uns machen.

«Eines Tags werdet ihr dafür dankbar sein», sagten sie und ließen uns durch den Schlamm robben.

Der Pfahl mit der Offiziersmütze, vor der wir das Salutieren übten. «Ei, Vater, sieh den Hut dort auf der Stange», zitierte einer und wurde wegen Klugscheißerei zu einer Runde Froschhüpfen verdonnert. Man verschwieg besser, dass man Abitur hatte.

Die Uniform, die an mir schlotterte, weil ich so dünn war. Die Sprüche, die ich mir deshalb anhören musste. «Du wärst besser Bohnenstange geworden als Soldat, Gerson. Aber für einen so anspruchsvollen Beruf fehlt dir die Intelljenz.»

Diese abgehackte Sprechweise, die zackig sein sollte und nur lächerlich war.

Der graue Waffenrock mit den Nickelknöpfen. Ein beliebter Scherz bei Neulingen bestand darin, dass man sie die Knöpfe mit der eingeprägten Krone auf Hochglanz polieren ließ, «dass sie glänzen wie ein eingeölter Kinderpopo». Die Knöpfe waren mit Sandstrahl mattiert, und alles Reiben konnte sie nicht zum Glänzen bringen. Ha ha ha.

Der Ersatzhelm aus gepresstem Filz, weil sie mit der Lieferung der Lederhelme nicht nachkamen.

Unsere kahlgeschorenen Schädel, wie am ersten Schultag im Gymnasium.

Das Ganze überhaupt wie die bösartige Karikatur einer Schule. Als wir uns an der Penne einmal bei unserem Geschichtslehrer beschwerten, weil wir für eine Prüfung zu viele Daten büffeln sollten, war seine Antwort: «Der Lehrplan muss abgearbeitet werden. Ohne Rücksicht auf Verluste.» Genau so machten sie es in Jüterbog. Mit der Wirklichkeit des Krieges hatte das Ausbildungsprogramm nichts zu tun. Aber sie arbeiteten es ab. Ohne Rücksicht auf Verluste.

Wir lernten marschieren. Übten jeden Tag in den verschiedensten Formationen. Nahmen ein Gewehr hundertmal auseinander und setzten es wieder zusammen. Als wir es blind konnten, wurden die

Gewehre eingesammelt, für die nächste Ladung Frischfleisch, und wir bekamen, kurz bevor wir an die Front verladen wurden, ein ganz anderes Modell. Das Gewehr 98, mit dem wir in den Krieg zogen, war ihnen zum Üben zu schade gewesen. Einmal wurden wir zu einem Vortrag befohlen, und ein alter Major dozierte das korrekte Verhalten, wenn man von Ulanen mit Lanzen angegriffen wird.

Von den Dingen, die man wirklich hätte brauchen können, kein Wort. Wie man sich mit dem Feldspaten in nasse Erde wühlt. Dass es einen nicht stören darf, wenn man dabei auf eine Leiche stößt. Warum man einem Menschen mit Bauchschuss nichts zu trinken geben soll. Wie man Läuse knackt. Kein Wort davon.

Dafür tausend Vorschriften, die blind zu befolgen waren. Wie der Mantel zusammenzulegen war. Über welcher Schulter der Brotbeutel zu hängen hatte. Und natürlich war es kriegsentscheidend, dass die Faltkante der Wolldecke exakt parallel zur Bettkante lag.

Pritschen. Immer zwei übereinander. Eines der wenigen nützlichen Dinge, die ich in Jüterbog gelernt habe: Man soll sich, wenn immer möglich, die untere Etage sichern.

In einem Raum mit hundert anderen zu schlafen, wo immer einer schnarchte oder furzte, das war fast das Schlimmste für mich. Als Einzelkind war ich so viel fremde Nähe nicht gewohnt.

Und dann natürlich die Weibergeschichten, die im Dunkeln erzählt wurden. Die schweinischen Witze. Man wollte sie nicht hören, und sie erregten einen doch. Wir Gymnasiasten konnten lateinische Verben konjugieren, aber von Frauen hatten wir keine Ahnung. Nicht wie die Rekruten vom Land, die wussten Bescheid. Oder taten zumindest so. *Frau Wirtin hatte einen Koch, der fickte sie in jedes Loch.*

Es lohnt nicht, sich daran zu erinnern.

Doch, es lohnt.

Ohne den Feldwebel Knobeloch wären wir nicht hingegangen. Wir hätten uns nicht getraut. Bestimmt nicht wir wohlerzogenen Stadtbübchen. Wir hätten nur immer weiter davon geflüstert, und später einmal – vielleicht auf der Latrine, wo man sich nicht ins Gesicht schauen muss – hätten wir behauptet: «Ja, klar war ich auch schon dort. Ist nichts Besonderes.»

Es war aber etwas Besonderes. Ein zentraler Bestandteil jener verheißenen und angedrohten Mannwerdung, um die sich in Jüterbog alles drehte. Das Grüßen hatten wir gelernt, das Schießen und das Marschieren. Hatten Handgranaten geworfen oder doch zumindest Attrappen. Man hatte uns beigebracht, wie man Stacheldraht abrollt. Sogar die zwanzig Kilometer in voller Feldmarschausrüstung hatten wir überlebt. Jetzt fehlte nur noch das Eine. Und dafür sorgte Knobeloch.

Feldwebel Friedemann Knobeloch. Es hätte den barocken Friedemann nicht gebraucht und auch nicht das seltsame E in der Mitte des Knoblochs. Ich hätte seinen Namen auch so nicht vergessen. Wegen dieser einen Nacht.

Knobeloch. Ein Relikt. Einer von der ganz alten Schule. Schon ewig dabei. War noch mit der Schutztruppe in Deutsch-Südwestafrika gewesen und hatte es, ich weiß nicht wie, geschafft, sich in all den Jahren eine romantische Vorstellung von Kameradschaft und Männerbündelei zu bewahren. Von uns, die er zwölf Wochen lang über den Übungsplatz zu jagen hatte, wollte er geliebt werden und konnte nie verstehen, warum seine so aufdringlich angebotene Freundschaft – «Ihr könnt mich ruhig Spieß nennen, das ist für mich ein Ehrentitel» – von uns nicht erwidert wurde. «Der Spieß ist die Mutter der Kompanie», sagte er, aber wir waren keine Kompanie, wie er sie erlebt oder sich nachträglich zusammengeträumt hatte. Mit uns konnte er nicht durch Dick und Dünn gehen, wie er sich das in seiner Folkloregläubigkeit vorstellte. Wir waren nicht seine Kameraden. Nur eine anonyme Schafherde von Kriegsfreiwilligen, und er der Leithammel, der uns zur Schlachtbank zu führen hatte. Wenn die Züge an die Front fuhren, blieb er im sicheren Jüterbog zurück und übernahm die nächste Herde. Um auch der wieder seine Freundschaft anzubieten. Wollte unser Kumpel sein und sollte uns doch nur beibringen, wie man ordentlich in Reih und Glied unters Messer marschiert.

Als Kriegsromantiker liebte Knobeloch militärische Traditionen. In einem Garderegiment hätte er dessen sämtliche Schlachten bis zurück zum Dreißigjährigen Krieg auswendig hersagen können. Aber die Militärbürokratie hatte ihn einer geschichtslosen Ausbildungskompanie zugeteilt, viermal im Jahr neue Gesichter. Später, als die Wurstmaschine immer schneller lief, wechselten sie bestimmt noch häufiger. Also erfand er seine eigene Tradition, führte eigenmächtig eine private Dienstvorschrift ein, die bald ebenso zwingend zum Abschluss der Grundausbildung gehörte wie die feierliche Vereidigung. Wobei die, zumindest bei uns, gar nicht so feierlich war, sondern abgespult wurde wie die dreißigste Abonnementsvorstellung eines langweiligen Stücks. Ich schwöre, ich gelobe, ein Hurra auf Seine Majestät und abgetreten.

Alle vier Wochen traf in Jüterbog eine neue Ladung Rekruten ein. Im selben Rhythmus karrten die Züge die nächste Lieferung frisch eingeschworener Jungsoldaten in Richtung Front. So hatten wir das Ritual der Vereidigung vor unserer eigenen schon zweimal miterlebt, als Statisterie, die nur den Platz zu füllen hatte, streng ermahnt, ja nicht etwa heimlich mitzuschwören, dessen seien wir noch nicht würdig.

Wir wussten also, dass es nach der Zeremonie Urlaub bis zum Wecken gab, und dass das eine Aufforderung war, sich bis zur Bewusstlosigkeit zu besaufen. Beide Male hatten wir mitgeholfen, die Schnapsleichen, die nicht mehr selber gehen konnten, in den Zug zu tragen. Wo sie dann ihren Rausch auf der Fahrt nach Frankreich oder Belgien ausschlafen konnten.

Dem Feldwebel Friedemann Knobeloch erschien ein gemeinsames Besäufnis nicht ausreichend. Nicht so kumpanenhaft männlich, wie er sich das Leben in Uniform gern malte. Deshalb feierte seine Kompanie das Ausbildungsende nicht in einer Kneipe, obwohl es rund um den Truppenübungsplatz genügend davon gab. Sondern versammelte sich, pünktlich zwanzig null null, vor dem Eierturm.

In Jüterbog ist man stolz auf das mittelalterliche Bauwerk mit dem ungewöhnlichen Grundriss. Dass wir uns dort, gleich beim Neumarkttor, versammelten, hatte aber nichts mit touristischem Interesse zu tun. Nicht mit der Art von Interesse, die man durch Nachschlagen im Baedeker befriedigen kann.

Unser Ziel, das wir angeführt vom Feldwebel Knobeloch mit Hurra erstürmen wollten, war nicht der Turm selber, sondern ein Lokal, das so hieß. Eine vom Sanitätsdienst regelmäßig überprüfte hygienische Einrichtung, ein paar Schritte weiter an der Großen Straße. Mit anderen Worten: ein Puff. Das Bordell hatte eigentlich einen ganz anderen Namen, irgendwas Französisches, an das ich mich nicht mehr erinnere, *Petit Paris* oder *Paradis*. Etwas in der Art. Für uns angehende Soldaten war es einfach der Eierturm, ein Codewort, das von den alten Hasen, die schon zwei Monate in Jüterbog waren, augenzwinkernd an die Neuankömmlinge weitergegeben wurde. So wie sich die Übernamen der Lehrer von Schülergeneration zu Schülergeneration vererben.

Wir waren alle erst siebzehn, ein Alter, wo die Hormone verrücktspielen. Wo man die Hände unter der Bettdecke keine Nacht stillhalten kann. Die Vorstellung, ein Bordell zu besuchen, machte mir mehr Angst als der ganze Krieg. Und versprach andererseits ein Abenteuer, das ich um nichts in der Welt hätte versäumen mögen. Ohne eine reale Vorstellung davon zu haben, worin es im Einzelnen bestehen würde. Beim Stichwort *Geschlechtsverkehr* war *Meyers Konversations-Lexikon* für einmal nicht hilfreich gewesen.

Manche meiner Kameraden hatten durchaus einschlägige Erfahrungen oder behaupteten das wenigstens. Ich log eifrig mit. Es wäre allzu peinlich gewesen, wenn ich hätte zugeben müssen, dass ich, als Abiturient und baldiger Kriegsteilnehmer, mir den weiblichen Körper noch nicht einmal wirklich vorstellen konnte. Nicht im Detail. Im Kunstunterricht hatten wir die Gipsabgüsse griechischer Statuen studiert, aber die entscheidenden Stellen waren immer verhüllt gewesen. Ein Versteckspiel, das sie erst zu den wirklich entscheidenden Stellen machte. Zu Hause bei Kalle hing im Salon eine Kopie von Ingres' *Großer Odaliske*, doch ihre nackte Rückenansicht half uns bei der Suche nach den Fakten der weiblichen Körperlichkeit auch nicht weiter.

Später, im Grundkurs Anatomie, verwendete ein Assistent das genau gleiche Gemälde, um daran die medizinische Beobachtungsgabe von uns Anfängern zu schulen. «Fällt Ihnen denn nicht auf», fragte er, «dass der Künstler dieser Dame mindestens drei Rückenwirbel zuviel gemalt hat?» Es fiel mir damals nicht auf, und ist mir mit siebzehn schon gar nicht aufgefallen. Ich achtete auf anderes als auf die Länge der Rückenpartie.

Natürlich hatte ich Phantasie, gerade bei diesem Thema. Selbst Frau Heitzendorff, die nun wirklich keine Schönheit war, hatte mich erregen können, wenn sie auf Knien den Hausflur schrubbte und der Welt ihren Hintern entgegenstreckte. Aber für alles reicht auch die beste Phantasie nicht aus.

Der Salon, in dem die Frauen auf uns warteten, war eine Mischung aus eichengeschnitzter Bürgerlichkeit und provinzieller Demimonde. Schwere Möbel, wie sie auch in Berlin hätten stehen können oder doch in Kriescht. Aber auf den Bildern an den Wänden drehten einem die Odalisken nicht den Rücken zu, und wo ein Satyr auf eine Nymphe traf, ließ er es nicht beim Panflötenspiel bewenden. Es war, habe ich später immer gesagt, als ob George Grosz einen anatomischen Atlas illustriert hätte.

Die Atmosphäre hatte etwas von der Schludrigkeit einer Umbesetzungsprobe. Die Damen des Hauses hatten das Stück schon zu oft en suite gegeben. Markierten die im Textbuch vorgesehene Verruchtheit nur noch in Andeutungen. Wir Neulinge versuchten vor allem, nichts falsch zu machen. Schauspielschüler, die sich vor den Profis nicht blamieren wollten.

Ich weiß nicht mehr, wie das Geschäftliche geregelt wurde. Den Zigarettenrauch und das schwere Patschuli kann ich immer noch riechen. Ich höre auch noch das Lied, das aus dem Grammophontrichter schepperte. *Pauline geht tanzen* hieß es. Und ich sehe sie immer noch vor mir.

Sie.

Keine Schönheit, ganz gewiss nicht. Wirklich schöne Frauen arbeiteten nicht im Petit Paris in Jüterbog, wo man die militärische Kundschaft im Viertelstundentakt abzufertigen hatte. Sie fiel mir auf, weil sie eine gewisse Schüchternheit ausstrahlte. Als ob es sie nur durch ein Missverständnis in diesen Salon verschlagen hätte und sie gar nicht wüsste, was diese so lärmend eingefallene Meute von ihr erwartete. Ihr Gesicht hatte etwas Mäuschenhaftes. Kleine, vorstehende Zähne. Die Haare auf unentschlossene Art gekräuselt. Als hätten sie Locken werden wollen und es sich aus lauter Ängstlichkeit auf halbem Weg anders überlegt. Einen Ohrring trug sie nur auf einer Seite, einen unmöglich dicken Klunker, der noch nicht einmal den Versuch machte, echt auszusehen. Das andere Ohrläppchen war rot und entzündet. Sie hatte es wohl erst gerade durchstechen lassen, und die Nadel war nicht desinfiziert gewesen.

Nein, eine Schönheit war sie nicht. Sie hatte feuchte Augen, weil sie geweint hatte, oder weil sie den Zigarettenrauch nicht vertrug, oder weil ich mir das alles nur einbildete. Auch sie selber rauchte, hielt eine Zigarettenspitze zwischen zwei Fingern, aber so ungeschickt, schien mir, als mache sie das zum ersten Mal.

Sie trug einen schwarzen Unterrock. An der rechten Schulter war eine rote Rosette an den Träger genäht, die den nackten Arm und das deutlich hervortretende Schlüsselbein im Kontrast noch blasser erscheinen ließ. Die schmale Spitzenborte, die den obern Rand des Unterrocks säumte, war an einer Stelle nicht richtig angenäht und bildete – ich seh es in Großaufnahme vor mir – eine Art Schlaufe, in die man einen gekrümmten Zeigefinger hätte stecken können, um das Mädchen zu sich heranzuziehen.

Unter dem dünnen Stoff zeichneten sich zwei kleine, feste Brüste ab. Nicht die Granaten und Melonen, von denen in nächtlichen Pritschengesprächen so aufschneiderisch geschwärmt worden war. Man hätte sie mit einer Hand umfassen können. Ihr Unterrock endete kurz über den Knien. Die Beine hatte sie übereinandergeschlagen. Dünne Mädchenbeine. Die Füße in unpassend dick gefütterten Pantoffeln. Als wollte sie sagen: «Ich tue, was man von mir verlangt, aber ich will dabei nicht frieren.»

Ich muss sie eine ganze Weile angestarrt haben, aber sie erwiderte meinen Blick nicht. Sah überhaupt niemanden an, sondern schaute ins Leere, nicht gelangweilt, sondern – so deutete ich mir das – mit ihren Gedanken ganz woanders, in einem privaten Traum vielleicht, in dem es kein Jüterbog gab, sondern nur ein Samarkand oder einen andern poetischen Ort. Ich war erst siebzehn.

Wie gern hätte ich den Arm um ihre dünnen Schultern gelegt und sie vor allem Bösen dieser Welt beschützt! Und malte mir doch gleichzeitig aus, wie sie vor mir stand und ganz, ganz langsam den Unterrock über den Kopf zog. Oder, ich kannte mich da nicht aus, schlüpfte man nur aus den Trägern und ließ den schimmernden Stoff über die Hüften nach unten gleiten?

Heute weiß ich natürlich, dass es ihre scheinbare Hilflosigkeit war, die mich so anzog. Weil sie meiner eigenen Unsicherheit und Schüchternheit entsprach. Von allen Frauen, die da saßen, war sie die am wenigsten bedrohliche. Aber damals hielt ich das Gefühl, das in mir hochschwappte, für Romantik.

Ich habe sie nicht bekommen. Als ich endlich den Mut beisammen hatte, mich ihr zu nähern, war da schon ein anderer aus der Kompanie, einer von den Landwirten, und der hatte weniger pubertäre Hemmungen. Stellte sich breitbeinig vor sie hin, die Hände in den Hosentaschen. Sah sie prüfend an, ein Pferd, das man ihm auf dem Markt zum Kauf angeboten hatte. Dann zuckte er die Schultern – Was soll's? Es ist ja nicht teuer – und machte eine Kopfbewegung zur Tür hin. Sie legte ihre Zigarette weg und stand auf. Nicht in einer eleganten Bewegung, sondern beide Hände auf die Lehnen ihres Sessels gestützt. Wie eine alte Frau mit müden Beinen aufsteht. Ging hinter ihm her. Ihr Unterrock war vom Sitzen zerknittert, und die dicken Pantoffeln schlurften über den Boden. Dann war sie verschwunden.

Natürlich, ich hätte auf sie warten können. Es konnte nicht lang dauern, bis sie wieder frei war. Aber das wollte ich nicht. Es ist lächerlich und jämmerlich, aber so empfand ich es damals: Wenn ich an diesem Abend nicht der erste bei ihr sein konnte, dann war sie mir nicht mehr jungfräulich genug.

Mir selbst überlassen hätte ich mich in eine Ecke des Salons verkrochen und mich dem Weltschmerz hingegeben. Hätte mich an meiner Enttäuschung berauscht. Mit siebzehn kann Melancholie sehr attraktiv sein. Wenn auch die Pose eines jungen Werther nur schlecht in ein Jüterboger Militärpuff passt. Ich kam nicht dazu. Friedemann Knobeloch, der sich nicht nur für unsere Ausbildung, sondern auch für unser Amüsement verantwortlich fühlte, hatte mein Zögern bemerkt. Er wusste noch vom Herero-Aufstand her, wie man jungen Infanteristen die Angst vor der Feuertaufe nimmt. Oder sie zumindest dazu bringt, sich trotzdem ins feindliche Feuer zu stürzen. Er baute sich also so nahe vor mir auf, dass sich unsere Köpfe beinahe berührten. Die Arme in die Hüften gestützt, was ohne Uniform ein bisschen lächerlich aussah. Aber seine heisere Stimme produzierte auch in Zivil den Befehlston, auf den wir während zwölf Wochen abgerichtet worden waren.

«Was denn, was denn?», bellte Friedemann Knobeloch. «Keine Müdigkeit vorschützen! Ein deutscher Soldat kennt keine Angst!» Und dann, vom Kommandoton abrupt zur Kameraderie wechselnd: «Ich versteh dich doch, Junge. Ging mir bei meinem ersten Mal genauso. Aber ich hab dir schon die Richtige ausgesucht. Zimmer fünf.» Und wieder übergangslos schnarrend: «Gruppe Gerson, links schwenkt, ohne Tritt marsch!»

Ich war nicht unglücklich darüber, dass er mir die Entscheidung abnahm. Ich vermute, dass ich nicht unglücklich darüber war. Mit Sicherheit kann ich es nicht mehr sagen. Ich habe die Ereignisse jener Nacht in meinem Kopf so oft wiederholt, habe mir den Film so oft selber vorgeführt und jeden einzelnen Moment so bis zum Letzten ausgelutscht, dass ich schon lang nicht mehr weiß, was daran echte Erinnerung ist, und was ich im Lauf der Jahre mit Träumen, mit Wünschen und Ängsten ergänzt habe. Unser Gedächtnis ist voller Ersatzteile.

In manchen Dingen traue ich meiner Erinnerung nicht. Kam mir im Treppenhaus wirklich ein Kamerad mit offener Hose entgegen? Baumelte sein Geschlechtsteil wirklich im Freien? War es wirklich noch feucht und glänzte im flackernden Licht der Gasbeleuchtung?

Oder gehört dieses Bild ganz woanders hin? In den ersten Jahren nach dem Krieg, als mit der alten Ordnung plötzlich auch die alten Regeln verschwunden waren, erlebte man in Berlin öfter mal Szenen, die besser ins *Satyricon* gepasst hätten.

Und dann: der schmale Flur in der obern Etage. Hatten die Türen tatsächlich Zimmernummern wie in einem Hotel? Warum eigentlich? Aber wie habe ich sonst die richtige gefunden? Die Tür, hinter der eine Frau auf mich wartete, die mein Feldwebel für mich organisiert hatte.

Zimmer 5.

Ein deutscher Soldat kennt keine Angst.

Ich klopfte an. Nicht zu laut. So wie mir Mama das beigebracht hatte.

«Ja?», sagte eine Stimme. Sie war – hier bin ich mir meiner Erinnerung wieder ganz sicher – tiefer, als ich es erwartet hatte. Einen Moment lang dachte ich erschrocken: Es muss das falsche Zimmer sein. Oder mein Vorgänger ist noch nicht fertig. Beides wäre mir gleich peinlich gewesen.

«Nun komm schon rein!», sagte die Stimme.

Die Tür kann nicht gequietscht haben, als ich sie schüchtern öffnete. Ich bin ganz sicher, dass mein Gedächtnis bei diesem Toneffekt schummelt. Dass sich hier ein berufliches Klischee in die Erinnerung drängt. *Mein Bruder macht im Tonfilm die Geräusche.* Hab ich auf Schallplatte gesungen.

Nein, die Tür quietschte nicht. Auch wenn ich glaube, das Geräusch noch zu hören. Aber das, was dann kam, das war genau so, wie ich mich daran erinnere. Das kann nicht anders gewesen sein.

Ihr Kimono war grün und gelb, mit einem feuerspeienden Drachen auf dem Rücken. Zweite Qualität, hätte Papa gesagt. Der Kimono und die Frau. Die hellblonden Haare mit Wasserwellen in eine unnatürliche Form gebracht.

Als ich hereinkam, stand sie am Fenster und drehte sich langsam zu mir um. Kauend. Während einer anstrengenden Schicht darf man sich zwischendurch schon mal eine kleine Stärkung erlauben.

Sie war fast so groß wie ich. Eine kräftige Figur mit breitem Becken. Die Haltung überhaupt nicht damenhaft. Einen Matrosen würde ich so dastehen lassen. Einen Bauern.

Sie war auch älter, als ich es erwartet hatte. Ende zwanzig würde ich im Rückblick schätzen. Aus der Perspektive meiner siebzehn Jahre war der Abstand zwischen uns gewaltig.

«Guten Tag», sagte ich, und ich glaube mich zu erinnern, dass ich sogar einen lächerlichen Diener machte. Natürlich waren solche korrekten Umgangsformen in dieser Situation völlig fehl am Platz, aber ich hatte keine Ahnung, was die richtigen gewesen wären. In meiner Phantasie waren wir immer gleich zur Sache gekommen.

Sie schaute mich prüfend an, den Kopf ein wenig zur Seite geneigt. Kratzte sich mit dem Zeigefinger an der Wange. Puderpartikel rieselten als feiner Staub zu Boden.

«Dein erstes Mal», sagte sie. Es war keine Frage.

Ich nickte.

Und sie spuckte aus.

Nicht, wie ich einen verwirrten Moment lang dachte, aus Verachtung für den unerfahrenen Neuling, sondern ganz selbstverständlich. Da stand ein Gefäß aus Messing, das ich für eine Blumenvase gehalten hatte, und in das spie sie treffsicher hinein. Zweimal und ein drittes Mal. Dann fuhr sie sich mit der Hand über den Mund und wischte sie an ihrem Kimono ab.

«Wenn ich rauche, muss ich husten», sagte sie. «Darum prieme ich lieber.»

«Das ist sicher vernünftig», antwortete ich höflich, obwohl es mir lieber gewesen wäre, wenn sie geraucht hätte.

«Wollen wir?»

Sie öffnete ihren Kimono, zog ihn noch nicht ganz aus, sondern zeigte zuerst einmal ganz sachlich, was sie im Angebot hatte. Ein Kaufmann, der den Rollladen vor seinem Schaufenster hochzieht. Unter dem gelb-grünen Umhang trug sie ein Korsett, das ihre Brüste nach oben drückte, große Brüste, die aber keine perfekten Halbkugeln waren wie bei den griechischen Statuen im Kunstunterricht, sondern ein bisschen länglich, mit breiten braunen Vorhöfen rund um die Brustwarzen.

Unten, wo das Korsett aufhörte, ein Dreieck aus krausen Haaren. Nicht blond.

Stämmige Beine.

«Na?», sagte sie. «Willst du die Hosen anbehalten? Das wird dann aber ein bisschen schwierig.»

Ich drehte mich von ihr weg, bevor ich mich auszog. Die Kleider legte ich sorgfältig über einen Stuhl. Nicht aus Ordnungssinn, sondern um Zeit zu gewinnen. Ich musste die Unterhose aufknöpfen, was ich sonst nie tat. Anders hätte sie sich nicht über mein erigiertes Glied ziehen lassen.

Sie lag jetzt ohne Korsett auf dem Bett. Am rechten Unterbauch hatte sie eine Narbe, die von meiner erregten Phantasie sofort als Folge einer Auseinandersetzung im Rotlichtmilieu gedeutet wurde. Heute weiß ich natürlich: Blinddarm. *Appendektomie*. Tabaksbeutelnaht. Vollkommen unromantisch.

Ich ging zum Bett und legte mich neben sie. Sie roch nach Kernseife, wie ein Dienstmädchen am Sonntag. Zog mich zu sich, auf sich. Mein unerfahrener Unterleib suchte ungeschickt nach der richtigen Öffnung. Noch bevor ich dieses rätselhafte Zusammensteckspiel richtig lösen konnte, ergoss ich mich auch schon über ihren Bauch.

Ich bin ihr heute noch dankbar, dass sie mich wegen meines Ungeschicks nicht auslachte. Ich war nicht der erste Neuling, den man zu ihr schickte.

Hinterher stand sie mit gespreizten Beinen über einer Waschschüssel und machte sich sauber. Dass ich auf dem Bett liegen bleiben und ihr dabei zusehen durfte, empfand ich als persönliches Geschenk.

Zurück im Salon habe ich über mein Erlebnis genauso aufschneiderisch gelogen wie alle andern. *Frau Wirtin hatte einen Koch.*

Das war sie. Die Nacht der Nächte. Jeder einzelne Moment davon ist unendlich wertvoll für mich.

Kostbar und unvergesslich.

Die zehn Minuten im Puff von Jüterbog sind alles, was ich habe.

Und heute wohne ich in einem Bordell. In einem Filmdrehbuch würde ich das Detail streichen. Die Wirklichkeit trägt zu dick auf.

Hier in Theresienstadt zahlt niemand fürs Liebe-Machen. Der Sternberg hat das immer so genannt, in seinem amerikanisierten Wienerisch. Hier hat niemand Geld. Außer der Ghettowährung natürlich, mit der man sich noch nicht einmal den Arsch abwischen kann. Wer es doch geschafft hat, ein paar richtige Banknoten einzuschmuggeln, in einer Dose Körperpuder oder einer doppelten Schuhsohle, der investiert in wichtigere Dinge. Kartoffeln oder ein Stück Brot.

Liebe kriegt man gratis. Wenn man das schnelle körperliche Abreagieren Liebe nennen kann. Mich betrifft es ja nicht, aber ich beobachte es an jeder Ecke. Man begegnet sich, man sieht sich an, man nickt sich zu. Keine langen Gefühlsarien. Es muss schnell gehen. Keiner weiß, wie lang er noch Gelegenheit dazu haben wird. Die jungen Menschen – nicht nur die jungen – haben es so eilig wie wir damals in Jüterbog. Eiliger. Wir fuhren nur in den Krieg.

Man sieht hier die seltsamsten Pärchen. Eine Sekretärin aus dem Ältestenrat – man nennt sie die schwarze Spinne – sammelt junge Männer. Lässt sich von ihnen den Hof machen. Lockt sie mit dem Versprechen an, sie vor der Transportliste zu bewahren. Ich mag mir nicht vorstellen, womit ihre Verehrer für diese Gefälligkeit bezahlen müssen. Die Frau ist mindestens sechzig. Mehr. Saugt ihre jungen Gigolos aus und lässt sie dann fallen. Setzt sie auf die Liste und sucht sich den nächsten.

Einmal hat ein Mann versucht, seine Frau zu erstechen. In dem kleinen Park hinter dem Kinderheim. Er war eifersüchtig, weil sie ihn mit einem anderen betrogen hatte. Das hat niemand verstanden. Das Umbringen schon, aber nicht die Eifersucht. Das ist eine

Emotion, da war man sich einig, die hier wirklich keinen Sinn mehr macht. Die Frau war nicht einmal schwer verletzt. Er hatte kein scharfes Messer auftreiben können. Sie sind dann zusammen auf Transport gegangen. In einem Drehbuch hätte ich mir die große Szene schreiben lassen, in der sich die beiden im Viehwaggon versöhnen. Umarmung und langsam ausblenden.

Man gewöhnt es sich an, solche Geschichten anzuschauen, als ob es wirklich nur Geschichten wären. Ohne sich davon berühren zu lassen. Es geht wohl auch den Beteiligten nicht anders. Wie in dem Lied, das wir in Jüterbog gegrölt haben: *Die Liebe ist ein Zeitvertreib, man nimmt dazu den Unterleib.*

Wenn man nicht Gerron heißt.

Einen Partner für die schnelle Liebe zu finden ist leicht. Einen Ort, an dem man es ungestört tun kann, sucht man sehr viel länger.

Konsequenzen hat kaum jemand zu fürchten. Direkt neben uns, im nächsten Bordellkämmerchen, wohnt Dr. Springer, der berühmte Chirurg aus Frankfurt an der Oder. Er leitet die Krankenstation und hat mir einmal erklärt: «Die Mangelernährung im Lager hat auch ihre Vorteile. Rahm besteht darauf, dass jede Schwangerschaft abgetrieben wird, aber wir haben wenig Probleme damit. Bei genügend Unterernährung kriegen die Frauen ihre Regel nicht mehr.» Man muss die Tatsachen so nehmen, wie sie sind.

Meine Tatsache ist, dass Rahm diesen Film von mir haben will. Wenn ich ihn drehe, werde ich nie wieder Respekt vor mir selber haben können. Wenn ich ihn nicht drehe …

Auslegeordnung:

Es gibt diesen Stempel, der auf den Transportlisten neben manchen Namen steht. *R.U. Rückkehr unerwünscht.* Die Listen stellt der Ältestenrat auf, aber über den Stempel entscheidet die SS. Entscheidet Rahm.

R.U. würde nicht nur neben meinem Namen stehen, sondern auch neben dem von Olga. *Sippenhaftung.* Sie sind wieder Mode geworden, die schönen alten Worte.

Rückkehr unerwünscht. Meine Olga.

Wenn ich den Film nicht drehe oder ihn nicht gut mache, nicht überzeugend genug, landen wir beide in einem Viehwaggon. In einem 8/40er, wie ich sie im Krieg kennengelernt habe. 8 Pferde oder 40 Mann. Nur dass sie sehr viel mehr hineinquetschen.

Der Zug, der uns in den Krieg brachte, fuhr über Köln und Brüssel. Als er endgültig anhielt, waren wir in einer Welt angekommen, wo nichts mehr Sinn machte.

So ein Krieg ist kein Film mit einem Anfang und einem Ende, und dann geht das Licht wieder an, und das Leben läuft weiter. Krieg, das sind die weggeworfenen Schnipsel vom Boden des Schneideraums, zufällig hintereinandergeklebt, ohne jeden Sinn für Dramaturgie.

In einem Ufa-Streifen wäre der allererste Mann, den ich sterben sah, bestimmt nicht einfach überfahren worden. Fürs Kino hätte man sich etwas Effektvolleres ausgedacht. Die Wirklichkeit ist da schlampig.

Es gab dort, wo wir ankamen, keinen Bahnhof. Nur ein Nebengeleise mit einem schmalen, asphaltierten Streifen, der einmal die Verladerampe einer Getreidemühle gewesen war.

Eine Transportkompanie stand mit zwei Lastwagen bereit. Sie warteten nicht auf uns, sondern auf die Güterwagen, die man dem Zug bei einem Zwischenhalt angehängt hatte. Munitionskisten. Nein, sie wüssten auch nicht, wann wir abgeholt würden. Ob wir es denn so eilig hätten, totgeschossen zu werden? Wir sollten auf gar keinen Fall in den Ruinen der Mühle Unterschlupf suchen, sagten sie noch. Auch nicht bei Regen. Die Trümmer könnten jederzeit einstürzen.

Neben der Mühle war einmal Wiese gewesen. Vielleicht hatten hier noch im Sommer Kühe geweidet. Jetzt war Winter. Die tiefen Furchen, die all die Räder in den Boden gerissen hatten, waren zu einer steinharten Karstlandschaft gefroren. Ein Bühnenbildmodell des Geländes, das uns zwischen den Schützengräben erwartete. Die tiefsten Löcher hatte man mit Kies aufgefüllt und aus Planken eine Art Straße gebaut, auf der die Lastwagen jetzt davonfuhren, einen kleinen Hügel hinauf. Als sie dahinter verschwanden, war die Landschaft plötzlich sehr leer.

Wir machten es uns bequem, so gut es ging. Unsere Tornister waren keine Kopfkissen, und unsere Mäntel wärmten nicht. Feldwebel Knobeloch hatte es als großen Fortschritt gepriesen, dass sie neuerdings, zur Gepäckerleichterung, aus einem dünneren Stoff hergestellt würden. Wir lagerten auf der Verladerampe. Weil es dort eng wurde, wichen ein paar von uns auf die Holzplanken aus. Auch der eine, an dessen Namen ich mich nicht erinnere. Unser erster Toter. In meinem Gedächtnis ist nichts von ihm übriggeblieben als der große rote Pickel an seinem Hals.

Und später dann der blutige Schaum vor seinem Mund.

Die Pritschenwagen kamen rückwärts den Hügel herunter. Ein artistisches Manöver, das man eingeführt hatte, weil man bei der Rampe wegen des zerwühlten Bodens nicht wenden konnte. Man sah sie von weitem kommen und wich ihnen aus. Nur er blieb liegen. Reagierte auch nicht auf Zurufe. Vielleicht träumte er gerade etwas Schönes.

Wie auch immer, der Fahrer konnte ihn nicht sehen, und der Wagen rollte über seinen Brustkorb hinweg. Ich meine mich an das Knacken seiner Rippen zu erinnern. Derselbe Ton, den ich dann im Medizinstudium bei den Sezierübungen so gut kennengelernt habe.

Sie packten ihn zu uns auf einen der Pritschenwagen. Zum Glück nicht gerade dort, wo ich Platz gefunden hatte. Nach dem Ausladen sah ich ihn noch einmal liegen, mit dem großen roten Pickel am Hals.

Warum ist mir dieser verdammte Pickel stärker in Erinnerung geblieben als das Blut?

Man erinnert sich nur an das, was man ertragen kann.

«Der erste Tote ist unvergesslich. Alles was danach kommt, bringt man durcheinander.» So hatte Friedemann Knobeloch uns das vorausgesagt, und er wusste Bescheid.

Das Erlebnis mit dem überfahrenen Mann hatte noch eine Fortsetzung, fast zwei Jahrzehnte später.

Es muss 1932 gewesen sein. Oder noch 31. In der Zeit, als wir bei der Ufa die Filme nur so raushauten. Ich bereitete damals *Ein toller Einfall* vor, aber ich kam damit nicht richtig weiter. Der Mayring und der Zeckendorf arbeiteten gleichzeitig auch noch am *Weißen Dämon*, einem Projekt, das sie sehr viel mehr interessierte. Entsprechend war das Buch, das sie ablieferten, denn auch ziemlicher Pfusch. Die Geschichte mit ihren vielen Verwicklungen und Verwechslungen hatte so viele Löcher, dass man noch einmal bei null hätte anfangen müssen. Aber an ein Verschieben der Dreharbeiten war nicht zu denken. Willy Fritsch hatte in seinem Arbeitsplan nur gerade diese drei Wochen frei, und die Ufa bestand darauf, dass er die Hauptrolle spielte. Wofür bezahlte ihm Hugenberg sonst jeden Monat dreißigtausend Reichsmark? Also hieß es: «Sie machen das schon, Herr Gerron.» Dabei war ich damals auch noch am Schnitt von *Es wird schon wieder besser* und arbeitete so schon vierzehn Stunden am Tag.

Nun gab es da so eine Type, einen Journalisten oder Dramaturgen, der war nirgends angestellt und doch immer da. Wie der Gast, der bei jedem Gesellschaftsanlass auftaucht, und kein Mensch weiß zu sagen, wer ihn eingeladen hat. Er hieß René Alemann, das heißt: Eigentlich hieß er Rainer. Im Filmgeschäft hatten wir alle unsere Künstlernamen. Von diesem Alemann sagte man im Gewerbe, er sei zwar nicht gut, aber schnell, habe keine eigenen Ideen, verstünde es aber, die Einfälle anderer Leute weiterzuspinnen. Ich weiß nicht, wer ihm den Auftrag dazu gegeben hat, vielleicht gab es gar keinen Auftrag, aber eines Tages stand er bei mir im Büro – na ja, Büro: eine Abstellkammer, die man uns Regisseuren im Atelier gnädig überlassen hatte, damit man sich wenigstens zwischendurch mal hinlegen konnte –, und brachte mir ein Manuskript. Ein überarbeitetes Drehbuch vom *Tollen Einfall.* Nicht einmal schlecht gemacht. Die schlimmsten Löcher waren gestopft, und dort, wo ihm gar nichts eingefallen war, hatte er reingeschrieben «Musiknummer – noch zu ergänzen». Was ein fauler Trick war, aber immerhin eine Lösung.

Wir brauchten dringend ein neues Drehbuch, und jetzt hatten wir eins. Solang der Alemann bereit war, ohne Namensnennung zu arbeiten, hatten die Autoren nichts dagegen. Wo die Sache immer noch holperte, mussten wir uns eben auf die Beliebtheit der Darsteller verlassen. In dem Punkt waren wir gut dran. Der Willy Fritsch war der Herzensbrecher vom Dienst, die kleine Barsony unwiderstehlich niedlich, und Max Adalbert sorgte dafür, dass es etwas zu lachen gab. Also begannen wir pünktlich zu drehen, und der Film kam ja dann auch ganz gut an.

Lästig war nur, dass dieser Alemann nun fast jeden Tag im Atelier auftauchte. Sich gebärdete, als wäre er mein bester Freund. Einmal brachte er sogar für Olga Pralinen mit, und zwar genau ihre Sorte. Keine Ahnung, wie er das rausgekriegt hatte. Ich konnte ihn nicht rausschmeißen, denn schließlich war er ja tatsächlich an dem Film beteiligt. Und weil ich ihn nicht rausschmiss, dachten alle, er müsse etwas Wichtiges sein. Das war so dem Alemann seine Methode.

Wenn ich damals schon gewusst hätte, was er für einer war, wenn ich die geringste Ahnung gehabt hätte, wie er sich durch den Krieg gemogelt hatte und was später noch aus ihm werden würde, er hätte von mir Atelierverbot gekriegt bis zum jüngsten Tag. Ich hätte dafür gesorgt, dass kein Hund mehr ein Stück Brot von ihm genommen hätte. Damals, vor den Nazis, hatte ich diese Macht.

Aber ich hielt ihn für einen gewöhnlichen Schleimer. Lästig, aber harmlos. Ein bisschen lächerlich. Nur schon, wie er herumlief. Diese Sakkos mit den unnatürlich breit wattierten Schultern. Der Mann war sogar beim eigenen Körperbau ein Hochstapler. Die runde Brille, die er zum Lesen aufsetzte, aber manchmal vergaß, weil er sie in Wirklichkeit gar nicht brauchte. Fensterglas. Wollte sich damit einen intellektuellen Anstrich geben.

Ich habe in meinem Leben immer wieder den Fehler gemacht, anderen Leuten ihre Rollen abzukaufen, und so habe ich ihn lang nicht durchschaut. Bis zu dem Abend, als er sich bei Aenne Maenz zu uns an den Schauspielertisch schmuggelte und dort so viel trank, dass er für einmal, ganz gegen seine Gewohnheit, ehrlich wurde.

Mit am Tisch saß der Theo Gerstenberg, ein Kollege, der mit nur einem Bein aus dem Krieg zurückgekommen war. Vor 1914 hatte er in der Provinz die jugendlichen Helden rauf und runter gespielt, aber als er dann wirklich ein Held geworden war, konnte man ihn für die Ferdinands und Romeos nicht mehr brauchen. Nur den Tellheim hat er einmal noch gekriegt, das ist ja auch so ein Kriegskrüppel. Ich hatte ihn schon in Kolmar im Lazarett kennengelernt und verschaffte ihm, wo es ging, kleine Rollen. Er wurde meist als Kriegsveteran besetzt, weil er so überzeugend hinkte. Sonst war er, mit einem Bein oder mit zweien, kein besonders guter Schauspieler.

Der Gerstenberg war ein netter Kerl, aber wenn er angeschickert war, kam er ins Jammern und immer mit derselben Leier. Er habe für sein Bein nur das Verwundetenabzeichen gekriegt, und auch da nur das schwarze, das sie jedem anhefteten, der auch nur in eine Heftzwecke getreten war, und dabei hätte er doch ein Eisernes Kreuz verdient, mindestens, das hätten andere für viel weniger bekommen. «Wofür haben Sie Ihres gekriegt, Herr Gerron?» Und so weiter und so weiter. Das war halt sein wunder Punkt.

Er hatte mal wieder mit seinem Monolog losgelegt, und wir taten alle so, als ob wir ihm zuhörten. Da sagte plötzlich der Alemann: «Schade, dass Sie nicht in meinem Bataillon waren. Ich hätte Ihnen das Blech besorgt.»

Mich störte, dass er «Blech» sagte, wo doch dem Gerstenberg die Sache so wichtig war. Aber das war nur der Anfang. Der Alemann hatte mehr getrunken als sonst und kam nun seinerseits ins Reden. Mehr als drei Jahre sei er draußen gewesen und habe nicht einen Tag im Schützengraben gelegen. Die meiste Zeit in einem Bett geschlafen. «Und warum, meine Herren? Weil ich schreiben kann. Weil ich Phantasie habe. Weil mir etwas einfällt.»

Und dann, ganz stolz auf die eigene Schlauheit, berichtete er von dem Druckposten, den er sich bei seinem Bataillonskommandeur beschafft hatte. In der Schreibstube, von wo jeden Tag die Briefe an die Hinterbliebenen hinausgingen. *Bedaure zutiefst, Ihnen mitteilen zu müssen, dass Ihr Sohn heute auf dem Feld der Ehre, mit patriotischem Gruß.* Eine Menge Briefe, und niemand wollte diese Arbeit machen.

Außer dem Alemann. «Ich hätte auch Latrinen leergeschaufelt», sagte er. «Alles, um nicht ins Feuer zu müssen.» Er verfasste also diese Briefe, und weil er sein Pöstchen möglichst lang behalten wollte, gab er sich Mühe damit. Für jeden einzelnen Gefallenen ließ er sich eine eigene Heldentat einfallen. Etwas, auf das die Mütter oder Ehefrauen stolz sein konnten. Bei ihm wurde niemand einfach erschossen oder von einer Granate zerrissen, es kriegte schon gar keiner die Ruhr und schiss sich tot. Nein, sie fielen alle als Heroen, beim Versuch, einen verwundeten Kameraden aus dem Feuer zu bergen, oder an der Spitze eines Stoßtrupps. Und natürlich musste keiner leiden, sondern sie starben immer ganz schnell und schmerzlos, sagten noch «Grüßt mir meine über alles geliebte Frau», und weg waren sie.

«Das war mein Beitrag zur Moral der Heimatfront», sagte der Alemann, «und nebenher eine gute Übung für die Arbeit beim Film. Unterschrieben hat die Briefe natürlich der Kommandeur. Es soll ja auch bei der Ufa vorkommen, dass einer die Arbeit macht, und andere schreiben ihren Namen drunter. Nicht wahr, Herr Gerron?»

Und dann, wegen dem Gerstenberg und seinem Gejammere über das entgangene Eiserne Kreuz, wollte der Alemann unbedingt eine Geschichte erzählen. Eine sehr komische Geschichte, wie er sagte. Von einem ganz jungen Soldaten, der war gerade erst mit seiner Ersatzkompanie aus dem Zug gestiegen, und der Wagen, der ihn und seine Kameraden abholen sollte, hatte ihn überfahren. «Aus dem habe ich, um die Familie zu trösten, einen so gewaltigen Helden gemacht, dass sein Vater hinterher einen Beschwerdebrief losließ. Mit der Forderung, sein Sohn müsse für seine Taten posthum einen Orden bekommen. Den hat er dann auch gekriegt. Das EK II. Für besondere Tapferkeit. Dafür, dass er von einem Auto überfahren wurde. Was ihm am Alexanderplatz auch hätte passieren können. Und alles nur wegen meiner literarischen Fähigkeiten.»

Er erzählte die Geschichte als Witz, und ein paar der Kollegen lachten auch mit. Der Gerstenberg nicht.

Was mich anging, ich hätte den Schwätzer umbringen können. Nicht wegen seiner Lügen von damals, sondern weil er so stolz darauf war.

Einen roten Pickel hat der Mann am Hals gehabt.

Ich habe den Alemann später aus den Augen verloren. Erst in Holland habe ich erfahren, dass er noch eine große Karriere gemacht hat. Nicht beim Film. Er schreibt jetzt für den *Völkischen Beobachter*. Phantasievolle Artikel über die Machenschaften des internationalen Judentums. Mit so schönen Sätzen wie: «Der Jude arbeitet am inneren Ausbau des Staates wie die Made am inneren Ausbau des Apfels.» Er unterschreibt dort nicht mehr als Rainer und nicht mehr als René, sondern neuerdings als Reinhart. Er war schon immer ein anpassungsfähiges Arschloch.

Nur er?

Wie komme ich dazu, ihm Vorwürfe zu machen? Ihn zu verachten? Bin ich etwa besser?

Moral ist Luxus. Ganz angenehm für Leute, die sich so was leisten können. Ich gehöre nicht mehr dazu. In Theresienstadt heißt Luxus: eine Scheibe Brot. «Erst kommt das Fressen, dann kommt die Moral», hat der Brecht uns singen lassen. Dieser Steckenpferdproletarier, der bei Schlichter Hummer bestellte und keine Ahnung hatte, was Hunger ist. Aber damit hat er recht gehabt: Erst kommt das Fressen.

Erst kommt das Überleben.

Wenn man die Moralbrille mal absetzt und sich den Alemann ganz nüchtern ansieht, einfach als das Ergebnis einer Rechenaufgabe – was hat er dann getan? Den Krieg überlebt. Das haben viele nicht geschafft. Er wird auch die Nazis überleben. Was wahrscheinlich mehr ist, als man einmal von mir wird sagen können. Und als nächstes ... So wie ich ihn kenne, studiert er für alle Fälle schon mal heimlich Stalins gesammelte Werke. Oder Churchills. Wahrscheinlich beides. Weil man ja noch nicht wissen kann, mit wem man einmal besser fährt.

Wer unter die Wölfe fällt, muss mit ihnen heulen. Kantaten singen bringt da nichts.

Wer in Rahms Gewalt ist, muss seine Filme für ihn drehen.

Ich bin ja nur neidisch auf den Alemann. Weil er, anders als ich, immer beweglich genug war, sich das Rückgrat zu verbiegen. Im Bataillonsstab Beileidsbriefe zu schreiben. Beneidenswert eigentlich. Wir haben im Krieg alle von einer Nische geträumt, in der man vor Kugeln geschützt ist. Waren nur nicht schlau genug, eine zu finden. Zu blöd. Oder zu anständig. Was letzten Endes auf dasselbe hinausläuft.

Ein toter Held ist auch nur eine Leiche.

Wenn der Alemann Jude wäre und hier in Theresienstadt gelandet, er hätte schon längst eine Stelle beim Ältestenrat. Wäre unersetzlich. Würde Deportationslisten schreiben und die Leute, die er draufsetzt, mit schönen Worten trösten. Alemänner überleben immer. Weil sie lieber lebendig sind als moralisch.

Statt ihn zu verachten, sollte ich ihn mir als Vorbild nehmen. Sollte es machen wie er. Rainer René Reinhart Gerron.

Ich habe gelernt, ohne Freiheit zu leben. Ohne Hoffnung. Warum, verdammt noch mal, fällt es mir so schwer, es ohne Gewissen zu tun?

Man verlangt ja nicht von mir, dass ich jemanden umbringe. Nur einen Film soll ich drehen. Was ist das schon? Bewegte Bilder. Man sieht sie sich an, und eine Stunde später hat man sie schon wieder vergessen. Sie produzieren seit so vielen Jahren so viele Propagandafilme – was macht da einer mehr für einen Unterschied?

Wenn ich tue, was Rahm von mir verlangt, kann mir niemand einen Vorwurf machen. Es wird sich keiner freiwillig an meiner Stelle für den nächsten Transport melden.

Ich habe mich auch nicht freiwillig gemeldet, als sie meine Eltern nach Sobibor schickten.

Ich werde den Film drehen.

Ich kann das nicht tun.

Ich will kein Alemann sein. Ich hätte nicht in einem Büro sitzen und trauernde Hinterbliebene mit erfundenen Heldentaten bescheißen wollen. Da war ich schon lieber ein ganz gewöhnlicher Soldat.

Wir waren die 8. Reserve-Ersatz-Kompanie, 3. Reserve-Ersatz-Regiment, 2. Reserve-Ersatz-Brigade, 27. Reserve-Korps in der 4. Armee. Ersatz, Reserve, Ersatz. Lauter blutige oder, genauer: noch unblutige Kriegsanfänger. Dazu ein paar Überlebende des ersten Grabenwinters. Ihre Einheiten hatten so viele Verluste gehabt, dass es sich nicht gelohnt hatte, sie noch einmal aufzufüllen.

Diese Veteranen waren in unseren Reihen so fehlbesetzt wie Staatsschauspieler in einer Laientheateraufführung. Sie suchten, über das Nötigste hinaus, kaum Kontakt mit uns. Warum mit jemandem Freundschaft schließen, der mit großer Wahrscheinlichkeit schon sehr bald tot sein wird?

Kompanieführer war Oberleutnant Backes, eine ungewöhnliche Besetzung. Die Leutnants und Oberleutnants der andern Kompanien waren alle ganz jung, zwanzig oder einundzwanzig, während er schon Mitte vierzig war. Ein Reserveoffizier, für den der Krieg zwei Jahre zu früh ausgebrochen war. 1916 wäre er altershalber ganz aus der Armee ausgemustert worden, aber nun hatte er noch einmal rangemusst in seiner zu eng gewordenen Uniform. Er ist dann, wie ich später erfuhr, tatsächlich pünktlich ausgemustert worden, aber nicht aus Altersgründen, sondern weil er nicht mehr in der Lage war, jemanden zusammenzustauchen. Nach einem Schrapnell-Treffer fehlte ihm dazu der Unterkiefer.

Im Zivilleben Beamter in einem Kleinstadt-Rathaus, hatte er von dort einen unerschütterlichen Glauben an Vorschriften und Reglemente mitgebracht. Ein schlampiger Gruß oder ein nicht korrekt geschlossener Kragenknopf brachten ihn, autoritätsgläubig, wie er war, total aus der Fassung. Für uns bedeutete das ständiges Nach- und Strafexerzieren. So dass wir auch an den sogenannten Ruhetagen nie wirklich Ruhe hatten.

Die Veteranen ließen ihn merken, wie lächerlich sie ihn gefunden haben würden, wenn ihnen der Aufwand dafür nicht zu groß gewesen wäre. Seine Befehle führten sie aus, aber auf provozierend distanzierte Weise. Der Brecht, dieser Scheißtheoretiker, hätte sie als Musterbeispiele für seine Verfremdung benutzen können.

Es gab damals die Regel, dass man an der Front, wo es kein Lokal zum Einsperren gab, stattdessen an einen Baum oder an ein Wagenrad gebunden werden konnte. Zwei Stunden Anbinden für jeden Tag Arrest. Als Backes einem von den Veteranen – ich weiß nicht mehr, um was es ging – mit dieser Strafe drohte, unterhielten sich die andern demonstrativ und lautstark über den Fall eines Offiziers, der beim Sturmangriff, tragisch, tragisch, von einer verirrten Kugel aus den eigenen Reihen in den Hinterkopf getroffen worden war. Danach hatten sie Ruhe.

Dabei war Backes kein Feigling. Für Angst war er zu dumm. Drückte sich bei Angriffen nicht wie andere Offiziere, sondern war immer in vorderster Reihe mit dabei. Es stand wohl so in seiner Dienstvorschrift.

Unser Standort war Poelcapelle, acht Kilometer von Ypern entfernt. In normalen Zeiten könnte man den Weg locker in zwei Stunden zurücklegen. Aber allein zwischen diesen beiden Orten sind Zehntausende von Menschen für nichts und wieder nichts verreckt. Ypern haben wir Deutschen trotzdem nie eingenommen.

Wir Deutschen? Dass man sich diesen Reflex nicht abgewöhnen kann! Dabei haben sie es mir schriftlich gegeben, dass ich nicht mehr dazugehöre.

Poelcapelle war ein Trümmerhaufen. Als ob ein Kind aus einem Ausschneidebogen ein Dorf gebastelt und dann mit dem Hammer draufgehauen hätte. Am besten erhalten war die Kirche. Nur ihrem Turm hatte man die Spitze weggeschossen. Der Regimentsstab war in einem Gebäude untergebracht – es war früher mal Rathaus oder Schulhaus oder beides gewesen –, von dem immerhin noch die Hälfte stand. Wir Muschkoten hausten in den Kellern. Je öfter wir vorn an der Front gewesen waren, desto luxuriöser kamen sie uns vor.

Das Dorf gleich nebenan hieß Langemarck. Das berühmte Langemarck. Wo die patriotischen Studenten «Deutschland, Deutschland, über alles» gesungen haben, während sie fröhlich ins Maschinengewehrfeuer marschierten. Was natürlich totaler Quatsch ist. Mit vollen Hosen marschiert niemand fröhlich.

Langemarck.

Heute stehn sie in Deutschland alle stramm, wenn sie das hören. Wer es nicht tut, den besuchen bald einmal die Männer in den schwarzen Ledermänteln. Für uns hat es damals nichts bedeutet.

Die einzige Geographie, die uns interessierte, war die des Überlebens. Wo man dem feindlichen Feuer ausgesetzt war. Wo es Deckung gab. Die nächste Sappe, der nächste Drahtverhau. Ein Granattrichter, in dem man Schutz suchen konnte.

Langemarck war uns scheißegal.

Ein ganz gewöhnliches Kaff, so wie unser Poelcapelle ein ganz gewöhnliches Kaff war. Häuser ohne Dächer. Eine kaputte Kirche. Ein Schulhaus mit Einschusslöchern. Den Mythos haben sie erst später daraus gebastelt. Ein Schreibtischkrieger hat sich damit den Dienst an der Front erspart. Ein Alemann. Man kann aus jedem Toten einen Helden machen. Man darf sich bloß nicht durch Tatsachen stören lassen.

Die Sache ist gar nicht bei Langemarck passiert, sondern weiter westlich bei Bixschoote. Der Ortsname klang für Propagandazwecke wohl nicht deutschnational genug. *Langemarck*, das hat etwas Heroisches. Wegen der Vokale. Wenn wir für einen Film den Namen des jugendlichen Helden suchten, musste auch immer ein markiges A drin sein.

Wir waren keine Helden. Die Kriegsbegeisterung der ersten Tage hatte man uns schon in Jüterbog ausgetrieben. Bei uns träumte keiner vom Ruhm. Nur davon, noch einmal nach Hause zu kommen. Mit möglichst vielen unversehrten Körperteilen. Auf posthume Lorbeerkränze war geschissen.

Wenn sie heute ihre Ansprachen halten, mit Fackeln und Landsknechtstrommeln, dann sagen sie, dass die armen Schweine, die man dort völlig idiotisch in den Tod gejagt hat, vorbildlich zu sterben verstanden. Schwachsinn. Sie verstanden überhaupt nichts. So wenig wie wir verstanden, warum wir in die große Wurstmaschine geraten waren.

Dass man sie hinterher heiliggesprochen hat, macht sie auch nicht wieder lebendig. Sie haben nichts mehr davon, dass sie von den Nazis angebetet werden. Irgendwann wird man noch Altäre für sie aufstellen, in jedem Gau einen. An Reliquien ist kein Mangel. Da, wo wir im Felde lagen, ist der Boden bestimmt heute noch voller Knochen.

Im Felde liegen. Manchmal geht es der Sprache wie der Propaganda, und sie sagt ganz aus Versehen die Wahrheit. Es waren tatsächlich nur Felder, um deren Besitz man sich so verbissen stritt. Rübenäcker. Schwerer flandrischer Lehmboden. Und wir lagen auch tatsächlich. Aufrecht hätte man ein zu gutes Ziel für die Scharfschützen abgegeben. Nicht einmal den Kopf durfte man heben. Wir hatten ja noch keine Stahlhelme. Die kamen erst später. Wir hatten die Lederhaube. Die mit dem Pickel. Der Säbelhiebe ablenken sollte.

Auf den Bildern von Langemarck tragen sie immer alle Stahlhelme. «Das Publikum erwartet das», hätten sie bei der Ufa gesagt. Wie sich der kleine Moritz die Weltgeschichte vorstellt, so soll sie gefälligst auch sein. Das habe ich einmal so ähnlich irgendwo gelesen, und es stimmt. Wenn man den Krieg mit Bildern hätte ausfechten können, wir hätten ihn gewonnen.

Wir? Ich gehöre nicht mehr dazu.

Dabei bin ich einer von den Helden, die Langemarck tatsächlich erobert haben. Seltsam, dass der Herr Goebbels das in seinen Festansprachen nie erwähnt.

Das Wort *Kriegskameraden* habe ich nie verstanden. Wenn ich in einem Zug sitze, und der entgleist, sind deswegen auch nicht plötzlich alle Passagiere meine Freunde.

Der Mann, der mir damals am nächsten kam, hieß Paul. Und dann irgendetwas Ostpreußisches. Freunde waren wir auch nicht.

Er war gleich zu Beginn des Krieges als Reservesoldat eingezogen worden und seither an der Front. Vielleicht dreißig Jahre alt oder auch weniger. Schwer zu sagen. So eine Uniform macht das Alter unscharf. Manche sahen in Feldgrau aus wie verkleidete Schuljungen. Andere wieder, als seien sie auf dem Weg zu einem Veteranentreffen. Von mir aus: dreißig. Es kommt nicht mehr drauf an.

Ein kräftiger, schwerer Mann. Fast so groß wie ich; und ich war der längste in der Kompanie. Wo ich schlaksig war, war er massiv. Nicht dick, aber seine Klamotten füllte er aus. Auffallend kräftige Hände mit Haarbüscheln auf dem Rücken. Einmal wollte er ein Paar Lederhandschuhe aus einem Liebesgabenpaket anziehen und sprengte die Nähte. Als Pferd hätte er Bierbrauerkutschen gezogen.

Sein Vater starb, und er bekam Heimaturlaub für das Begräbnis. Als er zu Hause ankam, war der Alte schon im Loch, wie er das nach seiner Rückkehr ganz ohne Sentimentalität formulierte. Aber mit dem Leichenschmaus hatten sie auf ihn gewartet. Davon erzählte er mit der Begeisterung eines Menschen, der allzu lang mit Steckrüben und Graupen gefüttert worden ist.

Noch bei einem andern Thema ging ihm der Mund über. Ganz ohne Hemmungen berichtete er von den drei Nächten, die er mit seiner Frau verbracht hatte. Sie war, in seiner liebevollen Formulierung, ein strammer Feger. Zum Beweis zeigte er ihre Photographie herum, die er immer bei sich trug. Gemeinsam hatten sie ihr Bestes gegeben, um das in endlosen Kriegsmonaten Versäumte in einer halben Woche nachzuholen. «Außer zum Essen sind wir aus den Federn gar nicht mehr rausgekommen», sagte Paul.

Wir waren miteinander ins Gespräch gekommen, weil er mich an meinen Vater erinnerte. Nicht äußerlich natürlich; ein größerer Kontrast war kaum vorstellbar. Aber in Pauls Vokabular kamen ein paar Ausdrücke vor, die ich bisher nur zu Hause gehört hatte. Der Leichenschmaus war ambartschig gewesen, und Oberleutnant Backes war ein Glumskopp.

Ich schließe daraus, dass die Gersons irgendwann einmal von Osten her nach Deutschland eingewandert sein müssen. Aus Russland über Ostpreußen und die Mark Brandenburg nach Berlin. Von jeder Station haben sie ein paar Ausdrücke mitgenommen. Um ihre private kleine Völkerwanderung dann wieder im Osten zu beenden. Endgültig.

Paul schloss mich ins Herz, wie er auch ein verlassenes Rehkitz ins Herz geschlossen haben würde. Ohne deswegen gleich zum Vegetarier zu werden. Er übernahm mich gewissermaßen als Lehrjungen. Wobei er den Krieg und seine vielfältigen Tötungsmethoden ganz sachlich behandelte, ein Handwerk, das man seriös erlernen muss.

Er erklärte mir beispielsweise, warum das Bajonett im Grabenkampf nicht die ideale Waffe ist. «Wenn der Graben zu eng ist, kann es dir leicht passieren, dass du mit dem Gewehrkolben seitlich an der Wand hängenbleibst und nicht richtig zum Stoß kommst.» Auch vom angeschliffenen Spaten riet er ab, der sei zwar praktisch und meistens tödlich, aber wenn man als Gefangener damit erwischt würde, schnitten sie einem die Kehle durch. Für den Nahkampf war seiner Meinung nach ein ganz simpler mit Stacheldraht umwickelter Stock am besten, so einen müsse man seiner Meinung nach immer zur Hand haben, er reiße tiefe Wunden, «und endgültig erledigen kann den Kerl dann jemand anderes».

Worauf er wieder zu Schmorkohl mit Hackbällchen überging und von dort zu den körperlichen Vorzügen seiner Frau.

Wir waren keine Freunde, Paul und ich. Wir saßen nur zufällig im selben entgleisenden Zug.

Paul konnte den Krieg lesen wie ein Landwirt die Natur. Hat manche Wette gewonnen, weil er fast auf die Minute genau vorauszusagen wusste, wann ein tödlich Verwundeter, der im Niemandsland zwischen den Gräben um Hilfe wimmerte, endgültig verstummen würde. Als rechter Landwirt hatte er für alles seine Regeln.

Im Unterstand, so dozierte er, sollte man sich immer möglichst nahe an der vorderen Wand aufhalten. Auf der Seite, wo die feindlichen Geschosse herkamen. Er machte mir sogar eine Zeichnung, den Querschnitt eines Grabens. Benützte dazu, weil kein anderes

Papier zu finden war, die Rückseite des Photos seiner Frau. «So kommt eine Granate geflogen», erklärte er, «immer im Bogen.» Er schraffierte das Dreieck, in dem man seiner Meinung nach am sichersten war. «Entweder schlägt sie vor dir in die Erde ein, und du bist geschützt, oder sie fliegt über dich rüber. Nur die Brummer aus den englischen Stokes kommen fast senkrecht runter.»

Möglich, dass er mit seiner Theorie recht hatte. Das Geschoss, das unseren Unterstand verschüttete, kam von hinten. Aus einer der neuen Krupp-Kanonen, die, wie die Zeitungen schrieben, den Krieg schon sehr bald zu unseren Gunsten entscheiden würden. Sie hatten halt ein bisschen zu kurz gezielt. Eine kleine Ungenauigkeit, wie sie in der Aufregung schon mal vorkommen kann. Tut uns leid, war nicht so gemeint.

Die Granate schlug einen Meter hinter unserm Unterstand ein, mit einem Wummern, das man im ganzen Körper spürte. Ich bin sicher, Paul hätte mir das genaue Kaliber nennen können. Wenn sein Mund nicht voller Erde gewesen wäre.

Die Explosion riss einen Krater in den Boden, tief genug, sagte man mir später, dass man ein Automobil hätte darin versenken können. Der Druck schob die Erde vor sich her, und die Rückwand des Unterstands rollte über uns weg. Die Balken, mit denen die Decke verstärkt war, verloren ihren Halt und stürzten, samt den Sandsäcken, die uns vor Splittern schützen sollten, auf uns herunter. Wir waren acht Mann im Unterstand, als es passierte. Sieben von ihnen waren sofort tot.

Königsberger Rinderfleck. Davon hatte Paul gerade noch gesprochen. Eine Suppe, die niemand auf der Welt so perfekt zubereitete wie seine Frau. *Königsberger Rinderfleck.* Mit Majoran. Dann schlug die Granate ein.

Eine Faust stieß mich in den Rücken und drückte mich gegen Paul. Ich spürte seine Stirn direkt vor meinem Mund. Hätte nur die Lippen spitzen müssen, um ihn zu küssen. Auf die Stelle, auf die Mama tippte, wenn sie sagte: «Du hattest schon immer einen harten Schädel.» Da wo der Engel hintippt, damit man alles vergisst. Genau auf die Stelle.

Seine Stirn an meinen Lippen.

Ich versuchte mich von ihm zu lösen, aber ich war in einem flandrischen Acker festgebacken. Eine Rübe, die man zu ernten vergessen hatte. Der Unterstand war bis zur Decke, bis dorthin, wo einmal eine Decke gewesen war, mit klebrigem Lehm angefüllt. Ich saß fest. Das einzige, was ich noch bewegen konnte, waren die Zehen in den Stiefeln. Die Augen konnte ich öffnen und schließen. Nicht dass das in der Finsternis einen Unterschied gemacht hätte.

Und ich konnte atmen.

Noch konnte ich atmen.

Mein Helm, dessen Kinnriemen ich nicht festgezogen hatte, war nach vorn gerutscht und bildete jetzt zwischen meinem Kopf und dem von Paul eine Art schräges Dach. Darunter war ein kleiner freier Raum mit einem Rest von Atemluft.

Einem ganz kleinen Rest.

In Holland habe ich einen Mann aus dem Judenrat gekannt, der wollte sich mit Autoabgasen vergiften, um der Deportation zu entgehen. Man hat ihn, gegen seinen Willen, im letzten Moment gerettet. Er hat uns erzählt, dass er vom Ersticken überhaupt nichts gemerkt habe, sondern in der sorgsam abgedichteten Garage einfach eingeschlafen sei.

In Westerbork, wo ich ihn wieder traf, hat er sich darüber beschwert, dass man dort nie allein war und sich deshalb nicht in Ruhe aufhängen konnte. Hat dann versucht, sich erschießen zu lassen, indem er beim Verladen auf einen der Wachleute losging. Aber der Jüdische Ordnungsdienst war nicht mit Schusswaffen ausgerüstet, und so haben sie ihn nur verprügelt, bevor sie ihn in den Zug packten. Kohlenmonoxid wäre einfacher gewesen.

Ich habe mich mein ganzes Leben lang in allzu beengten Räumen nie mehr wirklich wohl gefühlt. In *Bomben auf Monte Carlo* gab es diese Szene, wo mich der Albers in einen Verschlag einsperren lässt. Der Regisseur musste mir damals fest versprechen, dass er die Einstellung beim ersten Mal im Kasten haben würde.

Das Schlimmste am Ersticken sind die ersten Minuten. Wenn man sich noch dagegen wehrt. Diese Phase der Panik kommt einem viel länger vor, als sie in Wirklichkeit dauert. Wenn die Luft zu Ende geht, wird der Kopf schwer. Sobald sich genügend Kohlensäure im Blut angesammelt hat, verliert man das Bewusstsein. Im Medizinstudium haben sie uns beigebracht, dass Erstickende an diesem Punkt Halluzinationen haben. *Sein ganzes Leben zog an seinen Augen vorbei.* Davon habe ich nichts bemerkt. So viel hatte ich bis dahin ja auch noch nicht gelebt.

Dass ich dann doch nicht tot war, oder doch nicht endgültig, habe ich wieder der eigenen Artillerie zu verdanken. Sie hatte sich immer noch nicht auf die richtige Länge eingeschossen, und eine zweite Granate legte unseren Unterstand wieder frei. Teilweise. Die oberste Schicht wurde richtiggehend weggepustet, so dass unsere Köpfe aus der Erde schauten, meiner fast ganz und Pauls bis zur Nase. Sie mussten mit dem Ausbuddeln warten, bis die Batterie den Schusswinkel endlich richtig eingestellt hatte, und dann hat es, wie sie mir sagten, noch einmal sehr lang gedauert, bis sie mich draußen hatten. So fest gepackt war der Lehm. Ich habe davon nichts mitbekommen. Auch nicht, dass ich nach Luft gerungen hätte oder so was. Wenn meine Erinnerung wieder einsetzt, liege ich schon auf der Bahre.

Ich habe nichts Großartiges gedacht. Nichts, was ein Drehbuchschreiber seiner Hauptfigur in den Mund legen würde. Dass ich knapp am Tod vorbeigeschrammt war, machte mich nicht heroischer. Während ich versuchte, mir den Geschmack von Lehm und Sand aus dem Mund zu spülen, dachte ich darüber nach, wie ich meine Uniform in nützlicher Frist wieder sauberkriegen sollte. Wie zu einem neuen Helm kommen. Meiner lag, von der Wucht der zweiten Explosion weggerissen, fast zwanzig Meter vor unseren Gräben im Niemandsland.

Manchmal denke ich, ich hätte etwas zu Paul sagen müssen, solang ich noch Luft hatte. Dass er ein toller Kerl sei oder so etwas. Mein bester Freund. Auch wenn das nicht stimmte. Irgendwas.

Auch wenn er es nicht mehr gehört hätte.

Ich hoffe, dass es wenigstens der Alemann war, dieses Arschloch, der den Brief an seine Angehörigen verfasst hat. Dass er sich für den Paul eine ganz besondere Heldentat hat einfallen lassen. Damit seine Frau, der stramme Feger, stolz auf ihn sein konnte.

Von der Wahrheit hätte sie nichts gehabt. Oder hätte man ihr mitteilen sollen: «Er wurde von der eigenen Artillerie begraben, und sein letzter Gedanke war *Königsberger Rinderfleck*»?

Vor ein paar Tagen hatte ich einen Albtraum: Ich komme ins Theater, ich bin zu spät dran, die Vorstellung hat schon begonnen. Der Inspizient winkt mich ungeduldig auf die Bühne. Ich bin als Shakespeare-König kostümiert, habe ein Szepter in der Hand und eine Krone auf dem Kopf. Ich trete aus der Kulisse und merke, dass ich im falschen Stück bin. Das Bühnenbild ist das von *Wiegenlied*, unserer letzten Inszenierung in der Joodsche Schouwburg. Es muss der dritte Akt sein, denn mein Koffer steht da. Der Koffer, mit dem ich abreisen will. Und ich erkenne die Schauspieler. Sie gehören nicht in das Stück. Lauter bekannte Gesichter. Der Werner Krauss ist dabei und die Dorsch und die Hoppe und der Florath und der George. Sind alle pünktlich dagewesen. Sie schauen mich erwartungsvoll an, und ich steh da mit meinem Szepter und kann keinen Text. Ich soll die Situation retten und weiß nicht wie. Das Haus ist ausverkauft. Ich kann die Zuschauer nicht sehen, aber ich spüre, wie sie darauf warten, dass ich das Richtige sage, das Richtige tue. Der Souffleurkasten ist leer, nur ein Metronom steht darin und tickt und tackt. Und dann ist das Ding in meiner Hand kein Szepter mehr, sondern ein Taktstock, und ich will den andern ihren Einsatz geben, aber sie singen nicht, sondern warten darauf, dass ich ganz allein den richtigen Ton finde.

Dann wache ich auf, und mein Herz schlägt wie verrückt.

Solche Träume hatte ich auch damals, als ich plötzlich wieder in Berlin war. Zu jener Zeit galt noch die Regel, dass man, wenn man verschüttet gewesen war, Heimaturlaub kriegte. Später, als an allem gespart werden musste, sparten sie auch daran.

Ich hätte nicht fahren sollen.

An der Klopstockstraße war ich im falschen Stück. Sollte eine Rolle spielen, die ich nicht studiert hatte. Mehrere Rollen gleichzeitig, und auf keine war ich vorbereitet.

Papa, immer noch in seiner patriotischen Phase, wollte mich als Kriegshelden haben. Hätte mich am liebsten die Uniform nicht für fünf Minuten ausziehen lassen. Wenn ich mich an den Frühstückstisch setzte, lag dort schon die *Vossische* bereit, so gefaltet, dass ich als erstes den Heeresbericht lesen musste. Wenn da stand, ein Luftschiff habe eine Bombe auf Paris abgeworfen – auf die *Festung Paris*, wie das damals hieß –, dann fragte mich Papa ganz kumpelhaft: «Na, Junge, wann werden wir denn nun dort einmarschieren?» «Wir», sagte er. Redete in einem nachgemacht markigen Ton, der überhaupt nicht zu ihm passte.

Wenn es nach ihm gegangen wäre, hätte ich pausenlos den wackeren Kämpen geben müssen. Hätte ihn jeden Abend in den Bierkeller begleitet, wo er sich neuerdings regelmäßig mit anderen vaterländischen Konfektionären traf. Dort hätte er seinen Tanzbären dann vorgeführt. «Das ist nun also mein tapferer Sohn», hätte er gesagt. «Er liegt vor Ypern und gibt den Tommies tüchtig Dresche.»

Er konnte nicht verstehen, dass ich nicht mitkommen wollte.

Für Mama sollte alles so weitergehen wie vor dem Krieg. Die Umstände hatten ihr ihren kleinen Jungen weggenommen, und wo sie ihn nun wiederhatte, wollte sie ihn verwöhnen. Mit all den Dingen, die kleine Jungen mögen. Zu jeder Mahlzeit setzte sie mir einen Sonntagsnachtisch vor. Am liebsten hätte sie ihn mir Bissen für Bissen eingelöffelt. Ein Wunder, dass sie mir nicht eine zweite Metalleisenbahn gekauft hat.

Sie meinte es so gut, und ich konnte ihr nicht einmal die Freude machen, mich darüber zu freuen.

Ich war nicht mehr der Kurt Gerson, der gerade erst sein Notabitur gemacht hatte. Ich war immer noch siebzehn, ja, aber ich war ein anderer geworden. Nicht härter, nicht stärker und schon gar nicht klüger. Ich passte nur nicht mehr ins alte Rollenfach.

Es wäre besser gewesen, an der Front zu bleiben.

Das Schlimmste war ihre Neugier. So gut gemeint und so unerträglich. «Nun erzähl doch, wie es ist, da draußen! Nun erzähl doch!»

Was hätte ich erzählen sollen? Dass es eine Liste gab, mehrere Seiten lang, von der wir einfachen Soldaten nichts wissen sollten, die wir aber alle auswendig kannten? In der detailliert aufgeführt war, welche Verletzungen einen für die Front untauglich machten. Die Heimatschussliste. In der nicht nur die offensichtlichen Fälle standen – keine Beine mehr oder blind –, sondern die Finessen, die für uns ja viel wichtiger waren. Dass ein fehlender Finger nicht ausreichte, um aus einem Soldaten wieder einen Zivilisten zu machen. Außer es war der Zeigefinger der rechten Hand. Bei zwei Fingern war von Fall zu Fall zu überprüfen, *ob die im täglichen Dienst anfallenden Obliegenheiten ohne größere Beeinträchtigung wahrgenommen werden können.* Aber drei Finger zu verlieren, ah, drei Finger, das war der Glückstreffer. Das ganz große Los. Der Tangoschuss. Ich weiß nicht, warum er so genannt wurde. Wohl weil man vor Freude tanzte, wenn die Verletzung ausreichte, um nach Hause zu kommen.

Hätte ich Papa das erzählen sollen? Wo er doch Heldengeschichten hören wollte?

Und Mama, die mich mit Süßigkeiten vollstopfte? Hätte ich ihr von dem halben Laib Brot berichten sollen, der sich bei einem Toten noch gefunden hatte, den wir uns teilten, drei gleiche Teile, und nur einen ganz schmalen Rand hatten wir abgeschnitten, dort wo noch Blut an der Kruste klebte? Hätte ich ihr das erzählen sollen?

Ich hätte ihr nur den Appetit verdorben.

Die ersten zwei Tage habe ich nur geschwiegen. «Ich bin noch zu müde», habe ich gesagt.

Aber ich war ein Theatermann, schon damals, auch wenn ich das noch gar nicht wusste. Wenn man mich ohne Textbuch auf eine Bühne stellt, dann improvisiere ich eben. Ich erfand also Geschichten, harmlose kleine Begebenheiten, die nie stattgefunden hatten, oder doch nicht so, wie ich sie schilderte, die aber die Erwartung meiner Zuhörer erfüllten. Wenn sie Boulevard haben wollten, dann sollten sie Boulevard kriegen.

An eine Figur, die ich mir für sie ausdachte, erinnere ich mich noch. Ein frisch ernannter Feldwebelleutnant, ein komischer Weder-Fisch-noch-Vogel-Charakter, auf halbem Weg zwischen Unteroffizier und Offizier. Diesen Ritter von der traurigen Gestalt, den es in Wirklichkeit nie gegeben hat, ließ ich über den Degen stolpern, der jetzt zu seiner Paradeuniform gehörte, und an den er sich noch nicht gewöhnt hatte. Führte pantomimisch vor, wie er einem richtigen Leutnant begegnet, den ganz automatisch grüßen will, und wie seine Hand auf halbem Weg zur Mütze stehen bleibt, weil ihm einfällt, dass er das jetzt ja nicht mehr nötig hat.

Papa lachte schallend, und Mama, die Pensionatstochter, hielt sich die Hand vor den Mund und sagte: «Aber, Kurt!»

Applaus macht süchtig, und so erfand ich noch mehr harmlose Frontanekdoten. Die Büchse Corned Beef, in einem englischen Graben erbeutet, in der noch eine Kugel steckte, an der sich dann ein Kamerad prompt einen Zahn ausbiss. Die alte Jungfer, die für zwanzig verschiedene Soldaten Pulswärmer gestrickt hatte, und in jedem Paket steckte auch ein Heiratsantrag. Ich war richtig gut. Meine Eltern kauften mir alles ab. Der Krieg, den ich ihnen schilderte, passte zu den Kopf-hoch-Artikeln von all den Alemanns, die für die Zeitungen schrieben.

Und obwohl ich doch wusste, dass meine Geschichten nichts mit der Wirklichkeit zu tun hatten, ging es mir besser, wenn ich sie erzählte. Ich inszenierte mir die Welt zurecht und saß gleichzeitig als Zuschauer in der eigenen Vorstellung. Genoss das Theater, das ich den anderen vorspielte.

«Die Leute wollen den Alltag vergessen.» Das war auch in Westerbork die Parole. Der Satz gilt nicht nur für die Unterhaltenen, sondern auch für die Unterhalter. Eine gut erfundene Lüge überzeugt den Lügner ebenso wie den Angelogenen.

Ich war mein Leben lang ein guter Unterhalter.

Es muss Abend sein. Olga ist für uns beide bei der Essensausgabe gewesen und hat meine Ration vor mir auf die Margarinekisten gestellt. Hat mich kurz angelächelt und ist wieder hinausgegangen, ohne ein Wort zu sagen. Sie will mich beim Nachdenken nicht stören.

Sie behandelt mich wie einen Kranken. Warum macht mich ihre Rücksicht so ärgerlich?

Null vier diesmal. Vier Deziliter. Manchmal, an guten Tagen, sind es null fünf.

Die berühmte Theresienstädter Suppe. Aus Linsenextrakt. Ein ekelhafter Schleim. Etwas anderes haben sie heute nicht ausgegeben.

Manchmal, wenn man mit seinem Eimerchen von der Essensausgabe kommt, stehen da die alten Leute und fragen: «Essen Sie Ihre Suppe auf? Ich würde sie sonst nehmen, wenn Sie sie nicht mögen.» Sie wissen, dass viele Leute sie nicht runterwürgen können. Es stimmt nicht, dass Hunger der beste Koch ist. Er ist hier nur der einzige.

Wenn man Glück hat, sind die Zutaten so verkocht, dass man sie nicht erkennt. Wenn man Pech hat, erkennt man sie.

Aber es ist Suppe, und ich habe Hunger. Mein Körper hat Hunger.

Von dem Geruch wird mir übel, und gleichzeitig läuft mir das Wasser im Mund zusammen. Der *nervus vagus* schickt seine Informationen los. Mein Magen fängt an, Säure zu produzieren. Hunger.

Suppe.

Seit ich in Theresienstadt bin, verstehe ich Paul mit seinem *Königsberger Rinderfleck*. Die Erinnerung an vergangene Köstlichkeiten kann tröstlich sein. Ich phantasiere mich auch manchmal mit Großpapas Salmmayonnaise in den Schlaf. Die einzige Form von Onanie, die mir geblieben ist.

Es geht nicht nur mir so. Manche Leute verbringen hier Stunden damit, Rezepte für Gerichte zu diskutieren, die ihnen nie mehr jemand kochen wird. Man tauscht sie aus wie wir als Pennäler die unanständigen französischen Postkarten. Findet sie genauso erregend. Olga hat mir von zwei Frauen erzählt, die haben sich beinahe geprügelt, weil sie sich nicht einig werden konnten, ob an einen gesulzten Karpfen Zucker gehört oder nicht.

Gesulzter Karpfen. Ich habe das nie gegessen. Papa duldete nichts auf dem Tisch, das ihm allzu judskimäßig schien. Eine Bildungslücke, die sich jetzt nie wieder wird schließen lassen.

In Westerbork hat Max Ehrlich, der vor keinem Kalauer zurückschreckte, in seiner Conférence gesagt: «Hier im Lager ist eine Rezeptsammlung ein Lehrbuch für den Leerbauch.» Die Leute haben furchtbar gelacht, aber das haben sie dort bei jeder Pointe getan. Es konnte ihre letzte Chance sein, sich zu amüsieren.

Man müsste, als Gegenstück zu einer Rezeptsammlung, einmal den Hunger kategorisieren. Mit all seinen Unterarten. Vom kleinen Appetit bis zur großen Gier. Von «Ein Häppchen würde ich noch vertragen» bis zu «Wenn ich jetzt nichts zwischen die Zähne kriege, werde ich verrückt.»

Dr. Springer hat mir von einem Patienten erzählt, der aus lauter Fressgier verhungert ist. Hat Fensterkitt aus dem Rahmen gepult und gefressen. Das Zeug hat ihm die Speiseröhre verklebt.

Und in Westerbork gab es den Geschäftemacher mit den Ölsardinen. Der hatte einen ganzen Koffer voller Konservendosen ins Lager geschmuggelt und verkaufte sie teuer. Bis dann sein Name auf der Liste für den nächsten Transport stand. Da hat er eine Nacht lang auf seiner Pritsche gesessen und eine Dose nach der andern aufgemacht. Die Sardinen gefressen und das Öl ausgetrunken. Niemandem einen Bissen abgegeben. Gefressen und gekotzt und weiter gefressen. Und sich dann mit der scharfen Kante eines Dosendeckels die Pulsader aufgeschnitten. Es hat ihm nichts genützt. Sie haben ihn einfach mit Verband in den Waggon geschoben.

Man könnte leicht ein Buch füllen mit solchen Geschichten. Ich würde das Vorwort dazu schreiben. Mit dem Thema kenne ich mich aus.

Illustrieren könnte man das Ganze mit Fotos von Leuten, die vor Hunger den Verstand verloren haben. Die einen andern totgeschlagen haben für ein Stück Brot. Ich wüsste da ein paar Beispiele.

Ich habe Hunger.

Und da ist Suppe.

Einmal – ich weiß nicht mehr, warum ich an dem Tag nicht dabeigewesen bin – kamen die andern aus dem vordersten Graben zurück. Verdreckt, müde und kaputt. Aber nicht so ausgehungert wie sonst. Da sei ein Verrückter gewesen, erzählten sie, einer von der Verpflegungskompanie, der habe einen Marmeladeeimer voller Suppe bis in die vorderste Linie geschleppt. Mit einer Schürze über der Uniform. Ein Verrückter eben. Das Feuer nicht so heftig wie an andern Tagen, aber trotzdem. Mit seinem Eimer durch alle Gräben. Wo er doch ganz gemütlich bei seiner Feldküche hätte bleiben können. Weitab vom Schuss.

Seine Schürze habe er sich über den Arm gelegt wie eine Serviette und ihnen ihre Essgeschirre vollgeschöpft. Eine richtige Suppe, keine blinde, wie wir das damals nannten, wenn sich weit und breit kein Fettauge finden ließ. Gelacht habe er dabei, gelacht und gehustet. Sie hätten ihn noch gehört, als er schon wieder auf dem Rückweg war.

Er habe nach mir gefragt, der Verrückte. Ob sie nicht einen Kurt Gerson hätten, so einen langen, dürren. Das sei ein Freund von ihm.

Kalle.

Ich fand ihn bei seiner Gulaschkanone. Sie hatten ein Zelt darübergespannt, mit einem Loch für den Kamin. Der tatsächlich aussah wie ein auf den Himmel gerichtetes Kanonenrohr. Auf die seitliche Plane hatte jemand mit Ölfarbe ein kronengeschmücktes Wappen gemalt. Drei ineinander verschlungene K's. *König Kalles Küche* sollte das heißen. Er spielte noch immer gern die aristokratischen Rollen.

In seinem Drillichzeug mit der weißen Schürze sah er aus wie schlecht verkleidet. Eine Kelle, so groß, dass sie fast schon ein Ruder war. Er präsentierte sie vor mir wie ein Gewehr auf dem Exerzierplatz. Wie in einer unserer Schuljungenphantasien. Was wollen wir heute spielen? Die Entdeckung Amerikas? Stanley und Livingstone in Afrika? Oder doch lieber Westfront?

Wir umarmten uns nicht, klopften uns nicht einmal die Schultern wund, wie es Männer sonst gern tun. Männer? Wir waren noch keine Männer. Gefühle zu zeigen war nie mein Rollenfach. Kalle fragte auch nicht, wie es mir ergangen sei. Wir waren beide noch am Leben. Alles andere war in dieser Zeit nicht wichtig.

An der Küchenfront gab es keine Toten, und so fiel ihm das Erzählen leichter als mir. Als ob wir uns nach den großen Ferien auf dem Schulhof träfen, und er müsste mir ganz dringend all seine Erlebnisse aus der Sommerfrische berichten. Weil er Kalle war und das Lachen so sehr liebte, waren es lauter komische Erlebnisse.

In der Grundausbildung war es ihm ergangen wie in der Penne. Er war überall durchgeschlüpft. Selbst die Schinder, die sonst an Schwächlingen gern ihre Exempel statuierten, hatten bei ihm beide Augen zugedrückt. Wer einen Heitzendorff zum Lächeln bringen konnte, dem wurde auch der wildeste Schleifer nicht gefährlich. Sie hatten ihm das Kochen beigebracht, und das war, so wie er es erzählte, die lächerlichste Veranstaltung von allen gewesen. Weil es nicht darauf ankam, wie die Sachen schmeckten, sondern nur, dass man nicht mehr als die vorgesehenen Rationen verwendete.

«Rationen, die wir in Wirklichkeit gar nicht kriegen. Zum Totlachen. Theoretisch stehen jedem Mann dreihundertfünfundsiebzig Gramm Fleisch pro Tag zu. Nicht dreihundertachtzig und nicht dreihundertsiebzig. Exakt dreihundertfünfundsiebzig Gramm. Dabei wird manchmal eine ganze Woche überhaupt kein Fleisch geliefert. Eine geniale Maßnahme des Kriegsministeriums. Je dünner die Soldaten sind, desto schwieriger wird es für den Feind, sie zu treffen.»

Kalle hatte sich nicht verändert. Den Krieg nahm er so wenig ernst wie alles andere. Wenn er mit seinem Suppeneimer bis in die Feuerzone gelaufen war, dann nicht aus Tapferkeit, sondern weil einem im Spiel nicht wirklich etwas passieren kann.

Es war aber kein Spiel.

Es war eine gelbe Wolke. Flaches Gelände. Wind von Osten.

Sie hatten versucht, es geheimzuhalten, aber das hatte natürlich nicht funktioniert. An der Front, wo jede Veränderung über Leben und Tod entscheiden kann, laufen Gerüchte schnell. Ein Dutzend hoher Offiziere sei aus Berlin angereist, hieß es, mit eigenem Verpflegungswagen. In dem bestimmt nicht nur Graupensuppe gekocht wurde. Einige, so war beobachtet worden, hatten den breiten roten Generalstabsstreifen an der Hose. Die waren nicht gekommen, um den korrekten Sitz unserer Mützen zu überprüfen. Da war etwas im Busch. An den verschiedensten Frontabschnitten seien sie aufgetaucht, wurde erzählt. Hätten mit ihren Feldstechern das Gelände abgesucht. Als wären sie eine Jagdpartie und suchten die richtige Stelle für einen Ansitz.

Was ja auch der Fall war.

Am meisten wurde über einen Hauptmann geredet, der immer mit dabei war. Eine unmilitärische Gestalt mit einem Zwicker auf der Nase. Wenn den einer grüßte, so hieß es, dann wusste er nicht, wo er mit der Hand hinsollte. Kein hohes Tier, nicht wie die andern. Ein verkleideter Zivilist. Aber wenn er etwas sagte, dann hörten ihm alle zu. Die Feldstecher schwenkten im Gleichschritt in die Richtung, in die er zeigte. Ein wichtiger Mann, aber kein Soldat. Darüber wurde viel gerätselt.

Auf dem Nebengeleise bei der kaputten Getreidemühle, dort, wo sie uns damals ausgeladen hatten, stand seit Tagen ein Zug mit Güterwaggons. Die wurden nicht entladen, aber rund um die Uhr bewacht. Auch das gab viel zu denken.

Für diese Bewachung waren eigens neue Soldaten angekommen. Aus keinem Regiment, das wir kannten. Pioniere. Ganz neue Uniformen, wie man sie nur kriegt, wenn man mit dem Kleiderbullen gesoffen hat. Mit uns wollten sie nichts zu tun haben. Machten nur Andeutungen, von wegen sie wüssten etwas, von dem wir keine Ahnung hätten. Wir würden schon noch merken, woher der Wind wehe.

Es wurden keine Sturmangriffe mehr befohlen, und unsere Artillerie schien ihre Geschütze geradezu eingemottet zu haben. Als ob der Frieden ausgebrochen wäre. Einmal kamen wir nach zwei Tagen aus dem Frontgraben zurück und hatten nicht einen einzigen Schuss abgefeuert. Es würde bald ein Waffenstillstand geschlossen, ging das Gerücht. Der Mann, der sich in seiner Hauptmannsuniform so unwohl fühlte, sei in Wirklichkeit der Privatsekretär des Kaisers, und mit ihren Feldstechern hielten sie Ausschau nach einem Signal von der andern Seite.

Der Zug, der nicht ausgeladen wurde? «Da ist Champagner drin», sagten die ganz Gescheiten. «Damit sie miteinander anstoßen können, wenn der Friede geschlossen ist.»

Es war aber kein Champagner. Sie planten auch keinen Frieden. Sie hatten etwas ganz anderes vor.

Es war Mitte April, und man spürte bereits so etwas wie Frühling. Zwar waren die Äcker von den Geschossen zu oft umgepflügt worden, als dass dort noch etwas gewachsen wäre. Die Mohnblumen, von denen später so viel erzählt wurde, habe ich nie gesehen. Aber man fror nachts nicht mehr so fürchterlich. Als es ein paar Tage nicht geregnet hatte, hörte man Vögel singen. Weiß der Himmel, wo die überwintert hatten.

Ich selber habe die Jagdgesellschaft mit den hohen Offizieren nie zu Gesicht bekommen. Aber auf Latrinen verbreiten sich Gerüchte noch schneller als der Gestank. Man wusste immer, wo die Herren gerade waren. Direkt vor Langemarck schienen sie gefunden zu haben, was sie suchten.

Die Pioniere in den sauberen Uniformen entluden die geheimnisvollen Güterwaggons. Schleppten Kisten in die Gräben. Eine ganze Nacht lang waren sie dort zugange. Wir malten uns mit viel Vergnügen aus, wie diese Salonsoldaten dort vergeblich auf ein Federbett und einen Gutenachtkuss warteten.

Am nächsten Tag wurde Schnaps ausgegeben. Doppelte Portionen. Ein schlechtes Zeichen. «Wenn es Schnaps gibt, gibt es Tote», hieß die Erfahrungsregel. Alarmbereitschaft wurde befohlen, aber dann passierte erst mal stundenlang gar nichts. Etwas war noch nicht, wie sie es brauchten.

Der Wind, natürlich. Daran haben wir damals nicht gedacht.

Am späten Nachmittag konnte man merken, dass sich etwas tat. Die Meldeläufer schwärmten in alle Richtungen aus. Pünktlich um fünf Uhr warf ein Flieger drei rote Leuchtfackeln ab. Das war das Signal.

Der Wind kam von Osten. Das Gelände war flach. Die gelbe Wolke rollte auf die französischen Linien zu.

Chlorgas verätzt die Bronchien. Die Lungen füllen sich mit Wasser. *Laryngospasmus. Hypoxie. Exitus letalis.* Wer es einatmet, erstickt. Ertrinkt auf trockenem Boden. Blaue Lippen vom Sauerstoffmangel im Blut. Die meisten Leichen, an denen wir vorbeikamen, lagen auf dem Rücken. Hatten die Fäuste geballt. Boxer, die noch einen allerletzten Schlag anbringen wollen.

Die wenigen, in denen noch ein Rest Leben war, versuchten wegzukriechen. Weg von der tödlichen Wolke, die doch schon lang weitergezogen war.

Es waren hauptsächlich Algerier. Spahis, die als besonders grausam galten. Mit ihren verzerrten Gesichtszügen sahen sie so fremdländisch aus, wie man sie uns geschildert hatte.

Wir waren für diesen Tag zur 51. Reservedivision detachiert, deren Stellung direkt an die unsere anschloss. Die doppelte Schnapsration hatte den Sturmangriff korrekt vorausgesagt. Nur dass es dann gar kein Sturm wurde, sondern eine Promenade. Ein Spaziergang durch einen Friedhof. Zumindest am Anfang.

Man hatte noch keine Gasmasken. «Solang ihr nur immer hinter der Wolke bleibt», hatte man uns versprochen, «kann euch nichts passieren.» Nach dem ersten Graben voller Leichen wollten nicht mehr alle an die Ungefährlichkeit unseres Vormarschs glauben, aber die Offiziere trieben auch diese Ungläubigen weiter.

Wir rückten also vor, und es war alles ganz anders als bei andern Angriffen. Vor allem: Es war still. Natürlich, der Generalbass der Artillerie donnerte die ganze Zeit über unsere Köpfe hinweg, aber die Melodiestimmen fehlten. Keine Gewehrschüsse. Keine ratternden Maschinengewehre. Keine explodierenden Handgranaten.

Überhaupt kein Widerstand.

Wie in einem Traum, wo man ja auch die unnatürlichsten Dinge tut und sie ganz selbstverständlich findet. Vor einem Verhau blieb man einfach stehen, aufrecht, und wartete auf die Leute mit den Drahtscheren, damit sie einem einen Durchgang öffneten. Die Granattrichter, in die man sich sonst hineinkrallte, um für ein paar Sekunden Deckung zu haben, umging man. Wie man auf dem Gehsteig einem Tümpel ausweicht, um sich die Schuhe nicht zu versauen. Niemand schrie vor Schmerzen, und niemand, um sich Mut zu machen. Schweigend bahnten wir uns den Weg durch die französische Stellung.

Einmal brach Panik aus, nur kurz. Weil aus einem Unterstand Rauch aufstieg. Einen Moment lang sah es so aus, als habe der Wind gedreht, und die gelbe Wolke treibe jetzt auf uns zu. Aber es war nur ein kleines Feuerchen. Einer der Algerier hatte beim Ersticken seine Tabakspfeife fallen lassen, und sie hatte ihm die Uniform in Brand gesteckt.

So haben wir dann auch Langemarck erobert. Was die gefeierten Helden von 1914 mit all ihren patriotischen Gesängen nicht geschafft hatten – wenn sie denn tatsächlich gesungen haben sollten –, das gelang der deutschen Wissenschaft mit ein paar Tonnen verflüssigten Chlors. Sie öffneten im richtigen Moment die richtigen Ventile und überließen den Rest den Naturgesetzen.

Wir sind durch Langemarck nur durchmarschiert. Es war niemand mehr da, den wir hätten bekämpfen müssen. Ich habe dort seltsame Dinge gesehen. Einen Mann, an eine Hauswand gelehnt, der mit gekreuzten Beinen vor einem Korb mit Handgranaten saß. Wie eine Eierfrau auf dem Markt. Einen, den es beim Scheißen erwischt hatte, und weil er mit heruntergelassener Hose dalag, wirkte er toter als die andern. Narzissen, die auch alle gestorben waren. Selbst Blumen können ersticken.

Sonst: ein Dorf wie tausend andere. Vom Krieg zerstört wie tausend andere. Nichts, worum es sich zu kämpfen lohnte.

Auf ihrem Weg hatte sich die Wolke ausgedünnt. Man stieß jetzt immer häufiger auf Verletzte, hustend und würgend. Wir wurden auch beschossen. Von der Seite her, wo, glaube ich, eine englische Einheit lag. Wir waren weiter vorgedrungen, als man erwartet hatte. Oder man hatte es erwartet und trotzdem nicht genügend Truppen für den Vormarsch in Bereitschaft gehalten.

Egal.

Wir verschanzten uns in einem eroberten Graben, direkt am Steenbeek. Die Stellung wurde dann tatsächlich auch ein paar Tage gehalten, bevor sie die Franzosen wieder zurückeroberten. Bis Ypern waren wir nicht gekommen, aber ganz viele gegnerische Soldaten waren tot, und darauf durften wir, wie Oberleutnant Backes sagte, alle sehr stolz sein.

Sie schafften die Leichen auf Handkarren fort, immer vier oder fünf Tote in einer Ladung. Am Anfang taten sie ihre Arbeit mit einer gewissen Feierlichkeit, hoben jeden Körper zu dritt oder zu viert hoch und legten ihn behutsam, fast zärtlich, zu den andern. Aber solche Feinfühligkeit hält man nicht den ganzen Tag durch. Nicht in einer verschwitzten Uniform, mit brennenden Muskeln. Irgendwann wollten sie nur noch fertig werden. So ein toter Soldat ist ja letzten Endes auch nichts anderes als ein frisch geschlachtetes Tier. Einer fasste ihn bei den Händen, einer bei den Füßen, und dann – hopp! – schwangen sie ihn auf ihren Karren.

Wir waren dankbar, dass man nicht uns zu dieser Arbeit eingeteilt hatte.

In Theresienstadt haben wir auch Karren. Totenträger bekommen zusätzliche Verpflegung, und das Amt ist begehrt. Ich habe zugesehen, wie einer eine Leiche ganz allein vom Boden aufhob und zu den andern packte. Verhungerte alte Leute wiegen weniger als Soldaten in voller Uniform.

Wo sie die Toten hinbrachten, weiß ich nicht. Es sollen ein paar tausend gewesen sein. Wenn sie die abgenommenen Erkennungsmarken alle nach Frankreich geschickt haben, muss das ein ganz nettes Paket gewesen sein. Am Anfang des Krieges waren solche ritterlichen Gesten noch üblich. Später haben sie eingesehen, dass eine Wurstmaschine nichts mit Ritterlichkeit zu tun hat.

Im Heeresbericht stand nichts von Chlorgas. Nur von einem Vorstoß war die Rede, und dass wir in einem Anlauf durchgekommen seien. Man kann es auch so nennen.

Zwei Tage später wurden wir abgelöst. In unserer Gruppe hatte es keinen einzigen Verwundeten gegeben, und das war uns auf seltsame Weise peinlich.

Es gibt Dinge, über die kann man nicht reden und muss sie doch loswerden. Vielleicht ist das die Definition eines Freundes: Jemand, dem man auch das Unsagbare sagen kann. Der auch versteht, was man nicht zu formulieren weiß. Ich machte mich, sobald ich konnte, auf die Suche nach Kalle.

Die Feldküche stand immer noch am selben Ort. Kalles privates Wappen prangte immer noch auf der Plane. Aber als ich ins Zelt schaute, rührte dort jemand anderes im Eintopf. Ich solle gefälligst warten, bis gekocht sei, wurde ich angeschnauzt, für Sonderwünsche habe man keine Zeit. Der Ton wurde auch nicht freundlicher, als ich nach Kalle fragte. Den müsse ich auf dem Verbandsplatz suchen. Wenn ich ihn anträfe, sollte ich ihm ausrichten, es sei unkameradschaftlich, sich wegen eines kleinen Wehwehchens krank zu melden. Den andern die ganze Arbeit zu überlassen. Nein, verletzt sei er nicht, und gehustet – wenn ich ihn kenne, müsse ich das ja wissen –, gehustet habe er schon immer.

Als ich beim Verbandsplatz ankam, hatten sie ihn bereits zur Bestattung weggebracht. Ich hoffe, er hatte wenigstens eine Karre für sich allein.

Ich erfuhr nicht gleich, dass er tot war, denn an einen Kalle konnte sich niemand erinnern. Namen interessierten hier nicht. Ich musste ihn beschreiben, damit sie wussten, wen ich meinte. Sie hatten keinen richtigen Arzt; die arbeiteten alle in den größeren Lazaretten im rückwärtigen Sektor. Nur einen Medizinstudenten, dem man zu viel Verantwortung aufgebürdet hatte. Ich ahnte noch nicht, dass ich zwei Jahre später in einer ganz ähnlichen Lage sein würde.

Kalles dauerndes Gelächter hatte er für ein interessantes Symptom gehalten und war ein bisschen enttäuscht, als er von mir erfuhr, dass das bei ihm nichts Außergewöhnliches gewesen war.

Nur die Chlorgasvergiftung war außergewöhnlich gewesen.

Eine kleine vom Wind verwehte Schwade hatte Kalle erwischt. Sehr verdünnt schon, und eigentlich nicht mehr gefährlich. Alle anderen in seiner Nähe hatten nur ein bisschen gehustet. Aber für Kalles geschwächte Lungen war schon diese kleine Dosis zu viel gewesen. Man hatte ihn mit Erstickungsanfällen zur Sanität gebracht, aber nichts für ihn tun können. Man war hier nur auf Schussverletzungen und Amputationen eingerichtet. Drei Tage hatte er nach Luft gerungen. Hatte pausenlos gehustet und pausenlos gelacht. «Er konnte sich gar nicht darüber beruhigen, dass er jetzt ein Kriegsheld sein sollte», sagte der Medizinstudent. «Er schien die Vorstellung ungeheuer komisch zu finden. Verstehen Sie das?»

Ja, ich verstand das.

Wie hatte Oberstudiendirektor Kramm bei der Abiturfeier gesagt? «Es hat sich schon mal einer totgelacht.»

Vierzehn Jahre später, im März 1929, lernte ich den Mann kennen, der Kalle umgebracht hat. Er trug einen Frack und machte mir Komplimente. Schon zweimal habe er sich die *Dreigroschenoper* angesehen, richtig begeistert sei er davon, und ganz besonders von mir. Wie schön, dass er mich jetzt auch einmal persönlich treffe, es sei ihm eine Ehre, aber jetzt müsse ich ihn entschuldigen, die gesellschaftlichen Verpflichtungen, ein so prominenter Schauspieler wie ich müsse ja wissen, wie das sei. «Auf ein anderes Mal, mein lieber Gerron, auf ein anderes Mal!» Rückte seinen Zwicker zurecht und steuerte auf Heinrich George zu, der in dieser Nacht die Titelrolle spielte.

Das war bei der Nachtvorstellung des *Marquis von Keith*, die wir auf die Beine gestellt hatten, um für die Witwe von Albert Steinrück Geld zu sammeln. Sechzig Mark kostete ein Platz im Parkett, mitten in der Wirtschaftskrise. Aber wenn man in Berlin etwas gelten wollte, musste man sich das leisten. Dafür stand auch nur Prominenz auf der Bühne, selbst in den kleinsten Rollen. Für die Massary hatten sie ein stummes Dienstmädchen eingebaut. Sie kriegte fürs Tischdecken mehr Applaus als ein ganzes Ensemble für beide Teile *Faust*. Ich selber hatte genau einen Satz, als einer von drei Packträgern im letzten Akt. Die andern waren der Forster und der Harlan. Damals teilten wir uns eine Garderobe. Ein paar Jahre später hätte mich der Harlan, dieser Edelnazi, nicht mal mehr mit der Feuerzange angefasst.

Es war in der großen Gesellschaftspause nach dem dritten Akt, wo die Zuschauer mit uns Künstlern ihren wohltätigen Champagner trinken durften. Olga war mitgekommen. Sie sammelte damals Prominenz, so wie ich als Junge Zigarettenbildchen. Hakte ab, wen sie getroffen hatte. An diesem Abend – oder, genauer, in dieser Nacht; es war schon ein Uhr früh – machte ihre Kollektion gute Fortschritte. Der Reichtagspräsident war da. Der Kulturminister. Max Liebermann und Bruno Walter. Sogar den Einstein hatten sie überredet, im Ehrenausschuss mitzumachen. Er sah nicht sehr begeistert aus.

Und eben: der Mann mit dem Zwicker. Er hatte sich mir nicht vorgestellt. In seinen Kreisen ging man davon aus, dass man wusste, mit wem man es zu tun hatte. Mir war er fremd gewesen, aber Olga las die Illustrierten und hatte ihn erkannt. «Professor Haber», sagte sie. «Vom Kaiser-Wilhelm-Institut.»

Fritz Haber. Der Mann, der auf den brillanten Einfall gekommen war, Chlorgas als Waffe einzusetzen. Nach dem Krieg war ich nicht mehr so unbedarft wie damals als Soldat. Ich wusste unterdessen, wer der unmilitärische Hauptmann mit dem Zwicker gewesen war.

Es gab dann einen ziemlichen Skandal. Ich bin hinter ihm hergelaufen, habe ihn an der Schulter gepackt und herumgerissen. «Herr Professor», habe ich gesagt, «wissen Sie, dass Sie ein Mörder sind? Ein tausendfacher Mörder?»

Von den Spahis mit den blauen Lippen habe ich ihm erzählt, wie man sie auf ihre Karren geschmissen hat, einer an den Beinen, einer an den Händen und hopp. Von dem Mann, den es beim Scheißen erwischte und von dem andern, der immer noch seine Handgranaten zählte.

Und von Kalle.

«Wer sich so etwas hat einfallen lassen», habe ich zu ihm gesagt, «der kann sich alle seine Orden in den Arsch stecken, und den Nobelpreis hinterher. Wer auf so etwas auch noch stolz ist», habe ich gesagt, «der muss ein krankes Hirn haben. Von solchem Verbrecher brauche ich keine Komplimente.»

«Ihre Frau», habe ich zu ihm gesagt, «war sehr viel vernünftiger als Sie. Die hat sich damals erschossen, als sie von dem Giftgasangriff gehört hat. Mit der Dienstpistole, die zu Ihrer schönen Hauptmannsuniform gehörte. Hat Ihnen das nicht zu denken gegeben, Herr Professor?»

Sie haben mich von ihm weggerissen, und einer hat den Zwicker aufgehoben, der ihm von der Nase gefallen war. Geohrfeigt habe ich ihn nicht, aber sie haben mich auch nicht zum Schweigen gebracht. Ich habe ihm gesagt, was ich von ihm hielt. Die ganze bessere Gesellschaft von Berlin hat es gehört.

Der Haber ist abgezottelt wie ein begossener Pudel, und die Leute sind meinem Blick ausgewichen, peinlich berührt. Nur ein paar wenige haben mir zugenickt. Der Einstein hat mir sogar auf die Schulter geklopft.

Dass ich mir gerade meine Karriere ruiniert hatte, vor allem bei der Ufa, wo der Hugenberg regierte, dass ich mich unmöglich gemacht hatte für alle Zeiten, das war mir scheißegal.

Aber so war es nicht.

So war es:

Ich brauchte ein paar Sekunden, bis ich realisierte, wem ich da gerade die Hand geschüttelt hatte. Da war der Moment schon vorbei. Der Zufall hatte mir das Stichwort zu einem großen Monolog geliefert, und ich hatte nicht darauf reagiert. Jetzt war es zu spät.

Die Vorstellung wird nicht angehalten, bloß weil du einen Hänger hast.

Ich sah ihn bei Heinrich George stehen. Wahrscheinlich machte er ihm dieselben Komplimente, die er gerade mir gemacht hatte. Er war nichts Besonderes. Ein dicklicher Mann mit Vollglatze. Den ich vielleicht als Käsehändler, aber niemals als Wissenschaftler besetzt haben würde.

Der falsche Moment und das falsche Stück. Die falschen Kostüme. Er trug Frack, ich trug Frack. Um uns herum pafften specknackige Herren dicke Zigarren. Ihre Damen ließen die Brillanten glitzern, während sie sich gegenseitig versicherten, dass der ganze Anlass phänomenal sei, «ich weiß kein anderes Wort dafür, meine Liebe, phä-no-me-nal».

Der falsche Schauplatz für eine weltanschauliche Auseinandersetzung. Das falsche Bühnenbild.

Wir waren nicht in Flandern, sondern in Berlin, nicht an der Front, sondern im Foyer des Schauspielhauses am Gendarmenmarkt. Ein Kellner schenkte Champagner nach, und Olga stand neben mir und hatte zwei leibhaftige Nobelpreisträger für ihre Prominentenliste eingesammelt.

Ich schaute Fritz Haber hinterher. Und tat gar nichts.

Es hätte nichts gebracht, redete ich mir ein. Es hätte niemandem etwas genützt, wenn ich mich an einem solchen gesellschaftlichen Anlass mit dem Direktor des Kaiser-Wilhelm-Instituts geprügelt hätte. Lächerlich wäre es gewesen. Die Leute hätten gedacht, ich sei betrunken.

Aber das war nicht der Grund, warum ich geschwiegen habe. Nicht der wirkliche Grund. Es hatte auch nichts mit Feigheit zu tun.

Der wirkliche Grund war: In dem Moment, wo einen die Empörung gepackt hat, wenn es sich anfühlt, als ob das Blut in den Adern heißer würde, in dem Moment kann man sich nicht vorstellen, dass es sich jemals wieder abkühlt. Aber genau das passiert. Wenn mir Haber damals begegnet wäre, direkt nach der Nachricht von Kalles Tod, dann hätte ich ihm …

Vielleicht auch nicht. Vielleicht wären die anerzogenen Reflexe stärker gewesen. Ich hätte vor seiner Hauptmannsuniform Männchen gebaut und artig gegrüßt. Ich weiß es nicht.

Ich weiß nur, dass ich in dieser Nacht weiter Champagner trank und höfliche Konversation machte. «Ja, Herr Kommerzienrat, das Extempore von der Bergner war goldig. Einfach goldig.» Sie spielte den Hausdiener – sie hatte schon immer ein Faible für Hosenrollen –, und als die Massary den Tisch deckte, sagte sie: «Das Trampel fliegt!» Die Leute hatten gejubelt, dass der Kronleuchter beinahe runtergekommen wäre. Einfach goldig.

Wenn ich ein bisschen mehr der Kurt Gerron gewesen wäre, zu dem ich mich in meiner Phantasie gern uminszeniere, dann hätte ich mir den Haber zur Brust genommen, Champagner hin, Gendarmenmarkt her. Aber die Erbitterung von 1915 war schon zu sehr zur Gewohnheit geworden. Ich spürte sie noch, aber sie trieb mich nicht mehr an.

So ist es nun mal: Man gewöhnt sich an alles.

So wie wir uns daran gewöhnt haben, nur noch von Woche zu Woche zu leben. Von Tag zu Tag. Gut, dass wir alle keine Uhren haben.

Man gewöhnt sich an alles.

«Es war schlimm», wird man irgendwann sagen, wenn man an uns denkt, aber es wird keine lebendige Empörung mehr sein, nur noch die Erinnerung daran.

«Den Gerron hat es auch erwischt», wird man sagen, «traurig, traurig. Weil er diesen Film nicht drehen wollte.» Dann wird jemand Champagner nachschenken, und man wird sich darüber unterhalten, wie goldig doch die Bergner wieder gewesen sei. Oder wer immer dann gerade goldig sein wird.

Mir ging es nicht anders. Ich habe dem Haber hinterhergeschaut und die Schnauze gehalten. Sein Frack ist schlecht geschnitten, habe ich noch gedacht.

Dann winkte mir auch schon der Karlheinz Martin, der an diesem Abend den Hilfsinspizienten machte – er war schon Direktor der Volksbühne, aber in dieser Nacht, wo alles auf den Besetzungszettel drängte, hatten sie keine andere Funktion für ihn gefunden –, und es war Zeit für mich, in die Garderobe zu gehen.

Mir bleibt der Trost, dass sie dem Haber sein Institut weggenommen haben. Ihn vor die Tür gestellt, genau wie mich. Mörder darf man sein, aber Judski bleibt Judski. Da hilft kein Nobelpreis.

Der Haber, wenn ich das richtig mitgekriegt habe, ist emigriert und bald darauf gestorben. Irgendwo im Ausland. Beneidenswert.

Sonst wäre es durchaus denkbar, dass er jetzt auch in Theresienstadt wäre. Mit seinem Nobelpreis hätte er gute Chancen, hierher geschickt zu werden. Wo man berühmte Wissenschaftler sammelt. Um sie vorweisen zu können, falls sich jemand nach ihnen erkundigt. Der Doktor X? Der Professor Y? Denen geht's bestens. Genießen ihr Leben. Wer etwas anderes behauptet, betreibt Greuelpropaganda. Sie möchten ihn gern sehen? Bitte sehr, bitte gleich. Schrank fünf, Schublade sieben. Säuberlich aufgespießt neben all den anderen exotischen Schmetterlingen.

A-Prominenz nennt sich das.

Gelehrte. Minister. Generäle.

Ufa-Regisseure.

Und Leute mit Beziehungen. Arisch versippte Ehefrauen. Sogar Adlige sind darunter. In Olgas Putztruppe arbeitet eine echte Gräfin. Die früher nicht einmal gewusst hätte, wie ein Besen aussieht. Man kann sich bilden, hier in Theresienstadt.

Das besondere Prunkstück auf unserer Prominentenliste ist eine Frau Schneidhuber. Nicht gerade ein typisch jüdischer Name, aber sie trägt denselben gelben Stern wie wir alle. Witwe eines Münchner Polizeipräsidenten. Er war dummerweise bei der SA, und beim Röhm-Putsch haben sie ihn abgemurkst. Aber noch aus dem Jenseits hält er seine schützende Hand über sie.

Der Herr Professor Haber würde sich hier nicht langweilen. Könnte sich eine Vorstellung meines *Karussells* ansehen und müsste sich nicht einmal einen Frack dazu anziehen. Champagner haben wir auch keinen zu bieten. Höchstens einen Schluck aus der Wassertonne des Herrn Turkavka.

Wissenschaftliche Vorträge könnte der Haber besuchen. Es finden genügend statt. Kein Mangel an klugen Köpfen. Wenn sie auch alle nicht klug genug waren, rechtzeitig aus Deutschland zu verschwinden.

Er könnte selber Vorträge halten. «Wie ich das Giftgas erfand.» Oder: «Mein Leben als Massenmörder.» Der Titel würde bestimmt auch die SS interessieren.

Schade, dass er nicht hier ist.

Ein berühmter Mensch wie er würde seine Ubikation auch bestimmt nicht in einem Massenschlafsaal kriegen. Es würde sich schon irgendwie ein eigenes Zimmer für ihn finden. Vielleicht sogar ein luxuriöses Bordellkämmerchen, auf dem gleichen Flur wie wir. Latrinenduft inklusive.

Es wäre ihm zu gönnen. Ein Mann mit seinen Verdiensten.

Natürlich müsste er dann auch in meinem Film mitspielen.

Wenn ich ihn drehe.

«Ich will einen Haufen berühmter Leute in Großaufnahme drin haben», hat Rahm gesagt. Er musste mir nicht erklären, warum er das will. Um zu beweisen, dass es sie noch gibt. Um seine Schmetterlingssammlung vorzuführen.

Den Haber gibt es nicht mehr. Er ist rechtzeitig gestorben, der Herr Professor. Manche Leute haben Glück.

Wen es erwischt hat und wen nicht, darüber denkt man besser nicht nach. *Zum Wahnsinn führt der Weg*, heißt es bei Shakespeare. Die Geschichte hat mit uns russisches Roulette gespielt, aber anders, als man es in den Filmen tut. Fünf Kammern geladen und eine leer.

Manchmal ist tatsächlich eine leer.

Ich könnte jetzt in der Sonne sitzen, in Hollywood, wo jeder sein eigenes Schwimmbad hat. Marlene hat mir das geschrieben, und ich werde nie mehr erfahren, ob es ein Witz sein sollte. Ich könnte meinen Liegestuhl neben den ihren stellen lassen. Kurz mal mit den Fingern schnipsen, und der Aufnahmeleiter bringt mir einen Whisky. Es könnte so sein. Wenn ich nur ...

Zum Wahnsinn führt der Weg.

Oder damals im Krieg. Ein halber Meter weiter links, und ich wäre heute nicht ...

Eine Handbreit.

Es war am 10. Mai. Einen Tag vor meinem achtzehnten Geburtstag. Ich habe kein Glück mit diesem Datum.

Wenn ich mir als Kind etwas wünschte, für das ich nach Papas Meinung noch zu jung war, dann sagte er: «Warte, bis du achtzehn bist. Wenn du achtzehn bist, bist du ein Mann.»

Ha ha ha.

Ich habe das EK II dafür bekommen. Das Verwundetenabzeichen natürlich. Von dem der Gerstenberg sagte, dass sie es jedem anhängten, der in eine Heftzwecke getreten war.

Es war keine Heftzwecke. Es war ein Granatsplitter.

Der Befehl kam, und wir kletterten über den Grabenrand. Zu feige, um keine Helden zu sein. Vor mir Oberleutnant Backes. Sein «Hurra!» klang wie eine Dienstanweisung für die Schreibstube. Er hatte kein Heldenorgan.

Heldenorgan. Die Pointen machen sich schon selber.

Über den Grabenrand geklettert und losgelaufen. Drei Schritte oder vier. Nicht mehr. Gestrauchelt. Ich dachte, ich sei nur gestrauchelt. Aber dann konnte ich nicht mehr aufstehen.

An etwas anderes denken.

Als Kind habe ich mich vor dem Zahnarzt gefürchtet. Ein Dr. Fränkel an der Tauentzien, der selber schlechte Zähne hatte und wegen seines Mundgeruchs Pfefferminzpastillen lutschte. Bei der Behandlung saß man auf rotem Leder, die Armstützen mit gusseisernen Löwenköpfen verziert. Heldentiere. Einmal, als ich mich im Treppenhaus schreiend dagegen wehrte, die Praxis zu betreten, sagte Mama: «Du musst nur die Zähne zusammenbeißen.» Darüber haben Papa und ich so gelacht, dass ich vergaß, Angst zu haben.

«Ein deutscher Soldat kennt keine Angst.» Sehr richtig, Feldwebel Knobeloch. Es ist nicht Angst. Bei einem Sturmangriff ist es etwas viel Schlimmeres.

Trotzdem sind wir losgelaufen.

Nicht mehr als vier Schritte. Zuerst hat es überhaupt nicht wehgetan. Ich war überzeugt, ich sei nur gestolpert. Dann dachte ich, ich hätte mir in die Hosen gemacht. Aber es war Blut.

Hat überhaupt nicht wehgetan. Am Anfang.

Am 10. Mai. Alles Gute zum Geburtstag, lieber Kurt. Alles Gute zum Geburtstag.

Mama hat mir einen langen Geburtstagsbrief geschrieben. Sie wusste noch nichts von der Verwundung. Hat getrocknete Rosenblätter in den Umschlag gesteckt. Eine der damenhaft eleganten Gesten, die man ihr im Pensionat beigebracht hatte.

Ich wünsche Dir vor allem, dass du auch weiterhin gesund bleibst, stand in dem Brief. In ihrer schönsten Bad-Dürkheimer-Schrift. *Gesundheit ist das Allerwichtigste.* Ein Konferenzer, wie sie das immer nannte, hätte die Pointe nicht besser landen können.

Ha ha ha.

Ich sehe den Stabsarzt noch lächeln. Einer von denen, die auf Optimismus machen, ganz egal, wie beschissen die Nachricht ist, die sie mitzuteilen haben.

Ein kleiner, gemütlicher Mann. Ein Leben lang darin geübt, ängstliche Angehörige zu beruhigen. Für den Krieg hatten sie ihn in eine Uniform gestopft und ihm eine bunte Feldbinde verpasst. Mein Kopf war hochgelagert, und so blickte ich, wie er da neben meinem Bett stand, direkt auf sein Koppelschloss. Vergoldet und mit zwei Äskulapstäben verziert.

«Sie haben Glück gehabt», sagte er. Was eine verdammte Scheißlüge war.

Aber wie verkündet man schlechte Nachrichten?

Man kann Stiefel anziehen, so wie der von Neusser das gemacht hat, als er mich bei der Ufa rausschmiss, man kann in den Knien wippen und die Daumen in den Gürtel stecken. Als ob man eine

Uniform anhätte und nicht nur den Anzug, den man bei der letzten Produktion ins Budget geschmuggelt hat. Man kann sich in der Requisite ein Triangel besorgen – ausgerechnet ein Triangel! Weiß die Sau, wie er darauf gekommen ist! –, man kann damit für Ruhe sorgen, pling, pling, pling, und dann, wenn einem alle zuhören, kann man das Todesurteil mit markiger Stimme verkünden.

Man kann sich auf einen Stuhl stellen, und wenn gesagt ist, was zu sagen war, streckt man das Kinn vor. Ein Raufbold, der einen Passanten angerempelt hat und sich jetzt ganz dicht vor ihn hinstellt und sagt: «Los, schlag zu, wenn du dich traust!» Weil er ganz genau weiß, dass sich der andere nicht trauen wird.

Zur Belohnung hat der von Neusser meinen Film fertig drehen und sich einmal im Leben Regisseur nennen dürfen. *Kind, ich freu mich auf dein Kommen.* Wahrscheinlich hat er den Goebbels damit gemeint.

Man kann sich vor einer schlechten Nachricht auch winden, ganz wörtlich, kann den Körper verdrehen, als ob man in Zeitlupe einer lästigen Fliege auswiche, den Kopf einziehen und die Hände reiben. Von schlechten Schauspielern wird das immer als Geschäftemacher-Geste verwendet, aber das ist es überhaupt nicht. Man reibt die Hände, weil man friert, weil man sich unwohl fühlt, weil man sie in Unschuld waschen will. Die Situation ist unangenehm, heißt diese Geste, aber ich persönlich kann nichts dafür. Dr. Rosenblum ist so dagestanden, als Großpapa von ihm wissen wollte, wie lang er noch zu leben habe, «ohne Umschweife, bitte, Herr Doktor, ich habe keine Zeit mehr für langes Drumrumreden». Er hat sich gewunden, der Dr. Rosenblum, hat erst mal gehüstelt, nicht weil er heiser war, sondern weil er die Antwort noch einmal hinauszögern wollte, und dann hat er mit ganz leiser Stimme die Wahrheit gesagt.

Großpapa hat gelächelt, als ob die schlechte Nachricht eine gute wäre, und hat gesagt: «Vielen Dank, Herr Doktor.»

So kann es auch sein.

Man kann dem andern das Unheil ins Ohr flüstern. Oder ein Megaphon nehmen und es hinausposaunen: «Achtung, Achtung, eine Sturmflut, ein Vulkan, ein Meteor.»

In der Armee schrieben sie bei Todesnachrichten Briefe. Nach exaktem Reglement. In jedem Bataillonsstab saß ein Alemann, der kriegte den Namen des Gefallenen auf den Tisch, und dann verfasste er ein hübsches Gesülze für die Hinterbliebenen.

Nur wie man jemandem sagt, dass er für den Rest seines Lebens ein Krüppel sein wird, dafür hatten sie keine Dienstvorschrift. Haben sich darauf verlassen, dass man es schon selber merkt. Wenn du auf ein blutiges Leintuch starrst, und unterhalb deiner Knie klebt es flach an der Matratze, dann weißt du auch ohne medizinische Kenntnisse, dass du nie mehr Fußball spielen wirst. Wenn sie dir den Verband von den Augen abnehmen, und du siehst immer noch nichts. Da brauchst du keinen, der dir sagt, was mit dir los ist.

Er hatte sich fürs Lächeln entschieden, der Herr Stabsarzt. Genauer: Sein Mund lächelte. Die Augen waren schon wieder beim nächsten Bett. «Sie haben Glück gehabt», sagte er. «Es hätte auch den Bauch treffen können.»

Hätte können. Wäre gewesen. Würde sein.

Glück ist ein verdammt relativer Begriff.

Ich, der Soldat Kurt Gerson, hatte Glück gehabt. Das große Los gezogen: einen echten, unzweifelhaften Heimatschuss. Zwar stand meine Verletzung nicht ausdrücklich in der Liste, die wir alle memoriert hatten – über solche Sachen sprach man nicht, wie ich auch selber ein Leben lang nicht darüber gesprochen habe –, aber meine Dienstzeit war beendet. Daran gab es nie den geringsten Zweifel. Ehrenhaft entlassen. Mit dem Dank des Vaterlands. Ein echter, staatlich approbierter Held. Von Kopf bis Fuß mit Ruhm bekleckert. Er lebe hoch, hoch, hoch.

Die Papiere waren schon lang vollständig. Alles dabei. Samt einer Liste der Eisenbahngesellschaften, die mir freie Fahrt nach Hause zu gewähren hatten. In der Rubrik *Benötigt ... Krücken* hatte jemand mit grüner Tinte sorgfältig ein *K* in die dafür vorgesehene Lücke eingesetzt. Benötigt *keine* Krücken. Hat Glück gehabt.

Es war alles erledigt und vorbereitet. Ich musste nur einsteigen.

Und blieb doch noch im Lazarett. Mehr als einen Monat lang. Aus Angst.

Aus Lampenfieber.

Ich hatte eine neue Rolle zugeteilt bekommen, einen Tag vor meinem Achtzehnten. Kurt Gerson sollte ich spielen. Einen ganz normalen jungen Mann, der aus dem Krieg zurückkommt. Und es durfte niemand merken, dass es nur eine Rolle war. Ich hatte keine Ahnung, wie ich das gestalten sollte. Die Normalität und den Mann. Solang ich noch nicht zu Hause war, konnte ich üben. Probieren. Vor einem Publikum, auf das es nicht ankam. Wie alle Anfänger habe ich meinen Part erst mal fürchterlich überspielt.

Ich wusste, wie ich nicht sein wollte. Nicht so, wie Papa mich in seinen Briefen bereits besetzt hatte, wo ich jetzt nicht mehr sein *Nachschrabsel* war, sondern sein *Heldensohn*. Ich war ja nicht heldisch gewesen. Es hatte mich erwischt. Pech gehabt. Oder Glück. Je nachdem, wie man es ansah.

Eine gute Antwort musste ich mir noch zurechtlegen. Auf die eine Frage, die man mir in Berlin ganz bestimmt stellen würde. Weil mir ja kein Arm fehlte und kein Bein. Weil ich noch nicht einmal blind war. Ganz höflich würde man mich fragen, das Misstrauen hinter Besorgnis versteckt. «Was ist denn das bitte für eine Verwundung, die Sie haben? Man sieht Ihnen gar nichts an.» Ich konnte nicht nach Hause fahren, bevor ich darauf eine Antwort wusste. Die alles sein konnte, nur nicht die Wahrheit.

Und noch etwas hielt mich fest. Eine perverse Attraktion, deren Mechanismus mir erst sehr viel später klargeworden ist. All die Scheußlichkeiten, die man in einem Lazarett jeden Tag zu sehen bekommt, taten mir auf verdrehte Weise wohl. Waren das einzige, was in meiner Situation Trost sein konnte. Dass es Menschen gab, denen es noch schlimmer ergangen war als mir.

Schon als Patient hatte ich mich nützlich gemacht. Sobald ich wieder laufen konnte. Unterdessen war mein Bett längst neu vergeben. Ich war als repariert aus den Listen gestrichen. Was verheilen konnte, war verheilt. Das andere konnten mir auch hundert Operationen nicht zurückgeben.

Sie ließen mich dableiben, weil es an Personal fehlte. Stellten nicht viele Fragen. Waren froh darüber, dass hier einer freiwillig die Arbeiten übernahm, vor denen sich sogar die opferwütigsten Rotkreuzhelferinnen ekelten. Einmal tippte ein Krankenwärter an mein Eisernes Kreuz und sagte: «Den Bettpfannenorden hätten sie dir verleihen sollen.»

Wahrscheinlich hielten sie mich für ein bisschen verrückt. Wahrscheinlich war ich das ja auch.

Ich erinnere mich an einen Matrosen – ich weiß nicht, warum er bei der Infanterie gelandet war und nicht bei der Marine –, dem hatten sie die Beine abgenommen, ganz weit oben, und seine Arme hatte es auch erwischt. Jetzt lag er da, oben im Gips und unten nicht mehr vorhanden, und hatte zu allem Elend auch noch eine Magengeschichte eingefangen. In der permanenten Hektik konnte man es mit der Hygiene nicht so genau nehmen. Es lief nur so aus ihm heraus. Jedes Mal, wenn ich ihm den Hintern sauber machte, musste ich eine Handbreit weiter unten auch gleich den vollgeschissenen Verband wechseln.

Er versuchte dann immer, mir etwas zu sagen. So unwahrscheinlich das in der Situation auch war, seinem Gesichtsausdruck nach sollte es etwas Lustiges sein. Ich verstand sein breites Platt nicht. Mit all dem Morphium, das sie ihm spritzten, konnte er auch nicht richtig artikulieren. Die Ärzte waren fest davon überzeugt, dass er nicht überleben würde, weil kein Mensch aushalten konnte, was er auszuhalten hatte. Aber jedes Mal war er am nächsten Tag immer noch da. Und am übernächsten. Schließlich habe ich verstanden, was er mir die ganze Zeit sagen wollte.

«Alles besser als tot sein», wollte er sagen.

Was mich schließlich nach Berlin zurücktrieb, war eine Liebesaffäre. Die nicht stattfand. Natürlich nicht. Die sofort aufhörte, als die Gefahr bestand, meine Gefühle könnten erwidert werden. Gefühle, die nicht wirklich existierten.

Es war alles so kompliziert.

Sie hieß Lore, Lore Heimbold. Trug ein schmal gestreiftes blauweißes Kleid, hochgeschlossen. Die Rotkreuzbrosche am Hals. Eine weiße Schürze. Sie kann nicht Tag und Nacht in dieser Uniform herumgelaufen sein. Zumindest das weiße Häubchen wird sie zwischendurch mal abgelegt haben. Aber wenn ich an sie denke, sehe ich sie in dieser sterilen Schwesterntracht. Die Schürze so knisternd gestärkt wie Mamas Blusen.

Die ganze Person permanent frisch gestärkt. Zupackend, sachlich und an Männern demonstrativ desinteressiert. Eine Frau, bei der ich ganz bestimmt keine Chancen hatte. Das perfekte Übungsobjekt.

Lore war ein paar Jahre älter als ich. Keine Schönheit, da kann ich mir die Erinnerung zurechtfrisieren, wie ich will. Auch nicht ausgesprochen hässlich, aber keine Frau, nach der man sich auf der Straße umdrehte. Die Nase zu breit und der Mund zu klein. Kurzsichtige Augen, obwohl sie keine Brille trug. Nicht eigentlich dick, aber man ahnte, dass sie es irgendwann einmal sein würde.

Später hat sich diese Vermutung bestätigt.

Die meisten der Rotkreuzhelferinnen hatten sich zum Lazarettdienst gemeldet, ohne zu wissen, was sie dort erwartete. Aus dem vagen Gefühl heraus, auch einen Beitrag leisten zu sollen. Hatten sich ausgemalt, wie sie heldenhaften Soldaten die fiebernde Stirn kühlten und dafür dankbar angelächelt wurden. Und waren dann beleidigt, weil sie die ganze Drecksarbeit machen mussten. Lore schien das nicht zu stören. Sie tat, was zu tun war. Wenn sie sich vor Blut und Eiter ekelte, ließ sie sich das nicht anmerken.

In der Männergesellschaft der Krankenwärter waren die Rotkreuzschwestern ein zentrales Thema. In langen nächtlichen Debatten wurde akribisch aufgelistet, welche körperlichen Vorzüge jede einzelne von ihnen besaß. Man malte sich in genüsslichem Detail aus, was man, wenn man denn die Gelegenheit dazu bekäme, mit ihr anstellen würde. An diesen Diskussionen nahm ich eifrig teil. Nicht nur, weil das zu meiner Rolle gehörte. Meine Phantasie hatte unter der Verwundung nicht gelitten. Wer kann schon sagen, wie solche Mechanismen funktionieren? Der Matrose ohne Beine gewann vielleicht jede Nacht im Traum einen Hundertmeterlauf.

Die wichtigste, immer wieder diskutierte Frage war: Welche von den Frauen würde sich am ehesten rumkriegen lassen? Bei Lore, da war man sich einig, hatte niemand eine Chance. Jeder hatte es schon einmal bei ihr probiert, und sie hatte alle abblitzen lassen. «Pastorentochter», lautete das Verdikt. Was nichts mit Lores Herkunft zu tun hatte – ihr Vater war Fleischermeister –, sondern bedeuten sollte: verklemmt, verbiestert, uninteressant.

Gerade diese Aussichtslosigkeit des Unterfangens machte sie für mich attraktiv. Ich begann mit Lore zu schäkern. Nannte sie «meine unwiderstehliche Loreley». Machte ihr die übertriebensten Komplimente. Die sie nicht zur Kenntnis nahm oder einfach weglachte. Lore stammte aus Leipzig. Sogar aus ihrem Gelächter war die sächsische Intonation herauszuhören. Anfassen ließ sie sich nicht. Nur einmal, als sie gerade zwei volle Bettpfannen zur Latrine trug, schaffte ich es, ihr meinen Arm um die Hüfte zu legen. Sie konnte mich nicht wegstoßen, ohne die Scheiße auszukippen.

Die anderen, die meine Krankengeschichte kannten, hielten mein Verhalten für einen fröhlichen Spaß. Mindestens so komisch wie die falsche Freundlichkeit, mit der sie dem einzigen religiösen Juden in der Mannschaft jeden Tag von neuem eine Extraportion Speck oder Schinken anboten. Was, wie ich mich zu erinnern meine, überhaupt nichts mit Antisemitismus zu tun hatte. Der war damals noch nicht so allgemein in Mode. «Na, Kurt», fragten sie mich grinsend, «wie ist denn deine Loreley im Bett?» Und ich sagte: «Ein strammer Feger.»

Das Spiel hätte noch lang weitergehen können, aber dann passierte aus heiterem Himmel das Unerwartete: Lore hörte auf, sich zu wehren.

Im Hof des Lazaretts gab es ein Waschhaus, wo auch der Lagerraum für die frischen Leintücher war. Man ging gern dorthin, nur schon, weil es ganz anders roch als im Hauptgebäude. Für einmal nicht Wundbrand und das allgegenwärtige Karbol, sondern Seifenflocken und Sauberkeit. Ich erinnere mich – Großaufnahme – an ein Regal, voll mit den blau-weißen Packungen von *Hoffmann's Silber-Glanz-Stärke*. Das Bild auf der Schachtel hatte ich als Kind immer ausschneiden dürfen: eine weiße Katze, die ihr Spiegelbild in einem perfekt gestärkten steifen Kragen betrachtet. Jetzt schien es mir seltsam unpassend für eine militärische Einrichtung.

Ich weiß nicht mehr, ob ich Lore damals nachgegangen bin, oder ob wir uns zufällig dort trafen. Egal. Sie war da, und ich war da. Von nebenan hörte man jemanden fluchen. Die große Wäschemangel war wieder mal kaputt.

Ich werde wohl, wie es meiner Rolle entsprach, etwas trivial Verführerisches gesagt haben. Habe sie vielleicht um einen Kuss angefleht, mit meinem Stapel Leintücher auf den Armen. Sie hätte daraufhin, so entsprach es meinem Drehbuch, verächtlich lachen und eine spitze Bemerkung machen müssen. Stattdessen legte sie ihre Hand auf meinen Arm – mit dem großen Leintuchpacken war ich so wehrlos wie sie damals mit den Bettpfannen – und sagte: «Heute Abend, wenn alle zum Essen gehen.» Dann war ich allein.

Nebenan begann sich die Kurbel der Wäschemangel quietschend zu drehen.

Den ganzen Tag war ich verwirrt. Ich hatte Lore bei mir eingeordnet – Pastorentochter, verklemmt, für ein Techtelmechtel nicht zu haben – und mich entsprechend verhalten. Es war ein Spiel gewesen, nicht mehr. Zumindest hatte ich mir das einreden können. Und jetzt änderte sie plötzlich die Regeln. Das machte mir Angst. Nicht nur, weil ich mir ihr verändertes Verhalten nicht erklären konnte. Viel schlimmer. Sie bedrohte damit mein neues Selbstbild, das ich mir gerade mühsam zurechtzuzimmern versuchte. Es ging mir wie den Menschen in Großpapas Geschichte: Noch nicht darin geübt, auf nur zwei Beinen zu laufen, geriet ich leicht aus dem Gleichgewicht.

Sie hatte mir keinen Treffpunkt genannt. Ging aus dem Haus, und ich folgte ihr. Das Lazarett lag dreißig Kilometer hinter der Front, in einem kleinen Städtchen, das keinerlei Spuren von Kämpfen aufwies.

Lore sah sich nicht ein einziges Mal um. Marschierte so energisch die Straße entlang, wie sie auch im Lazarett von Bett zu Bett stapfte. Schien ganz selbstverständlich anzunehmen, dass ich ihr folgen würde. Das verunsicherte mich zusätzlich.

Ein kleiner Bach floss durch den Ort, und eine kleinbürgerlich romantische Promenade führte am Wasser entlang. Obwohl ich schon viele Wochen hier lebte, hatte ich sie vorher nie entdeckt. Wer gerade erst sein drittes Bein verloren hat, macht keine weiten Ausflüge.

Unter einem Baum blieb Lore stehen und wartete auf mich. «Wenn du mich küssen willst, kannst du es jetzt tun», sagte sie sachlich. «Ich muss dir aber sagen: Ich bin darin nicht geübt.» Dann schloss sie die Augen und spitzte die Lippen.

Ich habe sie geküsst, ja. Ich kam da nicht drum herum. Sie steckte ihre Zunge in meinen Mund. Sie hatte wohl irgendwo gelesen, dass man das so macht. Es fühlte sich an, als ob sie nach einem verlorenen Bonbon fahndete. Ich legte meine Arme um sie, weil sie das zu erwarten schien. Ein Beobachter hätte uns für ein Liebespaar halten müssen. Das Ganze war mir ein bisschen peinlich, aber andererseits war es auch gut zu wissen, dass ich die Rolle des Verführers überzeugend spielen konnte.

Als wir uns dann, mehr verlegen als erregt, voneinander gelöst hatten, sagte sie plötzlich: «Ich habe einen Verlobten, weißt du. Er darf mir nicht schreiben, wo er ist, aber er kämpft gegen die Russen. Wenn er überlebt, werden wir heiraten. Seine Eltern haben auch eine Fleischerei.»

«Es wird ihm schon nichts passieren», sagte ich.

Sie fasste meine Hand und betrachtete die Handfläche.

«Seine Lebenslinie ist länger als deine», sagte sie.

Ich versuchte, aus der Nummer herauszukommen, ohne Lore allzu sehr zu verletzen. Sie hatte sich küssen lassen, also wollte sie bestimmt auch mehr. Das bedrohte mich. «Wo du doch verlobt bist», setzte ich an, «ist es vielleicht besser …»

Sie schüttelte den Kopf. «Ich habe es mir gut überlegt. Wenn du hier mein Freund sein willst, ist das sicher nicht schlecht für uns beide. Freust du dich?»

«Ich bin der glücklichste Mensch der Welt», log ich.

Und nahm am nächsten Tag den Zug in Richtung Heimat.

Ich habe Lore noch ein Mal wieder getroffen. Das war 1930 in Leipzig.

Der *Blaue Engel* war gerade rausgekommen, und der Jannings, die Valetti und ich tingelten durch Deutschland, um für den Film Reklame zu machen. Eigentlich hätte auch Marlene dabei sein sollen, aber die war gleich nach der Berliner Premiere in Richtung Hollywood verschwunden.

An jenem Abend saßen wir nach der Vorstellung im Foyer des U.T.-Kinos an unsern Tischchen und gaben brav Autogramme. Die Ufa hatte Karten mit unseren Photos drucken lassen. Sie gingen weg wie warme Semmeln.

Als sie an der Reihe war, griff ich automatisch nach der nächsten Karte und fragte: «Wie ist Ihr Name, bitte?»

«Kennst du mich nicht mehr?»

Sie war tatsächlich dick geworden. Es stand ihr gut. Auch die langweilige Frisur mit den ondulierten Haaren. Es gibt diesen Typ Mensch, der immer falsch besetzt scheint, solang er jung ist. Jetzt, wo Lore um die Vierzig war, passte sie gut in sich hinein. Mir selber ging es ja ähnlich: Wer mich als den dicken Gerron kennenlernte, konnte sich nie vorstellen, dass ich einmal ein schmales Handtuch gewesen war.

Sie bestand darauf, dass ich ihr eine persönliche Widmung auf die Autogrammkarte schrieb. «Mein Mann glaubt mir sonst nicht, dass ich dich von früher kenne.»

Vom obligaten gemütlichen Beisammensein mit den örtlichen Presseleuten meldete ich mich ab. Es sei da ganz überraschend eine ewig nicht mehr gesehene Verwandte aufgetaucht, mit der müsse ich unbedingt ein paar Takte reden. Die Kollegen glaubten mir die Verwandtschaft. So sorgsam ich meinen Ruf als Schürzenjäger all die Jahre gepflegt hatte – Lore war nicht die Sorte Frau, bei der man an eine Affäre denkt.

Wir saßen in einer ungemütlichen Weinstube, wo wir die einzigen Gäste waren. «Der Wein ist hier nicht gut», sagte Lore, «dafür hat man seine Ruhe.» Sie dachte immer noch so praktisch wie damals.

Wir stellten die üblichen Fragen, und es gab nach anderthalb Jahrzehnten überraschend wenig zu erzählen. Meine Karriere hatte sie in den Zeitungen verfolgt. Bei ihr war alles so verlaufen, wie es zu erwarten gewesen war. Ihr Verlobter, der mit der langen Lebenslinie, war zweimal verwundet worden. Nach dem Krieg hatten sie dann geheiratet. «Drei Kinder und zwei Fleischergeschäfte.» So wie sie es sagte, war ihr beides gleich wichtig.

Es muss am Wein gelegen haben, dass ich es nicht bei dieser oberflächlichen Plauderei beließ. Schon zur Autogrammstunde war ich leicht angesäuselt erschienen. Wir konnten den Film ja nicht jedes Mal wieder absitzen. Außer dem Rühmann kenne ich kaum einen Kollegen, der sich gern auf der Leinwand sieht. Nachdem man uns dem Publikum vorgestellt hatte, waren wir für die anderthalb Stunden in einer Bar verschwunden.

Ich bin schon immer ein Idiot gewesen. «Warum hast du dich damals von mir küssen lassen?», fragte ich sie.

«Weißt du das wirklich nicht?»

Ich musste zugeben: Ich wusste es nicht. Ich hatte mir auf ihr so plötzlich verändertes Verhalten nie einen Reim machen können.

«Aus demselben Grund, warum du dann weggelaufen bist.»

Ich kapierte immer noch nichts. «Doof ist doof», pflegte Papa zu sagen, «da helfen keine Pillen.»

«Schau, es war so: Ich sah ja wirklich nicht aus wie ein Revuegirl» – ich wollte etwas einwenden, aber sie winkte ab –, «und trotzdem machten sich dauernd alle Männer an mich heran. Ich bilde mir nichts darauf ein. Nach dem Krieg, als es nichts mehr gab, haben sich die Leute auch um die schlechtesten Fleischstücke gerissen. Aber es war lästig.» Das Sächsische in ihrer Sprache war weniger offensichtlich, als ich es in Erinnerung hatte.

«Da hab ich mir halt gedacht», fuhr sie fort, «nimm dir einen als festen Freund, dann lassen dich die andern in Ruhe.»

«Warum gerade mich?»

Sie legte mir ihre Hand auf den Arm. Dieselbe Geste wie damals bei den Leintüchern. «Du warst der einzige, der mit einem Kuss zufrieden sein würde.» Und als ich immer noch nicht kapierte: «Zuerst habe ich es nicht gewusst. Dann haben mir die andern erzählt, wo dich der Granatsplitter erwischt hat. Ich wusste also: Von dem habe ich nichts zu befürchten.»

Sie hatte recht, und es war lang her. Ich konnte ihr keinen Vorwurf machen. Ihre Verliebtheit war nicht unechter gewesen als meine eigene. Aber auch nach fünfzehn Jahren erfährt man nicht gern, wie lächerlich man sich gemacht hat.

Sie muss mir die Reaktion vom Gesicht abgelesen haben. Hatte es plötzlich eilig. «In unserm Beruf muss man früh raus», sagte sie. Und, schon unter der Tür: «Du bist verheiratet, habe ich gelesen. Wie geht deine Frau damit um?»

Ich habe mich wieder an den Tisch gesetzt und mich fürchterlich besoffen. Sie hatten dort wirklich keinen guten Wein.

Olga ist zurückgekommen. «Du hast fast nichts gegessen», sagt sie. Als ob das jetzt wichtig wäre. Als ob das der richtige Moment wäre für ein bisschen Konversation, für ein paar nette Zeilen Dialog zwischen einem altgedienten Ehepaar. Wie in einem dieser Quasselstücke, in denen es um nichts geht. Wie wir sie an der Schouwburg gespielt haben, damit die Leute zwei Stunden lang die Wirklichkeit vergessen konnten. Austauschbare Sätze, die nichts bedeuten. «Ich war heute beim Friseur.» «Hast du das Licht im Flur ausgemacht?» «Du hast fast nichts gegessen.»

Was soll ich ihr darauf antworten? «Es schmeckt wie Kotze»? Das weiß sie selber. Wir kennen das Menu. Es ist jeden Tag dasselbe.

Und es geht ja auch gar nicht ums Essen. «Hast du dich entschieden?», will sie eigentlich fragen. «Wirst du den Film machen?» Eigentlich will sie mich an den Schultern packen. Mich schütteln und ohrfeigen. Mir ins Gesicht schreien: «Hör auf mit deinem Selbstmitleid! Wann wirst du endlich einsehen, dass du keine Wahl hast?»

Sie hätte das Recht dazu. Weil es nicht nur um mich geht. Weil sie genau weiß: Wenn ich hier den Helden spiele, und sie mich dafür in den Zug stecken, dann hockt sie im gleichen Waggon. Das möchte sie mir sagen.

Eigentlich.

Aber sie ist Olga, und Olga tut so etwas nicht. Olga beherrscht sich. Macht ihre Stimme ganz selbstverständlich. Als ob sie sich wirklich nur um meine Ernährung Sorgen macht. «Du hast fast nichts gegessen», sagt sie.

Ich müsste sie für diese so tapfer vorgetäuschte Alltäglichkeit bewundern. Müsste ihr dankbar sein, dass sie versucht, einen Anschein von Normalität aufrecht zu erhalten. Aber in mir steigt ein Zorn auf, eine sinnlose, kaum beherrschbare Wut. Die gleichzeitig auch Angst ist. Derselbe Zorn wie damals auf dem Schaukelpferd. Ich möchte schreien und um mich schlagen. Ich will nicht, dass man mir Fragen stellt, überhaupt keine Fragen, weil es nur die eine gibt: «Will ich als Mann sterben oder als Schwein weiterleben?» Ich kann sie nicht beantworten, ich will sie nicht beantworten, mir fallen keine Ausreden mehr ein, sondern nur noch die Wahrheit, und es darf doch niemand merken, dass mein Isabellenschimmel einäugig ist, blind, dass es überhaupt keine Isabellenfarbe gibt, sondern nur ein dreckiges, gelblich verfärbtes Weiß, dass es kein richtiges Pferd ist, auf dem ich reite, sondern nur eine hölzerne Attrappe, dilettantisch bemalt. Dass ich mir etwas vorgemacht habe die ganze Zeit. Dass ich behauptet habe, ein anständiger Mensch zu sein, obwohl es nicht wahr ist. Das darf doch niemand merken. Ich will nicht eingestehen müssen, dass es eine Lüge war.

Die ganze Zeit eine Lüge.

Es geht niemanden etwas an. Wenigstens in meinem Kopf will

ich mit mir allein sein dürfen. Reicht es denn nicht, dass man mir jede andere Privatheit genommen hat? Dass ich mich neben fremden Menschen auf die Latrine setzen muss, mit nacktem Arsch? Dass ich mich jeden Tag in eine Schlange stellen muss mit meinem Blecheimer? Dass ich ein Statist unter Tausenden sein muss, in der jämmerlichsten Massenszene, die sich je ein Regisseur hat einfallen lassen? Dass ich noch nicht einmal verschwinden darf in der Menge, gesichtslos werden wie die andern, was wenigstens eine kleine Erleichterung bringen würde, dass ich immer ich sein muss, der mit dem bekannten Gesicht und dem bekannten Bauch, dass ich mich von allen anschauen lassen muss, berühren und beriechen? Reicht das denn, verdammt noch mal, nicht aus? Muss ich jetzt auch noch öffentlich zur Marionette werden? Mir selber die Fäden anbinden, an denen Rahm dann zieht?

«Du hast fast nichts gegessen», sagt Olga.

«Ich habe keinen Hunger», sage ich.

Absurder Humor.

Sie nimmt den Rest der Suppe, um ihn in die Latrine zu kippen, wo er hingehört. Geht hinaus und lässt mich denken.

Am Anfang habe ich in jeder Sekunde daran gedacht. Bin jeden Morgen und oft mitten in der Nacht damit aufgewacht. In meinem alten Zimmer, wo scheinbar alles genauso war wie früher. Wo immer noch der kaiserliche Hofzug im Regal stand, und am Haken neben der Tür die Schülermütze hing. Wäre ich bei jenem Sturmangriff gefallen, da bin ich mir ganz sicher, es hätte nicht anders ausgesehen. Mama hätte ein Museum daraus gemacht. Mit meinen Pantoffeln unter dem Bett und dem aufgeschlagenen Lateinbuch auf dem Schreibtisch. Es war jetzt schon ein Museum. Die Gedenkstätte für einen anderen Kurt Gerson. Der Primaner, dem das Zimmer gehörte, war aus dem Krieg nicht zurückgekehrt. Seine Kleider waren noch da, ja, fremde Kleider, in die mein Körper hineinpasste, zumindest am Anfang, aber ich nicht. In der hintersten Ecke des Schranks hing meine Uniform, hatte sich dort verkrochen wie der

Liebhaber im zweiten Akt einer französischen Farce. Ich gehörte hier nicht hin. Ich tat nur so, als ob ich ich wäre.

Im Bad schloss ich nicht nur die Tür ab, sondern hängte auch noch ein Handtuch übers Schlüsselloch. Als Fünfzehnjähriger hatte ich das schon einmal getan, als sich mein Körper zu verändern begann und ich mir selber peinlich wurde. Die Phase war schnell vorübergegangen, ich hatte mich an die Veränderungen gewöhnt, an die Haare, die mir da unten wuchsen, und an die tiefer gewordene Stimme. Ich war sogar stolz darauf gewesen. Jetzt war da nichts, womit man hätte prahlen können.

Jetzt war da nichts.

Außer dem Gefühl, dass es mir jeder ansehen müsse.

Der Effeff, unser Portier Heitzendorff, salutierte, wenn er mir im Treppenhaus begegnete. Aus patriotischem Stolz, weil es ihn vor sich selber aufwertete, dass er die Kohleneimer nicht mehr für irgendwelche Zivilisten in die zweite Etage schleppte, sondern für einen echten, gerade erst aus dem Lazarett entlassenen Kriegsteilnehmer. Ich erschrak jedes Mal. Verbarg sich hinter der übertriebenen Geste vielleicht ein ironischer Hintergedanke?

Es hat mir nie jemand eine Frage gestellt. Das Bändchen des Verwundetenabzeichens im Knopfloch hätte es nicht gebraucht. Trotzdem hatte ich ständig das Gefühl, etwas darstellen zu müssen. Auch wenn ich nur über die Straße ging. Schaute mir der Mann dort drüben wirklich nur hinterher, weil Zivilisten meines Alters in Berlin schon eine Seltenheit waren? Oder hatte sich an meinem Äußeren etwas verändert, und ich hatte es selber nicht gemerkt? Bewegte ich mich anders als früher? Ich gewöhnte mir einen entschlossenen Schritt an, marschierte mehr, als dass ich ging, und hielt dabei den Rücken so gerade wie nur möglich. Friedemann Knobeloch hätte seine Freude an mir gehabt.

Damals habe ich auch begonnen, Zigarren zu rauchen. Das machte männlich, glaubte ich. Und ihr Geruch erinnerte mich an Großpapa. Der Genuss kam erst später, als ich mir die besseren Sorten leisten konnte.

Meinen Eltern hatte ich es natürlich sagen müssen. Nach dem

Abendbrot. Es gibt keinen richtigen Zeitpunkt für so eine Mitteilung. Als ich mit meinen paar Sätzen fertig war, schaute Mama mit zusammengepressten Lippen an mir vorbei. So schaute sie, wenn eine Peinlichkeit überhört werden musste, wenn Papa in seinem Bildungsdrang ein Thema ansprach, das ihr nicht salongerecht erschien, oder wenn einer von seinen Geschäftsfreunden nach der zweiten Flasche Lübecker Rotspon zu einem nicht ganz stubenreinen Witz ansetzte. Sie hat das Thema nie wieder erwähnt, all die Jahre nicht. Manche Dinge waren in ihrer Welt nicht vorgesehen.

Papa war zuerst sprachlos und redete dann zu viel. Darauf komme es nicht an, sein Sohn sei sein Sohn, und ein Held sei ein Held. Später habe ich von Dr. Rosenblum erfahren, dass Papa von ihm wissen wollte, ob da wirklich nichts zu machen sei. Wenn nicht jetzt, dann vielleicht später. Ich weiß nicht, ob er tatsächlich solches Vertrauen in die Fortschritte der Wissenschaft hatte, oder ob er meine Verwundung ganz simpel nicht wahrhaben wollte.

Egal.

Man kann einem Theateranfänger nichts Gemeineres antun, als wenn man ihm auf der Probe sagt: «Sei einfach ganz natürlich.» Dann weiß der arme Kerl erst recht nicht mehr, wo er mit seinen Händen hin soll. So ging es mir jetzt. Rund um die Uhr war ich damit beschäftigt, diesen mir so fremd gewordenen Kurt Gerson zu imitieren. Ich hatte das Gefühl, nicht sehr begabt dafür zu sein.

Der Primaner Kurt Gerson. Das war hundert Jahre her. Unsere Lehrer mit ihren Bärten und ihren Phrasen – *der ist dumm, der bei sum setzet das Adverbium* – waren Klischeefiguren aus einem Kostümstück. Eine Schmonzette aus dem letzten Jahrhundert. Die nur noch auf dem Spielplan stand, weil niemand sich die Mühe gemacht hatte, sie abzusetzen. Dabei waren seit unserem Notabitur, dieser Parodie auf eine Prüfung, noch nicht einmal zwölf Monate vergangen.

Damals hatte ich, hatte dieser andere Kurt Gerson, *Medizin* als

Berufsziel in eine Liste eingetragen, und so begann ich halt zu studieren. Es hätte auch ein anderes Fach sein können.

Egal. Scheißegal.

Von meinen Mitschülern, der Elite der Nation, wie sie Dr. Kramm genannt hatte, waren damals schon vier gefallen.

Ach, Kalle.

Wir Erstsemester waren ein seltsames Häufchen. Lauter Untaugliche oder Ausgemusterte. Der eine kroch fast in seine Bücher hinein, weil er mit seinen schlechten Augen die Buchstaben nicht entziffern konnte, der andere hatte sich den leeren Ärmel an der Schulter seines Jacketts festgepinnt und schaute beim Sezieren nur zu. Auch ein paar Frauen waren dabei, aber die wurden nicht ernstgenommen. Professor Waldeyer, der Ordinarius für Anatomie, nahm sie nicht einmal zur Kenntnis.

«Der menschliche Körper, meine Herren, ist das Meisterwerk der Natur», tremolierte er in seiner ersten Vorlesung. Darüber hätte man streiten können. Der Körper vielleicht. Das Hirn bestimmt nicht.

Ich war ein eifriger Student. Mama stellte es mit Stolz fest, und Papa hatte nichts anderes erwartet. Dabei verkroch ich mich nur vor ihrer Fürsorge in die Ungestörtheit meines Zimmers. Natürlich, ich hatte tatsächlich Knochen, Muskeln und Organe zu büffeln, aber mit meinem Textgedächtnis fiel mir das leicht. Noch Jahre später, in der Kabarettzeit, habe ich die Kollegen damit unterhalten, dass ich ihnen all die Gesichtsmuskeln aufzählte, die ein Zuschauer in Bewegung setzen musste, um über unsere Pointen zu lachen. Ich weiß sie heute noch.

Musculus orbicularis oris.

«Ōs, oris, der Mund», hat man uns im Lateinunterricht eingebläut. «Neutrum, Gerson, Neutrum! Denken Sie immer an den Merkspruch: ‹Ōs, der Mund, und os, das Bein, die müssen immer Neutra sein.›»

Musculus depressor anguli oris.

Wenn man menschliche Knochen durchtrennt, knacken sie. Nicht viel anders als bei einem Huhn, nur lauter.

Musculus transversus menti.

Bei den Sezierübungen kotzten nur die Zivilisten. Die an der Front gestanden hatten, waren Schlimmeres gewöhnt.

Musculus risorius.

Nur einmal, als der Professor den Dünndarm aus einer Leiche Hand über Hand herausholte, um uns dessen Länge zu demonstrieren, fiel Thalmann, der Mann mit dem angepinnten Ärmel, in Ohnmacht. Es muss ihn an etwas erinnert haben.

Musculus zygomaticus major. Musculus zygomaticus minor.

Im Lehrbuch stand: «Die Länge des menschlichen Darms liegt zwischen der eines Pflanzen- und der eines Fleischfressers. Daraus lässt sich schließen, dass *homo sapiens* ein Allesfresser ist.» In Theresienstadt liefert man dafür jeden Tag den experimentellen Beweis. Wenn der Mensch genügend Hunger hat, frisst er alles.

Musculus levator labii superioris. Musculus depressor labii inferioris.

Einmal hatten wir an einem abgetrennten Bein die Sehnen freipräpariert. Wenn man an einer davon zog, bewegte sich der große Zeh. Wir fanden das alle sehr komisch.

Musculus levator labii superioris alaeque nasi.

In den vier Semestern, bevor ich wieder zum Militärdienst eingezogen wurde, kamen lebende Patienten nicht vor. Das erleichterte das Medizinstudium ungemein.

Musculus levator anguli oris. Modiolus anguli oris.

Um die Arbeit mit dem Stethoskop zu üben, standen wir uns mit nackten Oberkörpern gegenüber und auskultierten uns gegenseitig. Die Damen gingen dafür in ein eigenes Zimmer. Ich spielte den Schwerenöter und fragte, ob sie sich im Sinn der Gleichberechtigung nicht lieber bei uns beteiligen wollten. Allgemeines Gejohle. Ich wurde in der Rolle immer besser.

Musculus buccinator. Musculus mentalis.

Ich weiß sie immer noch auswendig, die Lachmuskeln.

Wenn ich nicht in einer Vorlesung war oder zu Hause büffelte, ging ich ins Theater. Nicht aus kulturellem Interesse. Das meinte nur Mama und war stolz auf ihren Sohn. Meine Theatergier hatte einen ganz anderen, viel simpleren Grund: Zeitvertreib.

Eine viel bessere Formulierung als *die Zeit totschlagen*. Weil: Man kriegt sie nicht tot. Man kann sie nur vertreiben, immer wieder neu, wie eine lästige Stechmücke. Mein Leben lang habe ich nichts anderes getan. Habe jede Minute in meinem Terminkalender vollgestopft. Im verrücktesten aller Jahre hat mich die Spira einmal gefragt: «Wann bleibt Ihnen eigentlich Zeit zum Nachdenken, Herr Gerron?» Ich konnte ihr nicht erklären, dass es genau darum ging: keine Zeit zum Nachdenken zu haben.

Im Theater habe ich immer die Stücke geliebt, in denen etwas passierte. Wo etwas los war. Wo man von der Handlung überwältigt wurde oder von den Effekten. Wo der Kopf nicht abschweifen konnte und doch wieder dort landen, wo man nicht sein wollte. Habe immer nach dem Rollschuh laufenden Bären gesucht.

Die diskreten, leisen, intellektuellen Schauspieler konnten mich nie begeistern. Als in den Zwanzigern die Neue Sachlichkeit aufkam, und sie alle nur noch so auffällig unauffällig ihre Sätze fallen ließen und pausenlos unausstehlich feinsinnig waren, da habe ich die Premieren geschwänzt. Bin lieber zu Grock gegangen und habe mich gekugelt, wenn er ein rosarotes Korsett aus dem Klavier fischte. Ein Schauspieler – ich meine damit nicht meine eigene Postur – hat gefälligst überlebensgroß zu sein.

Ich werde nie vergessen, wie ich zum ersten Mal den Jannings sah. Er gab an der Volksbühne einen der Schillerschen Räuber, keine Hauptrolle, sondern im Grunde eine Wurzen, aber er spielte alle an die Wand. Und es war nicht etwa eine schlecht besetzte Inszenierung. So was gab es bei Reinhardt nicht. Wenn ich mich recht erinnere, spielte Wegener den Franz Moor. Aber für mich existierte auf dieser Bühne nur der Jannings. Wie alt kann er damals gewesen sein? Knappe dreißig, schätze ich. Noch nicht der ganz große Star. Aber er hat einem im Zuschauerraum keine Luft zum Atmen gelassen. So muss ein Schauspieler sein.

Später, als wir befreundet waren – soweit man mit einem Egomanen wie Jannings befreundet sein konnte –, haben wir herausgefunden, dass ich ihn doch schon früher einmal gesehen haben muss. In einem der unsäglichen Hurra-Filmchen, wie man sie in der ersten Begeisterung von 1914 produzierte. *Ein zehnjähriger Kriegsheld* oder so was Ähnliches. Ich erinnere mich lieber an *Die Räuber*.

Was die Bühne anbelangte, war ich ein Allesfresser. *Homo omnivorus* mit acht Meter langem Darm. Ob Schiller oder Schönthan, für mich spielte das keine Rolle. Solang ich nur von mir selber abgelenkt wurde. Ich ging auch oft ins Variété. Obwohl der *Wintergarten*, an den ich so selige Erinnerungen hatte, in jener Zeit eine einzige Enttäuschung war. Sie spielten nur noch patriotische Revuen, die Girls schwenkten in friderizianischen Uniformen die Beine, und noch der letzte Bumskomiker fühlte sich verpflichtet, ein Hoch auf die tapferen Soldaten auszubringen. Zum Kotzen.

Manchmal begleitete mich Thalmann, der Mann mit dem leeren Jackettärmel. Wir waren nicht befreundet. Freundschaft ist etwas anderes. Wir hatten Ähnliches erlebt, und deshalb verstanden wir uns.

Nicht dass wir groß über unsere Erfahrungen gesprochen hätten. Ich sagte «Ypern», er sagte «Dünaburg», und mehr gab es nicht zu reden. Jeder hatte an seinen eigenen Albträumen genug.

Ich weiß nicht einmal mehr seinen Vornamen. Wenn ich ihn je gekannt habe. Wie wir uns das im Militär angewöhnt hatten, war ich der Gerson, und er war der Thalmann.

Und auch diesen Namen hätte ich längst vergessen, wenn er nicht später in meinem Leben noch einmal sehr wichtig geworden wäre. Als er in Hamburg schon seine eigene Praxis hatte, leistete er mir – ohne es zu wissen – den wichtigsten Dienst meines Lebens. Ich werde ihm ewig dafür dankbar sein.

Ich studierte. Ging ins Theater. Und fraß.

Auch in diesem Punkt unterschied ich mich vom Schüler Kurt Gerson. Der war immer ein schlechter Esser gewesen. Ein leckermäuliger Tellerpicker, wie Mama das vorwurfsvoll nannte.

Wenn etwas besonders Gutes auf den Tisch kam – ah, die Salmmayonnaise damals mit Großpapa! –, ließ mein Appetit nichts zu wünschen übrig. Aber wenn es nur nackte Nudeln gab oder langweilige Kartoffelbällchen, dann konnte ich mein Essen eine halbe Stunde lang auf dem Teller hin und her schieben. Bis alles kalt war und noch viel weniger schmeckte.

Einmal – ich muss damals knapp zur Schule gegangen sein – probierte es Papa mit drakonischen Maßnahmen. Er ordnete an, dass mir derselbe Teller immer wieder vorgesetzt würde, wenn nötig auch noch am nächsten Tag zum Frühstück, bis er leer gegessen sei, ohne Überreste, das wäre ja ambartschig, wenn man dem Jungen nicht anständige Tischmanieren beibringen könnte. In den paar Wochen, in denen wir beide das durchhielten, wurde ich noch spilleriger, als ich es ohnehin schon war. Als dann Dr. Rosenblum begann, von Unterernährung und Anämie zu orakeln, musste das Erziehungsexperiment erfolglos abgebrochen werden.

Das war in der Zeit des alten, dünnen Kurt Gerson. Der neue, aus dem Lazarett entlassene, aß jeden Teller leer, den man ihm hinstellte, und bat noch um Nachschlag. Mama war von meinem neu gefundenen Appetit begeistert. Jetzt konnte sie mir ihre Liebe, die sie sonst nicht zu zeigen wusste, wenigstens auf dem Teller beweisen. «Der arme Junge hat im Felde nicht richtig zu essen gekriegt», sagte sie und tat alles, um mich das Versäumte nachholen zu lassen. Was wegen der Lebensmittelrationierung nicht einfach war. Manchmal, wenn ich ein Lehrbuch aufschlug, fiel zwischen zwei Seiten eine Brotmarke heraus, die sie sich abgespart hatte, «damit sich der arme Junge mal was kaufen kann». In der Mensa der Universität gab es belegte Brote, nur mit Margarine und Schnittlauch. So richtige Arme-Leute-Stullen, die aber ebenso patriotisch wie lächerlich *Siegschnitten* genannt wurden. Früher hätte ich so etwas nicht angefasst, da hätte schon kalter Braten drauf sein müssen oder fingerdick Käse. Jetzt schlang ich sie in mich rein und vergaß vor lauter Gier das Kauen.

Denn ich hatte Hunger. Immer und pausenlos. Das war kein vorübergehendes Nachholbedürfnis, das war ein neuer Dauerzustand, der zu dem veränderten Kurt Gerson gehörte. So wie andere Leute chronische Migräne haben oder Plattfüße.

Ich hatte Hunger.

Hatte? Ich habe Olga angelogen. Ich habe Hunger. Aber jetzt ist das nichts mehr Besonderes. Jetzt unterscheidet mich die pausenlose Gier nach Essbarem nicht mehr von anderen Menschen. Hunger ist eine Selbstverständlichkeit geworden. Das Alltäglichste vom Alltäglichen. Die Sonne scheint, der Regen fällt, der Magen knurrt.

Damals war das anders. Am Anfang nicht einmal unangenehm, nicht wirklich. Es gab ja zu essen. Mama freute sich, wenn ich tüchtig zulangte. Aber mein Hunger ließ sich nicht stillen. Verlangte nach mehr und mehr. Schon eine halbe Stunde nach einer reichlichen Mahlzeit zog mich die Speisekammer unwiderstehlich an.

Ich nahm immer mehr zu. Achtzehn Jahre lang war ich der Stangenspargel gewesen. Das hochgeschossene Unkraut. Der wandelnde Zaunpfahl. Jetzt begann sich mein Körper zu verändern. Wurde aber nicht kräftiger, sondern nur dick. Wenn ich ein altes Jackett anzog, musste ich es offen tragen. Hosen, die mir immer gepasst hatten, ließen sich nicht mehr zuknöpfen. An und für sich noch kein Problem. Man war Gerson & Cie. Da gab es genügend Frauen, die mir die Sachen weiter machen konnten. Aber auch die tüchtigste Schneiderin bringt ein ausgeleiertes Gesicht nicht wieder zum Passen.

Ich sah nicht mehr aus, wie ich ausgesehen hatte. Mit dem Dreizehnjährigen aus dem Photo auf Mamas Toilettentisch war ich nicht einmal mehr verwandt. Nicht dass ich vorher ein Adonis gewesen wäre, so eitel war ich nicht, aber das Gesicht, das mich jetzt jeden Tag beim Rasieren aus dem Spiegel anschaute, gefiel mir überhaupt nicht. Es quoll immer mehr auf. Ein Kuchenteig, der zuviel Hefe abbekommen hat. Ein weichliches, aufgedunsenes Hamsterbackengesicht, hinter dem ich mich kaum noch selber wiedererkannte.

Ich wurde fett. Ich wollte nicht fett sein.

Früher wäre ich mit dem Problem zu Dr. Rosenblum gegangen. Jetzt war ich Medizinstudent, und in der Universitätsbibliothek standen genügend Bücher. Ich fand die Lösung des Rätsels in einem *Grundriss der Endokrinologie.* Sie war ganz einfach. Ich hätte auch ohne Lehrbuch darauf kommen können.

Wenn es jemanden gibt, der sich unser Schicksal ausdenkt, wenn da irgendwo auf einer Wolke so ein himmlischer Dramaturg sitzt und Lebensgeschichten in seine Schreibmaschine hämmert, dann muss der Kerl permanent besoffen sein. Oder er hat einen verdammt bösartigen Humor.

Einen Handlungskniff liebt er besonders. Er erfüllt seinen Figuren all ihre Wünsche, das hinterhältige Schwein, lässt ihnen scheinbar Gutes passieren. Nur um sie dann genau damit fürchterlich auf die Schnauze fallen zu lassen. Es tut dann mehr weh. Oft lässt er sich eine Menge Zeit, bis er die Sprengladung zündet. Macht seine Sache gründlich. Wiegt seine Charaktere in Sicherheit, bevor er ihnen den Teppich unter den Füßen wegzieht. Es eilt ihm nicht. So eine Lebensgeschichte ist ja nicht auf Kinolänge beschränkt. Er kann warten. Bis der Zuschauer ganz sicher ist: Diesmal nimmt es ein glückliches Ende. Erst dann – waff! – schlägt er zu.

Und lacht sich schief und ist furchtbar stolz auf seinen Einfall.

Vielleicht ist es ja nicht nur einer, vielleicht sind es viele, vielleicht hat jeder Mensch seinen eigenen Drehbuchschreiber, vielleicht hocken sie jeden Abend zusammen, bei Nektar und Ambrosia, und schneiden auf, wie toll sie wieder die dramaturgische Kurve gekriegt haben. Prahlen mit ihren neusten Geschichten. Wollen sich gegenseitig übertrumpfen. Lauter kleine Alemanns.

Sie haben ihre Moden, natürlich. Drehbuchschreiber sind Herdentiere.

Wie damals im Mittelalter, als sie alle die Pest ganz prima fanden. War ja auch ein fetziger Titel. *Der schwarze Tod*, das sieht gut aus überm Kinoeingang. Für ihre Handlungsgemeinheiten war das Thema bestens geeignet. Man musste sich dramaturgisch nicht groß verrenken, um seine Helden in die Scheiße zu reiten. Ließ ein Liebespaar nach den üblichen Verwicklungen so feierlich zum Traualtar marschieren, dass jeder Kinopianist gleich im Hochzeitsmarsch herumtremolierte, und dann wartete da – Überraschung! – nicht der liebe Herr Pfarrer, sondern der Sensenmann. Zum Totlachen.

Es gibt ein Problem, wenn man erfolgreich bleiben will als Lebensgeschichtenerfinder: Auch die besten Effekte nutzen sich ab. Die Zuschauer denken mit und wissen immer schon, was kommt. Dann gähnen sie nur noch. Man muss sich dauernd steigern. Zehn Tote, hundert Tote, tausend Tote. Wie damals, als das mit dem Tonfilm anfing. Da freuten sich die Leute noch, wenn man ihnen sechs Girls hinstellte. Jetzt müssen es schon vierundzwanzig sein oder achtundvierzig.

Irgendwann ist jedes Thema abgenagt bis auf die Knochen. Aber sie sind einfallsreich, die himmlischen Schicksalsdramaturgen. Wenn die Pest nicht mehr zieht, erfinden sie eben den Dreißigjährigen Krieg. Oder die Nazis.

Das meiste ist natürlich Massenware. Ein Dutzend Leute im selben Flugzeugabsturz. Aber manchmal geben sie sich Mühe. Vielleicht ist ja ein Preis für die originellste Bösartigkeit ausgesetzt. Vielleicht heißt der liebe Gott Hugenberg.

Wer immer meine Lebensgeschichte erfunden hat, ist ein mieses Arschloch. Aber eine gewisse Kreativität kann man ihm nicht absprechen. Nur schon wegen der Sache mit meinem Appetit. Da muss man erst mal drauf kommen. Erst mit einem Trick dafür sorgen, dass der Hauptdarsteller permanent Hunger hat, und ihn dann in eine Situation bringen, wo es nichts zu fressen gibt. Zum Kugeln. Ein bisschen viel Aufwand für den Effekt, finde ich. Musste es gleich Westerbork *und* Theresienstadt sein, nur um mich zur Sau zu machen? Das hätte man auch eleganter lösen können. Aber er hat bestimmt eine Menge Applaus dafür gekriegt auf seiner Wolke.

Was ihm zu meinem Bauch eingefallen ist, das nennen sie in Amerika einen *running gag*. Erst ganz dünn, dann richtig schön dick, und in der letzten Einstellung hängt die überschüssige Haut vor dem Leib wie ein leerer Sack.

Ha ha ha.

Wer immer mich geschrieben hat, wer immer das beschissene Drehbuch verfasst hat, in dem mir meine Rolle zugeteilt wurde: Musstet ihr Olga mit reinziehen? Zumindest sie hätte ein glückliches Ende verdient.

Der wahnsinnig lustige *running gag* mit meinem immer dicker werdenden Bauch fand seine Fortsetzung, als ich mich 1917 ein zweites Mal stellen musste. Nicht mehr für die kämpfende Truppe, sondern für den Sanitätsdienst. Ich hatte in Uniform zu erscheinen, und der Aushebungsoffizier sah über seine Brille weg auf meinen Hosenbund, der sich auch mit Gewalt nicht mehr schließen ließ, und sagte: «Es scheint Ihnen ja nicht schlecht gegangen zu sein, als Zivilist.»

Großes Gelächter im Kino.

Die medizinische Untersuchung ersparten sie mir. Sie wussten aus meinen Papieren, was mir fehlte. Ganz wörtlich: fehlte. Und ich war kein gewöhnlicher Stellungspflichtiger, sondern ein fast fertiger Arzt.

Theoretisch.

Ich hatte gerade mein erstes medizinisches Staatsexamen abgelegt. Die Prüfung war ein ähnliches Affentheater gewesen wie damals das Abitur. Ohne Staatsexamen durften sie einen im Sanitätsdienst nicht auf die Verwundeten loslassen, brauchten aber ganz dringend Leute. Was für eine Überraschung: Wir haben alle, alle bestanden. Um durchzufallen, hätte man den Blinddarm schon hinter der Kniescheibe suchen müssen.

Ich trug also wieder das Ehrenkleid der Nation. *Dulce et decorum.* Eine neue Uniform, die meinem Bauch genügend Platz ließ. Arztanwärter im Unteroffiziersrang. Eine Bezeichnung, die sie extra für Leute wie mich hatten erfinden müssen. Man wollte den Verwundeten nicht auf die Nase binden, dass der Mann, der da mit dem Stethoskop herumfuchtelte, in seinen vier Semestern nicht ein einziges Mal an einem Krankenbett gesessen hatte. Die zusammengeschossenen armen Schweine, die man jeden Tag bei uns ablieferte, nannten mich «Herr Doktor». Ich wehrte mich nicht dagegen. Wenn es ihnen Hoffnung gab, sollte es mir recht sein. Hoffnung war das einzige, was ich ihnen geben konnte.

Man schickte mich in die Etappe. Ins deutsche Reichsland Elsass-Lothringen. Ein Jahr später war es dann französisch, und jetzt ist es wieder deutsch. Wird auch nicht lang vorhalten. Der Idiot, der dieses Drehbuch schreibt, kann sich nicht entscheiden.

Als ich meinen Eltern mitteilte, dass ich zum Reservelazarett nach Kolmar abkommandiert war, sagte Papa ganz automatisch: «Isenheimer Altar.» Er hatte sein Konversationslexikon so gründlich studiert, dass es ihm jedes wirkliche Gespräch ersparte. Für Mama war nur wichtig, dass ich nicht mehr an die Front kam. «In einem Krankenhaus kann es nicht so schlimm werden», meinte sie. Es war kein Krankenhaus, Mama. Es war ein Lazarett. Und viel schlimmer kann ich es mir nicht vorstellen.

Dabei sollten wir eigentlich nur die harmloseren Fälle abkriegen. Die man auf dem Verbandsplatz als zwar schwer verwundet, aber transportfähig eingestuft hatte. Wer als transportfähig galt und wer nicht, hatte weniger mit dem Grad der Verletzung zu tun, als mit dem täglichen Verwundetenanfall auf dem Verbandsplatz. *Verwundetenanfall.* Man nannte das wirklich so. Wenn es keine freien Pritschen mehr gab, galt plötzlich fast jeder als transportfähig.

Sie kamen mit der Sanka bei uns an. Sanitäts-Kraftwagen-Abteilung. Klingt bedeutend professioneller, als es in Wirklichkeit war. Von den gut ausgestatteten Sanitätsfahrzeugen, mit denen sie mal angefangen hatten, war nach drei Kriegsjahren nicht mehr viel übrig geblieben. Sie mussten sich mit irgendwelchen requirierten Transportern behelfen. Ich erinnere mich an einen Mann mit einer schweren Gesichtsverletzung, den sie im Lieferwagen einer Großmetzgerei zu uns brachten. Auch so eine billige Pointe.

Bei uns wurde dann noch einmal aussortiert. Wer eine Überlebenschance hatte, wurde operiert. Was meistens Amputation bedeutete. Die andern kriegten an Morphium ab, was wir erübrigen konnten, und wurden in den Kreißsaal verschoben. Zum Sterben auf die Geburtsstation. Unser Lazarett war früher das Spital von einem wohltätigen Orden gewesen; ein paar der Schwestern in ihrer grauen Tracht waren immer noch da. Die hoffnungslosen Fälle lagen jetzt dort, wo früher Frauen ihre Kinder geboren hatten. Möglich, dass auch mal einer drunter war, der am gleichen Ort das Licht der Welt erblickt hatte. Den zynischen Schicksalsausdenkern da oben auf ihrer Wolke wäre es zuzutrauen gewesen.

Beim Auswendiglernen von Knochen und Muskeln war ich Spitze gewesen. *Musculus zygomaticus major. Musculus zygomaticus minor.* Für die praktische Medizin, das zeigte sich in Kolmar schnell, war ich völlig ungeeignet.

Damals bei der *Dreigroschenoper*, als die Neher endgültig ausgestiegen war, eine Woche vor der Premiere, schleppte der Aufricht in seiner Verzweiflung eine blassgeschminkte Rothaarige an, von dem Typus, der vierundzwanzig Stunden am Tag auf interessant macht. Keine Ahnung, wo er die aufgegabelt hatte. Oder sie ihn. Man wusste in Berlin, dass er einen reichen Vater hatte. Er habe da ein Naturtalent entdeckt, verkündete er ganz stolz, zwar noch ohne jede Erfahrung, aber dafür ungeheuer begabt, und die solle jetzt die Polly spielen. Begeistert war niemand von der Idee, aber der Aufricht war nun mal der Direktor und finanzierte das Ganze. Wir haben also tatsächlich eine Szene mit ihr probiert. Bis sie auf die Bühne rausmusste, war sie kess wie Oskar, aber ein Schritt aus der Kulisse, und das Naturtalent bestand nur noch aus Ellbogen. Wusste sich nicht mehr zu bewegen. Statt Text zu sprechen, piepte sie rum wie ein aus dem Nest gefallener Vogel. Ich weiß nicht, ob der Aufricht sie trotzdem ins Bett gekriegt hat; die Rolle bekam sie auf jeden Fall nicht.

Ungefähr so war ich als Arzt. Theoretisch wusste ich eine Menge, aber wenn ich es anwenden sollte, nützten mir alle Lehrbücher nichts mehr. Man kann sich unter dem Mikroskop eine Million Blutkörperchen angesehen haben. Das hilft nicht weiter, wenn es hellrot aus der Arterie spritzt.

Dazu kam mein angeborenes Ungeschick. Ein Glumskopp war ich schon immer gewesen. Aus zwei linken Händen werden keine Chirurgenfinger, bloß weil man ohne zu stottern *articulatio femoropatellaris* sagen kann. Ich versagte schon bei den einfachsten Aufgaben. Wenn ich die Metallsplitter aus einem zerschossenen Bein entfernen sollte, stocherte ich so tollpatschig in der Wunde herum, dass jeder Krankenträger es besser gemacht hätte. Und auch besser machte. Da war einer, Klempner im Zivilberuf, der sagte manchmal: «Lassense mich mal, Herr Dokter.» Ich war ihm dankbar dafür.

Nicht meine Hände waren das größte Problem, sondern mein Kopf. Trotz der Zeit in Flandern hatte ich mir noch nicht diese Trennwand konstruiert, diese innere Glasscheibe, hinter die man sich zurückziehen kann. Mit manchen Dingen wird man nur fertig, wenn man sie so distanziert betrachtet, als wären sie ein Bild vorn auf der Leinwand, und man selber nur der Platzanweiser oder Filmvorführer. Der ja auch in aller Seelenruhe in seine Butterstulle beißt – ah, Butterstulle! –, während sie im Saal schon längst alle um die Wette schluchzen.

Heute schaff ich das. Fast immer. Als wir mit dem *Karussell* unsern ersten Auftritt haben sollten, und auf dem Dachboden, den uns die Freizeitgestaltung zugewiesen hatte, lagen Leichen – da hab ich mir nur überlegt, wie wir die am besten wegkriegen konnten, bevor die Leute kamen. Habe ganz sachlich funktioniert. Der Lappen musste pünktlich hochgehen. Auch wenn wir gar keinen Lappen hatten.

In Kolmar schaffte ich das anfänglich noch nicht. Ich war lebendiger, als ich es heute bin, aber Lebendigsein tut auch weh. Mitleid heißt Mitleiden. Manchmal sogar bei Dingen, die noch gar nicht passiert sind. Der Fluch der Phantasie. Wenn ein Verwundeter Schmerzen hatte, stellte ich mir auch noch die zusätzlichen vor, die ich ihm mit meiner Behandlung gleich zufügen würde. Und wurde immer noch unsicherer.

Zu wenig Distanz. Der beste Arzt, den wir in Kolmar hatten, wollte nicht einmal die Namen der Männer wissen, an denen er herumschnitt oder herumsägte. Sie waren für ihn nur *der Bauchdurchschuss* oder *die Splitterfraktur*. Nach zehn Stunden am Operationstisch wusch er sich die Hände, setzte sich zum Essen und redete nur noch von seinem Blumengarten zu Hause, was dort jetzt blühen würde, und wie schwierig es für seine Frau sei, alles im Schuss zu halten, weil der Gärtner jetzt doch auch eingezogen worden war. Ich fand das damals gefühllos. Und mache es heute nicht anders.

Man kann es nicht anders machen. Man hält es sonst nicht aus.

Allzu lang ließ man mich nicht an den Patienten herumpfuschen. Bei der ersten Gelegenheit schob man mich auf einen anderen Posten ab. «Da können Sie nicht viel Unheil anrichten», sagte man mir.

Der Ort, an dem ich nach Meinung meiner Vorgesetzten kein Unheil anrichten konnte, war typisch für das preußische Heer und seine Bürokratie. Eine jener Einrichtungen, die man in bester Absicht gründet, und auf die man dann so stolz ist, dass man vor lauter Selbstlob vergisst, sie auch mit den notwendigen Mitteln auszustatten. Als der Grabenkrieg losging und die Anzahl der amputierten Soldaten immer mehr anstieg, hatte man jedem Reservelazarett eine sogenannte Wiederherstellungsstation angegliedert. Offiziell hieß das so. Für die Leute war es schlicht das Krüppelheim.

Ich sollte dort der Chef sein, nicht formell, aber in der Praxis. Der eigentliche Amtsinhaber, ein Major aus München, war schwerer Alkoholiker. Um drei Ecken herum mit den Wittelsbachern verwandt und konnte deshalb nicht entlassen werden. Seine Arbeit sollte ich jetzt machen. Als knapp Zwanzigjähriger. Mit vier Semestern Medizin. Weil man im Lazarett auf meine Dienste am leichtesten verzichten konnte.

Ich machte Einwände. Erklärte, dass ich mich der Aufgabe in keiner Weise gewachsen fühle. Man lächelte beruhigend und sagte:

«Machen Sie sich keine Sorgen, Gerson. Den Leuten dort ist so oder so nicht zu helfen.»

So bekam ich meine erste Hauptrolle. Wenn auch nur im Schmierentheater. Bei einer Alibidienststelle, die weder die Mittel noch das Personal besaß, ihre Aufgabe tatsächlich zu erfüllen. Was niemanden zu interessieren schien. Man hatte eine Dienstabteilung eingerichtet, um sagen zu können, dass es sie gab. *Wiederherstellungsstation.* Klingt besser als *Sammelstelle für defektes Menschenmaterial.* Obwohl das zutreffender gewesen wäre.

Wenn es an einem Schwerverletzten nichts mehr zu operieren gab, er aber auch noch nicht so weit hergestellt war, dass man ihn hätte nach Hause schicken können, wenn einer keine Nase mehr hatte und jedes Mal einen Schreikrampf kriegte, wenn er in den Spiegel sah, wenn seine Beine nur noch Stümpfe waren, und es gab keine Prothesen, mit denen er das Gehen wieder hätte lernen können, dann schickte man ihn zu uns. Alle Arten von Dreiviertel- oder Zweidrittelmenschen. Nur die Blinden landeten woanders; für die gab es eigene Einrichtungen. Sonst waren wir der Mülleimer für den Abfall aus der großen Wurstmaschine. Von uns wurde erwartet, dass wir diese unappetitlichen Menschenreste wenn schon nicht aus der Welt, so doch aus den Augen, aus dem Sinn schafften. Wenn man unsere Aufgabe auch sehr viel eleganter formulierte.

Wir sollten, das war die Theorie, aus hilflosen Krüppeln wieder nützliche Mitglieder der Gesellschaft machen. Aus Leuten ohne Glieder. Wobei mit *nützlich* gemeint war: Menschen, die dem Staat nicht auf der Tasche lagen. Die für sich selber sorgen konnten.

Wie das geschehen sollte, sagte mir niemand. Die einzige Unterlage, die ich vorfand, war eine dünne Broschüre, von irgendeinem unabkömmlichen Verwaltungsheini verfasst. Darin war alphabetisch und mit preußischer Präzision aufgelistet, mit welcher Verwundung man für welchen Beruf noch in Frage oder nicht mehr in Frage kam. Nach dem Motto *Das schönste Schlachtfeld ist der Schreibtisch* standen da so weise Erkenntnisse, wie dass man ohne Beine nicht Dachdecker werden sollte, dass man aber mit derselben Behinderung durchaus noch als Zahntechniker geeignet war. Vorausgesetzt, beide Hände waren intakt. Portier konnte man, wenn man der Broschüre glaubte, immer werden. Auch noch mit halbem Gesicht oder, wie das im Bürokratendeutsch hieß: *Beim Fehlen des Kieferapparates*. Wenn das wirklich so gewesen wäre, in Deutschland hätte jede Hundehütte einen eigenen Portier gehabt.

Wir waren in einem Schulhaus einquartiert, die Klassenzimmer zu Schlafsälen umfunktioniert. Das Essen kam aus dem Gasthaus nebenan, wo sich auch mein nomineller Vorgesetzter einquartiert hatte. Am Morgen war er noch betrunken und am Nachmittag schon wieder.

«Machen Sie nur, junger Mann», sagte er, wenn ich ihn etwas fragen wollte. «Aber stören Sie mich nicht.»

Machen Sie nur. Fast hundertfünfzig verstümmelte Menschen. Vielleicht hatte er deswegen das Saufen angefangen. Eine Situation, in der man sich ganz schnell seine innere Mauer aufbauen musste. Sonst wäre es nicht auszuhalten gewesen.

Nicht auszuhalten für den Arztanwärter im Unteroffiziersrang Kurt Gerson. Es gab Leute, die schafften das. Ohne großes Gedöns.

Einen zumindest. Zuerst dachte ich, er sei halt nicht so sensibel wie ich. Schwachsinn. Er war einfach ein besserer Mensch.

Otto.

Otto Burschatz.

«Ein doofer Name», sagte er, als er sich mir vorstellte. «Aber es ist nun mal so.» Ursprünglich habe seine Familie Bourgeois geheißen. Hugenotten. «Also bin ich eigentlich Franzose und führe gegen mich selber Krieg. Völlig blödsinnig, wenn man es sich überlegt. Aber es ist nun mal so.»

Das war sein Satz. Die kurz gefasste Philosophie, die ihm half, mit dem Leben fertig zu werden. Er brauchte ihn für alles. Für seinen Namen, der ihm nicht gefiel, und für die Tatsache, dass ihm die rechte Hand fehlte. Eine Handgranate, die zu früh explodiert war. «Es ist nun mal so.»

Er hatte es trotz seiner Behinderung geschafft, nicht aus der Armee entlassen zu werden. «Was soll ich in Berlin? Meiner Familie auf der Tasche liegen? Nee, solang der Kopf noch dran ist, muss es auch anders gehen.»

Eine gedrungene Gestalt. Kurze Beine. Saß einem gegenüber, und wenn er aufstand, wurde er nicht größer. «Als sie den lieben Gott gefragt haben, wie ich mal werden soll, da hat der geantwortet: ‹Ist mir so lang wie breit.› Und so bin ich dann auch geworden.»

Er lachte nicht über seine eigenen Sprüche. Kaute nur zufrieden auf seinem Schnurrbart herum, wenn ihm einer gelungen war.

Vor dem Krieg – *in der guten alten Zeit*, wie er das nannte – war er Starkstromtechniker bei Siemens-Schuckert gewesen. Aber dort würde man ihn, mit nur einer Hand, bestimmt nicht wieder einstellen. «Kann man auch verstehen», sagte Otto. «Kein Mensch braucht einen Krüppel.»

Er war jetzt nicht mehr Infanterist, sondern Sanitätssoldat. Eine Art uniformierter Krankenwärter. Und die gute Seele des Betriebs. Was keine Floskel war, sondern schlichte Tatsache. Otto Burschatz war eine gute Seele.

Warum, fällt mir auf, denke ich in der Vergangenheitsform an ihn? Es gibt keinen Grund, warum mein Freund Otto Vergangenheit sein sollte.

Als er uns in Amsterdam besuchte – «Soll ich euch plötzlich nicht mehr kennen? Ich hab doch keine braune Soße im Hirn!» –, brachte er statt Blumen einen schön gebundenen Strauß Würste mit. Ich kann sie noch riechen. «Sie sind ein Engel», sagte Olga. Ein Engel mit buschigem Schnurrbart und Schandschnauze.

«Unser Major», das war so einer seiner Sprüche, «unser Major ist ein medizinisches Wunder. Kaum noch Blut im Alkohol, und kann sich immer noch aufrecht halten. Nur wenn sie eines Tages den Schnaps rationieren, dann macht ihm der ganze Krieg keinen Spaß mehr.»

Otto selber trank lieber Bier. «Obwohl – was sie da in letzter Zeit zusammenbrauen, das ist Pisse mit Schaum. Aber nach drei Jahren pausenlos siegen kann man nichts Besseres erwarten. Es ist nun mal so.»

Er war – nein, verdammt noch mal, er ist – ein Meister der prägnanten Formulierung. «Auf dem Dienstweg ist man immer auf dem Holzweg.» Eine tiefe Weisheit, die man in die Fassaden aller Amtsgebäude meißeln müsste. Bei uns gab es Formulare, mit denen man für die Patienten Prothesen bestellen konnte. Mit genauen Anweisungen, wie der Stumpf zu vermessen und die Vermessung zu notieren war. Alles bestens organisiert. Nur kamen sie mit dem Liefern nicht nach. Bei uns lagen Leute, die warteten schon über ein Jahr auf ein künstliches Bein.

Otto hielt sich nicht an den Dienstweg. Als der wittelsbacherische Major überhaupt nicht mehr in seinem Büro erschien, hatte er beschlossen, selber zu tun, was zu tun war. Hatte ein Netz von Handwerkern aufgezogen, die für ihn arbeiteten. Die Kunstglieder, die sie herstellten, waren nicht perfekt. Ein Spezialist hätte tausend Dinge an ihnen zu kritisieren gefunden. Aber sie funktionierten einigermaßen. «Ein schlechtes Holzbein ist besser als gar keins», sagte Otto.

Einer, der so ein Bein bekommen hat, war der Gerstenberg. Den ich dann später in Berlin wieder traf. Er hat schon im Lazarett die ganze Zeit nur gejammert.

Was Otto Burschatz da machte, war sinnvoll, aber durch keine Dienstvorschrift gedeckt. Es war sogar eindeutig verboten. Trotzdem erzählte er es mir gleich am ersten Tag. Machte überhaupt kein Geheimnis daraus. «Irgendwann hätten Sie's ja doch rausgefunden. Die Umstände können wir uns beide sparen.» Er verriet mir auch, wie er die Divisionskasse dazu brachte, das Ganze zu bezahlen. «Mit Phantasie und Spucke.» Den Schreiner ließ er statt künstlicher Glieder immer nur Särge in Rechnung stellen. «Särge glauben sie einem immer», meinte Otto.

«Und wenn ich Meldung mache?»

Er sah mich an und schüttelte den Kopf. «Das werden Sie nicht tun. Weil Sie nämlich ein vernünftiger Mensch sind.»

«Sind Sie da ganz sicher?»

«Ja», sagte Otto. «Es ist nun mal so.»

Wir machten gemeinsam, was wir konnten. Viel war es nicht.

Ein paar von den abstoßend Verstümmelten fassten den Mut, sich wieder den Blicken anderer Leute auszusetzen. Deren Ekel zu ertragen. Das war schon viel. Der eine oder andere fand einen Weg, um ohne Arme auszukommen. Oder er lernte wieder gehen. Dachdecker wurde keiner. Zahntechniker auch nicht. Das Höchste, was wir für sie erreichen konnten, war, sie als etwas bessere Krüppel nach Hause zu schicken. Wo sie dann feststellen mussten, dass sie zwar Helden waren, aber von der lästigen Sorte. 1917 war man nichts Besonderes mehr, wenn einem ein Körperteil fehlte. Ein Paar Beinstümpfe reichte nicht mehr aus, um hinter einem leeren Hut das Mitleid der Passanten zu erregen. Und der Sitzplatz in der Straßenbahn, auf den man mit der Krüppelkarte Anspruch hatte, war meistens schon durch einen anderen Kriegsversehrten belegt.

Versehrt. So ein schönes Wort. Klingt zehnmal besser als *invalid*, wo man kein Meisterlateiner sein muss, um *untüchtig, unfähig, unwert* herauszuhören. *Versehrt*, das klingt schon fast erstrebenswert. Sehr verehrte Kriegsversehrte.

Otto nannte sie *Krüppel.* Weil er das Wort auch für sich selber verwendete, nahm ihm das niemand übel. Überhaupt hätte seine Sprache besser in den Schützengraben als in ein Krankenhaus gepasst. «Mir bläst auch keiner Zucker in den Arsch», sagte er. Ich brauchte ein Weilchen, um zu kapieren, dass das seine Methode war, mit unangenehmen Dingen fertig zu werden. Je näher ihm etwas ging, desto gröber sein Umgangston. Als ihn jemand fragte, wie das denn so wäre, mit nur noch einer Hand, antwortete Otto: «Etwas fehlt mir. Ich kann mir keine Zigarette mehr anzünden, während ich mir einen runterhole.» Und kaute auf seinem Schnurrbart herum.

Ich ließ ihn machen, und er machte seine Sache gut. Meine Aufgabe, so wie ich sie sah, bestand darin, ihm den Rücken freizuhalten, dafür zu sorgen, dass niemandem auffiel, wie er sich an allen Vorschriften vorbeimogelte. Wenn in der Zeit eine höhere Stelle jedes Papier überprüft hätte, das ich unterschrieb, ich wäre vor Kriegsgericht gelandet. Zum Glück interessierte sich niemand genügend für uns.

Für unsere Patienten war die ewige Langeweile fast noch schwerer zu ertragen als ihre Behinderung. Wer nirgends hingehen kann, weil er schon auf fremde Hilfe angewiesen ist, wenn er nur pinkeln oder einen Löffel Suppe essen will, für den scheint die Uhr stillzustehen. Wer auf eine Prothese wartet, die nicht kommt, obwohl sie schon ewig hätte da sein müssen, für den sind die Tage lang. Man hätte Fachleute gebraucht, um mit ihnen Übungen zu machen, um ihnen beizubringen, wie man mit einem so radikal veränderten Körper umgeht, aber im Kriegsministerium hatte man andere Prioritäten. Störungsfrei aufbewahren sollten wir die Leute, mehr wurde nicht erwartet. Es war Krieg, und man brauchte jeden verfügbaren Mann. Um sich totschlagen zu lassen oder andere totzuschlagen. Für uns blieb nicht genügend Personal übrig.

Ich habe dann in der Aula des Schulhauses Unterhaltungsnachmittage veranstaltet. Habe dort meine ersten Bühnenprogramme gemacht. Ohne Bühne und auch ohne richtiges Programm. Wer nicht gehen konnte, den trugen wir hin. Es war jeder zum Mitmachen aufgefordert, und wenn sich keiner mehr fand, der ein Lied singen oder ein Instrument spielen konnte, habe ich selber Gedichte vorgetragen, so rampensäuisch, wie ich schon in der Penne gewesen war. Nicht die Heldengedichte mit *Wir lieben vereint, wir hassen vereint*, dafür hätten sie mich ausgepfiffen. Albernen Kram, den ich irgendwo aufgeschnappt und den mein Textgedächtnis gespeichert hatte. *Das ist der Lehrling Jacques Menasse, der Jüngling von der Portokasse*. Solche Sachen. Otto, der alles auftreiben konnte, besorgte mir *Das lustige Salzer-Buch*, und ich rezitierte mit Emphase die darin versammelten Albernheiten. *Erst kamen die Blusen und Kleider und dann die Jupons voller Plis und dann die Dessous und so weiter …*

Egal. Ich hab den Leuten die Zeit vertrieben und ganz nebenher für einen Beruf geübt, von dem ich damals noch nicht einmal träumte.

Ich wollte ihnen etwas geben, aber sie gaben mir viel mehr. Brachten mir bei, wie man auf seine Zuschauer hört und auf ihre Stimmungen reagiert. Später war mir diese Erfahrung oft nützlich.

Bei den Veranstaltungen in der Aula des Schulhauses hatte ich immer ein dankbares, wenn auch primitives Publikum. Die feine Klinge eines klugen Wortspiels hätte man bei unsern Patienten nicht führen dürfen. Da war der Zweihänder besser angebracht. Ein Kalauer oder eine faustdicke Zote. Sie hatten sonst nicht viel zu lachen. Es machte mich stolz, wenn sie das für ein paar Minuten vergaßen.

Otto fand gut, was ich da machte. Aber obwohl wir schon längst Freundschaft geschlossen hatten, wäre es nicht seine Art gewesen, mir das so direkt zu sagen. Man musste seine Grobheiten zu deuten wissen. Es war ein Lob, als er einmal zu mir sagte: «Sehr vernünftig von dir, dass du vor lauter Krüppeln auftrittst. Da kann dir dein Publikum nicht weglaufen.»

Und dann Unthan. Die absurde Geschichte mit Carl Hermann Unthan. Dem Mann mit dem ärmellosen Jackett.

Es war schon mehr als ein Dutzend Jahre her seit jenem Abend im *Wintergarten*, als er aus dem Herz-As das Herz herausgeschossen und Geige gespielt hatte, ohne Arme. Jetzt stand sein Name in einem offiziellen Anschreiben des preußischen Kriegsministeriums, Abteilung für innere Information. Der beliebte Künstler, teilte man uns mit, habe sich in dankenswerter Weise zur Verfügung gestellt, um einschlägig verwundeten Soldaten am eigenen Beispiel zu demonstrieren, dass auch mit fehlenden Gliedmaßen ein erfolgreiches Leben durchaus möglich sei. Die Moral der Kriegsbeschädigten solle dadurch gestärkt und ihnen wieder neuer Mut gemacht werden. Es würden hiermit alle Wiederherstellungsstationen verpflichtet, entsprechende Veranstaltungen durchzuführen. *Worüber hieramts innert drei Wochen Meldung zu erstatten ist.*

Mit anderen Worten: Herr Unthan konnte wegen des Krieges nicht mehr im Ausland gastieren. In Deutschland hatte man sich an seinen Kunststückchen satt gesehen, und so hatte er sich ein patriotisches Mäntelchen umgehängt – ohne Ärmel, natürlich! – und sich auf diese Weise eine Tournee organisiert. Dasselbe Ministerium, das uns regelmäßig mitteilte, *wegen der kriegsbedingt knappen finanziellen Mittel kann die Lieferung der angeforderten Ersatzglieder leider nicht fristgerecht erfolgen*, dasselbe Kriegsministerium hatte in seiner Kasse genügend Geld für Herrn Unthans bestimmt nicht allzu bescheidenes Honorar. Alle Kosten wurden übernommen; wir hatten nur für angemessene Unterbringung zu sorgen.

Und damit fing der Ärger schon an.

Unthan reiste nicht mit dem Zug an, sondern hatte selbstverständlich einen eigenen Wagen. Samt Fahrer und junger Begleiterin. Die er uns als seine Assistentin vorstellte, «die mich bei meinem Auftritt unterstützen wird». Sie kümmerte sich auch gleich um das Abladen des riesigen Requisitenkoffers. So wie sie besorgt um die beiden Hoteldiener herumflatterte, hätte man meinen können, er enthalte mindestens die Kronjuwelen. Samt Reichsapfel.

Unthan muss damals schon gegen siebzig Jahre auf dem Buckel gehabt haben, aber er versuchte mit allen Mitteln, jünger zu wirken. Ich habe das später noch bei vielen Varietékünstlern erlebt. In diesem Beruf, wo immer alles glitzern muss, will niemand alt werden. Hier in Theresienstadt gibt es einen weißhaarigen tschechischen Jongleur, der seine Nummern nur noch schweigend vorführt, weil beim Reden die fehlenden Zähne sein Alter verraten würden. Früher hat sein bester Trick darin bestanden, mit acht Eiern zu jonglieren. In Theresienstadt gibt es keine Eier, und wenn, würde man ihm so etwas Kostbares nicht anvertrauen.

Unthans Zähne waren vollständig. So unnatürlich weiß, wie es nur teuer eingepasstes Porzellan sein kann. Die Haare schwarz gefärbt. Obwohl die Veranstaltung erst für den nächsten Tag vorgesehen war, stieg er bereits mit geschminktem Gesicht aus dem Wagen. Wir hatten für ihn Zimmer im gleichen Gasthaus organisiert, in dem auch unser besoffener Major residierte. Unthan hatte das Gebäude noch nicht betreten, als er sich auch schon über die Unterbringung beschwerte. Er hätte erwartet, dass man im besten Haus am Platze für ihn reserviere, das sei doch wohl nicht zuviel verlangt, wenn sich ein weltberühmter Künstler zu wohltätigen

Zwecken zur Verfügung stelle, man habe ihm in Berlin auch entsprechende Zusicherungen gemacht. Aber er wolle für einmal in den sauren Apfel beißen, schließlich sei Krieg, und da müsse jeder sein Opfer bringen.

Bla bla bla.

Noch beleidigter reagierte er, weil er das Bad mit seiner Assistentin teilen musste. Obwohl die beiden – man hatte diesen Eindruck, so wie sie ihn anhimmelte – wohl sehr viel mehr miteinander teilten.

Aber eben: Unthan war ein Arschloch.

Mir ließ er von seiner Assistentin einen gedruckten Zettel in die Hand drücken, auf dem stand der Text, mit dem er angesagt werden wollte. «Lernen Sie das bitte bis morgen auswendig, junger Mann, das wirkt dann viel natürlicher, als wenn Sie es ablesen.» Es war – Wort für Wort, schien mir – die exakt gleiche Ansage, die ich als kleiner Junge im *Wintergarten* gehört hatte. Von «Es ist mir eine große Ehre, Ihnen jetzt einen ganz besonderen Gast ansagen zu dürfen» bis zu «der unglaubliche und einmalige Carl Hermann Unthan».

«Und noch etwas: Werden viele Armamputierte im Publikum sein?»

«Wieso?»

«Man sollte sie vielleicht darauf aufmerksam machen, dass man vor Begeisterung auch trampeln kann. Es ist für einen Künstler immer unangenehm, wenn dort, wo er ihn erwarten darf, kein Applaus kommt.»

Es trampelte niemand. Der Auftritt war kein Erfolg. Gelinde gesagt. Der Herr Unthan ist komplett abgestunken. Und hat es nicht einmal gemerkt.

Er war, das hatte er sich im Variété so angewöhnt, eine Stunde zu früh da, noch dicker geschminkt als bei seiner Ankunft, und fing gleich wieder an zu stänkern. Hatte an allem, was ich für ihn vorbereitet hatte, etwas auszusetzen. Die Bühnenarbeiter im Deutschen

Theater haben mal einem Gast, der sich so benahm, ein Abführmittel in den Tee gemischt und ihm dann, als er auf dem Klo saß, die Tür zugenagelt. Mir wären auch ein paar hübsche Dinge eingefallen, die ich Herrn Unthan gern angetan hätte. Aber das Kriegsministerium hatte seinen Auftritt befohlen, und mit denen konnten wir uns keine Schwierigkeiten leisten.

Am meisten ärgerte ihn, dass es in der Schulaula keine Bühne gab. Keine Kulisse, aus der er dramatisch hätte auftreten können. «Wenn die Leute mich vorher sehen, ist der Effekt weg», jammerte er. Seine Assistentin machte dazu den händeringenden griechischen Chor. Allerdings war sie dabei nicht halb so komisch wie ich ein paar Jahre später als *Chor der Römer* im Kadeko.

Überhaupt war *Effekt* Unthans Lieblingswort. Da gab es den Effekt, wenn ihm beim Geigenspiel die Saite riss – der kleine Junge, der immer noch in mir steckte, musste enttäuscht einsehen, dass die Panne damals im *Wintergarten* kein einmaliges Ereignis, sondern Absicht gewesen war –, es gab den Effekt mit der durchschossenen Spielkarte und eben den bei seinem Auftritt, wenn die Zuschauer staunend realisieren sollten, dass da tatsächlich einer ohne Arme vor ihnen stand. «Es geht dann immer ein ‹Oh!› durch die Reihen», sagte Unthan stolz. Seine Assistentin machte ein ganz rundes Mündchen, wie um der ganzen Welt dieses Staunen zu soufflieren.

Ich glaube, er hat das «Oh!» dann auch gehört. Obwohl es kein «Oh!» gab. Am Schluss bedankte er sich mit eingeübter Bescheidenheit für einen Applaus, den er als tosend wahrnahm, obwohl er nur müde vor sich hin kleckerte. Er war ein altes Bühnenross und spulte seine Nummer ab, ohne zu merken, wie absurd das in diesem Umfeld war. In Theresienstadt begrüßen sich Leute auch immer noch mit ausgesuchter Höflichkeit als «Herr Doktor» und «Herr Professor», obwohl man ihnen die Titel schon längst aberkannt und sie ganz offiziell zu Scheißjuden ernannt hat.

Ich sagte ihn an wie gewünscht. Er trat durch die Saaltür auf und marschierte durch den Mittelgang nach vorn. Der Effekt ging in die Hose, weil keine Sau auf die Idee kam, dass er der Star der Veranstaltung sein sollte. Ein Mann ohne Arme in einem Krüppelheim – na und?

Die ganze patriotische Tournee war ein Denkfehler. Ich weiß nicht, der wievielte Auftritt auf seiner Rundreise wir waren; auf jeden Fall hatte er bei uns in Kolmar noch nicht begriffen, dass seine Behinderung für dieses spezielle Publikum keine Attraktion war. Noch nicht einmal etwas Besonderes. Verkrüppelt waren sie hier alle. So mancher, den Unthan schwülstig als seinen lieben Kriegskameraden anredete, hätte liebend gern mit ihm getauscht. Wenn einer keine Beine hat und seit Monaten vergeblich auf die Zuteilung eines Rollstuhls wartet, erscheint ihm ein Leben ohne Arme geradezu paradiesisch. Otto, mit seiner bösen Schnauze, brachte es auf den Punkt. «Armlos ist harmlos», sagte er.

Die Leute waren gekommen, um unterhalten zu werden. Um über uralte Witze zu lachen oder sich von einem schmalzigen Gedicht in glückliche Melancholie versetzen zu lassen. Wenn Unthan sich auf seine Kunststücke beschränkt hätte, die durchschossene Spielkarte und die mit den Füßen gespielte Geige, sie hätten sich das als Ablenkung durchaus gefallen lassen. Aber nein, der Idiot musste auch noch eine Ansprache halten. Und was für eine! Er erzählte lang und breit die eigene Lebensgeschichte, und so, wie er sie darstellte, war sie ein Heldenepos, in dem er durch seinen eisernen Willen und seine positive Einstellung alle Hindernisse überwunden und die von Geburt an fehlenden Arme durch besonders geschickte Füße ersetzt hatte. «Auch euch kann das gelingen, meine lieben Kriegskameraden. Ihr müsst nur an euch selber glauben.»

Schwampf, wie man am Theater sagt.

Sie haben ihn nicht ausgepfiffen, das nicht. So viel Energie brachten sie nicht auf. Als er sein Gegeige glücklich zu Ende gebracht hatte, klatschten sogar ein paar. Seine Assistentin kriegte bedeutend mehr Applaus. Die war immerhin hübsch.

Unthan bekam von seinem eigenen Reinfall nichts mit. Dafür war er viel zu eitel. «Haben Sie gemerkt, wie still es im Saal war?», fragte er mich hinterher. «Die Menschen werden immer still, wenn man ihr Innerstes berührt.»

Schade, dass er schon vor dem Abendessen weitergefahren ist. Ich hätte ihn gern neben den doppelt Armamputierten gesetzt, dem man sein Essen Bissen für Bissen in den Mund schieben musste. «Der Arsch hat's gut», hatte der zu mir gesagt. «Der ist schon ohne Arme geboren. Aber ich bin Uhrmacher.»

Bin ich ein Unthan? Ein Alemann? Bin auch ich bereit, mich zu verkaufen?

Wenn das Leben eine Rechnung wäre, eine Buchhaltung, mit sauberen Kolonnen links und rechts, Gewinn und Verlust, schwarze Tinte, rote Tinte, dann müsste ich nicht lang überlegen. Dann wäre klar, was ich zu tun habe. Moral ist immer eine schlechte Investition. Da ist ein Kunde, und ich bin die Ware. Angestoßen und mit kleinen Fehlern. Aber immer noch verkäuflich. Ich wohne nicht zufällig in einem Bordell.

Warum bringe ich es nicht hinter mich und gestehe es mir ein?

Wenn ich es nicht tue, wird mich niemand dafür loben. Es gibt keinen Applaus dafür, dass man den Zug nach Auschwitz besonders elegant besteigt. Keine Lorbeerkränze und begeisterten Kritiken. Keine Bravo-Rufe. Es werden nur alle froh sein, dass ich auf der Liste stehe und nicht sie.

Der Alemann hat im Krieg jeden Tag in einem Bett geschlafen. Der Unthan hatte einen Wagen mit Chauffeur. Wenn sie sich je geschämt haben, konnten sie das wenigstens komfortabel tun.

Aber sie haben sich nicht geschämt.

Warum auch?

Ich habe bessere Gründe als sie. Viel bessere. Aus Auschwitz ist noch keiner zurückgekommen. Ich will nicht in diesen Zug steigen.

«Wir fahren mit der Eisenbahn, Tschu-tschu-Eisenbahn», hat Großpapa gesungen. «Wir fahren mit der Eisenbahn, wer fährt mit?»

Ich will nicht mitfahren.

Ich will nicht.

Man müsste tot sein können, ohne vorher sterben zu müssen. Das wäre eine Alternative.

Es kann mir niemand einen Vorwurf machen. Sie würden es alle tun. Alle.

Die meisten.

Ich bin kein Held. Auf der Bühne nicht und nicht im Leben. Ich bin Charakterspieler. Einer, der den andern einen Charakter vorspielt.

Es ist mein Beruf, Filme zu drehen. Mein Handwerk. Wenn einer Arzt ist, arbeitet er auch in der Krankenstation. Wenn einer Schuhmacher ist ...

Es ist nicht dasselbe.

Rahm verlangt von mir, dass ich ihm lügen helfe. Zweifelt keine Sekunde daran, dass ich es tun werde. Er ist der Allmächtige. Der Herr über Leben und Tod.

Ich will nicht sterben.

«Es gibt schlimmere Dinge als Verachtung», hat Olga gesagt. «Vielleicht», hat sie gesagt, «ist der Krieg ja vorher vorbei.» Meint sie das, oder will sie mir nur ein Türchen aufmachen, durch das ich hinausschlüpfen kann und mich retten?

Egal.

Es ist nur ein Film. Ein Reportagefilm. Noch nicht mal Dialoge. Keine Spielhandlung. Nur zeigen, was ist.

Nur zeigen, was nicht ist.

In der Hölle sitzen und vom Paradies erzählen.

Ich kann das nicht. Ich will das nicht. Ich darf das nicht.

Ich werde Rahm antworten, dass ich mich weigere.

Ich werde Rahm antworten, dass ich den Film drehe.

Ich will nicht in diesen Zug getrieben werden wie ein Stück Vieh. *8 Pferde oder 40 Mann.* Ich habe Angst.

Die SS, hört man, muss für die Deportationszüge bei der Reichsbahn Fahrkarten kaufen. Ob sie Gruppenrabatt kriegt?

Ich will nicht in diesen Zug steigen. Ich tue alles, um nicht in diesen Zug zu steigen.

Wir fahren mit der Eisenbahn, wer fährt mit?

Bei Großpapa möchte ich sein. Möchte tot sein wie er.

Nur: Dann müsste ich mir in der himmlischen Kunstgalerie mein Bild ansehen. Den Kurt Gerron, der ich hätte werden können. Das wird furchtbar.

Aber wenn mich dann eine vorwurfsvolle Stimme fragt: «Was hast du aus deinem Leben gemacht, Gerron?», werde ich kein Tagebuch brauchen, um mich zu erinnern. Nur einen Zugfahrplan. Alles, was für mein Schicksal entscheidend war, hatte etwas mit einer Fahrt in der Eisenbahn zu tun. Vielleicht fangen deshalb so viele Witze mit den Worten an: «Treffen sich zwei Juden in der Eisenbahn.»

Da war die Lokalbahn nach Kriescht, die so herrlich laut pfeifen konnte, während sie mich aus meinem Kinderparadies in die wirkliche Welt beförderte. Der Truppentransport von Jüterbog nach Flandern, in dem wir uns mit Heldengeschichten Mut machten, während wir die Fresspakete unserer Eltern wegfutterten. *Dieser Feldzug ist kein Schnellzug.* Wo habe ich den Spruch zum ersten Mal gehört? Der D-Zug, in dem wir Deutschland verließen, in einem Abteil erster Klasse. All die Züge, mit denen wir quer durch Europa fuhren, auf der Suche nach einem Ort, wo man bleiben konnte und etwas Nützliches tun. Wo man jemand sein durfte. In der Erinnerung kann ich sie nicht mehr unterscheiden; es kommt mir vor, als wären wir ewig unterwegs gewesen, und alle paar Stunden war da eine Grenze. Amsterdam-Westerbork, diese holländisch saubere Spielzeugeisenbahn mit einem richtigen Schaffner, der korrekt und höflich grüßend durch die Waggons ging, obwohl es doch gar keine Fahrscheine zu kontrollieren gab. Der nächste Zug, der so unendlich langsam am Boulevard des Misères einfuhr, wo wir alle, die wir auf der Liste standen, mit angehaltenem Atem darauf warteten, was für Wagen es sein würden. Denn: Nicht alle Züge nach Auschwitz waren angeschrieben. Obwohl die Reichsbahn – Ordnung muss sein – eigene Schilder hatte anfertigen lassen. *WESTERBORK-AUSCHWITZ, AUSCHWITZ-WESTERBORK.* Mit dem Vermerk: *Keine Wagen abhängen. Zug muss geschlossen nach Westerbork zurück.* Aber es gab immer mehr Züge, mehr als sie Schilder hatten, und man konnte erst dann beruhigt sein, wenn die Wagen richtige Sitze hatten. Auch die billigste Holzklasse bedeutete, dass die Fahrt nicht nach Auschwitz ging und nicht nach Sobibor, sondern nach Theresienstadt. Und Theresienstadt, so geschickt hatte man uns manipuliert, das war für uns das erträumte Paradies, der Zufluchtsort, in den nur wenige Auserwählte eingelassen wurden. Die Insel der Seligen.

Wo ein 8/40er schon auf mich wartet.

Wir fahren mit der Eisenbahn.

Es hat mich in viele Züge verschlagen in diesem Leben. Der kaiserliche Hofzug war nie dabei. Nur ein kaiserlicher Lazarettzug. Von Kolmar nach Berlin.

Otto war schon lang davon überzeugt gewesen, dass der Krieg für Deutschland verloren war. «Es ist nun mal so», sagte er. «Ein Land, das für seine Soldaten keine Prothesen auftreiben kann, kann auch keine Kriege gewinnen.»

Als es dann soweit war, schoss sich der besoffene Major eine Kugel in den Kopf. *Delirium tremens* oder Patriotismus. So groß ist der Unterschied nicht.

Es ging plötzlich sehr schnell. Das Lazarett musste geräumt werden, ganz Elsass-Lothringen musste geräumt werden, in zwei Wochen oder vier. So genau weiß ich das nicht mehr. Früher, das hab ich mal irgendwo gelesen, hat man vor dem Weglaufen immer noch schnell die Leichen auf dem Schlachtfeld ausgeplündert, damit die Totschlägerei nicht völlig sinnlos gewesen war. So ähnlich ging es auch in Kolmar zu und her. Jeder versuchte, aus dem allgemeinen Chaos etwas für sich herauszuholen. Die Armee konnte nur das Allernötigste abtransportieren, und so begann ein schwunghafter Handel mit allem, was nicht festgeschraubt war. Leintücher. Matratzen. Medikamente. Man machte Geschäfte und verkleidete sie vor dem eigenen Gewissen als vaterländische Tat. Mit der wunderbaren Ausrede, dass die Sachen nicht den Franzosen in die Hände fallen sollten.

Ausreden finden sich immer.

Offiziere waren fast keine mehr da. Sie hatten sich nicht alle erschossen wie unser Major. So furchtbar liebten sie ihr Vaterland nun auch wieder nicht. Sie verschwanden einfach, einer nach dem andern. Es war nicht weit bis übern Rhein, und sie «machten weg», wie Otto das formulierte. Repatriierten bei der Gelegenheit auch gleich so allerlei, das sich zu Hause gut verkaufen ließ. Man munkelte von einem Oberst, der zwei Koffer voller Fleischkonserven auf den Bahnsteig geschleppt haben soll. Ich glaube die Geschichte nicht. Das Schleppen wird er seinem Burschen überlassen haben.

Irgendwann, für den letzten oder vorletzten Tag, der nach den Waffenstillstandsbedingungen möglich war, wurde ein Lazarettzug angekündigt, der die frisch Operierten in die Heimat transportieren sollte. Es stellte sich heraus, dass es darin für die Insassen des Krüppelheims keinen Platz gab.

Man hatte sie vergessen.

Es war natürlich wieder Otto, der das Problem löste. Man kann ihn an einem Fallschirm über der Sahara abwerfen, und vierundzwanzig Stunden später hat er nicht nur eine Oase gefunden, sondern alle Beduinen sind seine Kumpel. In Kolmar kannte er jeden, und jeder kannte ihn.

Wie er das auch immer gedeichselt und welche Papiere er dafür gefälscht hat: Als der Zug am Bahnsteig einfuhr, hatten die Reichsbahnen Elsass-Lothringen drei zusätzliche Anhänger angekoppelt. Keine Lazarettwagen, wie das in einer idealen Welt hätte sein müssen. Otto schaffte vieles, aber für Wunder war auch er nicht zuständig. Gewöhnliche Waggons, für unsere Schützlinge nicht wirklich geeignet. Betten waren im Zug keine frei. In den Wagen mit dem roten Kreuz auf dem Dach hatte man sie zum Teil sogar zu zweit auf eine Liege gepackt.

Weil die Militärbürokratie die Invaliden vergessen hatte, war für sie auch keine Verpflegung vorgesehen. So etwas gehörte für Otto zu den leichteren Übungen. Ein ganzes Abteil hatte er mit Fressalien aller Art gefüllt und spielte dort den Quartiermeister. Für den

Stumpf an seinem rechten Arm hatte er sich – «Ich schule um auf Pirat!» – eine Vorrichtung mit einem Haken dran konstruieren lassen, den schlug er in einen ganzen Schinken und säbelte mit der linken Hand dicke Scheiben davon herunter. «Hau rein», sagte er zu mir. «Ich weiß doch, dass du Hunger hast. In Berlin, höre ich, machen sie sich alle schon neue Löcher in die Gürtel.»

Mit allen Unterbrechungen und Wartezeiten dauerte die Fahrt fünf ganze Tage. Allein in Karlsruhe standen wir achtzehn Stunden. Weil sie für die Lokomotive keine Kohlen auftreiben konnten. In Hildesheim wollte ein sturer Etappenhengst unsere drei Wagen abhängen lassen. Sie entsprächen nicht den Vorschriften für einen korrekten Krankentransport. Seien in den Zugbegleitpapieren nicht vorgesehen. Das war das einzige Mal, dass ich Otto habe laut werden hören. Der Offizier stand mindestens ein halbes Dutzend Dienstränge über ihm, aber Otto schiss ihn derartig zusammen, von wegen mit fettem Hintern auf einem Bürostuhl hocken, während sich andere den Arsch wegschießen ließen, dass sich der Kerl schließlich verkrümelte, so klein mit Hut, und nicht mehr auftauchte.

Im Lauf der Fahrt wurden im Zug immer mehr Plätze frei. In den Lazarettwagen starben ein paar Leute, und viele ließen sich ausladen, wenn der Zug in der Nähe ihres Heimatortes anhielt. Ich erinnere mich an einen von unseren Krüppeln, einen Mann, dem beide Beine fehlten. Den haben Otto und ich an einer ganz kleinen Station, irgendwo zwischen Hanau und Fulda, aus dem Zug getragen und auf der Gepäckablage am Stationsgebäude wie ein Paket gegen die Wand gelehnt. Dort wollte er warten, bis ihn jemand abholte. Als wir weiterfuhren, winkten wir ihm zu, aber er schien es nicht zu sehen.

Wenn ein Ufa-Autor die «Reisegruppe Gerson» in ein Drehbuch geschrieben hätte, genau so, wie wir damals, Ende 1918, fast eine Woche lang durch Deutschland zuckelten und dabei immer weniger wurden, der Mann hätte sich seine Papiere abholen können. Nicht wegen Besetzungsschwierigkeiten. Invalide gab es in Berlin nach dem Krieg genug. Und sie sind ja gerade wieder dabei, für das

Rollenfach jede Menge Nachwuchs zu produzieren. Aber Wirklichkeit verkauft sich schlecht. «Zu depressiv», hätte man gesagt. «Drei Waggons voller Krüppel? Viel zu unwahrscheinlich.» Obwohl es so war. Genau so. In einem Abteil, das weiß ich noch, saßen acht Mann und hätten alle zusammen nicht die Notbremse ziehen können. In unseren Waggons war keiner unbeschädigt. Auch nicht der Arztanwärter im Unteroffiziersrang.

Auf der letzten Etappe, schon über Braunschweig hinaus, haben Otto und ich im Suff versucht auszurechnen, wie viele Gliedmaßen unsere Invaliden im Durchschnitt noch besaßen. Ich meine mich zu erinnern, dass wir auf eins Komma vier Beine kamen und etwa gleich viel Arme. Es können auch weniger gewesen sein. So genau weiß ich das nicht mehr. Unsere Reise näherte sich ihrem Ende, und wir hatten gewaltig gesoffen. Da war noch eine Flasche Cognac übrig, und mit der feierten wir Abschied, bis sie leer war.

Wir hatten uns angefreundet, Otto und ich. Aber wir waren überzeugt, dass wir einander nie wieder sehen würden. Wie das damals so war. «Tschüss denn» und «Mach's gut» und sich beim Weggehen nicht mehr umdrehen. «War nett, dich gekannt zu haben» und aus die Maus.

«Es ist nun mal so», sagte Otto.

Dass es dann ganz anders kam, dass wir uns nicht nur ein zweites Mal begegneten, sondern noch viele Jahre miteinander arbeiteten, das war nicht vorauszusehen.

Es war nichts von dem vorauszusehen, was noch alles mit mir passierte.

Er hat mich zuerst nicht erkannt. Kein Wunder: Ich hatte eine Schiebermütze tief ins Gesicht gezogen, und in meinem Mundwinkel qualmte ein Zigarettenstummel. Ich war ein Zuhälter. Typenbesetzung. Man gab mir gern die Bösewichter. Ich hatte das Gesicht dafür und die Figur. Im Stummfilm muss man spielen, wonach man aussieht. Wenn sie mich bei dem Sturmangriff nicht zwangsweise zum Helden gemacht hätten, wäre ich vielleicht als Naturbursche durchgegangen. Die dürfen auch mal groß und dürr sein. Ich war groß und fett. Spielte Kraftmenschen, Ringkämpfer und, eben, Zuhälter.

Man hatte damals noch nicht diese prächtigen Ateliers, wo man in der einen Halle Sodom aufbauen kann und in der andern Gomorrha. Wir drehten an der Wallstraße beim Spittelmarkt. In einem verglasten Dachgeschoss, das früher mal eine private Kunstschule gewesen war. Die vielen Fensterscheiben waren gut fürs Licht, aber schlecht für die Gesundheit. Im Sommer schwitzte man wie die Sau und musste ständig die Leichner-Schminke neu überpudern. Im Winter schlotterte man sich die Knochen aus der Haut. Aber beim Kientoppen ließ sich Geld verdienen. Im Kabarett trat man für eine Gulaschsuppe und fünf Mark auf. Dafür konnte man sich, auch vor der Inflation, kein Rittergut kaufen.

Regisseur war der Franz Hofer, der damals noch seine eigene Filmgesellschaft hatte. Die permanent in den roten Zahlen steckte. Um sich über Wasser zu halten, produzierte er Aufklärungsfilme. Ein pädagogisches Etikett für publikumswirksame Schweinereien. *Die Beichte einer Gefallenen* und so was alles. Mein Film hieß *Wege des Lasters*. Ich hatte die Art Rolle, mit der man sich seinen Ruf hätte versauen können. Wenn ich damals schon einen Ruf gehabt hätte.

Was in dem Film passierte, habe ich längst vergessen. Ich weiß nur noch die eine Situation. Bei der ich Otto wieder traf. Vor mir auf dem Boden kniete die Grita van Ryt, die Hofers aktuelle Flamme war und deshalb die Hauptrolle spielte. Mit roter Schminke rund um die Augen. Weil das auf dem Film besonders dunkel rauskam. Und mit zwei dicken Vaselinestreifen senkrecht über die Backen, was wie Tränen aussehen sollte. In der Szene flehte sie mich um irgendetwas an, ich weiß nicht mehr was, ich sollte sie aus der Hölle des Lasters befreien, ihre arme alte Mutter vor dem Hungertod bewahren oder ihr nicht in die Suppe spucken – egal, diese Details machten sie hinterher mit den Zwischentiteln. Ich hatte nichts zu tun, als so auszusehen, wie sich der Hofer einen Bösewicht vorstellte. Gnadenlos und unerbittlich. Die Grita war Holländerin. Um den richtigen Gesichtsausdruck hinzukriegen, monologisierte sie in ihrer Muttersprache, von der ich damals noch kein Wort verstand. Sie hat nie richtig gut Deutsch gelernt. Als dann der Tonfilm aufkam, war sie weg vom Fenster. Während es bei mir erst richtig losging.

Sie jammerte mir also ihre tragische Lebensgeschichte vor, oder vielleicht rezitierte sie auch die Käsepreise vom Markt in Alkmaar, ich verstand es ja nicht. Ich hoffte die ganze Zeit nur, dass der Hofer bald abbrechen würde. Mein Zigarettenstummel wurde immer kürzer, und ich wollte mir nicht die Lippen verbrennen.

Da sagt eine Stimme: «Mich laust der Affe. Der Gerson!»

Während Stummfilmdrehs wurde im Atelier immer gequatscht, von Technikern oder Kollegen, die grade nicht dran waren. Man lernte schnell, sich davon nicht ablenken zu lassen. Aber an dem Tag bin ich aus der Szene rausgelaufen, mitten in Gritas Jammerarie. Es war mir scheißegal, dass sich der Hofer darüber aufregte.

Ich hatte Otto Burschatz wiedergefunden. In einem Filmatelier beim Spittelmarkt.

Er nahm den Zufall so selbstverständlich, wie es seine Art war. «Es ist nun mal so», sagte er. «Du wirst mich nicht los.»

Als die Szene dann im zweiten Anlauf im Kasten war – für gewöhnlich musste es beim ersten Mal klappen, Filmmaterial war teuer –, setzten wir uns zusammen und erzählten. Otto war, genau wie er es erwartet hatte, bei Siemens-Schuckert nicht wieder eingestellt worden und hatte sich schließlich, als man ihn von wegen behindert auch sonst nirgends haben wollte, als Elektriker beim Film beworben. Dort suchte man aber gerade einen Requisiteur, und er kriegte die Stelle auf Probe. Und hatte damit seine Berufung entdeckt. Ungeschlagener Meister im Organisieren war er schon immer gewesen. Einmal, darauf war er stolz, schwatzte er dem Zoologischen Garten für einen Tag ein Löwenjunges ab, und die antike Lustliege, die sie für einen Kostümfilm brauchten, lieh er sich in einem Friedrichstraßenbordell. Was immer sich ein Regisseur einfallen ließ – Otto beschaffte es. Mit links. «Weil es mit rechts ja nicht geht», sagte er, «so ohne Hand.» Und kaute auf seinem Walrossschnurrbart herum. «Aber wie kommst du dazu, plötzlich Gerron zu heißen? Ist das ein Druckfehler oder Absicht?»

Ich habe mir meinen neuen Namen nicht selber ausgesucht. Ich hätte einen eleganteren gewählt. So einen klangvollen Tenornamen. Der auf einem Plakat gut aussieht, oder wenn man die Buchstaben aus Glühbirnen zusammensetzt.

Es war Trude Hesterbergs Idee. Eine Frau, der man nicht widerspricht. Charmant wie sonst was, aber stur. Ich war mit der Änderung sofort einverstanden. Mit welchem Namen ich auf dem Programmzettel erschien, war mir egal. Solang ich nur draufstand. Ich hätte mich auch Willibald Knautschke nennen lassen.

Die Hesterberg hatte damals gerade ihre Wilde Bühne gegründet, im Untergeschoss des Theater des Westens, dort, wo all die alten Germanen aus den Mosaiken dräuen. Oder nicht mehr dräuen. Ich glaube, der Nelson hat die später alle rausreißen lassen. Das Engagement war ein echter Glücksfall für einen Anfänger wie mich. Hat meiner Karriere einen gewaltigen Schubs gegeben. Weil dort gute Leute für mich Texte schrieben. Für die Hesterberg haben sie alle gearbeitet, die heute verboten sind.

Wir bereiteten also die Eröffnungspremiere vor, und nach einer Probe sagt sie so zwischen Tür und Angel: «Ach ja, Kurt, bei mir heißt du übrigens Gerron. Gerson klingt mir zu jüdisch.» Und war schon wieder weg. Die Frau ist ein Wirbelwind. Noch nicht mal dreißig Jahre alt, gründete sie da ihr eigenes Theater und sang gleichzeitig am Metropol jeden Abend *Die lustige Witwe.*

Sie hat meinen neuen Namen wohl ohne großes Nachdenken ausgesucht. Vielleicht nur, weil das doppelte R so preußisch männlich klang. Später habe ich immer eine andere Geschichte erzählt. In einem Mehring-Chanson – *Der Zirkus herrscht! Der Weltquatsch ist beendigt!* – hatte ich zu singen: «Vive la guerre und immer feste druff.» Weil ich das R dramatisch rollte und beim *und* den Schlusskonsonanten wegschlabberte, klang das bei mir wie «Vive la Gerron, immer feste druff.» Und deshalb … Hört sich überzeugend an, ist nur leider nicht wahr. Das Mehring-Lied habe ich erst in meinem allerletzten Programm bei der Hesterberg gesungen.

Nein, der Name war Zufall. Wie so vieles in meiner Karriere. Nur schon, dass ich überhaupt an die Wilde Bühne kam. Weil die Hesterberg gerade an dem Abend, als ich dort aufgetreten bin, in Resi Langers Künstler-Café saß. Wenn sie nicht am Mittwoch dorthin gekommen wäre, sondern am Donnerstag … Wenn sie nicht die rote Trude gewesen wäre … Man nannte sie wegen ihrer gefärbten Haare so, aber auch wegen ihrer Weltanschauung. Weil ich Mitglied ihres Ensembles war, galt ich gleich als ernsthafter politischer Sänger. Was ich überhaupt nicht war. Ich hätte alles gesungen damals, rampengeil, wie ich war. Wenn mich statt der Hesterberg der Rudolf Nelson entdeckt hätte, wäre ich mit der genau gleichen Begeisterung ein singender Bumskomiker geworden.

Was ich, wenn man dem Brecht glauben will, ja auch immer war.

Egal.

Gerson oder Gerron, für mich war das keine große Sache. Damals haben alle ihre Namen geändert. Aus dem Goldmann wurde der Reinhardt, aus dem Lewysohn der Nelson und aus dem László Loewenstein der Peter Lorre. Das war so üblich. Aber Papa, und damit hatte ich nun wirklich nicht gerechnet, regte sich fürchterlich darüber auf. Nicht wegen der Namensänderung an sich, sondern wegen ihrer Begründung. «Schämst du dich etwa deiner Abstammung?», fragte er ganz dramatisch. Ausgerechnet er, der für Judskis so gar nichts übrighatte. Der Mensch ist kein konsequentes Wesen.

Mama machte sich mehr Gedanken darüber, was sie zur Premiere anziehen sollte. Und kam dann viel zu elegant. Mit Knisterbluse.

Seit jenem Auftritt bin ich nun also Kurt Gerron. Und gleichzeitig immer noch Kurt Gerson. Kein schlechtes Thema für einen Sketch. Die beiden begegnen sich und führen einen Dialog darüber, was sie gemeinsam haben und was sie unterscheidet. Der Publikumsliebling und der Scheißjud. Da wären eine Menge Pointen drin. Man könnte es als Doppelrolle spielen, das mögen die Leute immer. In einem zweiteiligen Jackett, wie es der Jushny mal im Blauen Vogel angehabt hat. Auf der einen Seite Smoking und auf der andern gestreifte Häftlingskluft. Nein, das würden sie nicht bewilligen. Zu politisch. Halb Smoking und halb irgendwas Neutrales. Ein heller Stoff, von wegen Kontrast. Damit man verschieden aussieht, je nachdem, ob man sich im linken oder im rechten Profil zeigt. Das Gesicht müsste man auch doppelt schminken, halb und halb. Die eine Hälfte elegant, vielleicht mit Monokel, und die andere …

Man hat mich oft gefragt: «Haben Sie tatsächlich die Medizin aufgegeben, um Schauspieler zu werden?» Nein. Ich wurde Schauspieler, weil ich die Medizin aufgegeben hatte. Nicht aus einer vernünftigen Überlegung heraus. Wer vernünftig ist, wird nicht Schauspieler.

Zuerst dachte man, man könne weitermachen, wo man unterbrochen worden war. Als ob der Krieg nicht mehr gewesen wäre als ein Stromausfall oder eine verklemmte Drehbühne. Wir bitten für die kleine Panne um Verständnis und begrüßen Sie herzlich zur Fortsetzung der Vorstellung.

Es wurde von einem erwartet. Wer das erste Staatsexamen in der Tasche hat, macht sich ans zweite, das ist nur logisch. Mama freute sich schon lang darauf, endlich «Mein Sohn, der Herr Doktor» sagen zu können.

Ich habe mich brav wieder an der Universität eingeschrieben. Bin sogar ein paar Mal hinmarschiert. Aber ich habe es dort nicht mehr ausgehalten. Es war eben nicht nur Pause gewesen. Ein paar Millionen Leute hatten sich gegenseitig totgeschossen und in die Luft gesprengt. Das konnte man nicht einfach wegpacken. Das ließ sich nicht in den Schrank hängen wie die alte Uniform. Das steckte in einem drin.

Wir waren nicht mehr die selben, und die Welt war nicht mehr die selbe. Nur an der Fakultät hatte sich nichts verändert. Absolut nichts. Alles in Spiritus eingelegt, wie die Missgeburten in der

Präparatesammlung. Die selben Professoren mit den selben gepflegten Bärten hielten die selben Vorlesungen. Machten immer noch an den selben Stellen die selben Witze. Die auch gepflegte Bärte hatten. «Warum sind Chirurgen so unbeliebt? Weil sie Aufschneider sind.» Ha ha ha.

Bloß: Es lachte keiner mehr.

Wenn schon Medizin, so dachten wir Kriegsheimkehrer, dann nicht, um irgendwelchen überfressenen Schiebern Pülverchen für ihre Bauchschmerzen zu verschreiben. Oder ihnen gegen ihre Syphilis eine Salvarsan-Injektion zu verpassen. Wenn schon, dachten wir, dann wollten wir etwas verändern. Der Krieg hatte uns idealistischer gemacht, aber nicht intelligenter. Vier Jahre Wurstmaschine, und wir glaubten tatsächlich, es würde sich jemand für unsere Erfahrungen interessieren.

Im Lazarettzug hatten die Optimisten noch gesungen: «In der Heimat angekommen, fängt ein neues Leben an, eine Frau wird sich genommen, Kinder bringt der Weihnachtsmann.» Wir waren genauso naiv. Wer an den Weihnachtsmann glaubt, ist selber schuld.

Der Friede war so ungeplant ausgebrochen wie vier Jahre vorher der Krieg. Genauso chaotisch. Und hielt genauso wenig, was man sich von ihm versprach. Es war alles zusammengebrochen, die alten Autoritäten und die alten Gewissheiten. Nicht allmählich, dass man sich hätte daran gewöhnen können, sondern von einem Tag auf den andern. Der sozialdemokratische Reichskanzler, so erzählte man sich, legte sich bei seinem ersten Besuch im Stadtschloss ins Bett des Kaisers. Nur um zu sehen, ob ihn tatsächlich keiner rausschmiss.

Das Staatsgebäude war eingestürzt, und aus den Trümmern sollte man sich nun etwas Neues konstruieren. Eine gute Zeit für Leute, die behaupteten, einen Bauplan zu haben.

Ob einer in dem Durcheinander links wurde oder rechts, ob er bei den Arbeiterräten landete oder beim Freikorps Lützow, das war so zufällig wie Rot oder Schwarz beim Roulette. *Spartakus, Handlanger der Entente* oder *Bolschewismus, der Mörder Deutschlands* – man setzte seine Spielmarken auf gut Glück. Jeder auf der Suche nach einem System, einem Rezept, mit dem sich die Welt neu organisieren ließ. Das es natürlich nicht gab. Deshalb waren die Leute so begeistert, als ihnen die Nazis das ungewohnte Selber-Denken wieder abnahmen und durch den guten alten Kommandoton ersetzten.

Mit ein paar Kommilitonen, die alle auch Arztanwärter oder Sanitäter gewesen waren, gründete ich ein Komitee, das sich für eine bessere Betreuung der Kriegsverwundeten und Kriegskrüppel einsetzen sollte. Wir gaben uns – da wirkte das Gymnasium noch nach – den schönen Namen *Aktionsgruppe Paracelsus.* Hielten Versammlungen ab. Schrieben Petitionen. Diskutierten nächtelang über die Formulierung von Aufrufen.

Und erreichten nichts. Weniger als nichts.

Die neuen Leute in den alten Büros waren mit ganz anderen Dingen beschäftigt. Sie interessierten sich nicht für die Helden von gestern. Der Krieg war vorbei. Warum sollte man sich um seinen Abfall kümmern?

Unser Komitee hat sich nie aufgelöst. Es schlief ein. Bei der letzten Sitzung waren wir noch zu dritt.

Seit jener Zeit habe ich mich nicht mehr für Politik interessiert.

Zu Friedrich Wilhelm, wie wir die Universität nannten, bin ich nie wieder hingegangen.

Meine Eltern haben das lange Zeit nicht gemerkt. Sie hatten andere Sorgen. Das Geld war knapp geworden. Nicht dass wir richtig arm gewesen wären, das denn doch nicht. Dass man Kartoffelschalen auch ohne Kartoffeln essen kann, lernte ich erst später. Aber wir waren auch nicht mehr so großbürgerlich gut situiert wie vor dem Krieg. Gerson & Cie. steckte in Schwierigkeiten. Es fehlte an Kapital, nicht zuletzt weil Papa, der Vernunftprediger, Schulden gemacht hatte, um Kriegsanleihe zu zeichnen.

Natürlich, die gesellschaftliche Fassade wurde gewahrt. Das schaffte Mama sogar noch in Amsterdam, als wir zu viert in zwei Zimmern hausten. Aber gespart musste werden. Wir konnten uns keine Köchin mehr leisten, nur gerade noch eine Zugehfrau. Mama, die der eigenen Küche bisher immer nur Staatsbesuche abgestattet hatte, gab sich alle Mühe, war aber für das Fach nicht begabter als ich für die Chirurgie. Wir lobten trotzdem, was sie uns auftischte, versicherten heuchlerisch, dass wir uns etwas Besseres nicht vorstellen könnten. Großpapa hat mir einmal erklärt, die Strafe für Lügen bestünde darin, dass sie irgendwann wahr würden. Er hatte auch damit recht. Wenn ich heute an Mamas lederzähe Sonntagsbraten denke, läuft mir das Wasser im Mund zusammen.

Je schlechter es ihm finanziell ging, desto konservativer wurde Papa. Sein Revoluzzertum hielt der wirklichen Revolution nicht stand. Seit Wilhelm sich in Doorn im Holzhacken übte, plädierte er für die Wiedereinführung der Monarchie. Natürlich nicht öffentlich. Zwar waren die meisten seiner Kollegen vom Konfektionärsstammtisch aus dem gleichen konservativen Holz geschnitzt, aber es gab auch andere, und so, wie die Dinge standen, durfte man es sich mit keinem der viel zu wenigen Kunden verderben.

Papas neue Ansichten deckten sich sehr exakt mit denen unseres Portiers Heitzendorff. Der war damals noch nicht bei den Nazis, sondern bei der Deutschnationalen Volkspartei. Deren Anhänger auch den guten alten Kaiser Wilhelm wiederhaben wollten. Bevor sie dann, ein paar Jahre später, dem guten neuen Kaiser Adolf zujubelten. Ich kann mir lange Treppenhausgespräche vorstellen, in denen die beiden aufrechten deutschen Männer gemeinsam das Vaterland retteten. Als PG hat sich der Effeff dann geweigert, für meine Eltern weiterhin Kohlen aus dem Keller zu holen. Ein Arier könne kein Judensklave sein. Worauf ihm Papa, ohne damit eine Pointe zu beabsichtigen, indigniert antwortete: «Sie sind aber nicht Arier, Herr Heitzendorff. Sie sind Portier.»

Ich fühlte mich an der Klopstockstraße nicht mehr wohl. Nicht weil ich jeden Tag so hungrig vom Tisch aufstand, wie ich mich hingesetzt hatte. Mit dem Hunger als ständigem Begleiter hatte ich mich abgefunden. Es war mein schlechtes Gewissen, das mich reizbar machte. Mama konnte nicht verstehen, warum ich so ablehnend reagierte, wenn sie mich mit Nettigkeiten betüddelte. Ich empfand mich als Schmarotzer. Die Zeiten waren schwierig, und ich lag meinen Eltern auf der Tasche.

Ich hätte ihnen sagen müssen, dass ich das Studium aufgegeben hatte. Aber dann hätten sie gefragt: «Wenn du nicht Arzt werden willst – was willst du sonst aus deinem Leben machen?» Und ich hätte keine Antwort gewusst.

Um Diskussionen auszuweichen, war ich möglichst wenig zu Hause. Während mich meine Eltern in Vorlesungen oder Seminaren glaubten, ließ ich mich durch die Stadt treiben. Es kam mir vor, als ob ganz Berlin zu einer riesigen Theaterbühne geworden wäre. Man spielte Staatsstreich oder Revolution, und die Waffen, mit denen die Darsteller aufeinander losgingen, waren nicht mit Knallplättchen geladen. Aus reinem Theaterinteresse ging ich oft zu politischen Versammlungen und habe doch nichts von dem wahrgenommen, was sich dort so deutlich ankündigte. Ich achtete auf die Inszenierung, nicht auf den Text. Auf die Darsteller, natürlich. Wobei mich die Leute mit den großen Monologen am wenigsten faszinierten. Die Paradiesverkünder und Heilspropheten, so schien es mir, ob sie nun hinter einem fahnengeschmückten Rednerpult standen oder nur auf einer Seifenkiste, agierten alle nach dem gleichen Schema und mit den gleichen Gesten. Kommunisten oder Monarchisten – sie verwendeten alle die gleichen billigen Bühnentricks.

Viel interessanter fand ich die Nebendarsteller. Der muskelbepackte Schlachtergeselle, der als Saalschutz breitbeinig vor dem Podium stand und vor lauter Stolz auf die eigene Wichtigkeit nicht mehr in sein Hemd passte. Der ältere Herr, der sein persönliches Rezept zur Rettung der Menschheit auf zwei Plakaten durch die Stadt trug, eins vor dem Bauch und eins auf dem Rücken, und weil ihm so viel dazu eingefallen war, wurde die Schrift nach unten hin immer kleiner. Der Kriegsinvalide, der sich einem Demonstrationszug anschließen wollte, auf seinen Krücken hinter der Marschkolonne herhumpelte und verzweifelt bat, sie sollten auf ihn warten. Man langweilte sich nicht, in jenen Jahren in Berlin. Ich habe dort mehr Typen studieren können, als ich in meinem ganze Leben gespielt habe.

Früher oder später landete man in einem der Lokale, wo man nicht nur Erbsensuppe und Bier servierte – und, wenn man Glück hatte, kostenlose Schrippen –, sondern wo es auch ein Nudelbrett von einer Bühne gab, auf der furchtbar überzeugte Leute furchtbar überzeugte Verse rezitierten. Am häufigsten war ich im Küka an der Budapester Straße. Dort ging es dann auch los mit der Schauspielerei.

Fünf Mark. Das war das Honorar für einen Auftritt im Künstler-Café. Für jeden der gleiche Betrag, da gab es nichts zu verhandeln. Auszahlung direkt nach der Vorstellung. Wenn man sich durch seine Texte gezittert hatte, stellte einem Resi Langer ein Bier auf den Tresen. Legte ein Päckchen daneben. Fünf Markstücke, säuberlich in Zeitungspapier eingewickelt. Wie die Groschen, die Mama manchmal für einen besonders gefühlvoll tremolierenden Hinterhofsänger aus dem Küchenfenster warf. Als ich mein erstes Päckchen einsteckte, bewusst lässig, als ob es auf das Geld überhaupt nicht ankäme, habe ich mir fest vorgenommen, zumindest eine der Münzen aufzubewahren. Als Erinnerung an meine allererste Gage. Aber schon nach ein paar Tagen hatten sie sich alle, samt Reichsadler und Eichenlaubkranz, in Bockwürste und Gulaschsuppe verwandelt.

Später, an der Wilden Bühne, standen dann keine Beträge mehr in den Verträgen. Während der Inflation hätte das keinen Sinn gemacht. Die Gage berechnete sich nach Sitzen. Ich, als Anfänger, hatte Anspruch auf anderthalb Parkettplätze. Was immer die an dem Abend kosteten, erhielt ich ausbezahlt. Beeindruckende Summen. Auf dem Papier. Man musste sie nur ausgegeben haben, bevor am nächsten Tag um zwölf der neue Index rauskam und die Gage nichts mehr wert war. «Andere Länder bilden auf den Banknoten ihre Könige ab», sagte Otto. «Wir drucken unsere Minister drauf. Lauter Nullen.»

Als ich dann ein Star war, einer der bestbezahlten der Ufa – nicht gerade wie der Fritsch oder der Albers, aber doch so, dass ich mir alles hätte leisten können –, da war das Geld für mich schon wieder nichts wert. Weil ich keine Zeit hatte, es auszugeben. Es lag nur auf dem Konto rum. Das sie dann beschlagnahmt haben.

Immerhin: In Paris, wo es die meisten Flüchtlinge knapp zu einem Zimmer in einer Absteige brachten, konnten wir uns noch eine eigene Wohnung leisten. In Amsterdam hat es dann auch dafür nicht mehr gereicht.

Geld ist eine seltsame Sache. Da gab es die dreihundert Gulden, die man jedes Mal beim Vreemdelingendienst vorweisen musste, wenn man seine Aufenthaltserlaubnis verlängerte. Um nachzuweisen, dass man genügend finanzkräftig war, um dem holländischen Staat nicht zur Last zu fallen. Die dreihundert hatten wir alle. Man präsentierte sie, gab sie an den nächsten weiter, und der wies sie eine Stunde später seinerseits vor. Welch wundersame Geldvermehrung! Ich bin sicher, die Beamten haben den Trick durchschaut, aber beschlossen, nicht so genau hinzusehen. Weil sie uns helfen wollten. Oder sich selber Umstände ersparen.

Egal.

Später haben wir dann überhaupt kein Geld mehr gebraucht. Im Lager herrscht Kommunismus. Keiner hat etwas, und das wird brüderlich geteilt. In Theresienstadt ist es noch komplizierter. Da hat jeder einzelne sein theoretisches Konto. Von dem er natürlich nichts abheben kann. Für meinen Film – meinen? – sollen wir eine Kulissenbank bauen und so tun, als ob es hier wirkliches Geld gäbe und etwas zu kaufen dafür. Das hat sich der Rahm so ausgedacht. Und warum nicht? Die Banknotenbündel, die Otto für eine Casino-Szene auf den Spieltisch stapelt, sind auch nicht echt.

So wenig wie Olgas Erbteil, damals, als ihr Vater starb. Im eigenen Bett. Sie kommt aus einer glücklicheren Familie als ich. Als die Nachricht in Holland eintraf, war das Geld längst gestohlen. Auf streng legale Weise, darauf legt man in Deutschland wert. In ihrem unverbesserlichen Optimismus hat Olga den Versuch nie aufgegeben, die Familienersparnisse zurückzubekommen. Ich weiß die Summe immer noch: Neuntausendsechshundertachtundvierzig Reichsmark. Und achtundneunzig Pfennige. Beschlagnahmt bei der

Depositenkasse Fischmarkt. All die Anträge, die sie geschrieben hat. Hat schreiben lassen. Von diesem Rechtsanwalt, der sich nicht mehr Anwalt nennen durfte, sondern nur noch Konsulent. Weil er ein Judski war, hatte man ihn zum zweiten Mal beschnitten. Ihm seinen Titel weggeschnibbelt.

Sie hoffte bis zum Schluss, dass man ihr wenigstens einen Teil ihres Erbes zurückgeben würde. Wollte nicht glauben, dass Räuber auch dann Räuber bleiben, wenn sie statt Pistolen Aktenzeichen verwenden. Wenn sie nicht «Hände hoch!» sagen, sondern «11. Verordnung zum Reichsbürgergesetz».

Neuntausendsechshundertachtundvierzig Reichsmark und achtundneunzig Pfennige. Dafür hätte ich fast zweitausend Mal im Küka auftreten müssen.

Als ich noch Interviews gab, statt bei Fragen strammzustehen und «Jawoll!» zu brüllen, haben sie immer mal wieder von mir wissen wollen: «Warum sind Sie Schauspieler geworden?» Ich habe dann die Floskeln rezitiert, die von mir erwartet wurden, «die Faszination des Theaters» oder «der Reiz, in andere Persönlichkeiten zu schlüpfen». Die ehrliche Antwort hätte lauten müssen: «Ich bin Schauspieler geworden, weil sich ein Dilettant in die Hose gemacht hat.» Nur kann man das einem Reporter nicht in den Block diktieren.

Aber so war es.

Ich war mal wieder so gegen elf Uhr abends im Küka gelandet. Es muss ein Montag gewesen sein, denn ein Neuling hatte seinen ersten Auftritt. Ich weiß nicht mehr, wie er hieß. Es war wohl kein Name, den man sich merken muss. Ich habe später nie mehr etwas von ihm gehört. Die Resi Langer kündigte ihre allwöchentlichen Nachwuchs-Abende immer groß als Gastspiel an, aber jeder wusste: Da macht sich nur mal wieder jemand für fünf Mark lächerlich. Trotzdem habe ich die kleine Anzeige mit *Gastspiel Kurt Gerson* jahrelang in meiner Brieftasche mit mir rumgetragen. Bis das dünne Zeitungspapier irgendwann zu zerbröseln begann. Mein

Aberglaube hat mir im Leben so wenig geholfen wie anderen ihr Glaube.

Die Bühne war winzig und wurde noch kleiner dadurch, dass sich die Stammgäste angewöhnt hatten, ihre Gläser darauf abzustellen. Bei Resi trank man Bier. Wer Wein bestellte, tat das auf eigene Gefahr. Es gab keinen Vorhang. Keine Kulisse, aus der man hätte auftreten können. Wer dran war, stieg auf einen Stuhl und von dort auf das Podest. Wenn man später wieder runter wollte, war der Stuhl meistens besetzt, und man konnte sehen, wo man blieb. Definitiv kein Staatstheater.

Manche Leute können sich auf der Bühne noch so ungeschickt anstellen, die Zuschauer mögen sie trotzdem. Dilettantismus kann auch liebenswert sein. Der Möchtegern an jenem Abend hatte nichts von diesem naiven Charme. Er war lang und dünn, so etwa die Figur, wie ich sie vor dem Krieg mal hatte. Die Gliedmaßen wie verkehrtrum angeschraubt, so verlegen stand er da. Verdrehte den Oberkörper und rang die ganze Zeit die Hände. Ein Dr. Rosenblum bei einer hoffnungslosen Diagnose. Wollte aber gleichzeitig furchtbar überlegen tun, den Spießern im Publikum mal so richtig zeigen, was eine Harke ist. Nur dass da gar keine Spießer saßen. Nicht im Küka.

«Man kann gar nicht so schnell gähnen, wie er interessant sein will.» Das hat Otto mal über einen Schauspieler gesagt, der im Atelier das Genie markierte, statt einfach sauber seine Rolle zu spielen. Der junge Mann auf dem Nudelbrett wollte der Welt beweisen, wie modern er war. Rezitierte Gedichte, die nichts bedeuteten. So dadaistisches Zeug, wie es die Resi liebte, seit sie mit dem Hugo Ball liiert gewesen war. Trompetete mit seinem Fistelorgan Sachen wie «Schampa wulla wussa!» Ein rebellischer Pennäler, der seine Lehrer ärgern will. Hoffte, dass sich das Publikum über ihn empören würde, um es dann verachten zu können.

Es empörte sich aber keiner. Man machte sich nicht mal die Mühe, ihn auszupfeifen. Keine Zwischenrufe. Die Leute fingen einfach an, sich zu unterhalten. Das muss ihn völlig aus der Bahn geworfen haben. Er setzte zu einem nächsten Gedicht an, wieder so eine Dada-Sprechübung, für die ihm die Stimme fehlte, und wusste nach den ersten Worten nicht mehr weiter. Hing wie eine Glocke. Kam auch nicht auf den Gedanken zu improvisieren, was bei diesem Text keiner gemerkt hätte. Rang in seiner Verzweiflung nur immer heftiger die Hände. Als wolle er den richtigen Text mit Gewalt aus sich herausmelken.

Und dann lief ihm ein gelbes Bächlein aus dem Hosenbein. Ich glaube nicht, dass außer mir jemand die kleine Pfütze neben seinem Schuh bemerkt hat. Und wenn, haben sie sie für Bier gehalten. Es war aber kein Bier.

Er ist mit ganz kleinen Schrittchen bis zur Rampe vorgegangen, das war im Küka kein weiter Weg, und dann weiter ins Leere. Ist von der Bühne gefallen, was ihm den einzigen Applaus seines Auftritts eintrug. Die erste Reihe hat ihn aufgefangen, und die Resi hat ihn getröstet. Hat ihm sein Bier hingestellt und das Päckchen mit den Markstücken daneben gelegt.

Der Junge ist abgestunken, wie man nur abstinken kann. Aber er hatte den Mut gehabt, es zu probieren. Wenn er das konnte, warum nicht ich?

Ich bin noch am selben Abend zur Resi gegangen und habe sie gebeten, mich am nächsten Montag aufs Programm zu setzen. Sie hat genickt, als ob sie das schon lang erwartet hätte, und gefragt: «Was willst du denn rezitieren?»

Ich hatte keine Ahnung.

Jetzt hatte ich einen Auftritt, er würde sogar in der Zeitung angekündigt werden, aber meiner Rampengeilheit fehlte das Objekt. Ich hatte kein Repertoire. Mit dem *Jüngling von der Portokasse* konnte ich nicht im Künstler-Café auftreten.

Ich bin nie ein großer Leser gewesen. Leider. Geschichten habe ich mir immer lieber erzählen oder auf der Bühne vorführen lassen. Olga ist da anders. Kann in einem Buch richtiggehend versinken. Stundenlang. An dem Abend, als Max Schmeling Schwergewichtsmeister wurde, haben wir beinahe den Kampf verpasst, weil sie mit

Lesen nicht fertig wurde. «Nur noch fünf Minuten», sagte sie. Und immer noch mal fünf. Und ich stand wie ein Idiot unter der Tür in meinem Frack.

Natürlich ist es total lächerlich, sich in feine Schale zu werfen, nur um zu einem Boxkampf zu gehen. Aber das war damals so. Der Abend im Sportpalast war so wichtig wie eine Reinhardt-Premiere. Wichtiger. Die Damen ließen die ganz dicken Klunker aus den Banktresoren holen, und wer zeigen wollte, dass er es zu etwas gebracht hatte, leistete sich einen Platz direkt am Ring. Wo einem mit etwas Glück das Blut auf die Hemdbrust spritzte.

Hinterher denkt man: Vor einem Volk, das sich für organisierte Prügeleien so sehr begeistern kann, sollte man sich in acht nehmen. Hinterher denkt man vieles.

Wenn ich Olga ihr Buch hätte zu Ende lesen lassen und an dem Abend zu Hause geblieben wäre, dann wäre ich dem kleinen Korbinian nicht wieder begegnet. Er hätte mich vielleicht vergessen und mir nicht fünfzehn Jahre später so stolz demonstriert …

Daran will ich nicht denken.

Lieber an meinen allerersten Auftritt.

Für den ich keinen Text hatte. Bei Resi hab ich natürlich behauptet, ich müsse nur aus meinem Überfluss auswählen. Vielleicht hat sie deshalb zu mir gesagt, Größenwahn sei die halbe Miete.

Ich habe mich für Wedekind entschieden. Weil ich seine Texte für furchtbar modern und kontrovers hielt. Ich hatte keine Ahnung, dass sie damals, nach dem Krieg, schon wieder ein alter Hut waren. Ich war eben kein Leser.

Auf Wedekind kam ich, weil das rosarote Bändchen mit den *Vier Jahreszeiten* bei uns zu Hause in der Büchervitrine stand. Einer von Papas Geschäftsfreunden – seinen Namen weiß ich nicht mehr, aber er hatte eine ganz dicke Frau – hatte es mal als Gastgeschenk mitgebracht. Bei einem der rituellen Abendessen, zu denen sich die besseren Berliner Konfektionäre gegenseitig einluden. Papa bedankte sich für das Mitbringsel so überzeugend herzlich wie Mama für den obligaten Blumenstrauß. Vier Gänge und drei verschiedene Weine lang mimte er den höflichen Gastgeber und ließ seiner Empörung erst freien Lauf, als das Ehepaar wieder gegangen war. Latrinenliteratur sei das, und so etwas mitzubringen eine ausgemachte Geschmacklosigkeit. Papa, der Revolutionär, ist immer prüde gewesen. Am liebsten hätte er das Buch weggeschmissen. Aber da war ihm wieder seine Sparsamkeit im Weg. Also fand es einen Platz in der Vitrine, ganz unten rechts, wo der geschliffene Rand der Scheibe den Titel auf dem Buchrücken in die Unschärfe verzerrte.

Ein Buch, das mein Vater so verachtete, war genau das Richtige für mich. Also lernte ich Wedekind-Gedichte auswendig. *Der schwere Fluch, der auf dem Haupt mir lastet, drückt mich darnieder in den Straßenkot.*

Ich könnte das ganze Programm heute noch aufsagen. Ohne das falsche Vibrato von damals. Nicht als Vision des Bösen, sondern als Gebet. *Nehmt mich zur Sühne denn und lasst mich sterben.*

In den Film, den Rahm von mir haben will, müsste man eine Szene einbauen, in der Leute beten. Weiße Rücken unter Gebetsmänteln. Die Köpfe abgedeckt. Ein langsamer Schwenk wie über lauter Segel. Dazwischen geschnitten immer wieder ein einzelnes Gesicht. Mit geschlossenen Augen. In sich versunken. Alte Männer. Die photographieren sich am besten. Aber auch junge. Das Licht steil von oben, damit die Gesichter plastischer werden.

Der Baeck aus dem Ältestenrat ist Rabbiner. Der müsste mir das organisieren können.

Mindestens dreißig oder vierzig Leute. Sonst wirkt das Bild nicht. Nicht zu eng aufeinander. Nicht dass es aussieht wie eingesperrt.

Eingesperrt.

Ich will diesen Film nicht machen. Nur damit ich noch einmal im Leben Regisseur sein kann? Ich brauche das nicht.

Doch. Ich brauche es. Aber ich will es nicht haben.

Ich will nicht und will doch.

Wedekind.

Ich war nicht schlecht. Nun mag ich's freilich werden, gab ich mein Bestes doch zum Opfer hin. Nehmt mich hinweg, solang ich Mensch noch bin! Ein Tier, ein Teufel werd ich sonst auf Erden.

Auch ein Gebet.

An den Auftritt selber kann ich mich nicht erinnern.

Ich weiß, dass mein Anzug zu eng war, weil ich schon wieder zugenommen hatte, und dass ich, als Resi mich schon ansagte, plötzlich ganz dringend pinkeln musste. Im Küka standen Kerzen auf dem Klosett, nicht von wegen Romantik, sondern als Hausmittelchen gegen den Gestank. An dem Abend brannten sie alle noch, was bedeutete, dass ich mit einem einigermaßen nüchternen Publikum rechnen konnte. Es gab dort nämlich die Tradition, dass sich besoffene Gäste mit gut gezieltem Strahl als Feuerlöscher versuchten. All das weiß ich noch. Die Rückwand des Pissoirs könnte ich beschreiben. Weißlicher Kunststein mit feinen grauen Äderchen. Ein Blechschild mit dem Namen des Herstellers. Ingenieur Irgendwas. Ich hab dann meinen Namen gehört, lauter und drängender, und bin, ohne mir die Hände zu waschen, ins Lokal zurückgerannt. Habe mich zwischen den Tischen durchgezwängt und dabei mit einem Griff, der später zum automatischen Reflex werden sollte, kontrolliert, ob der Hosenschlitz wieder korrekt zugeknöpft war. Dann muss ich auf den Stuhl gestiegen und auf die Bühne geklettert sein. Daran erinnern kann ich mich nicht. Ich habe meinen ersten Auftritt verloren. Eine Photographie, nach der man das Familienalbum vergeblich durchblättert. Die Aufregung.

Ich kann nicht ganz schlecht gewesen sein, denn dass die Leute applaudierten, das weiß ich wieder. Ich war von dem Geräusch überrascht. Wusste nicht, wie ich reagieren sollte. Ich habe mich wohl ungeschickt verneigt oder auch nicht, und dann, dieser Teil der Erinnerung ist wieder ganz klar, stehe ich an der Theke, habe mein Bier in der Hand, und vor mir liegt das kleine Papierpaket mit den fünf Markstücken. Und Resi lächelt mich an, was nur bedeuten kann: Abgestunken bin ich nicht.

Am selben Abend …

Es kann nicht am selben Abend gewesen sein. Ich bringe da etwas durcheinander. Ich bin ja dann öfter im Küka aufgetreten, nicht mehr an den Anfängermontagen und auch nicht mehr mit Wedekind. Die Resi hat mir andere Texte besorgt, politische, weil sie fand, dass das zu mir passe.

Ein seltsamer Gedanke, dass Politik zu dem einen passen soll und zu dem andern nicht. Als wenn man zu jemandem sagte: «Sie sollten es mal mit Tuberkulose probieren, das passt zu Ihnen.»

Im Küka habe ich meine ersten Chansons gesungen; die Resi hatte diesen Klavierspieler, der auch ohne Noten alles begleiten konnte, wenn man es ihm nur einmal vorsummte. «Eine Stimme mit Charakter», sagten die Leute. Eine höfliche Formulierung für «Nicht schön, aber kräftig.» Egal, Lob ist Lob und wird immer gern genommen. Man schien sich einig zu sein: Ich war eine Rampensau mit Talent.

Nicht dass ich gleich ein Star gewesen wäre. So was gab's im Küka nicht. Aber es kam schon mal vor, dass mir einer nach dem Auftritt ein Paar Wiener spendierte. Was mir bedeutend lieber war als jeder Lorbeerkranz.

Ah, Wiener mit Senf! Irgendwann habe ich das zum letzten Mal gegessen und nicht gewusst, dass es ein Abschied war. Sie hätten mir sonst kaum geschmeckt.

Es war also nicht am Tag meines ersten Auftritts. Ein paar Wochen später. Oder Monate. Ich habe Kollegen gekannt, die konnten jede ihrer Premieren aufzählen. Mit genauem Datum. Als hätten sie einen Bühnen-Almanach verschluckt. Bei mir geht das alles durcheinander. Welches Lied ich in welcher Revue gesungen habe, oder welche Rolle wann gespielt. Keine Ahnung. Kommt nicht drauf an. Was nicht hängen bleibt, war auch nicht wichtig.

Dass ich ihn kennenlernte, das war wichtig. Auch wenn ich mich später mit ihm verkracht habe wie mit keinem anderen Menschen. Heute noch, wo es wirklich egal ist, bin ich fest davon überzeugt, dass es nicht mein Fehler war, sondern seiner. Weil er ein selbstbezogenes, rücksichtsloses, verlogenes Arschloch ist. Ein Genie möglicherweise. Aber ein Arschloch ganz bestimmt.

Eugen. Wenn ich ihn wütend machen wollte, musste ich ihn so nennen. Er hasste den Namen, weil er nicht zu der proletarischen Figur passte, die er sich auf den schmächtigen Leib geschneidert hatte. Das war für ihn, wie wenn eine Julia auf der Bühne ihren Partner nicht mit Romeo, sondern mit seinem privaten Namen angesprochen hätte. *Ein größres Elend gab es nirgendwo, als das von Julia und ihrem Eugen.* Da ist die ganze schöne Romantik doch gleich im Eimer. Eugen, das ist der Name für ein braves Bürgersöhnchen aus Augsburg. Und er wollte doch ein Bürgerschreck sein. Bertolt sollte man ihn nennen. Oder noch besser: Bert. Einen neuen Charakter hatte er sich gezimmert und wollte nicht durch falsche Stichworte aus der Rolle gebracht werden.

An dem Abend, als wir uns zum ersten Mal begegneten, sang er eigene Lieder zur Gitarre. Er spielte nicht besonders gut, und ein großer Sänger war er auch nicht. Aber er hatte das, was man haben muss, wenn einem die Leute zuhören sollen. Wenn er dastand, den Fuß auf einem Hocker, dann war die Bühne nicht leer. Dann war da jemand. Es gibt diese Geschichte von dem jungen Schauspieler, der keine Ausstrahlung hat und versucht bei Lutter & Wegner eine Flasche Sekt zu bestellen. Er kann seinen Wunsch noch so laut in den Saal hinauströten, der Kellner glaubt ihm nicht. Dem Brecht hätte er die Flasche sofort gebracht. Keinen Sekt, sondern gleich Champagner. Das hätte besser zu ihm gepasst, zu diesem Luxusproletarier.

Im Küka trank er Bier. Den Wacholder, den ihm Resi dazu einschenkte, ließ er stehen. Dabei hatte er auf der Bühne gerade noch den großen Säufer markiert. *In dem grünen Kuddelmuddel sitzt ein Aas mit einer Buddel.* Er war nicht halb so verrucht, wie er sich gern gab. Auch nicht so weltweise. Besang da wie ein alter Mann die vergessenen Jahre seiner Jugend, und war doch erst zweiundzwanzig. Ein Jahr jünger als ich. Er fühlte sich nicht wohl in seiner Jugendlichkeit, der Herr Brecht. Ein Schauspielschüler, der ums Verrecken den alten Moor spielen will. Noch Jahre später, bei den Proben zu *Happy End*, konnte ich ihn zur Weißglut treiben, indem ich sagte: «Jetzt hören Sie mal zu, junger Mann …» Wir haben uns immer gesiezt, auch als wir zusammen diesen Großerfolg feierten. Als wir uns dann verkracht hatten, erst recht.

An jenem Abend im Küka wusste ich nicht, dass wir mal eine gemeinsame Geschichte haben würden. Er war zum allerersten Mal in Berlin, nur für ein paar Tage. Wollte Kontakte knüpfen. Darin war er immer gut, besonders wenn es um Frauen ging. Keine Ahnung, wie er es in der kurzen Zeit geschafft hatte, bei Resi einen Auftritt zu kriegen. Nun ja, sie hatte immer einen guten Riecher. Ekelhaft begabt war er ja.

«Ihr beide müsstet euch gut verstehen», meinte sie. «Zwei abgebrochene Medizinstudenten, die beide im Krieg waren.» Genau was später der Aufricht auch gedacht hat.

Sie irrten sich beide. Medizin hat der Brecht nie studiert. Sich nur an der Fakultät eingeschrieben, um seine Einberufung zu verzögern. Hat dafür sogar die Unterschrift seines Vaters gefälscht, worauf er besonders stolz war. An der Front ist er nie gewesen. Von wegen *Soldaten wohnen auf den Kanonen*! Ein paar Monate leichtester Dienst in einem Reservelazarett. In der eigenen Stadt. Wo einem Muttern das Abendbrot warmstellt. Die ganze Zeit ohne einen echten Verwundeten zu sehen. Nur Geschlechtskrankheiten haben sie dort behandelt. Hat sich geschickt durch den Krieg gemogelt, das muss man ihm lassen. Und in seinen Liedern machte er auf abgebrühten, zynischen Veteran. *Wenn man tot ist, kann man nur noch stinken.* Am Applaus der Leute merkte man, dass er sie damit berührte.

Er war schon damals ein Heuchler. Nein: ein Chamäleon.

Ein von der Muse geküsstes Chamäleon.

Damals im Küka strahlte er eine faszinierende Mischung von Bescheidenheit und Überheblichkeit aus. Die Bescheidenheit hat sich dann bald verloren. Als ich ihm bei der *Dreigroschenoper* wieder begegnete, war er eine Diva. Prunkte so eitel mit seinem Verstand wie ein Tenor mit dem hohen Schmetter-C. Er war brillant, sicher der brillanteste von all den Autoren, denen ich begegnet bin, aber er wollte dafür auch bewundert werden.

An jenem Abend war er freundlich zu mir. Am Schiffbauerdamm

behandelte er mich dann nur noch als Werkzeug. In Paris, als wir uns als Emigranten trafen, hat er mich einen Haufen Scheiße genannt.

Wenn man tot ist, kann man nur noch stinken.

Ich müsste wütend werden, wenn ich an den Brecht denke, aber ich kriege die Wut nicht mehr zusammen. Ich weiß, dass ich ihn nicht mag und er mich schon gar nicht, aber ich weiß es nur noch und fühle es nicht mehr. Als ob es einen andern Brecht beträfe und einen anderen Gerron, zwei Figuren aus einem Film, oder aus einem Drehbuch, das nie verfilmt wurde, weil die Geschichte nicht originell genug war und die Charaktere nicht überzeugend. Wie eins der Szenarien, die ich mir mit Kalle ausgedacht habe. Du wärst ein Dichter, und ich ein Schauspieler, und dann würden wir uns fürchterlich streiten. Nur ein Spiel. Wo man jederzeit die Regeln ändern kann, man muss es nur beschließen, und dann ist alles andersrum, Friede, Freude, Eierkuchen, zwei alte Männer treffen sich, der eine sagt: «Weißt du noch, damals im Künstler-Café?», und der andere nickt, und dann schauen sie sich tief in die Augen, Großaufnahme, sie reichen sich die Hände und Abblende und Schlusstitel.

Ich will aber wütend sein. Nur: Mein Zorn hat sich verlaufen. Ist verschwunden, und ich weiß nicht wohin. Ich habe die eigene Rolle vergessen. Das ist ein schlechtes Zeichen.

Es ist nicht die Regel, dass man milder wird, wenn es einem beschissen geht, dass man verzeiht und vergibt. Das ist nur in Drehbüchern so und in Heiligenlegenden. Die Wirklichkeit ist anders. Die Gefühle, auch die negativen – gerade die negativen! – halten einen aufrecht. Wer noch hassen kann, ist noch nicht tot. An der Rampe in Westerbork hat sich mal einer aus dem Viehwaggon wieder herausgekämpft, mit letzten Kräften, obwohl sie schon auf ihn einprügelten, nur um einen der Zurückbleibenden noch zu verwünschen. Es ging um ein Stück Brot, das der eine sich aufgespart hatte und der andere ihm weggefressen, irgendwas in der Art. Es kommt nicht darauf an, um was es ging. Wichtig war nur, dass er sich seinen

Zorn noch lebendig erhalten hatte und der Zorn ihn. Er hatte noch nicht aufgegeben.

Wenn ich aufgebe, haben sie gewonnen.

Es ist doch so: Erst wenn die Leute gütig werden und nur noch milde lächeln, muss man sich Sorgen um sie machen. Dann geht es zu Ende mit ihnen, und das liegt nicht am Hunger oder an einer Krankheit, oder doch nur in zweiter Linie, das liegt daran, dass sie aufgegeben haben. Wie ein Boxer, der die Deckung sinken lässt. Der Schmeling hat mir einmal erklärt, dass er es seinem Gegner an den Augen ansieht, wenn es soweit ist. «Ich muss dann nicht mal mehr richtig zuschlagen», hat er gesagt. «Antippen genügt, und sie fallen von selber um.»

Ich will noch nicht verloren haben.

Ich finde meine Wut nicht mehr, und das macht mir Angst. Sie ist nicht mehr da. Ausgebleicht, weggetrocknet, verschwunden. Zu oft abgetippt, das Drehbuch, und jetzt gibt das Farbband keine Schwärze mehr her.

Oder nur noch manchmal. Bei der Dresdner Kaserne, dort, wo die ganzen alten Frauen untergebracht sind, ist ein Wasserhahn, aus dem meistens kein Wasser kommt, die Leute schütteln den Kopf und gehen weiter mit ihren Blecheimern, aber wenn man lang genug wartet, ertönt manchmal so etwas wie ein Husten aus der Leitung, ein Stöhnen, und dann kommt doch noch ein Schwall Wasser und noch einer, kein sauberes Wasser, es ist vom Rost rot verfärbt, aber man kann es trinken, wenn man Durst hat. So geht es mir mit meinen Gefühlen. Manchmal sind sie noch da, ein ganzer Schwall, und dann ist der Rost auf der Seele wieder zu stark und ich warte vergeblich.

Und ich bin doch durstig.

Ich bin kein guter Mensch, verdammt noch mal, ich will auch keiner werden. Das ist nicht mein Rollenfach. Ich heiße Gerron und nicht Rühmann. Ich bin kein Held, aber ich will auch kein Komparse sein, den man dahin schickt und dorthin, der nur das Bild ausfüllt, und dem es scheißegal ist, was er gerade darstellt, Opfer oder Täter, weil es ihn ja nichts angeht, was mit ihm passiert, solang er nur seine Gage kriegt und eine warme Suppe in der Kantine. Ich bin kein Komparse, verdammt noch mal! Ich bin ein Hauptdarsteller! Ich bin Kurt Gerron!

Ah.

Ich bin noch nicht tot. Ich habe es noch einmal geschafft, wütend zu werden. Noch einmal geschafft, ich selber zu sein. Wer immer das sein mag.

Kurt Gerron. Mit rollendem R zu sprechen, bitteschön.

Es gab eine Zeit – ein Jahrzehnt ist das gerade mal her, aber das Jahrzehnt dauert nun schon tausend Jahre –, es gab eine Zeit, da mussten sie für mich alle paar Monate die Autogrammkarten nachdrucken. Da war der Gerron ein Verkäufer, wie sie bei der Ufa sagten. Wenn ich auf dem Filmplakat stand, gingen die Eintrittskarten weg. In jedem Lokal in Berlin kriegte ich den besten Tisch. In einer Taxe brauchte ich nur zu sagen: «Nach Hause!», und der Fahrer wusste: Paulsborner Straße. Und das nicht nur bei der Kraftag, die mich dafür bezahlte, dass ich für ihre Autodroschken Werbung machte.

Das war meine große Zeit. Meine großen Zeiten, wie Oberstudiendirektor Kramm gesagt haben würde. Plural. Als es nur immer aufwärts ging und aufwärts und noch weiter aufwärts. Als ich nichts falsch machen konnte.

Und hatte doch gerade erst mit wackligen Knien meinen Wedekind aufgesagt. *Heute noch auf seidnen Kissen, morgen durch die Brust geschossen.* Hab ich auch mal gesungen. Ich habe alles gesungen. Überall. Im Küka und an der Wilden Bühne, in der Rakete und im Kabarett der Komiker, bei Nelson und im Metropol. Keine Feier ohne Meier. Nicht mal in meinen wildesten Phantasien hätte ich mir so eine Karriere erträumt. Das Paradies der Rampensau.

Es ging rasend schnell. Als ob man auf ein Karussell steigt, und das tuckert nicht gemütlich los, sondern gibt Gas wie Caracciola. *Wir reiten auf hölzernen Pferden und werden im Kreise gedreht.* Man hätte Angst kriegen können. Ich habe es genossen.

Das Lampenfieber war bald ausgeheilt. Die Resi hat das schon richtig diagnostiziert: Größenwahn immunisiert. Größenwahn und Applaus. Kannste was, haste was, biste was. *Ich bin ja nicht schön, aber frech.* Das hat der Nelson mal für die Waldoff geschrieben. Zu mir hat er gesagt: «Eigentlich hättest du das Lied singen müssen.» Ein guter Freund, der Nelson. Keine Ahnung, was aus ihm geworden ist.

Er hatte ja recht. Wenn's beim Theaterspielen auf Schönheit ankäme, hätt ich's nicht einmal in die dritte Reihe Komparserie geschafft. Ich wurde immer unförmiger. Mein Großvater war wohl doch ein richtiger Riese gewesen. Ich war so groß, wie der Curt Bois klein war. So dick wie der Siegfried Arno dünn. Sind auch beide in Hollywood. Ich könnte jetzt neben ihnen in der Sonne sitzen und Orangen direkt vom Baum essen. Ich wollte ja nicht. Selber schuld. Immer ist Größenwahn eben auch nicht nützlich. Schützt einen zwar vor Lampenfieber, aber man wird dumm davon. Lebensgefährlich dumm.

Ein paar Jahre lang ging es immer nur rauf. Als ob sie nur auf mich gewartet hätten. Im Kabarett schrieben sie mir die Texte auf den Leib. Wo ja genügend Platz dafür war. Und ich machte was draus. Wenn ich mit der Peitsche knallte, kuschte das Publikum. *Der Zirkus herrscht!*

Und im Kientopp …

Ich hab mir immer vorgenommen, mal die Filme zu zählen, in denen ich mitgespielt habe. Sie nur zu zählen. Die Rollen bring ich ohnehin nicht mehr zusammen. Das allererste war eine Geschichte namens *Spuk auf Schloss Irgendwas*. Eigentlich haben sie gar nicht mich dafür engagiert, sondern nur meinen Bauch. Und so ging's dann weiter. Ich war Weltmeister darin, bedrohlich in die Kamera zu starren.

Die Charakterrollen kamen später. Neben dem Kabarett immer mehr das Theater. Und immer noch mehr und noch mehr. Ich war ein Allesfresser und konnte nicht genug kriegen. *Wir sehnen uns schwindlig zu werden, bevor noch das Ringelspiel steht.*

Ich hab meinen Namen berühmt gemacht. Kurt Gerron, da wusste man, wer das war.

Mama hat jeden einzelnen Programmzettel gesammelt, jeden *Filmkurier* und jede Kritik. Mir immer ganz stolz gemeldet, wenn sie sich für den Plunder wieder ein neues Album kaufen musste.

Die ganze sorgfältig eingeklebte Sammlung, für sie mindestens so wertvoll wie das Poesiealbum, aus dem ich mal so frevelhaft eine Seite herausgeschnitten habe, der ganze Stapel Lebensgeschichte ist an der Klopstockstraße liegen geblieben. Jetzt zündet sich der Effeff damit seine stinkenden Zigarren an.

Egal.

Alles egal. Scheißegal. Was ich wo gespielt habe und mit wem, ob es den Leuten gefallen hat oder nicht, was die Zeitungen darüber schrieben. Alles nicht wichtig. Nicht auf Dauer. So ein Theatererfolg ist wie eine anspruchsvolle Mahlzeit: ewig lange Zubereitung, viel zu schnell aufgefressen, und kaum hat man sie verdaut, kriegt man schon wieder Appetit auf die nächste. Die dann möglichst ganz anders schmecken soll. Der letzte Gang war scharf gewürzt? Dann bitte jetzt etwas Süßes.

Und runter damit.

Hunger hält länger vor. Hunger hat ein Gedächtnis. An eine angebrannte Mahlzeit erinnert man sich länger als an eine gelungene. Ein Premierenskandal so richtig mit Schmackes, das bleibt hängen. Wenn ich nur an den *Baal* denke. Aber das war Jahre später.

Alles nicht wichtig. Nur das eine. Der Glücksfall meines Lebens. Der sich – mein Himmelsdramaturg liebt überraschende Wendungen – erst mal als Unglück ankündigte. Als Krankheit. Eine Verhärtung in der Leistengegend, die mich in Panik versetzte. Die alte Geschichte geht wieder los, dachte ich. Es war aber eine neue Geschichte, die anfing.

1923 war das. Ziemlich genau zehn Jahre, bevor die Verrückten in Deutschland die Macht übernahmen. Zehn Jahre, bevor sie uns ins Lager verschickt haben. Längere ruhige Passagen sind in meinem Drehbuch nicht vorgesehen. Den letzten Wahnsinn hatten wir gerade hinter uns, die Inflation mit ihrem Affentanz um wertlose Milliarden und Billionen. Es war Zeit für eine neue Normalität. Sogar in meinem Leben.

Erst mal hatte ich nur Angst. Was ich da in meinem Körper ertastete, konnte etwas Bösartiges sein. Das ist der Nachteil eines Medizinstudiums: Wenn man selber was hat, fallen einem immer gleich die scheußlichsten Komplikationen ein. Ich bin nie gern zum Arzt gegangen, begreiflich bei diesem Körper, aber jetzt musste es sein. Den Dr. Rosenblum gab es nicht mehr. Ganz plötzlich gestorben. Am gleichen Karzinom wie mein Großvater. Ich hätte zu seiner Beerdigung gehen wollen, aber an dem Nachmittag hatten wir Probe.

Die Kollegen empfahlen mir einen jungen Mann namens Drese. Von dem schwärmten sie alle und sagten ihm eine große Karriere voraus. Die hat er dann auch gemacht. Otto Wallburg, der wegen seiner Zuckerkrankheit bei ihm in Behandlung war, hat es mir später in Amsterdam erzählt. Der Drese ist etwas Wichtiges bei der Reichsärztekammer geworden und hat sich beim großen Judski-Ausverkauf eine Klinik unter den Nagel gerissen.

Auf mich – was bin ich doch für ein Menschenkenner! – machte er einen ganz sympathischen Eindruck. Was ich da ertastet hatte, meinte er, sei wohl etwas Harmloses, eine ungefährliche Spätfolge der alten Verletzung, aber ganz sicher könne man nicht sein. Ich solle mich doch besser röntgen lassen. Das wollte ich nur höchst ungern. Nicht aus medizinischen Gründen. Weil Berlin eben Berlin war. Die verklatschteste Stadt der Welt. Wenn jemand wie ich, der doch schon recht bekannt war, zu so einer Untersuchung ging, da musste nur eine Praxishilfe oder ein Röntgentechniker das Maul nicht halten können, und schon wüsste die ganze Stadt, was mir fehlte. Im wörtlichsten Sinne des Wortes fehlte. Eine unerträgliche Vorstellung. Und ein weiterer Beweis für meinen Größenwahn. So interessant berühmt war ich damals noch gar nicht.

Ich wehrte mich wochenlang gegen die Röntgerei, aber der Drese drängte immer weiter. Machte düstere Andeutungen. Wenn es denn etwas Gefährliches wäre, und man würde es wegen meiner Sturheit nicht rechtzeitig erkennen, dann müsse er für seine Person jede Verantwortung ablehnen. Da fiel mir der Thalmann ein. Mein einarmiger Studienkollege.

Seit dem gemeinsam bestandenen ersten Staatsexamen hatten wir uns nicht mehr gesehen. Ich war wieder eingezogen worden, während er weiter studierte. Irgendwann, es war noch nicht so lang her, hatte ich Post von ihm bekommen: die Anzeige von der Eröffnung seiner eigenen Praxis. *Röntgenologische Fachpraxis Dr. med Thalmann.* Eine logische Spezialisierung. Für Chirurgie hätte er zwei Arme gebraucht.

Er lebte jetzt in Hamburg, das war das Beste an der Sache. Weil mich dort noch keine Sau kannte, und ich ein Patient unter anderen sein würde.

Ich schrieb ihm also einen Brief, er schrieb zurück, wir machten einen Termin aus, und ich fuhr los. Kaufte mir eine Fahrkarte und stieg ein.

Von Berlin nach Hamburg. *Mit dem Zug ins Glück.* Klingt wie der Titel für einen Film.

Nur dass man einen Film anders inszeniert hätte. Nicht in diesem Bühnenbild.

Ein kahler Raum. Die Wände weiß verputzt. Keine Vorhänge vor den Milchglasscheiben. Der graue Metallklotz des Röntgengeräts mit seinen Schienen und Feststellschrauben so unpersönlich und bedrohlich wie eine Guillotine. Der Rest der Einrichtung mehr als spartanisch: zwei Haken für die Kleider – der einzige Bügel trug die Werbeaufschrift eines Kaufhauses – und ein simpler Küchenhocker. Mit einem hygienischen Papier belegt, das einem jede Lust nahm, sich hinzusetzen.

Kein Regisseur der Welt wäre auf den Gedanken gekommen, ausgerechnet hier eine Liebesgeschichte beginnen zu lassen.

Der einzige Wandschmuck ein gerahmtes Dokument. Die auf Pergamentimitation gedruckte Bestätigung, dass eine gewisse Olga Meyer aus Hamburg ihre Ausbildung zur Röntgenassistentin erfolgreich abgeschlossen habe. Es war das erste Mal, dass ich ihren Namen las.

Olga Meyer. Olga Gerron, geborene Meyer. Olga Sara Gerson, genannt Gerron.

Den Raum, in dem wir uns zum ersten Mal begegneten, kann ich heute noch beschreiben. Die Fliesen auf dem Boden könnte ich zählen. Ich habe es wohl auch getan, beim Warten. Ich ertrage Nichtstun schlecht.

Dann kam Olga herein, die Metallkassette mit der Photoplatte unter dem Arm, und, egal wie ich mein Gedächtnis anstrenge, ich wüsste nicht zu sagen, wie sie an jenem Tag ausgesehen hat. Wenn ich an sie denke, blenden sich so viele Bilder übereinander, dass kein einzelnes mehr erkennbar ist.

Sie wird ihre Haare nicht offen getragen haben. Das wäre nicht angebracht gewesen in einer Arztpraxis. Hochgesteckt oder zu einem Knoten zusammengedreht. Ihre Gouvernantenfrisur, wie sie das nennt.

Ihr ernsthaftes Gesicht wird sie gemacht haben. Ihr liebes ernsthaftes Gesicht, das sie immer aufsetzt, wenn sie sich auf etwas konzentrieren muss, und wenn es nur um das Annähen eines Knopfes geht. Sie bekommt dann ganz schmale Augen, und ihr Nasenrücken kräuselt sich. Als ob sie einem Geruch nachspürt, der sich nicht richtig einordnen lässt.

Den weißen Kittel wird sie angehabt haben, in dem sie ein bisschen aussah wie ein Arzt. Wenn es irgendwo auf der Welt so unwiderstehlich niedliche Ärzte geben könnte. Sie war unwiderstehlich an jenem Tag, das lege ich mir nicht nur so zurecht. Das war sie immer.

Ist sie immer noch.

Wenn ich in der Erinnerung an unsere erste Begegnung auch kein exaktes Bild von ihr habe, etwas anderes weiß ich noch sehr genau: Dass ich erschrocken bin, als sie hereinkam. Thalmann hatte mir nichts davon gesagt, dass eine Frau die Aufnahme machen würde. Es ging schließlich um eine Sache, die man lieber nicht mit dem anderen Geschlecht bespricht. Man muss mir diese Reaktion angesehen haben. Wenn uns später jemand fragte: «Wie war das bei euch, als ihr euch kennengelernt habt?», dann antwortete Olga immer: «Mein Mann hat mich angesehen, als ob ich die hässlichste Frau der Welt wäre.»

So würde niemand eine Liebesgeschichte inszenieren. Nicht an diesem Ort. Nicht mit diesem Dialog. Auch der unerfahrenste Autor würde nicht auf den Gedanken kommen, der weiblichen Heldin als ersten Satz ins Drehbuch zu schreiben: «Mein Name ist Olga Meyer; bitte ziehen Sie die Hosen aus.»

Als Dreizehnjähriger, damals im Portrait-Atelier an der Friedrichstraße, hatte ich wenigstens meinen ersten richtigen Anzug an. Jetzt stand ich im Hemd da, alles andere als nonchalant, und presste meinen nackten Unterkörper gegen kaltes Metall. Olga brachte die Gliederpuppe, die sie photographieren sollte, auf genauso unpersönliche Weise in die richtige Pose, wie Herrn Tiedekes Assistent es gemacht hatte. Nur dass sie für die Aufnahme nicht unter einem schwarzen Tuch verschwand, sondern hinter einem schweren Bleivorhang.

Nicht mehr atmen. Wieder atmen. Danke.

Ich habe sie später gefragt, ob ihr meine Verletzung gleich aufgefallen sei, und sie hat geantwortet: «Ist das wichtig?»

Natürlich ist es wichtig. Ist es immer gewesen.

Olga hat einen Mann geheiratet, der keiner ist. Sie muss darunter gelitten haben. Vielleicht leidet sie immer noch. Sie ist eine Frau, eine wunderbare Frau, und ich ...

Zweite Qualität. Kriegsbeschädigt. Wie das eben manchmal ist, wenn eine Granate eingeschlagen hat. Die Fassade steht noch, aber das Gebäude ist nicht mehr bewohnbar.

Olga hat sich nie darüber beschwert. Nie. Wir reden über alles, über wirklich alles, aber bei diesem Thema ist sie mir all die Jahre ausgewichen. Hat meine Fragen einfach nicht zur Kenntnis genommen. Und, dafür bin ich ihr am dankbarsten, sie hat auch nie einen dieser fürchterlichen Sätze gesagt, mit denen man sich Probleme schönlügt. «Ich liebe deine Seele.» Das hätte ich nicht ertragen. Für falsche Töne bin ich empfindlich. Aber bei Olga gibt es keine falschen Töne.

Wir haben nie darüber gesprochen. Nicht ein einziges Mal. Über manche Dinge spricht man nicht.

Damals in der Schouwburg, als ich Mama zum Abschied umarmen wollte, ihr wenigstens am Tag ihrer Deportation zeigen wollte, wie lieb ich sie hatte, da hat sie mich weggestoßen. Nicht böse, nur mit einem tadelnden Kopfschütteln. Als ob sie ihre Ausgeh-Knisterbluse anhätte, und ich hätte ihr die beinahe zerknittert. Wollte sich nicht von ihren Gefühlen überwältigen lassen. Auch in diesem Moment ihre eigenen Regeln durchsetzen. Zum letzten Mal.

Über die wirklich wichtigen Dinge spricht man nicht.

In diesem Punkt, nur in diesem, erinnert mich Olga an Mama.

Man müsste eine Szene drehen – nicht dass Rahm sie mich drehen ließe, aber man müsste –, eine lange Szene, in der sich nur Menschen von einander verabschieden. Ehepaare. Freunde. Eltern und Kinder. Umarmungen. Händedrücke. Letzte Blicke. Wenn Rahm Theresienstadt zeigen wollte, wie es wirklich ist, könnten gar nicht genug Abschiede in seinem Film vorkommen.

Aber genau das will er ja nicht. Ich soll ihm ein Theresienstadt erfinden, das man sich gern ansieht. Ein attraktives Theresienstadt. Ein Bilderbuch-Theresienstadt. So wie sich die Hexe ein Pfefferkuchenhaus erfunden hat. Ich soll für ihn lügen.

Freiwillig. Weil ich doch ein Künstler bin und einem Künstler unter Zwang nichts einfällt. Ha ha ha. Ganz freiwillig soll ich erzählen, was nicht ist. Verschweigen, was ist.

Worüber man schweigt, das schreit am lautesten. Das war ein Zwischentitel in einem dieser idiotischen Aufklärungsfilme, mit denen der Franz Hofer sein Geld verdient hat. Es muss einen Grund haben, dass ich ihn mir gemerkt habe.

Über die wirklich wichtigen Dinge spricht man nicht.

Der Reinhardt hat einmal auf einer Probe gesagt: «Das Entscheidende an einer Rolle sind die Sätze, die man nicht ausspricht, und die der Zuschauer trotzdem hört.» Olga sagt nicht: «Ich liebe dich.» Aber ich höre es trotzdem. Jeden Tag.

«Du musst herausfinden, was für ein Mensch du bist», hat sie gesagt. Und lässt mich seither allein. Sie will mich nicht beeinflussen. Obwohl meine Entscheidung sie genauso treffen wird wie mich selber. Verachtung oder Transport. Scylla oder Charybdis.

Mein Gott, wie stolz Oberstudiendirektor Dr. Kramm darauf wäre, dass ich das immer noch weiß. Dass mir das selbst in dieser Situation noch pünktlich einfällt. All diese rostigen Phrasen, mit denen sie einem den Kopf vollgestopft haben.

Drei Tage. Irgendwann werde ich meinen Entschluss fassen. Den falschen Entschluss, weil es einen richtigen nicht geben kann. Olga wird ihn akzeptieren. Sie hat mich immer so akzeptiert, wie ich bin. Ohne je zu zweifeln. Ich bin ihr dankbar dafür.

Ich habe Olga nicht verdient.

Habe mich in sie verliebt, ohne es gleich zu merken. Wie ich bei meiner Verwundung erst dachte, ich sei nur gestolpert. Und erst nach einem Weilchen begriff, dass nichts mehr so war wie vorher.

Dass ich sie zum Essen eingeladen habe, passierte ohne wirkliche Absicht. Ich war mit Thalmann verabredet gewesen. Wir wollten über die alten Zeiten plaudern. Ihm war was dazwischengekommen, und allein in einem Hotelrestaurant zu sitzen, dazu hatte ich keine Lust. Vielleicht war es Übermut, aus der Erleichterung heraus, dass ich die peinliche Röntgerei hinter mir hatte. Oder ich spielte die Casanova-Rolle, die mir schon zur selbstverständlichen Gewohnheit geworden war. Um mein Geheimnis vor der Welt zu beschützen, schäkerte ich mit allem, was Röcke trug. Ich hätte ihr den Vorschlag auch gemacht, wenn sie hässlich wie die Nacht gewesen wäre.

Sie ist wunderschön.

Immer noch.

Immer.

Ich hatte nicht erwartet, dass sie ja sagen würde. Bei Olga ist nie etwas so, wie man es erwartet.

Sie zog die Augenbrauen hoch, was bei ihr bedeutet, dass sie noch nicht richtig weiß, ob sie etwas eklig finden soll oder nicht. Wie wenn man jemandem zum ersten Mal Austern vorsetzt. Sah auf die Röntgenplatte, die sie in der Hand hielt, als ob durch die schwere Verpackung etwas darauf zu erkennen wäre, zuckte die Achseln und sagte: «Warum nicht?»

«Das Lokal müssen aber Sie vorschlagen», sagte ich. «In Hamburg kenne ich mich nicht aus.»

«Und ich mich nicht in Lokalen.»

Ich wusste nicht, ob sie das ernst meinte, oder sich nur über mich lustig machte. Bei Olga weiß man das nie.

«Mögen Sie komplizierte französische Menüs?», fragte sie.

«Ich liebe komplizierte französische Menüs.»

«Schade. Ich kann Ihnen nur Spiegeleier anbieten.»

So fing es an.

Sie wohnte in einer Pension, obwohl bei ihren Eltern genügend Platz gewesen wäre. «Man will doch seine Unabhängigkeit haben», sagte sie. Ich stimmte ihr zu. Habe ihr erst später gestanden, dass ich – aus Bequemlichkeit, und weil ich so gut auch noch nicht verdiente – an der Klopstockstraße immer noch nicht ausgezogen war.

Wir mussten uns auf Zehenspitzen in ihr Zimmer schleichen. Männerbesuch war streng verboten. Bei den knarrenden Parkettböden war es eine mehr symbolische Heimlichtuerei. «Meine Vermieterin weiß genau, dass sich niemand an ihre Vorschriften hält. Aber es ist nicht leicht, Pensionäre zu finden, die jede Woche pünktlich bezahlen. Also haben wir uns auf einen Kompromiss geeinigt. Sie tut, als ob sie schwerhörig wäre, und solang wir alle brav schleichen, kann sie vor sich selber behaupten, nichts gemerkt zu haben.»

Ach, mein Schatz, du kannst so ansteckend lachen.

Im Zimmer standen die üblichen vorsintflutlichen Möbel. Olga hatte es verstanden, ihnen durch ein paar geschickt ausgewählte Details die wilhelminische Schwere auszutreiben. Ein furchtbar christliches Ölgemälde, eine von Engelchen umflatterte Leidensjungfrau, hatte sie ironisch zu ihrem Hausaltar erklärt und hinter zwei großen Buketts aus Papierblumen verschwinden lassen.

Als wir unsere eigene Wohnung an der Paulsborner Straße bezogen, musste ich mich um die Inneneinrichtung nicht kümmern. Das ist eines von Olgas vielen Talenten. Selbst hier in Theresienstadt schafft sie es irgendwie, unseren winzigen Kumbal wohnlich erscheinen zu lassen.

Sie briet die Eier auf einem Spirituskocher, und es gab Butterbrote dazu. «Ich hätte ja noch mehr Leute eingeladen», sagte Olga, «aber ich habe nur zwei Teller, die zueinander passen.»

Mehr als uns beide hat es nie gebraucht.

Es wurde ein Ritual daraus. Immer an unserem Hochzeitstag, wo andere Paare sich Geschenke machen oder Gäste einladen, essen wir Spiegeleier.

Aßen wir Spiegeleier. Ich wage es nicht, an einen einundzwanzigsten Hochzeitstag auch nur zu denken. Was man sich zu sehr wünscht, bekommt man nie. Oder man bekommt es vergiftet.

Ob es für uns ein nächstes Jahr geben wird? Einen nächsten 16. April?

Wir haben ihn kein einziges Mal ausgelassen. Wenn ich den ganzen Tag im Atelier stand und abends noch Vorstellung hatte, haben wir uns eben nachts um halb zwölf hingesetzt und Spiegeleier gegessen. Das musste sein. Einmal, als wir bei Dreharbeiten im Hotel wohnten, haben wir die Eier aufs Zimmer bestellt. Weil sie in der Küche besonders nett sein wollten oder beweisen, wie ungeheuer erstklassig sie doch waren, haben sie das Gericht mit Kaviar angereichert. Olga hat die kleinen schwarzen Körnchen sorgfältig herausgepickt und am Rand ihres Tellers aufgeschichtet. Ich habe es ihr nachgemacht. Wenn auch, verfressen, wie ich bin, ohne Begeisterung.

Zu unserer Tradition gehörte kein Kaviar. Wenn wir damals, als wir uns kennenlernten, zum Essen in ein feines Lokal gegangen wären, dann hätten wir uns nicht die ganze Nacht unterhalten, über

Gott und die Welt. Wären nicht am Morgen – auf Zehenspitzen natürlich, das war Ehrensache – aus dem Haus geschlichen und hätten am Hafen gefrühstückt, in einer Kneipe, wo es nach Fisch roch und nach Pfeifentabak.

Wo sie mich zum ersten Mal gefragt hat: «Was machen Sie eigentlich beruflich, Herr Gerron?»

Wenn die Geschichte mit Kaviar angefangen hätte, wäre sie gleich wieder zu Ende gewesen. Als höflicher Mensch hätte ich Olga nach Hause begleitet oder ihr wenigstens die Taxe bezahlt. Das wär's dann gewesen. Irgendwann hätte sie das entwickelte Röntgenbild an Dr. Drese geschickt – was ich da ertastet hatte und immer noch ertasten kann, war etwas völlig Harmloses, nur ein Granulom, ein winziger eingekapselter Metallsplitter –, sie hätte nicht mehr an mich gedacht und ich nicht an sie. Wir hätten nie gemerkt, dass wir zusammengehören.

Wie furchtbar wäre das gewesen.

Wir führen keine Kaviar-Ehe. Wir haben eine Spiegelei- und Butterbrot-Ehe. In der verrückten Welt, in der ich damals zu leben begann, und die immer noch verrückter wurde, konnte mir kein größeres Glück begegnen.

Ohne Olga …

Ich will es mir nicht vorstellen.

Der teure Kaviar blieb auf dem Tellerrand liegen. Als der Zimmerkellner das Geschirr abräumen kam und sich wunderte, dass wir das Beste übriggelassen hatten, erklärte ihm Olga, zwei Sorten Eier passten geschmacklich nicht zusammen. Mit der ernsthaftesten Miene der Welt. Man muss sie sehr gut kennen, um zu merken, wann sie einen verkohlt.

An einem andern 16. April saßen wir in Paris in einem Bistro. Weder Olga noch ich wussten, wie man Spiegeleier auf französisch sagt. «Miroir, miroir», habe ich Idiot ständig wiederholt. Der Ober hat uns mit dieser höflichen Verachtung angesehen, mit der einen französische Kellner anlächeln, wenn man nicht jeden Käse auf dem Servierwagen mit Vornamen zu benennen weiß. «Œufs sur le plat» heißt das. Eier auf der Platte.

In Holland heißt Spiegelei Spiegelei. Das ist ein gastfreundliches Volk und macht es einem nicht schwer. Nur die Aussprache ist ein bisschen seltsam.

In Amsterdam, an der Frans van Mierisstraat, war es dann wieder wie in jener ersten Nacht in Hamburg: ein möbliertes Zimmer und ein Spirituskocher. Das Fenster musste offen bleiben, sonst hätte der Geruch meine Eltern angelockt, die im Nebenzimmer schliefen.

Das teuerste Spiegelei haben wir uns in Westerbork geteilt. Olga hat mit ihrem Ehering dafür bezahlt.

In Theresienstadt kann man von Eiern nur träumen. Um sich dort welche zu wünschen, muss man verrückt sein. Wie der alte Jongleur, der jedem erzählt: «Ich kann ein Kunststück mit acht Eiern, da würdet ihr aber staunen.» Immerhin, ein Stück Papier habe ich aufgetrieben, ein ganzes leeres Blatt, nur auf der Rückseite stand was drauf. Der Jo Spier hat mir einen Teller mit Spiegeleiern gezeichnet, so lebensecht, dass man die Butter brutzeln hörte. Die Zeichnung wollte ich Olga hinlegen, aber sie …

Gerade mal drei Monate ist das her.

Ich hatte diese Zeichnung für sie. Besser als gar nichts. Auch wenn Symbole nicht satt machen. Auf unserem Margarinekisten-Esstisch habe ich Messer und Gabel neben die gemalten Spiegeleier gelegt. Einen abgerissenen Hemdenzipfel als Serviette. Das Fenster habe ich geschlossen, obwohl es ein warmer Frühlingstag war. Der Gestank der Latrine sollte die Romantik nicht stören. Wenn ich inszeniere, dann richtig.

Olga hätte schon längst da sein müssen, aber seit ein paar Tagen macht ihre Putztruppe auch bei den Dänen sauber. Dort bleibt man gern länger, denn die Dänen bekommen regelmäßig Pakete. Man erzählt sich Wunderdinge, was da alles drin sein soll. «Wenn man besonders sauber fegt», hat Olga gesagt, «kriegt man vielleicht etwas davon ab.»

Ich wartete ohne Ungeduld. Gemalte Spiegeleier werden nicht

kalt. Da kam Dr. Springer ins Zimmer gestürzt, ganz wörtlich gestürzt. Stolperte in seiner Hast über die Schwelle und fiel beinahe hin. Und sagte: «Kommen Sie schnell, Gerron! Ihre Frau will sich umbringen.»

Ich bin sitzen geblieben. Kurzschluss im Hirn. Habe noch ganz sorgfältig das Messer und die Gabel in den Stofffetzen gewickelt und eingesteckt. In Theresienstadt ist Besteck wertvoll. Erst dann bin ich hinter ihm her gerannt.

Sie war aus dem Fenster gestiegen. Vom Dachboden in der Dresdener Kaserne. Wo die alten Frauen auf ihren Strohsäcken liegen. Wo auch Olga gewohnt hat, die ersten Tage in Theresienstadt. Sie hatte ein Fenster geöffnet, eine Luke eigentlich nur, und war hinausgeklettert.

Einfach hinausgeklettert.

Als ich angerannt kam, stand sie auf einem Sims, viel zu schmal für einen Fuß. Tastete sich der Mauer entlang, zehn Meter über dem Boden. Das Gesicht zur Wand, an der sie sich mit einer Hand abstützte. Der andere Arm vor ihrem Körper. Angewinkelt, als ob sie sich verletzt hätte.

Auf der Straße ein Menschenauflauf. Wo man so eng zusammengepfercht lebt, kommt schnell eine Menge Leute zusammen.

«Sie wollte springen», erklärte jemand mit dem Stolz des Augenzeugen, der rechtzeitig vor Ort gewesen ist. «Aber dann hatte sie nicht den Mut dazu.»

Dass sich jemand umbringt, kommt in Theresienstadt jede Woche vor. Auch dass jemand den Verstand verliert. Grund dafür haben wir alle.

Aber Olga …

Hatte es etwas mit dem Hochzeitstag zu tun? Konnte sie nicht ertragen, dass unsere Tradition zu Ende sein sollte? War das schlimmer für sie als alles andere? Man kann in einen Menschen nicht hineinschauen. Auch nicht, wenn man zwanzig Jahre mit ihm verheiratet ist.

Ich habe nicht gerufen. Meine Stimme hätte sie erschrecken können. Das prekäre Gleichgewicht stören, das sie wiedergefunden zu haben schien. Das sie davon abgehalten hatte, sich in die Tiefe zu stürzen. Nur jetzt nicht ablenken, nicht jetzt, wo sie sich der Öffnung in der Mauer näherte. Mit winzigen seitlichen Bewegungen.

Ganz leise musste ich mit ihr sprechen. Beruhigend. Mich ans Fenster stellen und sie mit meiner vertrauten Stimme Schritt für Schritt zu mir heranlocken. Ihr die Hand hinstrecken und sie mit sanfter Gewalt ins Leben zurückziehen.

Hinterher hat mich Olga dafür ausgelacht. Hat mir den Titel des amerikanischen Films genannt, in dem wir genau diese Szene gesehen haben.

Die Leute wollten mich nicht durchlassen. Mit den Ellbogen musste ich mir den Weg zur Haustür bahnen. Beleidigte Reaktionen, als ob ich mich in der Schlange vor einer Theaterkasse hätte vordrängeln wollen. «Wären Sie halt früher gekommen, Herr, dann hätten sie auch einen besseren Platz gekriegt.»

Endlich das Treppenhaus.

Ich war erst zwei Stockwerke hochgekeucht, da kam sie mir lächelnd entgegen.

Lächelnd.

Streckte mir das Vogelnest entgegen, das sie aus der Dachrinne gefischt hatte. «Meinst du, dass Taubeneier auch schmecken?», fragte sie.

Sogar ein ganz kleines Stückchen Butter hatte sie mitgebracht – nicht Margarine, Butter! –, eingewickelt in ein Stück dänische Zeitung. Unser Ofen ist eine durchlöcherte Konservenbüchse, die man mit Holzschnipseln füttert, der Blechteller wurde nicht richtig heiß, und Salz hatten wir auch keines. Aber es waren die besten Spiegeleier, die jemals jemand gegessen hat.

Zwanzig Jahre.

Als wir damals beschlossen zu heiraten – nein, wir mussten es nicht beschließen, es war einfach klar –, da waren meine Eltern überhaupt nicht damit einverstanden, dass wir es in Hamburg tun wollten. Ganz ohne Brimborium. Die Liste der Leute, die wir ihrer

Meinung nach mindestens – aber mindestens! – hätten einladen müssen, umfasste drei Seiten. Es standen fast nur Konfektionäre drauf.

Olgas Eltern war alles recht, was ihre Tochter glücklich machte. So liebe Menschen! Schön, dass sie rechtzeitig haben sterben dürfen. *Eines natürlichen Todes*, wie man das wohl nennt. Wenn ich mir vorstelle, auch sie wären …

Nicht daran denken.

Auf dem Standesamt ging es nicht feierlich zu, sondern komisch. Wie bei einer wichtigen Premiere, wo einen vor lauter Spannung schon der kleinste Versprecher aus dem Konzept bringt. Otto Burschatz hatte sich für seinen Auftritt als Trauzeuge einen Cutaway besorgt. Selbstverständlich pflegte er auch zur Kostümabteilung die besten Kontakte. Weil er darin würdiger aussah als alle andern, hielt ihn der Beamte für den Bräutigam. Worüber wir so heftig lachen mussten, dass der arme Bürokrat seinen ganzen Auftritt verstotterte.

Der andere Trauzeuge war Olgas Chef, mein Studienkollege Thalmann. Als ich Otto und ihn miteinander bekannt machte, und sie einander gegenüber standen, der eine mit nur einer Hand, der andere mit nur einem Arm, da meinte Otto: «Scheint ein Treffen für Männer mit kleinen Fehlern zu sein.» Und zwinkerte mir zu.

Olga hatte es gehört, was Otto dann furchtbar peinlich war. Aber sie lachte bloß. Sie hat mich von Anfang an so akzeptiert, wie ich nun mal bin.

Ich habe ihr eine Hochzeitsreise versprochen und das Versprechen nie gehalten. Da war immer noch ein Auftritt. Noch eine Rolle. Noch eine Inszenierung. Heute reut mich jede Stunde, die wir nicht gemeinsam verbracht haben.

Dafür war sie überall dabei. Auch im Atelier. «Sie passt auf ihn auf», sagten die Leute. «Weil niedliche Ballettmädchen in der Nähe sind.» Ich muss meine Verführer-Rolle überzeugend gespielt haben.

Jemand, der mit unserem Gewerbe nichts zu tun hat, wird in Künstlerkreisen oft nur schwer akzeptiert. Bei Olga war das anders. Sie hat das seltene Talent, wirklich zuhören zu können. Weil sie sich für andere Menschen, und das ist noch viel seltener, auch wirklich interessiert. Jeder, der sich mal ausweinen oder ein Problem besprechen wollte, kam automatisch zu ihr.

Sogar Leute, die sonst den starken Mann markierten. Als wir *Heut' kommt's drauf an* drehten, und sich der Albers seine Sätze mal wieder nicht merken konnte, hat sie bis früh um vier mit ihm Text gebüffelt. Was dann auch nichts half. Am nächsten Tag hing er wieder. Wir mussten seine Szene ein halbes Dutzend Mal wiederholen. Worauf der Hans zu mir sagt: «Schau mich nicht so vorwurfsvoll an, Gerron! Deine Frau hat mich die ganze Nacht nicht schlafen lassen.»

Und einmal ...

Hitler ist tot. Jetzt wird alles anders.

Er hat das Attentat überlebt. Ich hätte wissen müssen, dass es keine guten Nachrichten gibt. Nicht für uns. Keine Wunder in letzter Minute. Ich darf mir keine Hoffnung mehr leisten. Muss mich auf die Dinge konzentrieren, die mir geblieben sind. Entscheiden, welches Opfer sie wert sind.

Auslegeordnung:

Vier Wände. Eine Türe. Ein Fenster. Zweimal drei kleine Glasscheiben. Eine davon, unten rechts, ist zerbrochen, und wir haben sie durch ein Stück Pappe ersetzt.

Der Geruch der Latrine.

Zwei Betten übereinander. Ich unten, Olga oben. Nur eine richtige Bettdecke. Die andere haben sie mir gestohlen, als wir in Theresienstadt ankamen. Ich schlafe unter einem Ersatz aus zusammengestoppelten Mehlsäcken. *Schleussenmühle* steht darauf, eine bittere Ironie. Man kommt durch eine Schleuse nach Theresienstadt, und weil dort so viel verschwindet, sagt man hier nicht *stehlen.* Man sagt *schleusen.*

Zwei Strohmatratzen. Im Moment ohne lästige Mitbewohner.

Dank Dr. Springers guten Beziehungen zur Hygieneabteilung konnten wir sie in der alten Brauerei entwesen lassen. Sie machen das dort mit einem Gas. Zyklon B. Äußerst wirksam.

Keine Kopfkissen, natürlich nicht. Man rollt seine Kleider zusammen und legt den Kopf darauf. Im Gefängnis braucht man keine Bügelfalte.

Ich könnte uns richtige Kissen verschaffen. Daunendecken. Ich bin A-Prominenter, da kann man an solche Sachen rankommen. Aber Olga ist strikt dagegen, dass wir uns Vorteile verschaffen. «Das wäre unfair», sagt sie. Sie ist der letzte Mensch, der noch an Gerechtigkeit glaubt. Ich liebe sie dafür.

Auch ohne Kopfkissen schlafen wir nicht schlecht. Wenn wir nicht träumen.

Ein Koffer als Kommode. Der übliche Theresienstädter Möbelersatz. Nicht sehr groß, aber für unsern Besitz reicht er aus. Und wenn man auf Transport geht, hat man den Koffer gleich zur Hand.

Zwei Stühle. Der eine aus einer vornehmen Wohnung. Mit geschnitzter Rückenlehne. Auf der Sitzfläche Reste eines gelben Samtbezugs. Der andere, eine Stabelle, hat seine Lebensgeschichte wohl in einem Bauernhaushalt begonnen. Nicht elegant, aber massiv. Also für mich reserviert.

Der Tisch aus zwei Margarinekisten. *VYNIKAJÍCÍ KVALITY* steht darauf, was ich mir mit *prima Qualität* übersetze. Wer Sinn für Ironie hat, kommt in Theresienstadt auf seine Kosten.

Die Kisten sind unser Tresor. Für die unersetzlichen Dinge.

Ein Stück Seife. Eine Dose mit Zahnpulver. Eine Zahnbürste. Die zweite hat man uns gestohlen. Wir haben lang darüber philosophiert, welches Verhältnis zur Hygiene der Dieb gehabt haben kann.

Ein Bleistiftstummel. Ein liniertes Schulheft mit ein paar leeren Seiten. Tschechische Sprachübungen, mit viel roter Tinte korrigiert.

Olgas Nähzeug mit der einen, kostbaren Nadel.

Zwei Teller aus Blech. Ein Henkelmann, drei Schalen übereinander. Zwei Gläser. Richtiges Glas, leider. Wenn uns eines zerbricht, wird es schwer zu ersetzen sein. Ein kleiner metallener Krug, unten ganz schwarz. Wir wärmen uns Wasser darin auf. Wenn man die richtigen Gräser findet, kann man sich einreden, man trinke Tee.

Zwei Löffel. Zwei Gabeln. Zwei Messer. Eines davon ist größenwahnsinnig. Bestenfalls Alpaka, versucht aber, vornehmes Silber zu imitieren. Samt verschnörkeltem Monogramm. In den Griff eingeprägt die Buchstaben *B. T.* Wir haben Stunden damit zugebracht, uns auszudenken, wofür die Initialen wohl stehen könnten. Die Abende sind lang hier, seit die Ausgangssperre um acht beginnt. *Baron Trenck* haben wir gesagt, oder *Bertolt Trecht.* Die richtige Lösung fällt mir erst jetzt ein. *B. T. Bald tot.*

R. U. Rückkehr unerwünscht.

Zwei Fotos. Meine Eltern und Olgas Eltern. Mehr ist von ihnen nicht übrig geblieben. Wir haben uns die Bilder lang nicht angesehen.

Ein flacher Stein mit einer Maserung, die aussieht wie ein Gesicht.

Meine Pillen gegen Bluthochdruck. Ich brauche sie nicht mehr. Die salzarme Diät im Lager hat Wunder gewirkt.

Mein Zigarrenetui. Leer, natürlich, aber man kann die Zigarren noch riechen.

Dies und das.

An der Wand ein Regalbrett mit zwei leeren Konservendosen. Die eine, durchlöchert, ist unser Kochherd. In der anderen steht eine Rose. Schon lang vertrocknet, aber es ist eine richtige Blume. Wie Olga dazu gekommen ist, das ist eine eigene Geschichte. Eine vertrocknete Rose und ein vertrocknetes Stück Brot. Auch mit einer Geschichte.

Ein einziges Bild. Es hängt schräg, weil wir die Nägel verwenden mussten, die schon in der Wand waren. Die Zeichnung eines Tellers mit zwei Spiegeleiern.

Das ist es, was wir haben. Lohnt es sich, dafür am Leben zu bleiben?

Wenn wir Kinder hätten, vielleicht. Aber wir haben keine Kinder. Dafür hat der Granatsplitter gesorgt. Ich habe darunter gelitten, aber vielleicht war es ein Glück.

Für das Kind war es ein Glück.

Es wäre ein Sohn gewesen, da bin ich mir ganz sicher. Wenn ich davon geträumt habe – und wann habe ich nicht davon geträumt? –, war es immer ein Sohn. Er hätte in seiner Wiege gelegen und gestrampelt. Dicke Beinchen hätte er gehabt, und die Leute hätten gelacht und gesagt: «Er kommt nach seinem Vater.»

Ich hätte ihm Lieder vorgesungen, alle Lieder, die ich kenne, auch neue hätte ich für ihn erfunden, und er hätte nicht geweint. Und wenn doch, hätte ich Grimassen für ihn geschnitten. Ich kann gut Grimassen schneiden. Auf meinen Knien hätte ich ihn geschaukelt, so wie es Großpapa mit mir getan hat. *Wir fahren mit der Eisenbahn, Tschu-tschu-Eisenbahn …*

Nein, nicht dieses Lied. Ich hätte mir ein anderes für ihn ausgedacht. Ganz viele hätte ich mir ausgedacht.

Er hätte laufen gelernt und reden, nicht früher als andere, das wäre nicht nötig gewesen. Ein ganz gewöhnliches glückliches Kind wäre er geworden, und ich hätte ihn nicht mehr verwöhnt, als andere Väter es auch tun. Ein ganz kleines bisschen mehr vielleicht, aber das hätte ihm nicht geschadet. Nichts hätte ihm geschadet.

Manchmal wäre er krank gewesen, alle Kinder sind manchmal krank. Dann hätte sich Olga an sein Bett gesetzt und ihn gestreichelt, und er hätte wieder gelächelt. Ich hätte mir keine Sorgen machen müssen. Die Leute hätten gesagt: «Sie ist eine wunderbare Mutter», und sie hätten recht gehabt. Olga wäre die beste Mutter gewesen, die allerbeste.

Er wäre in die Schule gekommen, und die Lehrer wären nett zu ihm gewesen. Er hätte lesen gelernt und schreiben. An meinem Geburtstag wäre eine Zeichnung auf dem Tisch gelegen, darauf hätte gestanden *Für Papa*. Mit krakeligen Buchstaben.

Für Papa.

Ich wäre gerührt gewesen, zu Tränen gerührt, und er hätte gefragt: «Bist du traurig, Papa?» Und ich hätte gesagt: «Es ist mir etwas ins Auge geflogen.» Und hätte ihn ganz fest an mich gedrückt.

Otto Burschatz wäre sein Patenonkel gewesen und hätte ihm lauter wunderbare Geschenke mitgebracht. Einen echten Zahn von einem Tiger und eine Eisenbahn, die nicht nur im Kreis herumfährt.

Nein, keine Eisenbahn. Einen Drachen vielleicht, ja, einen Drachen, und der wäre nicht in einem Baum hängen geblieben wie damals der meine.

1925 wäre er zur Welt gekommen, das habe ich mir ausgerechnet. Acht Jahre wäre er gewesen, als wir Deutschland verlassen mussten.

Er hätte nicht gemerkt, dass es eine Flucht war. Ferien, hätte er gedacht und wäre stolz gewesen, dass er durfte und die andern nicht. In Wien hätte er das Riesenrad entdeckt und in Paris das Karussell im Jardin de Luxembourg, das aus dem Rilke-Gedicht. *Aus dem Land, das lange zögert, eh es untergeht.* Er hätte nicht gewollt, dass ich mit ihm mitfahre, dafür wäre er schon zu groß gewesen. Ganz allein wäre er auf das hölzerne Pferd geklettert.

In Holland hätte er ganz schnell die Sprache gelernt, ein Fahrrad hätte er gehabt, und im Winter wäre er mit roten Backen auf einer Gracht Schlittschuh gelaufen. Es hätte ihm gefallen in Amsterdam.

Beim Einmarsch der deutschen Truppen wäre er fünfzehn gewesen und hätte verstanden, was passiert. Aber er hätte keine Angst gehabt, auch nicht mit dem gelben Stern auf der Brust. Mein Sohn hätte keine Angst gehabt.

Dann hätten sie ihn nach Westerbork geschickt und von Westerbork hierher nach Theresienstadt, und er hätte mit den andern gehungert und wäre mit den andern krank geworden. Oder er wäre nicht krank geworden, aber eines Tages hätte er ganz in Gedanken einen SS-Mann nicht gegrüßt, sie hätten ihn zu zehn Stockschlägen verurteilt und, weil er nicht weinen oder schreien wollte, zu noch einmal fünfundzwanzig, und das hätte er nicht überlebt. Oder er hätte es überlebt, aber sie hätten ihn für den nächsten Transport eingeteilt, und er wäre nach Auschwitz gekommen, und dort ...

Es ist gut, dass ich keine Kinder haben kann.

Ein Glück ist es.

Nein. Nein. Nein. Nein. Zum Wahnsinn führt der Weg.

Es ist nicht meine Kinderlosigkeit, die mich ausmacht. Nicht diese zufällige Kriegsverletzung. Ich bin Künstler. Schauspieler. Ich habe Erfolge gehabt. Schöne Erfolge. Die gehören mit auf die Rechnung, nicht nur die Niederlagen. Warum fällt es mir so schwer, mich darauf zu konzentrieren? Ich muss das doch können. Ich habe das doch geübt. Wenn mir auf der Bühne ein Mensch gegenüber steht, gerade noch haben wir zusammen in der Kantine gesessen und er hat mir schweinische Witze erzählt, er riecht nach dem Bier, das wir getrunken haben, und an seinem Kinn hat er mit rosaroter Schminke einen Pickel übermalt, dann muss ich mich auch darauf konzentrieren können: Das ist der König. Muss seine Majestät spüren, auch wenn ich ihn in Unterhosen kenne. Auf einem Schlachtfeld muss ich sein können, wenn das Stück es verlangt, auf der Heide oder in einem Wald, und es darf mich nicht stören, dass da keine Bäume sind, sondern nur bemalte Pappe. Wenn der Jessner mal wieder seine Treppe hinbaut, muss ich den Palast sehen, den er damit meint.

Ich muss das doch können, verdammt noch mal.

Ohne die Augen zu schließen. Ohne einen einzigen Atemzug lang zu vergessen, wo ich bin und um was es geht. Trotzdem woanders sein. In einer andern Zeit. Meine Erinnerungen kann Rahm nicht einsperren. Ich weiß noch ganz genau, wie es war.

Ich weiß es doch noch.

Ich muss das doch können.

Ich sitze bei Schwanneke, wo wir fast jeden Abend landen, und dieser Mann spricht mich an.

Sieht nicht aus wie ein Theaterdirektor. Wie ein junger Arzt, frisch approbiert. Der sich seiner Sache noch nicht ganz sicher ist und sich deshalb an einer Pfeife festhält. Er ist tatsächlich mal Medizinstudent gewesen, ein Semester lang. «Das muss doch eine Bedeutung haben», meint er «Eine Produktion mit lauter abgebrochenen Medizinern. Sie ja auch, wie ich höre, und der Brecht ohnehin. Und mit dem verstehen Sie sich doch blendend.»

Naja.

Ich hatte bei Brecht den Mech gespielt, im *Baal* am Deutschen Theater. «Ich bin eigentlich zu dick für Lyrik», hatte ich in der ersten Szene zu sagen, und das war ein Lacher gewesen. Aber sonst? Ein wildes Pfeifkonzert. Der Kerr soll das angezettelt haben. Das mag so gewesen sein oder auch nicht. Wie auch immer: Nach der ersten Matinee war das Stück schon wieder abgesetzt. Wenn man den Brecht fragte, waren alle anderen daran schuld, nur nicht er selber. Dabei hatte er Regie geführt. Was er dann bei der *Dreigroschenoper* auch ständig getan hat, obwohl er dafür nicht engagiert war. Aber was sollte man machen? Der Aufricht hatte nun mal den Narren an ihm gefressen.

Ernst Josef Aufricht. Wir nannten ihn: «Herr Direktor». Nicht aus Unterwürfigkeit, sondern weil die ganze Produktion etwas von einer Improvisation hatte. So wie früher mit Kalle. Wo man sich alle paar Sätze mit Titel und Funktion anreden muss, um nicht zu vergessen, wer gerade was spielt. Aufricht stellte den Chef dar, und Brecht mimte den Autor. Obwohl er das Stück gar nicht geschrieben hatte. Nicht allein.

Es war ein unmögliches Projekt, und wir haben alle nicht wirklich daran geglaubt. Außer dem Aufricht natürlich, der konnte nicht anders. Ein süchtiger Spieler, der sein letztes Geld auf eine Roulette-Zahl gesetzt hat. Wenn sie nicht rauskommt, ist er bankrott. So einer muss an seine Chance glauben. Sonst kann er sich gleich eine Kugel durch den Kopf schießen.

Sein Vater war ein reicher Holzhändler irgendwo in Oberschlesien. Von dem hatte er sich hunderttausend Goldmark erbettelt und alles in diese Inszenierung gesteckt. Das Theater am Schiffbauerdamm gepachtet. Das schon so lang leer stand, dass in der Unterbühne die Mäuse nisteten. Beschlossen, am 31. August müsse Premiere sein. Nicht einen Tag später. Weil das sein dreißigster Geburtstag war. Wollte sich zur runden Jahreszahl eine Theatereröffnung schenken. So ein Spinner war das.

Nur ein Spinner konnte dem Brecht ein Stück abkaufen, das es noch gar nicht gab. Nicht in einer Form, in der es ein vernünftiger Mensch auf den Spielplan gesetzt hätte. Eine uralte englische

Komödie, die ein Dramaturg entstaubt hatte, und die dann in London ewig lief, vor ausverkauften Häusern. An den Erfolg wollte sich der Brecht ranhängen und hat die Hauptmann beauftragt, das Stück für ihn zu übersetzen. Er hatte immer seine Sklavinnen, die für ihn schuften durften und ihn dafür anhimmelten. Zum Dank soll er sie dann bei den Tantiemen furchtbar über den Tisch gezogen haben.

Egal. Ich will mich an den Erfolg erinnern. An den Applaus. An den Jubel jeden Abend.

Auch das ist ein Teil von mir.

Was mir am stärksten im Gedächtnis geblieben ist, sind die Probenkräche. Einer immer dramatischer als der andere. Es gibt scheinbar Schauspieler, die sind überhaupt nur dafür zum Theater gegangen. Sind nur glücklich, wenn sie bei jeder zweiten Probe einen türenknallenden Abgang hinlegen können. Mit dem vollen Burgtheater-Bibber in der Stimme. «Ich betrete dieses Theater nie mehr! Nie, nie mehr!» Und ab durch die Mitte.

Wenn ich zehn Mark gekriegt hätte für jedes Mal, wo jemand bei der *Dreigroschenoper* diesen Satz gesagt hat und am nächsten Tag doch wiedergekommen ist – ich hätte mir einen Hispano-Suiza kaufen können. Mit Dreiklanghupe.

Das totale Chaos. Nur vier Wochen Proben, mit einem Stück, das nicht fertig war. Als wir uns in Berlin zur Leseprobe trafen, saß der Brecht immer noch irgendwo in Südfrankreich und schrieb neue Szenen. Aber der Aufricht wollte ja unbedingt den Premierentermin halten. Weil es sein Geburtstag war, und er seinen Vater schon eingeladen hatte. Ganz schön verrückt, der Mann. Um ein Theater aufzumachen, muss man verrückt sein.

Vielleicht, wenn alles rund gelaufen wäre ... Aber nichts lief rund. Gar nichts. Wenn der Aberglaube stimmt, dass auf eine schlechte Generalprobe eine gute Premiere folgt, dann war uns der Erfolg vorausbestimmt. Weil nicht nur die Generalprobe eine Katastrophe war, sondern die ganze Probenzeit.

Der Schiffbauerdamm war ewig nicht verpachtet gewesen. Es

fehlte an den selbstverständlichsten Dingen. Die Techniker das Letzte vom Letzten. Der Requisiteur, Malenke hieß er oder Marenke, hatte Kinder mit drei verschiedenen Frauen. Wie er das geschafft hat, ist mir heute noch ein Rätsel, so ein hässlicher Gnom, wie der war. Um seine Brut zu ernähren, hatte er in den Jahren, wo das Theater leer stand, alles verkloppt, was nicht niet- und nagelfest war. Mit dem Möbellager dasselbe. Im Konversationszimmer gab's noch nicht einmal Stühle. Und kurz vor der Premiere hat er mich beinahe umgebracht. Er hatte die Schienen konstruiert für das hölzerne Pferd, auf dem ich im Finale als reitender Bote auf die Bühne rollen sollte. Von ganz hinten, wo die Musiker in dieser riesigen Orgel saßen, bis nach vorne an die Rampe. Nur hatte er die Schienen zu schräg gebaut. Als wir den Schimmel probeweise allein losfahren ließen, kippte der mit Überschlag über die Rampe und in den Zuschauerraum. Der reitende Bote kam dann zu Fuß, und ein Statist breitete ein Stück Rasen für mich aus, damit ich wenigstens ein kleines bisschen majestätisch wirken konnte.

So eine Inszenierung war das.

Allerdings: Beim Ensemble hatte der Aufricht eine gute Nase. Die Besetzung, mit der wir in die Proben einstiegen, war sogar noch besser als die endgültige. Der Lorre als Oberbettler Peachum, da lief's einem kalt den Rücken runter. Nicht dass der Ponto, der es dann gespielt hat, abgestunken wäre, überhaupt nicht. Aber der Lorre hat etwas, das kann man in keiner Schauspielschule lernen. In der allerersten Szene – die dann am Schluss nicht mehr die erste war – sagt der Peachum: «Der Mensch hat die furchtbare Fähigkeit, sich nach eigenem Belieben gefühllos zu machen.» Der Lorre hat das schon bei der Stellprobe so gesprochen, dass man merkte: Der Mann leidet unter sich selber. Der tut nicht gern, was er tut. Würde sich lieber Gefühle leisten können. Genau die Haltung, die man bei manchen SS-Leuten beobachten kann. Wollen getröstet werden, wenn sie gezwungen sind, einem was anzutun. Sehen einen mit ganz feuchten Augen an, wie um zu sagen: «Eigentlich wäre ich ja ein guter Mensch.» Erst dann schlagen sie zu. Dienst ist Dienst, und die Verhältnisse, sie sind nicht so. *Die Fähigkeit, sich nach eigenem*

Belieben gefühllos zu machen. Manchmal hat der Brecht Dinge verstanden, die er nicht erlebt haben konnte. Schade, dass sich die Muse für ihre Küsse keinen netteren Menschen ausgesucht hat.

Dem Ponto fehlte dieses Verdruckste, das der Lorre hatte. War ein echter Verlust für die Inszenierung, dass der ausgestiegen ist. Aber er war so felsenfest davon überzeugt, es würde eine Katastrophe werden. «Wir fallen auf den Bauch», hat er immer gesagt. Hat dann eines Abends bei Schwanneke zwei Dutzend Austern bestellt und sich davon eine Lebensmittelvergiftung geholt. Mit Ansage. Musste sich für seine Krankmeldung nicht wirklich verstellen, mit seiner alten Gallengeschichte und all dem Dreck, den er sich ständig gegen die Schmerzen spritzt.

Hinterher hat's ihn dann gereut. Aber erst mal war er nur glücklich, weil er nicht mehr dabei sein musste.

Und die Neher. Eine faszinierende Frau.

Einmal muss ich zu Hause so von ihren Augen geschwärmt haben, von diesem Blick, bei dem einem die Luft wegblieb, dass sogar Olga, die dafür nun wirklich kein Talent hat, fast ein bisschen eifersüchtig wurde. Am nächsten Tag hat sie sich dann in die Probe gesetzt und hinterher zu mir gesagt: «Ich weiß nicht, was du hast. Die schaut gar nicht verführerisch, die ist bloß kurzsichtig.»

Die Neher war mit dem Klabund verheiratet, dem Mann, der diese wirklich hübschen Chansons für die Ebinger geschrieben hat. Ich hab auch mal ein paar Texte von ihm ausprobiert, aber sie passten nicht zu mir. Ich bin kein Mann für papierfeine Lyrik. Ich muss draufhauen können. Als die Proben anfingen, lag der Klabund in einem Davoser Sanatorium und hustete sich die Lunge aus dem Leib. Krank war er schon immer gewesen. Die Carola ist mitten in den Proben weggefahren, um an seinem Bett zu sitzen. Der Aufricht rief jeden Tag zweimal in der Schweiz an, um zu fragen, wann denn wieder mit ihr zu rechnen sei. Aber der Klabund machte mit dem Sterben nicht vorwärts, und unser Herr Direktor wurde immer ungeduldiger. Dabei ist der Aufricht ein netter Mensch. Aber er hatte nun mal sein ganzes Geld in diese Produktion gesteckt. Wenn sich der Premierentermin nähert, drehen alle Theaterleute durch.

Die unmöglichsten Umbesetzungen hat er vorgeschlagen. Einmal sogar diese völlige Dilettantin, die er beim Whisky aufgegabelt hatte. Aber dann ist der Klabund gerade noch rechtzeitig gestorben. Ich weiß noch, wie der Aufricht es uns mitgeteilt hat. Nicht «Er ist tot», hat er gesagt, sondern: «Morgen probiert sie wieder.»

Die Neher kam also zurück. Ganz in Schwarz. So elegant, dass man nicht zu sagen wusste: Trägt sie das jetzt aus Trauer oder weil es ihr so gut steht? Der Brecht nannte sie die frischgebackene Witwe und war hin und weg. Hat sie bedeutend netter behandelt als alle andern.

Als Polly war sie von Anfang an zum Küssen gut gewesen. Nach der Beerdigung wurde sie noch viel besser. Ausdrucksstärker. Der Tod ihres Mannes hat sie ganz durchsichtig gemacht.

Ich hab das oft beobachtet: Wenn einer wirklich am Ende ist, kann er entweder überhaupt nicht mehr spielen, oder er spielt so gut wie nie zuvor. Der Lazarowitsch zum Beispiel. Ein Provinzschmierant schlimmster Sorte, der den Nazis am meisten übelnimmt, dass er seinen so wunderbar germanischen Künstlernamen nicht mehr tragen durfte. Adalbert von Reckenhausen. Je kürzer die Rollen, desto länger der Name. Über *Die Pferde sind gesattelt* ist der nie hinaus gekommen. Und jetzt machte er diese Rezitationsabende mit all den klassischen Vorsprechmonologen, die er auf der Bühne nie hatte spielen dürfen. *Wir hatten sechzehn Fähnlein aufgebracht, lothringisch Volk, zu Eurem Heer zu stoßen.* Peinlich ungekonnt. Bis auf den Abend, wo er für den nächsten Tag zum Transport aufgeboten war und den Shylock ganz anders sprach als sonst. Ohne das ganze Provinzgebembere. Ruhig und sachlich. *Wenn ihr uns stecht, bluten wir nicht? Wenn ihr uns kitzelt, lachen wir nicht? Wenn ihr uns vergiftet, sterben wir nicht?* Da war er ein einziges Mal in seinem Leben wirklich gut, der Lazarowitsch von Reckenhausen.

Die Neher hat also wieder probiert. Bis es dann zum ganz großen Krach kam, ein paar Tage vor der Premiere. Ich weiß nicht mehr, was genau der Auslöser war. Theaterkräche sind wie Kriege. Alles wird sinnlos verwüstet, und hinterher weiß kein Mensch zu sagen, worum es eigentlich ging. Ein Strich hat ihr nicht gepasst. Das Stück war zu lang, und dauernd wurde was gestrichen. Noch zwischen Generalprobe und Premiere flog mehr als eine halbe Stunde raus. Bei der Neher ging es nur um ein paar Sätze, aber sie drehte total durch. Ihre Rolle würde zu klein, das müsse sie sich nicht bieten lassen, und überhaupt, der Brecht solle seinen Scheiß doch alleine spielen. Worauf der nicht, wie er es bei jedem anderen getan hätte, zurückschrie, sondern ihr ganz unterwürfig versprach, die Rolle wieder größer zu machen. Ließ sich einen Tisch auf die Bühne stellen, die Neher setzte sich zu ihm, und dann schrieben die beiden gemeinsam einen neuen Dialog. Stundenlang. Während wir anderen im Zuschauerraum darauf warteten, dass die Probe endlich weiterging. Bis fünf Uhr früh. Und das letzte Bild noch nicht probiert.

Alles umsonst. Am Schluss ist die Neher doch abmarschiert. Der Aufricht hat noch ein letztes Mal versucht, sie zurückzuholen. Ist mit einem Karton bei ihr zu Hause aufgekreuzt, in dem war das Hochzeitskleid, das sie als Polly tragen sollte. Hat gedacht, einem so teuren Kostüm könne keine Schauspielerin widerstehen. Sie hat ihn nicht einmal empfangen.

Er hat dann die Roma Bahn aus dem Ärmel gezaubert, die bei Reinhardt im Ensemble war, aber dort immer nur Wurzen gespielt hatte. Die lernte in vier Tagen den Text und die ganzen schwierigen Lieder, und plötzlich war sie ein Star. So geht's in dem meschuggenen Beruf.

Hinterher habe ich erfahren, dass es der Neher nie um einen Satz mehr oder weniger gegangen war, sondern um etwas ganz anderes. Der Brecht hatte einen Haufen Villon-Gedichte in die *Dreigroschenoper* eingebaut, und die kannte er wieder nur, weil ihn der Klabund darauf aufmerksam gemacht hatte. Noch im Sterben war der auf ihn sauer gewesen, weil er doch immer vorgehabt hatte, aus diesen Texten selber ein Stück …

Darum ist sie ausgestiegen. Ein Jahr später, als die *Dreigroschenoper* wieder aufgenommen wurde, hat sie dann doch noch die Polly gespielt. Loyalität ist eine Sache, aber Applaus ist eine andere.

An der Premiere sah es nicht nach Applaus aus. Marenke – ja, so hieß er, nicht Malenke – hatte vergessen, die Drehorgel einzuschalten. Die meine einzige Begleitung gewesen wäre bei der ersten Strophe. Ich kurbelte und kurbelte, und kein Ton kam raus. Man muss bis in die letzte Reihe gehört haben, wie mir das Herz in die Hose rasselte.

Der Eröffnungssong an der schwierigsten Premiere meines Lebens, und die Musik fällt aus. Das Orchester sitzt hinter mir und kann mir nicht helfen. Vor mir ein Publikum, das nur gekommen ist, um die Pleite der Saison nicht zu verpassen. Blutrünstig. Irgendwo da unten im Dunkeln saßen der Kerr und der Ihering, holten ihre Kritikerkladden raus und notierten: *Kurt Gerron: schon Scheiße.*

Und dann ist ausgerechnet dieses Lied der ganz große Erfolg geworden. Die Melodie, die jeder auf der Straße gepfiffen hat. Rund um die Welt. Ich muss es tausend Mal gesungen haben, bei allen möglichen Gelegenheiten. Ohne dieses Lied wäre mein ganzes Leben anders verlaufen. Sogar der Rahm kennt es und ist vielleicht überhaupt nur deshalb auf den Gedanken gekommen, ich solle …

Nein. Jetzt ist 1928. Jetzt ist Premiere.

Ich bin ein Star geworden, weil der Harald Paulsen so schöne blaue Augen hat. Unglaublich, aber wahr.

Er ist ja ein Operettenmann. So ein elastischer Über-die-Bühne-Wirbler. Als wäre er schon mit Lackschuhen zur Welt gekommen. Der an keinem Spiegel vorbeigehen kann, ohne sich zuzulächeln. Eitel bis zum Geht-nicht-mehr. Aber nicht unsympathisch. Größenwahn ist die halbe Miete. Er kann auf der Bühne nur gut sein, wenn er das Gefühl hat, er sei unwiderstehlich. Andere Kollegen stopfen sich eine Hasenpfote ins Trikot.

Für den Mackie Messer hatte er sich einen Maßanzug machen lassen. Und eine himmelblaue Schleife dazu, exakt dieselbe Farbe wie seine Augen. Weil die so noch besser zur Geltung kamen. Als er bei der Kostümprobe in dem Aufzug aus der Kulisse tänzelte, konnte man meinen, er habe das Stück verwechselt. Lehár statt Weill. Gar nicht das, was sich der Brecht für seinen Gangsterboss vorstellte.

Dann ging es los. «Die Schleife muss weg!» «Ohne Schleife trete ich nicht auf!» «Ich als Autor …» «Ich als Künstler …» Und Krach und Türenschlagen und «Ich betrete dieses Theater nie mehr.» Bei Schwanneke erzählten sich die Kollegen schon wieder, jetzt sei die Produktion endgültig geplatzt.

Wegen einer himmelblauen Seidenschleife.

Der Brecht hat dann die Lösung gefunden. Hat gesagt: «Dann lasst ihm halt seine blöde Schleife. Ich schreibe eine neue Moritat, die den Mackie Messer als den gefährlichsten aller Gangster einführt. Wenn die Figur so vorbereitet ist, kann er von mir aus auf die Bühne hüpfen wie Graf Koks von der Gasanstalt, mit seinem Stöckchen und seiner Schleife. Das gibt dann sogar einen interessanten Kontrast.»

Am nächsten Tag war der Song da, und der Weill hatte ihn auch schon komponiert.

Mein Lied. Das mir so viel Glück gebracht hat und so viel Unglück.

Und der Haifisch, der hat Zähne, und die trägt er im Gesicht.

Der Paulsen war über das Lied nicht glücklich. Weil ich es singen sollte. Er wollte den Löwen auch spielen. Hat tausend Gründe gefunden, warum es besser wäre, wenn Mackie Messer selber … Aber der Brecht ist stur geblieben. Obwohl er mich für einen ganz schlechten Schauspieler hielt. Eigentlich für gar keinen Schauspieler. Genau deshalb hatte er mich engagieren lassen. Wie den Naftali Lehrmann. Für den Bettler einen Kommunisten, von wegen der richtigen Überzeugung, für den Polizeichef einen Revueschmieranten wegen seiner Talentlosigkeit. «Revueleute sind sozial aggressiver», hat er zum Aufricht gesagt. Was immer das heißen mag.

Bei der Premiere kam der Song überhaupt nicht an. Das hatte nichts damit zu tun, dass die Drehorgel nicht funktionierte. Die ganzen ersten Szenen sind abgestunken. Die Leute saßen auf den Händen. Der Aufricht hat in Gedanken schon die Konkurspapiere ausgefüllt. Und dann, ganz unerwartet, kippte das Publikum. Ich sang mit dem Paulsen den Kanonensong, und sie fingen an zu jubeln. Wollten nicht mehr aufhören. Wir hatten verabredet, dass es keine Dakapos geben sollte, aber sie applaudierten so lang, bis wir das Lied wiederholten. Und das nächste und das übernächste.

Ein Erfolg, wie ihn sich jeder Schauspieler erträumt. Wie man ihn nur einmal in seiner Karriere erlebt. Kritiken, als ob Kalle sie sich ausgedacht hätte, mit seinem Hang zur Übertreibung. Die Leute haben sich um Karten geprügelt. Von jenem Tag an war ich ein Star. Wo ich auch hinkam, haben sie sich angestoßen: «Das ist der Gerron. Der mit dem Haifischsong.» Und ich habe …

Ich weiß, wie Olga das nennen würde, was ich da mache. Ich laufe im eigenen Kopf davon.

Durch das Fenster höre ich den Turkavka mit seinem tschechisch eingefärbten Statistengemurmel. «Bitte saubermachen. Bitte saubermachen. Bitte saubermachen.» Rhabarber, Rhabarber, Rhabarber. Dr. Springer hat das Ritual nach der Ruhrepidemie eingeführt. Zur Förderung der Hygiene. Wer zum Heilen keine Medizin hat, muss wenigstens vorbeugen. Vor jeder Latrine in Theresienstadt steht seither ein Wasserfass, und daneben sitzt ein alter Mann oder eine alte Frau. Die nichts zu tun haben, als die Leute daran zu erinnern, dass sie sich die Hände waschen sollen. Ich weiß nicht, ob es daran liegt, aber die Ruhr ist einigermaßen unter Kontrolle.

Unser Klassenprimus ist an der Ruhr gestorben. Die einzige Aufgabe, die ich besser gelöst habe als er. Hanselmann. Walter Hanselmann. *Notabitur, er wird gekennzeichnet werden.*

«Bitte saubermachen. Bitte saubermachen. Bitte saubermachen.» Es ist schon spät. Die Leute kommen von der Arbeit zurück. Auch das Scheißen hat seine Hauptverkehrszeit.

Es ist alles bestens organisiert hier in Theresienstadt. Organisieren beruhigt. Wer organisiert, kann sich einreden, die Dinge seien beherrschbar.

Die SS weiß das. Verbrecher waren schon immer gute Psychologen. Sie haben uns Judenräte einrichten lassen. Ältestenräte. Verwaltungen. Tausend Büros, die Listen schreiben für Essenszuteilungen und Deportationen. Wir machen ihre Arbeit für sie. Selbstmord mit doppelter Buchführung. Eine sehr deutsche Art, Opfer zu sein.

Jeder, der nach Theresienstadt geschickt wird, bekommt seine Nummer zugeteilt. Ich bin der Gefangene mit der Transportnummer XXIV/4-247. Eingeliefert am 26. 2. 1944. Ausgeliefert ...

Das falsche Wort. Aber es passt.

Auf meiner Karteikarte wird neben dem Eingang auch die Rubrik für den Ausgang schon vorgesehen sein. Nur das Datum fehlt noch und der Vermerk dahinter. V wie Viehwaggon oder S wie Sarg. Andere Möglichkeiten gibt es nicht. Eingang, Ausgang. *Rahm, der Herr, hat sie gezählet, dass ihm auch nicht eines fehlet.* Halleluja.

Wenn sie dann meine Nummer endgültig streichen, da bin ich mir ganz sicher, werden sie das exakt tun. Mit Spaltfeder und Lineal. Damit es anständig aussieht. Wo kämen wir sonst hin?

Bei unserem Mathelehrer, dem Professor Pirkhaimer, konnte man auch dann eine anständige Note kriegen, wenn man keine einzige Aufgabe richtig gelöst hatte. Solang nur die Schrift sauber war und die Ergebnisse doppelt unterstrichen. Er hätte das Theresienstädter System gut verstanden.

Alles ist hier bestens organisiert. Sogar die Dinge, die gar nicht existieren. Es gibt exakte Pläne, wie viele Kartoffeln jeder von uns zu kriegen hat. Pro Tag, pro Woche, pro Monat. Nur dass gar keine Kartoffeln da sind, oder doch nur verfaulte. Aber wenn es welche gäbe, würden sie korrekt verteilt. Theoretisch.

So wie wir auch alle ein theoretisches Bankkonto haben. Wahrscheinlich in irgendeiner Liste auch ein theoretisches Bett und ein theoretisches Bad. Einen theoretischen Aschenbecher für die theoretischen Zigarren. Einen theoretischen Humor, um die Absurdität dieses Affentheaters auch noch komisch zu finden.

Kalle hätte man das System nicht erklären müssen. In seiner Gulaschkanone hat er genügend theoretische Rationen gekocht.

Ach, Kalle. Ich fürchte, nicht einmal du hättest es geschafft, da noch drüber zu lachen.

Und wozu die ganzen Verwaltungen und Listen und Pläne? Damit wir uns einbilden können, es gäbe noch eine Ordnung in der

Welt. Die wollen wir nicht stören, und drum machen wir unsere Sache ordentlich.

Machen wir ihre Sache ordentlich.

«Bitte saubermachen. Bitte saubermachen. Bitte saubermachen.» Wie ein Automat.

In einem Schaufenster in der Passage Unter den Linden stand viele Jahre ein Reklame-Automat, von dem man mich als Kind jedes Mal nur mit Mühe wegzerren konnte. Ein Mann im Frack, den er abwechselnd links und rechts aufschlug, so dass darunter seine Weste sichtbar wurde. Die war auf der einen Seite schneeweiß und hatte auf der andern einen großen Tintenfleck. Weil er nämlich den falschen Füllfederhalter gekauft hatte.

Man müsste diesem Mann einen der germanischen Heldentempel errichten, wie sie jetzt Mode sind. Lorbeerkränze vor seinem Standbild niederlegen. Weil er Deutschland besser darstellt als jeder andere. Das ganze Land hat den falschen Füller gekauft. Marke Nazi. Und nun kriegen sie den Fleck auf der weißen Weste nie mehr weg. Dabei sah der Füller im Laden doch so verlockend aus. Mit eingraviertem Hakenkreuz, und wenn man den Deckel abschraubte, erklang Marschmusik.

Ich habe Politik nie ernst genommen. Nicht ernster als die Entscheidung zwischen zwei Füllfederhaltern. Flecken machen sie alle, und nie sieht man es ihnen vorher an. Verlorene Zeit, sich all die Prospekte durchzulesen oder sich von den Herren Verkäufern den Kopf volllabern zu lassen. Im Krieg haben wir gelernt: Bei Hurrarufen Ohren wegklappen. Ich habe die großen Töne all die Jahre an mir vorbeirauschen lassen wie Monologe bei einem Vorsprechen. Nur der Auftritt hat mich interessiert. Der Stil. Beim Hitler war mir nach zwei Minuten klar, dass ich den Mann nie besetzen würde. Nur schon wegen dieses affigen Schnurrbärtchens. Also hab ich mich nicht weiter um ihn gekümmert und um seinen Trachtenverein.

Ein Fehler, natürlich. Aber die Figuren, die man zu sehen bekam, waren ja wirklich allzu jämmerlich.

Der Heitzendorff. Es muss 1926 gewesen sein oder 27, als ich ihn zum ersten Mal in seiner braunen Uniform sah. Ausgerechnet der bierbauchige Effeff, dieser geborene Zivilist. Er fühlte sich in seiner neuen Verkleidung auch sichtlich unwohl. Ein Statist, den man als Pagen verkleidet hat, und der noch nicht recht weiß, wie man sich in Strumpfhosen zu bewegen hat. Wir trafen uns unter der Haustür, und er hat doch tatsächlich vor mir salutiert. Was ihm auch gleich wieder peinlich war. Von wegen höhere Rasse. Aber alte Gewohnheiten sterben langsam.

Wenn mir später jemand sagte, die SA sei eine gefährliche Organisation, hab ich immer nur gelacht. Wie konnte man sich vor einem Verein fürchten, bei dem der dicke Effeff Mitglied war?

Es müsste im Leben einen Inspizienten geben, der klingelt, wenn es Zeit ist, Angst zu haben. Andererseits: Wenn es dauernd klingelt, hört man nicht mehr hin.

Olga hat recht: Ich bin ein politischer Analphabet.

Dabei habe ich mich immer für einen Menschenkenner gehalten. Einen Charakter einschätzen aus der Art, wie sich jemand bewegt, einen Lügner an seiner Sprechweise erkennen, wie er manche Worte überbetont, um besonders ehrlich zu wirken, aus tapferen Worten den Feigling heraushören – das kann ich. Kann es auch darstellen, wenn die Rolle es verlangt. Aber meine Menschenkenntnis funktioniert nur, solang ich es mit Einzelmasken zu tun habe.

Dass sich Massen anders verhalten, dass sich aus der Addition von eins und eins und eins nicht drei ergibt, sondern etwas ganz Neues, dass keine Regeln mehr gelten, schon gar keine vernünftigen, wenn es erst einmal Tausende sind oder Hunderttausende oder Millionen – das habe ich viel zu spät begriffen. Vielleicht weil ich selber so gar kein Talent dafür habe, Teil einer Gruppe zu sein.

Die meisten Menschen – nicht alle, aber die meisten – geben den eigenen Verstand so gern an der Garderobe ab wie ihre Kleider im türkischen Bad. Genießen es, sich in die Masse hineingleiten zu lassen wie in eine angenehm warme Badewanne. Wenn dann der Masseur auf ihnen herumprügelt und es tut weh, dann beißen sie die Zähne zusammen und reden sich ein: «Er wird schon wissen, was er tut. Hinterher werde ich mich bestimmt sehr, sehr wohl fühlen.»

Ich hätte es wissen müssen. Aus dem eigenen Beruf. Ein Theaterpublikum reagiert genauso. Als ob es nur einen Kopf hätte. Nur eine Lunge, um «Bravo!» zu schreien oder «Buh!» Aber diese Masse löst sich wieder auf, nach zwei Stunden oder dreien, der eine geht zu Aschinger und der andere zu Horcher, je nachdem, was er sich leisten kann, und sie haben nichts mehr miteinander zu tun.

Außer wenn da einer ist, der mit Massen umzugehen versteht. Dann kann er auch einen Theaterskandal inszenieren. Wie damals beim *Baal.*

Ich habe viel zu spät gemerkt, dass es in der Politik genau dasselbe ist. Habe die einzelnen Figuren gesehen und nicht die Masse. Habe über den Effeff gelacht, in seiner kackbraunen Uniform. Am 1. April standen die Effeffs dann vor allen Ladeneingängen, und ich konnte nur noch meine Koffer packen und zum Bahnhof fahren.

Wenn ich es rechtzeitig begriffen hätte, würde ich jetzt vielleicht in Hollywood sitzen. Ich habe schon ganz vergessen, wie Orangen schmecken.

Noch viel mehr als beim Effeff habe ich mich beim kleinen Korbinian getäuscht. Der überhaupt nicht klein ist. Ein Kleiderschrank. Einen halben Kopf größer als Max Schmeling, und der ist eins fünfundachtzig. Breite Schultern und mächtige Muskelpakete. Ein Körper zum neidisch werden. Und hieß doch: der kleine Korbinian.

Er kam aus Bayern. Aus einem dieser Provinznester, wo es außer der Brauerei und der Kirche nicht viel gibt. Lief noch nach Jahren mit großen Augen durch Berlin. Als ob er den Verkehr und den ganzen Rummel gar nicht glauben könne. Er war Boxer oder hatte doch eines Tages beschlossen, das zu werden. So wie seine Schulkameraden Schlosser wurden oder Schreiner. War wahrscheinlich bei ihren Raufereien immer der Stärkste gewesen. Begann im örtlichen Turnverein zu trainieren und verlor dort nie einen Kampf.

Seine Leute redeten ihm ein, er müsse unbedingt nach Berlin gehen, nur dort könne sich ein Talent wie seines so richtig entfalten. Wie der jugendliche Held aus Kyritz an der Knatter, den die Damen vom Jungfrauenbund anschmachten, und der deshalb fest davon überzeugt ist, den Jannings und den George an die Wand spielen zu können. Aber wenn er dann in Berlin ankommt, liegt am Anhalter Bahnhof kein roter Teppich bereit. Bei Max Reinhardt schafft er es noch nicht einmal an der Vorzimmerdame vorbei. Irgendwann kriegt er dann doch etwas zu spielen, den dritten Lanzenträger oder eine andere Wurzen mit zwei Sätzen, aber wenn am nächsten Tag die Kritiken erscheinen, muss er feststellen, dass ihn der Ihering und der Kerr noch nicht einmal bemerkt haben. Wenn so einer gescheit ist, fährt er ganz schnell in sein Kaff zurück. Wo sie ihm zuhören, wenn er von seinen Triumphen in der Hauptstadt berichtet. Wenn er dumm ist, bleibt er am Theater hängen und wird dort Inspizient oder Statistenführer. Auch wer nur hinter den Elefanten die Scheiße aufklaubt, kann sich einreden, er sei im Showgeschäft.

Dem Korbinian ging's als Boxer so ähnlich. Er schaffte es nie, sich einen Namen zu machen. Und das ganz wörtlich. Kein Mensch kannte seinen Familiennamen. Es interessierte sich auch keiner dafür. Er war der Korbinian, und wenn ihn einer ärgern wollte, der kleine Korbinian. Er ließ es sich gefallen, wie er sich alles gefallen ließ. Wenn er nur dabeisein durfte. Ein Kind, das zu den Erwachsenen gehören will.

Dabei hatte er in Berlin einen guten Start. Er sah aus, wie ein Schwergewichtler aussehen muss. War im Training fleißiger als jeder andere. Stundenlang konnte er auf einen Sandsack einprügeln. Wenn man ihm ein Springseil in die Hand drückte, dann hüpfte er, bis er umfiel. In den ersten Kämpfen, zu denen man ihn aufstellte, schien sich seine Provinzkarriere nahtlos fortzusetzen. Er war größer und stärker als seine Gegner. Sie hatten keine Chance gegen ihn.

Bis er dann zum ersten Mal auf einen richtigen Boxer traf. Auch ein Amateur, wie alle, die er bisher vor sich gehabt hatte, aber kein

Fallobst. Ein alter Hase, der das Handwerk und seine Tricks gründlich gelernt hatte. Der war zwanzig Kilo leichter und reichte ihm nicht mal bis zum Kinn, aber Korbinian schaffte es nicht, auch nur einen einzigen Treffer zu landen. Der andere war einfach zu schnell und zu beweglich. Tanzte um ihn herum und fand immer wieder den Weg durch seine Deckung. Korbinian ging nicht k.o., aber als er aus dem Ring kletterte, blutete seine Nase, und ein Auge war zugeschwollen. Für einen Boxer sind solche Verletzungen eigentlich Kinderkram. Einen Kampf nach Punkten zu verlieren, ist keine Schande. Aber Korbinian, das stellte sich an jenem Tag heraus, war gar kein richtiger Boxer. Nur ein starker Mann, der noch nie verprügelt worden war. Hatte den richtigen Körper und die richtigen Muskeln. Sogar die Technik hatte er einigermaßen erlernt. Nur das Kämpferherz fehlte ihm. Er war, trotz seiner Größe, eben doch nur der kleine Korbinian.

Danach ist er nie mehr zu einem Kampf angetreten. Zwei oder drei Mal ließ er sich noch aufstellen, aber im letzten Moment sagte er immer ab. Wegen Verletzung oder Krankheit. So wie der Lorre seine Lebensmittelvergiftung bekam, als er bei der *Dreigroschenoper* aussteigen wollte. Dabei trainierte er fleißig weiter, ausdauernd und diszipliniert. Wenn man ihn nicht kannte, sah man nur den kraftstrotzenden Kleiderschrank und konnte Angst vor ihm bekommen. Aber die Boxerwelt ist so verklatscht wie das Theater, und sie kannten ihn alle.

In jeder Westend-Bar hätte er einen Posten als Rausschmeißer kriegen können. Aber seine Liebe gehörte nun mal dem Sport. Er fühlte sich nur wohl, wo es nach Schweiß und Einreib-Ölen roch. Zum Schmeling kam er, weil bei dem einmal ein Kampf gegen Primo Carnera im Gespräch war, und man fürs Training jemanden suchte, der auch so eine riesige Figur hatte. Der Kampf kam dann nicht zustande, und der Korbinian, so hatte sich bald gezeigt, wäre für die Vorbereitung auch gar nicht zu gebrauchen gewesen. Seit jener Niederlage war er einfach zu ängstlich. Sogar beim Sparring, wo der Max doch gar nicht richtig zuschlug. Er kriegte dann, aus lauter Mitleid, einen Job bei ihm, als so eine Art Mädchen für alles. Wenn

Max zu einem Kampf in den Sportpalast oder wo auch immer einmarschierte, durfte ihm der kleine Korbinian den Eimer mit dem Wasser und dem Schwamm hinterhertragen. Er war unbeschreiblich stolz auf die eigene Wichtigkeit.

Zum ersten Mal habe ich ihn gesehen, als wir den Schmeling in seinem Trainingsquartier besuchten. Ein paar Tage vor dem Kampf um den Schwergewichtstitel. Einer dieser Termine, die nur stattfinden, damit die Presse darüber berichten kann. Der Sportpalast war wohl noch nicht ganz ausverkauft. Wir sind gern hingegangen, weil der Max ein richtiger Kumpel ist, der oft bis in den frühen Morgen mit uns bei Schwanneke saß. Wäre am liebsten selber Schauspieler geworden. Er hatte auch einmal in einem Film mitgespielt, in irgend so einer fürchterlichen Schwarte, deren Namen ich vergessen habe. Wofür mir der Max bestimmt dankbar ist. Später haben wir dann sogar zusammen gedreht.

Es waren also ein paar bekannte Schauspielergesichter in die Boxschule gekommen. Der Curt Bois war dabei und der Otto Wallburg. Man machte die üblichen Fotos – Max Schmeling hält Willy Fritsch drohend die Faust unter die Nase, ha ha ha –, dann war der offizielle Teil auch schon vorbei, und es wurde Sekt serviert. Dazu hatten sie sich etwas Besonderes einfallen lassen. Hatten den muskulösesten Boxer, den sie auftreiben konnten, in eine absichtlich viel zu enge Kellnerjacke gesteckt. Den Korbinian eben. Mit seinem Silbertablett voller Gläser sah er lächerlich aus, und das sollte auch so sein. Komische Kontraste ergeben interessante Bilder.

Er war ein hübscher Bursch, wie man das wohl nennt. Nur ein bisschen zu ausladend geraten. Otto Burschatz hat ihn mal mit einem Essen in einem bayerischen Landgasthof verglichen: lauter gute Sachen, aber von allem zu große Portionen. Auffällig krause Haare, die gar nicht so recht zu seinem Typus passten. Da hatte wohl ein römischer Legionär seine Spuren im Familienstammbaum hinterlassen. Oder ein jüdischer Hausierer. Die Erbschaft hat ihm nicht geschadet. Auch nicht, als man anfing, die Menschen nach

Rassenzugehörigkeit einzuteilen. Eine Karriere hat er gemacht im Dritten Reich, ich könnte kotzen, wenn ich daran denke.

Wenn ich etwas im Magen hätte.

Die Photographen waren ganz begeistert von ihm. Einer kam auf die Idee, dass er den kleinen Curt Bois auf den Arm nehmen sollte. Curti war sofort dafür zu haben. Er ist bei jedem Unfug gern dabei. Als wir bei dieser Revue im Kadeko den Einfall hatten, er solle den Römer Gojus mit einem großen Hakenkreuz vor der Brust spielen, hat er keinen Moment gezögert. Die Nazis, von denen es damals auch schon eine Menge gab, würden ihn dafür nicht lieben, das war ihm klar, aber die Pointe war gut, und nur darauf kam es ihm an.

Er ist noch vor mir aus Deutschland abgehauen, nur eine Woche, nachdem sie den Anstreicher zum Reichskanzler gemacht haben. Heute sitzt er, wie alle vernünftigen Menschen, in Amerika, und wenn er sich dort mit den alten Kollegen aus Berlin trifft, mit dem Lorre oder mit der Marlene, dann fragen sie vielleicht: «Warum ist eigentlich der Gerron nie hierher gekommen? Man hat es ihm doch angeboten.» Weil der Gerron ein Idiot ist, deshalb.

Curt saß also auf dem Korbinian seinem Arm wie so ein Äffchen. Der Korbinian war glücklich, weil all die berühmten Leute da waren und er dazu gehören durfte und sogar für einen Moment der Mittelpunkt sein. Die Zeitungsleute redeten schon alle davon, was das doch für eine tolle Aufnahme geworden sein müsse, der riesige Mann und der kleine Curt Bois. Dass sie vielleicht genau dieses Bild am nächsten Tag abdrucken wollten. Das machte den Schmeling sauer. Es ging ja schließlich um seinen Kampf und die Reklame dafür. Einen halben Trainingstag hatte er für diesen Anlass geopfert, da mochte er es nicht, wenn jemand von ihm ablenkte. Er schickte den Korbinian weg, um was für ihn zu holen, und unterdessen erzählte er den Presseleuten die ganze Geschichte. Von dem einen Kampf gegen den viel kleineren Gegner, wie der Kleiderschrank dabei vermöbelt wurde und seither im Ring Angst hatte und als Boxer nicht mehr zu gebrauchen war. Auch, dass man ihn den kleinen Korbinian nannte.

Der Max ist kein bösartiger Mensch, ganz bestimmt nicht. Er hatte sich eben geärgert.

Als der Korbinian zurückkam – seine Zigarren hat er dem Schmeling bringen müssen, obwohl der im Training gar nicht rauchen durfte –, war er kein Held mehr und kein Liebling der Reporter. Nur noch einer, über den man lachen konnte und verächtliche Bemerkungen machen.

Der Korbinian merkte das nicht gleich. Sein Erfolg von vorhin hatte ihn mutig gemacht, und er hatte sich etwas ausgedacht. Mich sollten sie mit ihm zusammen photographieren, schlug er vor, «damit der Herr Gerron auch einmal der Kleinere sein kann». Aber das wollte keiner mehr hören. Die Photographen wischten ihn zur Seite wie einen störenden Fussel von der Linse. Einer rief sogar: «Husch, husch ins Körbchen.»

Körbchen.

Man konnte sehen, dass das den Korbinian traf wie ein Schlag. Ich mag es nicht, wenn jemand ohne Grund schlecht behandelt wird, deshalb war ich nachher besonders nett zu ihm. Dafür war er mir so dankbar, dass er richtig anhänglich wurde und sich jedes Mal riesig freute, wenn wir uns begegneten. Das war dann immer ein *Herr Gerron* hinten und *Herr Gerron* vorn, sogar noch damals, als er mich …

Nein. Ich will diesen Gedanken jetzt nicht denken.

Einmal durfte der kleine Korbinian den Max Schmeling k.o. schlagen. Mehrmals. In einem Filmatelier ist alles möglich.

Der Max war damals der große Publikumsliebling, obwohl er die ganzen Kämpfe in Amerika und die Weltmeisterschaft noch vor sich hatte. Es war also nur logisch, dass sie bei der Terra auf den Gedanken kamen, einen Film mit ihm zu drehen. Nach dem Motto: Boxen ist gut, Liebe ist gut – wie gut muss erst Boxen mit Liebe sein! Auch dort hatten sie ihre Alemänner, und so war eine passende Geschichte bald gefunden. Aus alten Versatzstücken zusammengeschraubt. Junger talentierter Boxer wird durch allzu frühen Erfolg verführt, verlässt beinahe seine Jugendliebe, findet aber im entscheidenden Kampf wieder zur alten Treue und damit zum Sieg zurück. Happy End, langer Kuss, und süßer die Kassen nie klingeln. *Liebe im Ring* hieß die Schnulze. Der Schmeling war natürlich der naive Held Eisenfaust. Ich spielte den geldgierigen Manager.

Das Ganze war als Stummfilm geplant und wurde auch so gedreht. Aber 1930 waren die Zuschauer plötzlich ganz wild auf die neumodischen Tonfilme. Also wurde nachträglich ein bisschen Text eingebaut. Und das grauenhafteste Lied, das ich je aufgenommen habe. Allein konnte man den Max nicht singen lassen, davon versteht er so viel wie ich vom Spitzenklöppeln. Er hat dann immerhin den Refrain rezitiert, und das ist eine sehr höfliche Formulierung. *Das Herz eines Boxers kennt nur eine Liebe: den Kampf um den Sieg ganz allein.* Vor dem Mikrophon machte der Max ein so unglückliches Gesicht – ich glaube, er hätte sich lieber dreimal freiwillig k.o. schlagen lassen.

Was im Film ursprünglich auch vorkam. Es gab da eine Szene, wo der Held wegen seines Techtelmechtels das Training vernachlässigt und deshalb einen wichtigen Kampf verliert. Gegen einen Boxer, der einen Kopf größer ist als er und mit Muskeln bepackt wie ein Gorilla. Korbinian.

In meiner Rolle hatte ich während der ganzen Szene am Ring zu sitzen, in einer Horde auf Stichwort jubelnder oder verzweifelnder Statisten. So habe ich das Elend aus nächster Nähe miterlebt. Dass Korbinian mit seinem freundlichen Bauernbubengesicht nicht richtig bedrohlich aussah, war nicht weiter schlimm. Schünzel, der Regie führte, nahm ihn einfach von hinten auf, so dass man nur die Muskelpakete sah und über seine Schulter Schmelings erschrockenes Gesicht.

Das Problem war ein anderes. Der entscheidende Punkt der Szene war dieser eine Treffer, mit dem Max auf die Matte geschickt werden sollte. Aber der Korbinian traute sich einfach nicht, richtig ranzugehen. Hatte zu viel Respekt vor Schmeling. Vielleicht hatte er Angst, dass der zurückschlagen würde. Was auch immer der Grund war, er tupfte ihn jedes Mal nur an, und wenn der Max daraufhin gemäß Regieanweisung umkippte, sah das nur doof aus.

Dem Schünzel kam sein Drehplan durcheinander, und er fing an zu schreien. Was den Korbinian noch ängstlicher machte. Den Statisten, die jedes Mal erschrocken aufzuspringen hatten, wenn der Max zu Boden ging, taten schon die Beine weh.

Schmeling selber blieb überraschend ruhig. Im Atelier, das fand ich toll, war er ein absoluter Profi. Ließ sich vom Kameramann erklären, in welchem Moment sein Gesicht nicht im Bild war. Immer dann fauchte er den Korbinian an: «Los, schlag zu, nun schlag schon, du Idiot.» Schließlich war etwas im Kasten, was man mit kunstvollem Zusammenstückeln einigermaßen brauchen konnte – und dann flog die ganze Sequenz aus dem Film raus. Der Schmeling hatte sich nämlich einen amerikanischen Agenten zugelegt, den Joe Jacobs, und der wollte seinen Schützling auf keinen Fall besiegt sehen. Nicht mal auf der Leinwand. «Wie sieht das denn aus, jetzt, wo der Mäx um die Weltmeisterschaft kämpfen soll?» Er sagte immer «Mäx» statt «Max». Weil die Terra den Film unbedingt auch in den USA rausbringen wollte, wurde die Handlung umgeschrieben.

So verpasste der Korbinian die letzte Chance, sich einen Namen zu machen. Vielleicht wenn er sich in seinem Wohnzimmer einen gerahmten *Film-Kurier* hätte an die Wand hängen können, wo neben Schmeling und Tschechowa und Gerron auch sein Name drinstand, vielleicht wenn er seinen Leuten hätte erzählen können, als Boxer sei er ja möglicherweise nicht der ganz große Renner gewesen, aber dafür habe er beim Film Karriere gemacht, vielleicht wäre er dann zufrieden in sein bayerisches Kuhdorf zurückgekehrt und hätte den Rest seines Lebens ganz zufrieden Bierfässer auf Lieferwagen gewuchtet. Weil das aber nicht so war, weil man ihn schon wieder ausgelacht hatte, ging er einen anderen Weg. Jeder kleine Korbinian will auch einmal groß sein.

«Geh schlafen», sagt Olga. Ich habe sie nicht hereinkommen hören. Draußen ist Nacht.

Ich liege auf dem Boden. Ich kann mich nicht erinnern, mich hingelegt zu haben.

Manchmal schaltet sich der Körper einfach aus. Wie die Notsicherung im Atelier, wenn man zu viele Scheinwerfer anschließt. *Klick*, und es ist dunkel. Ohne Vorwarnung. Ich habe das schon zweimal erlebt.

Einmal im Schützengraben. Beim allerersten Trommelfeuer. Es war gar nicht auf uns zentriert. Ein paar Wochen später hätten wir deswegen nicht einmal den Kopf eingezogen. Aber damals hatten wir noch nicht gelernt, aus dem Heulen einer Granate ihre Flugbahn herauszuhören. Nahmen die Explosionen und die Einschläge noch persönlich. Manche haben gebetet, und andere haben geweint. Einer hat sich die Hosen vollgeschissen. Wir wären davongelaufen, wenn man in einem Schützengraben davonlaufen könnte. Ich dachte nur noch daran, dass ich kein Testament geschrieben hatte. Nicht bestimmt hatte, wer meine goldene Taschenuhr bekommen sollte. Das schien mir in diesem Moment das Wichtigste auf der Welt. Ich habe auf meinen Nebenmann eingeredet, er müsse unbedingt dafür sorgen, dass Kalle …

Und dann lag ich da. Im dreckigen Wasser auf dem festgestampften Boden. Es passierte so plötzlich, dass die andern zuerst dachten, ich sei getroffen worden. Aber ich war nur ausgeknipst.

Kurzschluss.

Das zweite Mal, das war bei den Proben zum *Roten Faden*. Ich drehte damals den ganzen Tag bei der Ufa, stand abends bei Saltenburg auf der Bühne und arbeitete nachts noch an dieser Revue. Mit rasenden Rückenschmerzen. Ich hätte zum Doktor gehen und mir eine Spritze geben lassen müssen, aber der hätte mir nur Bettruhe verordnet. So kurz vor der Premiere konnte ich keine Probe ausfallen lassen. Die Requisite stellte mir einen Tisch in den Zuschauerraum, ich legte mich drauf und inszenierte weiter. Bis es *Klick* machte.

Ich wachte erst wieder auf, als der Inspizient fragte: «Wollen

Sie hier schlafen, Herr Gerron, oder soll ich Ihnen eine Taxe rufen?»

Einmal aus Panik und einmal aus Erschöpfung. Heute ist wohl beides zusammengekommen.

«Geh schlafen», sagt Olga.

Ich fürchte mich davor. Das war bei mir schon immer so. Seit meiner Verwundung schon immer. Ich bin gar nicht so fleißig, wie die Leute meinen. Ich habe Angst. Angst davor, dass ich einschlafe und meine Gedanken weiterlaufen. Ohne dass ich sie beherrschen kann. Angst davor, dass mein Kopf mit mir macht, was er will. Angst vor den Gespenstern.

Ich bin das Nachtgespenst. Mein erfolgreichstes Lied. Auch aus dem *Roten Faden.* Jede Menge Schallplatten haben wir davon verkauft.

Ich bin das Nachtgespenst, dein süßes Nachtgespenst, ich weck dich, wenn du pennst, so oft, bis du mich Liebling nennst.

«Es scheint dir besser zu gehen», sagt Olga. «Du kannst schon wieder singen.»

Ich sollte dieses Lied in den Film einbauen. Den Refrain. Ich singe, und im Gegenschnitt jubeln die Zuschauer. Damit die Leute im Kino sehen, wie prächtig man sich in Theresienstadt amüsiert.

Heiho, heiho, wir sind vergnügt und froh.

Man könnte verhungerte alte Leute ins Publikum setzen. Sie im Krematorium einsammeln und noch einmal nützlich machen, bevor man sie verbrennt. Den Leichen Fäden anbinden und sie im Takt klatschen lassen. Schunkeln. Man könnte ...

«Geh schlafen», sagt Olga.

Ich höre sie atmen und beneide sie um den Schlaf. Mein Kopf gibt keine Ruhe.

Gedanken sind Hunde. Wenn man sie von der Leine lässt, rennen sie dahin, wo es nach Blut riecht.

In Amsterdam, als die Leute anfingen sich zu verstecken, hat einer von der SS seinen Hund darauf abgerichtet, dass er ...

Nein.

«Man soll vor dem Einschlafen an schöne Dinge denken», hat Mama immer gesagt. An angenehme Dinge.

Eine Liste all der Momente aufstellen, in denen man wirklich glücklich war. Ein Spiel daraus machen. Eine Reihenfolge festlegen. Der glücklichste Moment. Der noch glücklichere. Der alleraller-glücklichste. Sich darauf konzentrieren. Die Gedanken nicht Reißaus nehmen lassen.

Es gibt hier in Theresienstadt einen Mann, den alle nur den falschen Rabbi nennen. Der vernünftigste Verrückte, der mir je begegnet ist. Der verrückteste Vernünftige. Ist früher mal Biologe gewesen. Hat die Wahrheit unter dem Mikroskop gesucht. Aber die Vernunft, zu dem Schluss ist er als konsequenter Wissenschaftler gekommen, hat versagt. Also probiert er es jetzt mit der Religion. Eine neue Versuchsanordnung. Trägt immer ein Leintuch um die Schultern, weil er keinen Gebetsmantel hat auftreiben können. Hat alle frommen Bücher gelesen und kann alle Gebete auswendig hersagen. Der hat mir von einem Talmudstudenten erzählt, der die Kabbala studieren will, nicht erst mit vierzig Jahren, wie es die Regel ist, sondern gleich jetzt sofort, und sein Lehrer sagt zu ihm: «Ich gebe dir die Erlaubnis, wenn du es ein einziges Mal fertigbringst, das Achtzehngebet zu sprechen, ohne dabei an etwas anderes zu denken.» Was er natürlich nicht schafft. Keiner schafft das. Die Hunde zerren zu heftig an der Leine.

«Wenn du es wirklich willst, kannst du es auch», hat Mama immer gesagt.

Schöne Gedanken. Glückliche Momente.

Einmal, da haben wir uns versteckt, Olga und ich. Wir hatten Besuch eingeladen, und Olga hatte das Essen gekocht, eigenhändig, weil sie fand, man ist kein richtiger Gastgeber, wenn man alles dem Personal überlässt. Wenn man nur sagt: «Lassen Sie sich etwas Delikates einfallen, ich gehe so lang zum Friseur.»

Ein Gulasch. Ich kann es noch riechen.

Das allerletzte Gulasch meines Lebens, das letzte richtige Gulasch, nicht den Eintopf, den wir in Amsterdam so nannten, obwohl es schon lang kein Fleisch mehr gab, nicht auf die Karten mit dem J, das allerletzte Gulasch habe ich bei Otto Wallburg gegessen. Er wollte uns nicht verraten, wo er die Zutaten aufgetrieben hatte. Richtige Fleischstücke und …

Die Hunde nicht laufen lassen. Ich bestimme, was in meinem Kopf gedacht wird.

Wir erwarteten Gäste, es war alles vorbereitet, der Tisch gedeckt und der Wein entkorkt, und plötzlich wussten wir beide, dass wir gar keinen Besuch haben wollten. Dass wir allein sein wollten. Es waren anstrengende Wochen gewesen, es gab damals nur anstrengende Wochen, und es war völlig idiotisch von uns, an dem einzigen Abend, an dem ich nicht arbeiten musste, fremde Leute ins Haus zu bitten.

Wir haben nicht geöffnet, als es an der Tür klingelte. Haben uns nicht gerührt. Das einzige, was uns hätte verraten können, war der Duft nach Fleisch und Zwiebeln und Paprika, aber der konnte auch aus einer anderen Wohnung kommen. Unter den Tisch sind wir gekrochen, obwohl uns ja keiner sehen konnte. Als Kind habe ich mich so versteckt, habe mir das Tischtuch, das bis zum Boden hing, als die Wände eines Zeltes ausgedeutet, auf einer Expedition im Himalaja, oder als Schatzhöhle, wo sich Säcke voller Diamanten finden ließen und Kisten voller Perlen.

Wir haben die Arme umeinander gelegt. Ganz fest habe ich mich an Olga gepresst. Habe meinen Mund in ihr Haar gewühlt, um das Gelächter nicht ausbrechen zu lassen, das in mir rumorte. Wir haben die Welt geschwänzt, einen Abend lang. Als unsere Gäste am nächsten Tag anriefen, haben wir gesagt: «Gestern? Ihr wart gestern da? Aber wir sind doch für heute verabredet!» An diesem Heute konnten sie aber nicht, was mein Glück war. Weil ich ja wieder Vorstellung hatte und gar keinen Besuch hätte empfangen können.

Das ist eine gute Erinnerung. Olga und ich. Nur wir beide.

Wir haben das Gulasch aufgegessen, den ganzen Topf zu zweit, und Olga hat gesagt: «Du hast es gut, du kannst nicht dick werden, du bist es schon.»

Ich bin es immer noch, aber nur nach Theresienstädter Maßstab. Ein Drittel meines Körpers habe ich schon verloren.

Vielleicht wollen sie uns verhungern lassen. Das kostet nichts und macht keine Umstände. Magere Körper lassen sich auch leichter wegschaffen.

Die Hunde sind schon wieder los.

Dabei gibt es so viele schöne Erinnerungen. Gäbe es so viele schöne Erinnerungen.

Zum Beispiel …

Einmal …

Warum fällt mir jetzt nichts davon ein? Nicht eine einzige von den Zeiten, in denen es mir gutging?

Als kleiner Junge, ja, da natürlich. Wenn Großpapa mir Geschichten erzählte. Aber das gilt nicht. Solang er die Welt nicht kennt, kann jeder glücklich sein.

In Westerbork spielen die Kinder *Transport*. Nach Regeln, die immer gleich bleiben, auch wenn die Mitspieler wechseln. Weil ein neuer Zug angekommen ist und ein anderer abgefahren. Jedes Kind hat eine Streichholzschachtel, die muss man haben, wenn man mitmachen will, darin steckt ein Zettel mit seinem Namen. Die Schachteln kommen alle in einen Topf oder Hut, was gerade da ist, und einer ist der Kommandant und darf eine Zahl auswürfeln. Eins, zwei, drei, vier, fünf, sechs. So viele Schachteln holt er dann blind heraus, öffnet sie und liest die Namen vor. Wer gezogen wird, hat verloren und muss *auf Transport*. Was bedeutet, dass er an jeden Ort gehen muss, den der Kommandant sich ausdenkt. Kinder sind grausam, und so sind das meistens Orte, vor denen man sich fürchtet. Die Baracke mit den Verrückten, oder der Pfad direkt am Stacheldraht, von dem das Gerücht geht, dass die Wachen dort manchmal jemanden erschießen, einfach so, aus Langeweile. Die andern, die Glück gehabt haben, marschieren hinter den Opfern her und singen ein Spottlied, das sie sich aus den beiden Lagersprachen, Deutsch und Holländisch, zusammengedichtet haben. *Zwarte Katte, weiße*

Katze, heeft de Maus schon in zijn Tatze, weiße Maus, zwarte Maus, en du bent raus!

Von dem Spiel kriegen sie nie genug. Es ist einfach, und jeder kann mitmachen. Die einzige zusätzliche Regel: Wenn der Kommandant mit seiner Familie auf Transport geht, auf den richtigen Transport, dann muss er den Würfel dalassen. Damit das Spiel weitergehen kann.

Ich denke an die falschen Dinge. Dabei gibt es doch so viel anderes. Ein ganzes Leben, das anders war.

Einmal ... Ja, daran will ich mich erinnern! Das war eine gute Zeit. Als ich beim *Tollen Einfall* Regie führte. Die Dreharbeiten in St. Moritz wie ein langer Urlaub. Wir wohnten und filmten im selben Hotel. Unser Produzent hatte dort alle Zimmer gemietet.

Ich weiß nicht mehr, wer auf die Idee kam. Der Slezak vielleicht, das ist so ein wunderbar alberner Mensch. Es kann auch der Bendow gewesen sein. Oder der Lingen. Oder alle zusammen. So viele Komiker auf einem Haufen. Und dann waren die Nächte an der Hotelbar auch immer sehr feucht. Egal. Plötzlich war der Gedanke da. Die ganzen hübschen Mädchen aus der Girltruppe sollten sich irgendwo im Hotel verstecken, jede an einem anderen Ort, und die Schauspieler sollten Detektive sein und sie suchen. Ein Punkt für jedes gefundene Girl. Angesäuselt, wie wir waren, fanden wir das sehr originell.

Otto Burschatz, natürlich längst bester Kumpel des gesamten Hotelpersonals, besorgte beim Nachtportier einen Generalschlüssel, mit dem man jede Zimmertür öffnen konnte. Die Mädel kriegten fünf Minuten Vorsprung, und dann ging die Jagd los.

Das erste Zimmer, in das jemand einbrach, war das von Willy Fritsch. Der verabschiedete sich abends immer als erster. Aus Angst, wie er uns erklärte, er könne Augenringe bekommen, wenn ihm von seinen zehn Stunden Schönheitsschlaf auch nur eine Minute fehlte. Der Fritsch war für seine Eitelkeit berühmt. An dem Abend stellte sich heraus, dass er noch einen anderen Grund hatte, so früh zu Bett zu gehen. Einen schwarzhaarigen, siebzehnjährigen Grund. Ein Mädchen aus dem Dorf. Was haben wir gelacht! Und der Willy, so viel Humor hatte er, lachte mit.

Überhaupt nahmen alle, die wir aus dem Schlaf rissen, den Überfall mit guter Laune hin. Man kannte sich gegenseitig. In meiner Truppe hat es nie einen Unterschied gemacht, ob jemand hinter der Kamera stand oder davor. Darauf habe ich immer Wert gelegt.

Der Höhepunkt war, als Max Adalbert ins Zimmer von der Rosalie Pfeiffer schlich, unserer Kostümtante, die damals auch schon auf die sechzig zuging. Sie schlief so tief, dass sie den Eindringling zunächst gar nicht bemerkte und erst aufwachte, als der Max in seinem Suff zu ihr unter die Decke kroch. Auch da erschrak sie nicht, sondern lächelte ihn ganz freundlich an. Es war der Max, der einen Heidenschreck kriegte. Weil die Rosalie nämlich ihr Gesicht mit einer weißen Schönheitssalbe eingerieben hatte und aussah wie eine ägyptische Mumie. Das war ein Hallo, als er uns davon erzählte! Wir haben ihm noch tagelang bei jeder Gelegenheit zu seiner Eroberung gratuliert. Der Duday, typisch Produzent, wollte gleich ein Drehbuch aus der Geschichte machen. Hatte sich auch schon einen Titel ausgedacht: *Schreck um Mitternacht.*

Die SS kam immer um halb fünf. Sie wussten aus Erfahrung, dass Menschen am wenigsten Widerstand leisten, wenn man sie aus dem Tiefschlaf reißt. Dabei hätten sie gar nicht so früh aufstehen brauchen, um uns einzukassieren. Wohin hätten wir denn davonlaufen sollen?

Ich muss das schaffen. Ich muss meine Gedanken in den Griff kriegen.

Einmal, das war auch im *Roten Faden*, hatte der Garderobier meine Schuhe zur Reparatur gebracht und vergessen, sie rechtzeitig abzuholen. Mit meinen Straßentretern konnte ich nicht auf die Bühne. Lack musste sein für eine Revue. Es wurden dann andere Schuhe aufgetrieben, aber die waren zu klein für meine Füße. Während der ganzen Vorstellung taten mir die Zehen weh. In mir dachte es immer nur: Das wird bestimmt ein Hühnerauge. Und musste dabei elegant durch die Dekoration tänzeln und mein Lied vom *Nacht-*

gespenst singen. Ich habe es damals geschafft, ich werde es auch jetzt schaffen. Schöne Gedanken denken. Weil ich das will.

Mama, die für solche Moden anfällig war, hat es mit der Coué-Methode probiert. An der Frans van Mierisstraat, wo wir fast im selben Zimmer schliefen, konnte ich durch die offene Tür hören, wie sie vor sich hin murmelte: «Es geht mir mit jedem Tag in jeder Hinsicht immer besser und besser! Es geht mir mit jedem Tag in jeder Hinsicht immer besser und besser!» Es hat nicht gewirkt. Der Türspalt musste jeden Abend ein bisschen weiter aufgemacht werden, weil ihre Angst vor der Dunkelheit immer mehr zunahm.

Sie hatte noch einen zweiten Zauberspruch, mit dem sie versuchte, ihren ewig schmerzenden Magen zu kurieren: «Es geht vorbei. Es geht vorbei. Es geht vorbei.» Es ist dann aber für sie nicht vorbeigegangen.

Es geht vorbei. Es geht vorbei. Es geht vorbei.

An schöne Dinge denken.

Ottos Hochzeit. Ja.

Schon wie es anfing. Er kam nach Drehschluss zu mir ins Büro, in das kleine Regie-Kabäuschen. Klopfte an die Tür, was sonst gar nicht seine Art war. Brachte erst mal kein Wort heraus. Otto Burschatz war verlegen. Der sonst nicht mal wusste, wie man Verlegenheit buchstabiert. Trat von einem Fuß auf den andern, bis ich sagte: «Wenn du pinkeln musst, dann bitte nicht hier.» Das war so unser Umgangston.

Otto lief rot an. Er hat es später bestritten, aber ich kann es beschwören: Otto Burschatz errötete. Und er hat ein Gesicht, das nicht zum Erröten gemacht ist. Nicht mit diesem Schnurrbart.

«Hör zu, Gerson …», sagte er. Wenn wir unter uns waren, nannte er mich immer noch so. Vor anderen Leuten war ich für ihn der Herr Regisseur. Oder einfach der Chef. Gerron hat er nie zu mir gesagt. Er mochte den Namen nicht.

«Hör zu, Gerson, ich muss dich um etwas bitten. Du kannst nein sagen, wenn es dir unangenehm ist, aber ich frag dich jetzt einfach.»

«Was ist passiert?», fragte ich.

«*Passiert* ist das richtige Wort», sagte er. «Es ist nun mal so. Ich kann's nicht ändern.» Und stand, weil ihm die Situation so peinlich war, jetzt nur noch auf einem Bein.

«Es ist nun mal so», sagte er. «Ich werde heiraten.» Zog dabei eine Grimasse, als ob diese Hochzeit das Schlimmste wäre, was ihm widerfahren konnte. «Ich komme mir vor wie ein Idiot», sagte er. «Ich bin doch kein Schuljunge mehr. Ich bin ein Mann in meinem Alter. Aber ich habe die Hilde nun mal getroffen, und jetzt ... Es ist nun mal so.»

Hilde. Keine Schönheit, weiß Gott nicht. Aber wenn sie einen anlächelt, dann weiß man, dass sie es meint. Eine Frau, die mit beiden Beinen auf dem Boden steht. Stämmige Beine.

Sie hatte eine Kneipe gleich hinter dem Stettiner Bahnhof. Hat sie vielleicht immer noch, was weiß denn ich. Berlin ist mir so fern wie der Mond. Ferner.

Die beiden hatten sich kennengelernt, als sie ihm ein Bier zapfte. «Es gibt keinen schöneren Anblick», sagte Otto, «als eine Frau, die dir ein Bier zapft.» Sie waren sich näher gekommen, «schneller, als die Polizei erlaubt», und jetzt wollten sie heiraten. «Das heißt: Ich will. Meiner Hilde ist es scheißegal, ob uns so ein Ärmelschoner seinen Stempel gibt. Aber ich finde: Es gibt Dinge, die macht man richtig, oder man macht sie gar nicht.»

Er war so niedlich, der verliebte Otto. Versuchte, die Sache so rauhbeinig abzuhandeln, wie er sich gern gab, und schaffte es nicht. Wie wenn einer, der noch nie krank gewesen ist, zum ersten Mal die Grippe hat. Ihn hatte die Liebe erwischt. Das ist etwas, das sich nicht organisieren lässt, und darum kam er nicht klar damit. Ich hätte ihn für seine Verlegenheit küssen mögen.

Ich sollte sein Trauzeuge sein. Deshalb war er gekommen. Ich verstand nicht, warum er dazu so herumdrucksen musste. Er war ja auch meiner gewesen.

«Aber du bist jetzt ein berühmter Mann», sagte er.

«Wenn du meinst, dass das was ändert, bist du ein Idiot», sagte ich. «Es ist nun mal so.»

Die Hochzeit war nichts Besonderes. Nichts, worüber die Zeitungen berichtet hätten. Deshalb erinnere ich mich so gern daran.

Wenn man etwas lernen könnte aus dem, was in meinem Leben passiert ist – ich weiß, aus Sinnlosigkeit lässt sich kein Sinn destillieren, aber wenn doch –, dann vielleicht dieses: Die kleinen Zeiten sind die wertvollen.

Nach der Trauung im Rathaus Neukölln fuhren wir zu einer Laubenkolonie, wo unter freiem Himmel gefeiert wurde. Perfektes Wetter, natürlich. Wenn Otto Burschatz heiratete, konnte es gar nicht anders sein. Er hatte bestimmt auch in der Abteilung Petrus einen Kontakt sitzen, dem er mal einen Gefallen getan hatte und der sich jetzt mit strahlendem Sonnenschein revanchierte. Vor der Laube ein langer Tisch. Eigentlich nur ein paar aufgebockte Bretter. Aber das weiße Tischtuch war aus Damast, und das Geschirr hätte jedem guten Lokal wohl angestanden. Es stammte auch aus einem guten Lokal. Ein Requisiteur hat überall Beziehungen.

Die Stühle hatten alle schon bessere Tage gesehen. Nur für seine Braut hatte er einen bequemen Sessel hergeschafft. Ein Prunkstück, das schon in manchem Film eine Millionärsvilla geziert hatte. In dem hätte sich bestimmt auch sehr angenehm gesessen, nur hatte Otto – Liebe macht blind – die Höhe falsch berechnet. Nicht bedacht, dass seine Hilde, genau wie er selber, doch eher klein gewachsen war. Als sie sich hinsetzte, war über der Tischkante gerade noch das schicke Hütchen zu sehen, das sie sich für ihren großen Tag gekauft hatte.

Alles lachte. Ein gutes Gelächter. Kein künstliches Höflichkeitsgemecker. Nicht das Gebrüll von Leuten, die meinen, sie seien lustig, wenn sie nur laut sind.

Es gibt so viele Tonarten, in denen gelacht werden kann. Das *Ach, wie sind Sie witzig, mein Herr*-Kichern, wenn er Geld hat und sie welches braucht. Das hingehustete *Hahaha,* wenn man zeigen will, dass man den Witz verstanden hat, ihn aber geschmacklos findet. Das fette Blubbern, mit dem die Schieber an den teuren Tischen eine Schweinigelei quittieren.

In Westerbork hatte das Gelächter aus den ersten zwei Reihen immer einen herablassenden Beigeschmack. Als Max Ehrlich in dem Schallplattensketch Hans Albers imitierte – er machte das zwerchfellerschütternd –, da lachten die SS-Leute zwar, aber so, als ob sie ihn nicht wirklich komisch fänden. Nur possierlich. Ein Hündchen, das auf den Hinterbeinen geht. Ein verletzendes Gelächter. Und doch schmeichelten wir alle schwanzwedelnd um sie herum und bettelten um die Chance, auch einmal ein Kunststück vorführen zu dürfen.

Ich will nicht an Westerbork denken.

Ottos Hochzeit.

Die Hochzeitstafel stand auf einem schmalen Rasenstreifen. In den Beeten auf beiden Seiten war die Erde weich. Wenn man mit seinem Stuhlbein da hineingeriet, kippte man nach hinten weg und landete im Salat. Der Vater der Braut lag mitten im Gemüse auf dem Rücken, zappelte mit den Beinen wie ein Maikäfer und konnte sich über die Komik der eigenen Lage gar nicht beruhigen.

Das Gelächter ganz ohne Schadenfreude.

Das Fest war einfach. Es *war* einfach. Kein französischer Champagner. Kein Büffet von Rollenhagen. Man trank Weiße mit Strippe. In einem alten Ölfass brannte ein Feuer, über dem Würste brutzelten. Nichts, was bemerkenswert gewesen wäre. Trotzdem, deshalb ist dieser Nachmittag eine meiner liebsten Erinnerungen.

Dann wurde gesungen. Jeder kam reihum dran. Olga überraschte uns mit einem plattdeutschen Seemannslied. Ich weiß nur noch eine Zeile: *De Masten so scheef as den Schipper sien Been.* Als ich an der Reihe war, sagte Otto: «Nicht dein Haifischlied, Gerson. Etwas zum Mitsingen.» Das klang grob und war doch feinfühlig. Er wollte mir ersparen, den Prominenten machen zu müssen.

Ich sang dann etwas, das ich aus einer Revue kannte, ich weiß nicht mehr aus welcher. *Wenn die Igel in der Abendstunde,* sang ich, und wenn es zum Schluss jedes Verses hieß *Anna-Luise,* dann versuchte einer den anderen zu überbrüllen.

An jedem anderen Fest hätte man nach dem *Mackie-Messer-Song* geschrien. Wenn ich in die Hölle komme – Warum nicht? Ich habe dafür geübt –, wird man auch dort diese gottverdammten

Strophen von mir verlangen. Ich werde mich nicht weigern können. Wo ich sie schon gesungen habe, das war schlimmer als die Hölle.

Man müsste noch einmal in so einem Schrebergarten sitzen. Nur noch ein einziges Mal. Mit Leuten, die man gar nicht richtig kennt und trotzdem mag. Man müsste noch einmal unwichtig sein und trotzdem akzeptiert. Man müsste … Man müsste …

«Bitte saubermachen. Bitte saubermachen. Bitte saubermachen.» Ich glaube, Turkavka schläft nie.

Ich habe geträumt, aber ich weiß nicht mehr, was es war. Nur den Geschmack davon habe ich immer noch im Mund. Das Gefühl, das zu dem Traum gehört: Ich bin am falschen Ort und werde ganz dringend woanders gebraucht.

Kein sehr originelles Gefühl. Wir sind hier alle am falschen Ort.

Olga holt das Frühstück. Kaffee. Orangensaft. Frische Semmeln. Zwei Eier im Glas.

Ha ha ha. Ich bin ja so komisch.

Rübenkaffee. Ein Stück Brot für sie, ein Stück Brot für mich. Es ist ein Privileg, dass ich mich nicht jedes Mal selber anstellen muss. Ich bin ein A-Prominenter. Eine große Nummer.

XXIV/4-247.

Wir hatten unseren Aufstieg gemeinsam, die Nazis und ich. Ich wurde berühmt, sie kamen an die Macht. Das eine war schuld, dass ich das andere nicht bemerkt habe.

Ich müsste nicht in Theresienstadt hocken. Nicht sehnsüchtig auf ein klebriges Brot warten. Nicht vor Rahm Männchen bauen. Ich müsste keinen Film drehen, den ich nicht drehen will.

Ich müsste nicht hier sein, und Olga müsste nicht.

Aber ich war ja zu beschäftigt, um mir rechtzeitig Gedanken zu machen. Ich war ja ein Star. Ein eitles Starschloch. Die Zeichen waren dick und deutlich an der Wand, aber ich hatte ja keine Zeit, sie zu lesen. Ich musste ja Autogramme geben.

Meine kleinen Scherze musste ich machen. Nichts kapiert und

so getan, als ob ich alles wüsste. «Wo ist denn meine Leibstandarte?», habe ich durchs Atelier gerufen. «Wo ist denn meine kleine SA?» Ich war ja so witzig. Ha ha ha.

Ein Auto musste ich haben. Die besten Zigarren. Wenn bei Rot-Weiß das Tennis-Finale war, musste ich dabeisein. Ich war ja berühmt.

Darum hockt mein berühmter Arsch jetzt in diesem Loch. Weil ich vor lauter Schauspielereitelkeit das Stichwort für den Abgang verpasst habe.

Weil ich Politik für ein Gesellschaftsspiel gehalten habe. Das Spiel einer Gesellschaft, zu der ich nicht gehörte. Wenn sie mit ihren Lastwagen durch die Straßen fuhren und Parolen brüllten, betraf mich das nicht. Die Leute mit den blutigen Köpfen waren nicht meine Freunde. In den Lokalen, in denen ich verkehrte, gab es keine Saalschlachten.

Ich bin selber schuld.

Dabei habe ich Medizin studiert. Wo man mir eingetrichtert hat, dass man Symptome frühzeitig erkennen muss. Bevor sie unheilbar werden. Ich habe nicht hingesehen und nicht hingehört. Dabei hätte man bloß Zeitung lesen müssen. Aber mich interessieren ja nur die Theaterkritiken.

Jetzt ist die Epidemie ausgebrochen. Vielleicht werde ich daran sterben. An der Politik verrecken. An einer Weltanschauung, die sich nicht darum schert, auf wie vielen Plakaten mein Name gestanden hat. Die mir diesen Namen nicht einmal zugesteht. Gerron? Kennen wir nicht. Wir kennen nur einen Kurt Israel Gerson.

Weltanschauungen sind Seuchen. Die Leute stecken sich gegenseitig an. Meistens ist es ja auch nicht schlimm. Neunundneunzig Mal repariert der Körper sich selber. Nur ein bisschen Fieber, ein kleiner Husten, und die Sache ist ausgestanden. Aber beim hundertsten Mal …

Man hätte es merken können. Spätestens bei *Happy End*, als der Brecht und die Weigel plötzlich so gläubig wurden. Natürlich, das waren nun die von der anderen Seite. Aber die Krankheit war dieselbe. Akute Weltverbesserungssucht. Die einen kriegen den braunen Ausschlag, die anderen den roten. Der Nährboden ist derselbe.

Genau derselbe.

Dabei hat der Aufricht an Politik überhaupt nicht gedacht. Nur an den Umsatz an der Theaterkasse. Der Brecht schreibt mir wieder ein Stück, war seine Überlegung, der Weill komponiert ein paar neue Songs, dann haben wir die *Dreigroschenoper* noch mal, und die Leute stehen Schlange. So stellte er sich das vor.

Happy End. Einen falscheren Titel hätte man nicht finden können. Nicht für die Inszenierung. Es fing schon damit an, dass der Brecht gar keine Lust hatte, noch mal so was zu schreiben. Das einzige, was ihn an dem Projekt interessierte, waren die Tantiemen, und so delegierte er den Auftrag. Er war damals schon mit der Weigel verheiratet, aber seinen Schreiberinnen-Harem führte er trotzdem weiter. Die Hauptmann, die die Arbeit machen sollte, war ein wirklich netter Mensch, aber keine große Dichterin. War mit dem, was sie ablieferte, selber nicht zufrieden und versteckte sich hinter einem Pseudonym.

So hatten wir also ein Stück von einer Autorin, die es nicht gab, geschrieben von einer andern, die es nicht konnte, und verantwortet von einem Großdichter, der sich nicht die Zeit nahm, etwas daran zu tun. Begannen mit den Proben, als der letzte Akt noch gar nicht existierte. Der Aufricht musste mit allen Tricks arbeiten, um dem Brecht immer mal wieder ein paar Seiten zu entlocken. Der war damals mit einem anderen Problem beschäftigt, das ihm viel wichtiger war: mit der Frage, wie er kostenlos zu einem neuen Wagen kommen sollte. Mit dem Bezahlen hat es der Brecht nicht so, schon eher mit dem Kassieren. Seinen Steyr hatte er für ein Gedicht bekommen. Ein wirklich gutes Zeilenhonorar. Er hat uns die Verse einmal in der Kantine rezitiert, so stolz war er darauf. *Wir wiegen: Zweiundzwanzig Zentner. Unser Radstand beträgt: Drei Meter.* Und so weiter und so weiter. Ein Meisterwerk moderner Lyrik. Nun hatte er aber seinen so erschriebenen Straßenkreuzer irgendwo bei

Fulda gegen einen Baum gesetzt. Totalschaden. Ein zweites Gedicht würden sie ihm nicht abnehmen.

Dem Brecht fällt immer etwas ein. Wenn er diesen Film drehen müsste und nicht ich, er würde einen Weg finden, es so zu tun, dass ihn die Leute noch dafür bewundern.

Damals organisierte er sich eine Photo-Reportage im *Uhu* und stellte dort den Unfall nach. So, wie es für ihn gut aussah. Ein anderer war schuld gewesen – bei Brecht ist immer ein anderer schuld –, der war ihm auf der falschen Straßenseite entgegengekommen, und darum hatte er den Wagen ganz absichtlich und in kühler Überlegung gegen den Baum gelenkt. Weil er ja wusste: Ein Steyr-Wagen ist so solide gebaut, dass dem Fahrer selbst in den gefährlichsten Situationen nichts passieren kann. Wovon die Werbeabteilung so begeistert war, dass sie ihm tatsächlich noch einmal ein Auto schenkten.

Wer mit solch wichtigen Sachen beschäftigt ist, hat natürlich keine Zeit, Stücke zu schreiben. Vor allem, wenn er sich gerade frisch zum Kommunismus bekehrt hat und nächtelang über Marx und Engels diskutieren muss. Ständig brachte er irgendwelche Parteileute zu den Proben mit, damit sie uns erklärten, wie man in Moskau Theater spielt. «Es soll dort ja eine äußerst revolutionäre Entwicklung geben», habe ich einmal gesagt. «Sie schreiben die Stücke zu Ende, bevor sie Schauspieler damit belästigen.» Das fanden sie überhaupt nicht komisch.

Ob er aus Mode so klassenkämpferisch geworden war oder aus Überzeugung – beim Brecht war das schwer zu unterscheiden. Es ging ihm nicht um den eigenen Vorteil. Nicht wie bei all den Leuten, die nach der Machtübernahme ihre braune Seele entdeckten. Das ganze *Ich bin ein Arbeiter*-Gehabe war einfach eine Rolle, die er für sich erfunden hatte und jetzt mit vollem Einsatz spielte. In Kostüm und Maske. In Berlin erzählte man sich, er habe zu Hause eine kosmetische Maschine stehen, die ihm jeden Morgen frischen Dreck unter die Fingernägel stopfe. Damit er auch wirklich echt proletarisch aussah.

An der Premiere marschierte die Weigel ungeprobt an die Rampe und brüllte Parteiparolen ins Parkett. *Was ist ein Überfall auf eine Bank gegen die Gründung einer Bank* und solcher Kram. Womit der Reinfall endgültig gesichert war.

Ganze vier Vorstellungen.

Egal. Das Stück hätte ohnehin keine Chance gehabt.

Für mich hatte der Brecht einen Gangster geschrieben, der sich bei Überfällen als Frau verkleidet. Warum, das wusste keine Sau. Es wurde im Stück auch nirgends erklärt. Der Brecht machte sich schon lang nicht mehr die Mühe, über seine Einfälle auch noch nachzudenken. Der Lorre hatte sich engagieren lassen, weil er bei der *Dreigroschenoper* im falschen Moment ausgestiegen war und diesmal den Erfolg nicht verpassen wollte. Dem konnte auch keiner erklären, warum seine Rolle ein Japaner sein musste. Aber der Peter hatte es gut: Seine Figur wurde schon im ersten Akt erschossen.

Das war eine Gefälligkeit vom Brecht. Weil der Lorre nämlich gleichzeitig auch noch an der Volksbühne den Saint-Just spielte. Kaum war er bei uns tot, hüpfte er im vollen Kostüm in eine Taxe. Bis die am Bülowplatz ankam, hatte er sich umgeschminkt und umgezogen. Jeden Abend. Vom Gangster-Chicago ins Revolutions-Paris. Im Theater ist alles möglich.

Meine Figur kam im dritten Akt immer noch vor. Das war Pech. Denn der Brecht hatte vergessen, die Rolle auch weiterzuschreiben. Ich war ständig auf der Bühne, aber mein Text hätte auf eine Briefmarke gepasst. Ein besserer Statist war ich. Der Arsch vom Dienst.

Bei einer der Endproben, die wieder alle bis in den frühen Morgen dauerten, kam es dann zum großen Krach. Der Brecht hatte, wie das seine Art war, die Regie an sich gerissen und mischte sich in alles ein. Wollte den Bühnenarbeitern erklären, wie man eine Kulisse festschraubt. Irgendwann bin ich durchgedreht. «Sie hätten ein Stück schreiben sollen, anstatt sich hier auf der Bühne auszuscheißen», habe ich zu ihm gesagt. Er ging auf mich los, als ob ich an dem Mist schuld wäre, den wir da zu spielen hatten. «Missgeburt», hat er mich genannt. «Fetter Arschkomiker», hat er mich genannt. «Wenn Sie morgen mager werden», hat er gesagt, «dann sind Sie brotlos!»

Sie haben sich getäuscht, junger Mann. Ich wurde nicht brotlos, weil ich mager wurde. Andersrum: Ich wurde mager, weil Judski-Sein in unserer Zeit eine brotlose Kunst ist. Eine fleischlose Kunst. In Westerbork brauchte man noch ein Scheuermittel, um sein Essgeschirr sauberzukriegen. In Theresienstadt reicht Wasser aus. Wo kein Gramm Fett am Essen ist, bleibt auch nichts kleben.

Man hat mir, auf Grund meines Leidens – und wohl auch auf Grund meiner Prominenz –, doppelte Essensportionen bewilligt. Aber zweimal zu wenig ergibt noch lang nicht genug. Das dumpfe Gefühl im Bauch geht davon nicht weg. Dieser Druck, als ob die Leere etwas Körperliches wäre. Das sich immer mehr verhärtet. Sich einkapselt. In einem drin wächst wie ein Geschwür. Ein Geschwür aus Mangel.

Dabei kommt diese Gier gar nicht vom leeren Magen. Das weiß ich noch aus dem Medizinstudium. Es ist eine experimentell bewiesene Tatsache: Selbst wenn man jemandem den Magen rausschneidet, empfindet er noch Hunger. Wenn er an der Gastrektomie nicht stirbt. Was, wenn es nichts zu essen gibt, durchaus erstrebenswert wäre.

Aber es fühlt sich an, als ob es aus dem Magen käme.

Als ich sechs war oder sieben, ich ging auf alle Fälle schon zur Schule, habe ich beim Spielen im Tiergarten einmal ein Püppchen aus Zelluloid gefunden und in meiner Botanisierbüchse nach Hause geschmuggelt. Dort habe ich ihm mit der Schere aus Mamas Nähzeug ein Loch in den Bauch gebohrt. Beim ersten Versuch bin ich abgerutscht und fürchtete noch monatelang, der Kratzer auf dem Fensterbrett könne mein Verbrechen verraten. Ich weiß nicht mehr, was ich in dem Bauch vermutete, aber dass da nichts war, absolut nichts, außer ein paar Zelluloid-Splittern von meiner ungeschickten Operation, das war eine große Enttäuschung für mich.

Es war eine billige Puppe. Primitiv. Der Mund nur aufgemalt und zum Füttern völlig ungeeignet. Sie muss ständig Hunger gehabt haben.

Das Schlimme ist, dass der Hunger nicht nur den Bauch besetzt wie ein Inkubus. Inkubus? Wo habe ich dieses Wort her? Er übernimmt auch den Kopf und lässt einen an nichts anderes mehr denken. Man nähert sich der Essensausgabe, immer kann Olga das nicht übernehmen, und schon beginnt die Maschine zu rattern. Versucht auszurechnen, welcher Platz in der Warteschlange der vorteilhafteste wäre. Es gibt zwei Arten von Suppenschöpfern, das hat man schnell gelernt: die einen, die ihre Kelle nur oberflächlich eintauchen, so dass man sich bei ihnen möglichst spät anstellen muss, weil Kartoffeln oder ganze Linsen ja auf den Boden des Topfes sinken und deshalb bei den letzten Portionen reichlicher herausgefischt werden als bei den ersten. Und die andern, die Tiefschöpfer, bei denen man früh dasein muss, weil bei ihnen am Schluss nur noch leere Brühe übrig bleibt, nicht viel mehr als heißes Wasser. Wenn die Suppe aber schwimmende Bestandteile hat …

Inkubus. Jetzt weiß ich wieder, wo mir das Wort zum ersten Mal begegnet ist. Auf einem Programmzettel. Das jüdische Theater aus Moskau gastierte mit dem *Dibbuk*, und es kam in der Inhaltsangabe vor. Ich musste Olga fragen, was es bedeutet. Olga weiß die überraschendsten Dinge. Wo Tauben nisten, wenn man Spiegeleier braucht.

Hungern macht nicht schlank. Schlank war ich mit siebzehn. Mama wollte mich herausfüttern. Sie fand es furchtbar, dass man im Badeanzug meine Rippen zählen konnte. Aber alle Buttersoßen der Welt ließen meinen Bauch nicht runder werden. Dazu brauchte es ein eisenhaltiges Mittel. Einen Granatsplitter.

Wenn man einmal dick war – nein, ich war nicht dick, ich war fett –, wenn man einmal fett war, bleibt man das sein Leben lang. Da hilft die konsequenteste Zwangsdiät aus der Lagerküche nichts. Ich bin ein magerer fetter Mann. Mit den traurigen Brüsten einer alten Frau. Mein Bauch, die Haut, die einmal meinen Bauch umspannte, hängt an mir herunter wie eine Schürze. Wie um den Schaden zu verdecken, den der Granatsplitter angerichtet hat.

Hunger macht hässlich.

Aber meiner Karriere hat die Magerkeit nichts geschadet, Herr Brecht. Da haben Sie sich geirrt. Eben hat man mir den größten Film meines Lebens angeboten. Mit einer ganzen Stadt als Komparserie.

Ich kann frei entscheiden, ob ich ihn machen will. Völlig frei. Ich kann auch in den nächsten Zug nach Auschwitz steigen. Ganz wie ich will.

R. U. Rückkehr unerwünscht. So ein Angebot muss man erst mal kriegen.

Als Prophet sind Sie nicht begabt. Als wir uns in Paris ein letztes Mal begegneten, beide aus Deutschland vertrieben und beide auf der Suche nach einer neuen Heimat – ach was, Heimat, nach irgendeinem Ort, wo man sein konnte –, als Sie mich auf der Terrasse sitzen sahen, vor einem dieser Cafés, wo man sich für den Preis eines Mokkas den Stuhl für den ganzen Nachmittag mietet, da haben Sie den Kopf geschüttelt und zu Ihrem Begleiter gesagt, haben es absichtlich so laut gesagt, dass ich es hören musste, haben gelacht und gesagt: «Diesen riesigen Haufen Scheiße kann nicht einmal ein Hitler wegschaufeln.»

Sie haben sich geirrt, Herr Brecht. Er schaufelt schon.

Ich habe mein Brot verschlungen, dabei müsste es für den ganzen Tag reichen. Es reicht nie für den ganzen Tag. Nicht bei mir.

Olga hat die Hälfte übriggelassen, wie immer. Hat sie auf das kleine Tuch gelegt, das sie sich dafür organisiert hat, hat die Ecken sorgfältig miteinander verknotet, wie für ein Geschenkpaket, und das Ganze in der unteren Margarinekiste verstaut. Immer in der unteren. Die Hemmung ist größer, wenn man erst die eine Kiste abheben muss, bevor man in die andere hineinfassen kann. So versucht sie, meine Gier zu überlisten.

Das gesparte Brot wäre ihr Abendessen, könnte die ekelhafte Suppe essbarer machen, aber sie wird es mir anbieten wie jeden Tag. «Ich habe keinen Hunger», wird sie lügen.

Ich werde ein schlechtes Gewissen haben, ich werde mich weigern, und dann werde ich das Brot essen. Ich habe keinen starken Charakter.

Jetzt wird sie mich fragen, ob ich mich entschieden habe, denke ich. Aber Olga ist klüger als ich. Sie nimmt meine Hand und sagt: «Komm mit hinaus auf die Treppe. Du musst etwas für mich tun.»

Es gibt da eine Stelle, auf dem kleinen Absatz über der obersten Treppenstufe, wo man durch ein Dachfensterchen den Himmel sehen kann. In Mondnächten sitzen wir manchmal dort und nennen es *unsere Terrasse*. Es ist die einzig helle Stelle; sonst muss man sich den Weg hinunter zu den toten Betten auch am Tag im Dunkeln ertasten. Muss blind wissen, wo die eine Stufe fehlt.

Olga sitzt jetzt dort auf dem Boden, an unserm Platz, sitzt im Sonnenviereck wie in einem abgekaschten Scheinwerferkegel. Streckt mir eine Schere hin. Ich weiß nicht, wo sie die ausgeliehen hat.

«Schneid mir die Haare ab», sagt Olga.

Sie könnte mich genauso gut bitten, sie zu schlagen.

«Läuse», sagt sie. «Irgendwann musste es auch mich erwischen.»

«Nein», sage ich, «nicht deine Haare, bitte.» Noch während ich es sage, überlege ich, wo ich am besten mit der Klinge ansetze. Man lernt hier, das Unvermeidliche zu akzeptieren.

Sie hat so schöne Haare. Ein helles Braun, das in der Sonne glänzt wie Gold. Eine der wenigen hier in Theresienstadt, die immer noch lange Haare haben. Bis über die Schultern. Ganz leicht gewellt, ohne dass sie etwas dafür tun muss. Ihre Friseuse in Berlin hat einmal zu ihr gesagt: «Bei Ihnen verdiene ich mein Geld leicht, Frau Gerron.» Wenn sie sie offen trägt, fällt ihr ständig eine Strähne ins Gesicht. Dann macht sie diese Kopfbewegung, die sie selber gar nicht bemerkt, wie ein Pferd, das von einer Fliege geplagt wird. Ich kann mir Olga ohne diese Bewegung nicht vorstellen.

Manchmal dreht sie ihre Haare gleich nach dem Aufstehen zu einem Knoten, den sie aber in ihrer sympathischen Schussligkeit jedes Mal zu flüchtig feststeckt. Während sie dann ihre Frisur repariert, hält sie die Haarnadeln zwischen den Lippen fest, redet aber trotzdem weiter. Man versteht kein Wort. Als ich sie einmal dabei nachahmte, musste sie so sehr lachen, dass sie beinahe eine Haarnadel verschluckt hätte.

Jetzt hat sie Läuse.

«Wir machen es hier draußen», sagt sie. «Ich kriege sonst die Haare nie mehr aus der Wohnung.» Sagt *Wohnung*, obwohl es nur eine schäbige Kammer in einem alten Militärbordell ist. Olga ist der positivste Mensch, den ich kenne.

Ich schnipple ganz vorsichtig. Sie lacht mich aus und sagt: «Nur keine Skrupel, Kurt.»

Nur keine Skrupel.

Ich schneide und schneide.

Wie gern habe ich ihre Haare hochgehoben und Olgas Nacken geküsst. Ich küsse ihn jetzt und habe Haare im Mund.

«Ich werde Sie bei der Friseur-Innung anzeigen», sagt Olga.

Ich bin ungeschickt. Habe Angst davor, ihr weh zu tun. Um die Stoppeln gleichmäßig hinzukriegen, müsste man eine Maschine haben.

Einen Spiegel besitzen wir nicht. Sie geht die Treppe hinunter, um sich in der Wassertonne zu betrachten, die der alte Turkavka bewacht. «Ich sehe aus wie ein Igel», sagt sie, als sie zurückkommt.

«Tut mir leid.»

«Igel haben es gut», sagt sie. «Die fasst keiner an.»

Aus dem Bündel, auf dem sie in der Nacht schläft, holt sie ein Kopftuch und bindet es sich um. «Mach nicht so ein Gesicht», sagt sie. «Man tut, was man tun muss.»

Nickt mir zu und geht zu ihrer Arbeit. Saubermachen bei den Dänen.

Man tut, was man tun muss.

Auf dem Absatz über der Treppe liegen Olgas Haare.

Wenn man anfängt, Fragen zu stellen, hat man schon verloren. Man muss nehmen, was sich einem bietet. Darauf scheißen, was die andern von einem denken. Alle wirklich erfolgreichen Menschen, die ich kenne, sind Egoisten.

Der Jannings, mit seinem Bauch. Mit dem er alles zur Seite schiebt, was seiner Karriere im Weg steht. Überlebensgroß, der Kerl. In Amerika haben sie ihn zum besten Schauspieler der Welt erklärt.

Aber dann wurde der Sprechfilm erfunden, und wegen seines Akzents kriegte er bei der Paramount plötzlich keine Helden mehr angeboten. Nur noch Charakterrollen. Sonst wäre er wahrscheinlich drüben geblieben. Wo die Gagen in Dollars bezahlt werden. Hätte sich eine Villa am Meer gebaut. Im größten Zimmer sein eigenes Porträt aufgehängt. Einen Hausaltar davor aufgestellt, zur täglichen Selbstanbetung. Er findet sich toll und hat ja auch allen Grund dazu. Das Gemälde hing dann in seiner Berliner Wohnung – «Emil Jannings in Essig und Öl», sagte Otto –, und wer ihn besuchen kam, musste es bewundern.

Seinen eigenen Regisseur hatte er sich aus Hollywood mitgebracht. Den Sternberg. Oder *von* Sternberg, wie er sich jetzt nennt. Mit dem hatte er *Sein letzter Befehl* gedreht, diesen Film, der in Amerika so viel Umsatz gemacht hat. Mir hat er ja nicht gefallen. Viel zu vorhersehbar, dass der Jannings als russischer General am Schluss dramatisch sterben würde.

Ich habe nie verstanden, warum die Leute es mögen, wenn der Hauptdarsteller auf den letzten Filmmetern abnibbelt. Ich stecke in so einem Drehbuch fest und würde gern zur Kinokasse gehen und mein Geld zurückverlangen. Den Kassierer fragen: «Wo, bitte sehr, läuft ein Gerron-Streifen mit Happy End?»

Alle erwarteten damals, dass sich der Jannings bei der Ufa eine Heldenrolle aussuchen würde. Nach dem Danton und dem Nero wieder so eine Weltgröße. Aber er kam zur Überraschung des ganzen Gewerbes mit einer Figur an, die überhaupt nicht zu ihm passte. So was von überhaupt nicht, dass alles schon von einem todsicheren Reinfall sprach. Noch bevor überhaupt ein Drehbuch geschrieben war. Der Jannings, dieser Kraftbolzen, wollte einen Schwächling spielen, einen faden Gymnasialprofessor, der einer Tänzerin hörig wird und sich dabei ruiniert. Hatte auch schon dem Heinrich Mann die Rechte an der Geschichte abgekauft. Mir war nicht klar, was ihn daran reizte. Höchstens, dass die Rolle ein bisschen ähnlich ist wie sein russischer General: Am Anfang des Films kommandiert er allmächtig herum, und am Ende kann man nur noch Mitleid mit ihm haben. Vielleicht hatten ihm seine Erfolge in Amerika den Geschmack verdorben. Oder er war ein Genie und hatte eine bessere Nase für Stoffe als wir alle zusammen. Oder alles gleichzeitig. Auf jeden Fall war er Egoist genug, um durchzusetzen, was er wollte.

Genau wie die Marlene. Die denkt auch immer nur an sich selber. Geht für ihre Karriere mit dem Kopf durch jede Wand. Pfeift auf den guten Ruf. Hat sich schon wie ein Star aufgeführt, als sie noch gar keiner war. Weil Berlin so war, wie es damals war – heute, nehme ich an, ist dort alles nur noch grau in grau und braun in braun –, hatte sie beschlossen, verrucht zu sein. Was gar nicht zu ihr passte. Sie war eine höhere Tochter, und zwar eine echte, nicht wie Mama eine nachträglich angelernte. Aber sie machte auf ganz wild. Setzte sich ohne Schlüpfer ins Café oder sorgte doch dafür, dass sich rumsprach, sie hätte ohne Schlüpfer dagesessen. Ließ sich ständig etwas Neues einfallen, um im Gespräch zu bleiben. Wie die Lesbennummer, die sie so demonstrativ abzog. Mir ist nie klargeworden, ob mehr dahintersteckte, als dass sie in einem Smokingjackett gut aussah.

Manchmal gingen ihre Werbeaktionen auch schief. Ich erinnere mich an ein Zeitungsphoto – bei Marlene waren immer ganz zufällig Photographen vor Ort –, in dem sie mit Leni Riefenstahl posierte. Und über das sie sich dann furchtbar ärgerte, weil die Schärpe, die sie um die Hüften drapiert hatte, verrutscht war und man auf der Aufnahme ihr Bäuchlein sehen konnte. Das war ihr privates Staatsgeheimnis: dass sie eigentlich mollig war.

Überhaupt war sie mit ihrem Körper nie zufrieden. Im Atelier wollte sie immer nur von vorn aufgenommen werden. Die Scheinwerfer voll im Gesicht. Im Profil fand sie ihre Nase zu groß. Und dabei hatte sie sich die, wie man munkelte, schon einmal von einem Chirurgen verkleinern lassen. Der Sternberg hat dann die Lösung für sie gefunden. Von dem konnte man wirklich eine Menge lernen. Ein kleiner Strich mit Silberfarbe auf dem Nasenrücken, und ein Scheinwerfer direkt von oben. Seit dem Tag fraß sie ihm aus der Hand.

Dass sie die Rolle im *Blauen Engel* überhaupt bekam, war reiner Zufall. Der Sternberg ging eines Abends ins Berliner Theater. Weil er sich die Valetti und den Albers ansehen wollte, die er beide schon für den *Engel* engagiert hatte. Aber Augen hatte er dann nur für Marlene. Obwohl die in den *Zwei Krawatten* gerade mal einen einzigen Satz hatte. Am nächsten Tag kam er ins Atelier und sagte: «Ich hab unsere Lola gefunden.» Bei der Ufa, das weiß ich von Otto, war man von dem Vorschlag nicht begeistert. Dem Jannings und dem Pommer war die Marlene einfach zu gut gepolstert. «Der Popo ist ja hübsch, aber brauchen wir nicht auch ein Gesicht?», soll jemand gesagt haben. Aber der Sternberg drohte mit sofortiger Abreise und setzte durch, dass sie zu Probeaufnahmen eingeladen wurde.

Da wäre ich gern dabeigewesen. Marlene dachte nämlich, es gehe um eine uninteressante Nebenrolle, und kam nur widerwillig angeschlurft. «In einem Kleid», erzählte Otto, «das man bei den Wandervögeln hätte als Zweimannzelt brauchen können.» Irgendwie mussten die überschüssigen Pfunde ja kaschiert werden. Nicht mal den Hut wollte sie abnehmen. Und zum Vorsingen scheint sie auch keine Lust gehabt zu haben. Aber das war es gerade, was den Sternberg begeisterte. Diese *Leck mich*-Miene. Endlich mal was anderes als all die Lächelsusen, die er sich hatte ansehen müssen.

Er hat dann auch besonders fleißig mit ihr gearbeitet. Auch nachts in seiner Hotelsuite.

Olga kann nicht verstehen, warum ich diesen Branchenklatsch nicht loslassen kann. «Das ist doch alles nicht mehr wichtig», sagt sie. Aber gerade weil es unwichtig ist, gerade weil es keine Bedeutung mehr hat, gerade weil es keinen mehr interessiert, ob ich im *Blauen Engel* mitgespielt habe oder nicht, gerade weil niemand mehr die alten Geschichten hören will, wer mit wem und wer gegen wen, an welchen Tisch man sich in der Ufa-Kantine setzen muss und an welchen auf gar keinen Fall, gerade weil das alles so weit weg ist, so total unwirklich, gerade weil mir niemand ein Stück Brot dafür gibt, gerade deshalb brauche ich es. Ich kann mir nur noch mit Erinnerungen beweisen, wer ich bin. Wer ich einmal war.

In Westerbork waren Leute, die hatten in dem einen Koffer, den man ihnen erlaubte, lauter Photoalben mitgebracht, Schulzeugnisse und Diplome. «Hier sitze ich am Strand», haben sie gesagt, «und da gab es diesen Limonadenverkäufer. Wenn man Durst hatte, brauchte man nur mit den Fingern schnipsen. Hier ist mein erster Schultag», haben sie gesagt, «die Hosen waren ganz neu, und ich habe sie schon am ersten Tag zerrissen. Das da sind meine Eltern», haben sie gesagt, «und das meine Großeltern.» Dabei waren die Großeltern schon tot und die Eltern wahrscheinlich auch, hatten auf einer Liste gestanden, und man hatte nie mehr etwas von ihnen gehört. Ich habe keine Photographien, und Mamas Sammlung mit Programmzetteln und Kritiken wird dem Effeff schon lang den Ofen angeheizt haben. Ich habe meine Erinnerungen. Das einzige, das mir niemand wegnehmen kann.

Olga braucht das nicht. Sie lebt in der Gegenwart. Auch jetzt noch, wo man überall lieber wäre als hier und heute. Aber ich ... Als wir nach Theresienstadt kamen, kannte hier jeder den Professor Walde und den Professor Strecker. Es gibt sie nicht mehr, kurz nach der Verschönerungsaktion sind beide auf Transport gegangen. Haben sich wahrscheinlich noch im Viehwaggon gestritten. Sie waren Spezialisten auf demselben Gebiet, Geschichte des Mittelalters, der eine hatte in Königsberg gelehrt und der andere in Stralsund. Hatten wohl schon ihr ganzes Leben in Fußnoten gegeneinander gestichelt und sich auf Konferenzen angegiftet. Jetzt saßen sie da, jeden Tag auf derselben Treppenstufe vor der Hamburger Kaserne, dort, wo manchmal die Sonne hinscheint, wenn sie scheint, und hauten sich die Merowinger und die Karolinger um die Ohren. So lang sie sich streiten konnten, waren sie immer noch Professoren, so lang sie mit hinterhältiger Höflichkeit zum andern sagen konnten: «Da haben Sie wohl etwas nicht bedacht, verehrter Kollege», so lang waren sie immer noch lebendig. Waren sie immer noch sie selber.

Ich habe keine Karolinger und keine Merowinger. Ich hab den Jannings und den Albers und den Rühmann. Die Spira und die Marlene. Ich kann nachmachen, wie der Lorre ganz schnell redet, wenn er etwas gespritzt hat, und wie er dann plötzlich müde wird und anfängt, die Konsonanten zu verschleifen. Ich weiß, wo der Siskowitz seine Zigaretten versteckt, weil er ohne Nikotin nicht arbeiten kann und im Schneideraum wegen der Feuergefahr nicht geraucht werden darf. Ich weiß das alles, und so lang ich es weiß, weiß ich auch noch, wer ich bin.

Großpapa hat mir einmal eine Geschichte erzählt, eine der Legenden, die er sich so gern ausdachte. Ich hatte etwas vom Paradies aufgeschnappt und wollte von ihm wissen, wie es dort aussieht. Eine Frage, die ich Papa nicht stellen durfte. Sie hatte mit dem lieben Gott zu tun, und den mochte er nicht. «Wunderschön ist es im Paradies», sagte Großpapa. «Da spielt immer Musik, und bequeme Sessel stehen da und Tische voller Kuchen und Limonade. Für die Erwachsenen gibt es Zigarren, die sind schon angezündet, wenn man sie aus dem Etui nimmt, und brennen so lang, wie man Lust auf sie hat. Man kann Spiele spielen, *Fang den Hut* oder *Eile mit Weile*, und weil es das Paradies ist, gewinnen alle. Wer im Leben alt war, ist wieder jung, und wer krank war, wieder gesund. Nur manchmal wird einer blass, so blass, dass man durch ihn hindurch sehen kann, dann steht er auf und geht hinaus und kommt nie mehr zurück.»

«Was sind das für Leute, die hinausgehen?», habe ich gefragt.

«Diejenigen, an die sich niemand mehr erinnert.»

Ach, Großpapa.

Ich habe so viele Leute gekannt, bei denen es umgekehrt war. Die nicht verschwunden sind, weil man sie vergessen hatte, sondern weil sie sich selber vergaßen. Weil sie ihre Erinnerungen irgendwo haben stehenlassen. Gepäckstücke, die man nicht mehr braucht. Blass sind sie geworden, das stimmt, blass und durchsichtig, und sind fortgegangen, ohne sich zu verabschieden. Waren weg, obwohl sie noch da waren. Standen noch in der Essensschlange, lagen noch auf ihrem Strohsack, und wenn man mit ihnen sprach, gaben sie Antwort.

Aber sie waren nicht mehr da.

Ich will nicht so zu Ende gehen. Ich bin nicht im Paradies, weiß Gott nicht, es gibt hier keine weichen Kissen und keine Tische voller Kuchen, aber ich mache es mir in meiner Vergangenheit bequem und erinnere mich an den eigenen Erlebnissen satt. Ich rauche meine Zigarre, die sich von selber anzündet, ich nehme noch einen Zug, noch einen und immer noch einen, und ich lege sie nicht aus der Hand, egal, was ich dafür tun muss.

Egal, was ich dafür tun muss.

Solang ich meine Erinnerungen habe, kann ich mich zusammensetzen. Kann herausfinden, wer ich bin. Ich will nichts davon loslassen. Nicht das kleinste Detail.

Die allererste Szene, die der Jannings für den *Blauen Engel* gedreht hat. Wo er sich als Professor seinen Schüler nach Hause bestellt, um ihm wegen dieser Nackedei-Bilder die Hölle heiß zu machen.

Will mich erinnern, wie der Jannings losdonnerte. Als ob er im Zirkus Schumann den Ödipus zu spielen hätte. Mindestens den Ödipus. Auch den Text hatte er sich umgeschrieben. Vom Stummfilm her war er es gewohnt, dass es auf die Worte nicht ankam.

Ich will die Augen zumachen und seinen Monolog noch einmal hören.

Wie dann plötzlich die Stimme vom Sternberg aus dem Lautsprecher kommt – es war ja Tonfilm, und der Regisseur saß mit seinem Kopfhörer über den Ohren in dieser schalldichten Kabine. Wie er sagt: «Wir sind hier nicht im Theater, Emil. Du brauchst nicht hinter jedem Ton her sein wie der Teufel hinter der armen Seele.»

Daran will ich mich erinnern. Wie der Jannings beleidigt ist. Sich aufführt wie ein trotziges Kind. Er sei schließlich der beste Sprecher aller Berliner Bühnen, wenn der Sternberg wolle, werde er ihm gern die entsprechenden Kritiken zeigen, und wenn er jetzt seinen ersten deutschen Tonfilm drehe, dann sollten das die Zuschauer auch merken. Hat dabei die ganze Zeit diesen Anfänger, der den Schüler spielt, zwischen den Knien, und der wagt es aus lauter Ehrfurcht nicht, sich aus der Umklammerung zu befreien. «Ich werde die deutsche Sprache nicht entwürdigen!», schreit der Jannings. Sagt tatsächlich: «entwürdigen». Jede Silbe einzeln betont.

Daran will ich mich erinnern. Weil ich der einzige hier in Theresienstadt bin, der das noch weiß. Weil man jemand sein musste, um dort dabei zu sein.

Wie dann der Sternberg aus seinem Kabäuschen rauskommt. Sich von Emils Brüllerei überhaupt nicht einschüchtern lässt. «Wenn du darauf bestehst», sagt er, «dann bitte, spiel die Rolle so. Aber alle andern werde ich sprechen lassen wie Menschen. Die Leute werden im Kino sitzen und über dein altmodisches Pathos die Köpfe schütteln.» «Altmodisch», sagt er und «Pathos», und das zum Jannings. Der junge Kollege die ganze Zeit zwischen den beiden Streithähnen eingeklemmt.

Wie der Sternberg dann dem Jannings seine Eitelkeit benutzt, um ihn dahin zu bringen, wo er ihn haben will. «Ein genialer Schauspieler», sagt er, «muss sich auch mal gegen die deutsche Sprache versündigen können.»

Wie der Jannings das schluckt, wie der Hecht den Köder, und nur noch eine Ausrede dafür sucht, warum nicht er an den falschen Tönen schuld ist, sondern jemand anderes. Wie er sich den Requisiteur dafür aussucht, ausgerechnet Otto Burschatz, weil der ihm die unanständigen Postkarten vorher nicht gezeigt hat, «und wenn ich nicht weiß, wie sie aussehen, kann ich mich auch nicht in die Situation hineinfühlen.» Aber mit Otto muss man solche Spielchen nicht machen. «Die Originale hab ich leider noch nicht», sagt er ganz freundlich. «Das Fräulein Dietrich will erst noch ein bisschen abnehmen, bevor sie sich nackt photographieren lässt.» Worauf der Sternberg kurz schluckt und die Mittagspause ansagt.

Daran will ich mich erinnern. Ich brauche auch niemanden, dem ich die Geschichten erzählen kann. Ein echter Sammler holt seine wertvollsten Stücke nur für sich allein aus dem Tresor.

Will mich erinnern, wie wir einmal die Muster angesehen haben. Ohne Marlene. Die war noch nicht berühmt genug, um dazu eingeladen zu werden. Nur auf der Leinwand war sie dabei, in einer Szene, die wir am Tag vorher aufgenommen hatten. Sie war gut. Mehr als gut. Was im Privatleben so künstlich an ihr wirkte, stimmte plötzlich, wenn sie vor der Kamera stand. Im Vorführraum war allen klar: Das wird ein Star. Das wird die Hauptrolle in dem Film.

Der Jannings merkt das natürlich auch. Ein echtes Theater-Raubtier spürt, wenn sein Revier bedroht ist. Das Licht ist schon lang wieder angegangen, aber er sitzt immer noch da und starrt auf die Leinwand, wo gerade noch die Marlene gesungen hat. Und plötzlich hören wir ihn ganz laut sagen: «Die erwürg ich noch.»

Daran will ich mich erinnern.

Er hat es dann auch getan. In der Szene, wo er sie mit dem Albers erwischt und vor Eifersucht durchdreht. Da war probiert, dass er sie am Hals packt und schüttelt. Er hat nicht mehr losgelassen und immer weiter gedrückt. Bis man ihn schließlich von ihr wegreißen musste. Der ganze Drehplan wurde umgestellt, weil sich die Würgemale an ihrem Hals nicht so einfach wegschminken ließen.

Wie ich ihm das Ei auf dem Kopf zu zerschlagen hatte, und er mit der Szene nicht zufrieden war. Wir sie wiederholen mussten, nochmals und nochmals, und jedes Mal musste er erst wieder saubergemacht werden und sein Kostüm auch. Selbst in einer so jämmerlichen Situation wollte er der Beste der Welt sein.

Wie Otto Burschatz sagte: «Lasst euch ruhig Zeit. Ich habe einen ganzen Hühnerhof da draußen.»

Die Uraufführung im Gloria Palast. Wir kriegten alle Applaus, aber die Marlene mehr als der Jannings. Am liebsten hätte er sie gleich noch einmal erwürgt. Verzichtete beim Premierenbankett bei Borchardt freiwillig auf den Ehrenplatz, nur um nicht neben ihr sitzen zu müssen. Und dann kam sie gar nicht, tauchte überhaupt nicht auf. Fuhr vom Kino direkt zum Bahnhof und reiste ab. Nach Amerika, wo der Sternberg schon auf sie wartete.

Daran will ich mich erinnern.

Am 1. April 1930 war das. Auf den Tag genau drei Jahre, bevor meine Welt aus den Fugen ging.

Am 1. April. Wo das Schicksal seine Scherze mit einem macht.

Die Scherzbolde waren überall. Während ich immer noch das Atelier für den Mittelpunkt der Welt hielt, marschierten sie schon auf den Straßen. Schickten ihre Schlägertrupps los. Entwarfen ihre Gesetze. Und ich? Erinnere mich an Rollen, an Premierenfeiern, an die Freude über gute Kritiken.

Ich bin so ein Idiot.

Sie hatten alles vorbereitet für ihren Film. Die Heldenrollen für sich reserviert und uns nur die Schurken übriggelassen. Das Drehbuch geschrieben. *Mein Kampf*. Ein idiotischer Titel. Wie für die Erinnerungen von Max Schmeling. Aber mit der richtigen Werbung kann man den Leuten jeden Scheiß verkaufen.

Wir haben das Drehbuch nicht gelesen. Wir hielten anderes für wichtiger. Die erste Filmregie! Eine Rolle bei Max Reinhardt! Schaut alle her, wie schön ich meine Wohnung dekoriert habe! Und dabei brennt das Haus.

Als ich ein kleiner Junge war, stand einmal im Jahr ein Kasperletheater bei uns im Hof. Vielleicht kam es öfter, aber in meiner Erinnerung ist kein anderer Rhythmus möglich. Weihnachten ist nicht jeden Monat. Damals habe ich mir fest vorgenommen, auch einmal Kasperlespieler zu werden. Der schönste Beruf, den ich mir vorstellen konnte. Ich bin es dann ja auch geworden, nur leider in der falschen Sorte Theater. Beim echten Kasperle kann man die Bühne einfach zusammenklappen und auf den Rücken laden, das Ensemble in einen Sack stopfen und mitnehmen. Ist man in einem Land nicht mehr gewollt, stellt man sein Theaterchen eben im nächsten auf. Oder im übernächsten. Und wenn man dort die Sprache nicht richtig kann und mit einem lächerlichen Akzent spricht, jubeln die Zuschauer umso mehr.

Am besten hat mir immer die Szene gefallen, wo das böse Krokodil hinter der Großmutter her ist. Wir haben dann alle geschrien: «Pass auf! Das Krokodil! Das Krokodil!» Aber die Großmutter, dieser Holzkopf, war schwerhörig, und wenn sie sich umgeschaut hat, dann immer in die falsche Richtung. Das war für mich das Komischste auf der Welt. Weil man sich so wunderbar überlegen fühlen konnte. Ich, davon war ich fest überzeugt, ich hätte das Krokodil rechtzeitig bemerkt. Hätte ganz schnell den Kasperle geholt, damit der ihm seinen Knüppel auf den Kopf haut.

Ich habe es nicht gemerkt. Das Krokodil hat mich gefressen.

Dabei hat mir das Schicksal meine ganz persönliche Warnung geschickt. Hat mich eine Rolle spielen lassen, in der schon alles drin war, was ich jetzt erlebe. Ich habe das Orakel nur falsch gedeutet. Das haben Orakel so an sich. Was wirklich in diesen himmlischen Scherzartikeln steckt, merkt man immer erst, wenn die Knallzigarre schon explodiert ist.

PHÄA hieß das Stück. *Die Photographisch-Akustische Experimental-Aktiengesellschaft.* Ich spielte den Oberregisseur Süßmilch. Das Bühnenbild war ein Filmatelier, wo ich herumkommandierte und furchtbar wichtig tat. Nur dass dieser Süßmilch in Wirklichkeit überhaupt nichts zu sagen hatte. Er war nur ein jämmerlicher Befehlsempfänger, und der eigentliche Chef ein ganz anderer.

«Ick plage mir», hatte ich einmal zu sagen, «und er sitzt da mit seiner Gigantenschere und schneidet.» In Theresienstadt gehört die Gigantenschere dem Herrn Obersturmführer Rahm. Er will sich eine Wirklichkeit zurechtschnipseln, und ich soll ihm das Material dazu liefern. Vielleicht hat er sich ja damals in Berlin eine Vorstellung angesehen. Die Herren Mörder haben schon immer die Kultur gepflegt.

In einer Szene sagt der Besitzer der Filmfirma zu mir: «Sie müssen so nahe dran an das Leben, bis Sie durch die Pupillenlöcher das Letzte sehen, und wenn's der Tod ist.»

So denkt der Rahm auch. Nur anders rum will er es haben. Mit der Kamera so nahe rangehen, dass der Tod außerhalb des Bildes bleibt.

Manchmal denke ich: Solche Sachen können kein Zufall sein. Vielleicht gibt es den Himmelsdramaturgen wirklich, er heißt Alemann und kennt kein größeres Vergnügen, als das Sitzbrett der Latrine anzusägen. Zuzusehen, wie einer in die Scheiße plumpst. Die ganze Welt ein gigantisches Furzkissen.

Das ist immer noch leichter zu ertragen als die Vorstellung, dass man selber schuld ist. Dass man die Verantwortung auf niemanden abschieben kann. Dass man hätte wissen können, was kommt. Dass man es hätte merken müssen. Ich war zu blöd dazu. Habe am Lebkuchenhäuschen rumgeknuspert und die Hexe nicht gesehen.

Sie haben mir die erste Filmregie gegeben und dann die zweite und die dritte. Ich habe nichts anderes mehr gesehen. Keine Wirklichkeit mehr, nur noch Einstellungen. Einen Lebkuchen nach dem andern habe ich mir reingestopft. Dabei stand hinter mir die ganze Zeit schon die Hexe. Ich hätte hören können, was sie vor sich hin kicherte. Ich hatte keine Ohren dafür.

«April, April», sagte die Hexe.

Es hat keiner was gemerkt. Auch nicht die Klugscheißer, die hinterher mit weisem Kopfnicken behaupteten, sie hätten es von Anfang an kommen sehen.

Wir waren alle blind.

Papa wäre am liebsten selber bei den Nazis eingetreten. Wenn sie ihn denn genommen hätten. «Wie sie über die Judskis herziehen, das ist natürlich übertrieben», meinte er. «Aber sonst? Nichts gegen zu sagen. Wenn bloß der Heitzendorff sich nicht so aufspielen würde.»

«Da reden sie immer von Ordnung», sagte Mama und machte ihr spitzes Pensionatsmündchen, «aber was ist das für eine Ordnung, wenn einem der Portier die Kohlen nicht mehr auf die Etage bringt? Bei dem kalten Wetter.»

«Wird sich alles einrenken», sagte Papa. «Das ist der Überschwang der ersten Begeisterung.»

Ich wollte witzig sein und sagte: «Das einzige, wofür sich der Heitzendorff begeistern kann, ist die Hausordnung.» Ha ha ha.

Sie haben sauber ausgefegt.

«Endlich mal was Großes», sagte der Jannings. «Es hat in diesem Land viel zu lang nichts mehr wirklich Großes gegeben.» So wie er sich dabei in Pose stellte, war zu vermuten, dass er sich selber damit meinte.

«Für die Fliegerei ist es gut.» Das einzige, was den Rühmann interessierte. «Wahlkampf mit Flugzeug», sagte er, «das ist doch mal was. Da würde ich am liebsten selber Reichskanzler werden.» Aber er hätte keine Chance gehabt, bei aller Beliebtheit. *Das armselige kleine Kaninchen* hat ihn ein Kritiker genannt, und es war keine Zeit für Kaninchen. Es war eine Zeit für Wölfe.

Die wir für Schoßhunde gehalten haben. Die schon jemand vertreiben würde, wenn sie allzu lästig kläfften. Lustig haben wir uns über sie gemacht.

«Ich bin Schwergewichtsweltmeister», sagte der Schmeling. «Mir kann egal sein, wer unter mir Deutschland regiert.»

Der kleine Korbinian lachte sein Untergebenen-Lachen und fand den Spruch ganz toll.

Überhaupt: die Nazi-Gegner hatten alle guten Pointen. Aber Lächerlichkeit tötet nicht. Oder den Falschen. Der glaubt, man könne mit Witzen gegen Waffen antreten.

Nur Otto Burschatz fand an den Nazis nichts zu lachen. Sie waren ihm unheimlich. «Weil man nur in den Verein eintreten muss, und schon ist man Vorgesetzter. Dabei wissen wir doch noch aus dem Krieg: Am Schluss schikanieren sie die Mannschaft.»

«Ich hab schon mal eine Auswahl ihrer Uniformen für den Fundus bestellt», sagte der von Neusser. Als Produktionsleiter war er ein Immer-an-alles-Denker. «Irgendwann werden sie ihre eigenen Filme drehen wollen.»

In denen ich Regie führen soll.

«Man ist besser mit dabei», sagte die Ufa-Kantine. «Der Hugenberg unterstützt die, und der hat noch nie falsch investiert.»

Der Alemann lächelte nur. Er hatte sich schon lang sein Parteiabzeichen besorgt, trug es aber vorläufig noch unter dem Revers. Sicher ist sicher.

«Ich habe keine Zeit für solche Kindereien», sagte ich. «Ich muss Filme machen.»

Ich muss einen Film machen.

«Ich mag die Leute nicht», sagte Olga. «Sie sind schmuddelig. Wenn sie ihre Reden halten, dann ist das, wie wenn einer zum Röntgen kommt und hat die Unterwäsche nicht gewechselt.»

Sie hatte das richtige Gefühl – Olga hat immer das richtige Gefühl –, aber auch sie konnte sich nicht vorstellen, wo alles noch hinführen würde. Man kann sich Theresienstadt nicht vorstellen.

Vorahnungen, ja, die haben wir gehabt. Nur haben wir sie uns selber nicht geglaubt. Nicht wirklich. «Vielleicht wird man Deutschland verlassen müssen», sagte der Kortner einmal.

«Wohin willst du gehen?», fragte der Lorre.

«Nach Österreich. Solang es dort den Reinhardt gibt, wird keiner von uns arbeitslos.»

Nur dass es schon bald keinen Reinhardt mehr gab und kein Österreich.

Wenn es durchs Dach tropft, stellt man einen Eimer drunter. «Morgen ruf ich den Klempner», sagt man. Wer kommt schon auf den Gedanken, dass das ganze Gebäude einstürzen könnte?

Ein Kurier aus dem Zentralsekretariat. Sie haben dort Kuriere und Schreibmaschinen und Sekretärinnen. Wie eine richtige Verwaltung. Als ob sie wirklich etwas zu bestimmen hätten. Wenn man sie ließe, würden sie sich Uniformen schneidern lassen.

Ich soll zu Eppstein kommen, jetzt sofort. Nicht in zehn Minuten. Auf der Stelle. Er hat eine wichtige Information für mich.

«Geht es um Leben und Tod?», frage ich. Der junge Mann mit der Armbinde merkt die Ironie nicht und nickt eifrig. Er ist ein Idiot. In Theresienstadt geht es immer um Leben und Tod.

«Ich komme», sage ich. «Ich will nur meiner Frau eine Nachricht hinterlassen.»

Das versteht er. Zum Judenältesten gerufen zu werden, kann immer auch bedeuten, dass man zu Rahm gerufen wird. Von wo nicht jeder wiederkommt. Aber ich soll mich beeilen, sagt er.

«Laufen Sie schon voraus und sagen Sie Bescheid, dass ich unterwegs bin. Sonst wird Herr Eppstein ungeduldig.» Das macht ihm Angst. Ein ungeduldiger Eppstein könnte ein ärgerlicher Eppstein sein. Könnte sich einen anderen, schnelleren Kurier suchen. Ohne Stelle beim Ältestenrat ist man für Transporte nicht mehr gesperrt.

Er rennt los. Ich höre mit Befriedigung, dass er im Dunkeln bei der fehlenden Stufe stolpert.

Ich schreibe eine Nachricht ins Schulheft. Das habe ich mit Olga so vereinbart. *Bin bei Eppstein* schreibe ich und stelle mir vor, wie auch diese drei Worte mit roter Tinte korrigiert werden. *Ein deutscher Satz ist erst perfekt mit Prädikat und mit Subjekt.*

Man müsste sich das Gehirn ausspülen können, um all diese verrotteten Bildungsüberreste loszuwerden.

Was Eppstein von mir will? Kein schweres Rätsel. Meine Entscheidung will er hören. Will, dass ich ja sage. Es ist erst der zweite Tag, aber Rahm wird ungeduldig geworden sein. Als Herr über Leben und Tod ist man das Warten nicht gewohnt.

Was werde ich antworten? Als ob ich eine Wahl hätte. Man tut, was man tun muss.

Vielleicht kann ich Bedingungen stellen. Nicht bei Rahm, natürlich nicht, aber bei Eppstein. Besseres Essen oder …

Es kommt nicht darauf an, was ich herausschlagen kann, es geht um die Forderung an sich. Dolly Haas lässt sich in die Verträge schreiben, dass in ihrer Garderobe jeden Tag gelbe Rosen stehen müssen. Sie hat mir auch den Grund dafür erklärt. «Welche Farbe die Blumen haben, geht mir am Arsch vorbei», hat sie gesagt. Für ein so zartes Persönchen hat sie eine ganz schön deftige Ausdrucksweise. «Aber wer Bedingungen stellen kann, ist wichtig. Wer wichtig ist, wird nicht schlecht behandelt.»

Oder doch ein bisschen weniger schlecht. Ich werde von Eppstein verlangen …

Ah.

Allein schon das Gefühl, etwas fordern zu können, tut gut. Ich werde von Eppstein verlangen …

Es wird mir etwas einfallen.

Ich lege das Schulheft an seinen Platz zurück und mache mich auf den Weg.

«Bitte saubermachen», sagt Herr Turkavka.

Der Ältestenrat hat seine Büros in der Magdeburger Kaserne. Ich mache den Umweg rund um den Marktplatz. Ich gehe nicht gern an der Kommandantur vorbei.

Die Straßen sind voll. Wie immer. Es gibt zu viele Menschen hier. Das hat auch Rahm gedacht, als er für den Besuch des Roten Kreuzes die Stadt verschönern ließ. Hat einen ganzen Zug voller alter Leute nach Auschwitz geschickt. Aus ästhetischen Gründen.

Plötzlich, vor den Fassaden der Häuser, fällt mir mein Traum wieder ein.

Da war eine Stadt, nein, ein Dorf war es. Nicht irgendein Dorf, es war Poelcapelle, ja, wo unsere 8. Kompanie einquartiert war, damals, als wir Helden sein mussten, Kämpfer für das Vaterland. Ich kenne dort jeden Stein, jede Deckung vor verirrtem Geschützfeuer, ich habe nichts vergessen, und es war noch alles genau so. Es war alles ganz anders. Die vertrauten Ruinen der Häuser waren keine Ruinen mehr, der verkrüppelte Kirchturm hatte wieder seine Spitze, ein Storch nistete darauf, und am Amtsgebäude, wo der Regimentsstab residierte, war die Mauer nicht mehr eingestürzt. Das ganze Dorf sauber und intakt, herausgeputzt wie für den Frieden oder für eine Visite des Divisionskommandeurs. Vorhänge hinter den Fenstern, vor Sauberkeit knisternd wie Mamas Paradeblusen, wie der weiße Kragen auf einer Packung von *Hoffmann's Silber-Glanz-Stärke*. Blumenkisten an den Fassaden, lauter perfekte Blüten, Narzissen, und als ich dachte: Die sind doch in Langemarck erstickt, da waren es Veilchen. Wie damals in Olgas Brautstrauß.

Musik. Da war auch Musik, achtlos auf den Weg gestreut. Eine Handvoll unscharfer Töne und noch eine und noch eine. Die Melodie nicht zu erkennen, aber trotzdem vertraut. Manchmal hört man Musik so. Wenn man an einem Haus vorbeigeht, in dem jemand übt. Oder bei Stummfilm-Drehs, wenn die Produktion Musikanten kommen lässt, um die Schauspieler in die richtige Stimmung zu versetzen. *Mein Bruder macht beim Stummfilm die Geräusche.*

Unter den Füßen nicht die vertraute Kampfbahn aus flandrischem Matsch, der die Stiefel packt wie mit Händen und sie nur widerwillig wieder loslässt. Romantisches Kopfsteinpflaster, jeder

Stein frisch geschrubbt. Alt-Heidelberg. Auch die Häuser wie von Postkarten abgemalt. Schnörkelgiebel und Erker. Hinter jedem Dachfensterchen ein armer Poet.

Die Straße völlig leer. Nur für mich bestimmt, für mich ganz allein. Zu breit und zu lang für Poelcapelle. Endlos. Mit jedem Schritt, den ich tue, schieben sich neue Gebäude ins Bild.

Ich gehe weiter und weiter und weiß, ganz ohne Überraschung, dass die Straße nur eine Filmkulisse ist, Fassade an künstlicher Fassade. Die Steine keine Steine, die Riegel keine Holzbalken. Alles nur bemalte Pappe, sorgsam verstrebt. Man darf nicht dahinterschauen, das ist gegen die Regel, man darf nur sehen, was auch die Kamera sieht. In meinem Traum weiß ich das, und es erscheint mir ganz selbstverständlich. Beruhigend. So muss es sein.

Ich gehe an der Häuserfront entlang und verschränke die Arme vor der Brust. Wie man sich das angewöhnt im Atelier, um nicht ungewollt mit einem schlenkernden Arm über frische Farbe zu streifen.

Die Türen sind nicht aus Pappe, fällt mir auf, sie sind massiv gebaut. Was bedeutet, dass sie gleich aufgehen werden. Man baut nur richtige Türen, wenn das Drehbuch es verlangt. Auch Namensschilder hat die Requisite angeschraubt. Eine fremde Schrift, die ich nicht lesen kann. Klingelzüge, jedes Glöckchen auf einen anderen Ton gestimmt. Bimmel, bammel, bimmel, bammel. Ich muss nicht klingeln. Ich muss vor einer Tür nur stehen bleiben, schon geht sie auf, und Leute kommen heraus, immer gleich mehrere, ganze Belegschaften und Familien. Federgeschmückte Barette. Reifröcke, die breiter sind als der Türrahmen und doch nicht stecken bleiben. Aber vielleicht schreibe ich da meinen Traum schon wieder um, bin schon bei der nächsten Drehbuchfassung, noch opulenter, noch publikumsfreundlicher. Das dürfen Sie nicht verpassen, das müssen Sie gesehen haben.

Vielleicht führe ich schon wieder Regie.

Ich stelle eine Frage, immer dieselbe, und sie antworten mit hochgezogenen Schultern, mit jüdisch vorgestreckten leeren Handflächen. Ich frage: «Wo, bitte, ist das Atelier, in dem ich erwartet werde?», und sie antworten: «Wir wissen es nicht. Nicht hier. Nicht hier.»

Sie bleiben geduldig, freundlich, auch wenn ich immer drängender frage, immer ungeduldiger, immer mehr in Panik. Denn da gibt es einen Film, der gedreht werden muss, einen ganz wichtigen Film, ich bin der Regisseur, ohne mich können sie nicht anfangen, und ich bin am falschen Ort, egal, in welchem Haus ich nachfrage, ich muss das Atelier finden und weiß, dass ich es nicht finden werde, dass es gar kein Atelier gibt, und auch daran bin ich schuld, und auch dafür werde ich bestraft werden.

Für meinen Film.

Die Jahre bei der Ufa waren meine glücklichste Zeit.

Wer wie ich immer zwei linke Hände gehabt hat, ein Glumskopp gewesen ist von Geburt an, für den gibt es kein schöneres Gefühl, als wenn ihm für einmal eine schwierige Sache ganz leichtfällt. Wenn alles zusammenkommt, scheinbar ohne Anstrengung. Regisseur sein, das war für mich von Anfang an, wie wenn man in ein vertrautes Kleidungsstück schlüpft, das einem passt wie kein anderes. Das man jeden Tag anziehen möchte.

Ich werde es wieder anziehen. Ich kann dem Angebot nicht widerstehen. Weil es mir noch einmal erlaubt, das zu tun, was ich am besten kann. Weil es mein Leben ist. Mein Beruf. Das, worauf ich mich, ohne es zu wissen, immer schon vorbereitet hatte.

Inszeniert habe ich immer. Es ist mir wohl angeboren. Es fing mit dem Schaukelpferd an, bei dem ich strampelnd und schreiend darum kämpfte, dass es der Welt nur seine richtige, die publikumswirksame Seite präsentieren durfte. Ich machte auch nichts anderes, wenn ich zusammen mit Kalle Troja eroberte oder einen neuen Planeten entdeckte. Ich führte Regie, als ich mich selber als Kriegshelden inszenierte, weil Papa mich so haben wollte. Als Frauenverführer, um die Auswirkungen meiner Verwundung unsichtbar zu machen. Und bin damals vor Lore Heimbolds Küssen mit dem Schrecken eines Puppenspielers geflohen, dessen Marionette sich von allein bewegt. Selbst wenn ich auf der Bühne stand, habe ich mich permanent inszeniert. Nicht in der Rolle, die der Stücktext für mich vorsah, sondern in der des Schauspielers. Stand die ganze Zeit als mein eigener Regisseur neben mir. Ich habe den Mimen immer nur gemimt.

Vielleicht ist das der Grund dafür, dass ich als Schauspieler nie ein wirklich Großer geworden bin. Bekannt, ja, beliebt auch, aber keiner von denen, die einen den Darsteller hinter seiner Figur vergessen lassen. Kein Jannings oder George. Vielleicht hat der Brecht ja recht, und ich bin wirklich nur einer von der Revue. Ein Tingeltangelmann. Ein singender Bauch.

Egal. Wenn ich Regie führe, bin ich mehr als das.

Ich werde es tun. Ich werde meine Bedingungen stellen. Gelbe Rosen in der Garderobe. Ich werde noch einmal im Leben Regisseur sein. Wenn es das letzte Mal ist, dann ist es eben das letzte Mal.

Es gibt keinen schöneren Beruf.

Im *Wintergarten* ist einmal ein Artist aufgetreten, der stand mit einem Bein auf dem Schlappseil und ließ um das andere bunte Ringe kreisen, jonglierte drei Bälle, spielte Blockflöte und balancierte auf dem Kopf eine Kaffeekanne. So ist Regieführen. Auf unmögliche Art vergnüglich und auf vergnügliche Art unmöglich.

Natürlich, man macht es nicht allein. Filme sind komplizierte Maschinen, an deren Konstruktion viele Leute mitarbeiten. Spezialisten. Handwerker der verschiedensten Berufe. Aber der Regisseur ist der Ingenieur. Er sorgt dafür, dass all die Gestänge und Zahnräder richtig ineinandergreifen, dass sie sich gegenseitig antreiben und nicht behindern, dass sich alles fehlerfrei dreht und bewegt, so selbstverständlich, dass man die Mechanik nicht merkt, dass jeder Betrachter das Gefühl haben muss, das sei ja alles ganz einfach.

Das ist das Schwierige daran, und darum macht es solchen Spaß.

Ich habe wunderhübsche Maschinchen gebaut. Meisterwerke der Feinmechanik. Nur was sie eigentlich produzierten, darum habe ich mich nicht groß gekümmert. Das habe ich von mir weggeschoben.

Schon damals.

Die Ufa war ein Produktionsbetrieb für Lügen. Illusionen en gros und en détail. Ob Babelsberg oder Theresienstadt: Stadtverschönerung hier, Stadtverschönerung dort.

Nur: Bei der Ufa machen die Schauspieler freiwillig mit.

Wir haben so gut gelogen, dass die Leute an der Kinokasse Schlange standen. Wenn auch Otto Burschatz sagte: «Was wir produzieren, ist die pure Scheiße. Aber mach dir nichts draus, Gerson. Bei dir ist sie wenigstens sauber gequirlt.»

Kurt Gerron: der beste Scheiße-Quirler des deutschen Kinos.

Ich habe immer Qualität geliefert. Das kann mir keiner nehmen. Reelle Ware fürs Geld. Sorgfältig bemalt, in den Farben der Saison. Unzerbrechlich und stoßfest. Habe produziert, was bestellt war. Geschichten erzählt, die nur erfunden wurden, damit sie glücklich enden konnten. *Wer das wahre Leben kennt, will im Kino Happy End.* Die Wirklichkeit war nur dazu da, um den Puderzucker eines Lachers darüberzupusten. Damit sie vor Vergnügen strampelten im Gloriapalast. In einer Zeit, wo das ganze Land pleiteging, buchstabierten wir *bankrott*, als ob es kein lustigeres Wort geben konnte. *B wie Bettler, A wie alte Schulden, N wie niemand zahlt.* Mein Text. Meine Rolle. Hier könnten wir stattdessen *Hunger* buchstabieren. *H wie hilflos, U wie unterernährt, N wie nichts zu fressen.* Und dann ein fröhliches Liedchen singen. Das hat schon bei der Ufa von miesen Drehbüchern abgelenkt. Man könnte die gleichen Titel nehmen wie damals. *Es wird schon wieder besser, es wird schon wieder besser, irgendeinmal muss es uns doch besser gehn.* Das Orchester so lang auf die Jazz-Pauke hauen lassen, bis die Leute im Kino dran glauben.

Bis wir alle dran glauben müssen.

Der Ufa habe ich geholfen, die Wirtschaftskrise wegzulügen. Für Karl Rahm werde ich aus Theresienstadt ein Paradies machen. Zuckerguss hier, Zuckerguss dort. Einen anderen Regisseur würden sie im Lager vielleicht finden. Aber bestimmt keinen perfekteren Illusionisten.

Ich bin ein wirklich guter Lügner. Manchmal gelingt es mir beinahe, mich selber zu überzeugen.

Irgendeinmal muss es uns doch besser gehn. Tschingbumm.

Ich weiß nicht mehr, wie die Filme alle hießen. Sie geraten mir durcheinander. Als ob ich sie nur im Kino gesehen hätte, vor langer Zeit. Als ob sie alle dasselbe Drehbuch gehabt hätten. Ein einziger langer Streifen, in dem immer wieder dasselbe passierte. Es passierte ja auch immer dasselbe. Einmal mit dem Fritsch und einmal mit dem Rühmann, mit der Nagy und der Dolly Haas. Immer derselbe Kreislauf. Mit einem Offenbarungseid fängt es an oder mit einem Bankrott, und dann kommt irgendein unwahrscheinlicher Zufall, oder die Helden haben eine verrückte Idee, die gar nicht gehen kann und natürlich doch geht, dann verwickelt es sich noch ein bisschen hin und ein bisschen her, und nach neunzig Minuten sind sie alle reich und glücklich und selbstverständlich verliebt. Zwischendurch, wenn dem Drehbuchautor sonst nichts eingefallen ist, tanzen und singen sie, und eine Woche nach der Premiere kurbelt man das neuste Lied schon an allen Straßenecken aus den Leierkästen. *Es wird schon wieder besser, es wird schon wieder besser.* Die Frauen tragen schicke Hütchen und ziehen neckische Schnuten, die Männer sind pausenlos männlich und bewahren auch in schweren Zeiten Haltung und Bügelfalte. Wer am Ende wen kriegt, bestimmt das Hugenbergsche Gehaltsbüro, gleiche Gage gesellt sich zu gleicher, und dann küssen sie sich in Großaufnahme und Abblende.

Immer derselbe Film. Immer dieselbe Geschichte.

Auf eine Fortsetzung mehr oder weniger wird es nicht ankommen.

Vor der Magdeburger Kaserne ist die Straße gewischt. Das allein beweist, dass hier wichtige Leute residieren. Sonst passiert das nur noch vor der Kommandantur.

Nur einmal, als die Kommission des Roten Kreuzes zu Besuch kam, hat die ganze Stadt so geglänzt. Zumindest dort, wo man die Delegierten hinführte. Jeder Pflasterstein einzeln poliert. Die Fassaden frisch bemalt. Vorhänge in den Fenstern. Blumenkisten. Rahm hat sich persönlich um jedes Detail gekümmert. Menschen, die ihm zu hässlich erschienen, hat er auf Transport geschickt. Damit sie ihm nicht den Gesamteindruck versauten.

Seit jenem Tag hängt auch diese furchtbar beeindruckende Tafel neben dem Eingang der Magdeburger. Oben die beiden geschnitzten Pferdeköpfe und unten diese Tafel. Die der Welt verkündet, dass hier der Judenälteste sein Büro hat.

Und seine Wohnung. Die größer sein soll als jedes Kumbal. Der Neid munkelt von ganzen Zimmerfluchten. Aber das wird wohl eine Bonke sein, wie man hier sagt. Ein falsches Gerücht.

Der Kurier hat vor dem Tor gewartet und stürzt jetzt auf mich zu. Eppstein habe schon zweimal nach mir gefragt. Man merkt, dass ihm das Angst macht. Ich spiele den Atemlosen. Behaupte, erst Luft schöpfen zu müssen, bevor ich die Treppe hinaufsteige. Die alte Ufa-Regel: Wer den andern warten lassen kann, ist schon mal im Vorteil.

Er rennt los, um Eppstein meine Ankunft zu melden. Ich gehe langsam.

Das Vorzimmer im Zentralsekretariat ist voller Bittsteller. Nicht jeder wird es schaffen, ins Allerheiligste vorgelassen zu werden. Eppsteins Zeit ist beschränkt. Sie wollen alle dasselbe. Befreiung vom Transport. Für sich oder für einen Angehörigen. Einen Arbeitsplatz, an dem man unentbehrlich ist und damit unabkömmlich. Sicherheit. Bis zum nächsten Zug nach Auschwitz. Bis zum übernächsten.

Die meisten der Wartenden sind Männer. Man sieht ihnen an, dass sie alle einmal etwas Wichtiges waren. Bevor man sie nach Theresienstadt verschickte, wo niemand mehr wichtig ist. Firmenchefs müssen sie gewesen sein. Beamte. Leute, die es gewohnt sind, mit Behörden umzugehen. Man braucht Beziehungen, um hier auch nur ins Vorzimmer zu gelangen. Einige haben ihre Frauen geschickt. Ihre Töchter. Die sich nach besten Kräften schön gemacht haben, um Eppstein mit ihrem Charme zu überzeugen. Oder mit mehr.

Sie mustern mich misstrauisch. Noch ein Konkurrent. Ich werde sofort in Eppsteins Büro geführt und höre hinter mir das wütende

Murmeln der Übergangenen. Es heißt, dass die übliche Wartezeit für eine Audienz drei Tage beträgt.

Eppstein sieht müde aus. Ein kleiner Mann. Zu schmächtig für den imposanten Schreibtisch, den sie ihm wohl bei der Stadtverschönerung hingestellt haben.

Er hält mir ein Blatt Papier hin. «Hier», sagt er. «Von Herrn Obersturmführer Rahm. Eine erste Liste von Leuten, die in dem Film vorzukommen haben. Damit Sie sich schon mal was überlegen können.»

«Ich habe noch nicht entschieden, ob ich den Film machen will.»

Eppstein sieht mich an. «Sie meinen doch nicht wirklich, dass Sie etwas zu entscheiden haben, Herr Gerron?»

Soviel zu den gelben Rosen.

Die meisten Namen auf der Liste kenne ich. Lauter A-Prominente. Dr. Meissner. Gradauer. Meyer. Waren alle mal Minister. Sommer, von Friedländer, von Hänisch. Generäle. Dr. Springer und ein paar andere Ärzte. Rabbiner Baeck und der dänische Oberrabbiner. Eine teure Besetzung.

«Die Leute sind in Großaufnahme zu zeigen», sagt Eppstein.

Ich versuche noch einmal zu widersprechen. «Rahm hat zugesagt, dass ich bis morgen Zeit habe.»

«Herr Obersturmführer Rahm», sagt Eppstein, «hat angeordnet, dass Sie ihm bis morgen ein Konzept vorlegen. Noch Fragen?»

Nein, Herr Judenältester Dr. Eppstein. Keine Fragen mehr.

Mein letzter deutscher Film war also doch nicht der letzte. Wegen großer Nachfrage verlängert.

Elf Jahre ist das jetzt her. Ein bisschen mehr als elf Jahre. Am 1. April 1933.

Der Film, den wir damals gedreht haben, war so unwichtig wie alle andern auch. Eine dieser verschachtelten Liebesgeschichten, an der immer noch ein Autor herumgeflickt hatte und noch einer, mit immer noch komplizierteren Ideen, wie man das Happy End, das doch von Anfang an klar war, noch ein bisschen herauszögern konnte. Nichts Besonderes. Ein Hund spielte mit und war nicht so gut dressiert, wie man es mir versprochen hatte. Die beiden Hauptdarsteller hatten eine wilde Affäre miteinander. Das Übliche.

Die Nazis waren schon seit zwei Monaten an der Macht, aber ich hatte mich nicht weiter darum gekümmert. Wer einen Film vorbereitet, hat keine Zeit für Politik. Wir waren auch alle überzeugt, dass Hitler als Reichskanzler nur ein Zwischenspiel sein würde. Eine komische Einlage, bevor es mit einer ernsthafteren Besetzung wieder weiterging. «Mit einem solchen Schnurrbart kann man kein Land regieren», sagten wir.

Nur über den Abend im Kaiserhof wurde diskutiert. Nicht wegen dem Goebbels seiner Rede, sondern weil alle unsere großen Herren dabeigewesen waren. Die ganzen Direktoren der Filmgesellschaften. Mit dem Hugenberg an der Spitze. Der frischgebackene Minister hatte ihnen, so munkelte man, an dem Abend erklärt, welche Filme das Publikum sehen wolle und welche nicht. Worüber wir natürlich nur spotteten. «Wenn der Goebbels das wirklich wüsste», sagten wir, «müsste er nicht Minister sein, sondern könnte beim Film richtiges Geld verdienen.» Einer seiner Sätze wurde besonders höhnisch zitiert: «Der Publikumsgeschmack ist nicht so, wie er sich im Inneren eines jüdischen Regisseurs abspielt.» «Du musst ein arischer Fehltritt deiner Mutter sein», sagte Otto Wallburg zu mir. «Bis jetzt waren alle deine Filme Kassenfüller.»

Wir haben nichts begriffen.

Bis zu jenem 1. April.

Wir drehten an dem Samstag nicht draußen in Babelsberg, sondern im Spiegelsaal vom Ballhaus Bühler, ein paar Schritte vom Oranienburger Tor. Eine Szene mit Tischtelefonen und neckischer Flirterei. Ich wollte die Atmosphäre des Raumes zeigen – wenn man schon für so einen schicken Drehort Miete zahlt, muss man im Film auch etwas davon sehen –, aber mit dem langsamen Schwenk, den ich eingeplant hatte, ging dauernd etwas schief. Ein Tongalgen war im Bild, oder die Kamera ruckelte. Als dann endlich technisch alles klappte, waren den Statisten die Wiederholungen zuviel geworden. Statt die angeordnete Champagnerlaune zu versprühen, hingen sie in ihren Stühlen wie nasse Säcke.

Es war damals die Zeit, wo man sich Massenszenen leisten konnte. Die Arbeitslosigkeit machte die Komparserie billig. Man kriegte Typen, die sich früher nie gemeldet hätten. Bessere Bürger, die kein Geld mehr hatten, aber doch noch mithalten konnten, wenn Abendgarderobe verlangt war. Einmal bewarb sich sogar der alte Professor Waldeyer, der uns damals im Einführungskurs Anatomie den menschlichen Körper als Meisterwerk der Natur gepriesen hatte. Die Inflation hatte ihm wohl seine Pension weggefressen. Ich habe getan, als ob ich ihn nicht kennen würde, und ihn ganz hinten hingestellt. Wo es nicht so drauf ankam, wie er aussah und wie er sich bewegte.

Damals, am 1. April, drehten wir diese Spiegelsaal-Szene und waren mit dem Drehplan im Rückstand. Was mir selten passierte. Ich bin für meine Pünktlichkeit bekannt. Immer mit genügend Reserve und immer gut vorbereitet. Das Drehbuch im Kopf. «Auf den Gerron kann man sich verlassen», sagte man bei der Ufa. «Der liefert, was bestellt ist. Da gibt es keine unangenehmen Überraschungen.» Darum kriegte ich auch immer wieder den nächsten Film.

Sogar in Theresienstadt.

Wir drehten diese Spiegelsaal-Szene und hatten den Schwenk endlich im Kasten. Das nächste war ein Zweier mit Magda Schneider und dieser andern, die ihre Freundin spielte, die mit den kurzen braunen Haaren. Ich komm nicht auf den Namen.

Egal.

Das Tischtelefon sollte klingeln, Magda sollte abnehmen, ihrer Freundin zunicken und sich dann umsehen, um herauszufinden, wer da anrief. Nichts Kompliziertes. Aber die Magda spielte das viel zu dick. Als hätte ihre Figur das Drehbuch gelesen und wüsste schon, dass ihre spätere große Liebe am Apparat war. So mit «Ei, ei, ei, wer ruft denn da an?» und «Schau, schau, schau, wo ist er denn?» Ich musste also noch einmal mit Probieren anfangen. Wurde ungeduldig und durfte es nicht zeigen. Ein Star, oder jemand, der sich dafür hält, lässt sich nicht hetzen. Wenn man es versucht, wird er immer noch langsamer. Um zu demonstrieren, dass er sich nichts sagen lassen muss.

Ich kann meine Ungeduld noch spüren.

Als der von Neusser mitten in die Arbeit platzte und «Alle mal herhören!» rief, da habe ich gedacht: Jetzt nicht noch eine Ansage, bitte, wo wir ohnehin schon spät dran sind. Nichts anderes habe ich gedacht. Eine Nebensächlichkeit habe ich erwartet, wie sie dieser Wichtigtuer gern großspurig verkündete. Neue Essensgutscheine für die Kantine, etwas in der Art.

Nichts anderes.

«Alle mal herhören», rief er und plinkerte auf seinem lächerlichen Triangel herum. Bis er es dann sorgfältig auf den Boden legte und ganz langsam auf einen Stuhl stieg. In Zeitlupe stieg er auf diesen blöden Stuhl, und dann …

Und dann …

«Der Herr Reichsminister Dr. Goebbels», blaffte der von Neusser. Schwache Leute geben sich gern zackig. Stand da auf seinem Stuhl, auf einem dieser pseudovergoldeten wackligen Stühlchen, mit denen das Ballhaus Bühler auf elegant machte, stand da auf dem dünnen roten Polster mit seinen Quadratlatschen, und ich dachte noch: Was hat denn der für Schuhe an? Stiefel. Er trug tatsächlich Stiefel unter der Anzugshose. Als ob er sich schon mal aufs Marschieren eingerichtet hätte. Ein guter Produktionsleiter ist immer auf alles vorbereitet. Stand da in seinem guten Anzug. Er trug immer Weste, auch im Atelier, wo es wegen der Scheinwerfer doch immer zu heiß ist. Wollte damit Seriosität demonstrieren, oder auch nur seinen Bauch verstecken. Er hatte sich so ein ungesundes Ballonbäuchlein angefressen, von all den luxuriösen Mahlzeiten, zu denen er sich von Lieferanten einladen ließ. «Für die ganz große Korruption ist er zu feige», sagte Otto Burschatz über ihn, «aber die kleine genießt er.»

«Der Herr Reichsminister Dr. Goebbels», bellte der von Neusser. Gab Klumpfüßchen alle seine Titel. Um nur ja nichts falsch zu machen. So wie Eppstein «Herr Obersturmführer Rahm» sagt. Wiederholte sie auch jedes Mal wieder, wenn er den Namen nannte, und er nannte ihn oft. Ein Schwächling, der auf dem Pausenhof ständig «Mein großer Bruder» sagt. «Mein großer Bruder ist stärker als deiner, mein großer Bruder wird dich verprügeln, bis jetzt habt ihr mich alle für ein Würstchen gehalten, aber jetzt habe ich einen großen Bruder, und darum bin ich stärker als ihr alle.»

«Der Herr Reichsminister Dr. Goebbels», sagte er, «hat der deutschen Filmkunst einen neuen Weg gewiesen.» Redete so geschwollen, als ob er einen Leitartikel auswendig gelernt hätte. So wie er alle Dienstanweisungen aus der Direktionsetage auswendig wusste. Von Neusser, der beste Radfahrer der Ufa.

«Ein neuer Weg der deutschen Filmkunst», blablabla, «Ingenium des deutschen Geistes», blabla, «innere Größe der Gesinnung». Als ob die feierlichen Worte fein säuberlich aufgelistet in einem Tagesbefehl stünden. Unser Oberleutnant Backes hat seine patriotischen Ansprachen auch immer so gehalten. Auch mit einer so schwächlichen Stimme, die er durch Pressen kräftiger zu machen suchte. Diese abgehackte preußische Offiziers-Sprechweise, wo man jedes Wort einzeln abbeißt, bevor man es ausspuckt.

«Mangel an Mut, Zivilcourage und Bekenntniseifer.» Wuff, wuff, wuff.

Die Kollegen ließen das Gesülze gottergeben über sich ergehen, so wie sie vorher all die technischen Unterbrechungen hatten über sich ergehen lassen. Beim Militär und beim Film lernt man warten. Die Statisten, diejenigen, die schon ein paarmal dabeigewesen waren, freuten sich sogar. Sie wussten: Noch eine halbe Stunde mehr Verzug, dann hatten sie Anspruch auf ein Mittagessen. Nur Magda Schneider guckte böse. Nicht wegen dem, was der von Neusser da erzählte, den Inhalt nahm sie gar nicht zur Kenntnis, sondern weil man sie, den Star des Films, warten ließ. Wo doch genau jetzt ihre Szene an der Reihe gewesen wäre. Oberhalb ihrer Nase bildete sich ganz langsam eine senkrechte Falte. Ich weiß noch, was ich dachte. Den Gesichtsausdruck muss ich mir merken, dachte ich, der ist viel wirkungsvoller als das neckische Schockiertsein, das sie dauernd spielt. Das aussieht wie Mamas Pensionatsmündchen.

Die Schneider pumpte sich also zu einer Explosion auf – sie ist eine richtige Schauspielerin und verliert die Nerven nie ohne gründliche Vorbereitung –, aber ihre Partnerin, die Kurzhaarige, deren Namen mir ums Verrecken nicht einfällt, schüttelte unmerklich den Kopf. Ich habe diese Geste später noch oft beobachtet, bei allen möglichen Leuten. *Nicht auffallen*, sagt die Geste, *unauffällig bleiben, niemanden reizen.* Die Verlierergeste.

Der von Neusser redete immer weiter. Las jetzt von einem Zettel ab. Selbst der fleißigste Streber schafft nicht alles auswendig. «Der Herr Reichsminister Dr. Goebbels», sagte er. «Von der Wurzel aus reformieren», sagte er. «Mit einem Bekenntnis vorangehen. Schöpferisches Wollen. Der Mut zur neuen Zeit.» Und so weiter und so weiter. Und dann …

«Die Generaldirektion der Universum Film Aktiengesellschaft», bellte er. Sagte nicht Ufa, wie ein normaler Mensch, sondern den ganzen langen offiziellen Firmennamen. Kroch der Ufa hinten rein, so wie er dem Goebbels mit all dessen Titeln hinten reingekrochen war. «Die Generaldirektion der Universum Film Aktiengesellschaft hat bei ihrer Sitzung vom 31. März folgenden Beschluss gefasst.» Holte einen zweiten Zettel aus der Tasche. Faltete ihn umständlich auseinander. Blaffte dann seinen Text nicht mehr, sondern sang ihn beinahe, ein Frischbekehrter, der in der Kirche besonders innig tremoliert. Großer Gott, wir loben dich. «Eine neue Zeit», verkündete der von Neusser, «braucht neue Bannerträger. Menschen, die in der Lage sind, die gewandelte Grundlage unseres Staatswesens klar zu erkennen. Die fähig sind, sich auf das geistige Niveau der Nation zu erheben. Die bereit sind, die weltanschaulichen Formen einer neuen Zeit anzuerkennen.»

Machte eine Spannungspause, wie es Provinzschmieranten gern tun, schaute auf seinem Zettel nach, als ob er diesen einen Satz, den Satz, für den er das ganze Theater anstellte, nicht auswendig wüsste, und verdarb sich den ganzen Effekt, weil er sich ein Grinsen nicht verkneifen konnte. «Alle Juden», sagte er dann, «verlassen auf der Stelle das Atelier.»

Verlassen das Atelier.

Es gibt eine Stille, die nicht wirklich lautlos ist. Nach der Schlussszene eines Theaterstücks, wenn der ganze Zuschauerraum einen Augenblick den Atem anhält, bevor dann der Applaus einsetzt oder die Buhrufe, bei einem Konzert, wenn der Dirigent nach dem letzten Ton den Taktstock nicht gleich senkt, um die Musik ungestört ausklingen zu lassen, da kann man so eine Stille hören. Eine Pause, in der bereits rumort, was gleich darauf folgen wird.

Der von Neusser stand immer noch auf seinem Stühlchen. Hatte immer noch seinen Zettel in der Hand. Im Ballsaal war es still. Niemand machte eine Bewegung. In den Spiegeln an den Wänden hätte man sie doppelt und dreifach gesehen. Niemand sagte ein Wort. Nur ein großes Einatmen war zu spüren, wie das Meer, so hat es mir ein Fischer in Scheveningen einmal erzählt, einatmet, bevor es sich mit einer meterhohen Welle auf ein Schiff stürzt.

Dann brach der Tumult los.

«Schande!», rief eine Stimme. Keine kräftige Stimme, kein Schauspieler, der es gewohnt ist, sich hörbar zu machen. Einer von den Statisten, die ja alle bürgerliche Menschen waren, alle noch einen Smoking oder ein Abendkleid besaßen, so wie das für diese Szene verlangt war. «Schande!», rief die Stimme, und dann war sie auch schon nicht mehr allein, dann waren es viele, die ganze Komparserie, und auch die Techniker stimmten ein, die Beleuchter und die vom Ton, und schließlich auch die Schauspieler.

Alle.

«Schande!», riefen sie, und «Pfui!», und «Die Ufa soll sich schämen!»

Der von Neusser konnte es nicht fassen. Er hatte sich an die unterwürfige Behandlung gewöhnt, die ihm die Lieferanten in der Hoffnung auf Aufträge angedeihen ließen, hielt es für selbstverständlich, dass man ihm immer recht gab. Auch von den Mitarbeitern hatte ihm kaum je einer widersprochen; schließlich hatte er bei Gagen und Gehältern ein gewichtiges Wort mitzureden. Er war ein Halbgott gewesen, der ehrfurchtgebietende Stellvertreter der wirklichen Götter aus der Direktionsetage. Und jetzt ertönte plötzlich von allen Seiten Protest.

Er wollte pantomimisch für Ruhe sorgen, dachte tatsächlich, er könne einfach abwinken. Wollte den Aufruhr mit einer Geste dämpfen, die aussah, als ob da ein Pianist mit zehn gespreizten Fingern auf eine Tastatur einhämmerte. Nur dass da keine Tastatur war und kein stimmgewaltiger, alles übertönender Flügel. Seine Geste ging ins Leere, eine lächerliche, hilflose Zappelei.

Er versuchte es mit Worten, schrie immer wieder etwas, das wohl «Ruhe!» heißen sollte, aber seine Stimme war zu dünn, konnte sich nicht durchsetzen. Man sah ihn nur das Maul aufreißen und wieder zuklappen, ein angelandeter Fisch, der außerhalb seines Elements verloren ist.

Er stand immer noch auf seinem Stuhl, aber jetzt sah er nicht mehr aus wie ein Volksredner auf seinem Podest, sondern – ohne dass sich an seiner Körperhaltung etwas verändert hätte – wie die lächerliche Figur in einem Schwank, die sich vor einer Maus auf den Tisch gerettet hat. In seinen Hosenbeinen, ich sehe es noch vor mir, zeichneten sich unterhalb der Knie die Schäfte dieser jämmerlichen Stiefel ab. Er hatte sie wohl zur Feier des Tages im Kostümfundus ausgegraben.

«Der Herr Reichsminister Dr. Goebbels», setzte er noch mal an, aber der Galgenfahrer, derselbe, der mir vorher durch seine Unaufmerksamkeit eine Aufnahme versaut hatte, senkte seinen Tongalgen jetzt ganz tief runter, schwenkte ihn mit voller Kraft von links nach rechts, traf den von Neusser mit der langen Stange an seinen Stiefelbeinen und holte ihn vom Stuhl. Räumte ihn ab.

Der von Neusser landete auf dem Rücken und blieb liegen. Er hatte sich nicht verletzt, nichts gebrochen und hätte problemlos selber aufstehen können. Aber er wartete darauf, dass ihm jemand zu Hilfe käme, sich auf seine Seite schlüge. Bloß: Da war keiner, der ihn unterstützte, kein einziger.

Nur Magda Schneider ging auf ihn zu, aber nicht, um ihm zu helfen. Neben ihm, über ihm, blieb sie stehen, schaute verächtlich auf ihn hinunter und wartete – auch in diesem Moment wusste sie ihre Effekte zu setzen – bis alle zu ihr hinschauten und ihr zuhörten.

«Herr von Neusser», sagte sie. «Sie wollen, dass alle Juden das

Atelier verlassen. Vielleicht haben Sie sogar die Macht, diese Anordnung durchzusetzen. Aber eines müssen Sie wissen: Wenn Sie unseren Regisseur jetzt hinausjagen, dann können Sie Ihre Scheißfilme in Zukunft alleine drehen, Herr von Neusser. Dann können Sie selber der Regisseur sein und der Hauptdarsteller und der Kameramann gleich dazu. Denn wenn der Kurt Gerron geht, darüber müssen Sie sich im Klaren sein, dann gehen wir alle mit. Stimmt's?»

Von allen Seiten schrien sie «Ja! Ja!» und «Hoch Gerron!» Plötzlich waren da ein paar Techniker um mich herum, kräftige Burschen, die hoben mich in die Höhe, auf ihre Schultern, ich saß da wie auf einem Thron, und vor mir rappelte sich der von Neusser vom Boden auf. Einen Augenblick lang sah es aus, als ob er vor uns kniete.

Dann drehte er sich weg, konnte all den Menschen, die sich gegen ihn vereinigt hatten, nicht mehr in die Augen sehen und ging, quer durch den ganzen Spiegelsaal, hinaus. Mit gebeugtem Rücken. Wo er vorbeikam, machten ihm die Leute Platz, nicht aus Höflichkeit, sondern wie man einem Kranken ausweicht, von dem man nicht angesteckt werden will.

Als sich die Tür hinter ihm geschlossen hatte, brach Jubel aus, ein wunderbarer Jubel, der gar nicht mehr enden wollte. Als er dann doch endlich verstummte, da sah das ganze Atelier, die Schauspieler und die Techniker und die Statisten, erwartungsvoll zu mir hinauf. Sie wollten eine Ansprache hören.

Und ich fand genau die richtigen Worte.

«Lasst uns mit unserer Arbeit weitermachen», sagte ich. «Wir haben hier einen Film zu drehen.»

Aber so war es nicht.

So war es:

Von Neusser wich meinem Blick nicht aus. Stand ganz gelassen da. Wartete auf eine Reaktion, auf die er die Antwort schon vorbereitet hatte. Sah dabei nicht einmal triumphierend aus, sondern beinahe gelangweilt. Mich gab es schon nicht mehr für ihn. Ich war ihm nicht mehr nützlich und damit auch nicht mehr von Interesse. Er verschränkte die Arme vor der Brust und reckte das Kinn in die Höhe, eine Mussolini-Geste, dachte ich noch, die überhaupt nicht zu ihm passte. Sein Stuhl eine Kanzel, von der herab er das neue Evangelium verkündete.

Alle Juden verlassen das Atelier.

Ich habe einmal, das war noch in der Stummfilmzeit, zusammen mit dem Lorre an einem Filmprojekt herumgedacht, die Geschichte eines Mannes, der gestorben ist und es nicht gemerkt hat, der immer noch herumläuft und mit den Leuten reden will, aber sie nehmen ihn nicht mehr wahr, schauen durch ihn hindurch, haben ihn auch ganz schnell ersetzt, an seinem Schreibtisch im Büro sitzt schon ein anderer, und auch seine Frau tröstet sich, er muss zusehen, wie sie seinen besten Freund küsst und kann nichts dagegen unternehmen, denn er ist ja tot, und alle andern wissen es. Nur er nicht. Er ist gestorben und hat es nicht gemerkt.

Der Film wurde nie gedreht, weil uns kein richtiger Schluss dazu einfiel. Ein Happy End konnte er nicht haben. Einer, den man begraben hat, wird nicht wieder lebendig. Geschichten mit traurigem Ausgang will niemand sehen.

Genau so war es jetzt im Ballhaus Bühler. Genau so. Für die Ufa war ich gestorben. Ich musste mich nur noch daran gewöhnen.

Die Schauspieler und die Techniker standen unbeweglich da, eingefroren, wie für eine Tricksequenz, wenn der Aufnahmeleiter gerufen hat: «Niemand rührt sich!» Dann räumt der Requisiteur etwas weg, und wenn die Kamera wieder weiterläuft, ist es verschwunden.

So wie ich.

Ein ganz einfacher Trick.

Nur Magda Schneider rührte sich. Die Bewegung fiel mir auf,

weil sie die einzige war. Mit dem Taschentuch tupfte sie sich die Augen ab, wollte zeigen, wie sensibel sie doch war und wie sehr die Situation sie erschütterte. Eine Schauspielergeste.

Die anderen …

Manchmal, wenn man in einer Vorstellung sitzt, und ein Kollege ist so richtig peinlich schlecht, oder eine Sängerin trifft die Töne nicht, so dass man die Dissonanzen in den Zähnen spürt, dann wünscht man sich weit weg, möchte woanders sein, egal wo, bloß nicht in dieser Vorstellung. Weil man nicht mehr auf die Bühne schauen will und doch den Kopf nicht unhöflich abwenden darf, starrt man dann in die Luft, ins Leere, oder studiert andächtig die Gipsputten am Proszenium.

Diesmal war ich der Misston. Der Herr Reichsminister Dr. Goebbels hatte mich dazu erklärt.

Hundert Leute, mehr als hundert Leute schauten an mir vorbei, ins Leere. Betrachteten sich selber in den Spiegeln an den Wänden. In meiner Erinnerung bleibt es lang bei diesem Standbild. In Wirklichkeit wird die Szene nur Sekunden gedauert haben. Dann streckte der von Neusser einen Arm aus, wie ein Schupo auf der Kreuzung. Winkte mit der andern Hand. «Gehen Sie weiter, Sie halten den Betrieb auf!»

Ich ging. Ließ das Drehbuch mit seinen lustigen Verwicklungen einfach auf den Boden fallen, *Kind, ich freu mich auf dein Kommen*, und ging. Nahm mein Jackett, das über der Lehne des Regiestuhls hing, schlüpfte in den einen Ärmel und in den andern und ging. Richtete mich gerade auf, straffte den Rücken, wie mir das Friedemann Knobeloch beigebracht hatte, und ging. Inszenierte mich auch noch in diesem Moment. Kontrollierte meine Haltung in den Spiegelwänden. Versuchte eine Würde zu bewahren, die ich schon nicht mehr besaß.

Und ging.

Man merkt es nicht sofort, wenn man tot ist.

Heute, wo Illusionen keinen Sinn mehr machen, kann ich es mir zugeben: Mein Abgang war kein Original. Ich habe dabei jemanden kopiert. Albert Bassermann in *Don Carlos*.

Nach dem letzten Satz des Stücks – *Ich habe das Meinige getan, tun Sie das Ihre!* – ist er damals als Philipp II. unendlich langsam nach hinten gegangen. Von ganz vorn an der Rampe bis in den Bühnenhintergrund. Drehte sich von den Zuschauern weg, machte in aller Ruhe einen Schritt und noch einen, und sie waren alle in seinem Bann, obwohl er ihnen doch den Rücken zukehrte. Noch einen und noch einen. Niemand hätte gewagt, vorzeitig zu applaudieren. Selbst als schließlich der Vorhang zuging, ganz langsam, blieb es noch lange still. Der stärkste Abgang, den ich je auf einer Bühne gesehen habe.

Aber im Ballhaus Bühler führte nicht Max Reinhardt Regie. Die Einsamkeit, die Bassermann mit diesem Effekt so überzeugend gespielt hatte, stellte sich nicht ein. Ich war ja nicht der einzige, den von Neussers Verdikt betraf.

Alle Juden verlassen das Atelier.

Alle.

Wir mussten uns zwischen den Tischen im Spiegelsaal durchschlängeln und kamen uns gegenseitig in den Weg. Ein paar von der Statisterie und ein Beleuchter, der Lilienfeld hieß. Lilienfeld oder Liliental.

Und ich.

Aber ich war der Regisseur. Ich war der wichtigste Mann im Atelier. Jemand hätte mich aufhalten müssen.

Irgendjemand.

Wenn Otto Burschatz dagewesen wäre, ich bin sicher, er hätte es getan. Aber er war in der Stadt unterwegs. Als er dann am Abend bei uns in der Wohnung auftauchte, sagte er: «Man hat mir erzählt, du hast geweint.»

Ich habe nicht geweint.

Doch.

Die Tür vom Ballhaus Bühler schloss sich hinter mir. Ich stand auf der Auguststraße. Die Sonne schien. Und ich dachte: Das muss man anders inszenieren. Bei traurigen Szenen ist Regen viel wirksamer.

Ein wunderschöner Frühlingstag. Die Passanten hatten alle diese lächelnden *Der Winter ist vorbei*-Gesichter. In Westerbork lächelten sie genau so, wenn sie vor den Baracken in den Schubkarren lagen, die ihnen die Liegestühle ersetzten. Eine Frau schob einen Kinderwagen, und wildfremde Leute nickten ihr zu. «Es ist die richtige Zeit dafür», signalisierten sie. «Die richtige Zeit für einen neuen Anfang.»

Dabei war doch gerade die Welt untergegangen.

An der Ecke zur Oranienburger Straße sah ich es zum ersten Mal. Ein ganz gewöhnlicher kleiner Zigarrenladen. Es muss in Berlin Hunderte davon geben. Jeder eine knappe Existenz für eine alte Frau oder einen Kriegsveteranen. Vor dem Eingang ein Halbkreis von Menschen. Wie man sich versammelt, wenn ein Unfall passiert ist. Oder wenn es etwas gratis gibt.

Vor dem Ladeneingang, breitbeinig, mit verschränkten Armen und hochgerecktem Kinn, genau so mussolinimäßig, wie der von Neusser auf seinem Goldstühlchen posiert hatte, ein SA-Mann. Als ob er die Reklameschilder für Manoli- und Greiling-Zigaretten bewachen müsste. Neben ihm ein zweiter. Mit einem Plakat. *Deutsche, kauft nicht bei Juden.* Alle beide machten sie wichtige Gesichter, wie Opernchoristen, wenn es dramatisch wird. Und waren doch nur – man musste nicht vom Fach sein, um das zu erkennen – brave Kleinbürger, die endlich mal großes Theater spielen durften.

Von hier und heute geht eine neue Epoche der Weltgeschichte aus, und ihr könnt sagen, ihr seid dabeigewesen. Ein Lieblingssatz von Oberstudiendirektor Dr. Kramm. In seiner Abituransprache zum Kriegsbeginn hat er ihn zitiert und dabei seinen Bart gestrichen. Mit derselben feierlichen Klassiker-Miene, die jetzt die SA-Leute aufgesetzt hatten.

Ich würde mich gern erinnern, dass ich empört war. Erschreckt zumindest. Aber so war es nicht. Ich ging einfach vorbei. Habe, so fühlt es sich beim Nacherleben an, nicht einmal meinen Schritt verlangsamt. Es schien mir ganz selbstverständlich, was ich da sah. Es war ein Tag, an dem solche Dinge selbstverständlich waren.

Kauft nicht bei Juden.

Alle Juden verlassen das Atelier.

Ein paar Häuserblocks weiter kam ich an der großen Synagoge vorbei, wo gerade ein Gottesdienst zu Ende gegangen war. Die Judskis in ihrer festtäglichen Verkleidung wuselten in aufgeregten Trauben durcheinander und waren empört. Aber, so meine ich mich zu erinnern, sie empörten sich nicht lautstark. Sie hatten schon angefangen, leise zu werden.

Ich ging an ihnen vorbei. Ging einfach vorbei.

Mehr Geschäfte und mehr SA-Leute. Manchmal hatten sie die Schaufenster beschmiert. Noch nicht eingeschlagen, das kam später. Erst mal nur beschmiert. Mit weißer Flüssigkreide, wie für lauter Sonderangebote. *Juda verrecke – heute besonders günstig.*

Er irrt durch die Straßen. Der Satz taucht immer mal wieder im Entwurf zu einem Drehbuch auf, und ich habe die Szene jedes Mal gestrichen. Weil sie sich nicht sinnvoll darstellen lässt. Weil sie in der Wirklichkeit nicht vorkommt.

Dachte ich.

Irgendwann einmal – ich weiß nicht mehr, wie ich dort hingekommen bin – ging ich den Kupfergraben entlang, wo es keine Läden gab und keine Boykottposten. Wenn ich mich hier ertränke, dachte ich, muss ich es Olga nicht erzählen. Aber ertrinken ist ein schwieriges Unterfangen. Der Kupfergraben ein allzu lächerliches Gewässer, um sich darin umzubringen.

Er irrt durch die Straßen. Er sieht alles wie durch einen Schleier. «Klischees sind wirkungsvoll», hat der Joe May einmal gesagt, «weil sie immer einen wahren Kern haben.»

Dann – alle Wege führen nach Jerusalem – fand ich mich in der Gegend, wo ich mich als kleiner Junge verlaufen hatte. Nein, fand mich nicht. Verlor mich.

Am Werderschen Markt gibt es viele jüdische Geschäfte. Gab es. Vor Gersons Bazar des Modes stand ein ganzer Trupp SA-Leute.

Keine so prächtigen Uniformen wie die des stadtbekannten Türstehers und Kunden-Hereinbitters. Braun wie Scheiße.

Einer, ich kann heute noch spüren, wie ich erschrak, sah aus wie unser Portier Heitzendorff. Es war dann nicht der Effeff. Obwohl der bestimmt auch irgendwo vor einem Geschäft sein Plakat in die Höhe hielt.

Kauft nicht bei Juden.

Bringt ihnen keine Kohlen auf die Etage.

«Sie sind aber nicht Arier, Herr Heitzendorff», hat Papa gesagt. «Sie sind Portier.»

Die Leute ganz ruhig. Als ob sie alle, die Uniformierten und die Zuschauer, bloß ihre Pflicht täten. Wie man das eben macht in Deutschland.

Nur einmal eine Rangelei. Ein Mann mit blutiger Nase. Er ging schnell weg, als ob er sich fürs Verprügeltwerden schämen müsste.

Unsere Firma an der Leipziger Straße war kein Verkaufsgeschäft, und deshalb stand dort auch kein Posten. Das erschien mir fast ein bisschen enttäuschend.

Viel zu spät kam ich auf die Idee, eine Taxe aufzuhalten. Es war ein Wagen der Kraftag, und der Fahrer erkannte mich. «Wohin soll's denn gehen, Herr Gerron?», fragte er.

«Nach Hause», sagte ich.

Ich öffne die Tür zu unserem Kumbal, und da sitzt eine fremde Frau. Zum ersten Mal in meinem Leben habe ich Olga nicht erkannt.

Sie hat jemanden gefunden, der mehr Begabung zum Haareschneiden hat als ich. Ihr Schädel ist jetzt glattrasiert. Ohne ihr Kopftuch sieht sie aus wie ein Sträfling.

Meine Olga.

Sie hat das aufgeschlagene Schulheft vor sich liegen. *Bin bei Eppstein.* Der Titel zu einem Aufsatz. Eine ungelöste Schulaufgabe.

«Du bist zurückgekommen», sagt sie. In ihrer Stimme ist Überraschung.

Man gibt es sich nicht zu. Man will es sich nicht zugeben. Man würde das Eingeständnis nicht ertragen. Aber es ist doch so: Wir haben alle zu viele abschiedslose Abschiede erlebt. Haben alle zu oft erfahren, dass ein Mensch einfach verschwinden kann. Verhaftet. Deportiert. Dass sein Gedeck noch auf dem Tisch steht, und dabei ist der Totenschein schon ausgefüllt. *Herzmuskelschwäche* oder *Auf der Flucht erschossen.* Was die Hakenkreuz-Alemänner eben so hinschreiben. Wir erwarten es nicht mehr anders. Ungewöhnlich ist nur, wenn nichts Schlimmes passiert.

Kein Wunder, dass Olga staunt.

«Du bist zurückgekommen», sagt sie noch einmal, und jetzt hat sie das Staunen aus ihrer Stimme verschwinden lassen. Ich soll nicht merken, dass sie Angst um mich gehabt hat.

Dabei ist Angst doch unser alltäglicher Zustand.

«Eppstein war sehr freundlich zu mir», sage ich.

«Was wollte er?»

«Ich muss den Film machen.»

«Natürlich», sagt sie.

«Ich habe keine Wahl, sagt Eppstein. Er hat mir nicht einmal gedroht.»

«Das muss er nicht», sagt sie.

«Nein», sage ich, «das muss er nicht.»

Sie hat sich beim Putzkommando krankgemeldet. Es kann nicht schwer gewesen sein, den Schichtführer zu überzeugen. Ohne Haare sieht man erst, wie dünn sie geworden ist. Meine arme Olga. Sie bekommt viel zu wenig zu essen, und ich bin schuld daran.

«Ich habe im Leben alles falsch gemacht», sage ich.

«Nein», sagt sie, «wir haben nur das falsche Leben erwischt.»

Sie steht auf und legt ihre Arme um mich. Wir sind ein lächerliches Paar, eine Frau ohne Haare und ein viel größerer Mann, der seinen Bauch verloren hat. Die falsche Besetzung für eine romantische Szene. Aber es tut gut, sie nahe bei mir zu spüren. Es tut so gut.

Ihr Kopf liegt an meiner Brust. Ich küsse ihren kahlen Schädel. «Mein kleiner Igel», sage ich.

Sie drückt sich an mich. Beginnt zu summen. Ganz leise. Eigentlich muss man das Lied grölen, nach der zweiten Flasche Wein, oder nach der dritten. Mehrstimmig. Zusammen mit Otto Burschatz. *Wenn die Igel in der Abendstunde still nach ihren Mäusen gehn.* Heute klingt es wie eine Hymne.

Ich will Olga nie loslassen müssen.

Sie summt, und ich stimme ein. An der richtigen Stelle beginnen wir zu singen. Laut. Als ob wir etwas zu feiern hätten. *Anna-Luise,* singen wir. *Anna-Luise.*

Und wir lachen. Später werden wir uns einmal daran erinnern, dass wir gelacht haben.

«Du hast nichts falsch gemacht», sagt Olga. «Wir sind nur nicht weit genug davongelaufen.»

Otto brachte uns die Fahrkarten nach Hause. «Es wird Verhaftungen geben, hört man», sagte er. «Du stehst wohl nicht ganz oben auf der Liste, aber man muss ja nicht darauf warten, bis man nachgerückt ist.» Otto kennt immer einen, der einen kennt, der etwas weiß.

Er legte das Kuvert mit den Fahrkarten auf den Esstisch, eine nachlässige Bewegung, als ob es um etwas Alltägliches ginge, eine kleine Gefälligkeit, nicht weiter wichtig.

Ich sehe den Umschlag noch da liegen. Auf dem weißen Tischtuch mit den gestickten blauen Blümchen. «Du musst etwas essen», hatte Olga gesagt. Den Tisch gedeckt wie für Besuch. Aber mir, dem verfressenen Kurt Gerron, hatte es den Appetit verschlagen. Das Geschirr stand noch da, die Tassen, das Brotbrett, der unberührte Teller mit dem Aufschnitt. Dazwischen das Kuvert. Mit dem Firmenzeichen der Ufa unten links in der Ecke. Die drei Buchstaben in ihr Quadrat eingesperrt. Ein Dienstkuvert.

Mit Fahrkarten.

Einen ganzen Nachmittag lang hatte ich gegrübelt, aber nie an Flucht gedacht. Bin überhaupt nicht auf den Gedanken gekommen. Nicht eine Sekunde lang. Bin aus der Taxe ausgestiegen vor unserm Haus, und als der Fahrer die Hand an die Mütze legte und sagte: «Ich freu mich auf Ihren nächsten Film, Herr Gerron», da habe ich genickt und gelächelt und gesagt: «Jaja, der wird bestimmt sehr schön.» Habe die Treppe genommen, das weiß ich noch, nicht den Aufzug, habe mich, noch in dieser Situation, daran erinnert, was Dr. Drese bei der letzten Konsultation gesagt hatte: «Treppensteigen ist gut für Ihre Linie.» Der Kopf ist ein seltsamer Apparat.

Olga hat mich nicht erwartet, natürlich nicht. Wenn ich mit einem neuen Projekt begann, hat sie immer zu mir gesagt: «Wir treffen uns dann wieder, wenn dein Film abgedreht ist.»

Sie war im Morgenmantel, hatte ein Kopftuch umgebunden und das Gesicht mit einer weißen Paste eingerieben. Sah aus wie ein Clown. Dabei hat sie nie gewollt, dass ich sie so sehe. «Du brauchst nicht zu wissen, mit welchen Tricks ich mich für dich schön mache», hat sie immer gesagt. «Ich mag es nicht, wenn man mir hinter die Kulissen schaut.»

Hat sie nie gewollt. Hat sie immer gesagt. Wird sie nie mehr sagen.

Ich sah sie da stehen, in der Tür des Badezimmers, und musste lachen. Meine Welt, unsere Welt, war gerade kaputtgegangen, und ich konnte mit Lachen nicht aufhören. Bis ein Weinen daraus wurde.

«Bist du krank?», hat mich Olga gefragt.

Ja, ich war krank. Ich bin bis heute nicht gesund geworden. Ich habe die Judski-Krankheit, für die man in Quarantäne gesteckt wird. In einen Viehwaggon gepackt. Notgeschlachtet. Obwohl die Krankheit nicht ansteckend ist. Man hat sie, oder man hat sie nicht. Aber dann ist sie unheilbar.

Nicht einmal das stimmt. Camilla Spira ist von ihrem Judskitum geheilt worden. Ein Wunder, wie man es in Lourdes nie erlebt hat. Was ist schon eine Marienerscheinung gegen Gemmekers magischen Handkuss?

Ich habe versucht zu erzählen. Es kann für Olga keinen Sinn gemacht haben. Es machte ja auch keinen Sinn. «Sie haben mich rausgeschmissen», habe ich gesagt. «Vor den Läden steht SA», habe ich gesagt. «Alle Juden verlassen das Atelier», habe ich gesagt. Und die ganze Zeit geheult.

Olga, die praktische, hat sich zuerst einmal das Gesicht abgewischt und dann Kaffee gekocht. Mit einem tüchtigen Schuss Cognac. Ich zitterte jetzt, als ob ich nackt in der Kälte säße. Konnte kaum die Tasse festhalten.

Während ich trank, machte sie ein paar Anrufe, und als ich mich einigermaßen beruhigt hatte, wusste sie schon alles.

Sie blieb ganz ruhig.

Nicht wirklich. Aber sie ließ sich nichts anmerken. Sie kann das. Hat es in ihrer Zeit als Röntgenassistentin geübt. Wenn die Platte eine Krebsgeschwulst zeigt, darf man das einem nicht am Gesicht ansehen.

Sie hat auch nicht diese tröstlichen Dinge gesagt, die eine Situation nur schlimmer machen. Dafür ist Olga zu klug. «Die können den Film ohne dich ja gar nicht zu Ende drehen», hätte sie sagen können. Aber sie wusste, genau wie ich: Bevor sie mich aus dem Atelier schmissen, hatten sie sich bei der Ufa schon eine Lösung überlegt. Weil jeder Film eine Investition ist, da will man nichts riskieren. Dass sie den von Neusser weitermachen ließen, darauf wäre ich allerdings nie gekommen. Dieser Verwaltungsarsch, der von Regie keine Ahnung hat. Als ich den Film später in Wien sah, stand sein Name neben meinem. Das haben sie nicht gut vorausgeplant. Haben später das Geld für eine neue Kopie ausgeben müssen. Wo der Judski Gerron gar nicht mehr vorkam.

«Lang werden sich die Nazis nicht an der Macht halten.» Das sagte Olga auch nicht. Obwohl wir das alle glaubten, damals. Sie sagte: «Du solltest dich um deine Eltern kümmern. Es wird schwer sein für sie.» Aber ich hatte nicht den Mumm, an der Klopstockstraße anzurufen. Noch nicht.

«Du musst etwas essen», sagte Olga. Deckte den Tisch. Vor dem wir dann saßen, ohne etwas anzurühren.

Bis Otto Burschatz an der Tür klingelte.

Es war das erste Mal, dass ich so völlig die Haltung verloren habe. Rotz und Wasser. Selbst im Krieg hatte ich es immer irgendwie geschafft, mich zu beherrschen. Aber Krieg ist etwas anderes. Die Schrapnellsplitter, die da geflogen kommen, haben nichts gegen dich persönlich.

Die Nazis schon.

Beim ersten Mal, weil ich mit dem Schlag nicht rechnete, haben sie mich kaputtgekriegt. Später ist man härter geworden. Nicht stärker, aber härter. Das ist der kleine Trost, der einem bleibt. Der kleine Stolz.

Selbst damals, als Mama und Papa aus Amsterdam abtransportiert wurden und ich nichts mehr für sie tun konnte, Judenrat hin, Judenrat her, habe ich mich mit trockenen Augen von ihnen verabschiedet. Nicht nur, um ihnen durch meine scheinbare Ruhe Hoffnung zu machen. Das natürlich auch. Selbstverständlich habe ich ihnen vorgelogen, was man sich eben so vorlügt. «Es wird schon nicht so schlimm werden, es ist nur vorübergehend, wir werden uns wiedersehen.» Aber ich konnte den Abschied von ihnen auch tatsächlich aushalten. Er hat mich nicht völlig durchgeschüttelt. Ich wusste damals noch nicht, dass man sie nach Sobibor weiterschicken würde, aber selbst, wenn ich es gewusst hätte …

Man hat eine Menge auszuhalten gelernt. Fast immer habe ich es geschafft, mir mein eigenes Elend anzusehen wie ein Theaterstück. Wie einen Film. Etwas, das nicht wirklich mich betrifft.

Als ich in Westerbork auf der Liste stand, und alle andern, die zum Kabarett gehörten, noch bleiben durften, auch da habe ich nicht schlappgemacht. Nicht geheult und nicht gezittert. Sie haben meinen Namen aufgerufen, unsere Namen, nur die beiden und alle andern nicht, und ich habe zu Olga gesagt: «Mich haben sie mit einer Solorolle besetzt.»

Man nennt das wohl Galgenhumor. Sie haben uns genügend Zeit gelassen, uns an den Galgen zu gewöhnen. An die Schlinge um den Hals.

Aber damals am 1. April … Ausgerechnet am 1. April! Der Himmelsdramaturg, der sich diese Pointe ausgedacht hat, liebt geschmacklose Scherze. Damals war ich die Prügel noch nicht gewohnt. Deshalb habe ich die Beherrschung verloren. Obwohl doch noch gar nichts besonders Schlimmes passiert war. Überhaupt nichts. Nur meine Arbeit hatte ich verloren. Nur meine Karriere war kaputt. Sonst nichts.

Ich hatte noch immer einen Anzug an, der mir passte. Ich hatte noch immer einen Körper, der diesen Anzug ausfüllte. Ich saß noch immer in meiner eigenen Wohnung, und die war sauber und warm. Essen stand auf dem Tisch. Zwei Türen weiter wartete ein Bett. Ohne Läuse. Ich war immer noch im Paradies.

Eine Taxe hatte mich nach Hause gebracht, und der Fahrer war höflich gewesen. «Wie schön, dass ich Sie auch einmal fahren darf, Herr Gerron», hatte er gesagt. Ich hatte Geld in der Tasche gehabt, um ihn zu bezahlen. Richtiges Geld, mit dem man wirklich etwas kaufen konnte. In einer Stadt, in der es alles zu kaufen gab. Es war noch gar nichts passiert.

Es hatte mich noch nie jemand in den Bauch getreten. Es hatte mich noch niemand ins Gesicht geschlagen, einfach so, ganz nebenher, wie man einem Fremden zunickt, wenn man ihm auf dem Spazierweg begegnet. Ich hatte noch nie jemanden verhungern sehn.

Ich hatte also gar keinen Grund, so zu jammern. Mir ging es blendend. Relativ blendend.

Nur: Ich wusste es nicht. Das Wissen hätte mich auch nicht getröstet. Damals im Lazarett habe ich mich auch nicht ans Bett eines Schwerverwundeten gestellt und gesagt: «Spar dir deine Schreie für später auf, Kamerad. Ich kann dir garantieren, deine Schmerzen werden noch viel schlimmer werden.» Er hätte es nicht geglaubt. Man muss es erlebt haben.

Damals, in Berlin, hatte ich noch nichts erlebt. War noch jungfräulich. Es ging mir wie dem kleinen Korbinian: Ich hatte zum ersten Mal Prügel bezogen und wusste nicht damit umzugehen. Zum Opfer wird man nicht geboren, man wird dazu gemacht. Man muss die Rolle üben. Gründlich probieren. Mit jedem Mal wird man ein bisschen besser darin.

Man gewöhnt sich an alles. An fast alles. Legt sich eine dicke Haut zu, weil man so die Prügel weniger spürt.

Man spürt sie natürlich doch. Aber irgendwann sind sie nichts Außergewöhnliches mehr.

In Berlin war ich noch Amateur. Ein einziger Schlag, und schon konnte ich nicht mehr denken. Sonst wäre ich selber auf den Gedanken gekommen, aus Deutschland wegzufahren.

Aber ich hatte ja Otto Burschatz.

«Ich habe ein Abteil für euch reserviert», sagte er. «Der Zug fährt Montag früh, zehn Uhr einundzwanzig. Da hast du vorher noch genügend Zeit, um zur Bank zu gehen. Heb so viel ab, wie sie dir geben. Man weiß nicht, wie das mit Überweisungen sein wird.»

«Meinst du wirklich, dass ich wegfahren muss?», fragte ich.

Und Otto sagte: «Es ist nun mal so.»

Ich habe nicht diskutiert. Habe die Entscheidung einfach hingenommen. War dankbar, dass sie jemand für mich getroffen hatte. An jenem Tag wäre ich nicht dazu in der Lage gewesen. Vielleicht wäre ich nie dazu in der Lage gewesen.

Wenn ich in Holland Otto Burschatz bei mir gehabt hätte, wenn er hätte für mich entscheiden können, als das Angebot aus Hollywood kam – ich wäre heute in Amerika.

Egal.

Es ist nun mal so.

Wir fahren mit der Eisenbahn.

«Für wie lang soll ich packen?», fragte Olga, die praktische.

«Nehmt mit, soviel ihr könnt. Wenn man einmal den Schwamm im Gebälk hat, wird man ihn nicht so schnell wieder los. Falls ihr noch Koffer braucht – es wird der Requisite der Ufa eine Ehre sein, euch welche zu besorgen. Auch für deine Eltern.»

Er hatte vier Fahrkarten besorgt. Für ihn war es ganz selbstverständlich, dass ich Mama und Papa nicht in Berlin lassen konnte. «Sag ihnen, dass du sie brauchst», riet er mir. «Das wird es ihnen leichtermachen.»

«Warum sollte irgendjemand die beiden verhaften wollen?», fragte ich. «Sie sind nicht prominent.»

«Ich glaube nicht», sagte Otto Burschatz, «dass das auf die Dauer einen Unterschied machen wird.»

Er war schon immer ein kluger Mensch, mein Freund Otto.

Er hatte für uns beschlossen, dass wir nach Wien fahren sollten. «Solang es dort den Reinhardt gibt», hatte der Kortner gemeint, «wird keiner von uns arbeitslos.» War selbst in seinem Pessimismus noch zu optimistisch.

Otto hatte an alles gedacht. «Wenn sie dich an der Grenze fragen, wo du hinwillst, sag, dass ihr ein paar Wochen Urlaub machen wollt. Es kann dort keiner wissen, dass du eigentlich einen Film drehst.»

«Ich drehe keinen Film mehr», sagte ich.

«Eben», sagte Otto. Er schaute zur Decke, wie das seine Art ist, wenn er etwas Unangenehmes mitzuteilen hat. «Sie haben übrigens weitergearbeitet. Fünf Minuten, nachdem du weg warst.»

«Und wer …?»

«Der von Neusser.»

«Der kann das doch gar nicht!»

«Darauf kommt es heutzutage nicht an», sagte Otto.

«Und es haben alle mitgemacht?»

Wieder schaute Otto zur Decke.

Niemand hatte gestreikt oder sich für mich eingesetzt. Man steckt nicht freiwillig den Kopf aus dem Fenster, wenn es draußen regnet. Nur Magda Schneider hatte darum gebeten, dass man zunächst einmal nur ganz einfache Dinge drehen sollte. Für große Szenen seien ihre Nerven zu angegriffen. Ein echter Star muss immer mal wieder beweisen, wie sensibel er doch ist.

Dann haben wir gepackt. Olga hat gepackt. Ich habe mich von Otto zur Klopstockstraße fahren lassen. Zum Abschied hat er mir die Hand hingestreckt. Das tat er sonst nie. Wenn man nur noch die linke hat, gewöhnt man sich das Händeschütteln ab.

Vor der Haustür traf ich den Heitzendorff, der gerade nach Hause kam. Er machte einen zufriedenen Eindruck. Wie jemand, der ein bisschen gesunden Sport getrieben und sich anschließend ein paar Gläser Bier genehmigt hat.

«Ich bin nicht Portier», sagte der Effeff. «Ich bin Arier.» Humorlose Leute sind immer so stolz, wenn ihnen einmal eine Pointe gelingt.

Papa hat protestiert, und Mama hat ihr beleidigtes spitzes Mündchen gemacht. Aber sie haben sich überreden lassen. «Es ist nur für ein paar Wochen», habe ich gesagt. Sie haben es geglaubt, weil sie es glauben wollten.

Wir fuhren vom Anhalter Bahnhof. Dort waren mehr Uniformierte als üblich, aber es hat uns niemand belästigt. Sie waren alle sehr höflich. Der Schaffner, der uns die Tür zum reservierten Abteil öffnete, bat mich um ein Autogramm. An der österreichischen Grenze wurden wir überhaupt nicht kontrolliert. Als ob sie schon wüssten, dass dort schon bald keine Grenze mehr sein würde.

Dann waren wir im Exil. In der Emigration. In der Verbannung. Rausgeschmissen. Vor die Tür gestellt.

Seltsam, dass man nach einem Land Heimweh haben kann, mit dem man nichts mehr zu tun haben will.

Ich habe es in Wien probiert.

«Es wird uns eine große Ehre sein, Sie zu beschäftigen, verehrter Herr Gerron. Wir melden uns auch ganz bestimmt, sobald wir einen entsprechenden Stoff gefunden haben. Bloß im Moment sehen wir bedauerlicherweise gar keine Möglichkeit, leider, leider, leider …»

In Prag.

«Wenn es nur nach mir ginge, lieber Herr Gerron, ich persönlich könnte mir gar nichts Schöneres vorstellen, als dass Sie für uns einen Film drehen. Aber der Zustand der tschechischen Filmindustrie erlaubt es zur Zeit nicht, leider, leider, leider …»

In Zürich.

«Wenn Sie sich nur ein bisschen früher gemeldet hätten! Jemanden wie Sie hätten wir am Schauspielhaus gut brauchen können. Jetzt ist das Ensemble schon komplett. Leider, leider, leider …»

Also weiter nach Paris.

Ich hatte zwei Filme auch in französischer Fassung gedreht, und so kannte ich dort ein paar Leute. Die würden meine Fähigkeiten zu schätzen wissen, dachte ich. Taten sie auch. Theoretisch. Leider, leider, leider. Immer dieselbe Geschichte: Der erste Emigrant ist ein interessantes exotisches Tier, dem man gern sein Futter gönnt. Der hundertste ist ein lästiger Konkurrent. Ich war bei weitem nicht der erste.

Rund um die Champs-Elysées waren ein paar Lokale, wo man sich fühlen konnte wie im Romanischen Café. Lauter alte Bekannte aus Berlin. Der Hollaender war da, der Lorre, der Billy Wilder. Und, und, und. Wohnten alle im selben Hotel. Im Ansonia an der Rue de Saigon. Das mir damals furchtbar schäbig vorkam und mir heute in der Erinnerung als Gipfel der Bequemlichkeit erscheint. *Mit allem modernen Kompott*, wie das mal in einem Stück hieß. Auf jeder Etage ein Klo. Luxus.

Wir leisteten uns eine Wohnung. Papa brauchte das. Er war schnell gealtert. Wegen der ständigen Reiserei, und weil ihm immer klarer wurde, dass er wohl sehr lang nicht in seine heißgeliebte Firma zurückkommen würde. Mama hielt besser durch. Sie hatte ihre äußerlichen Regeln, an denen hielt sie sich fest. Olga ist sowieso immer die Tapferste von allen.

Eine Wohnung war natürlich Geldverschwendung. Aber 1933 kam noch niemand auf die Idee, dass ein Konto einfach gesperrt werden könnte. Oder beschlagnahmt. Im Rollenfach Emigranten waren wir blutige Anfänger.

Ich hatte Glück und fand Arbeit. Ganz überraschend, auf der Terrasse eines Cafés. Wir haben damals jede Zeitung gelesen, die uns in die Hände kam, immer in der Hoffnung, das erste Anzeichen einer politischen Veränderung zu entdecken. Ich versuchte gerade die *Times* zu entziffern – Ach, hätte ich doch früher Englisch gelernt, dann wäre vieles anders gekommen! –, als mir plötzlich einer ins Ohr singt: «Mein Gorilla hat ne Villa im Zoo.» Der Jurmann. Versucht da mit seinem wienerischem Akzent den Hans Albers zu imitieren. Für den hatte er das Lied damals geschrieben. Unter meiner Regie.

Ich hatte nicht gewusst, dass der Jurmann auch aus Deutschland hatte abhauen müssen. Er war mir nie sehr jüdisch vorgekommen. Die Nazis wissen über unsere Abstammung besser Bescheid als wir selber.

Komponisten haben's gut. Noten sehen in allen Sprachen gleich aus. Der Jurmann war erst ein paar Wochen in Paris und hatte schon wieder mehr zu tun, als er liefern konnte. Lieder für eine neue Filmkomödie. Dort gab's aber nun Schwierigkeiten mit der Regie, erzählte er, sie kamen nicht voran, und der Produzent wurde nervös. «Wärst du frei?», fragte er. Einfach so.

Wir hatten immer gut zusammen gearbeitet, bei drei Filmen, glaube ich, oder sogar bei vieren, und so hat er dann seinem Produzenten mein Lob in den höchsten Tönen gesungen. «Der größte Metteur en scène Deutschlands, oui, Monsieur.» Sie holten mich tatsächlich als Ko-Regisseur. Was bedeutete, dass ich die Arbeit machte und der Pierre Billon seinen Namen drunterschrieb. Egal. Ich war froh über jede Beschäftigung. Der Billon war auch ein ganz netter Kerl. Nur mehr Drehbuchschreiber als Regisseur.

Der Jurmann hat sich dann bald nach Hollywood abgesetzt. Der Hollaender und der Wilder und der Lorre auch. Die haben nicht so idiotisch rumgezickt wie ich.

Frau am Steuer wurde ein hübscher Erfolg, und ich kriegte daraufhin einen eigenen Film. *Incognito.* Auch so eine Emigrantenproduktion. Der Pressburger, der die Drehbücher schrieb, war auch bei der Ufa gewesen und dort unter das Judski-Verbot gefallen. Ist dann später nach England gegangen. Auch nicht schlecht.

Dann war's vorbei. Wie abgeschnitten. Die Autorenverbände. Die Regisseursgewerkschaft. Dasselbe wie später in Holland. Derselbe Refrain. «Die deutschen Emigranten nehmen einheimischen Künstlern die Arbeit weg. Wir haben zwar Verständnis für ihre Situation, aber als Patrioten müssen wir darauf bestehen ...» Wenn's um den Geldbeutel geht, wird jeder patriotisch. *Allons, enfants de la patrie.*

Noch einmal Wien, wo sie mich schließlich doch noch einen Film machen ließen. Einen. Für den zweiten hatte ich zwar eine

Zusage, aber auf Zusagen im Filmgeschäft kann man sich so verlassen wie auf Heimeinkaufsverträge in Theresienstadt. Filme von jüdischen Regisseuren durften in Deutschland nicht mehr vertrieben werden, «und Sie werden doch Verständnis dafür haben, lieber, verehrter Herr Gerron, dass wir unter diesen Umständen ...» Leider, leider, leider.

Ich also nach Paris zurück und habe dort, Idiot, der ich bin, fast mein ganzes restliches Geld in diese Music-Hall-Filmchen gesteckt. Selber produziert und selber damit baden gegangen. Keine Sau wollte etwas davon wissen. Sowenig wie von mir. Ich war als Regisseur nicht gefragt und als Schauspieler unmöglich. Ich hätte mich nur lächerlich gemacht mit meinem Französisch. *Miroir, miroir.*

Der Brecht hatte schon recht mit dem, was er damals in Paris sagte. Er hat meine Lage exakt diagnostiziert. Ein riesiger Haufen Scheiße.

Warum gibt es kein Handbuch für Flüchtlinge? Das müsste sich verkaufen wie warme Semmeln. Wo wir doch in alle Richtungen ausgeschwärmt sind. Deutschland ist eine Exportnation. Hat seine Judskis in die ganze Welt verschickt. Bis es keine Abnehmer mehr gab und sie angefangen haben, den Überschuss zu verschrotten.

In der Bibliothek von Theresienstadt stehen Goethes Werke in zwanzig verschiedenen Ausgaben. Aber nirgends ein praktischer Ratgeber für Emigranten. Damals, in den ersten Jahren, hätten wir dringend so etwas gebraucht. Mit Drehbuch spielt man besser. Wir haben die einfachsten Dinge nicht gewusst. Die Grundregeln.

Dass man in Holland nicht probieren darf, einen Beamten zu bestechen. Weil der sonst beleidigt ist. In Frankreich beleidigt man ihn, wenn man es nicht versucht.

Überhaupt, der Umgang mit Amtsstellen. Ein ganz wichtiges Kapitel. Gegenüber der Polizei nie allzu unterwürfig auftreten. Das macht verdächtig. Polizisten sind es gewohnt, dass die Leute aufbegehren. Außer in Deutschland natürlich.

Dafür muss man sich auf Einwohnermeldeämtern, ganz egal in welchem Land, so untertänig aufführen wie bei einer Audienz am Königshof. Wer über die Stempel herrscht, herrscht über die Menschen. Und lässt sie das spüren. Wer auf Paragraphen reitet, kann auf Fußgänger keine Rücksicht nehmen. Der Emigrant ist immer Bittsteller und darf das nie vergessen. Ich könnte Kurse geben über den richtigen Grad der Rückgratkrümmung.

Tausend Dinge, und keiner bringt sie einem bei. Dass man amtliche Formulare immer mit Bleistift ausfüllt und nie mit Füller. Damit man die Fehler wegradieren kann und nicht jedes Mal ganz von vorn anfangen muss. Fehler macht man immer. Dazu sind Formulare da. Beim Vreemdelingendienst in Amsterdam gab es zwei Beamte, die hatten ihre Schreibtische nebeneinander. Beim einen musste ich die Rubrik *Anzahl der Kinder* mit *Null* ausfüllen, sonst akzeptierte er das Papier nicht. Der andere bestand darauf, dass es *keine* heißen müsste. Auch so lernt man Holländisch. *Aantal kinderen: geen.*

Wenn es eine Rubrik gegeben hätte *Grund der Kinderlosigkeit*, was hätte ich da wohl eintragen müssen? Beim einen und beim anderen?

Man lernt fremde Sprachen nicht aus dem Wörterbuch. Das Unausgesprochene steht dort nicht drin. Diese französische Handbewegung, die *nein* bedeutet, auch wenn der Mund *ja* sagt. In Holland der Blick an dir vorbei, wenn dir einer nicht die Wahrheit sagt. Sie sind dort im Lügen nicht geübt. Der österreichische Charme. Solang du dir das nicht übersetzen kannst, bleibst du der Fremde. Was in allen Sprachen dieser Welt heißt: das Arschloch.

Ja, so ein Handbuch müsste es geben. Mit all den Sätzen, die man als Flüchtling immer wieder braucht. «Ich würde Ihnen ja gern meinen Pass vorweisen, aber ich bin staatenlos.» «Nein, ich kenne hier niemanden, der für mich bürgen kann.» «Früher war ich mal Schauspieler, jetzt bin ich gar nichts mehr.»

Dazu die ganz praktischen Dinge. Kein Zimmer mieten, in dem man keine Kochplatte anschließen darf. Außer man will auf warme Mahlzeiten ganz verzichten. Wichtiger als jede noch so schöne Aussicht ist ein Ort, wo die Wäsche schnell trocknet. Je weniger Kleider man hat, desto öfter muss man sie waschen.

Zu dem Thema müsste es eine Fußnote geben, speziell für Theresienstadt. *Wer einen Berechtigungsschein für die Wäscherei haben will, muss sich mit dem Ältestenrat gut stellen.*

Einen Lehrfilm müsste man drehen. Wozu bin ich Regisseur? Typische Situationen in heiteren Spielszenen. Dazwischen immer wieder mal ein fröhliches Lied. *Ich ziehe gern von Land zu Land, denn ich bin ein Emigrant.*

Halt.

Ich laufe schon wieder davon. Emigriere in Phantasien. Erzähle mir selber Geschichten.

Aber Rahm wird sich darüber nicht amüsieren. Er will einen Film von mir haben. Ein Konzept für einen Film. Bis morgen.

«Wenn wir beide Glück haben», hat er gesagt, «kommt etwas Gutes dabei raus.»

Bei der Ufa kam es manchmal vor, dass der Auftrag für einen Film da war und das Budget auch, dass die Drehtermine bestimmt waren und das Premierenkino gebucht, ohne dass jemand eine Ahnung hatte, was eigentlich in dem Film passieren sollte. Wir haben uns dann zusammengesetzt, Produzent, Regisseur, Autoren, und haben erst mal alles aufgeschrieben, was bereits feststand. Die Schauspieler, die die Geschäftsleitung drin haben wollte. Die Schauplätze, die vorgegeben waren. Weil die Dekorationen schon gebaut waren und noch nicht amortisiert.

Dann haben wir einen zweiten Zettel genommen und all die Dinge notiert, die unbedingt in dem Film vorkommen mussten. Das erste, was auf dieser Liste stand, war immer *Liebe. Musik*, natürlich. *Schöne Landschaften, Tiere, Blumen.* Und jedes Mal, dick unterstrichen: *Happy End.* Was die Leute eben so sehen wollen, wenn sie ins Kino gehen. Die Handlung hat sich dann meistens ganz von selbst ergeben. Sie ist ja auch nicht wichtig. Solang alles andere stimmt.

Also, Herr Gerron! Ans Werk.

Auslegeordnung:

Theresienstadt ist ein Gefängnis. Ich soll die Gitterstäbe mit Blümchenvorhängen kaschieren, kunstvoll gefältelt und in Form gebracht. Mit *Hoffmann's Silber-Glanz-Stärke.*

Theresienstadt ist grau. Ich soll es bunt machen. Kein Scheinwerfer ohne rosaroten Filter.

In Theresienstadt leidet man Hunger. Man kann die Särge schmaler bauen als anderswo, weil die Leichen alle so abgemagert sind. Ich soll wohlgenährte Menschen zeigen, die an schön gedeckten Tischen Delikatessen schnabulieren und sich dann befriedigt den Magen reiben. *Ich bin so satt, ich mag kein Blatt.*

Mäh.

In Theresienstadt fehlt es an allem. In meinem Film soll alles da sein. Geschäfte mit richtigen Waren. Eine Bank mit richtigem Geld. Ein Kaffeehaus mit richtigem Kaffee. *Das modernste Ghetto, das die Welt heut hat.*

Theresienstadt ist überfüllt. Im Schützengraben hatten wir mehr Platz. Auf der Leinwand soll alles geräumig sein. Parks. Gärten. Sportanlagen. Im Kino ist alles möglich. Die haben's gut, die Judskis, soll man denken.

Theresienstadt ist ein Ort voller Sklaven. Ich soll glückliche Arbeiter aus ihnen machen. Die mit fröhlichen Mienen Maschinen bedienen. Im Schweiß ihrer Brauen die Auen bebauen. *Wir sind die sieben Zwerge und schaffen tief im Berge.*

Heiho, heiho.

Schneewittchen war krasser Naturalismus dagegen.

Ich soll ein Theresienstadt erfinden, in dem alle Menschen glücklich sind. Zufrieden. Dankbar. Gesund. Wo niemand stirbt und es allen gutgeht. Wie man es den alten Leuten verspricht, damit sie ihre Heimeinkaufsverträge unterschreiben. Damit sie dankbar sind, wenn sie ihr Erspartes hergeben dürfen.

Vielleicht wollen sie den Film ja als Werbung dafür einsetzen. Obwohl: In Deutschland können nicht mehr genügend Juden übrig sein, dass sich der Aufwand rechnen würde.

Es wird wieder so etwas sein wie die Stadtverschönerung. Damals war die Aufführung fürs Rote Kreuz bestimmt. Diesmal für ein größeres Publikum.

Ich kann diesen Film nicht drehen.

Ich gehe zu Eppstein und sage es ihm. Jetzt sofort. Ohne noch einmal mit Olga zu reden. Ich würde sonst die Kraft nicht haben. Würde nur noch an sie denken, und dass ich sie nicht in Gefahr bringen darf. Würde nicht mehr wissen, was ich tun muss.

Muss.

«Vergiss mich nicht», hat Mama zu mir gesagt, bevor sie mit den andern hinausging. Umarmt wollte sie nicht werden, aber das hat sie noch gesagt.

Wenn ich diesen Film drehe, habe ich sie vergessen.

Ich gehe zu Eppstein.

«Ich verweigere den Befehl», werde ich zu ihm sagen. Nein, besser: «Melden Sie Rahm, er kann sich seinen Film sonstwohin stecken.» Den letzten Abgang soll man mit Bravour tun.

Er wird versuchen mich umzustimmen. Natürlich. Er hat Angst vor Rahm. Ich fürchte mich ja auch vor seinem Zorn und was er für mich bedeuten wird. Man sagt, wenn er schreit und prügelt, ist er noch nicht wirklich wütend. Erst wenn er nur noch ganz leise redet. «Ich bin unzufrieden mit diesem Gerron», wird Rahm sagen. Ganz leise. Und dann ...

Ich gehe zu Eppstein. Jetzt. Ich muss zu Eppstein gehen.

Er wird mich vor den Folgen warnen. Wie er es immer tut. In seinen Aufrufen warnt er jedes Mal vor den Folgen. «Im Interesse der Gemeinschaft», sagt er dann. «Tun, was getan werden muss.» Was man eben so sagt, wenn man Angst hat.

Es heißt, dass er seinen Posten gar nicht haben wollte. Dass er eigentlich eine subalterne Natur ist. Ein zweiter Mann, den sie gegen seinen Willen zum ersten gemacht haben. Weil sie einen brauchten, der ihnen ohne Widerspruch gehorcht. Zum Dank haben sie ihm ein paar Herrschaftsbrocken hingeschmissen. Wie man einem Hund, der brav auf Kommando bellt, den Abfall vom Mittagstisch vor die Schnauze wirft. Friss oder stirb.

Eppstein kann jeden auf die nächste Transportliste setzen, und – noch viel wichtiger – er kann ihn auch wieder streichen. Manchmal tut er das. Wenn man ihn mit guten Argumenten zu überzeugen versteht. Wobei er sich die, wie der Mundfunk wissen will, am liebsten von hübschen Frauen darlegen lässt. In Privataudienz.

Er hat Macht, aber sie ist ihm nur geliehen. Er darf sie nur solang behalten, wie er durch jeden Reifen springt, den sie ihm hinhalten. Solang die Züge nach Auschwitz voll sind und pünktlich abfahren. Solang er alles liefert, was Rahm bei ihm bestellt.

Der Regisseur Kurt Gerron ist ab sofort nicht mehr lieferbar.

Er wird mir drohen. Aus Angst um seinen Posten. «Wenn Sie sich weigern, gehen Sie auf Transport», wird er sagen. «Sie wissen, was das bedeutet.»

Nein, Herr Eppstein, ich weiß es nicht. Nicht wirklich. Natürlich, es gibt Gerüchte im Lager, jede Menge Gerüchte. Aber was tatsächlich mit den Menschen passiert, die nach Auschwitz geschickt werden, das können wir nur ahnen. Bis jetzt ist keiner zurückgekommen, um davon zu berichten.

Vielleicht weiß Eppstein Bescheid. Vielleicht wird er es mir erzählen. Um mich umzustimmen.

Ich werde mich aber nicht umstimmen lassen. Sollen sie mich eben umbringen. Mit gebrochenem Rückgrat will ich nicht weiterleben.

So werde ich es ihm sagen. Genau so. Mit diesen Worten.

Jetzt bin ich doch vor der Kommandantur angekommen. Sonst mache ich immer einen Bogen um sie. Ein verschnörkeltes Staatsgebäude mit zwei Reihen Mansarden. Früher mal das Rathaus.

Ich könnte mir den Umweg über Eppstein ersparen und direkt zu Rahm gehen. Es steht keine Wache vor der Tür. Sie wissen: Freiwillig betritt niemand dieses Gebäude. Niemand mit einem gelben Stern. Hierher wird man kommandiert. Oder geschleppt.

Rahms Büro ist in der ersten Etage. Ich würde es wohl nicht bis zu ihm schaffen. Im Keller würde ich landen, wo sie ihre Verhörzellen haben. Manchmal hört man die Schreie bis ins Kaffeehaus. Und muss dann so tun, als ob man sie nicht bemerkt hätte.

Ich bin kein tapferer Mensch. Ich fürchte mich vor dem Tod. Aber ich gehe jetzt zu Eppstein und sage ihm, dass ich den Film nicht drehen werde. Nicht aus Mut, sondern aus Angst. Aus Angst davor, jeden Tag damit leben zu müssen.

Vom Marktplatz her der Geruch von Rosen. Für die Stadtverschönerung gepflanzt. Wenn sie es könnten, würden sie uns verbieten, ihren Duft zu riechen. So haben sie wenigstens auf den Diebstahl von Blüten die Todesstrafe gesetzt.

Sie drohen immer gleich mit dem Tod. Als ob man eine Uhr mit dem Hammer reparieren will.

Einmal ist Olga dort vorbeigegangen, und ein SS-Mann hat sie zu sich herangewinkt. Einer, den sie noch nie gesehen hatte. Ein hohes Tier. Er musste aus Prag gekommen sein. Der Offizier hatte sich eine Rose abgeschnitten, um daran zu riechen. Jetzt drückte er sie Olga in die Hand. Sagte: «Für dich.» Und ging weiter. Sie hat den Stengel vor Schreck so fest umklammert, dass ein Dorn ihr die Hand blutig gestochen hat. Er hat sich nicht mehr umgedreht.

Die Rose ist längst vertrocknet, aber sie hat kein einziges Blütenblatt verloren.

Ich glaube nicht an Vorbedeutungen.

Ich gehe jetzt zu Eppstein.

Es ist alles anders. Ich werde den Film drehen. Ich darf mir den Luxus nicht leisten, Märtyrer zu sein.

Ich war bereit dazu. Wenn ich mir später einmal Vorwürfe mache, kann ich mich daran erinnern. Ich war schon in Eppsteins Vorzimmer.

Wo dieselben Leute saßen wie beim letzten Mal. Dort sitzen immer dieselben Leute. Ich wollte an ihnen vorbei, wollte nicht warten, bis man mich aufruft, wollte Eppsteins Sekretäre, die sich dort wichtig machen, einfach zur Seite schieben. Jemand packte meinen Ärmel und hielt mich fest.

Dr. Springer. Mein Bordell-Nachbar. In einem weißen Kittel mit Blutspritzern drauf. «Ich muss mit Ihnen reden, Gerron», sagte er.

Es war wieder wie damals in der Schouwburg, wo auch, wenn man durch den Saal ging, tausend Hände nach einem fassten, an einem zerrten und alle dasselbe wollten. «Sie müssen mir helfen, Sie müssen etwas für mich tun, Sie können das doch.»

Ich konnte es nie.

«Später», sagte ich. «Ein andermal.» Wissend, dass es dieses andere Mal nicht mehr geben würde.

«Jetzt», sagte Springer. Es war ein Befehl. «Sie waren nicht zu Hause, da habe ich angenommen, dass Sie hierherkommen würden.» Er flüsterte, was niemandem auffiel. In Eppsteins Vorzimmer werden alle Gespräche in verschwörerischem Ton geführt. Man will keinem zufälligen Zuhörer einen Vorteil verschaffen. Wer von einer Liste gehört hat, die nicht so bald platzen wird, von einer Arbeitsstelle, die einen unabkömmlich macht, muss aufpassen, dass kein anderer davon erfährt. Die Plätze im Rettungsboot sind rar. Wer seinen hergibt, ertrinkt selber.

«Drei Minuten», sagte Springer. «Darauf wird es nicht ankommen.»

Es kam mir aber darauf an, auf jede Sekunde. Weil ich nämlich kein Held bin. Auch kein guter Heldendarsteller. Weil ich Angst davor hatte, wankelmütig zu werden, aus welchem Grund auch immer, aus Feigheit, aus Schwäche, aus Dummheit. Weil ich nicht wusste, ob ich in drei Minuten oder in fünf noch die Willenskraft haben würde, das zu tun, was ich tun musste. Dr. Springer ließ mich nicht los. Zog mich hinter sich her, wie man ein widerspenstiges Kind hinter sich herzieht. Er ist einen Kopf kleiner als ich, aber er hat die Autorität eines Menschen, der daran gewöhnt ist, dass er nur die Hand auszustrecken braucht, und das richtige Instrument wird ihm hineingelegt.

Auf der Straße stellte er sich vor mich hin. Legte seine beiden Hände auf meine Schultern. Musste die Arme dazu nach oben strecken. Eine Geste, die ich bei Ärzten oft gesehen habe. Immer dann, wenn sie schlechte Prognosen zu verkünden hatten. *Sie müssen jetzt tapfer sein* heißt diese Geste. Ich dachte: Olga ist etwas zugestoßen.

Und er sagte: «Sie müssen diesen Film machen.»

Er konnte nichts davon wissen. Es war nicht möglich. Die ganze Sache war streng geheim, das hatte Rahm so angeordnet. Aber Dr. Springer wusste Bescheid.

Er beantwortete meine Frage, bevor ich sie stellen konnte. «Eppstein», sagte er. «Er kommt manchmal in mein Krankenhaus. Wenn er eine Spritze braucht, um tun zu können, was er tun muss.»

Er sagt *Krankenhaus* und nicht, wie alle andern, *Station*. Er ist das aus seinem früheren Leben so gewohnt.

«Sie brauchen deswegen keine Sorgen zu haben», sagte er. «Außer mir weiß es niemand. Obwohl es natürlich sehr bald ganz Theresienstadt wissen wird. Sobald Sie mit den Dreharbeiten anfangen.»

«Ich mache den Film nicht», sagte ich. Er schüttelte den Kopf. Eine ganz kleine, mitleidige Bewegung. Wie er sie wohl auch macht, wenn er den Angehörigen eines Patienten die letzte Hoffnung nehmen muss. Tut mir leid, an der Diagnose ist nicht zu rütteln. Ihr Sohn, Ihr Bruder, Ihr Mann wird sterben.

Sie werden diesen Film drehen.

«Um nichts in der Welt ...»

Er unterbrach mich, bevor aus meinen Einwänden ein Monolog werden konnte. Wieder so eine typische Ärztegeste. Tut mir leid, die Lage ist aussichtslos. Nein, es macht keinen Sinn, noch einen weiteren Spezialisten beizuziehen. Es gibt keine andere Therapie.

«Ich werde es Ihnen erklären», sagte er. «Es ist wegen Hertha Ungar.»

Ich hatte den Namen noch nie gehört.

«Meine Operationsschwester. Neunundzwanzig Jahre. Sie steht auf der neuen Transportliste.»

«Es stehen viele Leute auf Listen.»

«Ich weiß», sagte er. Nickte, als ob ich etwas Kluges gesagt hätte. «In der Regel findet man sich damit ab. Wie man sich während einer Epidemie damit abfindet, dass man nicht jeden heilen kann. Aber wenn man es kann, wenn man wie Sie die Möglichkeit hat, einen Menschen zu retten ...»

«Soll ich mich an ihrer Stelle melden? Nicht einmal das würde etwas nützen. Wenn ich Rahm nicht gehorche, sitze ich so oder so im nächsten Zug nach Auschwitz.»

«Nein», sagte Dr. Springer. «Sie nicht und Hertha Ungar auch nicht. Ganz viele Namen werden gestrichen werden. Wenn Sie jetzt vernünftig sind.»

«Ich bin vernünftig.» Ich muss das sehr laut gesagt haben, denn ein paar Leute auf der Straße drehten sich zu uns um. Und schauten gleich wieder weg. Dass jemand durchdreht, ist hier nichts Außergewöhnliches.

«Passen Sie auf», sagte Dr. Springer. «Ich werde es Ihnen erklären.»

Es hat tatsächlich funktioniert. Es war ganz einfach. Als ob ich plötzlich einen Zauberstab besäße.

Dr. Springer hat mir von Hertha Ungar erzählt. Seine beste Operationsschwester, in Berlin ausgebildet. Die er natürlich unabkömmlich geschrieben hatte, sicher vor jedem Transport. Auf Grund seiner Funktion kann er bis zu vier Namen sperren. Und dann war sie doch auf der Liste. Springer dachte zuerst an einen Irrtum, eine bürokratische Panne, die sich leicht würde in Ordnung bringen lassen. Der Transport sollte schon am nächsten Tag abgehen, und in solchen Angelegenheiten kann jede Minute entscheidend sein. Er lief also direkt zum Ältestenrat, nicht einmal seinen Operationskittel zog er aus. Ging zu Eppstein und verlangte, dass die Liste sofort geändert würde, auf der Stelle. Aber der Judenälteste zuckte nur die Schultern. Der Eintrag sei nicht von ihm gekommen, sondern direkt aus der Kommandantur. Er wolle sich der Angelegenheit annehmen, aber es werde wohl schwierig werden. «Er ist ein Politiker geworden», meinte Dr. Springer. «Er kann nicht mehr direkt nein sagen.»

Wenn das Ganze kein Fehler war, musste es eine Intrige sein. Springer vermutete, dass ein gewisser Reinisch dahinter steckte, ein Mann mit einem abgebrochenen Medizinstudium, der sich trotzdem einen Doktortitel anmaßte. Irgendwie hat dieser falsche Doktor es geschafft, das Vertrauen von ein paar SS-Leuten zu gewinnen. Sie lassen sich von ihm behandeln und hören auf ihn. Er hat großen Einfluss in der Kommandantur. «Mich mag er nicht», sagte Dr. Springer. «Ich habe es einmal abgelehnt, ihn im Krankenhaus einzustellen. Wo er nur kann, intrigiert er gegen mich. Am liebsten würde er mich selber auf die Liste setzen lassen.»

Eine verrückte Geschichte. Aber in Theresienstadt ist Verrücktheit das Normale. «Sind Sie sicher?», fragte ich.

Er antwortete mit ausgebreiteten Händen, mit dieser uralten Geste, die besagt: «Was ist schon sicher auf dieser Welt?»

«Eppstein wird in der Sache nichts unternehmen», sagte er. «Hinterher wird er behaupten, er habe sein Möglichstes getan. Sobald etwas von oben kommt, zieht er den Schwanz ein. Er ist ein ängstlicher Mensch. Man kann ihn nur beeinflussen, indem man ihm noch mehr Angst macht. Und das werden Sie tun, Gerron.»

Ich habe mich überreden lassen, weil es nicht mehr drauf ankommt. Wenn sich einer entschlossen hat, Gift zu nehmen – warum soll er nicht auch noch aus dem Fenster springen? Und da war noch etwas. Seine Bitte bot mir die Gelegenheit zu einem Auftritt. Zu einem letzten großen Auftritt. Ich bin nun mal eine Rampensau.

Ich also ins Büro gestürmt, an allen Leuten vorbei. Die Statisten, mit denen Eppstein die eigene Wichtigkeit demonstriert, einfach zur Seite geschoben. Die Frau hinausgeschickt, mit der er gerade verhandelte. Von der er sich wohl mehr als nur Argumente erhofft hatte. Die Tür hinter mir zugeschlagen und den Schlüssel umgedreht. Mich vor Eppsteins Schreibtisch aufgebaut. Tief Luft geholt, damit die Stimme auch saß, und gesagt: «Tut mir leid, Herr Eppstein. Ich kann diesen Film nicht machen.»

Er reagierte genau so, wie ich es erwartet hatte. Zuckte zusammen, als ob ihn jemand in den Bauch getreten hätte. Ich habe solche Tritte mehr als einmal gesehen. Nicht nur in Ellecom. Auf den Gesichtern ist immer zuerst dieser Ausdruck von Überraschung, bevor der Schmerz einsetzt und sie sich zusammenkrümmen.

«Aber Rahm …» In seiner Aufregung vergaß er für einmal den korrekten Titel, holte das aber gleich wieder nach. «Was soll ich denn Herrn Obersturmführer Rahm sagen?»

«Dass ein Regisseur unter diesen Umständen nicht arbeiten kann. Nicht wenn ihm der Judenälteste Knüppel zwischen die Beine wirft.»

Ich argumentierte, wie ich es mit Dr. Springer besprochen hatte. Herr Rahm hatte gewünscht, dass in dem Film die gute medizinische Versorgung in Theresienstadt gezeigt würde, und selbstverständlich waren mir die Wünsche des Herrn Obersturmführers Befehl. Also hatte ich in meinem Drehbuch – ich redete davon, als ob es schon existierte – eine Szene vorgesehen, in der der Chefarzt unserer Krankenstation einen chirurgischen Eingriff vornahm. Assistiert von seiner persönlichen Operationsschwester. Um den Vorgaben von höchster Stelle zu entsprechen, konnte diese Szene nur mit der echten, eingespielten Mannschaft gedreht werden, nicht mit irgendwelchen zweitklassigen Statisten. Wenn man mir aber schon beim ersten Mal meine Darsteller wegnahm, sie einfach auf Transport schickte, ohne Rücksicht auf meine künstlerischen Intentionen und die Wünsche des Herrn Obersturmführers, dann – «tut mir leid, Herr Eppstein, aber unter solchen Bedingungen kann ich nicht arbeiten. Da ziehe ich es vor, gleich von Anfang an aus dem Projekt auszuscheiden. Sie tragen die Verantwortung dafür.»

Ich bin gar kein so schlechter Schauspieler, wie der Brecht immer behauptet. Eppstein fiel tatsächlich darauf rein.

«Ein Missverständnis», sagte er. «Selbstverständlich bleibt Frau Ungar hier. So lang Sie sie brauchen. Ich werde das mit der Kommandantur regeln.»

«Das will ich hoffen», sagte ich.

Ich habe jetzt ein Büro und eine Sekretärin. Frau Olitzki kommt aus Troppau. Sie hat lange Jahre bei einem Rechtsanwalt gearbeitet. «Eine schlechte Vorbereitung für Theresienstadt», sagt sie. «Man gewöhnt sich zu sehr daran, dass es Gesetze gibt, und dass sie auch gelten.» Ihre Augen lachen nicht mit, wenn sie so etwas sagt. Sie macht sich Sorgen um ihren Mann. Ich habe ihn noch nicht kennengelernt, aber sie spricht viel von ihm. Er ist Beamter. *War* Beamter. Wir neigen hier alle dazu, unsere Vergangenheit in die missliche Gegenwart hinein zu verlängern. Er hat es am Rücken und gilt deshalb als nicht arbeits-, aber transportfähig. Was in der Regel Auschwitz bedeutet. Für beide. Die Nazis haben Familiensinn. Sie trennen selten Ehepaare. Aber jetzt ist Frau Olitzki unabkömmlich. Der Film hat erste Priorität. Wieder zwei Namen von der Liste gestrichen. Ich werde die ganze Mannschaft nach diesem Kriterium zusammenstellen.

Mein Büro habe ich mir nicht beim Ältestenrat in der Magdeburger Kaserne einrichten lassen, sondern im alten Kino Orel, wo auch die Bibliothek untergebracht ist. «Wenn ich kreativ sein soll, brauche ich Ruhe», habe ich zu Eppstein gesagt. Er hat mir so eifrig zugestimmt, als hätte ihm noch nie etwas mehr eingeleuchtet. Seit ich ihm gedroht habe, Rahm zu widersprechen, hält er mich für verrückt und will mich deshalb nicht reizen. Verrückte sind unberechenbar.

Als das Rote Kreuz kam, haben sie aus dem heruntergekommenen Kinosaal ein wunderschönes Theater gemacht. Mit Kronleuchter und allem Pipapo. Der Saal steht jetzt leer. Ich werde ihn mit meinem Film zum Leben erwecken.

Mit *meinem* Film, ja. Wenn er Menschen vor dem Transport rettet, werde ich stolz darauf sein können.

Stolz ... Otto Burschatz hat mir, obwohl er ja nun wirklich kein Jude ist, den besten jüdischen Witz erzählt, den ich je gehört habe. «Ich bin Jude und bin stolz darauf.» «Warum?» «Wenn ich nicht stolz bin, bin ich doch Jude – bin ich lieber stolz.»

Ich werde auf meinen Film stolz sein.

Ich habe Frau Olitzki ein erstes Konzept diktiert. Habe es aus dem Ärmel geschüttelt, ohne lang zu überlegen. Der erste Entwurf wird so oder so geändert, das habe ich bei der Ufa gelernt. Er muss keinen Sinn machen, nur möglichst viele schöne Worte enthalten. *Großkinotauglich* ist so ein Wort. Rahm soll sich vorstellen, wie er im Gloria Palast vom Publikum beklatscht wird. Er ganz allein. Ohne lästige Stars, die ihm vor dem Rampenlicht stehen. Es wird ein Film mit lauter Statisten.

Wenn es den Gloria Palast noch gibt. Man munkelt hier von Bombenangriffen auf Berlin. Hoffentlich stimmt das auch, denkt es in mir, und gleichzeitig: Hoffentlich nicht. *Was ist eine gespaltene Persönlichkeit? Ein deutscher Jude.* Im Psychiater-Sketch ist das immer ein großer Lacher.

«Unser Qualitätsmaßstab muss die *Deutsche Wochenschau* sein», habe ich Frau Olitzki diktiert, «die bekanntlich die beste der Welt ist.» Alles Deutsche ist das Beste der Welt. Die besten Pogrome, die besten Weltkriege, die allerbesten Lager. *Theresienstadt, Theresienstadt, das perfekteste Ghetto, das die Welt heut hat.*

«Wir müssen unsere Ansprüche hochschrauben», habe ich diktiert, «damit unser Film nicht nur die gewünschten Inhalte zeigt, sondern gleichzeitig auch als eigenständiges Kunstwerk wahrgenommen werden kann.» Was man halt so in Konzepte hineinschreibt, wenn die Probleme noch nicht gelöst sind. Die Leute in der Teppichetage erwarten, dass ihnen regelmäßig heiße Luft in den Arsch geblasen wird. Das war bei der Ufa nicht anders.

Um genaue Anweisungen habe ich gebeten. «Je exakter die Vorgaben definiert sind, desto effizienter kann die Produktion des Reportagefilms erfolgen.» In eine Suppe gehört Salz, und in ein Konzept gehören Fremdworte. Ich brauche Rahms Anweisungen nicht wirklich. Was er haben will, ist klar, und das Lügen in Bildern habe ich bei der Ufa gelernt. Aber Rückfragen verbrauchen Zeit. Mit jedem Tag, an dem wir noch nicht drehen, rückt die russische Armee vor. Ich habe mir in der Bücherei einen Atlas angesehen. So weit ist Witebsk gar nicht entfernt.

Eppstein hat darauf bestanden, dass die paar Seiten nicht einfach in ein Kuvert gesteckt, sondern gebunden wurden, bevor sie auf Rahms Schreibtisch kamen. Mein Konzept ist ein hochoffizielles Dokument. Er hat eigens von Jo Spier ein Frontispiz zeichnen lassen. Der Wappenlöwe von Theresienstadt, an einer Filmkamera kurbelnd. Eppstein beherrscht die Formalien der Unterwürfigkeit.

Wenn er Rahm den Hintern wischen müsste, er würde Büttenpapier besorgen.

Noch etwas steht in dem Papier. Eppstein wollte es rausstreichen, aber ich habe darauf bestanden. Seit ich bereit war, für meine Prinzipien auf Transport zu gehen, bin ich mutiger geworden. Mut ist ein Muskel. Er wird stärker, wenn man ihn benutzt. «Um bei der Vorbereitung des Films keine Zeit zu verlieren», steht jetzt in dem Papier, «wäre es wichtig, dass der Regisseur die Möglichkeit bekommt, den Bereich der Festung zu verlassen, um außerhalb der Mauern attraktive Drehorte zu rekognoszieren.»

Ich sehne mich nach freier Natur.

Rahm hat noch nicht reagiert. Hat nicht einmal bestätigt, dass er das Konzept bekommen hat.

Ich habe Frau Olitzki beauftragt, in der Bibliothek nach Informationen über die Geschichte von Theresienstadt zu suchen. Nicht weil ich es brauchen werde, sondern damit sie beschäftigt aussieht.

Jetzt kann ich nur warten.

Warten. Das habe ich geübt. Das beherrsche ich.

Im Schützengraben, wenn wir wussten, es würde ein Sturmangriff befohlen werden, früher oder später, wenn das Trommelfeuer, das immer die Ouvertüre zum fröhlichen Morden bildete, schon das Gelände umpflügte, das wir erobern sollten, wo auch wieder in ihren Gräben Menschen warteten, wenn dann, während wir beteten oder soffen oder uns vor Angst in die Hosen schissen, die feindlichen Geschütze einsetzten, wenn sie die richtige Länge für ihre Geschosse suchten und die Einschläge schon näher kamen, immer näher, wenn uns der Geschützlärm gar nicht mehr interessierte, sondern alle nur noch zu Oberleutnant Backes hinlauschten, ob er schon angefangen hatte, sich zu räuspern – er war sich seiner Stimme nicht sicher und musste vor wichtigen Befehlen immer erst hüsteln –, wenn die Minuten immer langsamer vorbeigingen und noch langsamer und doch viel zu schnell – da habe ich warten gelernt.

Im Lazarett, nach meiner Verwundung, als ich aufwachte und mich nicht bewegen konnte, weil sie mich mit Gazestreifen festgebunden hatten, damit ich mir nicht im Narkosedusel die frisch vernähte Wunde wieder aufriss, als niemand mir sagen wollte, was mit mir passiert war, was an mir noch ganz war oder auch nur an mir dran, als ich versuchte, dem immer noch gedämpften Schmerz nachzuspüren – wo tat es weh, und was hatte das zu bedeuten –, als ich die Reihe der Pritschen sah, die mir in jenem Moment unendlich vorkam und es ja auch war, weil immer neuer Nachschub an zerfetzten, zerschossenen, kaputten Soldaten angeliefert wurde, als ganz hinten, unendlich weit weg, schien mir, der Stabsarzt auftauchte, mit seinem Gefolge aus Krankenträgern und Rotkreuzschwestern, als er bei jedem Bett prüfend stehenblieb, ein Kunde im Warenhaus, der sich im Überangebot für nichts entscheiden kann, als es Stunden dauerte, Jahre, bis die Prozession in meine Nähe kam, als er dann endlich an meiner Pritsche stand, das vergoldete Koppelschloss direkt vor meinen Augen – es war frisch poliert, das sah ich als Zögling von Friedemann Knobeloch auf den ersten Blick, er hatte bei all den Verwundeten noch Zeit gefunden, das verdammte Koppelschloss zu polieren –, als er dann immer noch nichts sagte, sondern sich erst von einer Schwester das Krankenblatt reichen ließ und es in aller Seelenruhe studierte – da habe ich warten geübt.

Als der Brecht der Neher diese Privatbehandlung angedeihen ließ, damals bei der *Dreigroschenoper*, als die beiden nebeneinander auf der Bühne saßen, nicht etwa in einem Büro, nein, auf der Bühne musste es sein; wenn der Brecht demonstrierte, wie egal es ihm war, ob ihm jemand zusah, dann wollte er dabei auch gesehen werden, als er jede Menge neuen Text für sie schrieb, ein paar Tage vor der Premiere, weil sie gedroht hatte, aus der Produktion auszusteigen, wenn ihre Rolle nicht größer würde, und weil er in sie verliebt war, in die schöne Witwe Klabunds, als wir andern Schauspieler im Zuschauerraum sitzen blieben, weil wir dachten, die Probe würde gleich weitergehen, als es dann immer später wurde, oder früher, denn es war ja schon Morgen – das ist das Seltsame am Theater mit seinem künstlichen Licht, dass es seine eigene Zeit hat –, als man schon dachte, die beiden würden sich noch an der Premiere nicht auf den Text geeinigt haben – da war ich schon ganz gut darin.

Und beim Film ... Wer es in diesem seltsamen Beruf zu etwas bringen will, muss das Warten von der Pike auf gelernt haben. «Talent ist gut, aber Sitzfleisch ist besser», sagt Otto Burschatz. Wer seine Ungeduld nicht auszuknipsen versteht, bis es endlich soweit ist, bis die eine Szene von ihm verlangt wird, die paar Sätze, für die man ihn früh um sechs in die Maske bestellt hat, und jetzt ist schon halb zwölf, wer die Kunst nicht versteht, seinen Kopf leer zu machen, an etwas anderes zu denken, damit sich die Energie nicht verbraucht, damit man im richtigen Moment, in der richtigen Sekunde präsent ist, wach, der hat in dem Gewerbe nichts verloren.

Ich bin ein guter Warter. Ich habe es geübt. Kann dabei ruhig bleiben, zumindest äußerlich. Selbst wenn die Dinge, denen ich entgegenlebe, nicht angenehm sind. Als ich erfuhr, dass ich aus Westerbork hierhergeschickt würde, habe ich noch Scherze gemacht. Er ist tapfer, werden die Leute gedacht haben, aber mit Tapferkeit hatte es nichts zu tun. Nur damit, dass ich Zeit gehabt hatte, mich vorzubereiten. Das Lied hatte seinen Refrain – *Wir fahren mit der Eisenbahn* –, und man wusste, dass man den früher oder später würde singen müssen.

Viel schlimmer ist es, wenn man nicht weiß, was kommt. Ob überhaupt jemals wieder etwas kommen wird. Oder ob das Stück schon zu Ende ist, und man hat es bloß noch nicht gemerkt. Das ist das unerträglichste Gefühl. Wenn man immer noch auf sein nächstes Stichwort wartet und gleichzeitig fürchtet, dass der Vorhang schon lang gefallen ist, die Zuschauer nach Hause gegangen, der Besetzungszettel vom schwarzen Brett genommen. Dass man im Theater eingesperrt ist, als letzter. Dass einem keiner gesagt hat, was im Schaukasten draußen neben dem Bühneneingang schon längst auf dem Plakat steht. *Keine weiteren Vorstellungen.*

So ging es mir damals in Paris. Wochenlang habe ich ins Leere hinein gewartet. Es war kaum zu ertragen.

Bis das Telegramm kam.

Ohne Ottos Hilfe wäre es nicht angekommen. Es war an *Kurt Gerron, Ufa Berlin* adressiert, und in der Ufa hatte man beschlossen, mich nicht mehr zu kennen. Kurt Gerron? Wer soll denn das sein? Am Ende gar ein Jude?

Aber in der Poststelle saß eine Frau, der Otto einmal eine Anstellung für ihren Sohn besorgt hatte. Sie wusste, dass wir beide befreundet waren, und steckte ihm die Nachricht zu. «Gefälligkeiten sind die beste Investition», sagt Otto immer.

HABE MONDSCHEINSONATE GEKAUFT STOP HABE REGISSEUR NÖTIG STOP SIND SIE FREI FRAGEZEICHEN LOET C BARNSTIJN STOP BARNSTIJN FILMSTAD WASSENAAR STOP ANTWORT BEZAHLT

Ich hatte keine Ahnung, wer dieser Loet C. Barnstijn war und was es mit der Mondscheinsonate auf sich hatte. Nur etwas war klar: Man bot mir Arbeit an. In meiner Situation konnte ich es mir nicht leisten, einen Rettungsring vorbeischwimmen zu lassen. Auch wenn er nicht sehr tragfähig aussah. Also schickte ich die bezahlte Antwort, mit den üblichen Phrasen unseres Gewerbes, *durch Zufall gerade frei, an einer interessanten Aufgabe prinzipiell durchaus interessiert*, ein nächstes Telegramm kam zurück, und ein paar Tage später saßen wir im Zug nach Holland. Damals haben wir noch darüber gestaunt, wie schnell man eine Wohnung auflösen kann. Alle seine Sachen einpacken. Später wurde das dann ganz selbstverständlich. Exil macht beweglich.

Und dumm. Ich hatte völlig vergessen, über eine Gage zu verhandeln. Der Zug rollte schon durch Belgien, als es mir einfiel. Aber darauf kam es nicht an. Solang ich nur Arbeit hatte.

In Den Haag erwartete uns Loet Barnstijn am Bahnhof. Er sah sehr seriös aus, ein Geschäftsmann mittleren Alters, ganz etepetete gekleidet. Aber er war verrückt. Total verrückt. Auf die sympathischste Art, die man sich vorstellen kann. Mich umarmte er wie einen lang verlorenen Bruder, Olga küsste er die Hand, Mama machte er Komplimente, und vor meinem Vater stand er stramm und salutierte. «Ich bin sicher, Sie waren Offizier», erklärte er. Und hatte Papa damit schon für sich gewonnen.

Das alles in den ersten drei Minuten.

Loet kann schneller reden als Otto Wallburg. Wenn er eine Sprache nicht beherrscht, redet er trotzdem weiter. Wahrscheinlich hielt er das Kauderwelsch, das er auf uns losließ, für Deutsch. Ich habe ihn nie bei einer Verhandlung mit den Leuten von Disney erlebt – deren Filme vertrieb er auch –, aber Frau Muysken, seine unendlich geduldige Sekretärin, hat mir bestätigt, dass es nicht viel anders klingt, wenn er Englisch spricht. Oder glaubt, Englisch zu sprechen.

Er ist einer dieser begeisterungsfähigen Meschuggenen, ohne die das Filmgeschäft über die bewegten Bilder im *Wintergarten* nie hinausgekommen wäre. Ein Träumer, der aber rechnen kann. Meistens. Mit einem eigenen Tonfilmsystem soll er knapp an der Pleite vorbeigeschrammt sein.

Als ich ihn kennenlernte, schwamm er gerade oben. «Ich bin der wichtigste Filmproduzent von ganz Holland», stellte er sich vor. Wahrscheinlich war das nicht einmal übertrieben.

L.C.B. – er ist immer so in Eile, dass er sich per Abkürzung anreden lässt – hat immer fünf Projekte gleichzeitig laufen, und von jedem ist er überzeugt. «Das wird eine ganz große Sache», sagt er jedes Mal. Manchmal wird es tatsächlich eine.

Er ist jetzt in Amerika, wo sich keiner daran stört, dass das C in seinem Namen für Cohen steht. Wahrscheinlich erklärt er den Leuten in Hollywood, wie man richtig Filme macht. Das würde zu ihm passen.

Die Mondscheinsonate aus seinem Telegramm entpuppte sich als Kriminalroman. *Das Geheimnis der Mondscheinsonate.* Das Buch war in Holland der große Renner, und so hatte er kurz entschlossen die Rechte gekauft und auch gleich mit dem Drehen begonnen. Nach den ersten Mustern hatte er dann allerdings gemerkt, dass sein Regisseur von Tonfilmtechnik keine Ahnung hatte. Den Dialog hörte man wie unter einer Bettdecke hervor. Das lauteste Geräusch der Motor der Kamera. Das Zeug konnte man wegschmeißen.

«Aber jetzt habe ich ja Sie, Herr Gerron», sagte L.C.B. strahlend, «und wir werden einen wunderbaren Erfolg daraus machen. Das wird eine ganz große Sache.»

Er war richtig enttäuscht, dass ich nicht direkt vom Bahnhof ins Studio fahren und sofort mit der Arbeit beginnen wollte. Loet lebt im Zeitraffer und erwartet das auch von allen andern. Aber es leuchtete ihm dann doch ein, dass es vielleicht ganz nützlich war, wenn ich vorher das Drehbuch las. Er hatte es mir mitgebracht. Leider nur auf Holländisch, was ich damals noch nicht konnte. «Die deutsche Übersetzung ist in Arbeit», versicherte er mir. Sie wurde dann erst fertig, als der Film schon abgedreht war. Das erste Mal, dass ich Dialoge inszenierte, ohne wirklich zu verstehen, wovon die Leute redeten. Irgendwie ging's.

Das Studio, von L.C.B. großspurig *Filmstad* genannt, war nicht gerade Babelsberg, aber man konnte dort arbeiten. Da ich der einzige in der Mannschaft war, der schon mal Tonfilm gemacht hatte, hielten mich alle für ein Genie.

Es wäre unhöflich gewesen, ihnen zu widersprechen.

Der Streifen wurde kein Meisterwerk, weiß Gott nicht. Nicht die ganz große Sache, die sich L.C.B. vorgestellt hatte. Aber er verdiente einiges Geld damit, und so war ich für ihn ein begnadeter Regisseur. Dabei hätte jeder, der sich mit der neuen Technik auskannte, den genau gleichen Erfolg gehabt. Weil es eben Tonfilm war. Kino ist immer auch Hokuspokus.

Loet hatte schon wieder das nächste Projekt. In der *Mondscheinsonate* hatte ihm der kleine Junge so gefallen, der am Ende den Kriminalfall aufklärt, und jetzt wollte er eine Geschichte haben, in der ein Junge die Hauptrolle spielte. «Das Publikum mag Kinder», sagte er. «Und du kannst mit ihnen, das merkt man. Wieso hast du eigentlich selber keine?»

Nun ja.

Ich weiß noch, wir saßen damals bei uns im Wohnzimmer. Loet – er musste immer übertreiben – hatte gleich drei Flaschen Genever mitgebracht. Einen alten, einen jungen und einen speziellen, «den man nur mit Beziehungen bekommt». «Die musst du blind erkennen», meinte er, «wo du doch praktisch schon Holländer bist.» Ich merkte aber keinen Unterschied und wurde nur fürchterlich besoffen.

Ein guter Anfang. Ich dachte wirklich, in Holland hätte ich eine neue Heimat gefunden. Einen Ort, wo ich geschätzt wurde. Wo ich wieder zur Ruhe kommen konnte, nach all der Rumreiserei. Deutschland schien damals weit entfernt. Als ob es auf dem Mond läge. Oder als ob ich auf dem Mond gelandet wäre, und all die Hitlers und Goebbels und von Neussers nur noch durchs Teleskop beobachtete. Erdbewohner mit ihren Spielereien. Die mich nicht mehr betrafen.

Irrtum, sprach der Igel.

Manchmal macht die Weltgeschichte Pause. Holt Luft für die nächste Gemeinheit. Wechselt am Projektor die Rollen. Ich bin dann immer blöd genug und meine, es sei das Happy End. Ich bin nun mal so gebaut. Egal, wie oft ich auf die Schnauze falle, ich glaube immer wieder, dass die Dinge besser werden. Dass man etwas ändern kann. Es ist idiotisch, aber ich möchte es nicht anders haben. Ich würde es sonst nicht aushalten.

Wir hatten uns eine Wohnung in Scheveningen genommen. An der Bosschestraat. Von dort konnte man zur Filmstad fahren, ohne sich durch den Verkehr im Stadtzentrum zu quälen. Ich war erst den zweiten oder dritten Tag dort, als mir auf der Promenade ein Mann entgegenkam, den ich überall, nur nicht hier, vermutet hätte: Rudolf Nelson! Den hatte es auch nach Holland verschlagen. In Amsterdam brachte er eine Revue nach der andern auf die Bühne, und in den heißen Monaten zog er den Sommerfrischlern hinterher und gastierte mit seiner Truppe im Kurhaus von Scheveningen. Natürlich saßen Olga und ich am Abend in der Vorstellung. Er holte mich sogar auf die Bühne. Ich musste – was sonst? – das Mackie-Messer-Lied singen. Die Zuschauer jubelten.

Wenn man hinterher darüber nachdenkt, war es eine perverse Situation. Die meisten von den Kurgästen, die Nelsons Pointen belachten und bei seinen Liedern im Takt mitklatschten, kamen aus

Deutschland. Nicht als Flüchtlinge, sonst hätten sie sich wohl kaum Zimmer im Kurhaus leisten können. Wo man von den Kellnern schief angesehen wurde, wenn man keinen Champagner bestellte. Dieselben fetten Arschgesichter, die sich schon in Berlin immer die vordersten Tische hatten reservieren lassen. In der Inflation hatten sie Lebensmittel verschoben, jetzt machten sie mit den Nazis Geschäfte. Hängten ihr Fähnlein in den Wind, und es war ihnen scheißegal, was für ein Fähnlein das war. Solang es nur flatterte.

Für ihr Amüsement hatten sie die Judskis, die man aus Deutschland vertrieben hatte. Am Tag bauten sie mit ihren Kindern Sandburgen, und am Abend holten sie den Frack aus dem Koffer und ließen die Puppen tanzen. Ich kann mir vorstellen, was sie einander zugeflüstert haben – nein, solche Leute flüstern nicht, sie reden immer laut –, was sie einander zugebrüllt haben, als ich plötzlich auf der Bühne stand. «Guck mal, der Gerron! Scheint ihm gutzugehen, hier in Holland – sein Bauch ist noch dicker geworden.»

Das Nelson-Ensemble war nicht das einzige. Es gab mal einen Abend, da traten sie im Kurhaus auf, während in Den Haag, nur ein paar Straßenbahnstationen weiter, der Willy Rosen mit seinem *Theater der Prominenten* gastierte. Auch so eine deutsche Flüchtlingstruppe. Hinterher trafen wir uns alle bei mir in der Küche und tranken Loets Genever leer. Man kam sich vor wie in Berlin. Der Nelson, der Rosen, der Max Ehrlich und auch meine alten Kumpel, der Wallburg und der Siegi Arno. Und und und.

Ein paar Jahre später haben wir uns dann alle wieder getroffen. In Westerbork. Wo auch wieder deutsche Zuschauer applaudierten. Uniformierte Sommerfrischler, die statt mit Tennisschlägern mit Sturzkampfbombern nach Holland gekommen waren. Und ihre jüdischen Lustigmacher standen alle wieder auf der Bühne. Nur zwei fehlten: Der Siegi hat es nach Amerika geschafft, und der Nelson ist irgendwann spurlos verschwunden. Hoffentlich lebt er noch.

In Scheveningen ging es uns gut. Es war nicht Berlin – nicht einmal Berlin selber wird heute noch Berlin sein–, aber dafür gab es auch keine Nazis. Fast keine. Die paar Anhänger der Nationaal-Socialistische Beweging galten damals noch als ungefährliche Spinner. Das Kurhaus hängte die Hakenkreuzfahne nur raus, damit sich die deutschen Gäste wie zu Hause fühlen konnten. Alle Hoteliers sind Schweizer: so neutral, dass sie von jedem Geld nehmen.

Es war auszuhalten. Mehr als das. Verglichen mit dem, was hinterher kam, war es das Paradies.

Bis zu dem Tag, an dem Papa verschwand. Einfach nicht mehr da war.

Mama hatte wieder mal ihre Magenbeschwerden, und Olga begleitete sie zur Apotheke. Sie ließen sich Zeit dafür. Gingen auch noch Kaffee trinken. Die Tage waren lang, und man durfte die paar Dinge, die man zu tun hatte, nicht verschwenden. Als sie zurückkamen, lag auf dem Tisch dieses Kuvert. *An meine Familie.* Darin ein sauber gefaltetes Blatt, geschäftsmäßig korrekt mit Ort und Datum. In Papas säuberlicher Handschrift. Nur ein einziger Satz.

Ich halte es nicht mehr aus.

Ohne Unterschrift. Der Rest des Blattes leer.

Papa war schon einige Zeit nicht gut in Schuss gewesen. Hatte sich in Holland nie richtig eingelebt. Was nicht an den Holländern lag, die uns wirklich gastfreundlich aufgenommen hatten. Sondern an der Tatsache, dass es hier für ihn nichts zu tun gab. Er war leere Tage nicht gewohnt. Wenn er aus alter Gewohnheit wieder viel zu früh aufgestanden war, wenn er sorgfältig seinen Schnurrbart gebürstet und sich angekleidet hatte, korrekt wie eh und je, wenn er die eine Tasse Kaffee getrunken hatte – er frühstückte nicht, das hatte er in Berlin nie getan, warum sollte er es sich hier angewöhnen? –, dann wusste er nichts mehr mit sich anzufangen. Ihm fehlte die vertraute Routine, der Gang in die Firma, die tägliche Post, der Konfektionärsstammtisch, wo man Geschäfte abschloss und über die schlechten Zeiten klagte. Papa, der sich selber immer als Revoluzzer gesehen hatte, als Liebhaber der Veränderung, konnte sich an die neuen Lebensumstände nicht gewöhnen. Er hatte kein Talent für das Exil, der Glumskopp.

Mama war da anders. Nicht beweglicher als er, ganz im Gegenteil. Aber sie hatte diese zahllosen äußerlichen Regeln, die man ihr in Bad Dürkheim eingetrichtert hatte. An denen konnte sie sich festhalten. Solang die Herren aufstanden, wenn sie einen Raum betrat, solang niemand die Gabel zum Mund führte, bevor er das Messer hingelegt hatte – solang war ihre Welt in Ordnung.

Jahre später, als sie in der Schouwburg auf ihren Abtransport wartete, als wir zum letzten Mal nebeneinandersaßen und einen mageren Eintopf löffelten, sagte sie zu mir: «Aber Kurt, man stützt doch nicht die Ellbogen auf den Tisch!» Dabei war da gar kein Tisch, nur die Rückenlehne des nächsten Klappstuhls.

Meine überkorrekte Mutter wollte nicht, dass wir wegen Papas Verschwinden die Polizei alarmierten. Das konnte einen schlechten Eindruck machen. «Und ihm würde es nicht recht sein», sagte sie. Sie kannte ihn gut. Als ich mich damals verlaufen hatte, als mich diese fremde Frau, die Nougat-Prinzessin, nach Hause brachte, da war er nicht wütend gewesen, weil ich ausgebüchst war. Sondern nur, weil er jetzt der Polizei melden musste, ich sei wieder da, und sie könnten den Alarm abblasen. Er machte sich nicht gern lächerlich.

Ich bin dann natürlich doch hingegangen. Der Politieagent war sehr höflich. Er nickte die ganze Zeit mit dem Kopf, wie man es tut, wenn einem jemand etwas erzählt, das man schon weiß. Als ob jeden Tag ein halbes Dutzend Söhne bei ihm vorbeikämen und das Verschwinden ihrer Väter meldeten. «Alte Leute tun so was», sagte er. Ich hatte Papa nie als alt empfunden. Obwohl er unterdessen auch schon auf die siebzig zuging. «Meistens tauchen sie von selber wieder auf», sagte der nette Polizist. «Wir werden uns natürlich darum kümmern. Die Strömungen kennen wir ja.» Ich dachte zuerst, ich hätte das Wort falsch verstanden, so gut war mein Holländisch damals noch nicht. Aber er hatte wirklich *Strömungen* gemeint. *Stromingen.* «Ertrunkene werden immer am selben Ort angespült», erklärte er freundlich. Und nickte immer noch.

Ich habe gelacht, obwohl ich mir wirklich Sorgen machte. Papa als Wasserleiche, das konnte ich mir einfach nicht vorstellen. In der ganzen Zeit, in der wir nun schon in Scheveningen waren, hatte er nicht ein einziges Mal auch nur einen Fuß ins Meer gesetzt. «Salzwasser ist schädlich für die Haut», hatte er gesagt. Hatte das irgendwo gelesen und war nicht davon abzubringen. Ins Wasser war er bestimmt nicht gegangen.

Nur Strandspaziergänge hatte er gemacht. Zu den Zeiten, wo auch die Kurgäste unterwegs waren, um sich in der Seeluft den Appetit fürs Mittagessen zu holen. Es schien ihn zu trösten, dass es außer ihm noch andere Müßiggänger gab. Bei besonders schönem Wetter mietete er sich einen Strandkorb und mimte den Sommerfrischler. Mit Strohhut. Die Rolle, so schien er sich das ausgelegt zu haben, war einem Berliner Konfektionär angemessener als die des Flüchtlings.

Und jetzt war er verschwunden. *Ich halte es nicht mehr aus*, hatte er geschrieben.

Olga, praktisch wie immer, wollte sich nicht auf die Polizei verlassen. «Wir sollten herumfragen», sagte sie. «Vielleicht können wir herausfinden, wer ihn zuletzt gesehen hat.» Worauf Mama die Fassung verlor und zu weinen begann. In ihrer Angst hatte sie gehört: «… wer ihn zuletzt *lebend* gesehen hat.»

Wir überlegten noch, was wir am besten tun sollten, als es an der Wohnungstür klingelte. Ein schwerer Mann, dem das Atmen Mühe bereitete. Die drei Treppen bis zu unserer Wohnung ließen ihn nach Luft japsen. Es war kein heißer Tag, aber er schwitzte, als ob er den ganzen Weg gerannt wäre. «Wenn ich um ein Glas Wasser bitten dürfte», war alles, was er hervorbrachte.

Mama bestand darauf, dass wir uns in den Salon setzten. Den wir gar nicht hatten. Sie machte sich jeden Tag die Mühe, das Bett in ihrem Schlafzimmer in ein Sofa zurückzuverwandeln. Salon musste sein.

Der Mann, so um die sechzig oder vielleicht ein bisschen mehr, brauchte ein ganzes Weilchen, um wieder zu Atem zu kommen. Jedes Mal, wenn er sich die Stirn abwischte, und das tat er oft, holte er das Tuch aus einer anderen Tasche. Er schien ein ganzes Sortiment davon eingesteckt zu haben.

Als er dann wieder reden konnte, stellte er sich vor. Tigges. Wolf-Dietrich Tigges aus Grevenbroich. Zur Zeit Gast im Kurhaus. Entschuldigte sich, dass er uns hier einfach so überfalle, das sei sonst nicht seine Art, aber wenn einem etwas Sorgen mache, dann bleibe keine andere Wahl, was muss, das muss. Er hatte diese ausufernde rheinische Sprechweise, die einem immer das Gefühl gibt, dass da jemand seine ganze Lebensgeschichte erzählen will. «Der Portier im Kurhaus hat mir die Adresse gegeben. Ich sage immer: Man muss mit den Leuten reden. Wer nichts fragt, der nichts gewinnt. Er wusste es auch gleich. Musste nicht mal nachschlagen. Sie sind ein berühmter Mann. Ich freue mich sehr, dass ich Sie jetzt auch einmal persönlich kennenlerne. Wo ich doch schon so viel über Sie gehört habe. Ihr Herr Vater redet dauernd von Ihnen.»

«Sie kennen ihn?»

«Darum bin ich doch hier», sagte Herr Tigges.

Von geschwätzigen Leuten erfährt man oft weniger als von schweigsamen, und wenn er nicht gerade nach Luft schnappte, war Herr Tigges äußerst geschwätzig. Es dauerte eine ganze Weile, bis er uns endlich den Grund seines Besuchs erklärte.

Papa hatte sich nicht umgebracht.

«Wir zwei haben uns angefreundet», sagte Herr Tigges. «Sind am Strand ganz zufällig ins Gespräch gekommen. So eine Kur ist ja etwas schrecklich Langweiliges, nicht wahr? Aber was will man machen, wenn der Onkel Doktor darauf besteht? ‹Seeluft›, hat er gesagt, ‹Seeluft wird Ihren Bronchien guttun.› Es sind gar nicht die Bronchien, wenn Sie mich fragen. Es ist das verdammte Kölsch. Das Zeug schmeckt einfach zu gut, man denkt, es schadet einem nichts, weil man davon nicht besoffen wird. Ein durchlaufender Posten, wenn Sie verstehen, was ich meine. Aber man wird dick davon. ‹Strenge Enthaltsamkeit›, das predigt mir der Doktor seit Jahren, aber der hat gut reden. Wenn ich nicht in die Kneipe gehe, weiß ich nicht, was meine Kunden denken. Und dann kann ich zumachen.»

Herr Tigges besaß ein Warenhaus – «nicht gerade Wertheim, Sie verstehen, aber für Grevenbroich nicht schlecht» –, und mit Papa hatte er sich über Mode unterhalten. «Nicht die ganz große Mode, das ist was für Köln oder Berlin, sondern das, was die Leute kaufen. Schick, aber nicht teuer. Ich sag immer: ‹Das Preisschild kann man ja abmachen.›» Er hatte ein Friseur- oder Kellnerlachen, für die Kundschaft bestimmt und ohne wirkliche Heiterkeit.

«Und mein Vater …?», versuchte ich ihn wieder aufs Gleis zurückzubringen.

«Der kennt sich aus. Staunenswert, wirklich staunenswert. Ein absoluter Fachmann, was die Konfektion anbelangt. Hat mir ein paar Einkaufsquellen genannt – ich habe meinen Herren gleich ein Telegramm geschickt, sie sollen sich da mal drum kümmern. Ist immer gut, wenn die merken: Der Alte ist zwar nicht im Büro, aber trotzdem am Ball.»

Sie hatten miteinander gefachsimpelt, über Lieferanten und Kunden, über die Firma des einen und das Warenhaus des andern. Es muss für Papa fast so gewesen sein wie an der Leipziger Straße. In den Gesprächen im Strandrestaurant hatte er wieder einmal Konfektionär sein dürfen.

Bis sie dann auf ein anderes Thema kamen.

«Einen Mann, so voll im Schuss wie Ihr Vater – so einen trifft man nicht alle Tage. Er ist ein paar Jährchen älter als ich, haben wir festgestellt, aber immer noch jung, wenn Sie verstehen, was ich meine. Innerlich. Darum konnte ich auch gar nicht begreifen, dass er sich schon zur Ruhe gesetzt hat. Ich meine: Scheveningen ist schön und gut, aber ein Mann – entschuldigen Sie, gnädige Frau, ich will die Damen nicht ausschließen, aber für Sie ist es doch etwas anderes, nicht wahr –, ein Mann muss eine Aufgabe haben.»

Papa hatte es ihm zuerst gar nicht sagen wollen. Hatte etwas von Magenbeschwerden erzählt, einfach Mamas Symptome, die er ja hundert Mal gehört hatte, übernommen und als seine eigenen ausgegeben. Die seien es gewesen, die ihn zu einer Pause gezwungen hätten, zur Kur in Scheveningen. Aber jetzt gehe es ihm schon besser. Nur noch ein paar Wochen, dann werde er nach Berlin zurückfahren. Seine Firma wieder selber in die Hand nehmen.

Es muss ihm gutgetan haben, sich das auszumalen.

Schließlich war er mit der Wahrheit herausgerückt. Sein neuer Freund hatte es ihm gar nicht glauben wollen. «Ich dachte, ich bin jeck», sagte Herr Tigges. «Ich meine, er sieht ja nicht so aus, Sie entschuldigen schon, gnädige Frau, nicht so wie der Levi bei uns in Grevenbroich, der immer dieses Käppchen anhatte, auch im Laden, so was ist doch eine Unhöflichkeit gegenüber der Kundschaft, finden Sie nicht auch?»

Herr Tigges war jetzt endgültig zu Atem gekommen und sein Redefluss nicht mehr aufzuhalten. Der Levi, sagte er, der war ja ebenfalls ins Ausland gegangen, aber bei dem war das etwas anderes, der fehlte keinem, hatte sich nie anpassen wollen, und die Ware, die er verkaufte – man soll nicht schlecht über die Konkurrenz reden, aber was der in seinem Laden «mit kleinen Fehlern» verkaufte, damit hätte man in seinem Warenhaus gerade noch die Böden aufgewischt; selbst zu Levis Schleuderpreisen war eine solche Qualität noch überzahlt. «Aber Ihr Vater», sagte Herr Tigges, «Ihr Vater ist ein ganz anderes Kaliber, ein reeller Geschäftsmann, und so einer hat keinen Grund, aus Deutschland wegzulaufen.»

Natürlich, es hatte Übergriffe gegeben, aber doch nur am Anfang, wo gehobelt wird, fallen Späne, aber jetzt hatte sich die Sache beruhigt, man fuhr auf gradem Kiel, und von Diktatur konnte überhaupt nicht die Rede sein. Beim letzten Karneval – Herr Tigges war selber im Vorstand vom *Närrische Sprötz-Trupp Gustorf* – waren da aus der Bütt ein paar richtige Raketen abgeschossen worden, ganz schön harte Dinger, und der Herr Böckeler, der Ortsgruppenleiter, war im Publikum gesessen, in Uniform, und hatte gelacht und applaudiert wie alle andern. «Und geschunkelt!», sagte Herr Tigges, als ob es ein stärkeres Argument gar nicht geben könne. Der Ortsgruppenleiter hatte geschunkelt. «Also, wenn Sie mich fragen, Diktatur sieht anders aus.»

«Für die Olympiade, das habe ich Ihrem Herrn Vater auch gesagt, haben sie sogar diese Fechterin in die Mannschaft aufgenommen, die blonde He, und die ist Jüdin. Da kann man doch nicht von Unterdrückung reden. Nein, habe ich ihm gesagt, da war eine Menge Propaganda mit bei, auf beiden Seiten, wenn Sie mich fragen, aber jetzt gibt es klare Regeln und Gesetze, und jeder weiß, woran er ist. Er soll sich das doch selber einmal ansehen, habe ich ihm gesagt, ich lade ihn gern nach Grevenbroich ein, wir haben da zwei ganz anständige Hotels, die haben noch nie einen zahlenden Gast abgewiesen. Von Den Haag ist man in vier Stunden in Köln, und gleich am Bahnhofsvorplatz fährt der Bus.»

Ich konnte mir ihre Gespräche vorstellen. Papa war in der Regel kein naiver Mensch. Ein Theoretiker, das schon, aber wenn es um Geschäfte ging, hatte er immer mit beiden Beinen auf dem Boden gestanden. Außer damals, als er sich mit der Kriegsanleihe beinahe ruinierte. Galoppierender Patriotismus ist kein guter Ratgeber. Er las auch genügend Zeitungen, um zu wissen, was wirklich vor sich ging – das Reichsbürgergesetz war eine klare Sache gewesen, und dass meine Filme verboten waren, auch –, aber hier wurde ihm erzählt, was er gern hören wollte. Aus lauter Sehnsucht nach seinem alten Leben war er bereit gewesen, es zu glauben.

Ich bin mir ganz sicher: Herr Tigges aus Grevenbroich hat ihn nicht angelogen. Nicht bewusst. Er war nur ein guter Wegschauer, wie so viele andere auch.

Was er uns zu erzählen hatte, war ihm ein bisschen peinlich, und deshalb wischte er sich erst noch einmal umständlich die Stirn ab, bevor er sagte: «Naja, und dann hat er eben seinen Entschluss gefasst.»

Mama war sonst immer beherrscht, erst recht, wenn Gäste da waren, aber jetzt kippte ihre Stimme vor Aufregung über, so dass es schon fast ein Kreischen war. «Was für einen Entschluss?»

«Nach Berlin zu fahren. ‹Ich will es mir selber ansehen›, hat er gesagt. ‹Sie werden mir schon nicht den Kopf abreißen.›»

Er hatte sich von Herrn Tigges Geld geliehen. Mich konnte er nicht darum fragen. Hatte die Straßenbahn nach Den Haag genommen und war in den Zug gestiegen. Ein Mann, der mehr Heimweh hatte als Vernunft.

«Alte Leute tun so was», hatte der Politieagent gesagt.

Tigges war sichtlich erleichtert, dass es jetzt raus war. «Vielleicht habe ich da einen Fehler gemacht», sagte er. «Aus bester Absicht, das müssen Sie mir glauben, gnädige Frau, aber eben doch ein Fehler. Weil mir Ihr Mann doch so sympathisch war.»

Olga hatte sich am schnellsten wieder gefasst. «Wir sind Ihnen dankbar, dass Sie uns informiert haben», sagte sie. «Aber jetzt ist es wohl besser, wenn Sie uns allein lassen.»

Der dicke Herr Tigges blieb sitzen. «Ich bin nicht nur deshalb gekommen», sagte er und schenkte mir sein bestes Verkäuferlächeln. «Das Geld, das ich Ihrem Herrn Vater geliehen habe – kann ich das bitte wiederhaben?»

Vier Tage später kam Papa zurück.

Ich war nicht zu Hause, als er kam. Ich hatte im Atelier zu tun. Die Arbeit musste gemacht werden. Ich weiß also nur aus Olgas Erzählung, dass Papa hereingekommen ist, einfach hereingekommen. Ohne Erklärung. Als ob er nur mal eben auf dem Postamt gewesen wäre.

Die beiden Frauen, Olga und Mama, hatten den Tisch fürs Abendbrot gedeckt, obwohl keine von ihnen Hunger hatte. Mama brauchte diese pünktlichen Rituale, um ihren Tag zusammenzuhalten. Sie hörten Schritte im Flur und dachten, ich wäre früher nach Hause gekommen als vorgesehen. Aber es war Papa. Ein bisschen gebückt, das fiel Olga auf. Als sie ihn umarmen wollten und mit Fragen bestürmen, winkte er ab, schreckte fast ein bisschen zurück, schien es ihnen, und sagte ganz leise: «Ich habe keinen Hunger.» Ging wieder hinaus und legte sich ins Bett.

Die Reise wird ihn erschöpft haben, dachten sie. Aber es kann nicht einfach Erschöpfung gewesen sein.

Wir haben nie erfahren, was er in Berlin erlebt hat. Er weigerte sich, darüber zu reden. Nur eine Sache hörten wir von ihm, eigentlich nur einen Satz, und den mit so fragender Stimme, als ob er sich die eigenen Worte nicht glauben könne. «In unserer Wohnung lebt jetzt der Heitzendorff.» Noch Jahre später schüttelte er manchmal ohne Anlass den Kopf und sagte staunend: «Der Heitzendorff.»

Nach dem Besuch von Herrn Tigges hatte ich Telegramme nach Berlin geschickt und dabei festgestellt, wie wenige Leute mir einfielen. So wenige Menschen, auf die ich mich verlassen konnte. Otto Burschatz natürlich, und noch der eine oder andere, mit dem ich mich bei der Arbeit gut verstanden hatte. Aber, und das war jämmerlich für so viele Jahre in einer Stadt, da war nicht ein einziger Name außerhalb meines Berufes dabei. Ich scheine kein großes Talent für Freundschaften zu haben.

Otto gab sich alle Mühe. Ging sogar in die Klopstockstraße und redete mit Heitzendorff. Nein, sagte der, den Herrn Gerson habe er seit vielen Jahren nicht gesehen. Seines Wissens sei der ins Ausland verzogen. «Ich wusste, dass er lügt», sagte Otto, «und auch, dass er die eigene Lüge schon in ein paar Wochen glauben würde.»

Das war Jahre später, als Otto uns in Amsterdam besuchte. Vorher wusste ich nichts von diesen Einzelheiten. Auch nicht, dass Otto auch in der Leipziger Straße gewesen war, unter dem Vorwand, er habe für einen Film ein Kleidergeschäft auszustatten und denke an einen größeren Ankauf ausgemusterter Modelle. Die Firma hieß immer noch Max Gerson & Cie., aber jetzt gab es die Compagnie wirklich. Ein fremder Mann saß im Chefbüro. Hatte Papa nie gekannt oder behauptete das wenigstens. Den Firmennamen werde man ohnehin bald ändern, heutzutage Gerson zu heißen, das sei doch eher peinlich.

So hat es mir Otto in Amsterdam erzählt. Damals schickte er mir nur ein Telegramm: *GEWÜNSCHTE WARE LEIDER NICHT LIEFERBAR*. Er hatte früher als ich begriffen, dass auch das Postgeheimnis arisiert worden war.

Ich weiß nicht, was Papa in Berlin zugestoßen ist. Ich glaube nicht einmal, dass es etwas Spektakuläres war. Aber als er zurückkam, war etwas in ihm kaputtgegangen. Zerbrochen. Ein gebrochener Mann.

Ich stelle mir vor, wie er in Berlin seine alten Bekannten gesucht hat, und keiner war mehr da. Die ganzen Judski-Kabarettisten hatten sich nach Holland abgesetzt – warum sollte es bei den Konfektionären anders sein? Oder er hat den einen oder anderen angetroffen, und die haben ihm erzählt, wie es wirklich aussah. Wenn man nicht Tigges hieß, sondern Bernheim oder Wormser. Ich denke, dass ihm in den paar Tagen klar wurde, dass die Welt, nach der er sich so zurücksehnte, gar nicht mehr existierte. Dass er in Berlin keinen Platz mehr hatte und keine Bedeutung. Dass sich alles verändert hatte, in den drei Jahren, in denen er weg gewesen war.

Wie wenn man nach einem auswärtigen Gastspiel in ein Theater zurückkommt, in dem man viele Jahre gespielt hat, wo man einmal zum Ensemble gehört hat, und jetzt hat eine neue Direktion nicht nur den Spielplan geändert, sondern auch sonst alles umgebaut, schon die Fassade sieht anders aus, durch das Kassenfenster schaut einen ein neues Gesicht abweisend an, und am Bühneneingang sitzt nicht mehr der vertraute Pförtner, sondern ein Mann, der einen nicht kennt. Wenn man sich ihm vorstellt, schüttelt er den Kopf und sagt: «Sie können hier nicht rein. Sie haben Hausverbot.»

Vielleicht war es auch etwas viel Schlimmeres. Papa hat es uns nie gesagt.

Seine Haare sind nicht über Nacht weiß geworden. Obwohl es das gibt. Ich habe es in Amsterdam bei einer Frau gesehen, deren Sohn bei einer Razzia wegzulaufen versuchte, und dem sie in den Rücken geschossen haben. Aber seit jenem Tag, seit jener Reise nach Berlin, war er ein alter Mann.

Noch keine Reaktion von Rahm. Die Kommandantur hüllt sich in Schweigen.

Ich spiele unterdessen Ufa. Weil Eppstein das von mir erwartet, und weil es mir guttut. Es ist angenehm, sich in die alten Gewohnheiten hineingleiten zu lassen. Wieder einmal im eigenen Element zu sein. Zu merken, dass man nichts vergessen hat. Der Lorre hat manchmal für ein paar Tage mit seiner Spritzerei aufgehört, nur damit er wieder damit anfangen konnte. Heute verstehe ich das. Ich bin süchtig aufs Filmemachen.

Ich spiele Kurt Gerron. Stecke mir beim Diktieren einen Bleistift in den Mund und kaue darauf herum. Warum ich das tue, hat mich Frau Olitzki gefragt. «Weil ich ohne Zigarre nicht denken kann.» Sie hat mich sehr zweifelnd angesehen.

Zusammen mit ihr stelle ich Listen auf. Themen, die im Film vorkommen müssen. Mögliche Drehorte. Probleme. In Theresienstadt ist Papier Mangelware, aber Eppstein hat uns einen ganzen Packen hinlegen lassen.

«Verpflegung», diktiere ich. «Bis zum Rand vollgeschöpfte Teller. Tischtücher. Besteck. Mehrere Gänge. Weiße Handschuhe für das Personal an der Essensausgabe.»

Die Schreibmaschine hört auf zu klappern. Frau Olitzki schaut mich an. «Ich kenne Sie noch nicht so gut», sagt sie. «Das mit den Handschuhen – war das ein Witz, oder soll ich das wirklich schreiben?»

Der ganze Film ist ein Witz, Frau Olitzki.

«Schreiben Sie es hin», sage ich.

Weiße Handschuhe für das Personal an der Essensausgabe. Schnabulierende Kinder.

Damals bei der Stadtverschönerung, als das Rote Kreuz zuschaute, haben die Kinder Sardinenbrötchen bekommen, und man hatte ihnen beigebracht zu sagen: «Nicht schon wieder Sardinen, Onkel Rahm!»

Man hat ihnen vorher erklären müssen, was Sardinen sind.

«Kochende Frauen», diktiere ich. «Eine dicke Köchin, die in einem riesigen Kessel rührt. Sie sagt etwas, und die anderen Frauen lachen.»

«Ich glaube nicht, dass Sie hier in Theresienstadt eine dicke Frau finden», sagt Frau Olitzki.

«Dann machen Sie eine Anmerkung in der Rubrik *Probleme.*»

In der Küche arbeiten nur Männer. Außer beim Kartoffelschälen.

«Junge, hübsche Kartoffelschälerinnen sitzen im Kreis», diktiere ich. «Sie singen ein Lied.»

Wenn einer rote Backen hat oder sonst sichtlich gesund ist, sagt man hier in Theresienstadt: «Er arbeitet in der Küche.» An der Quelle leidet man keinen Durst.

Einmal hat es eine Untersuchung gegeben. Der Loewenstein von der Ghettowache hat sie durchgeführt. Er hat festgestellt, dass die Küchen- und Proviantleute fast soviel Essen gestohlen wie verteilt haben. Aber weil die wichtigen Leute im Ältestenrat auch ihre Extraportionen abkriegten, hat man die Geschichte unterdrückt. Ihn auf einen anderen Posten abgeschoben.

«Vor der Küche, Doppelpunkt», diktiere ich. «Von einem Wagen wird ein halbes Rind abgeladen.»

«Wo bekommen wir das her?», fragt Frau Olitzki.

«Wir drehen, wenn die Wachmannschaft ihre Vorräte angeliefert kriegt.»

«Wann haben Sie zum letzten Mal Fleisch gegessen?»

«Vor zwei Wochen», sage ich. «Da war in der Suppe etwas drin, das könnte Fleisch gewesen sein.»

«Könnte», sagt sie.

«Ein Braten», diktiere ich. «Groß im Bild ein Messer, das dicke Stücke davon abschneidet. Saft läuft heraus. Eine Frau steckt prüfend den Finger hinein und leckt ihn ab.»

Ein Märchenfilm. Tischlein, deck dich. Esel, streck dich.

Knüppel aus dem Sack.

Jeder Film ist ein Märchenfilm. Wer sich ins Kino setzt, will träumen. Will Prinzen sehn und Prinzessinnen, und bevor es wieder hell wird, sollen sie sich auch kriegen. Die Wirklichkeit rollt er zusammen wie seinen Regenmantel und verstaut sie unter seinem Sitz.

Wenn es ein guter Film war, fällt ihm erst sehr viel später wieder ein, dass er sie dort vergessen hat.

Und wenn sie nicht gestorben sind, dann leben sie noch heute.

Die größten Träumer sitzen nicht im Zuschauerraum. Die findet man im Atelier. Im Produktionsbüro. In der Kommandantur. Menschen, die felsenfest davon überzeugt sind, dass sich mit vierundzwanzig Bildern pro Sekunde die Welt verändern lässt. Dass man sich mit einem Zelluloidstreifen eine goldene Nase verdienen kann. Oder ein Lob von Heinrich Himmler. Lauter Meschuggene. Karl Rahm ist so verrückt wie Loet Barnstijn.

Ich bin kein bisschen besser. Ich spüre die Pistole im Nacken – es gibt da eine Stelle, hat mir der kleine Korbinian erklärt, wenn man dort ansetzt, kippen sie um und sind weg –, und mein Kopf tritt nicht in den Ausstand, sondern hat Einfälle. Denkt sogar: Das kann ein ganz toller Film werden.

Verrückt. Ich bin ein Zwock, wie die alten Theresienstädter sagen. Gehöre ins Zwockhaus. In die Zwockarna.

Ein ansteckender Wahnsinn. Frau Olitzki hat mich gefragt, ob man nicht aus dem Kaffeehaus eine Bierhalle machen könnte. Weil wir doch in der Tschechei sind. Ein großes Fass mit Pilsner, stellt sie sich vor. Die Gäste heben ihre Humpen in die Kamera und singen ein Lied. Das müsste doch gut aussehen, hat sie gesagt.

Bacillus cinematographicus.

Keiner, aber wirklich keiner, ist immun dagegen. Der de Jong damals, als wir seinen Roman verfilmten, wollte mit Kino überhaupt nichts zu tun haben. Wir sollten ruhig machen, wenn wir wollten, aber seine Sache sei das nicht. Und dann war er vom Dreh nicht mehr wegzukriegen. Hat sogar selber den Pastor gespielt. Nicht einmal schlecht.

Ein netter Kerl. Verstand was von Menschen und von Zigarren. Eine bessere Mischung gibt's nicht. Ein SS-Kommando hat ihn erschossen, als Vergeltung für einen Anschlag. Ich habe es in Westerbork erfahren.

Eine Zeitmaschine müsste man haben. Den de Jong noch einmal treffen. Noch einmal mit ihm über Zigarren fachsimpeln. Er hat selber Tabak angebaut – in Holland! – und ständig versucht, mir zu erklären, warum sein Knaster eine ganz besondere Qualität habe. Ich habe so lang keinen Zigarrenrauch mehr gerochen, dass auch eine von seinen Stinkadores ein unendlicher Genuss wäre.

Wenn ich eine Zeitmaschine hätte, wäre ich nicht in Theresienstadt. Dann würde ich die Dinge anders machen, anders gemacht haben, und säße jetzt an einem Schwimmbassin in Hollywood, links der Lorre, rechts die Marlene, und vor mir ein Butler, der auf einem Silbertablett echte Havannas präsentiert.

Ah, Havannas.

Meinen Merijntje möchte ich auch noch einmal treffen. Den Marcel Krols mit seinen weißblonden Haaren und den staunenden Augen. Dieses Gesicht, das sich von selber photographierte. Ein hochbegabter Junge. Hat die ganzen Profis an die Wand gespielt. Damals war er elf, dann muss er heute neunzehn sein. Wahrscheinlich Soldat. Vielleicht schon totgeschossen.

Wenn man da capo leben könnte – ich glaube, ich würde nur immer wieder diesen Film drehen. Eine so schöne Arbeit! Wenn ich es auch nie geschafft habe, den Titel richtig auszusprechen. *Merijntje Gijzens jeugd.* Der de Jong hat gemeint: «Du sagst das so brabantisch, wie ich Berlinisch kann.»

Erschossen. Haben an seiner Tür geklingelt, und als er aufmachte …

Man muss nicht Jude sein, um ermordet zu werden. Herr Tigges würde sagen: «Sehen Sie, bei uns werden alle gleich behandelt.»

War auch so ein Märchenfilm, *Merijntje.* Man konnte sich ins Kino setzen und anderthalb Stunden lang wieder Kind sein.

Zeitmaschine.

Wir hatten einen großen Erfolg. *Ein enormer Schritt vorwärts für die holländische Filmindustrie,* stand in *Het Volk.* Wir behaupten alle, dass wir keine Kritiken lesen, und können sie doch auswendig. Aber das ist nicht der Grund, warum ich mich gern daran erinnere. Ich habe die Drehzeit so genossen. Jeden einzelnen Tag. Der Kameramann kam aus Ungarn, der Tonmeister aus Deutschland, und trotzdem waren wir mehr als nur eine Mannschaft. Wir waren eine Familie.

Pappie haben sie mich damals in Wassenaar genannt. Mich, den kinderlosen dicken Gerron. *Bonus ac diligens pater familias* stand in unserem Lateinbuch. Der gute und gewissenhafte Vater.

Keine andere Rolle habe ich lieber gespielt.

Manchmal denke ich, dass es gar keinen Charakter gibt. Nur Rollen, die man sich ausgesucht hat oder zugewiesen bekommen. Die man so gut spielt, wie es eben geht. So wie Eppstein den großen Entscheider von Theresienstadt mimt, den Herrn über Leben und Tod. Es irgendwie schafft, seine Marionettenfäden nicht zu sehen. Oder wie Papa, der sich selber als Revoluzzer besetzt hatte und zusammenknickte, als sich der Part nicht länger durchhalten ließ. Mama war da konsequenter. Der Vorhang war schon längst gefallen, und sie spielte noch immer die höhere Tochter.

Nur bei Olga habe ich das Gefühl, dass sie nicht spielt, sondern einfach ist. Darum liebe ich sie so sehr.

Während der Dreharbeiten zu *Merijntje* habe ich den jovialen Papa gegeben. Der Vater: Kurt Gerron. Wo mich der Krieg für dieses Fach doch so endgültig ungeeignet gemacht hat wie den Gerstenberg für die Helden. Das einzige Mal in meinem Leben, dass ich die Rolle spielen durfte.

Fast das einzige Mal. In der Schouwburg gab es den kleinen Louis. Aber das hat nur Tage gedauert.

Ich habe dick aufgetragen als Pappie. Wenn man fürs wirkliche Leben Kritiken kriegte, hätte in meiner dringestanden: *Herr Gerron schmiert.*

Ich habe um diese Jungen, den Marcel und den Kees, geworben wie ein Liebhaber um seine Angebetete. Der Produktionsleiter wollte eine Betreuerin für sie einstellen, aber ich habe das abgelehnt. «Ich werde mich selber um sie kümmern», habe ich gesagt. «Das wird es ihnen leichter machen, meinen Regieanweisungen zu folgen.»

Eine Prise Wahrheit war dran. Dass sie mich mochten und nicht in Ehrfurcht vor Mijnheer de Regisseur erstarrten, das hat die Arbeit vereinfacht. Der Sternberg hat die Marlene auch besser inszeniert, weil er in sie verknallt war. Auch deshalb ist der Film so gut geworden.

Aber mir ging es um etwas anderes. Ich wollte einmal im Leben Vater sein.

Ich war gut in der Rolle. Streng, aber gerecht. Manchmal auch großzügig. Wie ich es gemacht hätte, wenn Olga und ich …

Egal.

Einmal habe ich für sie die Dreharbeiten unterbrochen. Sie hatten Hunger und plünderten im Atelier die Überreste der großen Fressszene. Ich bin mit ihnen in die Kantine gegangen. Habe die ganze Mannschaft warten lassen, bis die beiden satt waren. Das war für die Buben der Höhepunkt der ganzen Filmerei.

Ich habe ihnen beim Mampfen zugesehen und war glücklich. Appetit ist so viel schöner als Hunger.

Einmal war da dieser Bauer, der wollte Geld dafür haben, dass wir auf seinem Land drehten. «In Ordnung», habe ich gesagt. «Hundert Gulden pro Tag.» Loets Buchhalter, der auf jeden Cent achtete, ist vor Schreck beinahe in Ohnmacht gefallen. Ich habe dem Bauern versprochen, ihm das Geld am nächsten Drehtag in bar mitzubringen. Das war nicht direkt gelogen. Nur dass es an diesem Schauplatz keinen nächsten Drehtag mehr gab. Die Jungs waren eingeweiht und haben sich vor Lachen gekugelt. «Was ist mit den beiden los?», hat der Bauer gefragt, und ich habe gesagt: «Die üben für die nächste Szene.» Worauf sie sich schon gar nicht mehr einkriegen konnten.

Ich habe sie zum Lachen gebracht, wo ich nur konnte. Nicht immer auf höchstem Niveau. In Kolmar, bei den bunten Abenden im Krüppelheim, da haben sich die Leute auch immer am besten amüsiert, wenn es schweinisch wurde. Bei Kindern funktioniert das jedes Mal. Ich habe nicht einfach eine Pause angesagt, sondern ins Atelier gerufen: «Der Herr Regisseur geht sich jetzt die Blase umstülpen!» Der kleine Marcel fand das so komisch, dass er prompt die nächste Szene geschmissen hat. Das Lachen kam ihm immer wieder hoch.

Man kann auch aus Kinderliebe Kulissenreißer sein.

Wenn wir für den Tag abgedreht waren, hätten sie eigentlich todmüde sein müssen. Aber sie wollten nicht nach Hause gehen. Weil sie dort nicht halb soviel Spaß hatten. Da war ich sehr stolz drauf. Einmal sind wir zusammen ausgegangen, nur wir drei, wie es Großpapa damals mit mir gemacht hat. In ein Lokal, wo ein Zigeunergeiger von Tisch zu Tisch ging und den Leuten in die Suppe fiedelte. Das fanden die beiden unheimlich vornehm. Ich habe die Kellner bestochen, damit sie an den Tisch kamen und die Jungs um Autogramme baten. Der Kees hat das locker genommen, aber dem Marcel hat es gar nicht gepasst. «Wenn man immer beim Essen gestört wird», hat er gesagt, «will ich überhaupt kein Filmstar sein.»

Es war eine so schöne Zeit. Auch wegen des Films. Aber vor allem wegen der Jungs.

«Pappie», haben sie zu mir gesagt.

Pappie.

«Neue Rubrik: Kinder», diktiere ich. «Ein Spielplatz mit verschiedenen Geräten. Eine Schaukel. Eine Rutschbahn. Eine Wippe. Und so weiter. Lautes, fröhliches Kindergeschrei. Strahlende Gesichter. Ein Kind fällt hin und weint. Wird getröstet. Eine kleine Hand, die vertrauensvoll nach der größeren fasst.»

«Schön», sagt Frau Olitzki.

«Zwei Jungs, nebeneinander im Schulzimmer.»

Marcel und Kees.

«An den Wänden selbstgemalte Bilder. Landschaften. Tiere. Eine Sonne mit lachendem Mund. Der Lehrer zeigt auf einer Landkarte, wo Theresienstadt liegt. Die Jungen passen nicht auf. Flüstern sich etwas zu. Ein zusammengefalteter Zettel wird durch die Reihen gereicht. Ein Mädchen öffnet ihn und errötet. Spielt verlegen mit den langen blonden Zöpfen.»

«Blond?», fragt Frau Olitzki.

«Streichen Sie *blond.*» Es gibt keine blonden Juden. Nicht in einem Film für Karl Rahm.

Sie bringt mich aus der Konzentration mit ihren Einwänden. Erinnert mich daran, dass ich mir das Drehbuch nicht für die Ufa ausdenke. Wo alle Mädchen mit Zöpfen automatisch blond waren. Man musste aufpassen, dass die Hintergründe nicht zu hell waren. Wegen des Kontrasts. Ich will das nicht. Wenn man mich ständig mit der Nase auf die Wirklichkeit stößt, fällt mir nichts ein.

Ich ärgere mich über die Unterbrechung und ärgere mich darüber, dass ich mich ärgere.

«Was gibt es noch?», sage ich. «Kinder, die Fangen spielen. Ein Junge, der auf den Händen läuft. Mehrere Kinder nebeneinander, aufgereiht wie Orgelpfeifen. Zahnlücken. Fällt Ihnen auch noch etwas dazu ein?»

«Ich hatte nie Kinder», sagt Frau Olitzki.

«Das tut mir leid», sage ich.

«Heute bin ich froh darüber», sagt sie.

Ich erzähle Olga von diesem Gespräch. Dass Frau Olitzki keine Kinder hat, und wie sie damit umgeht. «Sie ist ein vernünftiger Mensch», sage ich. Und Olga, meine immer beherrschte Olga, schreit mich an.

Wir haben Tee getrunken, irgendwelches Grünzeug in heißem Wasser, und jetzt wirft sie ihr Glas auf den Boden «Das darfst du nicht!», schreit sie. «Alles andere von mir aus. Aber nicht das!»

Zuerst verstehe ich überhaupt nicht, was sie will.

«Du kannst diesen Film drehen», sagt sie, und ihre Stimme wird gleich reißen. «Du kannst ihren Propagandafilm drehen, und niemand darf dir deswegen einen Vorwurf machen. Du kannst buckeln und dich verbiegen und Rahm die Füße küssen, wenn er es verlangt. Ich werde es nicht kritisieren. Man lässt dir keine Wahl, und darum hast du auch keinen Grund, dich dafür zu schämen.

Aber du darfst nie – nie, hörst du, Kurt? –, du darfst nie sagen oder auch nur denken, dass irgendetwas von dem, was mit uns geschieht, dass auch nur die kleinste Ecke davon vernünftig ist oder logisch oder selbstverständlich. Weil es das nicht ist. Es ist nicht vernünftig, wenn jemand froh ist, keine Kinder zu haben. Du weißt das besser als jeder andere. Es ist nicht logisch, wenn man sagt: ‹Ich bin dankbar, dass er nicht geboren wurde.› Wenn man sich freut, weil jemand gerade noch rechtzeitig weggestorben ist, bevor man ihn umbringen konnte. Das ist nicht normal, und du darfst das nie vergessen. Nicht eine Sekunde lang. Nie.»

Meine Olga. Sie stampft mit dem Fuß auf und wirft den Kopf zur Seite, um die Haare, die sie nicht mehr hat, aus der Stirn zu schleudern. Ich liebe diese Geste an ihr.

Ich liebe alles an ihr.

Dann reibt sie sich die Hände an ihrem Kleid ab, als ob sie etwas Schmutziges angefasst hätte, und ist wieder ganz ruhig. Hebt das Glas auf, das zum Glück nicht zerbrochen ist. Lächelt mich an.

Sie hat recht. Aber es ist nicht leicht, was sie verlangt.

Ich weiß noch, als wir die holländische Übersetzung von *Schneewittchen* aufnahmen, die allerletzte Arbeit, die L.C.B. für mich hatte, als wir den ganzen Tag im Tonatelier zubrachten, und auf der Leinwand hüpften diese bunten Disney-Figuren herum, Stoetel und Giechel und Niezel und Grumpie, als die Schauspieler in diese komischen Männchen hineinschlüpften und für sie sprachen – da war man jedes Mal überrascht, wenn in der Pause jemand wieder seine eigene Stimme hatte.

Das schafften nicht alle. Manche piepsten oder heiserten weiter. Merkten es gar nicht. Es ist leicht, sich mit seiner Rolle zu verwechseln. *Wir sind die sieben Zwerge und schaffen tief im Berge.* Man vergisst schnell, dass es auch anders sein kann. Dass es eigentlich anders ist.

Man darf es nicht vergessen.

Nie.

Sneeuwwitje. Das letzte Mal, dass ich in einem Atelier stand. Weil mir L.C.B. aus lauter Menschenfreundlichkeit noch einmal einen Auftrag zuschanzte. Was ich da zu tun hatte, hätte jeder bessere Aufnahmeleiter gekonnt. Jeder schlechtere. Ein paar Zwergen den richtigen Einsatz geben, mehr wurde nicht verlangt. Egal, es war Arbeit.

Loet hatte die Lust am Filmemachen verloren. *Merijntje* hatte gute Kritiken bekommen, aber kein Geld gemacht. «Für nette Worte in einer Zeitung gibt mir niemand einen Gulden», sagte er. Überlegte schon, ob man aus der *Filmstad* nicht eine Fabrik machen könnte. Er hatte neue Projekte. Wollte sich ganz auf den Vertrieb konzentrieren. War deshalb mehr in Amerika als in Holland. Und ist dann einfach dortgeblieben, der Glückspilz, als in Europa die Falle zuschnappte.

Einen einzigen Film hatte ich vorher noch für ihn machen dürfen. Weil die Verträge bereits unterschrieben waren. Die holländische Fassung einer italienischen Produktion. Grimms Märchen in modern. Eins von diesen theoretischen Projekten, die auf dem Papier überzeugend aussehen und auf der Leinwand beschissen. Vielleicht hätte man dem Publikum die Geschichte mit einem Haufen Reklame schmackhaft machen können, aber L.C.B. wollte kein Geld mehr dafür in die Hand nehmen. «Schade, dass es im Atelier nicht gebrannt hat», war sein Kommentar. «Dann hätte man wenigstens an der Versicherung etwas verdient.»

Ich bringe von dem Machwerk nicht einmal mehr die Handlung zusammen. Immerhin: Weil wir in Rom produzierten, weiß ich seither, wie man Spaghetti korrekt auf die Gabel dreht. Was mir hier in Theresienstadt natürlich ungeheuer nützlich ist.

Und dann wäre da natürlich noch dieser Auftrag von der KLM gewesen. Wäre gewesen. Ein Werbefilm, den man unbedingt von mir haben wollte. Gut bezahlt. «Wir sind ja so glücklich, dass wir Sie dafür gewinnen konnten.» Bis dann plötzlich alles ganz anders war. Sie wollten den Film nicht mehr haben. Nicht von mir. Weil ich ein Moff war, ein Deutscher, und die Flugzeuge der KLM alle nur Holländisch sprechen. Wenn man glaubte, was in den Zeitungen stand, wäre es schon fast Landesverrat gewesen, einem Ausländer diesen Auftrag anzuvertrauen.

Der Rummel wurde von denselben Leuten veranstaltet, die mich gerade noch als Retter der holländischen Filmindustrie in den Himmel gejubelt hatten. Aus dem weißen Ritter war der böse Fremdling geworden. Der den Einheimischen die Arbeit wegnahm. Exakt die gleiche Geschichte wie in Paris. Brotneid auf Patriotisch. Eifersucht in ein Fahnentuch gewickelt.

Wobei natürlich keiner schrieb: *Ich habe meine letzten drei Filme versaut und mag deshalb Leute nicht, die von dem Beruf was verstehen.* Das wäre ja ehrlich gewesen. Man argumentierte mit den hehren Werten des Vaterlands. Beschimpfte die Emigranten zur Melodie der Nationalhymne. Heuchelte eine Ehrenrunde lang Verständnis für die armen, aus ihrer Heimat vertriebenen Flüchtlinge, «einerseits», hieß es dann, «tun sie uns ja leid» – bevor man mit Schmackes zum großen ANDERERSEITS ansetzte. Die schwierigen Zeiten. Die wirtschaftlichen Probleme. Die vaterländische Kultur. Was sie wirklich meinten, steht bei Büchner. *Dantons Tod*. Der Lorre hat es als Saint-Just mit einem freundlichen Kindermörderlächeln gesagt. *Sie müssen weg, um jeden Preis, und sollten wir sie mit den eignen Händen erwürgen.*

Das haben sie ja dann auch geschafft.

«Du bist unfair», würde Olga sagen, «im großen Ganzen waren die Holländer doch nett zu uns.»

Natürlich bin ich unfair. Etwas muss man davon haben, wenn man in Theresienstadt eingesperrt ist. Es kann niemand mehr von mir verlangen, dass ich fair sein soll.

L.C.B. wollte dann noch eine Filmschule aufmachen, die ich leiten sollte. Aber er war nur mit halbem Herzen bei dem Projekt, und es ist nie etwas daraus geworden. Ich musste wieder den Haifischsong auspacken und damit durch die Provinzen tingeln. Mit dem Nelson und dem Rosen. *Theater der Prominenten*, welch schöner Name. *Der ehemals Prominenten* wäre passender gewesen. *Theater der Rausgeschmissenen*. Zum Glück war mein Holländisch schon ganz gut, so dass ich in beiden Sprachen Theater spielen konnte.

Uninteressante Rollen in uninteressanten Stücken. Musste jedes Engagement annehmen, das man mir anbot. Wenn es auch nur auf einem Nudelbrett war. Musste wieder der Tingeltangelmann werden, als der ich zwanzig Jahre vorher begonnen hatte. Es geht alles im Kreis.

Vergnüglich war die Zeit nicht. Aber noch hatte ich zu tun. Noch hatte ich zu essen. Noch hatte der Krieg nicht begonnen.

Ich habe Blasen an den Füßen. Wenn sie nicht wären, würde ich nicht glauben, was passiert ist. Es war kein Traum. Selbst ich habe nicht genügend Phantasie, um so etwas zu träumen.

Den Anfang, ja. In Albträumen bin ich geübt. Aber den Rest? Ich kann es immer noch nicht fassen. Man ist auf Glück nicht mehr vorbereitet.

Ich habe einen Hasen gesehen. Er hatte es nicht eilig, markierte sein Davonhoppeln nur, wie es Tänzer manchmal bei der ersten Bühnenprobe tun, wenn sie Kräfte sparen wollen und ihre Schritte nur andeuten. Er hatte keine Angst vor mir. War im Sperrgebiet wohl noch nie einem Menschen begegnet. Selbst die Bauern brauchen eine Sondererlaubnis, um es zu betreten.

Ein Rebhuhn ist vor mir aufgeflogen. Es kann auch ein Fasan gewesen sein. Ich kann Vögel nicht voneinander unterscheiden.

Und da waren Schmetterlinge. Einer setzte sich auf meinen Arm. Braune Flügel. Die Farbfelder durch weiße Linien und Kreise voneinander abgegrenzt. Wie auf dem gläsernen Lampenschirm, den ich Mama damals gekauft habe. Der Heitzendorff hat ihn bestimmt als undeutsch aus der Wohnung verbannt. Akkurat gezeichnete Formen. Darüber ausgekippt ein unscharfer, rosaroter Fleck. Als ob jemand ein Farbtöpfchen umgeworfen hätte. Als ob der Flügel geblutet hätte. Können Schmetterlinge bluten?

Wiesen, frisch gemäht. Ein berauschender Duft, nach dem allgegenwärtigen Gestank von Theresienstadt. Ich habe heute im Heu gelegen. In die Sonne geblinzelt. Ich kann es immer noch nicht glauben.

Eine weite, sanft gewellte Ebene, unterteilt von Hecken und Feldwegen. Ein so ordentlich zufälliges Muster, als hätte es ein Bühnenbildner entworfen. In der Ferne ein einzelner Berg. So ein richtiger Sonntagsspazierberg mit abgerundeter Kuppe.

Natur.

Die Schuhe habe ich ausgezogen, um den Boden unter den Füßen zu spüren. Und bin prompt auf einen spitzen Stein getreten. Ein glücklicher Schmerz.

Das Gehen hätte mir leichtfallen müssen, bei all dem Gewicht das ich verloren habe. Aber mit dem Bauch ist mir auch die Kraft weggeschmolzen. Ich habe mich bewegt wie ein alter Mann.

Ich wäre auch gekrochen, nur um noch länger bleiben zu können.

Es war so schön.

Und begann mit einem fürchterlichen Schreck. Olga und ich schliefen noch, als die Tür unseres Kumbals aufgerissen wurde. Man könnte sie abschließen, der Riegel ist noch dran, aber das ist streng verboten. Bei Todesstrafe oder fünfzig Stockschlägen oder einem anderen Wahnsinn. Ein SS-Mann stand im Zimmer. Ein ganz junger, mit einem pickligen Gymnasiastengesicht. «Mitkommen!», kläffte er. Man merkte ihm den Stimmbruch noch an.

Dr. Springer, der sich mit Statistiken gegen Tatsachen wehrt, hat neulich gesagt, dass ihn diese frischgebackenen SS-Männchen optimistisch stimmen. «Wenn sie solche Leute aufnehmen, kann das nur bedeuten, dass sie den Topf schon bis auf den Boden auskratzen müssen.»

Mir machen diese Neulinge Angst. Wer sich noch beweisen muss, ist besonders streng.

Er beantwortete keine Fragen. Gab keine Erklärungen ab. Sagte nur, was sie immer sagen. «Los, los!» und «Schneller, schneller!» Immerhin, ich durfte mich anziehen. Wenn sie dich im Hemd abführen, kommst du nicht mehr zurück.

Auf der Treppe warnte ich ihn vor dem fehlenden Tritt. Als Antwort gab er einen seltsamen Ton von sich. Es könnte ein automatisches *Danke* gewesen sein. Ganz schnell wieder verschluckt.

Ich habe Theresienstadt noch nie so ohne Menschen erlebt. Es war noch Ausgangssperre und außer uns beiden niemand unterwegs. Obwohl die Straßen schon hell waren. Die Sonne geht früh auf, jetzt im Sommer.

Er blieb die ganze Zeit drei Schritte hinter mir. Wie sie das in der Ausbildung lernen. Die alten, erfahrenen gehen voraus, ohne sich umzusehen. Sie wissen, dass ihnen niemand davonlaufen wird.

Wir hatten nicht weit zu gehen. Nur bis zur Kommandantur.

Ich war nur ein einziges Mal dort gewesen. Als mich Rahm zu sich bestellte. Aber ich kenne den Grundriss auswendig. Wie ihn jeder im Lager kennt. Wenn du durch die Eingangstür kommst, gibt es zwei Möglichkeiten: Links führt eine Treppe in die oberen Etagen, zu Rahms Büro und den anderen Räumen. Rechts geht es in den Keller, zu den Verhörzellen. Aus denen jeder schon einmal Schreie gehört hat.

Wir gingen nach links. Aber nicht zu Rahm. Noch eine Treppe höher.

«Halt!» Er fasste um mich herum. Ein bisschen ängstlich, schien mir. Obwohl doch ich derjenige war, der Grund zum Fürchten hatte. Öffnete eine Tür. «Hinein!» Knipste das Licht an.

Ein großer Raum. Menschenleer. Tische und Stühle.

«Los, los», sagte er. «Du hast zehn Minuten Zeit. Dann wird hier zum Frühstück gedeckt.»

Das Kasino der SS-Leute. Wieso hatte man mich hierher gebracht? Warum um diese Zeit?

Man munkelt in Theresienstadt von wilden Festen, die hier gefeiert werden. Die Häftlingsfrauen, die sie sich zur Bedienung holen, müssen ihre Judensterne abnehmen. Ich kann mir in einer solchen Umgebung keine Orgien vorstellen. Höchstens das rituelle Besäufnis einer schlagenden Verbindung.

Keine schlechte Bezeichnung für die SS. Schlagende Verbindung.

Ein prosaischer Raum. Zwei lange und ein kurzer Tisch, U-förmig angeordnet. Die Stühle militärisch stramm in Reih und Glied. Ein Schrank, in dem man hinter Glas Teller und Tassen sehen konnte.

Wie in einer billigen Pension. Die Kantine der Ufa sieht einladender aus.

Von der Tür aus gesehen, wo ich immer noch stand, war links eine Fensterfront, auf den Marktplatz hin. *Marktplatz*. Noch so ein Märchenname. Als ob es hier einen Markt gäbe und etwas zu kaufen. Die Wand rechts voller Wimpel und Wappenschilder. Ein paar davon sehr kunstvoll gemalt. In Theresienstadt rettet sich jeder, wie er kann. Wer Filme drehen kann, dreht Filme. Wer malen kann, übt sich in phantasievoller Heraldik. Die Herren Totschläger sehen sich gern als heldische Ritter.

In den Ecken Ständer mit Fahnen. Und geradeaus, hinter dem Tisch ...

Die Fotos natürlich. Die obligaten Heiligenbilder. Links Hitler, rechts Himmler. Die Porträts gleich groß, was nicht üblich ist. Hier ließ es jemand an der gebührenden Unterwürfigkeit fehlen. Die bekannten Fotos, mit denen sie sich für die Geschichtsbücher bewerben. Hitler dräuend. Das Wort muss für ihn erfunden worden sein. Himmler mit den runden Brillengläsern und dem Studienratsblick. Weshalb er sich wohl die Schläfen so lächerlich hoch ausrasieren lässt? Ein anständiger Maskenbildner müsste ihm das ausreden. Wenn er es wagen würde.

Die beiden Weltbeherrscher hängen nicht direkt nebeneinander. Mein Kopf gönnt sich den folgenlosen Triumph einer Pointe und denkt: Wenn es eine Gerechtigkeit gäbe in dieser Welt, müssten sie schon längst nebeneinander hängen. Den Ehrenplatz in der Mitte nimmt ein Gemälde ein. Das sorgfältig gemalte Panorama eines romantischen Städtchens in grüner Landschaft. Mehr als zwei Meter breit.

Ohne das Spruchband mit dem Namen hätte ich das Motiv nicht erkannt.

Theresienstadt.

Der SS-Mann zeigte auf das Bild. «Das sollst du dir ansehen. Ich weiß nicht warum, aber es ist so befohlen.»

Zuerst verstand ich nur Bahnhof. Wieso sollte ich mir ein Bild ansehen? Bis ich dann die Logik begriff. Die absurde, lächerliche Logik. In meinem Konzept für den Film hatte gestanden: *...wäre es wichtig, dass der Regisseur die Möglichkeit bekommt, außerhalb der Mauern attraktive Drehorte zu rekognoszieren.* Rahm muss das gelesen haben, es hat ihm eingeleuchtet, und er hat einen Befehl erteilt. Ohne weitere Erklärung. Ein Lagerkommandant muss nichts erklären. Der Befehl ist weitergegeben worden, von Dienststelle zu Dienststelle, jeder hat ihn ein bisschen verändert und interpretiert, und am Schluss ist das dabei herausgekommen. «Der Jud soll sich Theresienstadt von außen ansehen? Da gibt es doch das Bild, das wir uns von diesem Häftling haben malen lassen. Das muss reichen.» Wie Otto damals in Kolmar sagte: «Auf dem Dienstweg ist man immer auf dem Holzweg.»

Auf diesem Kasinogemälde sollte ich nun also Drehorte finden. Und auf Zigarettenbildern kann man Völkerkunde studieren.

Manche Leute fallen in Ohnmacht, wenn ihre Nerven überreizt sind. Manche fangen an zu weinen. In mir stieg ein Gelächter auf wie eine plötzliche Übelkeit. War schon draußen, bevor ich es verschlucken konnte. Wurde immer heftiger, je mehr ich mich dagegen wehrte. Das Ganze war so meschugge. Dafür hatte er mich nachts aus dem Bett geholt. Dafür hatte er Olga und mir diesen tödlichen Schrecken eingejagt. Für ein Bild in einem Frühstücksraum.

Man lacht nicht, wenn eine schwarze Uniform vor einem steht. Man gibt damit ein lebensgefährliches Stichwort. «Du lachst?», wäre sein nächster Text gewesen. «Dann will ich dir was zu lachen geben.» Ohrfeigen, Prügel, Tritte.

Aber er war noch jung und kannte die Regeln nicht. Hatte einen Befehl bekommen, den er nicht verstand. Wollte auf keinen Fall etwas falsch machen. Ein hilflos wiehernder Häftling war in seinem Drehbuch nicht vorgesehen. Ein Judski, der nach Luft schnappte, weil ihn das hysterische Gelächter so durchschüttelte. Häftlinge lachen nicht. Man lacht über sie, wenn sie sich vor Angst in die Hosen scheißen.

Ein Mann, der in Vught gewesen war, bevor man ihn nach Westerbork brachte, hat mir erzählt, dass die SS dort den *Sommer-*

nachtsball erfunden hat. Man flößt Häftlingen Rizinus ein und zwingt sie zu tanzen. Deutscher Humor.

Der picklige SS-Mann war in Sadismus noch nicht geübt. Hatte wohl den Einführungskurs beim kleinen Korbinian verpasst. Fragte mich doch tatsächlich, was ich so komisch fände. Ließ sich das Problem tatsächlich erklären. Dass mir das Bild überhaupt nichts nütze. Dass hier jemand den Herrn Obersturmführer falsch verstanden haben müsse. Dass der Herr Obersturmführer nicht glücklich sein würde mit der Art, in der man seine Befehle ausführte. Dass es vielleicht empfehlenswert wäre, beim Herrn Obersturmführer nachzufragen.

Er war wirklich ein Anfänger. «Du rührst dich nicht von der Stelle», befahl er. Und ging hinaus. Ließ mich allein. Ich konnte hören, wie sich der Schlüssel im Schloss drehte.

Mein Bruder macht im Tonfilm die Geräusche.

So wie mich gerade noch das Lachen gepackt hatte, krallte sich nun die Panik in mir fest. Die wichtigste Regel, die man in einem Lager lernt, heißt *Nicht auffallen!* Immer in der zweiten Reihe stehen, nie in der ersten. In der Masse verschwinden. Schlimm genug, dass ich ein Plakat-Gesicht habe, einen Namen, den sogar Rahm kennt. Jetzt war ich aufgefallen. Mehr als das. Hatte mich so verhalten, dass man es als Widerstand auffassen konnte. Als Befehlsverweigerung. Es war ohne Absicht geschehen, natürlich, aber das entschuldigt nichts. Nicht hier. Wir wurden auch alle ohne Absicht als Judskis geboren.

Ich konnte mich kaum mehr auf den Beinen halten, aber ich wagte nicht, mich hinzusetzen. Judenarsch auf SS-Stuhl – das wäre ein noch unverzeihlicherer Frevel gewesen als mein Gelächter. Ich kauerte mich auf den Boden. Versuchte, wieder zu Atem zu kommen. Das Herz ruhiger schlagen zu lassen. Schauspielerübungen gegen Lampenfieber. Es muss ausgesehen haben, als ob ich andächtig vor dem Theresienstadt-Bild kniete. Oder vor dem Photo von Heinrich Himmler.

Keine Ahnung, wie lang das dauerte. Kürzer, als es mir vorkam.

Dann plötzlich der Geruch von Kaffee. Nicht das Eichelgebräu, das sie hier so nennen. Richtiger Kaffee, frisch gemahlen und aufgebrüht. Ein Duft wie ein alter Freund.

Jemand rüttelte an der Klinke. Ein Durcheinander von Frauenstimmen. Hier sollte für das Frühstück aufgedeckt werden, und mein SS-Mann hatte die Tür abgeschlossen. *Mein* SS-Mann. Ein falscheres Possessivpronomen kann nie jemand gedacht haben. Er war hinausgegangen, um Anweisungen zu holen. Konnte jeden Augenblick wiederkommen.

Ich rappelte mich auf. Nahm vorsorglich Achtungsstellung ein. Baute Männchen, wie mir Friedemann Knobeloch das beigebracht hatte. Richtete mich zuerst zur Eingangstür hin aus und korrigierte dann ein bisschen nach links. *Nie direkt in die Augen sehen.* Auch so eine Lagerregel.

Als er dann kam, bewegte er sich ganz anders als beim Weggehen. Sicherer. Er hatte neue Befehle bekommen, das stärkte ihm den Rücken. Er winkte mich zu sich, wortlos. Packte mich an der Schulter. Schob mich vor sich her aus der Tür. Durch ein Spalier von Frauen mit Kaffeekrügen und Brotkörben.

Der Duft von frischem Brot.

Die Treppe hinunter. Zu Rahm? Nein. Die zweite Treppe, zum Eingangsflur. Die dritte.

In den Keller. Wo die Schreie herkommen.

Eine Zelle ohne Pritsche oder Stuhl. Ohne Fenster. Wände und sonst nichts. Nicht größer als ein Klo.

Stieß mich hinein. Schloss die Tür. Zwei Schlösser und ein Riegel.

Ein schmaler Streifen Helligkeit unter der Tür.

Man konnte sich an die Wand lehnen oder auf den Boden hocken. Mit angezogenen Beinen. Kein Platz, um sie auszustrecken.

Ich will mich nicht an die Angst erinnern, die ich empfand. Sie wird mich wohl nie wieder ganz loslassen. Man spürt sie im Magen, und man spürt sie im Kopf. Die Angst und die Erinnerung an den Graben, in dem ich verschüttet war.

Ich habe nur einen einzigen Menschen gekannt, der aus dem Keller der Kommandantur zurückgekommen ist. Die andern hat man in die Kleine Festung gebracht, und sie sind verschwunden. Manchmal gab es eine Proklamation. *Wegen Sabotage hingerichtet.* Sabotage kann alles sein. Auch ein unziemliches Gelächter?

Der Mann, den sie ins Lager zurückgeschickt haben, hieß Prokop. Ein Pianist. Sie haben ihm die Finger gebrochen, einen nach dem andern. In einer Tür festgehalten und die dann zugeschlagen. Zehnmal. Ihn umzubringen wäre nicht Strafe genug gewesen. Wofür auch immer.

Ich habe nicht gebetet, weil ich das nicht kann. Habe versucht, an Olga zu denken. Aber Angst macht egoistisch. Mein Kopf überlegte die ganze Zeit nur, was sie mir wohl antun würden.

Phantasie ist Scheiße.

Manchmal konnte man Schritte hören. Rasselnde Schlüssel. Befehle. Noch kamen sie nicht zu mir.

Rahms Film muss ich also nicht drehen, dachte ich. Merkte erschrocken, dass ich es mit Enttäuschung dachte. Dass ich mich ganz insgeheim auf die Arbeit gefreut hatte. Weil es meine Arbeit war.

Meine Arbeit gewesen wäre.

Und dann – nach Minuten? nach Stunden? – Schritte, die stehenblieben. Ein Riegel, der zurückgeschoben wurde. Das erste Schloss. Das zweite. Die Türe.

Ich kann nicht lang in der Zelle gewesen sein. Das Licht blendete mich nicht.

Vor mir eine blaue Uniform. Kein SS-Mann. Ein Četnik. Der auf Tschechisch etwas sagte, von dem ich nur ein einziges Wort verstand. «Prosím», sagte er. «Bitte.» Man bittet nicht, wenn man den Auftrag hat, jemanden umzubringen.

Er trat zur Seite. Mit einer einladenden Geste. Nicht, als ob er mich bewachen, sondern als ob er mir den Vortritt lassen wollte. Höflich.

Ein Mann um die vierzig. Das umgehängte Gewehr hatte nichts Bedrohliches.

Aus den Augenwinkeln sah ich den SS-Lehrling dastehen. Einen Bund Schlüssel in der Hand.

Die Treppe hinauf. Zur Eingangstür. Auf die Straße. Die Sonne schien jetzt. Der Gendarm zeigte mir gestisch die Richtung. Die L 3 entlang. An der Geniekaserne vorbei, wo Olga sich Sorgen um mich machte. Geradeaus bis zur Q 9. Nach links. Am Leitmeritzer Tor zeigte er Papiere vor. Die Wachen schauten verwundert, aber sie ließen uns durch. Auf die Landstraße. In die freie Natur.

Es wäre wichtig, dass der Regisseur die Möglichkeit bekommt, außerhalb der Mauern attraktive Drehorte zu rekognoszieren.

Bei den tschechischen Gendarmen weiß man nie, was einen erwartet. Nicht wie bei der SS, wo man sich jederzeit auf das Schlimmste verlassen kann. Manche wollen deutscher sein als die Deutschen. Machen auf Herrenmensch. Bestehen pingelig auf den sinnlosesten Vorschriften. Obwohl sie wissen, dass jede Anzeige, die sie erstatten, für den Betroffenen Transport bedeuten kann. *Weil* sie das wissen.

Aber die meisten Četniks sind friedliche Leute. Wollen ihren Posten nicht verlieren, weil er sie vom Kriegsdienst befreit, sind aber den Häftlingen gegenüber ganz freundlich gestimmt. Es soll sogar welche geben, die Briefe hinausschmuggeln.

Ich wusste noch nicht, zu welcher Sorte mein Bewacher gehörte.

Er blieb im vorschriftsmäßigen Abstand hinter mir, zügig marschierend. Das Gewehr nicht geschultert, sondern schussbereit in den Händen. Wie wir es in Jüterbog für den Wachtdienst gelernt haben. Einmal, als ich mich zu langsam bewegte, stieß er mich mit dem Kolben vorwärts.

Also doch ein SS-Imitator? Er hatte «Prosím» gesagt. Was keinem von den Sturköpfen in den Sinn gekommen wäre.

Sobald wir nicht mehr in Sichtweite der Festung waren, änderte sich sein Verhalten. Er blieb stehen und wischte sich mit einem großen grünen Taschentuch den Schweiß von der Stirn. Erinnerte mich an Herrn Tigges aus Grevenbroich. Lächelte mich an, nickte und tippte sich mit dem Zeigefinger an die Brust. «Jiři», sagte er. Und ich sagte: «Kurt».

Wir konnten uns nicht unterhalten. Er sprach, was man hier selten antrifft, kein Wort Deutsch. «Oder er mag die Deutschen nicht», meinte Olga später, «und hat deshalb beschlossen, ihre Sprache nicht zu verstehen.» Ich glaube das nicht. Er wird weit weg von Prag aufgewachsen sein, in einem Dorf, wo sich die Kulturen nicht mischen. Er war kein Städter. Hatte etwas Ländliches an sich. Nicht direkt ein Bauer, schien mir, eher ein dörflicher Handwerker, ein Schreiner oder Werkzeugmacher. Aber vielleicht täusche ich mich da auch. Mit meiner Menschenkenntnis, auf die ich einmal so stolz war, ist es nicht weit her.

Egal. Ein anständiger Mensch.

Jiři.

Er faltete sein Taschentuch sorgfältig zusammen. Machte dann eine Geste, die man auch ohne tschechisches Wörterbuch verstand. Breitete in einer kleinen Verneigung den rechten Arm aus. Ein Feldherr, der seinem König eine eroberte Provinz zu Füßen legt. «Wohin soll's denn gehen?», hieß die Geste.

Ich hatte keine Ahnung. Wies auf Geratewohl in die Richtung, wo mir die Landschaft am lauschigsten schien. Jiři nickte, hängte sich sein Gewehr über die Schulter und ging neben mir her. Nicht wie Bewacher und Bewachter. Zwei Freunde auf einer Landpartie.

Feldwege. Wiesen. Hecken. Und eben der Hase. Natur. Ich hatte schon ganz vergessen, was das ist.

Und noch etwas: Ich wusste jetzt definitiv, dass mein Film wichtig ist. So wichtig, dass nicht nur Eppstein meine Wünsche erfüllt, sondern sogar Rahm. Nur der Lagerkommandant persönlich kann angeordnet haben, dass ich Theresienstadt verlassen durfte. Einfach so, nur um mich umzusehen. Ich hatte, nach all der Zeit des Strammstehens und Gehorchens, wieder einen Fetzen Selbstbestimmung zurückbekommen. Ein winziges Fitzelchen Macht. Es tat gut.

«Wir gehen nach links», signalisierte ich, und wir gingen nach links.

Jiři ist ein freundlicher, hilfsbereiter Mensch. Hat es mir nicht einmal übelgenommen, dass ich sein Mittagessen ausgekotzt habe. Er hatte ein Stullenpaket mitgebracht, schweres, dunkles Brot, dick mit Butter bestrichen und mit Speckscheiben belegt. Er muss sich aus seinem Bauerndorf Vorräte mitgebracht haben. In den Läden, das wissen wir, sind solche Köstlichkeiten auch hier nicht mehr zu bekommen. Er teilte die Brote ganz selbstverständlich auf, die Hälfte für mich, die Hälfte für ihn. Es schien ihn nicht zu stören, dass ich meinen Teil fast ohne zu kauen hinunterschlang.

«Iss nicht so gierig, Kurt», hat Mama immer gesagt, wenn mir etwas allzu gut schmeckte.

Brot. Butter. Speck.

Ambrosia.

Mein Magen ist kein Fett mehr gewöhnt. Eine Viertelstunde später waren die unverdauten Brocken wieder ausgespieen. Jiři hatte eine Feldflasche voll Wasser dabei und ließ mich den Mund ausspülen. Später pflückte er mir einen grünen, noch nicht ganz reifen Sommerapfel. Als er sah, wie ich die lang entbehrte Frische genoss, stopfte er mir noch zwei weitere Äpfel in die Tasche. Ich habe sie Olga mitgebracht. Um ihr zu beweisen, dass die unglaubliche Geschichte dieses Tages kein Märchen ist.

Sie hat sich weniger Sorgen um mich gemacht, als ich befürchtet hatte. Eppstein hat sie darüber informiert, wo ich war.

Jetzt bin ich wieder Regisseur. Ein Mann, der etwas bewegt. Ich bin wieder Kurt Gerron.

Morgen gehen wir an die Eger.

«Leute rennen über eine Treppe ins Wasser», diktiere ich. «Springen hinein. Fröhliches Planschen. Zwei Mädchen schubsen einen Jungen in den Fluss und laufen kichernd davon.»

«Tatsächlich in der Eger?», fragt Frau Olitzki.

«Ich habe den Drehort recherchiert. Ein schönes Bad. Mit Sprungbrett.»

«Da möchte ich dabeisein», sagt sie sehnsüchtig. «Ich bin so lang nicht mehr geschwommen. Dass wir nicht mehr in die Badeanstalt durften, das war etwas vom Schlimmsten für mich.» Sie hat aufgehört zu tippen. «Kriege ich eine Rolle?», fragt sie.

«Schreiben Sie: Neue Szene. Eine Sekretärin nervt den Regisseur mit ihren Fragen. Großaufnahme des Regisseurs. Er rauft sich die Haare.»

«Sie sind gut gelaunt», sagt Frau Olitzki.

Sie hat recht. Seit ich Theresienstadt verlassen durfte, bin ich für unser Projekt optimistisch.

Unser Projekt. Wann habe ich angefangen, es so zu denken?

Bei jedem Film, den ich gedreht habe, gab es irgendwann in der Vorbereitung den Punkt, wo ich wusste: Das kann etwas werden. Ich hab's im Griff. Das kann mir niemand mehr kaputtmachen. Es ist dann nie so berauschend geworden, wie ich es mir in diesem Augenblick vorgestellt habe, natürlich nicht. Aber ohne diesen Moment des Größenwahns hätte ich mich an die schwierigeren Arbeiten gar nie herangetraut.

«Größenwahn ist die halbe Miete», hat Resi Langer gesagt.

Ja, Frau Olitzki, ich bin gut gelaunt. Und deshalb will ich jetzt arbeiten.

«Schwimmende Frauen», diktiere ich. «Vom Boot aus aufgenommen.»

«Müssen an den Badeanzügen gelbe Sterne sein?»

Ich habe mir das noch nicht überlegt. Da widersprechen sich zwei Verbote. Juden dürfen nicht ohne Stern aus dem Haus, und Juden dürfen nicht schwimmen gehen. Es ist eine Entscheidung, die ich nicht allein treffen kann. «Notieren Sie das unter *Probleme.*»

Von der Badeszene verspreche ich mir viel. Wasser ergibt schöne Bilder. Man kann Menschen jeden Alters zeigen. Kinder im Planschbecken. Junge Leute beim Sonnenbad. Alte Herren sitzen am Ufer und spielen Schach. Aber vor allem die sportliche Seite. Viel Bewegung.

«Anfrage an Abteilung Freizeitgestaltung», diktiere ich. «Lieber Herr Dr. Henschel. Ich bitte um Information, ob sich in Theresienstadt Wassersportler befinden. Wettkampfschwimmer, Turmspringer oder Ähnliches. Es wird um beschleunigte Bearbeitung dieser Anfrage gebeten, da für den angeordneten Film … Und so weiter und so weiter. Sie wissen schon.»

Morgen muss ich das Drehbuch abliefern.

«Haben Sie?»

Frau Olitzki nickt. «Darf ich Sie etwas fragen?», sagt sie.

«Ich werde Sie für die Badeszene anfordern. Versprochen.»

«Nicht das», sagt Frau Olitzki. «Etwas Persönliches. Etwas, das mich wundert, seit wir uns kennengelernt haben.»

Sie macht eine Pause. Weiß nicht, wie sie es formulieren soll. Dann entschließt sie sich. «Nach dem Münchner Abkommen verlor ich meine Anstellung. Wir hatten kein Geld mehr. Saßen in Troppau fest, mein Mann und ich. Die einzige Möglichkeit wegzukommen, wäre zu Fuß über die Grenze nach Polen gewesen. In jeder Hand einen Koffer. Aber mein Mann mit seinem Rücken … Gar nicht dran zu denken. Wir konnten nur hoffen, dass es schon nicht so schlimm würde.»

Das haben wir alle gehofft.

«Wir waren kleine Leute», sagt Frau Olitzki. «Ohne Beziehungen. Aber Sie … Ein berühmter Mann mit internationalen Verbindungen. Sie hätten doch Möglichkeiten gehabt. Sie waren in Holland, haben Sie mir einmal erzählt. Warum sind Sie dort geblieben?»

Weil ich ein Idiot war, Frau Olitzki. Weil ich blöd bin. Weil ich besonders klug sein wollte.

«Es hat sich so ergeben», sage ich.

Ich habe es probiert. Natürlich. Irgendwann habe sogar ich kapiert, dass man in Holland nicht auf Dauer sicher war. Amerika, habe ich gedacht. Das wäre weit genug weg. Wo sie so viele Filme drehten, musste es auch für mich etwas zu tun geben.

Ich habe also Englisch gebüffelt. Bei der Frau, die uns die Disney-Leute für *Sneeuwwitje* geschickt hatten. Habe mir fünfmal die Woche das Maul verrenkt. *How now brown cow.* Ich bin für Sprachen nicht unbegabt. Im *Blauen Engel* habe ich auch die englische Fassung gespielt.

An den Kohner habe ich geschrieben, von dem es hieß, dass er deutsche Schauspieler nach Hollywood bringt. Er hat mir sehr nett geantwortet. Ohne mir Hoffnungen zu machen. *Kein guter Moment für europäische Charakterspieler.* 1933 wäre ich in Amerika noch eine Novität gewesen. Fünf Jahre später waren sie alle schon da. Mein Fach war besetzt. Alle Fächer waren besetzt. *Aber werde ich mich selbstverständlich gern bemühen.* Wie man eben auf höfliche Weise nein sagt.

Dann kam der Brief von Peter Lorre. Stundenlang könnte ich den Kopf gegen die Wand hauen, wenn ich daran denke. Ich war so ein Idiot.

Der Lorre. Von all den Kollegen nur er. Die Marlene hätte in Hollywood was für mich tun müssen. Der Sternberg. Von denen kein Pieps. Aber der Lorre setzt sich für mich ein. Von sich aus.

Er muss ganz schön Erfolg haben in Amerika. Ist schon wieder einer, auf den sie hören. Wenn ich seine Hilfe brauchte, schrieb er, sollte ich es nur sagen. Dann würde er mit den Chefs bei der Columbia reden. Ich hätte noch was bei ihm gut, schrieb er. Wegen des Konfekts, damals in Paris.

Konfekt. Vielleicht hat er gedacht, dass sie in Holland auch schon eine Briefzensur haben.

Morphium ist es gewesen.

Er brauchte das Zeug regelmäßig. Sagte, es wäre wegen der Schmerzen, von seiner verpfuschten Operation her. In Berlin hatte er die Sucht ganz gut im Griff, aber in Paris, ohne Geld und in einer Stadt, wo er sich nicht auskannte, konnte er sich mit dem Gift nicht mehr versorgen. Nicht so, wie sein Körper das unterdessen brauchte. Manchmal schaffte er es tagelang nicht, eine Dosis aufzutreiben. Wenn er dann doch etwas kriegte, spritzte er sich zuviel. Er war beschissen dran.

Ich habe ihn besucht, in seinem Zimmerchen im Ansonia. Die Vorhänge zugezogen. «Mach sie nicht auf», hat er gesagt. «Das Licht ist zu grell.» Lag da zitternd im Bett. Der Bauch aufgebläht, weil die

Verdauung nicht mehr funktionierte. Die Glubschaugen fielen ihm fast aus dem Kopf. Für eine einzige Spritze hätte er seine Seele dem Teufel verkauft.

Dass ausgerechnet der Lorre von Rauschgift abhängig war … Im *Weißen Dämon* war er noch der Drogenhändler gewesen. Hat das toll gespielt, ohne dass ich viel zu inszenieren brauchte. Ein zynisches Schwein, dem es scheißegal ist, wenn die Leute an seiner Ware verrecken. Und jetzt hatte es ihn selber erwischt. Auch so eine Idiotenpointe von dem Himmelsdramaturgen. Erfindet Menschen nur, um sich über sie lustig zu machen.

Damals im Ansonia brauchte der Lorre dringend genügend Morphium, um über die nächsten Tage zu kommen. Sein Arzt, der ihm vorher alles verschrieben hatte, war abgesprungen. Hatte Angst um seinen Ruf gekriegt. Wenn ihm sein Patient unter den Händen weggestorben wäre, hätte das in allen Zeitungen gestanden. *M* war auch in Paris ein Riesenerfolg. Dem Lorre liefen die Leute auf der Straße hinterher. Die ganz mutigen baten ihn sogar um ein Autogramm. Die meisten trauten sich nicht, weil er doch ein Kindermörder war.

Verrückt, wie eine einzige Rolle eine Karriere bestimmen kann. Ein ganzes Leben. Der Lorre hätte genauso gut ein harmloser singender Charakterkomiker werden können. Aber zufällig drehte er zuerst *Eine Stadt sucht einen Mörder* und dann erst *Was Frauen träumen*. Und blieb für alle Zeiten auf Grusel-Bösewichte abonniert. Bei mir war's so ähnlich. Eine einzige Kinorolle ist an allem schuld. Ohne den *Blauen Engel* wäre ich nie so berühmt geworden, dass mich sogar Rahm kennt.

Der Lorre war ein echter Kumpel. Ich hätte mir für ihn jedes Bein ausgerissen. Nur schon wegen seines Telegramms an Hugenberg. Der hat ihn damals unbedingt nach Berlin zurückholen wollen, Judski hin, Judski her. Hat ihm einen Haufen Geld angeboten. Weil sie doch diesen *Kaspar Hauser*-Film angefangen hatten. Wenn sie den nicht fertigdrehen konnten, war die ganze Investition verloren. Der Lorre hat zurückdepeschiert: *Für zwei Mörder wie Hitler und mich ist in Deutschland kein Platz.*

Vielleicht hat er das Telegramm auch nur erfunden. Er erzählte die Geschichte nicht immer gleich. Einmal war Hugenberg der Adressat und dann wieder Goebbels. Egal. Nur schon dafür, dass er sich so was ausdenken konnte, musste man ihn lieben.

Ich hab ihm damals geholfen. Hab ihm sein Gift verschafft. Darum war er mir dankbar. Darum hat er sich bei der Columbia für mich eingesetzt.

Weil ich für ihn so überzeugend Theater gespielt habe.

In Berlin wäre es einfach gewesen. Nach dem Krieg gab es dort an jeder Ecke Morphium zu kaufen. Kolmar war nicht das einzige Lazarett, mit dessen Vorräten jemand Geschäfte machte. Bestimmt hätte sich auch in Paris ein Schwarzmarkt finden lassen. Aber das war eine Welt, in der ich mich nicht auskannte. Auch nicht auskennen wollte. Ich musste dem Lorre ein Rezept auftreiben. Ohne zu verraten, für wen das Zeug bestimmt war.

Zuerst wollte ich selber den Patienten spielen. Mediziner sind gute Simulanten. Sie kennen die richtigen Beschwerden. In diesem Fall: Chronische Schmerzen. Unerträglich. Die Nachwirkungen der alten Kriegsverletzung, Sie sehen ja selber, Herr Doktor. Aber vielleicht wäre der dann auf den Gedanken gekommen, mir das Mittel gleich vor Ort zu spritzen.

Plan B war raffinierter.

Ich suchte mir aus dem Fernsprechverzeichnis einen Internisten mit jüdischem Namen heraus. Einen Dr. Jacques Strassburger. Die Praxis im Marais, wo die ganzen Judskis wohnten.

Erst mal habe ich Papa zu ihm geschickt. Er sollte sich wegen eines Stechens in der Brust untersuchen lassen. Ein Allzweck-Symptom, das alles oder nichts sein kann. Von einer dramatischen Angina pectoris bis zum harmlosen Sodbrennen. Damals war Papa noch voller Energie und machte sofort mit. War mit so viel Begeisterung bei der Sache, dass ich Angst hatte, er würde schmierantisch übertreiben. Die Geschichte kam seinem gutbürgerlichen Revoluzzertum entgegen. Er musste nichts Ungesetzliches tun und konnte sich doch ungeheuer verrucht vorkommen. Nur ein bisschen Detektiv spielen musste er.

Der Arzt hat natürlich nichts bei ihm gefunden. Hat ihn nur gefragt, ob er wegen seiner Plattfüße nicht mal zum Orthopäden gehen wolle. Worüber Papa furchtbar beleidigt war. Aber er hatte herausgefunden, was ich wissen wollte. Dr. Strassburger war tatsächlich ein Judski. Als Flüchtling konnte ich bei ihm also mit Mitgefühl rechnen.

Ich stellte mich als Kollege vor. Aus Deutschland vertrieben, wo man als Jude nicht mehr Arzt, sondern nur noch Krankenbehandler sein durfte. Spielte die Rolle sehr zurückhaltend. Ein bisschen schüchtern. Als ob mir meine Lage peinlich wäre. Zur Sicherheit hatte ich sogar die Urkunde von meinem medizinischen Staatsexamen mitgebracht. Dieses wertlose, aber imposant lateinisch verschnörkelte Dokument. *Alma Mater Berolinensis. Facultas Medicinae.* Auf den ersten Blick konnte man es für ein Doktordiplom halten.

Bei unserer Abreise aus Berlin hat Olga alle möglichen Papiere eingepackt. Die Geburtsurkunden. Meinen Mitgliederausweis von der Bühnengenossenschaft. Ihr Sparbuch. Von dem das Geld dann gestohlen wurde.

Ich habe die Urkunde nicht gebraucht. Dr. Strassburger glaubte mir auch so. Damals in Paris waren Flüchtlinge aus Deutschland das Normalste vom Normalen. Und den medizinischen Jargon hatte ich ja drauf. Ich würde hier ab und zu Leidensgenossen behandeln, erklärte ich ihm. Leute, die sich keinen Arzt mehr leisten konnten. Kostenlos selbstverständlich. Ich wollte den französischen Kollegen ja keine Konkurrenz machen. Und auch das nur, bis mein Visum für Amerika endlich bewilligt würde. Das Affidavit hätte ich schon.

Dr. Strassburger wünschte mir Glück. Es tut mir heute noch leid, dass ich ihn so rabenschwarz anlügen musste.

Ich hätte da einen Patienten, erzählte ich ihm, der es nicht mehr lange machen würde. *Carcinoma bronchialis. Incurabilis.* Schilderte ihm detailliert die Symptome. Mein Großvater, so wie der am

Ende seines Lebens gewesen war. Ich bin sicher, Großpapa hätte es mir verziehen. Hätte sogar Spaß daran gehabt. Er liebte Geschichten. Dem Mann sei nicht mehr zu helfen, sagte ich. Man könne nur noch versuchen, seine Schmerzen zu lindern. Morphium in hohen Dosen. Aber eben, ich hätte für Frankreich keine Approbation und dürfe deshalb keine Rezepte ausstellen.

Ich musste die Bitte nicht mal aussprechen. Dr. Strassburger machte selber das Angebot. Hatte seinen Rezeptblock schon in der Hand. Wie denn der Patient heiße, fragte er. Ich sagte: «Hans Beckert.» Ohne mir dabei etwas zu denken. Erst hinterher fiel mir ein, dass das der Name von Lorres Rolle war. Der Kindermörder.

Ein bisschen habe ich dann tatsächlich als Arzt funktioniert. Als Krankenbehandler. Habe aufgepasst, dass der Lorre sich keine Überdosis spritzte. Nach ein paar Tagen ging es ihm schon besser. Man sah ihm nichts mehr an. Dem Harry Cohn, der ihn nach Amerika holen wollte, konnte er überzeugend vormachen, er sei von den Drogen runter. Wenn man so will, hat er mir seine Karriere in Hollywood zu verdanken.

Darum hat er sich für mich eingesetzt. Hat mir dieses Angebot verschafft. Ein Zweijahresvertrag als Regisseur bei der Columbia. Mit dem in der Hand wären die Visa nur noch Formsache gewesen. Sogar die Schiffspassage wollten sie bezahlen. Für alle vier. Zwei Kabinen dritter Klasse.

Ich war ein Idiot. Ein Blödmann. Doof bleibt doof, da helfen keine Pillen.

Ein bisschen war auch der Lorre dran schuld. Unabsichtlich. Weil er mir in seinem Brief die ersten Monate in Hollywood so genau schilderte. Er hatte zwar seinen Vertrag bei der Columbia, aber sie boten ihm nur Rollen in unwichtigen Streifen an. B-Filme, wie sie das dort drüben nennen. Amortisier-Produktionen, die nur gedreht werden, weil irgendwo noch eine Dekoration herumsteht. Weil ein paar Schauspieler unterbeschäftigt sind, und man sie so oder so bezahlen muss. Der Lorre hat sich geweigert. «Gute Rollen oder gar nichts», hat er gesagt. Auf die Gefahr hin, dass sie ihn rausschmeißen. *In Amerika musst du dich wie ein Star benehmen,* hat er mir geschrieben. *Sonst glauben sie nicht, dass du einer bist. Ernst genommen wirst du nur, wenn du Ansprüche stellst.*

Ich war so ein Idiot. Es ging um mein Leben, und ich wollte gelbe Rosen in der Garderobe.

Im Prinzip könne ich mich mit ihrem Angebot durchaus anfreunden, schrieb ich an die Columbia. Aber sie würden doch nicht im Ernst erwarten, dass ich, ein etablierter Künstler, dritter Klasse über den Ozean gondle. Ich sei anderes gewohnt und müsse darauf bestehen, so behandelt zu werden, wie das einem Mann mit meinen Erfolgen zukomme. Gezeichnet: Kurt Gerron.

Der Blödmann.

Olga wollte nur weg, von ihr aus auch in einer Hängematte im Zwischendeck. Aber ich blieb stur. «Das erste Angebot darf man nie annehmen», habe ich doziert. «Sonst machen sie nachher mit einem, was sie wollen.» Wollte ganz besonders schlau sein.

Als ich ein kleiner Junge war, hat mir Mama einmal aus erzieherischen Gründen ein Bilderbuch geschenkt. *Die Geschichte vom Häschen Neunmalklug*. Ein kleiner Hase, der sich für furchtbar gescheit hält und sich von niemandem etwas sagen lässt. Auch nicht, als ihn seine Mutter vor dem Jäger warnt. Als die Jagdhörner erklingen, laufen alle andern Tiere weg und verstecken sich. Nur Häschen Neunmalklug bleibt sitzen und knabbert weiter an seiner Mohrrübe. Der letzte Vers des Buches hieß: *Und die Flinte machte bumm – Neunmalklug ist Immerdumm.*

Bumm.

Der Krieg war schon ausgebrochen, und ich habe immer noch verhandelt. Es war ja kein richtiger Krieg, schien mir. Zumindest nicht im Westen. Und überhaupt: Holland war neutral. Kurt Gerron, der große Politikfachmann. Der dicke Hase Neunmalklug. Ich glaubte tatsächlich, die Weltgeschichte würde sich nach meinen Regieanweisungen richten.

Und wie stolz ich dann war, als die Columbia nachgab! Zwei Kabinen erster Klasse. Auf der *Veendam.* Holland-Amerika Lijn. Rotterdam-Southhampton-New York. Plus private Schlafwagenabteile für die Zugfahrt nach Los Angeles. «Siehst du», habe ich zu Olga gesagt. «Es hat sich gelohnt. Wenn wir aus dem Zug steigen, werden sie uns den roten Teppich auslegen.»

Einen Bombenteppich hat man mir ausgelegt.

Wir haben unsere Sachen gepackt und unsere Wohnung aufgelöst. Uns von den Kollegen verabschiedet. Von den Freunden. Mit dem de Jong noch einmal eine Zigarre geraucht. Mit Otto Wallburg Wein getrunken. Wir waren sicher, dass wir sie lang nicht wiedersehen würden. Vielleicht nie wieder.

«Ja, mach nur einen Plan», haben wir in der *Dreigroschenoper* gesungen. Und ich war das große Licht.

Die Einschiffung in Rotterdam war für den 18. Mai vorgesehen. Eine Woche nach meinem Geburtstag. Ich mag das Datum nicht. 1915 hat mich einen Tag vorher der Granatsplitter erwischt. Und exakt fünfundzwanzig Jahre später der deutsche Angriff auf Holland.

Es gab keine Abfahrten nach Amerika mehr. Es gab Rotterdam nicht mehr. Die Veendam, das habe ich später in der Zeitung gelesen, wurde im Hafen von einer Bombe getroffen.

Die Falle war zugeschnappt. Häschen Neunmalklug saß fest.

Bumm.

Ich bin Soldat gewesen. Habe Sturmangriffe mitgemacht. Das Eiserne Kreuz bekommen. Ich dachte, ich wüsste, was Krieg bedeutet. Aber diesmal war alles anders. Ein Krieg im Zeitraffer. An einem Tag noch *drôle de guerre* und am nächsten schon deutsche Siegesparaden. Ganz Europa voller Knobelbecher und Hakenkreuzfahnen. Als absurde Pointe ein Glückwunschtelegramm von Kaiser Wilhelm an Adolf Hitler. Die Schicksalserfinder da oben auf ihrer Wolke müssen besoffen gewesen sein.

Wenn ich nicht so klug gewesen wäre, wenn ich nicht so idiotisch klug hätte sein wollen, würde ich heute in Amerika sitzen. Im Liegestuhl Orangen essen. Würde fröhliche Hollywood-Komödien inszenieren, statt für Rahm Theresienstadt zu verfilmen. Aber ich wollte ja nicht dritter Klasse reisen. Der Herr Gerron wollte ums

Verrecken seinen roten Teppich haben. Nur wer sich wie ein Star benimmt, wird auch wie ein Star behandelt. Ich habe es geschafft. In Theresienstadt bin ich ein Star. Ein A-Prominenter. Mit eigenem Zimmer im Bordell. Direkt neben der Latrine. Mit einem Büro und einer Sekretärin.

Sie fragt mich, warum ich in Holland geblieben bin. Und ich antworte: «Es hat sich so ergeben.»

Es hat sich so ergeben, dass sich unser Vermieter umbrachte. Wir waren, weil unsere Wohnung ja schon aufgelöst war, für ein paar Nächte in einer Pension in Amsterdam abgestiegen. Von dort aus wollten wir direkt nach Rotterdam weiterreisen. Die Pension gehörte einem deutschen Emigranten; seinen Namen habe ich vergessen. Ich weiß nur noch, dass er vor der Machtübernahme ein Hotel in Wiesbaden besessen hatte und es zu einem lächerlichen Preis hatte verkaufen müssen. Nach der holländischen Kapitulation nahm er Veronal. Papa hat ihn gefunden. Er wollte sich bei ihm beschweren, weil das Frühstück nicht rechtzeitig auf dem Tisch stand, und entdeckte die Leiche. Der Mann hatte sich für seinen Selbstmord einen altmodischen Gehrock angezogen. Das war wohl seine Hoteldirektorenkluft gewesen. Es war der erste Suizid in meiner Umgebung, und die Geschichte nahm mich mit. Obwohl ich den Mann nicht näher gekannt hatte. Später hat man sich an solche Vorkommnisse gewöhnt.

Es hat sich auch ergeben, dass wir in Amsterdam geblieben sind. Im selben Haus, wo auch der Wallburg und der Nelson wohnten. Dort waren zwei Zimmer frei, und so zogen wir an die Frans van Mierisstraat. Vorübergehend, dachten wir. Nur bis es wieder möglich sein würde, nach Amerika zu reisen. Am Anfang machte man sich noch Hoffnungen.

Der Nelson hatte in seinem Ensemble Arbeit für mich. Später ist er dann spurlos verschwunden, untergetaucht wahrscheinlich, aber damals schrieb er immer noch eine Revue nach der andern. Heiterkeit im Akkord. Je beschissener unsere Situation, desto fröhlicher seine Lieder. Schade, dass die Welt nicht so war, wie wir sie in unseren Pappkulissen dargestellt haben.

Wir saßen schon im Gefängnis und hatten es bloß noch nicht gemerkt. Weil wir vorläufig die Sonne noch sehen konnten. Die Mauern um uns herum wurden erst gebaut. Immer noch ein Stein. Noch ein Gesetz. Noch ein Verbot. Am Anfang lauter Dinge, die für uns nicht wirklich etwas veränderten. Kein rituelles Schlachten mehr? Ich hatte das nie gebraucht. Angeln für Juden verboten? Lächerlich. Keine Juden im öffentlichen Dienst? Wir waren Ausländer, uns betraf das nicht.

Erst mal nur Schikanen. Die großen Gemeinheiten sparten sie sich für später auf.

Das erste, was mich persönlich traf, war das Kinoverbot. Ich habe danach nur noch einen einzigen Film gesehen. Heimlich. Die holländischen Kinos waren verpflichtet, *Der ewige Jude* zu zeigen, und ich hatte gehört, dass ich in dem Propagandastreifen auch vorkam. Da musste ich hin. Aus purer Schauspielereitelkeit.

Ins Kino hineinzukommen war nicht schwierig. Der Judski ist einem ja nicht ins Gesicht geschrieben. Und den gelben Stern, diesen Orden *pour le sémite*, hatten sie damals noch nicht erfunden. Ich musste mich nicht mit hochgeschlagenem Mantelkragen in den Zuschauerraum schleichen. Habe mir an der Kasse eine Karte gekauft und mir in aller Ruhe einen Platz ausgesucht. Der Saal fast leer. Die Premiere war natürlich voll gewesen. Die Parteigenossen von der NSB hatten pflichtgemäß gejubelt. Aber außer ihnen wollte kaum jemand das Machwerk sehen.

Kein gut gemachter Film. Alles zu dick aufgetragen. Total göring. Das war damals unser Adjektiv für alles, was diesen falschen Nazi-Schmetterton hatte. Zu laut. Zu fett. Zu bunt. Aber die Leute sind ihnen darauf reingefallen. Die Nazis, das habe ich oft gedacht, kamen auch an die Macht, weil sie sich auf den schlechten Geschmack des Publikums verlassen konnten.

Der *Ewige Jude* soll beweisen, dass Judskis immer nur daran denken, wie sie die hehren Mauern der germanischen Kultur unterwühlen und zum Einsturz bringen können. Die arische Kunst besudeln. Über mich sagten sie: «Er erzielt seine Wirkungen am liebsten mit der Darstellung des Anrüchigen und Unappetitlichen.» Die haben es nötig, diese Gralsritter! Geben ein pornographisches Schmuddelblatt wie den *Stürmer* heraus, aber ich bin ihnen nicht feinsinnig genug. Sie hatten eine Szene aus *Flucht vor der Liebe* herausgesucht, wo ich verschwitzt und im Unterhemd etwas koche. Zugegeben, keine meiner größten schauspielerischen Leistungen. In der Rolle wurde aber auch nicht mehr von mir erwartet. Ich musste nur aussehen, wie ein Schaubudenbesitzer im Stummfilm eben auszusehen hatte.

Der Mensch ist kein vernünftiges Wesen. Der Schauspieler schon gar nicht. Ich saß in dem leeren Kino, das weiß ich noch, und ärgerte mich tatsächlich darüber, dass der Bois und der Kortner und der Lorre längere Ausschnitte hatten als ich. Wir wurden da als Beispiele für übles jüdisches Schmierantentum vorgeführt, und ich neidete ihnen die Sekunden, die sie mehr hatten als ich. Ein Idiotenreflex, aber er war da.

Wie in dem Witz, den der Max Ehrlich in Westerbork erzählt hat. Nicht auf der Bühne. Er wusste sehr genau, wo die Kante war, über die er nicht hinausdurfte. Ein Schauspieler besucht seinen schwer verletzten jüdischen Kollegen im Krankenhaus. «Ich habe gesehen, wie die SA dich zusammengeschlagen hat», sagt er. «Und?», fragt der Mann im Gips. «Wie war ich?»

Ich bin so ein Schauspieler. Immer schon gewesen. Nicht nur von Beruf, sondern auch von Charakter. Habe das Leben von Anfang an als Theaterstück betrachtet. Wo man zwar seine Rolle hat, im Textbuch festgelegt, aber was man daraus macht, wie man sie interpretiert, das bleibt einem selbst überlassen. Ob man sie mit vollem Einsatz spielt oder vornehm distanziert. Stanislawski oder neue Sachlichkeit.

Das mag eine völlig falsche Optik sein. Mir hat sie immer geholfen. Wer die Welt als Bühne sieht, weiß, dass ihm nichts passieren kann. Nicht wirklich. Das Messer, mit dem einer auf dich losgeht, ist ein Bühnenmesser. Wenn er es dir in die Brust rammt, verschwindet die Klinge im Griff. Das Gewehr, mit dem man auf dich schießt, ist nicht geladen. Hinter der Kulisse feuert nur der Requisiteur eine Platzpatrone ab.

Und das Schönste am Theater: Wenn der Vorhang fällt, stehen die Toten wieder auf. Gehen unter die Dusche, um sich das Bühnenblut abzuwaschen. Ihre Mörder reiben sich die Dämonie mit Abschminke aus dem Gesicht und erzählen Witze. Dann gehen sie gemeinsam zu Aenne Maenz oder zu Schwanneke und besprechen, was Schauspieler endlos besprechen können: Wie sie gewesen sind und was sie in der nächsten Vorstellung noch besser machen wollen.

Natürlich, die Wirklichkeit ist anders. Ich habe das immer gewusst. Aber für mich fühlte es sich so an. Als ob man alles Geschehene auch widerrufen könnte. Als ob ich von lauter Kalles umgeben wäre und könnte jederzeit sagen: «Lass uns die Szene noch einmal neu anfangen. Jetzt weiß ich, wie man sie gestalten muss.»

Ich habe im wirklichen Leben immer nur ein Gastspiel gegeben.

Wenn mir doch einmal etwas Schlimmes passierte, und das war ja, weiß Gott, oft genug, dann konnte ich mir jedes Mal einreden, es sei nur ein Zwischenfall. Etwas, das eigentlich nicht sein durfte. Im Textbuch nicht vorgesehen. Jemand hatte die Kulisse nicht richtig festgeschraubt oder am Zug das falsche Gegengewicht montiert. Wir bitten für die kleine Panne um Verzeihung.

Ich habe dann immer versucht, den Fehler zu kaschieren. Die Situation wegzuspielen. Wie man das als Schauspieler eben macht. Die Vorstellung muss weitergehen. Der Zuschauer darf nichts merken. Aus dem Gruselfilm des Krieges bin ich auf Urlaub gefahren und habe ihn meinen Eltern als Militärklamotte vorgespielt. Nach meinem Granatsplitter habe ich den großen Liebhaber gegeben. Habe es jedes Mal wieder geschafft, mich selber zu überzeugen.

Eben doch Stanislawski.

Ganz tief in mir drin ist immer die Vorstellung: Ich bin Solist, und alle anderen sind Statisterie. Ich bin das Einzelstück, von Hand geschnitzt, und alle anderen kommen vom Fließband. Was natürlich Unsinn ist, ich weiß das, und trotzdem … Wenn ich das nicht denken könnte, wenn mein Kopf anders konstruiert wäre, dann könnte ich den beschissenen Part gar nicht aushalten, den mir mein Himmelsdramaturg ins Drehbuch geschrieben hat. Dann hätte ich meine Rolle schon lang hingeschmissen. Aber ich habe sie ausgehalten, und ich werde sie weiter aushalten. Egal, was noch kommt. Weil ich weiß, weil ich fest davon überzeugt bin, weil ich mir einrede: Die ganz üblen Dinge passieren immer nur den andern. Nicht mir. Ich bin jetzt siebenundvierzig Jahre alt. Fast fünfzig Jahre habe ich im miesesten Jahrhundert gelebt, das es je gegeben haben kann, und bin an der ganz großen Katastrophe immer vorbeigeschliddert. Im Krieg wurde ich verschüttet, ja, aber ich habe überlebt. Nicht einmal einen Kratzer hatte ich. Der Granatsplitter hat mich getroffen, ja, aber links und rechts von mir waren sie tot. Mir sieht man nicht einmal etwas an. Auch in der schwärzesten Zeit hatte ich immer diese Sonderrolle. Immer ging es mir ein bisschen besser als den andern. Als die Deportationen begannen, hatte ich meinen Ausweis vom Judenrat. *Ist bis auf weiteres vom Arbeitseinsatz freigestellt.* Sogar in der Schouwburg hatte ich einen Druckposten. Mit einem Titel, den sie eigens für mich erfunden haben. *Leider Bagagedienst.* Ich habe noch Witze darüber gemacht, indem ich das *Leider* deutsch gelesen habe und nicht holländisch. Um Westerbork bin ich nicht herumgekommen. Aber auch dort war ich nicht einfach einer von vielen. Gemmeker hat mich gekannt. Hat mich gebraucht. Mit dem Mackie-Messer-Song kriegt man immer einen Soloauftritt. Und jetzt in Theresienstadt bin ich A-Prominenter. Die andern wohnen in Massenquartieren. Ich habe ein Kumbal. Einen Sonderauftrag von Rahm. Ich kann Leute von der Transportliste streichen lassen. Ich kann Leben retten.

Man kann das Glück im Unglück nennen, aber ich sehe es anders. Will es anders sehen. Der Hauptdarsteller stirbt nicht vor dem letzten Akt. Der Krieg wird zu Ende gehen, die Nazis wird man verjagen, und ich werde immer noch da sein. Man wird den Hitler vor Gericht stellen, und ich werde mit Olga auf dem Sofa sitzen und in der Zeitung den Bericht über seinen Prozess lesen. Bei Kaffee und Kuchen.

Es wird nicht so sein. Natürlich nicht. Aber es tut mir gut, es mir auszudenken. Es ist schon so lang her, dass ich wirklich Hoffnung hatte.

1941 war das. In Amsterdam. An der Frans van Mierisstraat. Als plötzlich die Tür aufging und Otto Burschatz hereinkam. Unangemeldet und ohne anzuklopfen. Er kannte den Wallburg von der Ufa her und hatte sich mit ihm verschworen, um uns zu überraschen. Stand plötzlich im Zimmer. Überhaupt nicht verändert. Nur dass er jetzt dort, wo ihm die rechte Hand fehlte, eine Prothese mit einem schwarzen Handschuh hatte. Wir haben ihn angestarrt wie eine Erscheinung. Otto. Ein Strauß Würste unter dem Arm. Mit einer schwarz-weiß-roten Schleife zusammengebunden. «Für die Farben bitte ich um Verzeihung», sagte er. «Man findet heutzutage nichts mehr anderes. Es ist nun mal so.»

Für mich hatte er Zigarren mitgebracht, für Mama ein Parfum und für Papa eine Flasche Danziger Goldwasser. Ich muss ihm einmal erzählt haben, dass das sein Lieblingslikör war. Otto merkt sich solche Sachen. «Für Weihnachten ist es ein bisschen früh», sagte er, «aber wie der *Völkische Beobachter* so richtig sagt: Man muss die Festungen feiern, wie sie fallen.»

Ihn so unverhofft wiederzusehen, das war wie ein Wunder. Nachdem man sich schon fast damit abgefunden hatte, jeden Kontakt mit seinen alten Freunden zu verlieren. «Wir sind hier die Lepra-Kolonie», hat der Nelson immer gesagt. Otto hatte zwar ab und zu noch Briefe geschickt, aber die waren immer seltsam inhaltsleer gewesen. Ein bisschen Ufa-Klatsch, *mir geht es gut, der Hilde auch, ich hoffe, bei Dir ist das ebenso* und freundliche Grüße. «Man weiß nie, wer mitliest», erklärte er jetzt. «Darum gibt's bei uns ja auch keine Preußen mehr, keine Bayern und keine Sachsen. Wir sind jetzt alle Braun-Schweiger.» Otto machte Witze wie früher. Aber er schien sich nicht mehr darüber zu amüsieren.

Wie waren wir glücklich, ihn zu sehen! Die erste positive Überraschung nach so vielen negativen. Die deutsche Staatsbürgerschaft hatten sie uns aberkannt. Man hörte von Leuten, die wahllos verhaftet wurden. Die ersten Geiseln waren ins KZ verschleppt worden und die ersten Todesnachrichten zurückgekommen. Es hagelte Verbote. Fast jede Woche ließen sich die Besatzer etwas Neues einfallen. Judskis durften nicht mehr ins Schwimmbad. Ins Kaffeehaus. In den Park. Durften keine Radiogeräte mehr besitzen. Auch das Theaterspielen war untersagt. Nur in der Schouwburg durfte ich noch auftreten. Die jetzt *Joodsche Schouwburg* hieß. *Toegang uitsluitend voor Joods publiek.* Jüdische Zuschauer. Jüdische Schauspieler. Jüdische Autoren. «Ein Glück, dass Shakespeare eigentlich Kohn hieß», sagte Otto.

Wir erfuhren von ihm viel über die Stimmung in Deutschland. Unter den Emigranten machten ja immer wieder hoffnungsvolle Gerüchte die Runde, über Unzufriedenheit und Widerstand. Als wir ihn danach fragten, schüttelte Otto den Kopf. «Alles Wunschträume», sagte er. «Sie sind immer noch am Jubeln. Fest davon überzeugt, dass wir im Frühjahr in Moskau einmarschieren werden. Aber das hat schon bei Napoleon nicht geklappt.»

Otto war in Amsterdam, weil der Steinhoff hier seinen Rembrandt-Film drehte. Auch so eine Weltanschauungs-Scheiße. Ewald Balser als ein Arno Breker des 17. Jahrhunderts. Hertha Feiler als Saskia. «Die Frau hat es mit der Prominenz», sagte Otto. «Zuerst hat sie den Rühmann geheiratet und jetzt den Rembrandt.» Für ihn als Requisiteur war die Arbeit reizvoll, weil er einmal so richtig aasen durfte. Es musste alles vom Feinsten sein. Historisch korrekt. Geld spielte keine Rolle. Es war eine *KU-Produktion*, wie sie das nannten. *Kriegswichtiges Unternehmen.* Die Entscheidungsschlacht auf der Leinwand. Ein Riesenaufwand. Allein die Kostüme kosteten ein Vermögen. Einen ganzen Straßenzug altes Amsterdam hatten sie nachgebaut und Unmengen Statisten engagiert. Leute zu kriegen war kein Problem. Die halbe Stadt meldete sich freiwillig zum Mitmachen. Nicht aus Film-Begeisterung. In der Kantine der Cinetone Studios konnte man ohne Marken essen. Wobei die Ateliers jetzt anders hießen. Ufa-Filmstadt Amsterdam hieß das jetzt. Die Nazis waren schon immer gut im Umbenennen von geklauten

Sachen. Wir sind hier ja auch nicht in der Tschechei eingesperrt, sondern im Protektorat.

Mit seinen guten Beziehungen hatte sich Otto ein Zimmer im luxuriösen Amstel Hotel organisiert. Wo sonst nur der Regisseur und die Stars wohnten. Dort hatte er mitbekommen – Otto bekommt immer alles mit –, dass die Produktion für nächste Woche eine zusätzliche Suite reserviert hatte. Unter strengster Geheimhaltung. «Es darf niemand wissen, für wen sie bestimmt ist. Aber sie schweigen so laut, dass man es nicht überhören kann. Den Drehplan haben sie umgestellt, damit Hertha Feiler drei Tage frei hat. Alles klar?»

Mir war gar nichts klar. «Für einen intelligenten Menschen bist du manchmal ein ziemlicher Trottel, Gerson», sagte Otto. «Die Feiler kriegt natürlich Besuch von ihrem Mann. Und der will nicht gleich bei der Ankunft von der Presse belatschert werden.»

«Du meinst …?»

«Ja», sagte Otto. «Ich meine. Heinz Rühmann kommt nach Amsterdam. Ich dachte, das würde euch interessieren.»

Er sagte es so ganz nebenher. Aber er wusste natürlich: Dieser Besuch war unsere Chance. Vielleicht die letzte. Heinz Rühmann war ein Kumpel. Vom Wallburg und von mir. Ich hatte mit ihm in ein paar Filmen zusammen gespielt und zweimal bei ihm Regie geführt. Sehr erfolgreich. Wir waren immer blendend miteinander ausgekommen. Er ist kein schwieriger Schauspieler. Solang man ihn seinen Stiefel spielen lässt.

Für den Wallburg war er noch mehr als ein Kollege. Ein richtig enger Freund. Wenn man in Berlin die Wallburgs besuchte, war der Rühmann immer schon da. Gehörte zur Familie. In der letzten Zeit hatte er sich nicht mehr gemeldet, aber Otto hatte uns ja erklärt, wie vorsichtig man mit den Briefen sein musste.

Jetzt kam er also nach Amsterdam. Wegen seiner Frau. Aber bestimmt auch wegen dem Wallburg. Er würde bei uns vorbeikommen, gar keine Frage. Wir konnten ja nicht zu ihm. Konnten uns auch nicht in einem Lokal verabreden. *Juden ist das Betreten von Hotels und Gaststätten verboten.* «Werden wir eben hier etwas kochen», sagte der Wallburg. Wegen seiner Zuckerkrankheit war er gar nicht gut im Schuss, aber jetzt blühte er auf. Wollte unbedingt Schmorbraten mit Malzbiersoße auftischen, weil das dem Rühmann sein Lieblingsessen war. Nun ja. Es würde auch mit Butterbroten gehen.

Wir würden erst ein bisschen plaudern, so stellten wir uns das vor. Wie man das tut unter Schauspielerkollegen. Uns die neusten Geschichten aus der Ufa erzählen lassen. Den Rühmann nicht gleich mit unseren Sorgen überfallen. Ihn dann aber doch bitten, sich für uns einzusetzen. Was er bestimmt auch tun würde, da war sich der Wallburg ganz sicher. «Der Heinz», sagte er immer wieder ganz glücklich. «Der holt uns hier raus.»

Für den Rühmann würde das nicht mal eine große Sache sein. Er war unterdessen nicht nur einer der bestbezahlten Schauspieler, sondern auch einer der beliebtesten. Ein Kassenmagnet. Sogar der Hitler schwärmte für ihn, das konnte man überall lesen. Und mit dem Goebbels war er befreundet. Hatte gerade – das erzählte uns Otto – den jährlichen Geburtstagsfilm für ihn gedreht. Mit den ganzen Goebbels-Kindern. Hedda und Holde und Heide und Giechel und Niezel und Grumpie. Otto hatte den Film gesehen. «Zum Kotzen niedlich», sagte er.

Beim Goebbels konnte der Rühmann alles durchsetzen. Er musste nur zu ihm hingehen und ihn darum bitten. «Ich hab da diese zwei alten Kollegen», musste er nur sagen. «Denen würde ich gern helfen. Ganz diskret. Es muss es niemand erfahren.» Der Goebbels würde vielleicht den Kopf schütteln. «Immer diese Künstler mit ihren Sonderwünschen», würde er sagen. Aber er würde ihm den Gefallen tun. Er hat ihn ja auch einmal Regie führen lassen, bloß weil der Rühmann das so gern wollte. Seinen Sekretär würde er hereinrufen und ihm ein paar Zeilen diktieren. *Otto Wallburg und Kurt Gerron. Mit Familie. Die Ausreiseerlaubnis aus Holland ist zu erteilen.*

Mehr brauchten wir nicht.

Spanien, hatten wir uns gedacht. Ein neutrales Land. In die Schweiz kam man ja nicht rein. Und von Spanien dann weiter nach Amerika. Das Angebot von der Columbia war verfallen, aber es würde sich schon etwas anderes finden. Der Wallburg hatte in Hollywood genauso viele Freunde wie ich. Mehr. Ich habe nie jemanden getroffen, der ihn nicht mag.

So sicher waren wir uns, dass wir sogar schon an einer Filmidee herumtüftelten, die wir der Columbia vorschlagen wollten. Oder der Paramount. Wir sahen uns als festes Filmpaar, so wie ich das mit dem Siggi Arno mal versucht habe. Nur diesmal nicht dick und dünn, sondern dick und dick. Damals wog der Wallburg noch seine guten hundertzwanzig Kilo.

Ich weiß noch, wie die Geschichte ging. Zwei dicke Männer verlieben sich in dieselbe Frau. Die natürlich gertenschlank ist und wunderschön. Sie sagt: «Ich erhöre den, der am meisten abnimmt.» Und wir zeigen einen Film lang, wie die beiden das tapfer versuchen, aber immer wieder scheitern. Wir stellten uns das urkomisch vor. Eine Szene hatten wir uns ausgedacht, da kommen sie an einem Schaufenster voller Torten vorbei und schaffen es einfach nicht weiterzugehen. Werden von den Süßigkeiten magisch angezogen. Am Schluss heiratet die Frau einen schlanken jungen Mann, und die beiden Dicken haben nichts dagegen. Weil Liebe zwar schön ist, aber ein Eisbein mit Sauerkraut noch viel schöner. Wir hatten auch schon den Titel für den Film. Wussten bloß noch nicht, wie man ihn ins Englische übertragen konnte. *Pfundskerle* sollte er heißen.

Wir haben das damals nicht gemerkt, aber heute weiß ich: Die Geschichte haben wir uns ausgedacht, weil wir beide schon so lang nicht mehr richtig satt gewesen waren.

Otto informierte uns laufend. Rühmann kam in Amsterdam an. Rühmann besuchte die Dreharbeiten. Die Luftwaffe lud ihn zu einem Flug über Holland ein. Überall legten sie ihm den roten Teppich aus.

Bei uns meldete er sich nicht. Obwohl ihm der Wallburg die Adresse mehr als einmal geschrieben hatte.

Otto beruhigte uns. «Er hat dauernd jede Menge Leute um sich.

Da kann er nicht, wie er will. Aber keine Sorge. Ich organisier euch ein Treffen. Vielleicht besser nicht hier in der Wohnung. Was gibt es denn in Amsterdam für einen richtig diskreten Ort?»

Das Schiller war einmal unser Stammcafé gewesen. Als man uns noch ein Stammcafé erlaubte. Gäste durften wir dort nicht mehr sein, aber Frida Geerdink, die Wirtin, war eine gute Freundin. Sie betrieb ihr Lokal ganz allein, war Koch und Kellner in einer Person. Morgens um halb sechs, wenn die Leute vom Markt ihr Frühstück haben wollten, sperrte sie auf und machte die Bude erst am Abend um zehn wieder dicht. Manchmal auch später, wenn gute Kunden noch Durst hatten. Interessant, wie Wirtinnen sich gleichen. Aenne Maenz und Ottos Hilde hatten genau denselben Umgangston wie Frida. Rauh aber herzlich. «Ich kann euch mein Lokal nicht zur Verfügung stellen», sagte sie. «Das wäre gegen die Vorschriften, und ich bin eine gesetzestreue Frau. Ihr müsstet euch schon heimlich hineinschleichen. Obwohl das natürlich nicht möglich ist. Ich schließe den Eingang immer sehr sorgfältig ab. Nur die Küchentür, hinten im Hof, die vergesse ich in meiner Schussligkeit immer.»

Rühmann hatte uns ausrichten lassen, dass es spät werden könne. Es war sein letzter Abend in Amsterdam, und ein paar hohe Luftwaffenoffiziere, die auch im Amstel wohnten, hatten ihn zu einem Abschiedsessen eingeladen. Da hatte er natürlich nicht nein sagen können. Aber sobald der letzte Toast auf die Fliegerei ausgebracht war, würde er herkommen.

Wir saßen also hinter heruntergelassenen Rollläden und warteten. Wenn wir Durst bekämen, sollten wir uns einfach bedienen, hatte Frida gesagt. Unsere Gläser blieben leer. Zum Trinken wollten wir zu dritt sein.

Es war ein seltsames Gefühl, so ganz allein. Das Schiller war immer ein Lokal gewesen, wo man der Gesellschaft wegen hinging. Wo man sich lautstark unterhielt. Debatten führte. Der Wallburg und ich schwiegen. Als ob wir uns alle Worte für den Rühmann aufsparen wollten.

Im Schiller hängt an einer Wand diese altmodische Uhr, auf deren Zifferblatt sich ein Schiff im Takt des Pendels hin und her bewegt. An diesem Abend hörte ich zum ersten Mal, dass es dabei ein Geräusch macht. Ein metallisches Klicken bei jeder Bewegung. Ich musste mir große Mühe geben, um nicht alle paar Minuten auf das Zifferblatt zu sehen. Die Zeit verging sehr langsam.

Aber irgendwann war Mitternacht vorbei und ein Uhr auch. Ganz egal, wieviele Flaschen Wein sie dort auffahren ließen – das Essen im Amstel musste längst zu Ende sein. Vielleicht kommt er gar nicht, dachte es in mir. Ich versuchte den Gedanken wegzudrücken. Er konnte kein Glück bringen. Der Rühmann würde kommen. Wenn jemand Verständnis für unsere Lage haben musste, dann er. Seine erste Frau war ein Judski gewesen. Natürlich, er hatte sich von ihr scheiden lassen, als man das von ihm verlangte. Aber doch nur, weil er sie anders nicht in Sicherheit bringen konnte. Und auch bei der Feiler wurde von einem Großvater gemunkelt, der nicht ganz koscher war. Oder eben gerade koscher. Nein, Heinz Rühmann würde uns nicht im Stich lassen.

Der Wallburg ist noch nicht mal zehn Jahre älter als ich. Aber so, wie er jetzt dasaß, den Kopf in die Hände gestützt, war er ein ganz alter Mann.

Halb drei.

Dann ging die Küchentür auf, sehr laut in der stillen Nacht. Wir hörten Schritte. Eine Pfanne, die zu Boden fiel, weil der Rühmann das Licht nicht angemacht hatte. Dann kam er herein und diese unverwechselbare Stimme sagte: «Tut mir leid, dass es so spät geworden ist. Wenn sie einmal anfangen zu saufen, hören sie nicht mehr auf.» Lieferte den Satz ab wie eine Pointe in einer Filmkomödie.

Der Wallburg hat angefangen zu weinen. Der Rühmann kann mit Gefühlen nicht umgehen und tätschelte ihm ungeschickt den Rücken. Sagte immer wieder: «Ist ja gut. Ist ja gut.» Wie zu einem Kind.

Wir haben dann eine Flasche Champagner aufgemacht. Obwohl das Gebräu, das Frida unter diesem Namen verkauft, scheußlich schmeckt. Der Rühmann hat lange Zeit nur zugehört. Wollte ganz genau wissen, wie die Situation war und wie er uns helfen konnte. Beim Zuhören bewegte er die Lippen, als ob er alles, was wir sagten, mitsprechen würde. Das ist so eine Macke von ihm, wenn er sich konzentriert. Er tut das auch, wenn er Text lernt.

«Du bist wie ein Sohn für mich», sagte der Wallburg zu ihm. «Wie ein Sohn.» Nach der ganzen Warterei war er jetzt so erleichtert, dass die Tränen gar nicht mehr aufhörten. Seine Rührung war ihm peinlich, und er versuchte sie wegzuwitzeln. Lachte und weinte gleichzeitig.

Ich habe das später in Westerbork noch einmal erlebt. Bei einem Mann, den sie im letzten Moment von der Transportliste gestrichen haben. Er war schon im Waggon, als sie ihn wieder rausgeholt haben. Kein Mensch weiß warum. Stand neben dem abfahrenden Zug und heulte Rotz und Wasser. Lachte und weinte, genau wie der Wallburg. Aber der Mann in Westerbork hat damit nicht mehr aufhören können. Ist in der Meschuggenenbaracke gelandet. Und ein paar Wochen später mit dem Verrücktentransport doch noch nach Auschwitz gekommen.

Wir zählten dem Rühmann die Verbote auf. Die Schikanen. Erzählten ihm, was man über Mauthausen gehört hatte.

«Das weiß man ja alles nicht», sagte er. «Natürlich, in die Reichsfilmkammer kommt man ohne Ariernachweis nicht rein. Aber dass es so schlimm ist …»

«Es ist so schlimm», sagte der Wallburg und heulte schon wieder.

«Morgen bin ich in Berlin», sagte Rühmann. «Dann werde ich sehen, was sich tun lässt.»

Es passierte fünf Tage später. Ich war mit meinem Fahrrad unterwegs zur Probe in der Schouwburg. Auf der Brücke über die Nieuwe Keizersgracht schnitt mir ein Auto den Weg ab. Einer dieser großen schwarzen Wagen ohne Kennzeichen. Mit den getönten Scheiben im Fond.

Zwei Männer stiegen aus. Kamen auf mich zu. Nicht in Uniform, aber mit einer Art, sich zu bewegen, die ihr Zivil als Verkleidung erscheinen ließ. Keine Mäntel, obwohl es ein kalter Tag war. Der eine machte eine kleine Bewegung auf das Auto hin. Ich stieg ab und folgte ihnen. Ließ das Fahrrad einfach auf der Straße liegen.

Im Wagen saßen sie links und rechts von mir. Rochen nach Zigaretten. Ich fragte, ob ich verhaftet sei. Sie antworteten nicht.

Ich versuchte den Weg, den wir fuhren, nachzuvollziehen. Es gelang mir nicht. Wir waren lang unterwegs, schien mir. Länger als es gebraucht hätte, um zum Gefängnis des Sicherheitsdienstes in der Euterpestraat zu fahren.

Irgendwann hielten wir an.

Ein Eisenbahngleis. Ein Waggon. Kein ganzer Zug. Nur dieser eine Wagen auf freier Strecke. Die Fenster mit schwarzer Farbe zugepinselt.

Sie ließen mich einsteigen und verriegelten die Tür hinter mir. Ohne ein Wort zu sagen.

Olga war in dem Wagen, und meine Eltern waren da. Otto Wallburg und seine Ilse.

Man hatte sie zu Hause abgeholt. Vier Mann in Zivil. Nicht grob, wie man es hätte erwarten können, sondern ausgesprochen höflich. Einer hatte Mama sogar ihren Rucksack zum Auto getragen. Auch meinen hatten sie mitgebracht. Die standen bei uns immer bereit. Mit den Papieren und den nötigsten Kleidern. Wenn sie kamen, ließen sie einem keine Zeit zum Packen.

«Das kommt alles vom Heinz», sagte der Wallburg. «Ich wusste, dass er uns hier rausholen würde.»

Olga probierte jedes Fenster aus, aber sie waren beim Bemalen gründlich gewesen. Nirgends ein Spalt, durch den man hätte hinaussehen können.

Der Waggon bewegte sich. Wurde rangiert. Angekoppelt. Fuhr los.

Wir hatten keine Ahnung, wo es hinging.

Der Wallburg war überzeugt, dass es Schweden sein müsse. Papa teilte seinen Optimismus nicht. «Wenn sie uns wirklich laufen lassen wollen – warum dürfen wir dann nicht aus dem Fenster sehen? Sie spielen ein Spiel mit uns. Der Goebbels hat dem Rühmann versprochen, dass er uns in einen Zug setzt, und jetzt hält er auf seine Weise Wort. Wenn wir ankommen, steht auf dem Bahnhofsschild *Mauthausen*. Oder *Theresienstadt*.»

Ach, Papa. Nach Theresienstadt hast du es nicht geschafft.

Eine lange Fahrt. Mehr als zwei Tage. Dann fuhr der Zug nicht mehr weiter. Oder doch: Er fuhr weiter, aber unseren Waggon hatte man abgehängt. Wir packten unsere Rucksäcke. Warteten.

Man kann das Warten erlernen wie ein Handwerk.

Sie kamen mitten in der Nacht. Öffneten die Türen und winkten uns heraus. Wieder Männer in Zivil. Sie gleichen sich alle, auch wenn sie ganz verschieden aussehen.

Da wo unser Waggon stand, gab es keinen Bahnsteig. Nur Schotter. Ein paar Lampen, aber in großen Abständen.

Sie führten uns über die Gleise. Mehrere Gleise. Es musste ein wichtiger Bahnhof in der Nähe sein.

Ein Zaun, mit einer Pforte, die offen stand und die sie hinter uns sorgfältig wieder verriegelten.

Eine Straße.

Die Lichter einer Stadt.

«Das ist Irún», sagte einer der Männer. «Hier haben Sie die Papiere für den Grenzübertritt. Der Herr Propagandaminister lässt Ihnen ausrichten: Sie sollen sich in Deutschland nie wieder sehen lassen.»

Wir marschierten auf die Lichter zu. Hielten den Grenzposten unsere Papiere hin. Sie winkten uns durch, ohne sie anzusehen.

Dann gingen wir über die Brücke nach Spanien.

Aber so war es nicht.

So war es:

Wir warteten im Schiller. Die Uhr mit dem schwankenden Schiff tickte und klickte. Es wurde zwölf. Es wurde eins. Es wurde zwei.

Rühmann kam nicht.

Um halb drei ging die Hintertür auf. Wir hörten Schritte. In der Küche fiel eine Pfanne zu Boden. Aber nicht ungeschickt vom Herd gestoßen. Es hatte jemand seine Wut an ihr ausgelassen.

Otto Burschatz.

Er kam herein, ganz blass, und sagte nur: «Er hat es sich anders überlegt.»

Der Wallburg war von seiner Krankheit geschwächt und konnte Enttäuschungen nicht mehr ertragen. Deshalb hat er geweint.

«Ich kann es nicht riskieren», hatte der Rühmann gesagt. «Ich könnte die größten Schwierigkeiten bekommen.» Dann war er zu Bett gegangen. Er musste früh aufstehen, um nach Berlin zurückzufahren.

«Es ist nun mal so», sagte Otto.

«Und das war alles?», fragte der Wallburg. «Sonst hat er nichts gesagt?»

«Doch», sagte Otto. «Aber das wollt ihr nicht hören.»

Wenn wir Geld brauchten, das hatte der Rühmann noch gesagt, dann sollten wir ihn das wissen lassen. Damit würde er uns gern aushelfen.

Mit Geld.

Ich mache ihm keinen Vorwurf. Doch, natürlich, ich mache ihm jede Menge Vorwürfe. Wo er doch Wallburgs großer Freund war. Aber ich weiß auch: Courage kann man nicht einfordern wie eine offene Rechnung. Auch nicht von einem frischgebackenen Staatsschauspieler.

Kurz vor dem Einmarsch der Nazitruppen haben wir in einer der Nelson-Revuen das Lied von den drei Affen gesungen. Nichts sehen, nichts hören, nichts sagen. Mit den Schlusszeilen: *Und dann merkt man ganz betroffen: Das sind keine Affen. Das sind Moffen.* War immer ein großer Lacher.

Moff ist kein nettes Wort für Deutsche. Aber passend für den Rühmann. Man hätte ja noch verstehen können, wenn er sich nicht für uns einsetzen wollte. Aber dass er nicht einmal vorbeikam ...

Er ist eben doch nur ein armseliges kleines Kaninchen.

Er kam nicht, und es fuhr kein Zug nach Spanien. Wir kamen aus Holland nicht mehr raus. Saßen fest. Hinter dem Gitter aus Paragraphen, in dem sich früher oder später jeder verhakte. Keine Reisen mehr ohne amtliche Bewilligung. Nicht einmal Amsterdam durften wir verlassen. Und ich hatte mich schon in Hollywood gesehen. Mit einem Stern an der Garderobentür. Wie man ihn dort bekommt, wenn man ein Star ist. Nun ja, meinen Stern habe ich doch noch gekriegt. Nicht an der Garderobentür. Viel, viel besser. Ich durfte ihn mir an die Brust heften. In leuchtendem Gelb. Damit jeder wusste, dass ich etwas Besonderes bin. Mehr als ein Star. Ein *Jood*.

Gründlich, wie sie nun mal sind, machten sie eine Ausnahme für Theateraufführungen. Auf der Bühne der Schouwburg dufte ich sternlos agieren. *Vorausgesetzt, dass die dargestellte Figur nach der Verordnung vom 3. Mai 1942 nicht zum Tragen des Sterns verpflichtet wäre.* Sie dachten an alles.

Papa ging fast nicht mehr aus dem Haus, so sehr hasste er das Abzeichen. Er hatte Judskis immer verachtet und wollte sich jetzt nicht öffentlich als einer von ihnen ausstellen lassen. Mama, typisch, klagte mehr darüber, dass die Sterne mit festem Faden angenäht werden mussten. «Das macht doch den Stoff kaputt», sagte sie.

Ich weiß nicht, wer die Pointe erfunden hat, die damals die Runde machte. «Das auf dem Stern zwischen dem J und dem D, das sind gar keine O's. Das ist eine doppelte Null. Wie auf der Klosetttüre. Damit auch jeder weiß, dass wir in der Scheiße stecken.»

Der eine tiefer, der andere weniger tief. Ich kriegte mal wieder eine Vorzugsbehandlung. Als Darsteller an der Schouwburg wurde ich Angestellter des Joodsche Raad und war in dieser Eigenschaft von Deportationen ausgenommen. Bis auf weiteres.

Wir spielten tatsächlich immer noch Theater. Studierten harmlose Komödien ein. Als ob es nichts Wichtigeres gäbe. Als ob man uns nicht schon längst Rollen in einem ganz andern Stück zugeteilt hätte. Das definitiv keine Komödie war.

Die Vorstellungen fanden jetzt nachmittags statt, weil ab zwanzig Uhr das Ausgehverbot für Judskis galt. Der Vorhang musste rechtzeitig fallen. Viele unserer Zuschauer hatten einen langen Fußmarsch vor sich. Straßenbahnen: *Voor Joden verboden.* Fahrrad fahren: *Voor Joden verboden.* Die Hofmeyrstraat, wo wir dann hinziehen mussten, war näher. Als es zu Ende ging, schickten sie immer mehr Juden in die Transvaalbuurt. Man wollte uns auf einem Haufen haben.

Wir waren immer ausverkauft. Obwohl jeder, der ins Theater ging, an dem Tag keine Lebensmittel einkaufen konnte. Einkaufszeiten für Judskis nur noch zwischen drei und fünf.

Manchmal, während die Vorstellung noch lief, fand im Foyer draußen gleichzeitig eine Hochzeit statt. Im Rathaus durften Juden nicht mehr heiraten. Das haben sie am 1. April verkündet. Ein besonders origineller Scherz.

Unser letztes Stück hieß *Wiegenlied.* Ich spielte darin einen verbitterten, kinderlosen Mann, der vor seiner Haustür einen ausgesetzten Säugling findet. Und wieder glücklich wird, weil er jetzt ein Kind hat. Sehr passend für mich. Mein Himmelsdramaturg muss ein Moff sein.

Eppsteins Vorzimmer war leer. Kein einziger Bittsteller. Auch keiner der Türhüter und Schwellenwächter, die sich dort sonst wichtig machen. Als ob sie alle geflohen wären. So plötzlich, dass sie nicht einmal ihre Sachen mitgenommen hatten. Papiere, die sie Eppstein hatten vorlegen wollen. Ein Lagerausweis. Auf einem Tischchen eine offene Blechschachtel mit drei Zigaretten. Eine verbotene Kostbarkeit, einfach so zurückgelassen.

Ohne die vielen Leute kam mir der Raum kleiner vor. Geschrumpft. Im Tempel von Jerusalem, so erzählt es der falsche Rabbi, machten die Mauern je nach Anzahl der Gläubigen mehr oder weniger Platz.

Die Tür zu Eppsteins Büro stand einen Spalt offen. Ich hatte im Vorzimmer nur einen Moment gezögert, da rief er schon: «Sind Sie das, Gerron? Wir warten auf Sie.» Wir? In seiner Stimme klang Ängstlichkeit.

Eppstein hinter seinem viel zu großen Schreibtisch. Hinter ihm, an die Wand gelehnt, Rahm. An die Wand gelehnt. Karl Rahm im Büro des Judenältesten. Etwas, das es nicht geben konnte. Und Eppstein stand nicht etwa in Habachtstellung vor ihm, sondern war sitzen geblieben. Man musste ihm befohlen haben, sitzen zu bleiben.

Rahm lächelte, als ich hereinkam, aber das Lächeln war nicht für mich bestimmt. Als ob ihm ein lieb gewordener alter Scherz durch den Kopf ginge.

«Setzen Sie sich doch, mein lieber Gerron.» Der Judenälteste sagte tatsächlich: «Mein lieber Gerron.» Versuchte, jovial zu wirken. Und hatte doch den Kopf tief in den Nacken gezogen. Wie einer, der Schläge fürchtet. In meinem Beruf lernt man solche Zeichen lesen.

Ich setzte mich. Rahm schien es nicht zu bemerken. Er spielte ein Spiel, dessen Regeln ich nicht verstand.

Eppstein hatte ein Papier in der Hand, aber er las nicht davon ab. Hielt sich nur daran fest. Nervöse Schauspieler brauchen Requisiten. «Am 16. August», sagte er. «Das ist jetzt so beschlossen worden. Ein Mittwoch. Nicht, dass das eine Rolle spielte. Also, wie gesagt: Beginn der Dreharbeiten am 16. August. Sie werden doch bis dahin alles vorbereitet haben?»

Rahm rieb die Fingernägel am Revers seines Jacketts blank.

«Vom Buch her kein Problem», sagte ich. «Aber die technische Seite, Kamera, Ton und so weiter, darüber ist noch gar nicht gesprochen worden.»

«Wird alles da sein», sagte Eppstein. «Sie brauchen sich nicht den Kopf zu zerbrechen. Wird alles pünktlich dasein. Nicht wahr?»

Er stellte die Frage ins Leere hinein. An niemanden gerichtet. Er bekam auch keine Antwort. Rahm suchte in der Tasche seiner Uniform nach etwas.

«Es sind allerdings einige Anmerkungen zu Ihren Vorschlägen

gemacht worden», fuhr Eppstein fort. «Punkte, die Sie bitte noch einarbeiten wollen.» Er las jetzt doch von seinem Papier ab. «Erstens: Wenn Sie Ihren Drehplan aufstellen – es heißt Drehplan, nicht? –, ist die Tomatenernte sehr früh anzusetzen.»

Auch bei der Ufa hatten die höheren Herren immer einen Adlerblick für das Unwesentliche. Aber man kann alles übertreiben.

«Wir werden uns da nach dem Wetter richten müssen», sagte ich.

«Es wird sonnig sein. Ganz bestimmt.» Eppstein sagte es so eifrig, als ob Rahm persönlich schönes Wetter angeordnet hätte.

«Aber warum?»

«Die Herren von der SS», sagte Eppstein und buckelte im Sitzen, «haben sich freundlicherweise bereit erklärt, bis zum Drehtag auf frische Tomaten zu verzichten. Damit die Ernte im Bild schön reich aussieht. Aber sie wollen natürlich nicht zu lang warten.»

Rahm hatte nach einer Nagelfeile gesucht und sie nicht gefunden. Er rieb jetzt einen Fingernagel an der Wand entlang und betrachtete ihn immer wieder prüfend.

«Zweitens», sagte Eppstein. «Beim Fußballspiel soll es keinen Sieger geben. Es wird nicht gewünscht, dass jubelnde Menschen gezeigt werden.»

«Es wäre ein effektvoller Abschluss.»

«Wird nicht gewünscht», wiederholte Eppstein. Seine Stimme flatterte. «Viertens …», setzte er an.

«Drittens», korrigierte Rahm. Hörte also doch zu.

Eppstein zuckte zusammen wie unter einem Schlag. «Natürlich. Drittens. Ich bitte um Verzeihung. Drittens. Die Seidenraupenzucht kommt im Drehbuchentwurf noch nicht vor. Das ist zu ergänzen.»

Rahm war jetzt mit seinen Nägeln zufrieden.

«Viertens», sagte Eppstein. «Beim Unterhaltungsprogramm auf der Freilichtbühne werden Sie selber auftreten, Gerron. Mit dem Lied vom Haifisch.»

«Muss das wirklich sein? Die Regiearbeit wird auch so schon

schwierig genug. Mit einer nicht eingespielten Kameramannschaft. Wenn ich auch noch als Darsteller mitwirken muss ...»

«Es wird so gewünscht», sagte Eppstein.

Ich will dieses Lied nicht singen. Nie mehr.

Ich bin damit berühmt geworden. Erfolgreich. Wohlhabend.

Ich hasse es.

Olga und ich waren fast die letzten, die aus der Schouwburg nach Westerbork kamen. Als *Leider Bagagedienst* war ich unabkömmlich gewesen. Vor jedem Transport geschützt. Ha ha ha. An der Hofmeyrstraat hatten wir am Schluss vier Zimmer für uns allein. Weil alle anderen aus der Wohnung schon deportiert waren. Jetzt hatte ich die untere Hälfte eines Stockbetts. Immerhin die untere. Olga, in einer anderen Baracke, hatte nur eine obere bekommen.

Es überraschte mich nicht, dass ich zu Gemmeker bestellt wurde. Ich hatte es erwartet. Ich war schließlich Kurt Gerron. Man wusste: Der Herr Obersturmführer hat eine Schwäche für Stars. Man wusste vieles, noch bevor man dort hinkam. Westerbork war kein so völlig abgeschottetes Lager wie Theresienstadt. Immer mal wieder wurden Leute von dort mit Aufträgen nach Amsterdam geschickt. Einmal hatten sie bei uns in der Schouwburg Scheinwerfer abzuholen. Für die Lagerbühne. Gemmeker sei ein großer Freund des Kabaretts, hatten sie erzählt. Nur dass er keine Autogramme sammelte, sondern Darsteller. Die ganzen Berliner Stars, die nach Holland geflüchtet waren, traten in seinem Lager auf. «Er wird bestimmt wollen, dass Sie auch in der Revue mitspielen», sagte der Mann aus Westerbork. «Wenn Sie dann auch zu uns kommen.» In meinen nutzlosen Englischstunden hatte ich genügend Grammatik gebüffelt, um zu wissen, dass er *when* meinte und nicht *if*. Die Frage war nicht, ob man nach Westerbork geschickt wurde, sondern nur wann.

Man hatte mir Gemmeker so oft geschildert, dass ich ein klares Bild von ihm hatte. Verständnisvoll sei er, hieß es, tue zwar seine Pflicht, aber ohne jeden Sadismus. «Er ist ein so kultivierter Mann», hatte jemand gesagt, «wenn sie ihn mal aufhängen, sollten sie einen seidenen Strick nehmen.» Man hatte mir seine auffällig schmalen Lippen beschrieben, aber wie diese Lippen lächelten, darauf war ich nicht gefasst. Dieses dauernde Lächeln. Als ob er es zusammen mit seiner Uniform angelegt hätte.

«Ich freue mich, dass Sie jetzt auch bei uns sind», sagte Gemmeker zu mir. Begrüßte mich wie ein Hoteldirektor. «Ihre Kollegen werden Sie ja schon getroffen haben. Und bestimmt auch schon einen netten Auftritt mit dem Herrn Rosen besprochen. Ich freue mich darauf.»

Er erinnerte mich an den Kassierer in meiner Bankfiliale in Wilmersdorf. Dasselbe Lächeln. Ich fragte mich, was Gemmeker wohl früher gewesen war.

Ich habe es dann später erfahren. Polizist ist er gewesen.

«Ich habe Sie nicht wegen der Revue zu mir gebeten», sagte er. *Gebeten.* «Ich mische mich da nicht ein. Lasse mich bei den Vorstellungen gern überraschen. Es geht um etwas anderes. Um einen Gefallen, den Sie mir tun könnten.» *Ein Gefallen.* Gemmeker.

Er habe da einen Freund, sagte er und wirkte fast ein bisschen verlegen, einen Kameraden, der leite wie er ein Lager, «ein Ausbildungslager allerdings», in Ellecom, und dem wolle er mich gern zum Geburtstag schenken. Genau so sagte er es. *Mich zum Geburtstag schenken.* Dieser Hauptsturmführer Brendel sei ein großer Bewunderer von mir, seit der *Dreigroschenoper*, und habe ihn schon mehrmals gefragt, ob ich denn immer noch nicht in Westerbork sei. Dann würde er gern einmal herfahren und sich eine Revue ansehen. «Nun will ich ihn zu seinem Geburtstag überraschen», sagte Gemmeker. «Sein vierzigster, am 9. Oktober. Der wird groß gefeiert, und da hab ich mir gedacht: Das wäre doch eine Gelegenheit. Sie treten auf und singen den Mackie-Messer-Song. Ein Orchester haben sie dort. Nicht so gut wie unseres, natürlich, aber ganz brauchbar.»

Verrückt. Aber man hat Verrückteres erlebt.

«Na, was meinen Sie? Wollen Sie mir den Gefallen tun?»

Er ist ein höflicher Mensch, der Lagerkommandant Gemmeker. Fragte mich, als ob ich eine Wahl hätte. Als ob nicht jede Woche ein Deportationszug zu füllen wäre.

Ja, sagte ich, wenn er es wünschte, würde ich ihm gern den Gefallen tun.

«Sehr lieb von Ihnen», sagte er. «Sie können da ganz allein hinfahren. Ich stelle Ihnen die notwendigen Papiere aus und lasse sie am Samstag nach Beilen zum Zug bringen. Am Sonntagabend sind Sie dann wieder zurück. Pünktlich, bitte. Ihre Frau bleibt so lang hier.» Er lächelte immer noch, aber was er meinte, war klar. Olga war das Pfand für meine Rückkehr. Seine Geisel. Wenn ich ihm seinen Gefallen nicht tat, oder wenn ich nicht rechtzeitig wieder in Westerbork erschien, würde sie dafür bezahlen. Und es gab hier nur eine Währung: den Platz im nächsten Zug.

«Ich hatte bisher noch nicht das Vergnügen, Ihre Frau Gemahlin kennenzulernen», sagte Gemmeker. «Grüßen Sie sie bitte unbekannterweise ganz herzlich von mir.»

Sie gaben mir einen Koffer mit. Mit Frackhemd, Frack und Lackschuhen. Was den Theaterfundus anbelangte, war man in Westerbork besser ausgestattet als an der Schouwburg. Ich kannte den Garderobier. Auch einer aus Berlin. «Sie sollen in Ellecom Ehre für uns einlegen», sagte er bei der Anprobe. Ganz ohne Ironie. Wenn ich nicht stolz bin, bin ich doch in Westerbork. Bin ich lieber stolz.

Die Eisenbahnfahrt war unangenehm. In Amsterdam waren die Menschen an den gelben Stern gewöhnt. Hier in der Provinz staunten sie mich an wie ein fremdartiges Tier. Drehten aber immer gleich die Köpfe wieder in eine andere Richtung. Als ob sie mich durch Wegschauen unsichtbar machen könnten.

Nach meiner Reiseerlaubnis wurde ich kein einziges Mal gefragt, auch nicht von der Grünen Polizei. Sie nahmen wohl an, dass kein Judski es wagen würde, ohne ausreichende Bewilligung unterwegs zu sein.

In Meppel musste ich umsteigen. Auf dem Bahnsteig, wo ich auf den Zug in Richtung Arnheim wartete, bauten sich drei Leute mit NSB-Abzeichen vor mir auf. Breitbeinig. Mit verschränkten Armen. Ich stellte vorsorglich meinen Koffer ab. Man kann Schlägen besser ausweichen, wenn man die Hände frei hat. Aber sie hatten keine Prügelei im Sinn. Musterten mich nur. Vielleicht, dachte ich, sind sie vorher noch nie einem Juden begegnet. Wundern sich, dass ich keine Hörner habe und keine Bocksfüße. Eine ganze Weile sagte keiner von ihnen etwas. Dann räusperte sich der mittlere, ein Mann um die sechzig. «Es tut mir leid, Sie in diesem Zustand zu sehen», sagte er.

«Tatsächlich?»

«In lebendem Zustand, meine ich.» Die beiden andern nickten, ernsthaft und ohne Gelächter, und dann wendeten sich alle drei ab. Gingen weg. Ließen mich stehen. Leute, die ihre Pflicht getan hatten.

Wie hatte Otto das genannt? Braune Soße im Hirn.

Meine Station hieß Dieren-Doesburg. Hier würde ich abgeholt werden, hatte man mir gesagt. Als ich aus dem kleinen Bahnhof kam, stand da ein riesenhafter uniformierter Mann. «Herr Gerron!», rief er. «Das ist eine Überraschung, gell?»

Der kleine Korbinian.

Er freute sich ungeheuer. Hätte mich beinahe umarmt. «Das hätten Sie nicht gedacht, dass Sie mich hier antreffen, was? Als ich gehört habe, wen es da abzuholen gibt, habe ich zu den Kameraden gesagt: ‹Lasst mich das machen. Ich kenne den Herrn aus Berlin.› Wie geht's denn immer so, Herr Gerron? Wie geht's?»

Er meinte die Frage ehrlich, das war seinem strahlenden Gesicht anzusehen. Als ob es einem Menschen, der in Westerbork eingesperrt war, anders gehen konnte als beschissen.

«Nicht besonders», sagte ich.

«Das tut mir leid», sagte Korbinian. «Das tut mir wirklich leid.»

Er war schon immer anhänglich gewesen. Ich hatte nie mitgemacht, wenn ihn die andern auslachten. Dafür war er mir dankbar. Jetzt hatte seine Zutraulichkeit etwas Bedrohliches. Ein Hund, den man als tollpatschigen Welpen gekannt hat, und der als ausgewachsener Köter immer noch an einem hochspringen will.

«Ich darf Sie nicht zu früh ins Lager bringen», sagte er. «Der Brendel hat keine Ahnung, was alles für ihn geplant ist. Nur, dass wir ihn um acht Uhr in seinem Quartier abholen und ins Kasino bringen. Mit Fackeln. Aber heute Nachmittag muss er in Arnheim beim Kommando sein. Dann kann ich Sie einschmuggeln. Nicht dass die schöne Überraschung noch schiefgeht.»

«Wie du meinst, Korbinian.» Ich hatte ihn aus alter Gewohnheit geduzt und wartete jetzt erschrocken auf eine wütende Reaktion. Die Verhältnisse hatten sich geändert. Damals war ich ein Star gewesen und er ein gescheiterter Boxer. Jetzt war ich ein schäbiger Judski und er ... Zwei Sternchen auf seinem Kragenspiegel. Hatte es zum Oberscharführer gebracht. Zum Feldwebel. Der kleine Korbinian hatte Karriere gemacht.

Klein? Das Adjektiv passte nicht mehr. Er war in seinen Boxerkörper hineingewachsen. Hatte die alte Dienstbeflissenheit abgelegt.

Er schien das Du nicht gehört zu haben. «Da vorne ist ein ganz brauchbares Lokal», sagte er. «Da trinken wir zwei jetzt erst mal ein Bier miteinander. Auf die guten alten Zeiten.»

«Ist das klug?»

Korbinian sah mich an. Nicht ärgerlich, aber man merkte doch: Er war Widerspruch nicht mehr gewohnt.

«Ich meine nur ... Ich möchte nicht, dass Sie meinetwegen Schwierigkeiten bekommen.» Ein Mann mit Judenstern und einer in SS-Uniform. Bei einem gemütlichen Bierchen zu zweit. Ich konnte es mir einfach nicht vorstellen.

Korbinian lachte. Ein sympathisches, offenes Bauernbubenlachen. «Den möcht ich sehen, der mir Schwierigkeiten macht», sagte er. «Los, Abmarsch! Haben Sie in letzter Zeit mal wieder was vom Schmeling gehört?»

Die Getränke bestellte er in einem sehr brauchbaren Holländisch. Er war schon ein paar Jahre im Land, erklärte er mir. Ellecom war ein Schulungslager für niederländische SS-Leute, und er war dort Ausbilder. «Wichtige Arbeit», sagte er. Man merkte ihm seinen Stolz an. «Die Leute haben ja keine Ahnung, was es alles braucht, um so ein Lager richtig aufzuziehen. Sehr zum Wohl, Herr Gerron. Sehr zum Wohl.»

Das Gebell der Hunde setzte ganz plötzlich ein. Wie eingeschaltet. Genau in dem Augenblick, schien mir, als wir unter der Tafel *Opleidingsschool Avegoor* durchfuhren.

Korbinian lachte. «Das tun sie jedes Mal, wenn ein Auto kommt», sagte er. «Sie meinen dann immer, die Leute für ihre Übungen würden gebracht. Aber das sind wir zum Glück ja nicht.»

Meine gottverdammte Neugier! Wenn ich die Frage nicht gestellt hätte, wäre mir vielleicht der ganze Horror erspart geblieben. Wenn ich nicht gesagt hätte: «Was für Übungen?» Vielleicht auch nicht. Korbinian war so stolz auf seine Aufgabe. Er hätte sie mir wohl so oder so vorführen wollen.

Egal. Es war, wie es war.

Ein Schulgelände wie für ein Internat. Alles sehr ordentlich. Die Hecken in Form geschnitten und der Rasen zurechtgestutzt. Das Hauptgebäude ein imposanter weißer Bau. Ein großes Sportfeld mit einem Sprungturm, wie man ihn sonst in Bädern sieht. Nur, dass da nirgends ein Bassin war. «Das ist für die Mutübungen», erklärte Korbinian. «Die Gruppe spannt ein Sprungtuch auf, und einer nach dem anderen lässt sich hineinfallen. Das ist gut für den Gemeinschaftsgeist.»

Einmal trabte ein Trupp von angehenden SS-Leuten auf einem Trainingslauf an uns vorbei. Sie grüßten Korbinian mit ausgestrecktem Arm. Sahen mich höchst verwundert an.

«Ich bringe ihnen bei», sagte Korbinian, «wie man Menschen mit möglichst geringem Aufwand unter Kontrolle hält. Sie werden ja sehen.»

Ich habe es gesehen. Ich sehe es immer wieder. Wenn ich davon träume, versucht mich Olga zu beruhigen. Es gelingt ihr nicht immer.

Am rechten Bein band sich Korbinian einen Knieschoner über seine Uniformhose. Wie man sie bei manchen Sportarten benutzt. «Keine Angst», sagte er. «Ich werde nicht hinfallen. Ich brauche das für etwas anderes. Sie werden ja sehen.»

Sie werden ja sehen.

Behandelte mich die ganze Zeit wie einen geschätzten Gast.

Hatte meinen gelben Stern ganz vergessen. Führte sich auf, als ob er Max Schmeling wäre und ich ein prominenter Besucher in seinem Trainingscamp. Nur gekommen, um von der Presse mit ihm photographiert zu werden. Stellte mich auch seinen Schülern vor. «Das ist ein Freund von mir. Kurt Gerron. Der berühmte Schauspieler aus Berlin. Der aus der *Dreigroschenoper.* Aus dem *Blauen Engel.*» Er war sehr enttäuscht, als ihnen weder das eine noch das andere ein Begriff war. «Sie sind nicht wirklich kultiviert, hier in Holland», flüsterte er mir zu. «Aber das werden wir ändern.»

Ein knappes Dutzend junger Leute in Arbeitsuniformen. Und ein Häufchen verängstigter Menschen. Zivil gekleidet, aber man hätte auch ohne die beiden Wachen gesehen, dass sie Häftlinge waren. Korbinian zeigte auf einen von ihnen. «Du», sagte er.

Der Mann trat vor. Stand da, die Hände an der Hosennaht. Fünfzig Jahre alt, hätte ich geschätzt. Vielleicht auch jünger. Im Lager altern manche Menschen schnell. Seine Augen zuckten hin und her. Als ob er nirgends etwas zu sehen fände, das ihn nicht erschreckte.

«Nehmen wir an, dieser Mann ist aufsässig geworden.» Wenn er dozierte, hielt Korbinian die Hände hinter dem Rücken verschränkt. Wie Emil Jannings in der Unterrichtsszene im *Blauen Engel.* «Er muss zur Ordnung gerufen werden. Wohin würdet ihr ihn schlagen?» Er winkte einen seiner Schüler heran, mit derselben Geste, mit dem er vorher den Häftling ausgesucht hatte. «Du.»

Der junge Holländer wies eher verlegen auf den Kopf des Häftlings. «Hier?»

«Versuch's», sagte Korbinian.

Der Mann bekam eine Ohrfeige. So kräftig, dass er taumelte. Aber er blieb stehen.

«Schwach», sagte Korbinian. «Passt auf! Eine Möglichkeit ist der Solarplexus. Hier.» Er tippte den zitternden Mann mit der Fingerspitze an. «Aber noch besser sind die Nieren.» Der Schlag kam so schnell, dass ich erst begriff, was passiert war, als der Mann schon am Boden lag.

Ich muss aufgeschrien haben. Vielleicht habe ich auch etwas gesagt. Ich weiß es nicht mehr. Ich weiß nur noch, dass Korbinian den Kopf schüttelte. «Nicht jetzt, Herr Gerron», sagte er. «Jetzt muss ich unterrichten. Der Nächste!»

Ein Häftling nach dem andern trat vor, damit die Schüler an ihm üben konnten. Einer versuchte, sich fallen zu lassen, noch bevor ihn der Schlag getroffen hatte. Korbinian ließ das nicht zu. Er befahl ihm aufzustehen und rammte ihm das Knie zwischen die Beine. Der Mann krümmte sich nach vorn, und das Knie traf ihn ein zweites Mal. Mitten ins Gesicht.

«Das ist auch eine Möglichkeit», sagte Korbinian zu seinen Schülern. Und zu mir: «Deshalb die Knieschoner. Manchmal brechen sie sich dabei die Nase, und das blutet dann furchtbar. Man kriegt die Flecken aus der Hose fast nicht mehr raus.»

Die Hunde fingen schon wieder an zu bellen. Korbinian schaute auf die Uhr. «Diesmal haben sie das richtige Auto gehört», sagte er. «Um diese Zeit werden die Hundeführer unterrichtet.»

Ich habe später in Westerbork Menschen getroffen, an denen die Hundeführer geübt hatten. Sie waren furchtbar zugerichtet.

Am Abend des Tages in Ellecom zog ich mir meinen Frack an und sang den Mackie-Messer-Song. Hauptsturmführer Brendel war begeistert, und der große Korbinian schrie ganz laut: «Bravo!»

Bravo, Kurt Gerron.

Ich habe zu Olga gesagt, dass ich mich weigern werde, es im Film zu singen. Sie hat mich nur angesehen. Sie weiß, dass ich mich nicht weigern kann. Ich weiß es auch.

Aber vielleicht kann ich Rahm davon überzeugen, dass ein anderer Titel richtiger wäre. Der Mackie-Messer-Song entspricht seinen eigenen Vorgaben nicht. *Nur Werke von jüdischen Künstlern.* Das hat er selber angeordnet. Sie haben es mir sogar schriftlich gegeben. Wobei sie das Wort *Künstler* in Anführungszeichen gesetzt haben. Sie lieben diese feinen Details. Der Kantorensohn Weill passt ins Raster. Aber Brecht? Oder haben sie den zum Judski ehrenhalber ernannt?

Etwas aus dem *Karussell* könnte ich vorschlagen. Man sagt allgemein, dass unser Kabarett das beste Programm im Lager ist. «Ein Lied, das hier im Lager entstanden ist», könnte ich argumentieren. «Das wäre doch viel passender.»

Es werden eine Menge Lieder komponiert, hier im Lager. Gedichte geschrieben. Theresienstadt ist eine Stätte der Kultur. Ein zweites Weimar. Wo sie ja auch ein KZ haben. *Theresienstadt, Theresienstadt, das kulturellste Ghetto, das die Welt heut hat.*

Jeden Tag wird hier etwas geboten. Kabarett. Schauspiel. Konzert. Sogar Oper. Ich habe *Carmen* inszeniert. Ohne Orchester natürlich. Es war gar nicht so einfach, das Klavier auf den Dachboden zu hieven. Wir spielen oft auf Dachböden. Wir wollen hoch hinaus.

Das *Als-ob-Lied* könnte ich vorschlagen. Noch ein Renner aus dem *Karussell. Ich kenn ein kleines Städtchen, ein Städtchen ganz tiptop, ich nenn es nicht beim Namen, ich nenn's die Stadt Als-ob.* Wäre auch ein guter Titel für den Film. *Die Stadt Als-ob.*

Als ob irgendetwas, das wir hier tun, wirklich wäre. Als ob wir uns hier wirklich selber verwalteten. Wirklich zu essen bekämen. Wirklich eine Zukunft hätten. Wirklich lebten.

Aber sie haben den Titel schon festgelegt. *Ein Dokumentarfilm aus dem jüdischen Siedlungsgebiet.*

Otto Burschatz hat einmal gesagt: «Was die Nazis besser beherrschen als alle andern, das ist die große Lüge. Bei kleinen Schwindeleien wird man ertappt. Aber wenn man frech wie Oskar erklärt, dass schwarz weiß ist oder eine Niederlage ein Sieg – da fallen die Leute drauf rein. Weil sie sich gar nicht vorstellen können, dass jemand so etwas behaupten würde, wenn gar nichts dran wäre. Und wenn sie es genügend oft wiederholen, wird es tatsächlich wahr. In den Köpfen der Leute. Es ist nun mal so.»

Theresienstadt ist ein jüdisches Siedlungsgebiet.

Als ob.

Das Als-obste überhaupt ist die Seidenraupenzucht. Die ihnen so sehr am Herzen liegt. Auf den Festungswällen haben sie Maulbeerbüsche gepflanzt, um die Tierchen zu füttern. Würden ihnen die

Blätter auf dem Silbertablett servieren, wenn sie eines hätten. Ich bin hingegangen und habe sie gebeten, mir die Kokons zu zeigen. Den Zweck der ganzen Übung. Um schon mal überlegen zu können, wie man die Dinger am besten photographiert. Sie wollten zuerst nicht damit herausrücken, aber dann mussten sie es doch zugeben. Es gibt gar keine Kokons! Oder doch fast keine. Sie bringen die Viecher einfach nicht dazu, sich zu verpuppen. Haben bis jetzt nicht herausgefunden, woran das liegt. Aus allen Seidenfäden, die bisher in Theresienstadt produziert wurden, ließe sich noch nicht mal ein Schnupftuch weben. Aber im Film soll es aussehen wie eine Großproduktion.

Als ob.

Wie wär's mit dem *Karussell-Lied*? Meiner privaten Hymne? *Wir reiten auf hölzernen Pferden und werden im Kreise gedreht.* Ganz passend ist der Text ja nicht. *Das ist eine seltsame Reise, das ist eine Fahrt ohne Ziel.* Stimmt nicht. Wir kennen das Ziel sehr genau. Der Zug fährt immer an denselben Ort.

Ich werde doch den *Haifisch* singen. Es wird gewünscht.

Im Ältestenrat müsste man sein.

Natürlich, es ist kein erstrebenswerter Posten. Sie sind dort zwischen Hammer und Amboss. Müssen Rahms Befehle ausführen, auch die schlimmsten Sachen, und sich jedes Mal einreden, dass sie damit noch Schlimmeres verhindern.

Aber wie die Herrschaften leben!

In meinem Drehbuch spielen zwei Szenen in Wohnungen. *Totale: Eine Familie sitzt am Esstisch und genießt ihre reichhaltige Mahlzeit. Halbnah: In einem Wohnzimmer wird ein Fresspaket ausgepackt.* Wie das so ist im Märchenfilm. Der Zuschauer soll glauben, dass in Theresienstadt jeder seine eigene Zimmerflucht hat. Samt Perserteppich und Seidentapete.

Die beiden Zimmer, anders konnte ich es mir nicht vorstellen, wollte ich bauen lassen. Im ganzen Lager die besten Möbel zusammensuchen und vor einem passenden Hintergrund aufstellen. «Das ist kein großer Aufwand», habe ich zu Eppstein gesagt. «Wenn wir nur aus einer Achse drehen.»

«Es wird nicht nötig sein», sagte er. Wir brauchen keine Kulisse. Es gibt hier tatsächlich Leute, die so wohnen, wie ich es mir ausgedacht habe. Wir drehen in der Magdeburger Kaserne, bei zwei Mitgliedern des Ältestenrats. Murmelstein und Zucker. Eppsteins Kumbal durfte ich mir nicht ansehen. Er hat wahrscheinlich einen Bechstein-Flügel. Einen Butler, der jeden Tag die Tasten poliert. Schon bei den andern bin ich mir vorgekommen wie in Babelsberg, wenn man in ein anderes Atelier ging, um zu sehen, was die Kollegen so treiben, und dann über deren Ausstattungsbudget staunte.

Teppiche. Bilder an den Wänden. Ein Sofa mit Häkeldeckchen. Porzellan.

Die Frau Ingenieur Zucker war gar nicht glücklich darüber, dass fremde Leute in ihrem Heim Theater spielen sollten. Sie sprach immer nur von ihrem *Heim*. Sehr etepetete. Eine bloße *Wohnung* wäre ihr nicht vornehm genug erschienen. «Wenn schon unbedingt gegessen werden muss», sagte sie, «kann ich ein paar Freundinnen zum Dinner einladen.» *Dinner.* In Theresienstadt. Der Ältestenrat lebt wirklich in einer anderen Welt.

Ich musste ihren Vorschlag ablehnen. Damit das Idyll rüberkommt, brauche ich eine Familie. Eine Besetzung, die nach Familie aussieht. Wir nehmen die Kozowers, die haben zwei niedliche Kinder. Er steht ohnehin auf der Liste der Leute, die in Großaufnahme gezeigt werden müssen. Zwei Fliegen mit einer Klappe.

Der Kozower war früher mal etwas Wichtiges in der Berliner Gemeinde. Hier in Theresienstadt leitet er die Post. Er wird mir das Paket besorgen, das in der anderen Szene ausgepackt wird. Ein dänisches Paket, natürlich. Damit auch etwas Brauchbares drin ist. Mit Erbsenpulver und Kaffee-Ersatz kann ich kein großes Kino machen.

Wir kriegen das Paket gegen Quittung und müssen den Inhalt nach Drehschluss wieder abliefern. Ganz schön hart für die Leute, die in der Szene die glücklichen Empfänger spielen. So nah an gute Sachen rankommen und dann nichts davon kriegen. Aber so ist der ganze Film. Die Tomaten an den Stauden werden gezählt, und wenn hinterher eine fehlt, kommt die ganze Erntemannschaft in die Kleine Festung. Sie haben sogar überlegt, die Butterbrote von den Kindern nach dem Dreh wieder einzusammeln. Bis ich ihnen erklärt habe, dass ich das Hineinbeißen unbedingt für den Film brauche. Ein kleiner Sieg. Immerhin.

Rahm legt wert darauf, dass in dem Film jede Menge Kultur vorkommt. Tschechisch-Weimar eben, und er ist der Herzog Karl August. Also habe ich Ausschnitte aus drei Theateraufführungen in das Drehbuch eingebaut. *Hoffmanns Erzählungen, Brundibár* und aus diesem jiddischen Stück die Szene mit dem Tanz und dem Tod des Rabbis. Der einzige Ort, wo man die Aufnahmen machen kann, ist die Bühne des Gemeinschaftshauses. Jetzt gehen schon die Eifersüchteleien los. Alle haben sie Angst, dass die andern im Film besser aussehen könnten als sie. Streiten sich um eine halbe Stunde Probenzeit. Schreiben Eingaben. Weil wir ja keine andern Sorgen haben.

Die Liste der Prominenten, die im Publikum gezeigt werden sollen, wird immer länger. Technisch ist das kein Problem. Aber so viele Köpfe, einer nach dem andern, das sieht doch nach nichts aus. Ich werde mir da etwas einfallen lassen müssen.

Und begeisterte Gesichter müssen sie mir machen. Zumindest interessierte. Damit man im Film nicht sieht, dass der Zuschauerraum gar kein Zuschauerraum ist. Sondern eine Gefängniszelle mit Bühne.

Es wiederholt sich alles. Dem Schicksalsdramaturgen gehen die Ideen aus. Ein Theater als Gefängnis? Déjà vu.

Die Schouwburg in Amsterdam. Die *Joodsche Schouwburg.* Ein passender Name. Das Theater der jüdischen Dramen.

Das Gebäude imposant, mit griechelnder Fassade. Ein Möchtegern-Parthenon, wie man sie in der Gründerzeit auch in Berlin gebaut hat. Reliefs und Statuen bis übers Dach. Das Foyer in weißem Marmor. Eine ganz brauchbare Akustik und die Lichtanlage frisch renoviert. Einen Teil der Scheinwerfer haben sie später nach Westerbork abtransportiert. Müssen wohl Judskis gewesen sein, die Scheinwerfer. Gleich nebenan ein gemütliches Café. Nicht unwichtig für einen verfressenen Menschen wie mich. Solang ich Cafés noch besuchen durfte. Alles in allem: ein sehr angenehmes Theater. Nur mit zu wenig Klosetts. Man hat beim Bau nicht daran gedacht, dass hier mal Leute eingesperrt sein würden.

In der Zeit, in der wir leben, sollte man immer damit rechnen.

Wenn wir gewusst hätten, dass *Wiegenlied* unsere letzte Inszenierung sein würde, hätten wir uns wohl ein gehaltvolleres Stück ausgesucht. Nicht so eine läppische Schmunzelkomödie um ein Findelkind. Aber wir hatten, wie so oft, keine Ahnung. Noch nicht einmal, als wir die allerletzte Vorstellung spielten.

Es passierte im ersten Akt, da wo ich diesen Säugling im Arm habe und mit ihm rede. «Zigarette gefällig?», sage ich zu ihm und mache die Pause für den Lacher, der an dieser Stelle immer kommt. Da höre ich Schritte in der Kulisse. Rücksichtslos laut. Wie ich hinschaue, marschiert dort ein ganzer Trupp SS ein. Der Anführer merkt, dass die Vorstellung läuft, sieht seine Leute vorwurfsvoll an und legt den Finger an die Lippen. Macht so eine Tut-mir-leid-Geste zu mir hin. Sie gehen auf Zehenspitzen weiter. Verschwinden aus meinem Blickfeld. Im Zuschauerraum hat niemand etwas gemerkt. Ich spreche ganz automatisch meinen nächsten Satz. «Ach, du bist Nichtraucher?», sage ich zu der Puppe, die den Säugling spielt. Das Publikum lacht. Die Vorstellung geht weiter. Als ob nichts wäre.

Es war aus der Fünten, der Mann von der Zentralstelle für jüdische Auswanderung. Auch so ein Nazi-Verkleidungswort. Zentralstelle für Deportationen wäre ehrlicher gewesen. Damals war er noch nicht die Schreckensfigur, die er später geworden ist. Als er die Männer aus Mischehen zur Kastration erpresste. War für uns einfach ein SS-Mann unter SS-Männern. Der eine Vorstellung nicht hatte stören wollen. Was ein echter Deutscher ist, ehrt die Kultur. Er wartete sogar den Schlussapplaus ab. Erst dann erklärte er das Theater für geschlossen.

Die Schouwburg, sagte er, würde ab sofort als Sammelstelle dienen. Für all die Juden, die sich freiwillig zum Arbeitseinsatz in

Deutschland gemeldet hätten. Drei Lügen in einem Satz. Kein Wunder, hatte er es bis zum Hauptsturmführer gebracht. Es gab keine Freiwilligkeit, sondern nur Zwang. Es ging nicht zum Arbeitseinsatz, sondern ins Lager. Man fuhr nicht nach Deutschland, sondern nach Westerbork. Und von dort weiter nach Osten. Wenn man Glück hatte, nur bis Theresienstadt.

Für mich selber bedeutete die Schließung, dass ich von einem Tag auf den andern ein Schauspieler ohne Auftritte war. Ein Regisseur ohne Inszenierungen. Irgendjemand setzte dann durch, dass wir Theaterleute alle in der Schouwburg weiter beschäftigt wurden. Als Angestellte des Judenrats. Mich machte man zum *Leider Bagagedienst.* Zuerst war das nur ein Vorwand, um mir jede Woche ein paar Gulden zukommen zu lassen. Später, als man immer mehr Menschen im Theater zusammenpferchte, wurde es eine wichtige Aufgabe.

Die Leute wurden im Foyer registriert. An langen Tischen, wo Mitarbeiter des Joodsche Raad die Personalien aufnahmen, die Papiere kontrollierten und die Haus- und Wohnungsschlüssel einsammelten. *Sie wollen deiner Wohnung auf den Puls fühlen,* hieß der böse Spruch. Weil es immer die Spedition Puls war, die die Möbel abholte und nach Deutschland verfrachtete. Am Anfang wurden die Leute noch am selben Tag zum Bahnhof gebracht. Mit der Straßenbahn. Das machte es harmlos. Man kann sich eine Hölle nicht vorstellen, wo man mit der Straßenbahn hinfährt. Und doch war es genau das, was sie da einrichteten. Eine Hölle. Die Feuer waren nur noch nicht gleich auf volle Temperatur gebracht.

Mit der Zeit kamen dann immer mehr Leute. Wurden immer mehr Leute hergeschleppt. Wer sich hatte vorbereiten können, brachte sein Gepäck mit. Soviel er hatte tragen können, oder soviel man ihm erlaubt hatte. Sie mussten jetzt manchmal tage- oder wochenlang warten, bis über ihr Schicksal entschieden war. In dieser Zeit stapelten wir ihre Sachen auf der Bühne. Der einzige Ort, wo dafür Platz war. Bauten aus Bühnenpodesten Regale und versuchten einigermaßen Ordnung zu halten. Jeder Koffer mit dem Namen seines Besitzers beschriftet. Das machte anfänglich der Jo Spier. Einer der besten Zeichner Hollands war mein Assistent. Vornehm geht die Welt zugrunde.

Einmal stieß ich beim Sortieren der Gepäckstücke auf einen Koffer, der mir bekannt vorkam. Vollgepappt mit Hotelklebern aus ganz Europa. Aber ohne den Namen des Besitzers. Ich öffnete ihn und fand darin die ganzen Requisiten aus *Wiegenlied.* Auch die lebensgroße Puppe, die den Säugling gespielt hatte. Jetzt erkannte ich den Koffer wieder. Im dritten Akt hatte ich ihn in der Hand gehabt. Dort, wo ich abreisen will und es dann doch nicht schaffe. Ich habe ihn sorgfältig zwischen die andern zurückgestellt. Beim Buchstaben G. G wie Gerron. Als Talisman. Als Glücksbringer.

Dem kleinen Louis hat er dann tatsächlich Glück gebracht.

Hoffe ich.

Wenn die Lager die Hölle sind – was war dann die Schouwburg? Die Vorhölle? Das Trainingscamp? Die Probebühne? Und was war ich, wenn ich dort arbeitete? Ein Hilfsteufel? Ein diensteifriger Korbinian? Oder einfach wieder mal ein Schauspieler, der versuchte, aus einer beschissenen Rolle das Beste zu machen?

Es wurde alles so schrecklich alltäglich. So furchterregend selbstverständlich. Jeden Morgen, pünktlich um zehn, ging ich ins Theater. So wie ich all die Jahre zur Probe gegangen bin. Kam erst abends um elf wieder heraus. Wenn die Vorstellung zu Ende gespielt war. Das Plakat neben dem Eingang kündigte immer noch *Wiegenlied* an. Aber wir spielten längst etwas anderes. Kein gutes Stück. Viel zu viele traurige Szenen. Es war nichts mehr anderes im Repertoire. Jeden Tag dieselbe Tragödie. Mit wechselnden Darstellern.

Die Handlung stand fest, aber die Vorstellung lief nicht immer gleich ab. An manchen Tagen waren die Verzweiflungsszenen laut und heftig, an andern leise und resigniert. Der Schluss blieb immer derselbe. Viermal die Woche, immer gegen zehn Uhr abends, wurde die Straße vor dem Theater abgesperrt, eine Straßenbahn fuhr vor, und die SS bildete Spalier für die Auserwählten des Tages. Wenn die dann eingestiegen waren, jeder mit seinem Koffer – brav gemacht, Gerron! –, wenn die Straßenbahn abgefahren war und die frische Ladung Judskis unterwegs nach Westerbork, dann hatte ich Feierabend. Ging nach Hause, wie man eben von der Arbeit nach Hause geht. Während sie im Zuschauerraum die Stühle an die Wände rückten und auf Matratzen und Strohsäcken zu schlafen versuchten.

In der Nacht war ich nicht dabei. Hatte wieder einmal eine Sonderrolle. Gehörte nicht zum Ensemble, sondern gastierte nur. Besaß das weiße Armband des Judenrats, mit dem ich die Schouwburg jederzeit verlassen durfte. Einen Spezialausweis, der mich von der nächtlichen Ausgangssperre befreite. Schlief im eigenen Bett. Weil ich ja kein gewöhnlicher Judski war, sondern der *Leider Bagagedienst.* Der nicht deportiert werden durfte.

Bis sie dann den Judenrat aufgelöst haben, und wir alle auch in die Straßenbahn stiegen.

An was ich mich am stärksten erinnere, ist der Geruch. Der Gestank. Hunderte von Menschen in einen Saal eingesperrt, und es gab nur zwei Toiletten. Eine für Männer und eine für Frauen. Zwei Waschbecken. Im oberen Foyer, vor den Balkonen, wären noch mal zwei gewesen. Aber die hatte die SS für sich reserviert. *Voor Joden verboden.*

Der Gestank, und natürlich die Hände. Immer wieder die Hände. Die einen von allen Seiten anpackten und festzuhalten versuchten, wenn man durch den Zuschauerraum ging. All die Leute, die einen kannten oder kennen wollten, weil sie sich Hilfe von einem erhofften. «Sie müssen etwas für mich tun! Etwas unternehmen, damit ich hier rauskomme! Meine alte Mutter ist ganz allein, meine Kinder sind krank, dass ich überhaupt auf der Liste stand, muss ein Irrtum gewesen sein, ich bin unentbehrlich, unabkömmlich, unschuldig.» Alle, alle hatten sie gute Gründe, warum gerade sie nicht nach Westerbork gehörten, und sie hatten ja auch alle, alle recht. Es gab keinen Grund, schon gar keinen vernünftigen, warum man sie hierher verschleppt hatte. Oder doch nur den einzigen. Den Stern. Gegen Sinnlosigkeit helfen keine Argumente. Ich konnte nichts für sie tun. Aber wenn ich das nächste Mal an ihnen vorbeikam, hielten sie mich wieder fest. Flehten mich wieder an. «Ich bitte Sie, Herr Gerron, versuchen Sie es wenigstens. Seien Sie ein Mensch.»

Das war ihr Denkfehler. Wir waren keine Menschen mehr. Das hatte man uns aberkannt. Wir waren Zahlen in einer Statistik. Abhakpunkte auf einer Liste.

Über der Tür, dort, wo es vom Marmorfoyer in den Saal geht, war eine Tafel mit einem alten holländischen Spruch angebracht. *Haben andere mehr Glück / als du es hast, nimm es in Kauf. / Sieh es nicht mit scheelem Blick. / Das Schicksal nimmt doch seinen Lauf.* Ich kann mir nicht vorstellen, dass sich jemand damit getröstet hat.

Das Schicksal hatte einen Namen. Aus der Fünten. Er bestimmte, wer die briefliche Aufforderung bekam, sich zum Arbeitseinsatz zu melden. Wer ohne Vorankündigung nachts aus dem Bett geholt wurde. Oder einfach von der Straße weggefangen. Es gab einen Greifertrupp, die Kolonne Henneicke, die bekamen fünf Gulden für jeden Juden, den sie anschleppten. Später, als Judskis in Amsterdam Mangelware wurden, ist der Preis sogar noch gestiegen.

Wenn es das Schicksal ausnahmsweise gut mit jemandem meinte, wenn sich die Himmelsdramaturgen langweilten und Abwechslung brauchten, dann konnte es vorkommen, dass dieser Jemand bei der Registrierung absichtlich zufällig vergessen wurde. Die SS-Leute überließen das Listenführen dem Judenrat, und wenn sie betrunken waren, nahmen sie es mit der Überwachung nicht allzu genau. Sie waren oft betrunken. Man sorgte dafür, dass ihre Flaschen nicht leer wurden.

Wer auf keiner Liste erschien, konnte aus dem Haus geschmuggelt werden. Durch die Unterbühne. In den ersten Wochen, solang man ihn noch betreten durfte, auch über die Mauer des Hinterhofs. Aber das war die große Ausnahme. Und eines der bestgehüteten Geheimnisse. Nicht einmal alle Mitglieder des Joodsche Raad wussten davon. Ich war eingeweiht, weil mit den Geflüchteten auch ihre Gepäckstücke verschwinden mussten. Der Walter Süsskind hat diese Sachen organisiert. Und der Jo Spier hatte etwas damit zu tun. Der Jo ist auch in Theresienstadt. Ich muss versuchen, eine Aufgabe in meinem Film für ihn zu finden.

Mancher, dem die Flucht gelungen war, fiel ein paar Tage später dem Greifertrupp ein zweites Mal in die Hände. Passierte ein zweites Mal den Torspruch vom Schicksal, das seinen Lauf nimmt. Ehrlicherweise hätte dort stehen müssen: *Ihr, die ihr eintretet, lasst alle Hoffnung fahren.*

So viele Menschen in diesem pervertierten Zuschauerraum. Wo die Vorstellung im Parkett stattfand und die SS an der Bühnenrampe stand und zuschaute. Wenn ich auf jeden da unten hätte achten, mit jedem hätte mitfühlen wollen – das Gewicht all dieser Schicksale hätte mich unter sich begraben. Ich konnte es nur ertragen, solang zu keinem dieser ängstlichen, wütenden, verzweifelten Gesichter ein Name gehörte. Solang ich sie ansehen konnte, wie man im Kino eine Massenszene ansieht. Als ob es lauter Statisten wären. Leute, die keine Rolle spielen. Die auf dem Programmzettel nicht einzeln genannt werden. *Soldaten, Händler, Volk*. Ich baute mir, wie damals im Krüppelheim, eine innere Mauer auf und ging dahinter in Deckung. Die Gesichter wechselten auch viel zu schnell, als dass man mit dem einzelnen hätte vertraut werden können. Man sah nur noch Typen. Der Kümmerer, der die eigene Angst hinter der Fürsorge für andere versteckte. Der Egoist, der sich für die Nacht zwei Matratzen sicherte, auch wenn neben ihm jemand auf dem nackten Boden schlafen musste. Der Korrekte, der verzweifelt nach Regeln suchte, an die man sich halten konnte. In einer Welt, die aufgehört hatte, Regeln zu haben. Wenn man welche erfand, dann nur, um ihre Nichteinhaltung bestrafen zu können.

Ein riesiges Wartezimmer. Keiner der Patienten mit einer positiven Prognose. Man hätte in der Situation eine Menge Selbstmorde erwarten können, aber ich weiß nur von einem einzigen. Es war wohl der Anschein von Ordnung, es waren all diese Listen und Formulare, was die Menschen davon abhielt. Außerdem: Man muss allein sein können, um sich in Ruhe umzubringen. In der Schouwburg war man das nie. Selbst in der Toilette hämmerte schon nach einer Minute der nächste Ungeduldige an die Tür.

Die einzigen Gesichter, die man zu unterscheiden lernte, waren die der Wachmannschaft. Wir hatten die ganze Zeit dieselben SS-Leute. Sie genossen den Druckposten, den sie da ergattert hatten. Die Macht über andere Menschen. Ich sehe sie alle noch vor mir. Die schlechte Besetzung eines miesen Films. Da war der Grünberg, der von den andern verspottet wurde, weil sein Name einen jüdischen Klang hatte. Der ständig besoffene Weber, der am Morgen immer erst einen tiefen Schluck aus der Schnapsflasche nehmen musste, bevor seine Hände aufhörten zu zittern. Der Sukale, der sich gern von alten Leuten die Schuhe putzen ließ. Ich habe nie verstanden, warum er es so genoss, dass sie dafür vor ihm knien mussten. Der Klingebiel mit seinem verkniffenen Gesicht. Völlig verrückt war der, ein Schläger und Treter. Wenn er seine Anfälle hatte, prügelte er auf jeden ein, der in seine Nähe kam. Und der Zündler natürlich. Versprach jungen Frauen die Freilassung, wenn sie ihm zu Willen waren. Sie haben ihn dafür zu zehn Jahren verurteilt und nach Dachau verfrachtet. Wegen Rassenschande. Das war das Unverzeihliche. Hätte er die Frauen totgeschlagen statt sich mit ihnen zu vergnügen, man hätte ein Auge zugedrückt.

Eine schreckliche Zeit. Aber auch der Schrecken wird alltäglich. Der Mensch kann sich an alles gewöhnen. Ich weiß nicht, ob das ein Glück ist oder ein Unglück.

Nur an eines gewöhnte ich mich nie: Wenn unter all den fremden Leuten plötzlich ein bekanntes Gesicht auftauchte. Ein Freund. Ein Kollege. Das traf mich jedes Mal wie ein Schlag in die Magengrube.

Ich weiß, wie sich so ein Schlag anfühlt. Als wir nach Theresienstadt kamen, schaute mich in der Schleuse einer von der Wachmannschaft fragend an. Mit diesem *Den-kenne-ich-doch*-Blick, an den man sich als Prominenter gewöhnt. Ich reagierte ganz automatisch. Wie ich es immer tat, wenn mich auf der Straße jemand erkannt hatte und zu schüchtern war, um mich anzusprechen. Nickte und lächelte ihn an. Er kann zu mir rüber und schlug zu. Ich weiß, wie es sich anfühlt.

Früher oder später kamen alle in die Schouwburg. Der Wallburg.

Der Ehrlich. Der Rosen. Camilla. Wurden alle nach Westerbork geschickt. Wo sie dann länger bleiben durften als andere. Weil der Gemmeker gern ins Kabarett ging.

So viele Kollegen.

Und meine Eltern.

Als ich, zwei Tage, bevor es so weit war, erfuhr, dass sie auch aufgerufen werden würden, habe ich versucht, sie vorzubereiten. Papa wollte mir meine beruhigenden Lügen nicht glauben. Er war dreiundsiebzig Jahre alt, und von seiner alten Persönlichkeit war ihm nichts geblieben als ein besserwisserischer Pessimismus. Den wollte er sich nicht auch noch nehmen lassen. «Sie werden uns umbringen», sagte er. «Du wirst schon sehen.» Ob es wohl ein Trost für ihn war, dass er noch ein letztes Mal recht behalten hat?

Mama, wie es ihre Art war, weigerte sich, zur Kenntnis zu nehmen, was mit ihr passierte. Hielt sich an Äußerlichkeiten fest. Wischte ihren Klappstuhl vorwurfsvoll mit dem Taschentuch ab, bevor sie sich setzte. «Man stützt nicht die Ellbogen auf den Tisch», sagte sie zu mir. Als ich sie küssen wollte, stieß sie mich weg.

Papa ließ sich umarmen. Mit einem Gesicht, als ob auch das etwas wäre, das er zu erdulden hatte.

Meine Eltern blieben nicht lang in der Schouwburg. Am Vormittag waren sie gekommen, und am selben Abend brachte man sie schon nach Westerbork. Ich durfte sie nicht bis zur Straßenbahn begleiten. Während der Transporte war das Foyer auch für den Judenrat gesperrt.

«Vergiss mich nicht», war das letzte, was Mama zu mir sagte. Sie hätte dasselbe gesagt, wenn sie nur für eine Woche in die Sommerfrische gefahren wäre. Ihr Leben bestand aus Plattitüden.

Erst in Westerbork habe ich erfahren, dass man sie nach Sobibor geschickt hat. Von dort ist niemand zurückgekommen.

In den ersten Wochen, als sie noch die Illusion verbreiteten, es ginge um einen Arbeitseinsatz, holten sie vor allem junge Leute in die Schouwburg. Einzelpersonen. Aber schon bald machten sie sich nicht mehr die Mühe, den Vorwand aufrechtzuerhalten. Wer den Knüppel hat, braucht die Mohrrübe nicht. Jetzt holten sie auch alte Leute. Ganze Familien.

Kinder.

Ich habe mich oft gefragt, warum die SS-Leute dieses Wort so vermieden. Als ob sie Angst davor hätten. Sie sprachen immer nur von Brut. «Eure Brut kriegt gleich ein paar hinter die Löffel» oder «Eure Brut soll aufhören, Krach zu machen.»

Es war der Lärm, der sie störte. Ans Befehlen gewöhnt, wollten sie nicht einsehen, dass man Kinder nicht einfach zur Ruhe kommandieren kann, wenn sie kreischend Fangen spielen oder sich lauthals über eine Ungerechtigkeit beklagen. Sie schrien sie an und bewirkten damit natürlich das Gegenteil. Vor allem die ganz Kleinen waren oft überhaupt nicht mehr zu beruhigen.

Und so wurde eine neue Regel eingeführt. Gleich gegenüber der Schouwburg, auf der andern Seite der Plantage Middenlaan, gab es eine jüdische Kinderkrippe. Eine *Crèche*, wie man in Holland sagt. Dort sollten in Zukunft alle Kinder getrennt von den Eltern betreut werden. Wobei Betreuung das falsche Wort war. Zumindest, was die SS anging. Aufbewahrt sollten sie werden. Weggepackt wie meine Koffer, die man ja auch erst wieder brauchte, wenn ihre Besitzer nach Westerbork weitergeschickt wurden. «Kümmert euch drum!», sagte die SS, und der Judenrat kümmerte sich.

Die Eltern wehrten sich oft heftig, wenn man ihnen die Kinder wegnahm. Man würde gut für sie sorgen? Was von deutschen Versprechungen zu halten war, hatte man zur Genüge erfahren. Immer wieder musste man jemandem die Tochter oder den Sohn aus den Armen reißen. Aber Erwachsene sind leichter zur Ruhe zu bringen als Kinder. Man droht ihnen mit Gewalt, und wenn das nicht hilft, schlägt man zu.

Die Eltern blieben also in der Schouwburg, und die Kinder kamen in die Crèche. Manchmal nur zwei Tage lang, manchmal ein paar

Wochen. Bis sie zum Transport nach Westerbork aufgerufen wurden. Dann brachte man sie wieder über die Straße zurück, eine knappe Stunde, bevor die nächtliche Straßenbahn fuhr. Damit auch diese Familie vollständig und korrekt in Westerbork abgeliefert werden konnte. Ordnung muss sein.

Das Erlebnis mit dem kleinen Louis begann damit, dass mich im Zuschauerraum wieder einmal jemand festhielt. Ich weiß nicht, warum ich gerade dieser Frau zugehört habe. Ich hatte unterdessen schon Routine darin, mich loszumachen. Bittsteller mit ein paar leeren Worten abzuspeisen. Helfen konnte ich ja doch nicht.

Vielleicht, weil sie mich an Olga erinnerte. Obwohl sie ein ganz anderer Typ war. Ein bisschen rundlich und mit auffällig hellen blonden Haaren. So wie sich Goebbels eine Arierin vorstellt.

Ich darf nicht vergessen, Frau Olitzki noch mal daran zu erinnern, dass auf allen Anforderungen für Filmdarsteller stehen muss: *Keine blonden Haare.*

In ihrer Direktheit ähnelte sie Olga. Machte sich nichts vor und redete nicht um die Dinge herum. «Sie müssen etwas für mich tun», sagte sie. Es war keine Frage und keine Bitte. Sie teilte es mir mit.

«Ich kann Sie hier nicht rausholen.»

Sie schaute mich an, wie mich Olga auch manchmal anschaut, wenn ich sie nicht gleich verstehe. Mitleidig.

«Das ist mir klar», sagte sie. «Ich habe mich damit abgefunden. Man wird uns nach Westerbork transportieren. Dann weiter in ein anderes Lager. Und dort wird man uns umbringen.» Es gab viele Leute, die so dachten. Nach dem, was man von den Geiseln in Mauthausen gehört hatte, konnte man nichts ausschließen. Aber ich hatte es noch nie jemanden mit solcher Selbstverständlichkeit sagen hören.

Ich wollte ihr widersprechen, sie beruhigen, aber sie wischte meine Einwände weg. Mit einer Geste, die mich wieder an Olga denken ließ. «Wir haben keine Zeit, uns noch etwas vorzumachen», sagte sie. «Sie haben einen Ausweis, mit dem sie die Schouwburg verlassen können. Ich möchte, dass Sie in die Crèche gehen und meinem Sohn das da bringen. Er heißt Louis. Louis Hijmans.» Sie hielt mir ein Etwas aus braunem Stoff hin, in dem ich erst beim zweiten Hinsehen ein ungeschickt genähtes Tier erkannte. Ein Bär vielleicht oder ein Affe. «Er ist es gewohnt, dass das neben ihm im Bett liegt», sagte sie. «Sie wollten es nicht mitnehmen, als sie ihn geholt haben. Ich will nicht, dass er sich fürchtet, so ganz allein.»

«Man sorgt gut für sie in der Crèche», sagte ich.

Sie schüttelte den Kopf. Eine Lehrerin, die einem begriffsstutzigen Schüler seine Langsamkeit nicht übelnimmt. Wieder eine Olga-Geste.

«Darum geht es nicht», sagte sie.

Ich hatte mir vorgenommen, mich auf niemanden einzulassen. Immer in Deckung zu bleiben. Auch fremdes Leid kann einen treffen wie ein Granatsplitter. Aber bei ihr habe ich genickt. Habe das Stofftier genommen. Habe gesagt: «Ich werde es ihm bringen. Und Ihnen berichten, was er gesagt hat.»

«Er kann noch nicht sprechen», sagte die Frau. «Er ist fünf Monate alt.»

Ich war vorher noch nie in der Crèche gewesen und fand mich nicht gleich zurecht. Im ersten Zimmer, das ich betrat, saßen etwa ein Dutzend Kinder in zwei ordentlichen Reihen nebeneinander. Wie in einem Schulzimmer, aus dem jemand die Pulte gestohlen hat. Man spielte Unterricht, um den Kindern – manche acht Jahre alt, manche zehn oder elf – durch das Vertraute der Situation ein bisschen Sicherheit zu vermitteln. Wo es einen Stundenplan gibt, ist die Welt nicht völlig aus den Fugen. Solang man lernen muss, muss es eine Zukunft geben.

Auf die weiß gestrichene Wand hatte jemand die Landkarte von Europa gezeichnet. Nicht sehr exakt, aber man konnte die Umrisse erkennen. Eine Lehrerin – erst jetzt fällt mir auf, dass sie viel zu jung war, um wirklich Lehrerin zu sein – zeigte mit einem Bambusstock auf die einzelnen Länder und nannte ihre Namen. Niederlande. Belgien. Luxemburg. Frankreich. Sie hätte auch sagen können: «Erobert. Besiegt. Besetzt. Verloren.»

Ich entschuldigte mich für die Störung und fragte nach den Kleinkindern. Als ein Mädchen hörte, dass ich aus der Schouwburg kam, meldete es sich, wie man das in der Schule eben tut. «Verzeihen Sie bitte», sagte die Kleine. «Sind meine Eltern noch dort?» Fragte es, wie man sich nach einem verlorenen Kleidungsstück erkundigt. Ich kannte ihre Eltern nicht, aber ich versicherte ihr, dass sie noch in der Schouwburg sein mussten. Man verschickte niemanden ohne seine Kinder. Das hätte in den Papieren unordentlich ausgesehen.

Das Mädchen bedankte sich artig. Es sah nicht aus, als ob sie meine Beteuerungen wirklich geglaubt hätte.

Im Hinausgehen hörte ich, wie der Unterricht wieder einsetzte. «Norwegen», sagte die Lehrerin. «Dänemark.»

Das Zimmer für die ganz Kleinen war eine Treppe höher. Die Bettchen dicht an dicht. Nicht alle gleich. Zusammengewürfelt wie die Menschen, die auf der anderen Straßenseite die Entscheidung über ihr Schicksal erwarteten. Manche Betten waren aus weiß lackiertem Metall und stammten wohl aus einem Krankenhaus. Andere, liebevoll verschnörkelt und bemalt, mussten in Kinderzimmern gestanden haben und heimlich herausgeschmuggelt worden sein. Es war streng verboten, Möbelstücke aus jüdischen Wohnungen zu entfernen. Die Lastwagen der Spedition Puls sollten nicht halb leer nach Deutschland fahren.

Für all die kleinen Kinder, zwanzig waren es mindestens, gab es nur eine einzige Pflegerin. Ebenfalls sehr jung. Sie stellte sich als Mellie vor. Auf ihrer Schwesterntracht saß der gelbe Stern wie ein Schmuckstück. Als ich sie nach Louis Hijmans fragte, wusste sie nicht gleich, welches Kind das war. «Es ist mir peinlich», sagte sie, «aber ich kann mir nicht alle Namen merken. Sie wechseln einfach zu schnell.» Aus der Schublade einer Kommode, die als Wickeltisch diente, holte sie ein Wachstuchheft. Sie schreibe immer alles genau auf, erklärte sie mir. Die Namen und die Geburtsdaten. Wann die Kinder gebracht wurden und wann wieder abgeholt. «Damit man später einmal weiß, wer alles hier war.»

Ein so kleines Heft und so viele Namen.

Ich beugte mich über den kleinen Louis und legte sein Stofftier neben ihn. Er lächelte mich an. Nur einen Augenblick lang, aber es war eindeutig ein Lächeln. «Vergessen Sie nicht, das seiner Mutter zu erzählen», sagte Mellie. «Es ist das erste Mal, dass er das macht.»

«Und seinem Vater.»

Sie schüttelte den Kopf und zeigte auf eine Eintragung in ihrem Notizbuch. «Man hat in seiner Wohnung ein Radiogerät gefunden.» Mehr musste sie nicht sagen. Es steht auf vieles die Todesstrafe, aber nichts ist verbotener als der Besitz von Nachrichten, die in der offiziellen Propaganda nicht vorkommen. Für einen Staat, der alles kontrollieren will, gibt es keine tödlichere Sünde als den Fluchtversuch im Kopf.

Und doch sickern Informationen durch die Ritzen. In Theresienstadt erzählt man sich seit heute, die Russen stünden vor Warschau. Vielleicht ist ihr Vormarsch doch schneller als meine Dreharbeiten. Wenn ich an einen Gott glaubte, würde ich dafür beten.

Als ich Frau Hijmans vom Lächeln ihres Sohnes erzählte, sagte sie etwas Seltsames: «Es wird sich einmal jemand darüber freuen.» Ich habe erst später verstanden, was sie damit meinte. Sie hatte wirklich sehr viel Ähnlichkeit mit Olga.

Ich habe dann immer neue Vorwände gefunden, warum ich ganz dringend die Crèche besuchen musste. Habe mir eingeredet, ich wolle Frau Hijmans über das Wohlergehen ihres Sohnes beruhigen. Aber das war nicht der Grund. Ich wollte ihn noch einmal lächeln sehen.

Der Moment hat sich nicht wiederholt. In seinem Alter war es gar nicht möglich, dass er mich erkannte oder sich gar freute, mich zu sehen. Und doch: Ich hatte das Gefühl, dass er irgendwie zu mir gehörte.

Ein schönes Gefühl.

Frau Hijmans blieb länger in der Schouwburg als andere. Im Labyrinth der deutschen Behörden war ein Streit um sie ausgebrochen. Gehörte sie wegen des Rundfunkgeräts in ihrer Wohnung der

Gestapo? Oder durfte sie von der Zentralstelle nach Westerbork verfrachtet werden?

Aus der Fünten muss sich durchgesetzt haben. Eines Tages stand ihr Name auf der Liste. *Margreet Hijmans und Sohn Louis (0).* Die Null war die offizielle Abkürzung für Säuglinge, die ihren ersten Geburtstag noch nicht erreicht hatten. Die SS liebt solche bürokratischen Details.

Man gab in der Schouwburg immer erst gegen Abend bekannt, wer an diesem Tag nach Westerbork verschickt wurde. Verzweiflung und Hoffnungslosigkeit können sehr laut werden, und die SS wollte möglichst lang ihre Ruhe haben. Für mich begann dann immer die hektischste Stunde des Tages. Jeder hatte Angst, seinen letzten Besitz zu verlieren, wenn er seinen Koffer nicht rechtzeitig zurückbekam.

In der Crèche kannte man die Namen schon früher. Es hätte den geregelten Ablauf des Transports gestört, wenn die betroffenen Kinder nicht rechtzeitig angeliefert worden wären. Mellie zeigte mir die Liste und bat mich, Frau Hijmans auszurichten, dass man ihr Louis gegen neun Uhr hinüberbringen werde.

Ich weiß nicht mehr, welche Reaktion ich auf diese Nachricht erwartet habe. Bestimmt eine andere, als ich sie erlebte. Margreet blieb auf ihrem Klappstuhl sitzen, scheinbar ohne Regung. Dann nickte sie, wie man es tut, wenn etwas unliebsam Erwartetes eingetreten ist, und sagte: «Ich will das Kind nicht haben. Sie sollen es verschwinden lassen.»

Sie hatte sich alles genau überlegt. Davon überzeugt, dass man aus den Lagern nicht lebend herauskommen würde, sah sie für sich keine Möglichkeit zur Rettung. Aber ihr Sohn, das hatte sie beschlossen, sollte einen anderen Weg gehen. «Man muss ihn aus der Crèche hinausschmuggeln», sagte sie. «Eine Familie finden, die ihn aufnimmt. Ich weiß, dass das möglich ist.»

Es war tatsächlich möglich. In seltenen Fällen. Am Tag war die Plantage Middenlaan eine gewöhnliche Straße, mit Fußgängern und Fahrrädern und Autos. Jedes Mal, wenn eine Straßenbahn vor der

Schouwburg anhielt, war den Wachen dort der Blick auf die andere Seite versperrt. Sie konnten nicht sehen, ob ein scheinbar zufälliger Passant ein Kind an der Hand wegführte oder auf dem Arm wegtrug. Es existierte eine Organisation, hauptsächlich von Studenten, die versuchte, so viele Kinder wie möglich vor der Deportation zu retten. Aber das war alles streng geheim. Wie hatte Frau Hijmans davon erfahren?

Sie beantwortete meine Frage, bevor ich sie stellen konnte. «Ich habe Augen», sagte sie. «Ich habe Ohren. Und ich war lang genug hier eingesperrt, um mir ein Bild zusammenzusetzen. Gestern habe ich Herrn Süsskind gefragt, und er hat es nicht abgestritten.»

Alles sehr sachlich. So wie es Olga auch gemacht haben würde. Aber etwas hatte sie übersehen.

«Hat Ihnen Süsskind nicht gesagt …?»

«Was?»

«Dass das nur möglich ist, wenn die Kinder nicht auf der Liste stehen?»

Es war so: Nur wenn der besoffene Weber im Foyer die Aufsicht hatte oder wenn Sukale wieder einmal ein Opfer für seine sadistischen Spielchen entdeckt hatte, war es möglich, beim Aufnehmen der Personalien zu schummeln. Jemanden absichtlich zu vergessen. Bei einer Familie ein Kind wegzulassen. Diese Personen, und nur sie, konnte man hinausschmuggeln. Aber wenn jemand erfasst war, ganz wörtlich erfasst, wenn ihn die Greifarme der Nazibürokratie einmal gepackt hatten, dann war das nicht mehr möglich. Ein Kind, von dem die SS wusste, konnte nicht einfach aus der Crèche verschwinden. Das hätte für Mellie und alle anderen, die dort arbeiteten, KZ bedeutet. Oder Schlimmeres.

Es war unmöglich.

Margreet Hijmans war eine starke Frau. Aber als ihr klar wurde, dass ihr Plan nicht durchführbar war, brach sie zusammen. Sie weinte nicht laut, aber ihr Gesicht war wie zerbrochen. «Nicht Louis», sagte sie immer wieder. «Nicht mein Louis. Dafür habe ich ihn nicht geboren.»

Ich versuchte zu trösten, wo es keinen Trost gab. Hielt sie im

Arm und wiegte sie hin und her wie ein kleines Kind. Und plötzlich fiel mir der Requisitenkoffer aus *Wiegenlied* ein.

An diesem Abend war es Grünberg, der die Liste der für Westerbork Bestimmten abhakte. Als er «Margreet Hijmans mit Sohn Louis» aufrief, stand sie bereit. Ihren Koffer in der Hand und ihr Kind auf dem Arm. Der Säugling war gegen die nächtliche Kälte in ein Tuch gewickelt, und sie presste ihn zärtlich an sich. Küsste ihn. Grünberg rief den nächsten Namen auf. Wenn mir die Zuschauer in jeder Vorstellung geglaubt hatten, dass die Puppe in meinen Armen ein Kind war, warum hätte ein ungeduldiger SS-Mann Verdacht schöpfen sollen?

Ich habe Louis noch ein paar Mal in der Crèche besucht. Bis er eines Tages nicht mehr da war. Sein Bettchen leer. Ich habe Mellie nicht gefragt, wohin man ihn gebracht hatte. Sie hätte es mir nicht verraten. Sie sagte nur: «Wir haben einen guten Ort für ihn gefunden.»

Louis.

Nein, nicht Louis. «Er soll einen anderen Namen bekommen», hatte Margreet bestimmt. «Es ist sicherer für ihn.» Sie hatte alles überlegt. Auch den neuen Namen ihres Sohnes hatte sie schon bestimmt.

Irgendwo in Holland, bei irgendeiner Familie, lebt ein kleiner Junge namens Kurt. Ich hatte nie ein eigenes Kind, aber er wird von mir übrigbleiben.

Ich hoffe, es geht ihm gut.

Morgen ist der erste Drehtag.

Ich habe vorbereitet, was ich vorbereiten konnte. Ich weiß nicht, ob es ausreichend war.

Um neun Uhr soll eine Aufnahmemannschaft aus Prag eintreffen. Hoffentlich spricht der Kameramann gut genug deutsch, um meine künstlerischen Intentionen zu verstehen.

Künstlerische Intentionen. Sie machen sich lächerlich, Herr Gerron.

Wir haben für morgen zweiundvierzig Einstellungen vorgesehen. Viel zu viel für einen Tag. Aber so wird es gewünscht, und so wird es gemacht. Die Leute aus Prag kommen von der Wochenschau. Das ist meine Hoffnung. Sie werden es gewohnt sein, schnell zu arbeiten.

Ich habe Olga geklagt, wie schwierig die Arbeit ist, und dass ich nicht weiß, ob ich es schaffen werde. Sie hat gelacht und dabei den Kopf in den Nacken geworfen. Die Bewegung ist mir vertraut, aber es fehlt etwas, seit ihr dabei keine Haare mehr ums Gesicht fliegen. Wie wenn einer mit leeren Händen jongliert.

Den alten tschechischen Jongleur habe ich lang nicht gesehen. Er wird wohl auf Transport gegangen sein.

Ausgelacht hat mich Olga. Hat gesagt: «Du jammerst, wie du bei jedem deiner Filme gejammert hast. Die Arbeit tut dir gut.»

Habe ich immer gejammert? Wenn man wüsste, wie viel schlimmer es noch werden kann, man würde sich nie mehr beschweren.

Nein, das stimmt nicht. Wenn man gewusst hätte, was noch alles kommt, man hätte sich umgebracht.

Wir fangen morgen früh gleich mit einer der schwierigsten Szenen an. Bei der Ufa habe ich am ersten Drehtag immer nur Passagen und Übergänge in den Arbeitsplan schreiben lassen. Einfache Dinge, damit sich die Maschinerie einspielen kann. Aber es wird anders gewünscht.

Ich habe die Sequenz heute probiert. *Theresienstadt geht zur Arbeit* heißt es im Drehbuch. Eine Art Festumzug. Junge Mädchen mit landwirtschaftlichen Geräten. Straßenarbeiter mit geschulterten Spaten. Eine Transportkolonne. Das Ochsengespann mussten wir markieren, aber man hat mir versprochen, dass es morgen pünktlich zur Stelle sein wird. Frau Olitzki habe ich beauftragt, für die Kinder aus dem Waisenhaus einen Platz zu organisieren, von dem aus sie das Gespann sehen können. Die meisten von ihnen kennen Tiere nur aus dem Bilderbuch.

Außer Ratten.

Mit den jungen Mädchen war es am schwierigsten. Alle furchtbar aufgeregt, weil sie für die Ernteszenen ein paar Stunden aus der Festung herausdürfen. Konnten gar nicht mehr aufhören zu schnattern und zu kichern. Als Regisseur habe ich mich über ihre Disziplinlosigkeit geärgert. Aber es war schön, jemanden unbeschwert lachen zu hören.

Von dem, was nachher bei der Probe mit den *Ghetto-Swingers* passierte, habe ich Olga nichts erzählt. Ich will sie nicht erschrecken.

Eigentlich wollte ich mir nur über die Sichtlinien beim Musikpavillon klarwerden. Damit ich in der Einstellung möglichst viele Zuhörer ins Bild kriege. Wir werden keine Zeit haben, den Kamerastandort zu wechseln. Ich wollte schon weitergehen, um auch noch mit der Feuerwehr die Alarmszene zu besprechen, als plötzlich Rahm auftauchte. Ohne Begleitung. War einfach da, ohne dass ich ihn habe kommen sehen. «Sie sollen weiterspielen», sagte er.

Und so spielten sie denn, vierzehn Mann stark, nur für ihn. *Bei mir bistu schejn* spielten sie. Die Vorgabe für den Film lautet: *Nur Melodien von jüdischen Komponisten.* Ich musste eine Musikliste einreichen, und hinter jedem Namen musste *(J)* vermerkt sein.

Ich blieb stehen, die Hände an der Hosennaht. Er wippte im Takt der Musik mit dem Fuß. Wie hält er bloß seine Stiefel so sauber, im Dreck von Theresienstadt?

Die *Ghetto-Swingers* spielten, und er summte die Melodie mit. Dann ging er weg, und sie spielten immer noch.

Bei mir bistu schejn.

Ich habe Angst vor ihm.

Von meiner Seite war alles perfekt vorbereitet. Für die Verspätung konnte ich nichts. Die Leute aus Prag sind nicht pünktlich eingetroffen. Und natürlich gab es noch eine Menge zu besprechen. Sie haben keinen Standphotographen mitgebracht. Ich lasse die gedrehten Szenen jetzt von Jo Spier in Zeichnungen festhalten.

Als wir endlich loslegen konnten, stand die Marschkolonne seit zwei Stunden auf dem Marktplatz bereit. Was nicht weiter schlimm war. In Geduld sind wir alle geübt. Aber auch Rahm hatte warten müssen. Und mit ihm seine uniformierten Alemanns.

Man lässt einen Lagerkommandanten nicht warten. Wir haben also die Kamera aufgebaut, so schnell es ging. Dann habe ich mit der Trillerpfeife das Zeichen zum Abmarsch gegeben.

Ein großer Fehler.

Zuerst habe ich nicht verstanden, warum Rahm so wütend war. Beleidigt wie ein kleiner Junge, dem man sein Spielzeug weggenommen hat. Er wollte den Beginn der Dreharbeiten selber kommandieren. Seine Spielzeugeisenbahn durfte nicht losfahren, bevor er selber «Abfahrt!» gerufen hatte. Also musste das Ganze noch einmal auf Ausgangsposition zurück. Was mit dem Ochsenkarren nicht einfach war. Als alles wieder bereit war, ging er zur Kamera, blickte durch den Sucher – als ob er die geringste Ahnung hätte, auf was er dabei achten müsste! – und gab dann ein Zeichen. Scheinbar desinteressiert und mit nur zwei Fingern. So wie Max Reinhardt manchmal unwichtige Statisten dirigierte. Ich trillerte also ein zweites Mal auf meiner Pfeife, und diesmal durften sie wirklich losmarschieren.

Wir haben dreiundsechzig Einstellungen gedreht. Dreiundsechzig. An einem einzigen Tag. In der Ufa hätte ich dafür eine Gehaltszulage bekommen.

Die Leute aus Prag sind ganz tüchtig. Der erste Kameramann, er heißt Fric, hat ein gutes Auge. Die zweite Kamera macht ein junger Mann. Noch sehr unerfahren, scheint mir. Der Fric versteht schnell, was ich von ihm will. Obwohl ich ihm keine direkten Anweisungen geben darf. Das duldet die SS nicht. Ein Judski hat einem Arier keine Befehle zu erteilen. Wir haben aber einen gangbaren Weg gefunden, der auch nicht absurder ist als der ganze Film: Ich mache dem Chef der Aktualita Vorschläge, sehr unterwürfige Vorschläge, und er gibt sie an den Kameramann weiter.

Trotz dieser Umständlichkeit: Dreiundsechzig Einstellungen! Um die Hälfte mehr als vorgesehen. Nur die Sequenz *Zuschauer strömen zum Fußballspiel* hat nicht mehr reingepasst. Wir werden sie irgendwann einschieben müssen.

Bei der Ufa bin ich immer zusammen mit der technischen Mannschaft in die Kantine gegangen. Man kann dort eine Menge bereden. Aber als die Kollegen aus Prag die Linsenextraktsuppe rochen, haben sie doch lieber die Einladung der SS angenommen.

Es hat dann auch ohne Besprechung alles geklappt. Vorbereitung ist alles. Das war schon bei der Ufa meine Stärke.

Einen Moment gab es, einen wunderbaren Moment, den würde ich gern noch einmal erleben. Am liebsten jeden Tag. Wir bereiteten gerade die Anfahrt des Feuerwehrautos vor, da gingen die Sirenen los. Nicht der Feueralarm, den ich bestellt hatte, sondern die großen Sirenen. Fliegeralarm.

Für Judskis gibt es natürlich keine Luftschutzkeller. Und die SS-Leute wussten nicht, ob sie vor Rahm oder vor den Flugzeugen mehr Angst haben sollten. Es war eine Wohltat, sie dabei zu beobachten, wie sie immer wieder ängstlich zum Himmel blickten. Die Herren der Schöpfung hatten die Hosen voll.

Es ist dann eine ganze Schwadron von Flugzeugen über uns hinweggezogen. Heißt das Schwadron? In meiner Militärzeit waren es immer nur einzelne. Man konnte die Hoheitszeichen an den Flügeln nicht erkennen, aber deutsche waren es nicht.

Wir haben weiter gedreht. Was hätten wir sonst tun sollen? Die Maschinen sind Richtung Osten geflogen.

Es gibt hier in Theresienstadt zwei Namen für die neuesten Gerüchte, *JNA* und *JMA*. *JNA* heißt *Jüdische Nachrichten-Agentur*. Sie glaubt das Ziel der Maschinen ganz genau zu kennen. «Die Eisenbahnstrecke nach Auschwitz wollen sie bombardieren», heißt es. «Keine Osttransporte mehr. Keine Deportationen.»

Ich befürchte, dass *JMA* die passendere Bezeichnung ist. *Jüdische Märchen-Agentur.*

Aber es war ein schöner Moment.

Nach Drehschluss haben wir uns noch die vorgeschlagenen Nummern für die Kabarettaufnahmen angesehen. Stretter ist als Chaplin sehr komisch. Sogar Rahm hat gelacht. Er war schon wieder gnädig gestimmt. Seine Spielzeugeisenbahn macht ihm Spaß.

Regen. Den ganzen Vormittag lang. Wir mussten die Aufnahmen abbrechen. Eppstein war außer sich, weil heute doch die Tomatenernte gedreht werden sollte. Als ob sie ihn dafür verantwortlich machen könnten, dass sich das Wetter nicht an den Drehplan hält.

Eppstein kennt die SS. Wenn sie einen Sündenbock braucht, kann es gut sein, dass man ihn in der Rolle besetzt. Wir sind Judskis und deshalb automatisch an allem schuld. Wir haben ja auch den Krieg angezettelt. Ich und Olga. Zusammen mit dem alten Herrn Turkavka von der Klowache. Rädelsführer war der kleine Junge, den wir gestern auf seinem Schaukelpferd aufgenommen haben. Er ist so begeistert losgeritten wie ich damals auf meinem Isabellenschimmel. Als ob er in eine andere Welt hineinreiten könnte. Aber es gibt keine andere Welt. Nur diese eine. Wo man schon Vierjährige einsperrt und zu Verbrechern erklärt. Weil sie die falschen Eltern haben.

Wenn Papa nicht Gerson geheißen hätte, sondern vielleicht Gerhard, wenn unser Stammbaum in einem anderen Wald gewachsen wäre, «fünf Generationen Pastorentöchter», wie Otto das immer nannte, dann müsste ich mir jetzt keine Gedanken darüber machen, ob man Tomaten auch bei strömendem Regen pflücken darf. Man darf natürlich nicht. In der heilen Welt, die Rahm bestellt hat, scheint immer die Sonne. Stattdessen würde ich in Babelsberg eine Happy-End-Schnulze drehen, die Zigarre im Mund. Und den von Neusser würde ich zum Kaffeeholen schicken.

Ich habe in der Abstammungslotterie die Niete gezogen. In der Schicksalsverlosung. In der es keine Rolle spielt, was für ein Mensch du bist oder wie du dich im Leben benimmst. Als der Storch mich abgeliefert hat, war schon alles entschieden. Nicht Gerhard, sondern Gerson. Der falsche Rabbi, der solche Sachen weiß, hat mir erklärt, was der Name bedeutet. «Er kommt aus dem Hebräischen», hat er gesagt. «*Ger schom.* Zu deutsch: *Ein Fremder dort.*» Ein Außenseiter. Einer, der nicht dazugehört. Wenn es nach den Nazis ginge, müssten wir alle so heißen.

Es geht nach den Nazis.

Das Verrückte ist: Sie haben sich den ganzen Rassenscheiß nicht nur ausgedacht, weil sich damit Politik machen lässt. Das könnte man noch verstehen. Nein, sie glauben tatsächlich daran. So fest und ohne jeden Zweifel, wie man nur an völligen Unsinn glauben kann. So einen kannst du dreimal hintereinander aus einem brennenden Haus retten, und er wird immer noch überzeugt sein, dass eine jüdische Gemeinheit dahintersteckt.

Schlechtes Wetter? Der Jud ist schuld. Derselbe Mensch, vor dem sie höflich den Hut lüften würden, wenn er kein J im Ausweis hätte.

Wie damals bei Camilla Spira. Die sie über Nacht entjudifiziert haben. Plötzlich war sie nicht mehr der letzte Dreck, sondern eine gnädige Frau. Gemmeker soll ihr sogar die Hand geküsst haben.

Als ich in Westerbork ankam, trug sie noch den gelben Stern. Gehörte zum Ensemble der Berliner Kollegen, die dort Revue machen durften. Machen mussten. Ich habe sie selber auftreten sehen. Camilla trug ein kurzes Röckchen und schwang die Beine mindestens so hoch wie die Mädchen vom Ballett. Die Leute haben im Takt mitgeklatscht. Ein ganz nettes Liedchen. *Wenn ein Paketchen kommt, dann freut sich groß und klein.* Da würden wir in Theresienstadt auch applaudieren. Zu uns kommen schon lang keine Pakete mehr. Nicht einmal Paketchen.

Damals wäre niemand auf den Gedanken gekommen, dass Camilla über Nacht zur Arierin werden könnte. Sie selber wohl am wenigsten. Nicht bei dem Vater. Ich kenne den Fritz Spira gut. Wir haben ein paar Filme zusammen gedreht. Ich kannte ihn, muss es wohl heißen. Ich habe ihn gekannt. Sie sollen ihn in Österreich erwischt und nach Osten deportiert haben. Egal.

Camilla war ohne jeden Zweifel Halbjüdin. Mischling ersten Grades. Bis sie dann eines Tages zu Gemmeker bestellt wurde.

Ich war nicht dabei, und der Max Ehrlich, der es mir erzählt hat, auch nicht. Aber die Geschichte ist so unglaublich, dass sie wahr sein muss.

«Gnädige Frau», soll Gemmeker gesagt haben, «ich freue mich, Ihnen mitteilen zu können, dass Sie nicht die Tochter Ihres Vaters sind.» Und ihr eine Schere hingehalten haben.

Ihre Mutter war in Berlin zum Notar gegangen und hatte eidesstattlich versichert, Camilla sei das Produkt eines Seitensprungs mit einem deutschen Volksgenossen. Worauf ihre Tochter noch schneller arisiert wurde als Papas Firma. Mit der Schere durfte sie sich an Ort und Stelle den Stern abtrennen. Ritsch, ratsch, und schon war sie keine Saujüdin mehr, sondern eine hochgeachtete germanische Künstlerin. Gemmeker verabschiedete sie mit Handkuss und ließ sie im Dienstwagen zum Bahnhof bringen. Obwohl sich nichts verändert hatte. Überhaupt nichts. Außer seiner Vorstellung von ihr.

Olga hat damals gesagt: «Wenn sie mal in den Himmel kommt, wird sie nicht wissen, vor welcher Tür sie sich anstellen soll.»

Es ist alles so vollkommen sinnlos. Wenn es die Züge nach Auschwitz nicht gäbe, könnte man darüber lachen.

Gegen Mittag kam die Sonne wieder raus. Die Tomatenernte ist im Kasten. Pralle, saftige Tomaten. Ich würde auf zehn Jahre Leben verzichten, wenn ich noch einmal in eine reinbeißen dürfte.

Ich weiß bloß nicht, ob ich noch so viel auf meinem Konto habe.

Frau Olitzki soll den Drehbericht tippen, aber sie sitzt nur da und heult. Es hat ihr nicht gefallen im Egerbad. Sie ist auf das Drehbuch reingefallen.

Fröhliches Badeleben, hatte ich diktiert. Sie hat es geschrieben, und beim Schreiben hat sie es sich vorgestellt. Hat es sich ausgemalt. Familienausflug zum Wannsee. Nein, nicht Wannsee. Sie war ihr ganzes Leben nicht in Berlin. Was sie eben in Troppau für einen See haben. Oder Teich. Darum hat sie mich gelöchert, dass ich sie unbedingt für die Sequenz anfordern soll. Sie war zu oft im Kino. Hat zu viele Happy Ends gesehen. Jetzt glaubt sie daran. Obwohl sie doch von Anfang an bei der Planung dabei war. Hat den Unterschied zwischen Film und Wirklichkeit nicht begriffen. Bis heute. Jetzt versteht sie ihn.

Es fing schon damit an, dass wir das Wichtigste für die Sequenz vergessen hatten. Nicht nur ich, sondern alle. Einfach nicht daran gedacht. Da lebt man schon so lang im Lager, und der Kopf ist immer noch nicht angekommen. Immer noch nimmt man Dinge für selbstverständlich, die es schon lang nicht mehr sind.

Fröhliches Badeleben? Da weiß man als Regisseur, wie das geht. Man bestellt sich die Leute, die man braucht, und schickt sie ins Wasser. Hält die Kamera drauf. Ganz einfach.

Nur – und das war uns allen nicht in den Sinn gekommen: In ganz Theresienstadt gibt es keinen Badeanzug. Wozu auch? Wir sind in einer Festung eingesperrt. An den Fluss kommen wir nicht heran. Auf eine Bewilligung fürs Brausebad wartet man Wochen, und dann stellt man sich nackt unter die Dusche. Auch im Kleiderlager fand sich nichts. Wer den einzigen erlaubten Koffer mit dem Allernötigsten vollstopft, denkt zuletzt an Strandvergnügungen.

Aber alles geht, wenn es gehen muss. Die Wochenschau-Leute haben die Anzüge heute Morgen aus Prag mitgebracht. Womit sich die Frage, ob man in meinem Film mit oder ohne Judenstern schwimmen geht, von selber erledigt hat. Es wäre keine Zeit mehr gewesen, welche anzunähen. Anzüge und Badekappen. Es hat mir niemand gesagt, wo die Sachen herkommen. In einem Lagerhaus abgeholt, nehme ich an. Gut organisiert, wie sie nun mal sind, werden sie den Raub aus den geplünderten jüdischen Wohnungen ordentlich sortiert haben. Schuhe hier, Mäntel dort. Ein Regal voller Kinderkleider und eins voller Badeanzüge. Ordnung ist das halbe Leben.

Mehr als ein halbes ist es schon lang nicht mehr.

Die bestellten Statisten waren pünktlich zur Stelle. Die Abteilung Freizeitgestaltung funktioniert. Auch so eine Ironie, dass ausgerechnet die Freizeitgestaltung für den Film zuständig ist. Als ob in Theresienstadt nicht jedes Wort, in dem die Silbe *frei* vorkommt, ein schlechter Scherz wäre. Meine Darsteller waren vor Ort, aber wir konnten mit dem Dreh nicht pünktlich beginnen. Zuerst einmal brach Chaos aus.

Fast hundert Menschen, ein Stapel gebrauchter Badewäsche, keine Umkleidekabinen. Und das alles unter den Augen der ungeduldigen SS. «Es war ekelhaft», sagt Frau Olitzki und heult in ihre Schreibmaschine. «Die Anzüge waren nicht einmal gewaschen.»

Sie rochen noch nach Menschen, die schon lang auf Osttransport gegangen sind.

Und ich musste etwas daraus machen, das wie Lebensfreude aussah. *Ich hab das Fräulein Helen baden sehn, das war schön.*

Filmen heißt lügen. Was die Kamera nicht erfasst, existiert nicht.

Die ganz große Totale, die ich mir als erste Einstellung vorgestellt hatte, musste ich weglassen. Sonst wären die Boote links und rechts von den Schwimmern ins Bild gekommen. SS-Wachen mit Gewehren sind nicht die idealen Versatzstücke für eine Badeidylle. Ich deutete den Bildausschnitt mit zwei Händen an, und der Fric hat genickt. Wir verständigen uns jetzt mit Zeichen. Es geht schneller so.

Ich darf nicht vergessen, mich bei der Freizeitgestaltung zu bedanken. Sie hat mir die richtigen Leute ausgesucht. Noch nicht so ausgehungert wie die meisten in Theresienstadt. Im Badedress wäre das aufgefallen. Man hat mir viele Neuankömmlinge geschickt, noch nicht von der Zwangsdiät gezeichnet. *Da kann man Waden sehn, rund und schön im Wasser stehn.*

Unser Wasserspringer war mal tschechischer Meister. Er hat sich bei mir entschuldigt, weil er den Salto nicht sauber hingekriegt hat. Es war ihm peinlich. «Sonst spring ich Ihnen so was zwanzig Mal hintereinander», hat er gesagt. «Aber das Hungern schlägt mir aufs Gleichgewicht.»

Frau Olitzki ist, vielleicht weil sich das nach Freiheit anfühlte, ein paar Züge unter Wasser geschwommen. Sie hat die Richtung verloren und ist direkt neben einem der Boote aufgetaucht. Ein SS-Mann hat sie angeschnauzt. Ich konnte nicht verstehen, was er zu ihr gesagt hat, aber seither weint sie. Ich musste sie aus dem Bild winken. Ihr Gesicht hätte mir die Einstellung verdorben.

Hinterher hatte es das Wachkommando eilig. Sie wollten pünktlich zum Essen zurück sein. Vielleicht gibt es heute die so filmwirksam geernteten Tomaten. Sie haben die ganzen Kleider auf einen Wagen geschmissen, und die Leute mussten in den fremden Badesachen in die Festung zurückmarschieren. Barfuß.

Aber die Aufnahmen sind gut geworden. Sehr gut sogar, glaube ich. Eine Einstellung geradezu künstlerisch. Vier Männer unter einem Sonnenschirm, und am untern Bildrand taucht auf einer Wippe ein kleines Mädchen auf und verschwindet wieder. Ich gebe mir große Mühe mit der Gestaltung. Nicht für Rahm, sondern für mich. Ich will beweisen – nur mir selber, sonst interessiert das keine Sau –, dass ich immer noch ich bin. Nicht XXIV/4-247, sondern Kurt Gerron. Ein Regisseur.

Wenn der Drehbericht diktiert ist, kann ich Feierabend machen. Olga wartet auf mich. Aber Frau Olitzki weint immer noch.

Ich bin gut. Ich bin wirklich gut. Ein von sämtlichen Musen geküsster Komiker. Wenn ich nur daran denke, könnte ich heulen. Es war der schlimmste Auftritt meines Lebens. Noch schlimmer als der Mackie-Messer-Song in Ellecom. Aber erfolgreich. Im fertigen Film wird man genau das sehen, was bei mir bestellt wurde: Wie gut wir uns in Theresienstadt doch amüsieren. *Heiho, heiho, wir sind vergnügt und froh.*

Zweihundert Zuschauer, unter Bewachung hergeführt. Auf die Wiese, die sie den Kessel nennen. Und dann die Leute erst einmal warten lassen. Zwei Stunden lang. Im nassen Gras. Das Gewitter letzte Nacht war heftig, und sie standen bis zu den Knöcheln im Wasser. Die perfekte Voraussetzung für ein gutgelauntes Kabarett-Publikum.

Ich hatte die Bühne schon gestern aufbauen lassen. Um heute Zeit zu sparen. Ein Fehler, wie sich herausstellte. Der Vorhang war an zwei Birkenstämmen befestigt, und die hat der Wind umgerissen. Aber den Vorhang musste ich haben. Eine Bühne auf der grünen Wiese braucht einen optischen Abschluss.

Also erst mal alles neu aufbauen. Und dann noch das Problem mit dem Flügel. Beim Aufladen hatten sie ihn verkantet und brachten ihn jetzt fast nicht vom Lastwagen. Als er endlich an der richtigen Stelle stand, war er natürlich verstimmt. Es dauerte alles viel zu lange. Die Leute hatten nicht nur nasse Füße, sie waren auch hungrig. Man hatte sie ohne Mittagessen abmarschieren lassen. Und es hatte sich ja auch keiner freiwillig als Zuschauer gemeldet. Der Kessel hat einen schlechten Ruf. Letztes Jahr, noch vor meiner Zeit, hat hier dieser unendlich lange Zählappell stattgefunden, von dem man sich noch immer die schlimmsten Dinge erzählt.

Heiho, heiho.

Ein Publikum, wie es missgelaunter nicht sein konnte. Wo ich doch Begeisterung brauchte. Strahlende Mienen. Das lächelnde Gesicht von Theresienstadt.

Ich ließ zuerst Stretter auftreten. Sein *Chaplin als Schlittschuhläufer* schien mir die sicherste Nummer. Akrobatisch und komisch. Würde sogar im Wintergarten funktionieren. Aber es gab keine Reaktionen. Die Einstellungen, die ich aus der Gegenachse habe drehen lassen, quer über die Bühne, kann ich alle wegschmeißen. Wo Zuschauer im Bild sind, wird das Material nicht zu gebrauchen sein. Die Gesichter wie eingefroren. Als ob sie keine Kabarettbühne vor sich hätten, sondern ein Hinrichtungskommando.

Olga hat ganz ernsthaft gesagt: «In Theresienstadt ist der Unterschied nicht so groß.»

Ich habe dann kurzerhand entschieden, dass wir die vorbereitete Einstellungsliste wegschmeißen und zunächst einmal nur das Publikum abdrehen. Damit die Leute in die Stadt zurück können. Die Künstler hinterher. In aller Ruhe. Im Schneideraum kann ich es dann wieder zusammensetzen.

Ich weiß noch immer nicht, wo der Film geschnitten werden soll. Sie werden wohl kaum einen Schneidetisch nach Theresienstadt schaffen. Das Wochenschau-Studio wäre am sinnvollsten. Aber ob sie mich nach Prag fahren lassen? Egal. Für den Schnitt brauchen sie mich so oder so. Außer mir hat keiner den Überblick. Wenn alles gutgeht, werde ich damit länger beschäftigt sein, als der Krieg dauert. Die Märchen-Agentur meldet, dass die Amerikaner schon auf Paris marschieren.

Um die Leute ein bisschen in Stimmung zu bringen, habe ich die *Swingers* spielen lassen. Hatte sie vorsorglich herbestellt, obwohl wir sie ganz woanders aufnehmen. «Spielt die fetzigsten Melodien, die ihr kennt», habe ich gesagt. Die Leute haben zugehört, als ob es ein Trauermarsch wäre. Von wegen *lächelndes Gesicht*. Vollständige Lähmung des *Musculus risorius*.

Dabei standen gerade heute ein paar wichtige Prominente auf der Liste, von denen Rahm Großaufnahmen haben will. Begeistert dem Varietéprogramm applaudierend. Nicht mit Leichenbittermienen.

Ich bin dann schließlich selber hingestanden. Bin auf die Bühne gegangen und habe den Conférencier gemacht. Den Konferenzer, wie Mama gesagt haben würde. Habe die ältesten Schoten ausgepackt. Sachen, die schon damals im Krüppelheim funktioniert haben. *Der Lehrling Jacques Menasse*. Habe Witze erzählt. Keine Reaktion. Nichts. Wie der Wallburg einmal gesagt hat, als ein Sketch völlig in die Hose ging: «Ich bin schon an fröhlicheren Beerdigungen gewesen.»

Ich geriet regelrecht in Panik. Was Rahm bestellt hat, will er auch bekommen. Was soll er mit einem Regisseur, der es nicht mal schafft, seine Darsteller zum Lächeln zu bringen? So einer ist gerade gut genug, die Liste für einen Osttransport aufzufüllen.

Ich bin vor den Leuten auf die Knie gefallen. Habe sie angefleht. In echter Todesangst. «Lacht!», habe ich gerufen. «Ich bitte euch: lacht! Lacht um euer Leben!» Das war das erste, das sie komisch fanden. Sie wussten: Das ist der lustige Gerron, und wenn er so etwas macht, muss es eine Nummer sein.

Ha ha ha.

Ich bin ein gottbegnadeter Komiker.

Wir haben dann ein paar ganz anständige Publikumsschnitte gekriegt und hinterher zügig die ganzen Kabarett-Nummern aufgenommen. Ich habe das *Karussell-Lied* gesungen. Und den *Haifisch*. Wie es gewünscht wurde.

Zum Glück waren keine Zuschauer mehr da.

Wir drehen nicht mehr. «Vorläufig keine weiteren Aufnahmen», hat mir Eppstein mitgeteilt. Bin ich paranoid – ich hätte genügend Gründe, es zu sein –, oder stimmt mein Eindruck, dass er nicht mehr so freundlich zu mir ist wie in den letzten Wochen? Weiß er etwas, von dem er mir nichts sagen will? Bin ich auf der Abschussliste? «Sie haben sich in Ihrer Ubikation zur Verfügung des Herrn Lagerkommandanten zu halten», hat er gesagt. *Ubikation*. Nicht: Zimmer. Es ist immer ein schlechtes Zeichen, wenn die Leute Amtsdeutsch reden.

Vor kurzem habe ich einen neuen Ausdruck gelernt: *Der Belag wird verdichtet*. Was nichts mit Brotaufstrich zu tun hat, sondern bedeutet: *Ab sofort werden noch mehr Menschen im gleichen Schlafsaal untergebracht*.

Alle Arbeiten abgesagt. Ohne Erklärung. Dabei war der Drehplan für die ganze Woche schon bewilligt. Ist Rahm mit meiner Arbeit nicht zufrieden? Hat er sich Muster zeigen lassen, und sie haben ihm nicht gefallen? Wenn es so eine Vorführung gegeben hat – warum hat man mich nicht dazu eingeladen? Wo doch all diese Schnipsel und einzelnen Einstellungen für einen Laien überhaupt keinen Sinn machen. Es braucht jemanden, der sie erklärt. Der den Zusammenhang im Kopf hat. Sie brauchen mich doch.

Sie brauchen mich doch.

Geht nervös auf und ab. Das steht so in jedem zweiten Drehbuch. In unserem Kumbalek ist kein Platz dafür. Man kann sich nur hinsetzen oder aufs Bett legen.

Ich habe die Betten schon zweimal gemacht. Habe versucht, sie so exakt hinzukriegen, wie man uns das in Jüterbog eingetrichtert hat. Kante auf Kante. Stundenlang haben wir das geübt. Und dann im Feld nicht ein einziges Mal ein Bett gehabt.

Warum sagt mir niemand, was los ist? Ungewissheit ist Folter.

Ich weiß nicht, was ich falsch gemacht haben kann. Die Qualität des Bildmaterials ist gut. Ich kann das beurteilen, ohne es gesehen zu haben. Und schneller kann niemand auf der Welt arbeiten. Gestern haben wir an einem einzigen Tag sämtliche Theaterszenen gedreht. *Hofmanns Erzählungen. In mitt'n Weg. Brundibár*. Allein schon die Organisation war eine Meisterleistung. Der Herr Pečený von der Aktualita hat gestaunt. Er war sicher gewesen, dass der Drehplan nicht realistisch ist. Aber wir haben es geschafft. Drei verschiedene Theaterstücke auf derselben Bühne. Jedes mit seiner Dekoration. Am selben Tag. Plus all die Prominentenaufnahmen im Publikum. Dazu noch das Swingorchester auf dem Marktplatz. Das Oratorium im Terrassensaal. Und der Vortrag von Professor Utitz. Bei der Ufa hätten wir drei Tage für so ein Programm gebraucht. Ach was: eine Woche.

Am Arbeitstempo kann es nicht liegen. Außerdem: Wenn es ihnen um die Geschwindigkeit ginge, würden sie die Dreharbeiten nicht unterbrechen.

Sind sie wirklich nur unterbrochen? Oder ganz abgesagt? Hat Rahm seine Meinung geändert? Ist jemand in Prag mit dem Projekt nicht einverstanden? Ist eine Anweisung aus Berlin gekommen? Ich werde verrückt, wenn mir nicht bald jemand etwas sagt.

Olga ist mit ihrer Putzkolonne unterwegs. Saubermachen bei den Dänen. Warum ist sie nicht bei mir? Ich brauche sie.

Es ist besser so. Sie würde Fragen stellen, und ich wüsste keine Antworten. Selbst wenn sie schweigen würde und ihre Fragen nur denken, ich würde sie hören. Wir kennen uns zu gut.

Wenn das Projekt abgesagt ist, wenn jemand weiter oben in der Pyramide es nicht mehr haben will, dann wird Rahm nicht zufrieden sein. Dann bin ich für ihn ein Teil von einem Misserfolg. Es ist schon sein zweiter Anlauf zu diesem Film. Den ersten haben sie nie fertiggedreht. «Die Leute, die das versaut haben, sind nicht mehr hier», hat er gesagt.

Sie haben die Gleise nach Auschwitz doch nicht bombardiert.

Ich brauche die Arbeit an dem Film, um im Lager zu bleiben. Um für Rahm nützlich zu sein. Wenn die Kuh keine Milch mehr gibt, wird sie geschlachtet.

Geht nervös hin und her. Ich bin der erste, der das im Sitzen spielt. Ha ha ha.

So eine Unterbrechung kann tausend Gründe haben. Harmlose Gründe. Zum Beispiel … Zum Beispiel …

Warum fällt mir nichts ein?

Vielleicht sind die Leute von der Aktualita nicht frei. Werden für etwas anderes gebraucht. Ein großer Aufmarsch in Prag, der in die Wochenschau muss. Eine Parteiveranstaltung.

Nein. Das wäre gestern gewesen. Am Wochenende. Heute ist Montag.

Das Wetter ist wieder schlechter geworden. Vielleicht wollen sie warten, bis …

Es hat keinen Sinn, darüber nachzudenken. Ich baue mir nur ein Labyrinth, in dem ich mich dann verlaufe. Ich weiß nicht, was passiert ist, und werde es nicht herausfinden. Ich muss warten, bis man mir etwas sagt.

Wenn man mir überhaupt noch etwas sagt. Vielleicht bin ich schon nicht mehr wichtig genug dafür.

Ich hasse dieses Gefühl. Ich ertrage es immer weniger. Es wird mich noch umbringen. In Westerbork haben sie mich auf Amöbenruhr behandelt, aber ich weiß: Es war die Ungewissheit.

«Bitte saubermachen», ruft Herr Turkavka.

Ich müsste schon längst zur Latrine. Aber ich habe mich hier zur Verfügung zu halten. In meiner Ubikation. Wenn Rahm mich rufen lässt, und ich sitze genau dann auf dem Donnerbalken …

«Du übertreibst», hat Olga gesagt. «Natürlich werden sie den Film zu Ende drehen.»

Oder doch nicht.

Angst ist eine Krankheit, die immer wieder neu ausbricht. Das Wechselfieber der Seele. In Westerbork befiel sie die Menschen in einem Rhythmus von exakt sieben Tagen. Nach jedem überstandenen Anfall eine kurze Phase der Beruhigung, des scheinbaren Wohlbefindens. Dann der nächste Anstieg des Fiebers. Die nächste Panik. Immer am Montag.

Am Dienstag, gegen Mittag, ging der Osttransport ab. Nach Auschwitz oder Theresienstadt. Manchmal nach Bergen-Belsen. Wenn die Viehwaggons endgültig verschlossen waren, verriegelt, wenn niemand mehr ein Stück Kreide in die Hand nahm, um die Zahlen auf den Türen zu verändern, sechzig, siebzig, achtzig Personen – *8 Pferde oder 40 Mann*, das ist lang her –, wenn sich der Zug endlich in Bewegung gesetzt hatte, wenn der Dampf aus der Lokomotive nur noch Erinnerung war, dann verging das Fieber. Dann war man befreit. Erlöst. Übermütig. So wie wir uns als Soldaten gefühlt haben, wenn wir aus dem vordersten Graben zurückkamen, und wir waren noch am Leben. Natürlich hatten wir Mitleid mit denen, die es erwischt hatte. Aber nur im Kopf. Nicht im Bauch. Nicht dort, wo die Gefühle sitzen.

Es wurden nie so viele schweinische Witze gerissen wie bei einer solchen Rückkehr ins Quartier. Wenn das Leben gegen alle Erwartung doch noch weitergeht, denkt man zuerst an Fortpflanzung.

In Westerbork spielt man Kabarett. Immer am Dienstagabend.

Mittwoch war Lageralltag. Donnerstag auch noch. Am Freitag ließ sich die Illusion, dass diese Woche, anders als alle andern, ewig dauern würde, nicht mehr aufrecht erhalten. Spätestens am Samstag brach das Fieber wieder aus. Der nächste Schub. *Malaria westerborkiana.*

Am Montagabend, das wusste man, würden in den Baracken wieder die Namen verlesen werden. Die Urteile. *Hat sich für den Transport bereitzuhalten.*

In Theresienstadt verteilen sie die Transportverständigungen auf schmalen Papierstreifen. *Nudeln* nennt man sie.

Jede Woche tausend Leute. Westerbork ist ein zuverlässiger Betrieb. Berlin ordnet an, Amsterdam bestellt, und Westerbork liefert. Eine Waggonladung nach der andern. Zuverlässig und präzis. Menschen in guter Qualität. Kräftig und gesund. Mit garantiert nicht mehr als vierzig Grad Fieber. Die Lieferungen sind ja schließlich für den Arbeitseinsatz bestimmt.

Heißt es.

Aber selbst Krankheit schützt nicht immer vor Transport. Wenn das Menschenmaterial nicht ausreicht – und es reicht nie aus –, füllt man die Waggons mit allem auf, was da ist. Mit Krüppeln. Alten Leuten. Mit Kindern. Der SS kommt es nicht darauf an. Für die Statistik ist Judski gleich Judski. Die Zahlen müssen stimmen. Es kann jeden treffen. Und weil das so ist, steigt an jedem Wochenende das Fieber. Bricht die Krankheit neu aus. Die Unsicherheit. Die Angst.

Das erste Symptom sind immer die Gerüchte. Die Märchen-Agentur glaubt jede Woche ganz genau zu wissen, wen es diesmal treffen wird. «Den hat es erwischt», wird geflüstert. «Und die auch.» Jeder will seine Informationen aus sicherer Quelle haben. Direkt aus dem Dienstbereich 1. Will die Namen von Kurt Schlesinger persönlich erfahren haben, dem allmächtigen Dienstleiter, der es übernommen hat, sich für die SS die Hände schmutzig zu machen. Er entscheidet darüber, wer dableiben darf und wer mitfahren muss. So wie hier der Eppstein.

«Wer leben wird und wer sterben», betet der falsche Rabbi. «Wer zu seiner Zeit und wer vor seiner Zeit, wer durch Feuer und wer durch Wasser, wer durch Hunger und wer durch Durst, wer durch Sturm und wer durch Seuche, wer Ruhe haben wird und wer Unruhe.»

Großpapa hatte es einfacher formuliert. «Wir fahren mit der Eisenbahn, wer fährt mit?»

Jeder versucht, sich mit Schlesinger gut zu stellen. Auf eine der Listen zu kommen, die vor Deportation schützen. Schützen sollten. Es gibt immer wieder neue Listen, und alle, alle sind sie geplatzt. Die Diamantenschleifer-Liste. Die Portugiesen-Liste der sephardischen Juden. Die Barneveld-Liste der Reichen und Prominenten, auf der man sich mit viel Geld einen Platz kaufen konnte. Die Liste der Rüstungsarbeiter, die alle für den Endsieg unentbehrlich waren und auf die man dann doch verzichtet hat. Die Liste der Leute in Mischehen. Die fühlten sich am sichersten. Bis aus der Fünten sie eines Tages vor die Wahl stellte: Sterilisation oder Deportation. Ihnen freundlicherweise eine halbe Stunde Zeit gab, um sich zu entscheiden. Die Liste der Pioniere mit dem Palästina-Zertifikat, die nicht deportiert werden durften, weil man sie gegen in Palästina internierte Deutsche austauschen wollte. Als dann auch diese Liste platzte, ging in Westerbork das Wort um, die Sache mit dem Austausch sei nur ein Austauschwitz gewesen. Ha ha ha.

Ich stand sogar auf zwei Listen. Die eine, die der dekorierten Frontkämpfer, hat mich immerhin vor Auschwitz bewahrt. Das Eiserne Kreuz ist der Schlüssel zum Paradies Theresienstadt. Die andere war Gemmekers private Liste. Die Leute, die ihn im Kabarett amüsieren sollten. Ohne meine Krankheit hätte sie mir wohl noch länger eine Pritsche in Westerbork gesichert. Aber ich habe meinen Auftritt verpasst, und damit war ich bei Gemmeker unten durch.

Egal. Unterdessen sind die Kollegen alle auch in Theresienstadt.

Woche für Woche dasselbe. Das Wissen, dass jede Sicherheit nur Illusion war. Dass jedes Rettungsboot früher oder später leck schlug. Jede Woche die Angst. Das war das Schlimmste.

Bisher.

Im Krieg haben wir uns in die Erdlöcher gekrallt, von denen wir uns Schutz versprachen. Im Lager geht man hinter einer Funktion in Deckung. Versteckt sich hinter der eigenen Nützlichkeit. *Jeder Parch ein Monarch*, sagt man hier. Wer Deportationslisten ausfüllt, steht selber nicht drauf. Wer andere für entbehrlich erklärt, ist selber unentbehrlich. Wer für die SS einen Film dreht, geht nicht auf Transport.

Ich habe immer noch nichts Neues gehört. Weder von Rahm noch von Eppstein.

Westerbork ist ursprünglich – noch vor dem Krieg – ein Internierungslager für Emigranten aus Deutschland gewesen. Bis nach Holland hatten sie es geschafft, aber die Holländer wollten sie nicht wirklich haben. Also stellte man ihnen ein paar Gebäude in den Sand und schickte die Rechnung dafür an die jüdischen Gemeinden. Es gibt Leute, die dort schon seit dem ersten Tag festsitzen. *Die Alten* nennt man sie und beneidet sie um die Privilegien, die sie sich im Lauf der Jahre verschafft haben. Sie wohnen immer noch in den Häuschen, mit denen das Lager einmal angefangen hat, leben dort nur zu fünft oder zu sechst in einem Zimmer, während Neuankömmlinge froh sein müssen, wenn sie in einer der großen Baracken Platz finden. Mit ein paar hundert anderen. Selbst das gelingt nicht jedem. Nach der Auflösung des Joodsche Raad kamen so viele Menschen auf einmal in Westerbork an, dass man in der Registrierbaracke mit der Arbeit nicht nachkam. Damals mussten eine Menge Leute im Freien übernachten. Nur ein paar Tage. Am Dienstag fuhr wieder der Zug nach Auschwitz.

Die *Alten* sind alles Deutsche. Was den holländischen Gefangenen das Gefühl gibt, sie würden auch noch im Lager von Moffen regiert. Man mag sich gegenseitig nicht. Es verbindet einen nichts, außer dass man mit demselben Zug entgleist ist. Ein gemeinsames Schicksal macht nicht automatisch solidarisch. Nur die Kinder verstehen sich gut und spielen fröhlich *Transport. Zwarte Katte, weiße Katze, heeft de Maus schon in zijn Tatze.* Ihr anderes Lieblingsspiel heißt *Fliegende Kolonne.* Zwei sind die Kranken und werden in Schubkarren gepackt. Dann geht das Wettrennen los, immer den Boulevard des Misères rauf und runter. Nur am Dienstag darf nicht *Fliegende Kolonne* gespielt werden. Dann ist das Original unterwegs. Sie haben diese speziellen Karren mit großen Rädern, auf denen sie Bettlägerige samt Gepäck zum Deportationszug transportieren.

Die beigen Overalls mit den *FK*-Armbändern sind begehrt. Wer fremde Koffer schleppt, muss nicht die eigenen zum Zug bringen. Auch in der Fliegenden Kolonne sind die Arbeitsplätze alle fest in deutscher Hand. Wie der ganze jüdische Ordnungsdienst. Sein Kommandant stolziert schon gern mal in blanken Stiefeln durchs Lager und gibt sich germanischer als die ganze SS. Man kann die Juden aus Deutschland vertreiben, aber nicht Deutschland aus den Juden.

Ich mache niemandem einen Vorwurf. Krieg ist wie Kino: Die besten Plätze sind hinten. Sie haben einen Granattrichter gefunden, und jetzt ducken sie sich eben hinein. Ziehen die Köpfe ein, wenn das Trommelfeuer losgeht. Wir haben uns damals auch nicht geschämt, wenn in unserem Unterstand für andere kein Platz mehr war. Es steht auch schon so in der Bibel, sagt der falsche Rabbi. *Wenn ich nicht für mich bin, wer ist dann für mich?*

Niemand. Nicht in Westerbork.

Nicht in Theresienstadt.

Bei den Leuten von der Lagerbühne war das nicht anders. Ihr Splitterschutz war das Scheinwerferlicht. An jedem Dienstagabend traten sie auf. Nicht weil es ihnen solchen Spaß machte, die SS mit heiteren Scherzen zum Lachen zu bringen. Aber solang sich Gemmeker in der ersten Reihe gut amüsierte, solang waren sie sicher. Von den Mitwirkenden der Revuen war bisher noch nicht ein einziger auf Osttransport gegangen. Also sangen sie fröhliche Lieder und inszenierten lustige Blackouts.

Ha ha ha.

«Spielt um euer Leben», hat der Fehling immer vor Premieren gesagt. In Westerbork taten sie es.

Nein, das stimmt so nicht. Nicht ganz. Da war noch etwas. Die Freude daran, etwas verursachen zu können. «Jemand *muss* lachen», sagt man. *Muss.* Wenn Max Ehrlich eine Pointe abschoss, musste auch die SS. Musste auch Gemmeker. Solang sie noch dieses letzte Zipfelchen Macht besaßen, waren sie nicht einfach hilflose Gefangene. Waren sie immer noch sie selber. Schauspieler. Musiker. Tänzer. So wie ich immer noch Regisseur bin. Solang ich diesen Film drehe.

Wenn es den Film noch gibt.

Gleichzeitig war die Lagerbühne ihr Rettungsboot. Jeder, der da auch noch hineinwollte, den knappen Platz mit ihnen teilen, jeder, der drohte, einen von ihnen zu verdrängen, war eine Gefahr. Ein Konkurrent. Das war nicht mehr Amsterdam, wo wir einfach Kollegen gewesen waren. Das war nicht mehr Berlin.

Ah, Berlin! So weit weg. Eine andere Zeit. Ein anderer Planet.

Wenn sie gekonnt hätten, hätten sie mir mit den Rudern auf die Finger geschlagen. Bis ich losgelassen hätte. Von den Wellen weggetrieben worden wäre. Am Horizont verschwunden. «Schade», hätten sie gesagt, «jetzt haben ihn die Haie doch gefressen. Aber was hätten wir tun sollen? Jeder ist sich selbst der Nächste.»

Wenn ich nicht für mich bin, wer dann?

Aber sie konnten nicht einfach so tun, als ob es mich nicht gäbe. Gemmeker wollte mich auf der Bühne sehen. Sie hatten keine Wahl.

«Wir werden uns etwas für dich einfallen lassen», sagten sie. «Schau dir erst mal unser Programm an.»

Immer am Dienstagnachmittag wird in Westerbork die Bühne aufgebaut. Immer noch? Ich weiß es nicht. Die ganzen Stars sind jetzt hier. Zu meiner Zeit war es so: Es musste schnell gehen, denn eigentlich hatte die große Baracke eine ganz andere Funktion. Hier wurden die Neuzugänge registriert. An Vorstellungstagen konnte es vorkommen, dass das Theater schon den Raum übernahm, während immer noch eine Schlange von frisch aus Amsterdam Angekommenen auf Lagerausweise und Lebensmittelkarten wartete. Dass das Orchester schon die Instrumente stimmte, während immer noch die Schreibmaschinen klapperten. Bis man den Leuten die langen Tische vor der Nase wegräumte. Die Kästen mit den Karteikarten irgendwo verstaute. Die Wartenden auf den nächsten Tag vertröstete. Tut uns leid, aber die Stühle für die Zuschauer sind jetzt wichtiger. Die Vorstellung hat Vorrang. Sie muss pünktlich beginnen. In der Sekunde, wo sich Gemmeker hinsetzt, muss der Vorhang aufgehen.

Der Vorhang. Echter Samt. Hier wird an nichts gespart.

Auch Vorhangzieher ist ein Posten, der vor Deportation schützt.

Die Bühne nicht einfach aus Podesten zusammengestückelt. Aufwendig konstruiert. Max Ehrlich, der dort den Theaterdirektor macht – *machte* –, hat mir ganz stolz die Konstruktion erklärt. Ein Schwingboden, wie ihn Tänzer schätzen. Obwohl die Westerbork-Girls, die dort die Beine schwingen, keine Profis sind. Aber hübsche Mädels. Die Röcke so kurz, dass einen kein falscher Schritt stört.

Max hat mich auf eine Stelle aufmerksam gemacht, rechts vorne auf dem Bühnenboden. «Hier muss man aufpassen», hat er gesagt, «sonst kommt man ins Stolpern.» Da war ein Loch in einem der Bretter, in dem man sich leicht mit der Fußspitze verfangen konnte. «Sieht aus wie ein Schlüsselloch», habe ich gesagt. «Schlaues Kerlchen», hat Max geantwortet. «Genau das ist es.»

Als Material für die Bühne haben sie Holz aus einer zerstörten Synagoge verwendet. Auch die Tür des Torah-Schreins.

Bretter, die die Welt bedeuten.

Max war so stolz auf sein Theater. Er erinnerte mich an den Aufricht, damals bei der *Dreigroschenoper*. Der hätte auch am liebsten auf der Unterbühne übernachtet, nur weil das jetzt alles ihm gehörte. Nur dass es beim Aufricht der Anfang einer Karriere war und bei Max …

Als sie ihn nach Theresienstadt geschickt haben, ist er zu mir gekommen. Die Körperhaltung eines Bettlers. Ein Wrack. Ein geprügelter Hund. Hat mich gefragt, ob er nicht bitte, bitte, bei mir im *Karussell* auftreten könnte. «Ich kann immer noch sehr lustig sein», hat er gesagt. Und angefangen zu weinen. Altmännertränen. Er ist nur fünf Jahre älter als ich.

Es ist alles so traurig.

In Westerbork war er jemand. Chef der Lagerbühne. Intendant. Hat mir ganz stolz die Fortschritte beschrieben, die sie seit ihrem ersten Programm gemacht hatten. Von einem verstimmten Klavier zu zwei erstklassigen Konzertflügeln. Angeliefert von der Spedition Puls. Sie konnten kriegen, was sie wollten. Wenn sie bei den Lagerwerkstätten Bühnenbilder oder Kostüme bestellten, blieben die anderen Aufträge liegen. Was man nicht selber herstellen konnte, wurde in Amsterdam besorgt. «Kommandant Ludwig macht's möglich», sagte Max. Ich habe nicht gleich verstanden, was er damit meinte. Gemmeker heißt Konrad. Aber die Leute von der Lagerbühne nannten ihn insgeheim Ludwig. Nach dem verrückten bayerischen König, dem für seine privaten Theatervorstellungen auch nichts zu teuer war. Es hieß, Gemmeker kenne diesen Übernamen und sei stolz darauf. Er denkt wohl nur an den König und nicht an die Verrücktheit.

Bühne, Dekoration, Beleuchtung, alles wie in einem richtigen Theater. Es gab sogar Programmzettel, auf dem Hektographen vervielfältigt. Nur der Vermerk *Es wird gebeten, die Programme nach Schluss der Vorstellung wieder abzugeben* erinnerte daran, dass man sich nicht in einem Berliner Kabarett befand.

Es ging überhaupt sehr berlinisch zu. Zwei Publikumslieblinge, Johnny und Jones, kamen nicht ins feste Ensemble rein, weil sie ihre Lieder nur auf Holländisch sangen. Das mochte Gemmeker nicht.

«Wir sind jedes Mal ausverkauft», sagte Max und wollte tatsächlich dafür bewundert werden. Glich auch in diesem Punkt dem Aufricht, der seine Kassenrapporte so aufdringlich herumzeigte wie ein junger Vater die Photographien seines Sprösslings. «Wir könnten viel mehr Vorstellungen spielen», sagte er.

Aber das wollte Gemmeker nicht. Immer nur dienstags, hatte er angeordnet. Immer nur nach Abfahrt des Deportationszugs. Wenn das Lager nach all der Angst und Verzweiflung, nach all dem Losreißen und Abschiednehmen, Ablenkung brauchte. Revue als Beruhigungsmittel. Gelächter und Applaus, um den Horror vergessen zu machen. So wie man ein Grab zuschaufelt. Um die Toten nicht mehr sehen zu müssen.

Wahrscheinlich hat Gemmeker gar nicht so weit gedacht. Wahrscheinlich waren ihm die Lagerinsassen egal, und er interessierte sich nur für sich selber. Wenn man seine Arbeit mal wieder für eine Woche gemacht hat, wird er sich gedacht haben, alles sauber und exakt erledigt, wenn man die bestellten Menschen pünktlich in den Zug gepackt und abgeschickt hat – dann wird man sich ja wohl mit einem gemütlichen Abend im Kabarett belohnen dürfen.

Saure Wochen, frohe Feste. Das hat schon Goethe gewusst.

Die Leute drängten sich zu den Vorstellungen. Stellten sich schon eine Stunde vor Einlass an. An manchen Dienstagen konnte man abends um sieben vor der Tür der Registrierbaracke zwei Schlangen nebeneinander sehen: die ersten Theaterbesucher und die letzten Lagerzugänge. Die dann, einen Dienstag später, ebenfalls in die Revue strömten. Wenn sie nicht schon weitertransportiert worden waren.

Man stritt sich um die guten Plätze. Sie begannen in der vierten Reihe. Die dritte blieb leer, auch bei größtem Andrang. Dort wollte sich niemand hinsetzen. Denn in den ersten beiden saß die SS. Auf dem Ehrenplatz Gemmeker. In Zivil. Wenn er den Saal betrat, standen die Zuschauer auf und warteten, bis er mit einem gnädigen Winken die Erlaubnis zum Hinsetzen erteilte. Ludwig II. Für den natürlich kein gewöhnlicher Stuhl bereitstand, sondern ein Sessel. Ein Tischchen für sein Weinglas und seinen Aschenbecher. Er rauchte gute Zigarren. Ich habe sie gerochen. Neben ihm saß seine Sekretärin, das Fräulein Hassel. Das ganze Lager wusste, dass sie auch seine Geliebte war. Aber darüber machte selbst Max Ehrlich keine Witze.

Sonst schoss er seine Pointen durchaus auf beide Hälften des Publikums ab. Ein Wortartist auf dem hohen Seil. Immer in der Gefahr, abzustürzen. In der Aufführung, die ich gesehen habe – ich war allein dort, Olga hatte sich geweigert, mitzukommen –, sagte er gleich in seiner Anfangsconférence: «Wir stammen doch alle von Abraham ab.» Und dann, als ob er sich verquatscht hätte: «Verzeihung – natürlich erst ab der dritten Reihe.» Wie im Zirkus: Wenn es nicht lebensgefährlich ist, macht es dem Publikum keinen Spaß. Ich saß in Reihe vier und konnte die SS-Leute beobachten. Bei der Abraham-Pointe schauten sie alle erschrocken zu Gemmeker hin. Erst als der lachte, meckerten sie auch.

Sehr witzig. Typisch jüdischer Humor. Ha ha ha.

Hätte der Herr Lagerkommandant den Daumen nach unten gedreht, sie würden den Ehrlich genauso diensteifrig totgeschlagen haben. Und hätten sich dabei ebenso gut amüsiert. Oder sie hätten ihn in den nächsten Zug nach Auschwitz verladen.

Es muss damals die letzte Vorstellung dieser Revue gewesen sein. Nachher konnten sie das Programm nicht weiterspielen, weil ihr Star über Nacht arisch geworden war. Camilla hatte drei große Nummern, und sie war in allen großartig. «Du hast etwas verpasst», sagte ich hinterher zu Olga, und sie antwortete: «Manche Dinge muss man verpassen.»

Natürlich, nicht alles war allererste Sahne. Weil Gemmeker so etwas mochte, gab es auch ein paar langweilige altdeutsche Kostümnummern. Aufwendig geschneidert. Auch die Texte. Ich erinnere mich an einen erinnerungsseligen Walzer und an ein Biedermeieridyll, bei dem eine ganze Postkutsche auf der Bühne stand. «Wir haben noch lange Zeit», sangen sie, und: «Es ist noch nicht so weit.» An der Stelle wurde nicht gelacht, obwohl das doch eine brillante, wenn auch höllenbittere Pointe war. *Wir haben noch lange Zeit.*

Bis zum nächsten Dienstag.

Vielleicht war es gar keine Pointe. Vielleicht war es ein Gebet. *Es ist noch nicht so weit.* Bitte, lass es noch nicht so weit sein.

Auch der Lageralltag kam ein paar Mal vor, liebevoll zur Idylle hingelogen. Wenn das Publikum zum Mitsingen aufgefordert wurde, schunkelte die ganze Baracke. Nur ein paar saßen mitten in der Fröhlichkeit mit Beerdigungsmiene da und brachten die Hände nicht zum Applaus zusammen. Sie waren gekommen, um zu vergessen, und hatten es nicht geschafft.

Max Ehrlich brillierte mit seinen Schallplattenkopien. Das war schon immer seine todsichere Nummer gewesen. Ich hab ihn sehr bewundert, damals. Weil das bei ihm alles so schwerelos war. Wie hingetupft, egal, ob er einen Blackout spielte oder den Konferenzer machte. Ach, Mama. Einen Abend lang fröhlichen Unsinn zu produzieren, das war bestimmt eine gewaltige Anstrengung für ihn. Aber man merkte sie ihm nicht an. Ein großer Künstler.

Zu mir hat er damals gesagt: «Als Jude hast du heutzutage zwei Möglichkeiten: dich aufhängen oder Witze erzählen. Vorläufig ziehe ich die Witze noch vor.»

Unterdessen erzählt er keine mehr. Die Last seiner Erlebnisse hat ihm die Stimme abgedrückt. Sie haben ihm den Humor ausgetrieben, die Barbaren.

Humor und Melodie hieß das Programm. Für die Melodie war Willy Rosen zuständig. Aber das funktionierte nicht richtig. Er hatte schon damals nicht mehr die Kraft zur Leichtigkeit. Die Baracke jubelte zwar immer noch, wenn er vor einem Lied die berühmte Ansage machte: *Text und Musik von mir!* Aber wenn er dann sang, kam es einem vor, als ob er sich selber imitierte. So wie der Max Ehrlich in seiner Schallplattennummer all die bekannten Sänger nachgemacht hatte. Als ob ein zweitrangiger Pianokomiker versuchte, den berühmten Willy Rosen zu kopieren.

Er kam gegen die Wirklichkeit nicht an. Die Wirklichkeit, dass wir in einer Baracke in einem Auslieferungslager saßen, dass vor ein paar Stunden der Zug nach Auschwitz abgefahren war, dass draußen der Wind heulte und Sand durch alle Ritzen blies. Das alles sollte er uns mit seinen Liedern vergessen machen. Max Ehrlich schaffte das

Kunststück. Beim Rosen merkte man, dass er sich die eigene Fröhlichkeit nicht mehr glaubte. *Frau Meier tanzt Tango*, sang er und *Man vergisst seine Sorgen beim Charleston.* Aber man vergaß sie nicht. Die Leute klatschten zwar im Takt, aber sie waren nur begeistert, um nicht verzweifelt sein zu müssen.

Beim letzten Sketch des Abends schloss sich für mich ein Kreis. Eine Schulparodie. Einer der kurzbehosten Schauspieler sagte: «Ich weiß schon, wie man Kinder kriegt», und der andere: «Au Backe, bist du doof! Ich weiß schon, wie man keine kriegt.» Die Pointe war schon damals im Krüppelheim gut angekommen.

Nur dass ich jetzt zu den Insassen gehörte.

Auch die nächste Lagerrevue hatte wieder so einen unausstehlich gutgelaunten Namen. *Bravo! Da Capo!* Der Ehrlich und der Rosen hatten mir darin widerwillig ein Lied zugestanden. Ein ganzes Lied. Für einen Star wie mich. Der ein Kassenmagnet gewesen war. Bevor er den Karriereschritt zum Häftling machte. Ein einziges beschissenes Lied.

Seltsam: Ich kann mich an meinen Ärger von damals noch erinnern, aber ich kann ihn nicht mehr empfinden. Als ob mir meine Emotionen abgestorben wären. Verkümmert. Atrophiert. Nur die Trauer ist noch da. Die Angst. Aber alles, was Kraft braucht, Ärger, Zorn oder Hoffnung, das bringe ich nicht mehr zusammen. Leere Nussschalen. Ich bin sicher, Dr. Springer wüsste eine Erklärung dafür. Vielleicht hat es mit dem Hunger zu tun.

Ein Lied haben sie mir gnädig bewilligt. *Eifersucht.* Eine Nummer, die schon in Berlin abgestunken war. Ich als Othello. Mit schwarz angemaltem Gesicht. Ich glaube, sie haben den Titel überhaupt nur ausgesucht, weil ich eine halbe Stunde brauchen würde, um das Gesicht wieder sauber zu kriegen. Damit sie sagen konnten: «Tut uns leid, wir hätten dich ja gern noch mehr ins Programm eingebaut. Aber bis du abgeschminkt bist, ist die Vorstellung zu Ende. Leider, leider.» Im Finale hätte ich gerade noch mitsingen dürfen. Zweite Reihe, der dritte von rechts. Ich. Kurt Gerron.

Dabei spielten sie im zweiten Teil des Programms das *Streichquartett.* Ein Schwank, in dem die perfekte Rolle für mich drin gewesen wäre. Aber sie gönnten sie mir nicht.

«Nimm's als Kompliment», sagte Olga. «Sie haben Angst, dass du sie an die Wand spielst.»

Angst kann ich verstehen.

Seit zwei Tagen hocke ich in diesem Zimmer und warte darauf, dass jemand etwas von mir will. Dass mir jemand etwas sagt. Wenn der Film nicht gedreht wird, denkt es die ganze Zeit in mir, dann braucht mich Rahm nicht mehr. Und wenn er mich nicht braucht ...

Angst kann ich sehr gut verstehen. Sie schlägt mir schon wieder auf den Magen.

Wie damals.

Ich habe ihnen den Gefallen getan und bin krank geworden. Die große Scheißerei. *Amöbenruhr* war die Diagnose. Aber es war Angst.

In der Krankenstation von Westerbork gab es genügend Ärzte. Die ganzen Judski-Doktoren aus Amsterdam und Den Haag waren im Lager gelandet. Voller Angst, dort nicht bleiben zu können. Die besten Spezialisten. Eine halbe medizinische Fakultät. Traten sich gegenseitig auf die Füße. Jeder versuchte, immer noch unentbehrlicher zu sein als der andere. Weil nur die ganz Unentbehrlichen nicht früher oder später auf Transport gingen. Manchmal standen sie zu viert vor meiner Pritsche. Hatten aber auch nicht mehr zu bieten als lateinische Fachausdrücke und beruhigende Worte. Wenn es denn wirklich eine Amöbiasis gewesen ist, hätte es wirksame Medikamente dagegen gegeben. Nur waren die in Westerbork nicht zu kriegen. Immerhin: Mit dem, was sie hatten, konnten sie verhindern, dass man daran verreckte. Nicht wie unser Klassenprimus Hanselmann. *Er wird gekennzeichnet werden.*

Die ersten zwei Wochen kam ich von der Bettpfanne überhaupt nicht mehr runter. Ich weiß noch, wie stolz ich war, als ich es zum ersten Mal rechtzeitig bis zur Latrine schaffte.

Stolz. Auch so ein Gefühl, das nur noch Erinnerung ist.

Als fürsorgliche Kollegen brachten mir der Ehrlich und der Rosen den Programmzettel ans Bett. Zeigten mir meinen Namen. *Eifersucht … Kurt Gerron.* Damit ich wenigstens wusste, dass ich tatsächlich aufgetreten wäre. Wenn ich hätte auftreten können. Berichteten mir von einem großen Erfolg. Gemmeker hatte ihnen eine Flasche Cognac hinter die Bühne schicken lassen. «Echter französischer», sagte Max. Mit einem Gesicht, als ob er Applaus dafür erwarte.

Dasselbe Gesicht, das ich auch machen würde, wenn Rahm meinen Film lobte. Das dankbare Sklavengesicht.

Ich habe den Programmzettel nicht aufbewahrt. Beim nächsten Anfall habe ich mir den Arsch damit abgewischt.

Bei der Premiere war ich also nicht dabei. Nicht bei der zweiten Vorstellung und nicht bei der dritten. Auch nicht an jenem Dienstag, als Hauptsturmführer Brendel zu Besuch in Westerbork war. Der Mann aus Ellecom. Dem man mich zum Geburtstag geschenkt hatte, weil er von mir so begeistert war. Gemmeker ließ anfragen, ob ich nicht zumindest dieses eine Mal auftreten könne. Der Mann, den er mir schickte, stöberte mich auf der Latrine auf. Ich hatte blutige Krämpfe und konnte nur den Kopf schütteln.

Man soll einen Lagerkommandanten nicht enttäuschen. Schon gar nicht, wenn er Gäste hat, die er beeindrucken will. Wer im falschen Moment scheißen muss, hat verschissen.

Danach konnte ich mir nicht mehr einreden, dass ich doch noch in die Revue einsteigen würde. Musste mir eingestehen, dass ich dieses Rettungsboot ein für allemal verpasst hatte. Die Arche war abgefahren.

«Es geht Ihnen besser», sagten die vielen Ärzte irgendwann. «Bald werden wir Sie entlassen können.» In Westerbork war das kein Versprechen, sondern eine Drohung. Aus der Krankenstation entlassen, das hieß auch: transportfähig.

«Du solltest nicht alles so schwarz sehen», sagte Olga. «Ich mache mir keine Sorgen um uns.» Sie ist eine wunderbare Frau. Aber lügen hat sie nie gelernt.

Als man mich wieder gesundschrieb, war ich es noch lange nicht. Bin es auch nie wieder geworden. Nicht wirklich. Ich musste nur meine Tage nicht mehr auf der Latrine verbringen.

Zwölf Kilo hatte ich abgenommen. War so schwach auf den Beinen, dass mir der Boulevard des Misères beim ersten Gehversuch endlos lang erschien. Wer denkt sich solche Namen aus? Es war die Hauptstraße des Lagers, sonst nichts. Der Bahnsteig für die Züge nach dem Osten. *Misères* ja. Aber *Boulevard*? Ich musste mich auf Olga stützen und kam mir vor wie ein uralter Mann.

Heute habe ich noch einmal zwanzig Kilo weniger. Vielleicht dreißig. Ich habe keine Waage, und sie fehlt mir nicht. Ich brauche keine Statistik meines Zerfalls.

Der Tag, an dem man mich wieder gesund erklärte, war kalt. Ich habe trotz eines dicken Mantels gefroren. Der Wind blies mir kleine Sandpartikel ins Gesicht. Lauter spitze Nadeln, so kam es mir vor. Sie erinnerten mich an den Fußmarsch, den ich als kleiner Junge mit Papa gemacht hatte. Von Kriescht nach Nesselkappe. Damals hatte ich mir das Unangenehme des Erlebnisses noch mit Phantasien wegspielen können. War ein tapferer Soldat gewesen oder ein unerschrockener Polarforscher. Jetzt ging das nicht mehr. Es waren nicht mehr genügend Träume übrig, in denen ich mich hätte verstecken können.

In der Luft der Geruch nach verbranntem Holz. Nach Rauch. Von den vielen Öfchen, die in den Baracken vergeblich gegen die Kälte ankämpften. Der Himmel einförmig grau. Nicht als ob da Wolken wären, sondern als ob es die Sonne endgültig aufgegeben hätte, diese Erde noch weiter zu beleuchten. Alle Farben verblasst. In dieser Lichtstimmung hätte man den Film drehen müssen, an dem ich mit dem Lorre so lang herumspintisiert habe: Ein Mann ist gestorben und hat es bloß noch nicht gemerkt. So kam ich mir vor.

«Du wirst wieder ganz gesund», sagte Olga, und ich dachte: Wozu?

Meine Gefühle waren mir abgestorben.

Wir blieben stehen. Ich schmiegte mein Gesicht in ihre Haare und atmete ihren Duft ein.

Ach, Olga, deine Haare.

Es begann zu nieseln. Ein schwächlicher, kalter Regen. Als ob er eigentlich Schnee hätte werden wollen, aber den Versuch aufgegeben hätte. Wozu sich anstrengen? Man endete ja doch im Matsch von Westerbork.

Meine Beine wollten nicht mehr. Nirgends eine Sitzgelegenheit. Ich hockte auf dem nassen Boden und war dankbar, dass die Regentropfen auf meinem Gesicht die Tränen kaschierten.

Ich erinnere mich daran wie an eine Photographie.

Bei einem Film ist die Auswahl der Standphotos immer eine große Sache. Wenn sie später vor den Kinos aushängen, müssen sie die ganze Geschichte zusammenfassen. Es gibt dann immer lange Diskussionen, ob dieses Bild wichtiger ist oder jenes.

Das Leben trifft die Auswahl zufällig. Wir haben keinen Einfluss darauf, was sich in unser Hirn einbrennt und was nicht. Unsere Erinnerung hat keine Werbeabteilung, die sich um solche Sachen kümmert.

Es hat nie einen wichtigeren Moment in meinem Leben gegeben als meine erste Begegnung mit Olga, aber ich weiß nicht mehr, wie sie damals ausgesehen hat. Der Standphotograph hat gepennt. Aber den Scheißfußboden in Thalmanns Hamburger Praxis, das Unwichtigste vom Unwichtigen, den hat er aufgenommen. Den könnte ich heute noch beschreiben. Der Pullover von dem großen Jungen in Kriescht, der ist noch da. Aber wer neben mir über den Grabenrand kletterte, an dem Tag, als mich der Granatsplitter traf, das ist verloren. Der Kopf spart sich seine Großaufnahmen gern für Nebensächlichkeiten auf. Das Pissoir im Künstlercafé. Von Neussers idiotische Stiefel. Das Segelschiff auf dem Zifferblatt im Schiller. Und eben jener Moment, als ich am Boulevard des Misères im Regen auf dem Boden sitze und zum ersten Mal nicht mehr nur theoretisch weiß, dass auch mein Leben nicht unendlich ist.

Nicht unendlich. Welch feinfühlige Formulierung. Selbst mit sich allein kann man das Lügen nicht lassen.

Natürlich – man muss nicht Medizin studiert haben, um das zu verstehen –, natürlich hatte diese Todesahnung auch etwas mit meinem geschwächten Zustand zu tun. Mit der Tatsache, dass mein Körper weniger geworden war. Die Krankheit war nicht nur eine heftige Diätkur gewesen, ich hatte mir bei meinen endlosen Latrinensitzungen auch ein Stück von mir selber weggeschissen. Unwiederbringlich. Ein Stück von meinem inneren Panzer. Hinter dem sich immer noch das schmächtige, ungeschickte Kerlchen versteckte, das ich einmal gewesen war.

Das ich immer noch bin.

Das so furchtbare Angst vor dem Tod hat.

Nicht vor dem Sterben. Das hat heute keinen Schrecken mehr für mich. Ich fürchte mich nicht vor dem Moment, wo man aus dem Leben weggerissen wird. Damals an der Front, ja, da hat uns diese Furcht jeden Tag durchgeschüttelt. Aber das ist vorbei. Heute, seit jenem verregneten Spaziergang der Bahnlinie entlang, habe ich nur Angst vor dem Nicht-mehr-da-Sein. Vor dem Nicht-mehr-Existieren. Vor dem großen Vergessen-Werden.

Sie haben mich nicht vergessen. Beim nächsten Transport haben sie mich auf die Liste gesetzt. Gerson, Kurt, genannt Gerron. Gerson, Olga.

Es ging alles so zivilisiert vor sich. So gesittet. So privat. Man hätte es besser ertragen – nein, nicht besser ertragen: besser verstanden –, wenn man uns aus einer Gefängniszelle geholt hätte. In Handschellen zum Zug geschleift. In Häftlingskleidung. Aber so war es nicht. Westerbork, das war *Hamlet* bei Jessner: Tragödie im falschen Kostüm. Bei Jessner liefen sie alle im Frack herum, und ob einer König war oder Gespenst, das musste man sich vorstellen. Wir hatten keine Fräcke. Unsere Klamotten waren schäbiger. Aus Amsterdam mitgebracht oder in der Kleiderkammer bezogen. Nun ja, auf der Hose saß ein Flicken aus einem fremden Stoff. Das Revers des Jacketts franste aus. Und die Hemden ... «Isabellenfarben», hätte Papa gesagt. Ungebügelt und meistens ungewaschen. Aber sie wahrten den Schein. Während der Wirtschaftskrise haben sich die Arbeitslosen so auf der Straße angeboten. Nichts mehr im Magen, aber immer noch die Krawatte um den Hals. *Nehme jede Arbeit an.* Unser Text wäre ein anderer gewesen. *Nehme jedes Asyl an.* Aber da war kein Asyl. Da war nur an jedem Dienstag der Zug.

Man kannte die Regeln für den Montagabend und hielt sie ein. Setzte sich brav in der Baracke auf seine Pritsche und wartete auf die Bekanntgabe der Namen. Ordnete noch einmal seine Sachen. Für die es ja keinen anderen Lagerplatz gab als die eigene Matratze. Wenn Mama nervös war, räumte sie ihren Wäscheschrank neu ein. In dem meine schäbigen Westerborker Besitztümer fünfmal Platz gehabt hätten. Man gab seine Angst nicht zu. Machte sogar Konversation. Tauschte mit dem Pritschennachbarn die neusten Gerüchte über die Kriegslage aus. Ließ sich von ihm zum zehnten Mal erzählen, was für ein wichtiger Mann er vor dem Einmarsch der Deutschen gewesen war. Nur über das, was einen wirklich beschäftigte, redete man nicht.

Dazu waren wir zu zivilisiert.

Der Mann von der Dienstgruppe 1 brüllte nicht herum, wenn er die Transportliste verlas. Nicht wie der von Neusser, als er mich aus meinem eigenen Atelier rauswerfen durfte. Im Gegenteil. Es war ihm peinlich, dass er schlechte Nachrichten zu verkünden hatte. Er sprach leise. Den eigenen Namen versteht man immer.

Gerson, Kurt, genannt Gerron.

Der Mann im Bett über mir war auch betroffen. Er weinte und wollte sich gleichzeitig dafür entschuldigen. «Tut mir lei …», setzte er immer wieder an. Schaffte den Schlusskonsonanten nicht, weil ihn das Schluchzen so schüttelte. «Tut mir lei …» Ich höre ihn noch.

Es gab auch die anderen, die Gierigen. Die Aasgeier. Auch sie wahrten die Form. «Verzeihen Sie bitte», sagten sie ganz höflich, «wissen Sie schon, ob Sie Ihr Rasiermesser mitnehmen wollen? Meines ist überhaupt nicht mehr scharf zu kriegen.» Und man hat nicht geantwortet: «Natürlich brauche ich mein Rasiermesser noch. Womit soll ich mir sonst die Pulsadern aufschneiden?»

So was tut man nicht.

Es gibt diese Geschichte von dem Aristokraten, der bei strömendem Regen auf einem Karren zur Guillotine gefahren wird. «Es tut mir aufrichtig leid, Monsieur», sagt er zum Henker, «dass Sie bei diesem schlechten Wetter auch wieder zurückfahren müssen.» So haben wir uns benommen.

Olga wartete vor der Registrierbaracke auf mich. Stand da im Lichtkegel der einen Laterne und sah aus wie inszeniert. Wir hatten den Treffpunkt nicht verabredet, hatten nichts vorausgeplant. Dazu waren wir viel zu abergläubisch gewesen. Aber wenn man so lang zusammen ist wie wir beide, muss man nicht alles aussprechen.

«Du auch?», war das erste, was Olga sagte. Und als ich nickte: «Dann bin ich beruhigt.»

«Beruhigt», sagte sie. Weil es doch manchmal vorkam, dass Ehepaare getrennt wurden.

Wenn sie einen aufriefen, wusste man nur, dass man an der Reihe war. Man erfuhr nicht, wo die Fahrt hinging. Aber ich stand auf der Liste der Frontkämpfer. Ich besaß das Eiserne Kreuz. Ich war prominent.

«Es wird Theresienstadt sein», sagte ich. «Das ist nicht so schlimm.»

«Bist du sicher?»

«Ganz sicher.» Obwohl ich das natürlich nicht war. So etwas wie Sicherheit gab es schon lang nicht mehr. Aber ich wollte Olga beruhigen. Versuchte sogar einen Scherz zu machen. «Der Rosen und der Ehrlich müssen noch hierbleiben», sagte ich. «Aber mich haben sie mit einer Solorolle besetzt.» Ich glaube, dass meine Stimme dabei nicht flatterte. Schauspieler lügen gut.

«Solang wir nur zusammen sind», sagte Olga.

«Wir werden immer zusammen sein», sagte ich.

Klischees, natürlich. Aber der Joe May hat recht: Sie sind wirkungsvoll.

Es war kein langes Gespräch. Dann haben wir uns getrennt, um unsere Sachen zu packen. Jeder in seiner Baracke.

Olga blieb noch einmal stehen. «Der Krieg kann nicht mehr lang dauern», sagte sie. Der große Zauberspruch von Westerbork. Und von Theresienstadt. Die Coué-Methode für Lagerinsassen. «Der

Krieg kann nicht mehr lang dauern. Es geht mir mit jedem Tag in jeder Hinsicht immer besser und besser.» Oder, wie Papa dasselbe formuliert hat: «Das wird schon wieder.»

Und dann ist Großpapa gestorben.

Es kam selten vor, dass sie jemanden mit Gewalt zum Zug schleppen mussten. Die Drohung, dass sie es, wenn nötig, tun würden, reichte völlig aus. Die SS-Leute ließen die Fliegenden Kolonnen und den Ordnungsdienst ihre Arbeit tun. Spazierten den Boulevard auf und ab, als ob sie nur ganz zufällig hier wären. Man erzählt von Furtwängler, dass er manchmal mit dem Dirigieren einfach aufhört und den Philharmonikern nur noch zuhört. Weil er bei ihnen keine falschen Töne zu befürchten hat. So auch Gemmeker. Sein eingespieltes Deportationsorchester spielte fehlerlos.

Wir spielten alle mit.

Einer von Mamas Bad Dürkheimer Lehrsätzen lautete: «Der wohlerzogene Mensch geht nie pünktlich zu einem gesellschaftlichen Anlass, sondern erscheint immer mit kleiner Verspätung. Alles andere wäre unhöflich.» Aber was ist die korrekte Zeit, um zum eigenen Osttransport zu gehen?

Wir waren alle pünktlich da. Sogar zu früh. Als ob wir es nicht erwarten könnten. Auch ein Symptom der *Malaria westerborkiana.*

Ich hatte in dieser Nacht einen Albtraum. War wieder am Gymnasium und kam zu spät zum Unterricht. Stand vor meinem Deutschlehrer, ich ganz klein und er ganz groß, und er sagte, was er tatsächlich einmal zu mir gesagt hat: «Ich weiß wirklich nicht, was aus dir werden soll, Gerson. Du kommst noch zu deiner eigenen Beerdigung zu spät.»

Sogar der Mann, der meine Träume schreibt, macht sich über mich lustig.

Es war noch dunkel draußen, da hatte ich meine Sachen schon gepackt. Hatte die noch warme Bettdecke zusammengerollt und verschnürt. Die mir dann in der Schleuse von Theresienstadt gestohlen wurde. Hatte verschenkt, was in dem einen erlaubten Koffer keinen Platz mehr fand. *Nehmen Sie mein Rasiermesser ruhig. Ich werde mir einen Bart stehen lassen.* Hatte mich von meinen Pritschennachbarn verabschiedet. Hatte «Auf Wiedersehen» gesagt und hätte die Worte am liebsten gleich wieder verschluckt. Weil sie für die, die noch bleiben durften, wie ein Fluch klingen mussten. *Auf Wiedersehen in Theresienstadt. Auf Wiedersehen in Auschwitz.* Hatte mir all die verlogen tröstlichen Sätze angehört, die ich noch am letzten Dienstag selber über die Situation geschmiert hatte wie Abdeckschminke über einen Eiterpickel. «Kopf hoch! Es wird schon werden! Unkraut verdirbt nicht.»

Stimmt. Man reißt es aus.

Hatte mich noch einmal für das Frühstück angestellt, obwohl ich – ich! – keinen Hunger hatte. Olga bestand darauf. «Wir wissen nicht, wie lang die Fahrt dauert und ob es unterwegs etwas zu essen gibt.» Sie denkt immer praktisch. In der Warteschlange ließen uns die andern vor. Bei einer Beerdigung ist man höflich zu den Leidtragenden. Zu den Toten erst recht.

Waren also pünktlich vor Ort. Stellten uns in die Reihe, an deren Ende die OD-Leute die Namen abhakten. *Kurt Gerson, genannt Gerron. Olga Gerson.*

Sie hielt die ganze Zeit meine Hand fest. Das war das einzige, das sie sich anmerken ließ.

Eine Frau ging auf Gemmeker zu und wollte ihn etwas fragen. Ihn um Aufschub anflehen. Sie wurde nicht mit Gewalt weggestoßen. Er sah sie gar nicht und ging an ihr vorbei. Sie insistierte nicht. Nickte nur ein paar Mal, als ob sich ihr gerade eine böse Vermutung bestätigt hätte. Stellte sich wieder in die Reihe.

Gemmeker streichelte seinen Hund. «Der einzige Nicht-Reinrassige, den er mag», sagte man im Lager. Der Standphotograph in meinem Kopf knipste die Hose, die sich über seinen Stiefelschäften bauschte. Lauter Herrenreiter, diese Weltbeherrscher.

Die Männer vom Ordnungsdienst verstanden ihr Geschäft. Wussten blind, wo die einzelnen Wagen anhalten würden. Teilten uns schon mal in Gruppen auf, damit das Einsteigen nachher schneller ging. Da, wo Olga und ich hingeschickt wurden, warteten schon ein paar Leute von der Barneveld-Liste. Alle entweder reich oder prominent. Sie hatten Beziehungen und versicherten mir, dass unser Waggon für Theresienstadt bestimmt sein würde.

Die Fliegende Kolonne brachte die ersten Invaliden. Die Geschicklichkeit, mit der sie die Karren schoben und nebeneinander aufreihten, erinnerte mich an die Gepäckträger am Anhalter Bahnhof. Als kleiner Junge war das mein Traumberuf gewesen.

Wir fahren mit der Eisenbahn, Tschu-tschu-Eisenbahn.

Auf einem andern Karren offene Kisten mit Verpflegung. Brote. Früchte. Gemüse. Sie waren wohl für die Begleitmannschaft bestimmt. Wir haben auf der Fahrt nichts davon gesehen.

Dann fuhr der Zug ein. Personenwagen dritter Klasse. Definitiv Theresienstadt.

Es gab keine großen Abschiedsszenen. Angehörige waren beim Verlad nicht zugelassen. Emotionen hätten den geordneten Ablauf stören können. Nur ein Mann vom Ordnungsdienst umarmte immer wieder ein älteres Ehepaar. Wollte sich überhaupt nicht mehr von ihnen trennen. Es waren wohl seine Eltern.

Nur acht Mann pro Abteil. Für jeden ein Sitzplatz. Zivilisiert.

Wir stellten uns einander vor wie an der Table d'hôte eines vornehmen Hotels. «Ich habe Sie in der *Dreigroschenoper* gesehen», sagte ein Mann zu mir. «Phänomenal.»

Die ganze Szene total absurd. Auf dem Weg zur Hölle spielten wir Gesellschaftsreise. Taten so, als ob wir nicht hörten, wie die Türen verriegelt wurden.

Als der Zug abfuhr, schaute eine Frau im Abteil auf ihre Armbanduhr. Wie um die korrekte Abfahrtszeit zu überprüfen.

Als ob wir es eilig gehabt hätten.

Das können sie nicht machen. Das können sie mit mir nicht machen.

Da sitze ich tagelang in meinem Zimmer, warte auf einen Befehl, auf eine Information, und unterdessen …

Während ich Idiot gerade wieder anfangen wollte, an dem Film zu arbeiten.

«Es bringt nichts, wenn du den ganzen Tag nur Trübsal bläst», hat Olga gesagt. «Tu etwas! Wenn es weitergeht, musst du bereit sein.»

Natürlich, sie hat mich damit nur beruhigen wollen. Aber vielleicht war wirklich etwas dran. So plötzlich, wie alles abgesagt wurde, kann es auch wieder angesagt werden. Wir haben die Aufnahmen des jiddischen Stücks zweimal unterbrechen müssen, weil die Luftschutzsirenen zu laut heulten. «Russische Flugzeuge», hat jemand gesagt. Vielleicht haben sie die Dreharbeiten deshalb gestoppt. Warten darauf, dass der Frontverlauf sich ändert. Die Rote Armee soll schon an der Weichsel stehen.

Oder ... Es kann tausend Gründe geben. Vielleicht geht es schon morgen wieder weiter.

Habe ich gedacht.

Habe Olga gebeten, Frau Olitzki zu mir zu schicken. Weil ich ja meine Ubikation nicht verlassen darf. «Sie soll alle Drehberichte mitbringen. Die Notizen, die ich ihr vor Ort diktiert habe. Eine Schreibmaschine, wenn das geht. Und genügend Papier. Ich werde schon einmal anfangen, den Schnitt vorzubereiten.» Unser Kumbal ist nicht der ideale Arbeitsort, aber was soll's? Sind die Margarinekisten eben ein Schreibtisch.

Wir haben gutes Material, da bin ich mir sicher. Reichhaltig. Mit sehr variablen Schnittmöglichkeiten. Natürlich wäre es besser, wenn ich mir die Muster ansehen könnte, aber es wird auch so gehen. Wir haben ausführliche Notizen. All die Zeichnungen von Jo Spier.

Habe ich gedacht.

Dann kam Olga zurück. Allein. Sie war bleich und konnte mir nicht in die Augen sehen. «Frau Olitzki ist nicht mehr in Theresienstadt», sagte sie. «Sie ist gestern auf Transport gegangen. Zusammen mit ihrem Mann.»

Das können sie nicht machen.

Ich bin losgerannt. Zu Eppstein. Scheiß darauf, dass ich im Zimmer bleiben soll. Scheiß auf alles. Frau Olitzki ist meine Mitarbeiterin. Sie steht unter meinem persönlichen Schutz.

Habe in meiner Hast nicht an die fehlende Treppenstufe gedacht und bin hingefallen. Habe mir ein Loch in die Hose gerissen. Egal. Scheißegal.

Bin ins Vorzimmer des Ältestenrats gestürmt und habe verlangt, mit Eppstein zu sprechen. Sofort.

Sie haben mich nicht vorgelassen. Haben mich abgewimmelt wie einen lästigen Bittsteller. «Herr Eppstein lässt Ihnen ausrichten, dass er jetzt keine Zeit für Sie hat. Er wird sich zu gegebener Zeit mit Ihnen in Verbindung setzen.» *Zu gegebener Zeit in Verbindung setzen.* Lügen in Amtsdeutsch sind die schlimmsten.

Ich habe versucht, seine Vorzimmergarde wegzuschieben. Wie ich es schon einmal gemacht habe. Aber dieses Mal waren sie zu viele. Ich habe nicht mehr die Kraft, die ich früher einmal hatte.

Ich habe überhaupt keine Kraft mehr.

Die anderen im Wartezimmer haben gegrinst. Nicht einmal versteckt, sondern ganz offen. Haben triumphiert. Da wollte sich einer vordrängeln, mit zerrissenen Hosen und blutigem Knie. Aber er hat seine Lektion bekommen. So was gibt es hier nicht. In Theresienstadt herrscht Ordnung.

Sind es wirklich jedes Mal dieselben Menschen, die dort sitzen? Es kommt mir so vor. Wie in einem billigen Film, wo die Produktion an der Statisterie spart.

Ganze fünfzehn Straßen gibt es in Theresienstadt. Aber der Weg zurück kam mir unendlich lang vor. Noch länger als damals in Berlin, als ich vom Ballhaus Bühler bis zur Leipziger Straße gelaufen bin. Als überall die Plakate hingen. *Deutsche, kauft nicht bei Juden! Juden, dreht keine Filme mit Gerron!*

Wenn sie meine wichtigste Mitarbeiterin nach Auschwitz verschicken, dann ist niemand sicher. Am wenigsten ich selber. Wenn Eppstein mich nicht einmal mehr empfängt, dann weiß er etwas. Hat etwas flüstern hören. Das neuste Gerücht an der Theresienstädter Menschenbörse. Die Aktie Gerron fällt auf Null. Sofort verkaufen. Abstoßen. So tun, als ob man nie darauf gesetzt hätte.

Der Film ist abgesagt, das ist die einzige Erklärung. Findet nicht statt. Hat nie existiert. Jetzt muss Eppstein so tun, als ob er ihn nie unterstützt hätte. Muss sich zurückziehen, ohne dass es nach Rückzug aussieht. Frontbegradigung nennt man das. *Unsere Truppen haben dem Feind einen strategisch unwichtigen Punkt überlassen.*

Eine unwichtige Frau Olitzki.

Scheiße.

«Wenn alles vorbei ist», hat sie einmal gesagt, «will ich mit meinem Mann irgendwo hinziehen, wo es warm ist. Kälte ist nicht gut für seinen Rücken.»

Hoffentlich hat er im Viehwaggon einen Platz gefunden, wo er sich anlehnen kann.

«Ihre Hose ist zerrissen.» Es war das erste Mal, dass Herr Turkavka etwas Persönliches zu mir sagte. Ich beneide ihn. Latrinenwächter ist ein sicherer Beruf. Sicherer als Filmregisseur.

Wie soll ich Olga erklären, dass alles aus ist?

Sie ist noch nicht zurück. Aber auf dem Absatz über der Treppe treffe ich Dr. Springer. Er sitzt unter dem Dachfensterchen auf dem Boden, ein riesiges Stück Stoff vor dem Gesicht. Ein Kissenüberzug aus der Krankenstation. «Ich bin erkältet», sagt er und hustet in sein Tuch. «Nichts Schlimmes, aber bei der Arbeit würde ich die Leute nur anstecken. Keine Angst, bis Sie zu uns zum Drehen kommen, bin ich wieder auf dem Posten. Meine Chance zum Filmruhm werde ich mir nicht entgehen lassen. Weiß man unterdessen schon, wann es sein wird?»

Ich erzähle ihm alles. Dass das Projekt wahrscheinlich gestrichen ist. Dass ich Angst davor habe, überflüssig zu werden. Nicht mehr geschützt zu sein. «Machen Sie sich keine Sorgen», sagt er. «Rein statistisch stehen unsere Chancen gut. Ihre und meine. Von den A-Prominenten ist noch kein einziger auf Transport gegangen.»

«Und wenn doch?»

Er schnäuzt sich erst mal, säubert seine Nase so sorgfältig und gründlich, wie er das letzte Restchen Wundbrand aus einer Verletzung entfernt haben würde. Dann sagt er: «Ich persönlich – wenn ich zum Transport aufgerufen werde, bringe ich mich um.» Sagt es ganz sachlich. Wie man im Konsilium nach gründlicher Überlegung eine Therapiemöglichkeit vorschlägt. *Ich würde in diesem Fall zum Suizid raten, Herr Kollege.*

Wir diskutieren miteinander die verschiedenen Methoden. Mediziner unter sich. Sind uns darüber einig, dass die alten Römer die angenehmste Variante gefunden hatten. Sich in eine körperwarme Badewanne legen und vom Medikus die Pulsadern öffnen lassen. Beim langsamen Verbluten noch ein bisschen plaudern. Sich in aller Ruhe von seinen Freunden verabschieden. Irgendwann einschlafen. Nur eben: In Theresienstadt gibt es keine Badewannen. Nicht für uns. Selbst für die Gemeinschaftsduschen sind die Wartezeiten endlos.

Dr. Springer muss viel über das Thema nachgedacht haben. Er hält mir einen regelrechten Vortrag. «Männer hängen sich vorzugsweise auf», sagt er. «In fast fünfzig Prozent aller Fälle. Das ist empirisch erwiesen. Dabei ist die Technik überhaupt nicht empfehlenswert. Eine höchst unangenehme Todesart.» Er klingt wie jemand, der in einem angesagten Speiselokal mit der Küche nicht zufrieden ist. «Die Leute haben alle diese Filmszenen gesehen, wo der Scharfrichter den Knoten festzieht, unter den Füßen des Delinquenten geht eine Klappe auf, und schon baumelt er da und ist tot. Aber so ein Genickbruch ist nicht leicht hinzukriegen. In Handarbeit schafft man das nicht. Wenn sich die Schlinge nur festzieht und man erstickt – unangenehm. Äußerst unangenehm. Ganz abgesehen von der Gefahr, dass man noch ziemlich lang wiederbelebt werden kann. Oft mit bleibenden Schäden. Sauerstoffmangel im Gehirn.»

Andere Leute tauschen Rezepte aus.

Wenn ich es recht überlege: wir auch.

«Wenn die Menschen nur ein bisschen was von Anatomie verstünden», sagt Dr. Springer, «würden sie beim Aufhängen den Knoten vorne machen und nicht hinten. Dann drückt die Schlinge nicht den Kehlkopf ab, sondern die Nackenarterien, und man verliert ganz allmählich das Bewusstsein.»

«Oder man erschießt sich gleich», sage ich.

Er schüttelt den Kopf. «Auch eine sehr unsichere Sache. Wenn Ihre Hand zittert und Sie nicht richtig treffen, sind Sie hinterher bloß verkrüppelt. Außerdem: Wo wollen Sie in Theresienstadt eine Waffe hernehmen?»

«Und Schlaftabletten?»

«Veronal?» Er hustet und schnäuzt sich ausgiebig. «Wird total überschätzt. Ich erinnere mich an einen Fall, den wir in Frankfurt hatten. Da hat eine junge Frau vierzehn Tabletten geschluckt. Liebeskummer, was sonst? Vierzehn Tabletten. Man hat sie am Morgen gefunden, bewusstlos natürlich, wir haben ihr in der Klinik den Magen ausgepumpt, Kampfer und Koffein gespritzt, und nach einer Woche war sie wieder auf den Beinen. Der ganze Aufwand für nichts. Sie hat sich dann vor einen Zug geworfen. Auch kein sehr ästhetisches Finale.»

Er faltet seinen Kissenüberzug sorgfältig neu zusammen, um wieder eine saubere Stelle zur Verfügung zu haben. Ein Chirurg achtet auf Hygiene. «Nein», sagt er, «Suizid ist nichts für Amateure. Eigentlich müsste das Thema in jeder Schule Pflichtfach sein. So wie die Welt aussieht, wäre das bedeutend nützlicher als lateinische Verben und *Das Lied von der Glocke.*»

Er fasst in die Tasche und holt ein kleines Fläschchen heraus. Hält es mir vor die Augen. Eine klare Flüssigkeit. «Das habe ich immer bei mir», sagt er. «Schmerzlos und wirksam. Da weiß man doch wenigstens, wozu man Medizin studiert hat.»

Er würde uns das Mittel auch besorgen. Eine Dosis für mich, eine Dosis für Olga. Nur für den Fall der Fälle. Er ist ein wirklich netter Mensch, unser Nachbar.

Meine Panik hat sich schon wieder ein bisschen gelegt. Das Gespräch mit Dr. Springer hat mich doch sehr beruhigt.

Der Film findet nicht statt. Definitiv. Man hat es mir nicht ausdrücklich mitgeteilt, aber man darf sich nichts vormachen. Die Anzeichen sind eindeutig.

Ich muss mich nicht mehr in meiner Ubikation zur Verfügung halten. Man hat bereits über mich verfügt. Hat mich einem Kommando zugeteilt. Obwohl ich als A-Prominenter von der allgemeinen Arbeitspflicht befreit bin. Eigentlich. *Baracke L 1-09. Arbeitsbeginn 07:30 Uhr. Sie haben sich pünktlich einzufinden.* Auf einem dieser schmalen Papierstreifen, wie man sie im Büro des Judenältesten für unwichtige Angelegenheiten verwendet. Auch für die Aufforderung, sich für den Transport bereitzuhalten.

Nicht einmal ein ganzes Blatt Papier bin ich ihnen mehr wert.

Ich bin in Ungnade gefallen. Von der Prominentenliste gestrichen. Rahm ist mit meiner Arbeit unzufrieden.

Ich habe versagt.

Man hat mir nicht einmal mitgeteilt, was sie in L 1-09 tun. Da unten, zwischen der Sudeten- und der Jägerkaserne, gibt es eine ganze Reihe von Werkstattbaracken. Es war nicht gewünscht, dass wir in einer von ihnen drehen. Zu eng und zu dunkel. Nicht leinwandtauglich. Nicht wie die Schmiede, wo wir eigentlich am Montag hätten sein sollen. Wo die Arbeit nach etwas aussieht. Sprühende Funken. Kräftige Männer am Amboss. Zu Wagnermusik. Wenn Wagner Jude gewesen wäre.

«Die Abwechslung wird dir guttun», sagt Olga. Ha ha ha. Irgendwann ist Optimismus nur noch absurd. Nicht in jedem Scheißhaufen steckt ein Goldstück.

Ich werde mich pünktlich einfinden. Zu früh. Werde ihnen keinen Vorwand liefern, den sie gegen mich benützen können. *Ist nicht pünktlich zur Arbeit erschienen.* Kreuziget ihn.

Vor der Latrine steht die Morgenschlange. Turkavka muss bald heiser sein.

Die Straße riecht sauberer als sonst. In der Nacht hat es geregnet. Am Himmel dünne Schleierwolken. Gutes Licht zum Drehen.

Ich kann die Maschine in meinem Kopf nicht ausschalten. Werde wohl noch im Zug nach Auschwitz nach Kamerapositionen suchen. Alles nur eine Frage der Einstellung, wie die Kameraleute sagen.

L 1-09. Noch keiner da.

Zwei alte Männer. Drei. Um Schwerarbeit kann es sich nicht handeln.

Kaninchenfelle. Ein stinkender Haufen. Wir haben die Haare auf einheitliche Länge zu scheren.

Ich weiß nicht, wozu sie die Felle brauchen. Gefütterte Uniformen für den russischen Winter? Ein bisschen spät dafür. Wenn es stimmt, was die Gerüchte behaupten, findet der nächste russische Winter in Deutschland statt.

Die anderen Männer sind alles Tschechen. Verstehen kein Deutsch. Oder wollen es nicht verstehen. Sie unterhalten sich leise und nicken viel dabei. Als ob jeder dem andern nur bestätigt, was der schon weiß. Heben dabei die Köpfe nicht von der Arbeit. Ihre Zungen funktionieren so automatisch wie ihre Hände.

Sie haben mir einmal kurz gezeigt, was zu tun ist, und kümmern sich seither nicht mehr um mich. Ich stelle mich ungeschickt an. Brauche ewig, bis ich nur kapiert habe, welche von den beiden Klingen auf die Fellseite gehört.

Ich weiß nicht einmal, wie man das Gerät nennt, das ich da benutze.

Schnipp. Schnipp. Schnipp.

Eine völlig unsinnige Beschäftigung. Passend für Theresienstadt.

Schnipp.

Beim Friseur fallen abgeschnittene Haare auf den Boden. Dann kommt der Lehrling und wischt sie zusammen. Hier schweben sie in der Luft wie Staub. Geraten einem in die Augen. In die Nase. Dazu der Geruch. «Ekelhaft», sage ich zu den drei alten Männern. Sie sehen mich an, als ob ich Chinesisch gesprochen hätte. Unterhalten sich weiter. Nicken.

Schnipp. Schnipp.

Ich habe keine Uhr, aber ich weiß, dass ich noch nicht so lang hier sein kann, wie es mir vorkommt. Der alte Witz über eine langweilige Inszenierung: *Die Vorstellung begann um acht. Als ich um neun auf die Uhr schaute, war Viertel nach acht.*

Ha ha ha.

Schnipp. Schnipp. Schnipp.

Wo nehmen sie die Kaninchen her? Werden sie für ihre Felle gezüchtet oder für ihr Fleisch? Ottos Hilde hat mal ein Kaninchenragout gekocht.

Soll ich den Rest meines Lebens über solche Dinge nachdenken? Soll das meine Zukunft sein? Kaninchenfelle scheren? Ich wollte diesen Film nie machen, aber jetzt sehne ich mich nach ihm.

Schnipp.

Schnipp.

Schnipp.

Alle Uhren sind stehengeblieben.

Schnipp.

Ein Kurier aus dem Sekretariat. Nicht derselbe wie letztes Mal. Ein Mann um die Vierzig. Könnte mal Soldat gewesen sein. Ich soll zu Eppstein kommen. Sofort.

Ich stehe auf und versuche mir die Kaninchenhaare von den Kleidern zu klopfen. «Auf Wiedersehen», sage ich zu den alten Männern. Einer von ihnen blickt auf. «Deutsches Arschloch», sagt er.

«Ich hoffe, Sie haben Ihre Lektion gelernt», sagt Eppstein. Sieht nicht triumphierend dabei aus, sondern bedrückt. Den Mephisto, habe ich immer gedacht, müsste man so spielen. Als einen, der unter seiner Rolle leidet.

«Welche Lektion?», frage ich.

«Sie haben sich bei den Dreharbeiten aufgespielt. Anweisungen erteilt. Das ist nicht geschätzt worden. Es hat Beschwerden gegeben.»

«Ich habe …»

Er schüttelt den Kopf, und ich schweige. Da ist eine Autorität, die ich bisher nicht an ihm gespürt habe.

«Sie haben sich wichtiggenommen, Gerron», sagt er. «In Theresienstadt ist das immer ein Fehler. Hier sind Sie kein berühmter Regisseur und kein berühmter Schauspieler. Sondern nur ... Wie ist Ihre Transportnummer?»

«XXIV/4-247», sage ich.

«Exakt. Das ist alles, was Sie sind. Ich wollte, dass Sie das begreifen.»

«Beim Scheren von Kaninchenfellen?»

«Seien Sie dankbar», sagt er. «Das Latrinenkommando habe ich Ihnen erspart.»

«Und Frau Olitzki?»

Eppstein schließt die Augen. Presst die Handballen gegen die Stirn. Er wird heute noch zu Dr. Springer gehen müssen, stelle ich mir vor, damit der ihm neue Kraft aus dem Medizinschrank holt.

«Frau Olitzki, ja», sagt er. «Das war wohl der Name. Es sind so viele Namen. Ich kann sie mir nicht alle merken. Es war ein Fehler, Ihnen eine Sekretärin zu bewilligen. Mein Fehler. Ich wollte mir Schwierigkeiten ersparen und habe mir welche eingehandelt. Weil Sie meine Nachgiebigkeit falsch verstanden haben. Weil Sie angefangen haben zu glauben, dass Sie jemand sind. Ihre Selbstüberschätzung hat Schwierigkeiten verursacht. Also musste ich das korrigieren.»

Er hat Frau Olitzki auf die Transportliste gesetzt, sie und ihren Mann, um mir eine Lektion zu erteilen. Es ist ungeheuerlich. Ich will ihn anschreien, aber er winkt ab. Müde.

«Sparen Sie sich die Aufregung. Ich kenne die Argumente. Alle. Sie wollen mir sagen, dass Ihre Sekretärin nichts dafür kann, und natürlich haben Sie recht. Aber wenn ich einen anderen auf die Liste setze – und die Liste muss voll werden, da führt kein Weg dran vorbei –, wenn ich Frau X in den Zug schicke oder Herrn Y, ist das dann gerechter? Können die mehr dafür?»

«Aber Frau Olitzki ...», will ich noch einmal anfangen.

«Sie war ein Kompromiss», sagt Eppstein. «Von der Kommandantur ist vorgeschlagen worden, dass Sie selber auf Transport gehen sollten. Sie und Ihre Frau.»

Mein Gott. Olga.

«Es ist mir gelungen, das abzuwenden», sagt er. «Nicht weil Sie einen Anspruch darauf hätten, bevorzugt zu werden. Weil ich der Ansicht bin, dass Sie hier noch nützlich sein können. Noch. Dafür musste ich Frau Olitzki opfern. Wäre es Ihnen andersherum lieber gewesen?» Er wartet auf eine Antwort, und als ich schweige, nickt er. So wie die alten Männer in L 1-09 genickt haben. Weil sie die Geschichten, die da erzählt wurden, alle schon kannten.

«Eben», sagt er. «Lassen wir also diese Diskussion. Ich führe sie jeden Tag hundert Mal mit mir selber. Ich versuche das Beste zu tun, glauben Sie mir. Auch wenn ich weiß, dass dieses Beste abgrundtief schlecht ist.»

Ich bin ein Teil von jener Kraft, die stets das Gute will und stets das Böse schafft.

«Dieser Film», sagt er, «könnte für Theresienstadt wichtig sein. Eine gute Sache. Weil er Rahm von anderem ablenkt. Weil er ihn beschäftigt. Weil damit Zeit vergeht. Wissen Sie, warum die Dreharbeiten unterbrochen worden sind?»

«Unterbrochen? Heißt das ...?»

«Ja», sagt Eppstein müde. Reibt sich die Augen. «Am Samstag geht es weiter. Bis dahin müsste der Mann zurück sein, den Rahm nach Italien geschickt hat. Um Kokons zu besorgen. Damit man im Film sehen kann, wie erfolgreich die Seidenraupenzucht hier ist. Seidenraupen sind ein Steckenpferd von Heinrich Himmler, haben Sie das nicht gewusst? Deutsche Seide für deutsche Fallschirme.»

«Nein», sage ich. «Das habe ich nicht gewusst.»

«Sie wissen vieles nicht, Gerron. Ich beneide Sie darum. Ich würde eine Menge darum geben, manche Dinge nicht zu wissen.»

Er richtet sich auf. Sitzt auf einmal sehr gerade da. Wirkt größer, als er ist. «Machen Sie mir also keine Schwierigkeiten mehr. Bereiten Sie alles vor. Es wird anders gemacht werden, als Sie es sich ausgedacht haben, aber es ist trotzdem gut, vorbereitet zu sein.»

«Ich soll also weiter Regie führen?»

«Nein», sagt Eppstein. «Das wird Herr Pečený von der Aktualita übernehmen. Sie werden ihm assistieren. Ihm seine Mappe hinterhertragen, wenn er das haben will. ‹Ja, Herr Pečený›, werden Sie sagen. ‹Bitte, Herr Pečený. Danke, Herr Pečený.› Machen Sie nicht so ein Gesicht, Gerron. Sind Ihnen die Kaninchenfelle lieber? Die Latrine? Der Platz von Frau Olitzki im Zug?»

Ich bin schon bei der Tür, da ruft er mich noch einmal zurück. «Übrigens», sagt er, «die Amerikaner haben Paris befreit.»

Frau Olitzki. Ich habe sie nie nach ihrem Vornamen gefragt. Frau Olitzki aus Troppau. Das ich auf der Landkarte nicht gleich finden würde. Irgendwo im Osten. Ihr Mann hat es am Rücken. Mehr weiß ich nicht von ihr.

Wenn ich ihr Gesicht beschreiben will, fallen mir nur Einzelheiten ein. Die auf viele Frauen passen. Dunkle Haare. Nicht einmal da bin ich mir sicher. Auf jeden Fall keine auffällige Farbe. Kurz geschnitten, wie bei fast allen Frauen in Theresienstadt. Als sie für die Strandszene eine Badekappe aufsetzen musste, hat das ihre Kopfform nicht verändert.

Vielleicht hatte sie früher Dauerwellen. Ging jede Woche zum Friseur. Sie hat bei einem Rechtsanwalt gearbeitet. Da muss man seriös aussehen. Vielleicht ließ sie sich einmal einen Bubikopf schneiden und kriegte Ärger mit ihrem Chef, weil er das zu modern fand. Ich kann sie nicht mehr fragen.

Ich weiß nur, dass sie auf Transport gegangen ist.

Wenn ich ihr Gesicht zeichnen müsste, selbst wenn ich kein Glumskopp wäre und ungeschickt in diesen Dingen, es käme nur ein leeres Oval zustande. Wie diese augen- und mundlosen Kugeln, auf denen Maskenbildner ihre Perücken aufbewahren. Grauer Filz. Ich meine, dass sie eine kräftige Nase hat und dass sie manchmal daran reibt, während ihre andere Hand auf den Tasten liegen bleibt. Aber vielleicht erinnere ich mich da an jemand anderen.

Es ist erst ein paar Tage her, seit ich sie zum letzten Mal gesehen habe, und schon geraten mir die Erinnerungen durcheinander.

Sie hat einen Goldzahn, da bin ich mir sicher. Links oder rechts? Egal. Sie spielt mit der Zunge daran herum, das ist mir einmal aufgefallen, und dann wölbt sich ihre Oberlippe. Rechts, glaube ich.

Ihr Ehering sitzt zu locker. Bevor sie sich an die Tastatur setzt, nimmt sie ihn ab und legt ihn neben die Schreibmaschine. Sie muss früher einmal dicker gewesen sein, aber das ist keine Erkenntnis. Wir waren alle einmal dicker.

Sie trägt immer ein Halstuch. Legt es auch bei heißem Wetter nicht ab. Vielleicht ist ihr Hals faltig geworden, so wie meiner, und sie will das verstecken. Obwohl: Eitel schien sie mir nie. Eine sachliche Person. Zupackend.

Wenn ich das nicht in sie hineingelesen habe. Weil ich sie so brauchte.

Ich weiß nicht einmal, wie alt sie ist. Ich habe sie nie danach gefragt.

In Berlin habe ich mich bei den Mädels, die für mich tippten, immer nach dem Geburtstag erkundigt und sie dann mit einem kleinen Geschenk überrascht. Vor allem, wenn sie hübsch waren. Ich hatte meinen Ruf als Frauenheld zu wahren.

Frau Olitzki ist nicht hübsch. Auch nicht hässlich. Unauffällig. Sie kann Schreibmaschine schreiben und vergisst nicht, was man ihr aufträgt. Mehr hat mich an ihr nicht interessiert. Nicht wirklich.

Ich habe mir eingeredet, dass ich sie vor dem Transport bewahren könne. Dass sie mir dankbar sein müsse. Habe vor mir selber den großen Beschützer gespielt. Lanzelot Gerron. Aber es ging gar nicht um sie. Es ging um mich. Ich tat das, was ich ohnehin tun musste, und wollte ein gutes Gewissen dabei haben. Frau Olitzki war eine meiner Ausreden.

Es ist mir keine Ausrede mehr geblieben.

Man hat schon viele Menschen auf Transport gehen sehen. Hat sich daran gewöhnt. So wie wir uns im Krieg an die Toten gewöhnt haben. Der Mensch kann nicht jeden Tag verzweifeln. Auch das nutzt sich ab. Man lernt, sich die Dinge nicht zu nahe gehen zu lassen. Seine Gefühle wegzusperren. Als Mama nach Westerbork abfuhr, wollte sie nicht einmal umarmt werden.

Frau Olitzki geht mir nahe. Obwohl ich sie nie richtig gekannt habe.

Sie hat viel gelacht, das weiß ich noch. Nein, auch das muss nicht stimmen. Sie hatte vielleicht nur noch nicht die Gewohnheit abgelegt, viel zu lachen. Wie Schauspieler in einem En-suite-Stück immer noch die eingeübten Töne produzieren, obwohl sie schon längst nichts mehr dabei empfinden. «Ich liebe dich», sagen sie und denken: Heute Abend könnte ich Eisbein essen. Frau Olitzkis Augen haben nie mitgelacht.

Vielleicht bilde ich mir auch das nur ein. Schreibe ihr eine Rolle zu, die in mein Drehbuch passt. Ich weiß so wenig von ihr. Nichts.

Außer dass man sie in einen Viehwaggon gepackt hat.

Sie hat keine Kinder, das hat sie mir einmal erzählt. Und ihr Mann ist mit ihr auf Transport gegangen. Vielleicht bin ich der einzige, der sich noch an sie erinnert.

Frau Olitzki aus Troppau.

«Ja, Herr Pečený. Bitte, Herr Pečený. Ganz wie Sie wünschen, Herr Pečený.» Wir sollen jetzt die Motive nur noch herunterkurbeln. Lieblos und ohne jeden künstlerischen Anspruch. Wochenschau eben.

Der Pečený will mir meinen Film unter dem Hintern wegziehen. Er sieht die Chance, sich damit bei den Deutschen lieb Kind zu machen. Will seine Tüchtigkeit beweisen, weil er auf weitere Aufträge für seine Aktualita hofft. Die SS könnte ein guter Kunde sein. Genügend Filmenswertes hat sie ja zu bieten. Ordensverleihungen. Heldengedenktage. Pečený wuselt um Rahm herum wie ein Versicherungsagent. Was heißt Alemann auf Tschechisch?

Sein brillanter Einfall: Wir drehen die Motive jetzt nicht mehr nacheinander, sondern parallel. Die eine Kamera natürlich ohne Ton. Unbrauchbares Material, aber es geht schneller. Pečený ist furchtbar stolz auf das angeschlagene Tempo. Er bedenkt nicht, dass wir jede eingesparte Minute bei der Nachbearbeitung wieder verlieren werden. Weil ich das Material der anderen Mannschaft ja überhaupt nicht kenne. Wie soll ich da den Schnitt vorbereiten? Wenn die Teile nicht zusammenpassen, werden sie sagen, es ist mein Fehler.

Ich habe ihnen den Jo Spier mitgeschickt, damit ich mir wenigstens anhand seiner Zeichnungen ein ungefähres Bild machen kann. Stochern im Nebel. Aber im Drehbericht steht dick unterstrichen *179 Einstellungen an einem einzigen Tag*, und Rahm ist begeistert. Dilettanten an die Macht!

Wenn ich noch einen Beweis für meine Unwichtigkeit gebraucht hätte, heute habe ich ihn bekommen. Den guten Kameramann, den Fric, haben sie ohne mich losgeschickt und mir nur seinen zweiten Mann dagelassen. Zahradka heißt er. Ein ganz junger Mann. Kann noch nicht selbständig arbeiten. Als er zum zehnten Mal gefragt hat: «Wie möchte der Herr Regisseur es haben?», hat ihn ein SS-Mann angeschnauzt: «Das ist nicht der Herr Regisseur, das ist der Scheißjud Gerron.»

Von Neusser hätte es nicht besser sagen können.

Der Fric ist mit seiner Gruppe in die Werkstätten gegangen und auf den Geflügelhof. Einer der beliebtesten Arbeitsorte im Ghetto. Die Gänse werden mit Körnern gefüttert, und wenn keiner hinschaut, kann man sich eine Handvoll in die Tasche stecken.

Wenn ich könnte, wie ich wollte, wenn ich noch etwas zu wollen hätte, würde ich die Geflügelzucht als Motiv durch den ganzen Film ziehen. Vom gefiederten Gänsemarsch direkt überblenden auf die Schlange vor der Essensausgabe. Und so weiter. Das perfekte Bild für unsre Situation: Vögel, denen man die Flügel gestutzt hat, damit sie nicht wegfliegen können. Streiten sich um jedes Korn, und am Ende werden sie geschlachtet. Ende September wird es wohl soweit sein. Wenn die SS Erntedank feiert.

Ich durfte ein bisschen Spielfilm machen. Die Sequenz *Herrenbekleidungsgeschäft*. Ein richtiges Ausstattungsstück. Otto Burschatz wäre stolz auf mich gewesen. Wir haben uns bei allen möglichen Leuten Kleidungsstücke besorgt und sie malerisch drapiert. Mit dem richtigen Bildausschnitt hat es tatsächlich wie ein Laden ausgesehen. Und dann die dramatische Szene: Ein Mann probiert ein Jackett an und – Großaufnahme – strahlt übers ganze Gesicht, weil es ihm wie angegossen passt. Es war ja auch sein eigenes.

Bis zum nächsten Motiv blieben noch ein paar Minuten, und so habe ich vor der Kasse Theresienstädter Kronen von der Decke regnen lassen. Das gibt eine hübsche Überblendung zur Banksequenz. An solche Sachen denkt der Pečený natürlich nicht.

Als Olga die Ghetto-Banknoten zum ersten Mal gesehen hat, hat sie gesagt: «Den Moses, der darauf abgebildet ist, hätten sie in Amsterdam verhaftet. Weil er mit seinen Gesetzestafeln den gelben Stern abdeckt.»

Die Gerichtsverhandlung haben wir auch im Kasten. *Gerechtigkeit in Theresienstadt.* Die Satire schreibt sich wieder mal selber. Das volle Programm: Angeklagter, Staatsanwalt, Verteidiger. Plädoyers und Urteilsverkündigung. Das hätten wir ohne Ton drehen sollen. Wie im wirklichen Leben: Hauptsache verurteilt. Hinterher kann man sich immer noch ausdenken, wofür es war.

Ich habe die Rollen im letzten Moment umbesetzt. Das Gesicht des Staatsanwalts passte besser zu einem Angeklagten. Kommt ja nicht drauf an.

Ja, und in der Kinderkrippe waren wir. Man hatte mir eine Kaninchenmutter mit vier Jungen aufgetrieben, und ich habe mir den niedlichsten kleinen Jungen ausgesucht und ihn vor die Kiste gesetzt. Mit einer zu großen Mütze auf dem Kopf. Die mussten wir ihm aufsetzen, damit man die blonden Haare nicht sah. Er hockte da, mit weit aufgerissenen Augen, und hat gestaunt. Überwältigt von dem Wunder. Ein ganz offenes Gesicht.

Einfach ein kleiner Junge.

Mir sind die Tränen runtergelaufen, aber es hat niemand darauf geachtet. Ich bin niemand.

Rahm hat Pečený angeschrien. Ich hätte ihn warnen können, aber warum sollte ich das tun?

«Idiot!», hat Rahm geschrien, und einen Moment lang hat es so ausgesehen, als ob er Pečený schlagen wollte. Obwohl der gar kein Judski ist. Dann ist er ganz ruhig geworden und seine Stimme leise. Pečený hat gedacht, dass Rahm sich wieder beruhigt hat. Man konnte ihm die Erleichterung ansehen. Er kennt Rahm nicht. Wenn der Herr Obersturmführer leise wird, dann muss man sich vor ihm in acht nehmen. Wir wissen das. Man muss sich immer vor ihm in acht nehmen, aber dann ganz besonders.

«Hören Sie», hat Rahm gesagt, «wenn Sie nicht in der Lage sind, zu tun, was ich von Ihnen verlange, dann packen Sie jetzt ihre Sachen und fahren nach Prag zurück. Die Wehrmacht sucht Filmberichterstatter für die vorderste Front. Ich werde Sie gern dafür empfehlen.»

Pečený ist blass geworden. *Er erbleicht* schreiben die Autoren in ihre Drehbücher und denken nicht daran, wie schwer das umzusetzen ist. Beim Pečený war es deutlich zu sehen. Von einem Moment auf den andern war alle Farbe aus seinem Gesicht verschwunden. Das Herz war ihm in die Hose gerutscht.

Es ging wieder einmal um die Seidenraupen. Das Pflücken der Maulbeerblätter hatte der Fric noch gedreht, aber in der Hütte selber war dann zuwenig Licht. Wie man im Voraus hätte wissen können. Aber mich hat keiner gefragt.

Lampen konnten sie auch keine aufstellen. Das hätte den Raum zu sehr aufgeheizt. Temperaturveränderungen vertragen die Raupen nicht. Außerdem hatte ich das ganze Licht schon in der Speisehalle aufbauen lassen. Das ist etwas vom ersten, das man bei der Ufa lernt: sich alle notwendigen Geräte sichern, bevor ein anderer sie anfordern kann. «Kunst ist gut», sagt Otto immer, «aber Organisation ist besser.»

Menschen beim Essen haben wir gedreht. Mit über vierhundert Statisten. Zwanzig Kellnerinnen, die die Schüsseln auf die Tische gestellt haben. Mit weißen Handschuhen. Eine Fahraufnahme, quer durch die ganze Halle. Das Personal so exakt koordiniert, dass sie immer rechtzeitig im Bild waren. Ohne Statistenführer und Aufnahmeleiter. Nur ich mit meinem Megaphon. Gelernt ist gelernt.

Rahm hat zugesehen. Mit seinem Stab. Bei den großen Szenen steht auch in Babelsberg immer die ganze Teppichetage im Atelier rum. Aus den Augenwinkeln habe ich gesehen, wie der Pečený in die Halle kommt und zu ihm hingeht. Aber ich habe natürlich nichts bemerkt. Es war ja nicht meine Sache.

Der Pečený hat diesen Vertreterbückling gemacht, den er sich irgendwo abgeschaut hat, und hat gesagt: «Die Seidenraupen werden wir leider weglassen müssen. Die sind ja nicht so wichtig.» Und Rahm ist explodiert.

Woher hätte Pečený wissen sollen, dass er vom Lieblingskind von Heinrich Himmler spricht? Und damit selbstverständlich vom Wichtigsten auf der ganzen Welt? Dass nur dafür die Dreharbeiten eine ganze Woche angehalten worden sind? Dass Rahm eigens einen Mann nach Italien geschickt hat, wegen der Scheiß-Kokons? Es hätte es ihm jemand sagen müssen. Aber da war kein Jemand. Nur ein Niemand. Niemande haben das Maul zu halten.

Pečený ist im Verschiss. Selber schuld. Wer anderen in den Hintern kriechen will, sollte erst mal Anatomie studieren.

Rahm hat sich zu mir gedreht und hat gefragt: «Kann man das lösen, Gerron?» Hat mich gefragt. Den Scheißjud Gerron. Ich bin strammgestanden und habe in meinem besten Jüterboger Untergebenenton geantwortet: «Selbstverständlich, Herr Obersturmführer.»

Der Pečený hätte mich am liebsten erwürgt. Dabei habe ich ihm seinen Arsch gerettet. Aber das hat er nicht kapiert.

Ich habe die ganze Belegschaft der Schreinerei kommen lassen. Im Laufschritt. Damit Rahm sieht, wie die Dinge flutschen, wenn man Fachleute machen lässt und nicht irgendwelche Wichtigtuer von der Wochenschau. Im Eiltempo haben wir die ganzen Regale auseinandergenommen und vor der Hütte wieder aufgebaut. Die Sonne ist immer noch der beste Beleuchtungskörper. Es wehte ein bisschen Wind, und so wurde den kostbaren Tierchen auch nicht zu heiß.

Ich habe mit beiden Kameras drehen lassen. Der Fric *und* der Zahradka. Es hat sich keiner darüber beschwert, dass ich ihnen Anweisungen gegeben habe. Wenn da noch ein Niemand war, dann hieß der Pečený.

Der Höhepunkt – dreimal in verschiedenen Einstellungen wiederholt – war natürlich, wie die Kokons in den Korb geschüttet werden. Jede Menge Kokons. Ich habe extra noch einen kleineren Korb besorgen lassen, damit er schneller voll wird. Und dann einen größeren, genau gleichen Korb wegtragen lassen. Das sind so die Tricks, die wir Niemande beherrschen.

Rahm hat mich nicht gelobt. So etwas käme ihm nicht in den Sinn. Aber er hat mir zugenickt, es war ganz deutlich zu sehen. Hat mir zugenickt.

Der Pečený kann mich kreuzweise.

Ich bin hier der Regisseur.

Ich. Kurt Gerron.

Es hat sich jetzt eingespielt. Die Gruppe Fric arbeitet ohne Ton und übernimmt die reinen Reportage-Sachen. Werkstätten und so weiter. All die Schauplätze, die keine große Vorbereitung brauchen. Pečený läuft mit ihm mit und darf Regisseur spielen. Mir geht er aus dem Weg. Ich bin ihm unheimlich geworden.

Alles, was ein bisschen schwieriger ist, mache ich selber, zusammen mit dem Zahradka. Ich hätte mir natürlich den Fric gewünscht. Wenn das Wünschen helfen würde, wäre ich in Amerika.

Nicht dass sich der Zahradka nicht anstrengen würde. Er gibt sich und hat Mühe. Ein Anfänger halt. Aber ein netter Kerl, scheint mir. Man könnte sich gut mit ihm unterhalten, wenn das nicht verboten wäre. Wie alt kann er sein? Zwanzig vielleicht. Ein kräftiger junger Mann. Völlig gesund, so wie er aussieht. Nicht einmal Plattfüße. Kurzsichtig kann er auch nicht sein, bei dem Beruf. Ich frage mich, warum er nicht beim Militär ist. Sie nehmen doch unterdessen jeden, der ein Gewehr halten kann. Kratzen den Topf bis zum Boden aus, wie Dr. Springer das nennt. Vielleicht haben sie die Wochenschau ja für kriegswichtig erklärt. Es sucht sich jeder seine Deckung, wo er sie findet.

Heute haben wir die letzten Sportgeschichten gedreht, den Frauenhandball und den Sechzig-Meter-Lauf. Gestern das Fußballspiel im Hof der Magdeburger Kaserne. Für solch große Sequenzen nehme ich beide Kameras zusammen. Wir haben ein paar tolle Einstellungen hingekriegt. Nach dem Schnitt wird kein Mensch mehr merken, dass in dem engen Kasernenhof für Fußball eigentlich gar kein Platz ist. Ich habe die gedrängte Situation sogar ausgenutzt. Habe einen Spieler direkt in die Zuschauerreihen reinlaufen lassen. Wo ganz zufällig ein hübsches Mädchen saß, über das er stolpern konnte. Es hat absolut natürlich ausgesehen.

Am Abend hat Olga zu mir gesagt: «Du bist richtig zufrieden.» «Weil ich heute ein paar Probleme hatte», habe ich geantwortet. Ich musste ihr das nicht erklären. Probleme, die sich lösen lassen, tun gut. Es sind die unlösbaren, die einem die Kraft rauben.

Bei diesem Film tauchen ständig Schwierigkeiten auf, an die man nie im Leben gedacht hätte. Wie gestern bei der Sitzung des Ältestenrates. Man hatte mir eine ganze Liste von Prominenten gegeben, die alle in Großaufnahme gezeigt werden mussten. Aber für die vielen Köpfe, die da reinsollten, war Eppsteins Ansprache zu kurz. Ich kann die Gesichter ja nicht im Sekundentakt hintereinander schneiden. Oder immer noch Zuhörer zeigen, wenn sich der Redner schon längst wieder hingesetzt hat. Es gab nur eine Lösung: Die Rede musste verlängert werden. Denkste. Eppstein weigerte sich strikt, auch nur eine Silbe auf eigene Verantwortung hinzuzufügen. Weil der Text von Rahm persönlich abgenommen war. Ich konnte ihn schließlich dazu überreden, noch zwei Sätze aus einer alten, bereits bewilligten Rede zu sagen. Irgendwas von «einheitlicher jüdischer Haltung in der Gemeinschaftsverantwortung jedes Einzelnen». Blabla halt, das nichts bedeutet und deshalb überall reinpasst. Es wird kein Mensch merken, dass es aus einer ganz anderen Ansprache stammt.

Mit so etwas muss man sich herumschlagen.

Und dann die Geschichte heute mit dem Zahradka. Hat uns mindestens eine Stunde Drehzeit gekostet. Ich kann es ihm nicht einmal übelnehmen. Er ist ein Anfänger und hat noch nicht viel erlebt.

Wir waren vom Südberg, wo wir die Sportszenen gedreht hatten, zurückdisloziert und hatten in der Wirtschaftsabteilung auch schon alles wieder drehfertig aufgebaut. Aber als ich anfangen wollte, war unser Kameramann nicht da. Als ob er sich auf dem Weg in die Magdeburger verlaufen hätte. Ich habe jemanden nach ihm ausgeschickt, und sie haben ihn auch gefunden. Er kniete auf der Straße neben einer alten Frau, die vor Hunger umgefallen war. Wie das halt vorkommt. Konnte überhaupt nicht verstehen, dass niemand ein großes Gedöns um die Sache machte. Hatte wohl Rettungswagen erwartet und Sanitäter. War nicht von ihr wegzukriegen, bis ein Leichenkarren sie endlich weggeschafft hat.

Da arbeitet so einer bei der Wochenschau, aber wenn er einmal etwas von der Wirklichkeit mitkriegt, macht er schlapp.

Egal. Ein junger Mensch. Was kann man verlangen?

Eigentlich beneide ich ihn. Früher hätte mich eine tote alte Frau auch umgehauen. Es gibt Dinge, an die sollte man sich nicht gewöhnen. Und gewöhnt sich dann doch.

Den ganzen Rest des Tages war er flatterig und unkonzentriert. Zum Glück stand nichts Schwieriges mehr auf dem Programm. Schlechte Qualität kann ich mir nicht leisten.

Morgen drehen wir noch die Tischlerei, und dann gibt es erst mal wieder ein paar Tage Unterbrechung. Eine höhere Stelle will sich das Material ansehen. Ich wäre gern dabei. Damit der Pečený nicht erzählen kann, er habe alles ganz allein geschafft. Aber sie machen das in Prag, und mich lassen sie aus Theresienstadt nicht raus.

Wen sie einmal haben, den haben sie.

Als wir hier ankamen – ein halbes Jahr ist das jetzt her, eine Ewigkeit –, da wussten wir alle nicht, was uns erwartete. Natürlich, wir waren nicht so naiv wie die alten Leute, die meinen, sie hätten sich mit dem Rest ihres Vermögens eine Wohnung erkauft und Pflege bis ans Lebensende. Aber dass Theresienstadt besser sei als andere Lager, ein Vorzugsort, das haben wir schon geglaubt. Man hatte Glück gehabt, wenn man hierher kam, da waren wir uns einig. Nach Theresienstadt fuhren keine Viehwaggons.

Der Mensch kann noch so genau wissen, dass man ihn anlügt – was für ihn angenehmer ist, das glaubt er trotzdem. Wir sind so konstruiert. Nur schwer von der Überzeugung abzubringen, dass die Welt eine Ordnung hat. Dass es Regeln gibt.

Noch in der Schleuse haben wir uns eingeredet, dass die endlose Warterei und die Schikanen nur schlechte Organisation seien. Der Schlag in den Magen nur ein Ausrutscher. Als sie uns dann zum Entlausen geführt haben – wir hatten keine Läuse, in Westerbork kam das kaum vor –, als sie uns auf dem Weg in Richtung Wassertor angeschrien und mit den Gewehrkolben vorwärtsgestoßen haben, da habe ich immer noch gedacht: Das sind Anfangsschwierigkeiten. Das geht vorbei.

Auch dass Olga und ich unsere Schlafplätze an verschiedenen Orten zugewiesen bekamen, sie in der Dresdener Kaserne und ich in der Hamburger, auch das hat uns nicht wirklich gestört. In Westerbork sind Frauen und Männer auch in getrennten Baracken untergebracht. Wenn man hier noch enger zusammengepfercht wurde als dort, wenn der Belag noch verdichteter war, wenn man seinem Nachbarn fast in den Armen liegen musste – nun ja. Egal. Das hat man sich alles noch irgendwie zurechtgedacht.

Die erste Mahlzeit, das war der Schock. Nicht nur für mich mit meinem ewigen Hunger. Olga ging es genauso. Was sie uns hier aus dem Eimer schöpften, hätten sie in Westerbork weggekippt. Wir waren ja nicht verwöhnt, weiß Gott nicht. Aber diese erste Mahlzeit haben wir beide nicht runter gekriegt.

Heute stürzen wir uns drauf. Gier ist stärker als Ekel. Wie in dem alten Witz: *Herr Wirt, zwei Sachen passen mir an Ihrem Lokal nicht. Erstens ist das Essen unter aller Sau. Und zweitens sind die Portionen viel zu klein.*

Ha ha ha.

Nicht satt werden und Hunger haben, das ist ein Unterschied wie zwischen Kranksein und Sterben.

Hinterher gesehen war dieses erste Theresienstädter Essen noch eines der besseren. Reichhaltiger. Es gab an dem Tag für jeden einen Knödel zur Suppe. Heute wissen wir, dass er neunzig Gramm wiegen müsste, und spüren nur schon beim Hinsehen, wenn es wieder weniger sind. Damals hielten wir ihn für eine Beilage.

Und den ersten Hungertoten, dem wir begegneten, für einen Unglücksfall.

Die Leichenkarren müsste man im Film zeigen. Sie ein Wettrennen austragen lassen. Wo Rahm doch so viel Sport drinhaben will.

Wir haben nicht gleich begriffen, wie Theresienstadt wirklich ist. Was es ist. Auch hier waren die falschen Kostüme schuld. Häftlinge im Anzug wirken nicht überzeugend.

Und es wurde ja dann auch erst einmal besser. Ich kam auf die Liste der A-Prominenten, und man teilte uns ein Kumbal zu. Damals erschien mir das noch selbstverständlich. Ich habe erst allmählich begriffen, was es für ein Geschenk ist, dass ich mit Olga zusammenbleiben darf. Was für ein Vorzug. Man braucht seine Zeit, um die Ansprüche auf Theresienstädter Maß herunterzuschrauben. Um zu lernen, dass die verbotenen Zigaretten kein Genussmittel sind, sondern eine Schwarzmarkt-Währung. Dass man auch angefaulte Kartoffeln essen kann. Sie sind nicht gesund, sagt Dr. Springer. Aber Verhungern ist noch ungesünder. All das weiß man als Neuling noch nicht. Darum sind die *Theresienstädter Fragen* auch die erfolgreichste Nummer im *Karussell.* Die Leute kugeln sich jedes Mal über die Naivität der Neuankömmlinge. *Muss ein Mann, so möcht ich fragen, abends einen Frack hier tragen? – Man schmückt sich hier je nach Geschmack, mein Mann geht immer nur als Wrack.*

Ha ha ha.

Aber der Leo Strauss hat da wirklich etwas getroffen mit seinem Text. Wer nur eine Woche länger hier ist als ein anderer, fühlt sich schon als alter Hase und hat für den Anfänger nur Verachtung übrig. Behandelt ihn, wie damals die Veteranen in unserer Kompanie uns behandelt haben.

An Westerbork gewöhnt – man gewöhnt sich an alles –, mussten wir erst einmal lernen, dass die Angst hier einen ganz anderen Rhythmus hat. Dass es nicht jedes Mal eine ganze Woche dauert, bis der nächste Zug fährt. Manchmal gehen drei Transporte hintereinander ab. Und dann wieder lang gar keiner. Die klügsten Leute haben schon versucht, die Logik zu verstehen, nach der sie – In der Kommandantur? In Prag? In Berlin? – den Fahrplan gestalten. Es gibt keine Logik. Es gibt keinen Sinn.

Erst wenn man das kapiert hat, ist man ein richtiger Theresienstädter.

Ich bin schon fast so lang hier wie Rahm. Er ist auch im Februar hergekommen. Aus Prag, wo er – wir wissen alles über ihn – eine Art uniformierter Buchhalter gewesen ist. Er wird nicht gerade Abrechnungen korrigiert haben, Spesenbelege abgehakt, aber auch dort hatte er dafür zu sorgen, dass die Zahlen stimmten. Früher ging es um Lastwagen, um Uniformen oder was auch immer. Jetzt geht es halt um Menschen.

Nein, nicht um Menschen. Um Judskis.

Wenn ich es mir überlege, waren alle höheren Nazi-Chargen, die ich kennengelernt habe, solche Buchhalter. Verwaltungsspießer. Leute, die sich einen Kleiderbügel hinter die Bürotür hängen. Damit die Uniformjacke nicht knittert, wenn sie sie ausziehen. Die sich weigern, ein Todesurteil zu unterschreiben, wenn der Sekretärin darin ein Tippfehler unterlaufen ist. Lauter Theaterabonnenten. Es ist ihnen egal, was auf dem Programm steht, solang sie nur ihren Platz auf sicher haben. Nicht in der allerersten Reihe und nicht in der Staatsloge. Aber auch nicht auf der Galerie, wo der Pöbel sitzt.

Die Stehplätze sind immer für die andern. Wo es so viele Führer gibt, muss es noch mehr Geführte geben. Leute, die sich die Hände schmutzig machen. Wer auf der Beletage wohnt, braucht jemanden, der für ihn die Kohlen schleppt. Aber den lädt er dann nicht zu sich ins Wohnzimmer ein. Das gute Sofa könnte Flecken bekommen.

Was wohl der Effeff für einer wäre, wenn er hier Dienst tun müsste? Er wird um solche Sachen herumgekommen sein, von wegen zu alt. Wenn sie ihn beim Topf-Auskratzen nicht doch noch auf den Löffel gekriegt haben. Ein Superkorrekter wäre er, da bin ich mir sicher. Einer, bei dem man sich die Mütze exakt drei Schritt, bevor man an ihm vorbeigeht, vom Kopf reißen muss. Aber nicht bösartig. Kein Prügler. Außer wenn die Dienstanweisung es verlangt.

Mit dem kleinen Korbinian würde er sich gut verstehen. Würde ihn zu sich nach Hause einladen, in seine unsere Wohnung an der Klopstockstraße, würde ihn in Papas bequemen Sessel setzen, ihm eine Zigarre anbieten und sagen: «Raten Sie mal, Kamerad, wer hier früher mal gewohnt hat?» Und der Korbinian würde antworten: «Den Gerron hab ich gut gekannt. Wissen Sie, was aus dem geworden ist?» Sie wüssten es beide nicht. Es würde sie auch nicht wirklich interessieren.

Für die Schläger und Sadisten hätten sie nur Verachtung. Für Leute wie den Klingebiel von der Schouwburg oder den Jöckel, der hier in der Kleinen Festung sein Regime führt. Natürlich, Korbinian prügelt auch, aber doch nur rein dienstlich. Zu Ausbildungszwecken. Einfach so ohne Auftrag drauflos zu schlagen, das käme ihm nie in den Sinn. Das hat doch keine Ordnung.

Vielleicht ist das der Urgrund. Der Anfang von allem. Die Ordnung. Mit dem Weltkrieg ist sie auseinandergebrochen. Kein Kaiser mehr. Kein klares Oben und Unten. Das Geld nichts mehr wert. Dagegen kämpfen sie immer noch an. Es soll sich nie mehr etwas verändern, und deshalb wollen sie ein tausendjähriges Reich. Deshalb träumen sie von einem Europa ohne das Durcheinander der vielen Länder. Von einer Landkarte, wo alles schön einheitlich braun ist. Ordentlich. In *Mein Kampf* haben sie gelesen, wer am Chaos schuld ist, und jetzt bringen sie das wieder auf die Reihe. Haben Theresienstadt als Entlausungsstation eingerichtet, und wir sind das Ungeziefer. Sie haben ein Handbuch dafür, und das wird jetzt abgearbeitet. Paragraph für Paragraph.

Es beruhigt, wenn man Regieanweisungen hat.

Wenn der Rahm Feierabend macht, da würde ich drauf schwören, wenn die Arbeit erledigt und die Kameradschaft gepflegt ist, bei einem Bier oder zweien, dann geht er in seine Wohnung und liest ein gutes Buch. *Der Mythus des 20. Jahrhunderts* oder *Vom Kaiserhof zur Reichskanzlei.* Was einem eben so weiterbringt im Leben. Dann legt er sich ins Bett und schläft sofort ein. Schläft ohne Albträume. Schreckt höchstens auf, wenn ihm einfällt, dass er vergessen haben könnte, seinen Wecker zu stellen.

Der aus der Fünten in Amsterdam war genauso. Ein Bildungsbürger. Einer der weiß, was sich gehört. Wenn im Theater eine Vorstellung läuft, geht man auf Zehenspitzen, und Juden in Mischehen lässt man kastrieren. Beides aus demselben Grund: Ordnung.

Es gibt unterdessen bestimmt schon einen Hakenkreuzknigge. Vielleicht von der Scholtz-Klink verfasst, der Frau Reichsfrauenführerin mit ihrer Schneckenzopffrisur. Ein Buch, in dem man den richtigen Benimm in allen Lebenslagen nachschlagen kann. Was man zu einer Hinrichtung anzieht und solche Sachen. Dass man in Zivil ins Kabarett geht.

Der Gemmeker ist auch so ein Buchhalter. Von der aufschneiderischen Sorte. Man kennt das. Zu Hause überlegt er eine Stunde, wieviel Trinkgeld er dem Kellner geben muss, und im Lokal tut er so, als ob es ihm auf eine Mark mehr oder weniger nicht ankäme. Hält sich für einen kessen Lebemann, wenn er dem Mädchen mit dem Bauchladen eine Papierrose abkauft. Im Kadeko haben diese Typen den billigsten Sekt bestellt und dann beim Einschenken die Flasche so gehalten, dass man das Etikett nicht sah. Damit sie an den andern Tischen meinen sollten, er leistet sich Champagner. Jetzt schickt er seinen jüdischen Hampelmännern französischen Cognac hinter die Bühne. Mit Kriegsbeute lässt sich leicht protzen.

Alles Buchhalter. Zuverlässig. Man sagt ihnen das gewünschte Ergebnis, und sie finden die Addition dazu. Minus oder plus – scheißegal. Man darf sich nur nicht in die Bücher schauen lassen.

Rahm ist ein Meister dieser kreativen Buchführung. Sie haben ihn nach Theresienstadt geschickt, damit er ihnen die Bilanz korrigiert. Sein Vorgänger hatte wohl nicht genügend Phantasie dafür.

In Babelsberg machen sie manchmal Atelierführungen, für die Presse oder für wichtige Geldmenschen. Da bauen sie dann immer diese Tür auf, das Meisterstück des Malersaals. Sieht aus, als ob man durch sie durchgehen könnte, ist aber nur gemalt. Das beeindruckt die Besucher jedes Mal ungemein. Rahm hat etwas Ähnliches veranstaltet. Noch besser. Er hat hinterher nicht verraten, dass alles, was man besichtigt hat, nur Augentäuschung gewesen ist. Dabei waren die Rosenstöcke, die sie für die Verschönerungsaktion gepflanzt hatten, das einzig Echte an diesem Tag. Der Herr Lagerkommandant hat der Rotkreuzdelegation nicht nur eine einzelne gemalte Tür als Wirklichkeit verkauft, sondern gleich das ganze Atelier. Und sie sind ihm darauf reingefallen. Otto hat recht: Die ganz große Lüge funktioniert immer am besten.

Die Delegierten haben gemeint, sie suchen sich ihren Weg durch die Stadt selber, und dabei war ihr Rundgang so durchchoreographiert wie ein Ballett. Sie wurden ganz unauffällig gelenkt. «Ziehen Sie eine Karte, irgendeine», sagt der Zauberer. Am Schluss hat man immer genau die in der Hand, die er für einen präpariert hat. Den Hinweisschildern sind sie gefolgt, die man überall aufgestellt hatte. Schön geschnitzt und bunt bemalt. *Zum Kaffeehaus. Zum Park. Zum Spielplatz.* Als ob irgendwer in Theresienstadt einen Wegweiser braucht. *Zur Entlausungsstation. Zur Latrine. Zum Zug nach Auschwitz.*

Vor zwei Tagen haben wir die Schilder aus dem Fundus geholt und für den Film aufgenommen. Erfolgreiche Nummern gibt man da capo.

Die Rotkreuzleute, das muss man sagen, waren auch nicht schwer über den Tisch zu ziehen. Der Remondo, der mir für den *Blauen Engel* den Zaubertrick mit den Eiern beigebracht hat, hat erzählt, dass er sich für seine Entfesselungsnummer am liebsten Intellektuelle als Assistenten auf die Bühne holt. Weil die am leichtesten zu übertölpeln sind. Wer überzeugt ist, dass man ihm nichts vormachen kann, fällt auf jeden Scheiß rein. So auch die vom Roten Kreuz.

Dass all die netten Einrichtungen, die man ihnen gezeigt hat, die Apotheke, die Metzgerei, der Musikpavillon, dass das alles nur Kulissen waren, nur für diesen einen Tag hingestellt, auf die Idee sind sie überhaupt nicht gekommen. Es wäre ihnen nie eingefallen, dass man eine Bank haben kann und Banknoten, aber kein Geld.

Der Rahm konnte es sich sogar leisten, einen privaten Scherz einzubauen. Der Herr Bankdirektor Popper kriegte ein Etui voller Zigarren in die Tasche gesteckt und musste den Delegierten davon anbieten. Ausgerechnet der Popper, der gerade wegen unerlaubten Rauchens vier Wochen im Bunker gesessen hatte. Angezeigt vom Haindl, dem hinterhältigsten von allen SS-Leuten. Während der Rotkreuzvisite wurde der Popper in einem Mercedes durch Theresienstadt chauffiert. Mit dem Haindl am Steuer. Hinterher im Kasino müssen sie sich darüber schiefgelacht haben. Ich kann es richtig hören. Dieses Premierenfeier-Gegröle, wenn das Lampenfieber weg ist und man die überstandenen Beinahe-Katastrophen nur noch komisch findet.

Es war ja auch eine wirklich gute Inszenierung. *Mit viel Liebe zum Detail,* würde in der Kritik stehen. Eine Tafel an ein Gebäude zu hängen und es damit zum Schulhaus zu erklären, obwohl man gar keines hat – darauf kann man ja noch kommen. Aber wir hatten gleich zwei solcher Schulen. Eine für Jungs und eine für Mädchen. Weil das pädagogisch viel richtiger ist. Allerdings waren während der Rotkreuzvisite beide Schulen wegen Ferien geschlossen, leider, leider. Die Delegierten haben nicht nachgefragt.

Dabei hätten sie ruhig fragen dürfen. Egal zu welchem Thema. Die Antworten waren alle pfannenfertig vorbereitet. Der Eppstein musste Zahlen büffeln, bis ihm der Kopf rauchte. Falsche Zahlen natürlich, aber wenn man sie addierte, kam das richtige Ergebnis raus. Der Rahm ist ein guter Buchhalter.

Und ein guter Regisseur. Etwas vom schwierigsten beim Film ist eine Fahraufnahme, wo immer im richtigen Moment die richtigen Leute ins Bild kommen müssen. Das hat er hingekriegt. Perfekt organisiert. Im Speisesaal wurde genau dann, als die Delegation hereinkam, Essen serviert. Vor der Bäckerei wurde in dem Moment, als sie um die Ecke bogen, frisches Brot angeliefert. Im Gemeinschaftshaus begann exakt bei ihrer Ankunft das Finale aus *Brundibár.* Alles in Bereitschaft und auf Stichwort losgeschickt.

Brundibár. Niedliche Kinder sind immer publikumswirksam. Die Rotkreuzler waren so begeistert von ihnen, dass einer zu Rahm gesagt hat: «Diesen wunderbaren Kinderchor dürfen Sie nie auseinanderreißen!» Rahm hat ihm das auch versprochen. Und sein Wort gehalten. Er hat den ganzen Chor im gleichen Zug nach Auschwitz geschickt. Es gibt genügend Nachwuchs. Für den Film haben wir auch gerade wieder eine *Brundibár*-Szene gedreht. Dasselbe Finale, aber mit neuer Besetzung.

Ich selber war auch auf Abruf an diesem Tag. Mit dem *Karussell*. Wenn sie hereingekommen wären, hätte ich den Mackie-Messer-Song singen müssen.

Es wurde so gewünscht.

Aber zu uns sind sie dann nicht gekommen.

Das *Karussell* untersteht, genau wie der Film, der Abteilung Freizeitgestaltung. Die ihrerseits dem Ältestenrat untersteht. Der seinerseits Rahm untersteht.

Freizeitgestaltung. Ein Ghettowort, das man sich auf der Zunge zergehen lassen muss.

Frei. Zeit. Gestaltung.

Wir sind ja alle so ungeheuer frei in Theresienstadt. Frei, Läuse zu bekommen. Frei, zu verhungern. Frei, die Ruhr zu kriegen und uns auf der Latrine totzuscheißen. Da macht uns keiner Vorschriften. Das können wir halten, ganz wie wir wollen. Zeit haben wir auch. Bis zur nächsten Krankheit. Bis zum nächsten schlechtgelaunten SS-Mann. Bis zum nächsten Transport. Und das alles dürfen wir gestalten. Sollen wir sogar gestalten. Künstlerisch. Weil es Rahm in die Rubrik *Kulturelle Aktivitäten* eintragen will, und die Rubrik ist ein wichtiger Teil in seiner Buchführung. In der auch ich eine Stelle hinterm Komma bin.

An meinem zweiten Tag in Theresienstadt wurde ich in die Magdeburger bestellt. Zu einem Dr. Henschel. Ein netter älterer Herr mit traurigem Mund. Wässrige Augen hinter einer runden Brille. Als ob er immer gleich weinen würde. Dreiteiliger Anzug mit Krawatte. Sehr korrekt. Er spricht leise und schaut dabei an einem vorbei. Aber er weiß exakt, was er will. Früher einmal – *in der guten alten Zeit*, wie Otto das immer nannte – war er ein erfolgreicher Anwalt. Jetzt ist er Mitglied des Ältestenrats.

«Ich bin der Leiter der Freizeitgestaltung», stellte er sich vor. Das erste Mal, dass ich das Wort hörte. «Ich habe Sie meiner Abteilung zuordnen lassen, weil wir Leute wie Sie brauchen. Sie werden hier ein Kabarett auf die Beine stellen.»

«So etwas wie in Westerbork?»

Er antwortete nicht gleich. Das ist so eine Eigenart von ihm, dass er sich die Zeit nimmt, gründlich zu überlegen, bevor er etwas sagt. Hat er sich wohl in seiner Anwaltszeit angewöhnt. Schließlich schüttelte er den Kopf. «Die Aufgabenstellungen lassen sich nicht wirklich vergleichen. Wir genießen hier nicht die gleiche Unterstützung, wie Sie es von dort gewohnt sein werden. Aber es ist der Wunsch des Lagerkommandanten, dass generell solche Aktivitäten unternommen werden sollen. Sie werden hier also mehr ...» Er suchte nach dem exakt richtigen Wort. Wenn er nachdenkt, blinzeln seine Augen hinter der Brille. «... mehr improvisieren müssen als dort. Eigeninitiative entwickeln. Sie werden das schon lernen.»

Ich habe es gelernt. Spätestens an dem Tag, als man uns diesen Dachboden für unsere Aufführungen zuwies.

«*Karussell*», sagte Dr. Henschel. «Was halten Sie von dem Namen?»

Karussell. Mein wahrscheinlich letztes Ensemble. Wenn der Krieg nicht bald zu Ende geht. Die Alliierten stehen in Brüssel, sagt der Mundfunk.

Brüssel ist so weit weg.

«Von mir aus, *Karussell*», sagte ich.

Damals, am Anfang, dachte ich, es würde doch so sein wie in Westerbork. Kabarett als Druckposten, der einen vor dem Osttransport schützt. Dort hatte es für mich nicht geklappt, wegen meiner Scheißkrankheit. *Scheißkrankheit.* Mein Kopf macht die Kalauer mal wieder automatisch. Jetzt würde ich der Theaterdirektor sein. Max Ehrlich und Willy Rosen in einem. Das *Streichquartett* würde ich einbauen, nahm ich mir vor. Gleich im ersten Programm. Die Rolle spielen, die sie mir in Westerbork nicht gegönnt hatten. Eine sichere Nummer mit sicheren Lachern. Ein paar Sketche, ein paar Lieder. Die Leute auf andere Gedanken bringen.

Dr. Henschel sagte: «Nein.» Hatte sich nicht nur einen Namen für mein Kabarett ausgedacht, sondern sich auch schon die Inhalte überlegt. War auf das Gespräch vorbereitet wie auf ein Plädoyer.

«Sehen Sie, Herr Gerron», sagte er und schaute immer noch an mir vorbei, «all diese Dinge, Kabarettprogramme, Konzerte, Vorträge, die werden ja nicht gefördert, um uns eine Freude zu machen. Man will sagen können, dass sie stattfinden. Will der Welt beweisen, wie gut es uns geht. Theresienstadt ist ein Schaufenster, und Schaufensterpuppen haben zu lächeln. Auch wenn das Lächeln aufgemalt ist. Nur: Wir sind keine Puppen. Solang wir noch unsere eigenen Gedanken denken, sind wir Menschen. Verstehen Sie, was ich damit sagen will?»

Ich verstand ihn nicht wirklich.

Er nahm seine Brille ab und putzte sie. Sorgfältig. Eine Geste, die wohl auch aus dem Gerichtssaal stammte. «Ich will versuchen, es Ihnen anders zu erklären. Wissen Sie, was hier im Ghetto der Orientierungsdienst ist?»

«Tut mir leid.»

«Es kommt häufig vor, meistens bei alten Leuten, aber auch bei jungen, dass Menschen hilflos durch die Stadt irren. Nicht mehr wissen, wo ihre Ubikation ist, oder überhaupt wo sie sind. Sich nicht mehr zurechtfinden. Die werden dann vom Orientierungsdienst betreut. An den richtigen Ort gebracht. Wieder in die Wirklichkeit – wie soll ich das nennen? – eingeschlauft. So etwas Ähnliches, stelle ich mir vor, sollten Sie mit Ihrem Kabarett machen.» Er setzte die Brille wieder auf und sah mir zum ersten Mal ins Gesicht. «Ein Orientierungsdienst für die Seele, gewissermaßen. Trauen Sie sich das zu, Herr Gerron?»

Orientierung? Man kann nicht geben, was man selber nicht hat. Das haben wir auch gleich in unser Titellied eingebaut.

Wir reiten auf hölzernen Pferden und werden im Kreise gedreht. Wenn schwindlig wir haltmachen werden, dann wird man erst sehn, wo man steht.

Wenn wir nicht alle vorher vom Karussell gefallen sind.

Nein, Orientierung haben wir nicht zu bieten. Aber wir witzeln auch nicht einfach. Spielen keine Blackouts für den schnellen leeren Lacher. Bei uns tanzt Frau Meier nicht Tango. So einfach macht es sich das *Karussell* nicht. Jede Nummer, selbst wenn sie scheinbar ein ganz anderes Thema hat, handelt von Theresienstadt. Von unserer Situation. Von der Politik. Wenn ich meine Ansprache halte, als Generaldirektor, der seinen Leuten die Löhne nicht mehr bezahlen kann und versucht, sie mit Parolen hinzuhalten, dann weiß jeder, wer damit gemeint ist. Ich brauche den Goebbels gar nicht zu imitieren. So billig machen wir es nicht. Natürlich, mit gespielten Witzen könnten wir uns die Lacher einfacher holen. *Das lustige Salzer-Buch* würde auch hier funktionieren. Aber wir haben höhere Ansprüche.

Ansprüche. Kultur mit rollendem R. Kuultuurrr. Früher hätte ich darüber gelacht. Hätte unterschrieben, was der Rudolf Nelson einmal zu mir gesagt hat: «Anspruch ist, wenn die Kasse nicht stimmt.» Aber wir haben ja keine Kasse. Nur Zuschauer.

Ich habe eine Menge Erfolg gehabt in meinem Leben. Meistens ohne eigenes Verdienst. Ich mache mir da nichts vor. Es war einfach Glück. Ich habe im richtigen Moment die richtigen Rollen gekriegt. Mit den richtigen Kollegen. Wenn es so weitergegangen wäre, wenn einer den Hitler rechtzeitig erschossen hätte, oder er wäre an seinem Schnurrbart erstickt, dann könnte ich mir jetzt aus meinen Lorbeeren Suppe kochen. Könnte mir jeden Tag bei Schlichter einen Hummer bestellen oder bei Horcher einen Faisan de presse. Aber richtig stolz könnte ich nicht sein.

Auf das *Karussell* bin ich stolz. Auf jede einzelne Vorstellung. Auf jeden einzelnen Lacher. Auf jede einzelne Träne.

Am meisten auf das Stück Brot, das mir eine Frau einmal nach der letzten Nummer gebracht hat. Um danke zu sagen. Eine ganze Scheibe Brot. Ich bin der verfressenste Mensch der Welt, aber ich habe sie nicht angerührt. Sie liegt immer noch neben der Konservendose mit der vertrockneten Rose. Auch wer nichts hat, kann Kostbarkeiten besitzen.

Es ist peinlich, sich so etwas eingestehen zu müssen, nach fast einem Vierteljahrhundert auf der Bühne, aber zum ersten Mal in meiner Karriere habe ich begriffen, um was es beim Theaterspielen eigentlich geht. Dass es auf die Inhalte ankommt und nicht auf die Wirkungen. Der Mackie-Messer-Song oder das *Nachtgespenst*, das waren Knüller, ja. Aber mit mir hatten sie eigentlich nichts zu tun. Ich war nur ihr zweibeiniges Grammophon. *Ohne Butter, ohne Eier, ohne Fett* ist als Chanson nicht halb so gut. Egal. Es betrifft mich. Ich habe mit dem Lied etwas zu sagen. Und zwar nicht wie der Brecht, dem das Verkünden immer mindestens so wichtig war wie das Verkündete. Ich muss nicht an die Rampe marschieren und Parolen schmettern. Es geht auch leiser.

Parolen würden auch gar nicht durch die Zensur kommen. Jeder Text muss von der Kommandantur bewilligt werden. Zum Glück haben die dort kein Gehör für Zwischentöne. Sie streichen die Sätze, die wir ihnen zum Streichen ins Manuskript schreiben, und bemerken die nicht, die uns wichtig sind. Was zwischen den Zeilen steht, überlesen sie ohnehin immer. Bis heute haben sie nicht kapiert, dass der böse Brundibár eigentlich Hitler ist. Dabei ist es doch offensichtlich. Da kurbelt einer aus seinem Leierkasten immer dieselbe Melodie und duldet keinen andern neben sich. Wer soll das sonst sein?

Im Publikum merken alle alles. Unsere Zuschauer haben feine Ohren. Hören auch die Dinge, die wir gar nicht sagen. Verstehen jeden Blick und jede Pause. Im Psychiater-Sketch fragt mich der Patient: «An was merkt man eigentlich, dass jemand verrückt ist?» Statt zu antworten, kratze ich mich nur an der Nase. Genau so, wie sich der Haindl an der Nase kratzt. Man kann dann immer sehen, wie die Leute die Köpfe drehen, bevor sie lachen. Um sicher zu sein, dass niemand von der Wachmannschaft in der Nähe ist.

Das ist der große Unterschied zu Westerbork: Dort saß die SS im Publikum. Eigentlich wurde nur für sie gespielt. Die Lagerinsassen durften sich nur gnädigst mit dazusetzen. Hier sind wir unter uns. Rahm käme nie auf den Gedanken, sich eine unserer Vorstellungen anzusehen. Er will nur, dass sie stattfinden. Damit er sie in seine Buchhaltung einsetzen kann. Auf der Habenseite. Kabarett plus Kurt Gerron mal sieben Vorstellungen ergibt Kultur im Ghetto.

Jede Ziffer ist addiert, jede Zeile kontrolliert, hat der Leo Strauss geschrieben. Und wenn ich dann singe: «Dennoch stimmt mir die Bilanz ...», dann ergänzt das Publikum im Chor: «Nicht ganz.»

Solange wir noch unsere eigenen Gedanken denken, solange sind wir noch Menschen.

Heute haben wir Vorstellung. Ich bin froh darüber. Zum Nichtstun bin ich nicht geeignet. Man denkt dann zuviel.

Es ist möglich, dass sie jetzt, genau in dieser Minute, in Prag vor meinem Film sitzen. Vor den Einzelteilen, aus denen ich erst noch einen Film zusammenbauen muss. Die Auftraggeber sind da, oder doch ihre Vertreter. Männer mit ernsten Gesichtern. Man soll ihnen nicht anmerken, dass sie nichts von dem verstehen, was sie da beurteilen. Bei einer besonders gelungenen Einstellung geht vielleicht einmal ein anerkennendes Murmeln durch den Vorführraum, und dann sagt der Pečený: «Damit habe ich mir auch sehr viel Mühe gegeben.» Und ich sitze hier in meinem Kumbal und kann ihn nicht in den Hintern treten.

Nichtstun ist schlimm. Im Krieg ist immer wieder einer aus der Deckung geklettert und in die Kugeln reingelaufen. Weil er das Stillsitzen nicht mehr ausgehalten hat.

Ich bin meine Texte noch einmal durchgegangen, obwohl ich das gar nicht brauche. Mein Gedächtnis funktioniert. Wenn morgen die *Dreigroschenoper* auf dem Spielplan stünde, ich könnte den Tiger Brown fehlerfrei spielen. Ohne Wiederaufnahmeprobe. Der Albers, der sich keine Zeile merken kann, hat mal zu mir gesagt: «Da, wo ich Talent habe, Gerron, da hast du ein Gedächtnis.» Den Bescheidenheitspreis hätte er nicht gewonnen.

Aber ich verstehe, was er meint. Das Spielen hat ihn süchtig gemacht, nicht das Vorbereiten. Dieses Gefühl, dass man einfach rausgehen kann, dass man sich einfach hinstellen kann, sich nicht einmal anstrengen muss, und man hat die Rolle doch im Griff, die Rolle und die Zuschauer. Ein Seiltänzer will aufs Seil.

Dabei geht es nicht um Applaus. Doch, natürlich, um den auch. Aber er ist nicht das Entscheidende. Man atmet anders, wenn man auf der Bühne steht. Man spürt sich stärker. Man lebt intensiver. Man lebt. Wenn man sonst nur noch vegetiert wie der Karpfen im Bassin des Fischlokals, wenn man nichts zu tun hat, als auf den Kescher zu warten, dann ist die kleine Flucht in die Rolle etwas Kostbares. Wenn ich auf der Bühne stehe, fühlt es sich an, als ob ich mit dem Jiři draußen in der Sperrzone wäre. Im Grünen. Als ob ich der Hase wäre, den ich dort gesehen habe, und niemand könnte mich einfangen. Niemand.

Ich bin damals zum Theater gegangen, weil ich etwas werden wollte. Heute brauche ich es, um ich selber zu bleiben. Kurt Gerron, Schauspieler. Nicht: Kurt Gerron, Ghettojudski.

Olga versteht das. Sie akzeptiert meine verdrehten Maßstäbe. Lacht mich nicht aus, wenn ich nach einer Vorstellung total verzweifelt bin, weil eine einzelne Pointe nicht so angekommen ist, wie sie sollte. Sie sagt dann nicht, was jeder vernünftige Mensch sagen würde: «In unserer Situation ist das so wichtig wie ein Furz in einem Wirbelsturm.» Sie denkt es nicht einmal. Damals, als wir mit dem *Karussell* Premiere hatten …

Premiere. Das falsche Wort. *Premiere*, das sind Presseartikel und Kantinengerüchte, dramatische Kräche und überherzliche Umarmungen, das ist das Rauschen und Murmeln des Publikums, das an diesem Tag ganz anders klingt als bei einer gewöhnlichen Vorstellung, das ist der heimliche Blick durch den Schlitz im Vorhang, ob der Kerr gekommen ist und der Monty Jacobs, das ist Toitoitoi und über die Schulter spucken, hinterher bei Schwanneke sitzen und auf die ersten Kritiken warten, «der Kerr hat nicht applaudiert, aber Monty Jacobs hat gelacht, ich habe es ganz deutlich gesehen.» Das ist eine Premiere.

In Theresienstadt hat man eine erste Vorstellung.

Heute spielen wir ja in der Hamburger, und dort sieht es fast aus wie in einem richtigen Theater. Aber am Anfang …

Im Büro der Freizeitgestaltung haben sie mir einen Schlüssel in die Hand gedrückt. «Der Dachboden in der Kavalierskaserne. Der Raum müsste groß genug sein, aber herrichten müssen Sie ihn sich natürlich selber.»

Natürlich.

Die Kavalierskaserne ist keine erste Adresse. Nach einem halben Jahr Aufenthalt bin ich ein alter Theresienstädter und kenne die feinen sozialen Abstufungen. Ein Zimmer in der Magdeburger, das entspricht einer Villa am Wannsee. Die Dresdener: Wedding. Mietskaserne, vierter Hinterhof. Der Kavalier: Köpenicker Straße. Dort wo die Stadt ihren Müll hinkarrt. Hier sind die Lahmen untergebracht, die Blinden und die Verrückten. All die Leute, die man in Theresienstadt *Betreute* nennt. Die eigentlich ins Krankenhaus gehören, aber dort keinen Platz haben. Auch Theresienstadt hat sein Krüppelheim.

Aber ein freier Dachboden ist ein freier Dachboden. Ein Glücksfall. Wenn es dort keine Bühne gibt und keinen Vorhang und keine Beleuchtung – egal. Man muss das Beste daraus machen. Das ist der Satz der Optimisten. Die Pessimisten sagen: «Es hat ja doch keinen Zweck.»

Sie haben beide recht.

Am Morgen gaben sie mir den Schlüssel, und um sechs sollte die Vorstellung losgehen. Ich schnappte mir also die Anny Frey – alle andern aus dem Ensemble waren noch in ihren Arbeitskommandos –, und wir gingen hin, um zu putzen und aufzuräumen. Um vielleicht sogar eine Art von Bühne zu bauen, wenn sich das machen ließe.

Nur dass der leere Dachboden nicht leer war. «Da ist kein Mensch», hatte man mir gesagt. Es hätte heißen müssen: «Kein lebendiger Mensch.»

Der Geruch war nicht das Schlimmste. Sie können noch nicht lang tot gewesen sein. Verhungern braucht seine Zeit.

Das Schlimmste war, dass sie alle direkt vor der Tür lagen. Nebeneinander und übereinander. Sie hatten also noch versucht herauszukommen. Keine massive Tür. Ein kräftiger Mann hätte es geschafft, sie aus den Angeln zu reißen. Sie waren keine kräftigen Männer. Sie waren in Haut gepackte Skelette.

Es ist in Theresienstadt verboten, eine Tür hinter sich abzuschließen. Die SS will sich nicht die Mühe machen müssen, sie einzutreten. Aber selbstverständlich gibt es Schlüssel. Wie könnte es in einem Gefängnis anders sein? Im Zentralsekretariat hängt ein ganzes Brett davon, jeder einzelne sorgfältig beschriftet. Das Amt für innere Verwaltung – welch schöner Name! –, das für die Zuteilung der Ubikationen zuständig ist, hat als einzige Abteilung des Ältestenrats das Recht, Räume abzusperren. Etwa wenn sie von Ungeziefer verseucht sind und entwest werden müssen.

Oder wenn Kurt Gerron dort Kabarett spielen soll.

Die fünf waren nicht auf den Gedanken gekommen, dass man die Tür hinter ihnen abschließen könnte. Sie hatten schon lang keine Gedanken mehr. Sie kamen aus der Zwockarna, dem Saal für die Geisteskranken. Dort laufen immer mal wieder Leute davon. Die Fenster sind vergittert, aber für die Tür macht die Vorschrift keine Ausnahme. *Kein bewohnter Raum darf abgeschlossen werden.* Einer wird losgelaufen sein, aus Neugier oder aus Verwirrung, auf der Suche nach etwas oder auf der Flucht davor, wer weiß das schon? Die andern hinter ihm her.

Der Dachboden ist nur ein Stockwerk höher als der Schlafsaal für die Zwocks. Sie müssen sich dorthin verlaufen haben, wie sich eine Katze in einem Baum versteigt. Ohne Ziel. Sind hineingeraten und haben nicht mehr herausgefunden. Der Raum war voller Gerümpel, und sie haben sich vielleicht darin verkrochen. Ich weiß es nicht. Irgendwann hat dann jemand die Tür abgeschlossen. Weil der Raum jetzt ein Theater werden sollte. Für das *Karussell.*

Man hat sie nicht vermisst. Nicht wirklich. Es kommt immer wieder vor, dass geisteskranke Patienten irgendwo herumirren, sagt

Dr. Springer. Manchmal bringt sie der Orientierungsdienst zurück und manchmal nicht. «Wir müssen uns um die Leute kümmern, denen wir noch helfen können», sagt er.

Die fünf werden schon vorher mager gewesen sein. Einen verwirrten Menschen zu füttern braucht Zeit, und es gibt Wichtigeres zu tun. Ihre Rationen wird man regelmäßig bei der Essensausgabe geholt haben, aber wer weiß, wer sie bekommen hat? Wir sind hier in Theresienstadt.

«Verhungern ist nicht schmerzhaft», sagt Dr. Springer. Das ist ein Thema, mit dem er sich auskennt. Wenn er das Lager überlebt, will er eine Monographie darüber schreiben.

Wenn.

Hier lagen also fünf tote Menschen, und wir waren nur zu zweit, die Anny und ich. Auf der Straße fahren die Leichenkarren nach Bedarf, aber in den Gebäuden werden die Toten nur zweimal am Tag eingesammelt. Einmal am frühen Morgen und dann wieder eine Stunde vor Beginn der Ausgangssperre. Es war halb zehn, und unsere Vorstellung sollte um sechs beginnen. «Entwickeln Sie Eigeninitiative», hatte Dr. Henschel gesagt.

Die Leichen mussten auf die Straße hinunter, das war klar. Mussten weg sein, bevor die Transportabteilung das Klavier brachte. Aber menschliche Körper sind schwer, auch wenn kein Gramm Fett an ihnen ist. Nein, nicht schwer. Unhandlich. Wir mussten uns Unterstützung besorgen. Von den Verrückten war niemand für praktische Dinge zu gebrauchen, und Pfleger gibt es zu wenige. Zum Glück war im selben Gebäude auch noch der Saal für die Blinden. Es war keine Zumutung, dass wir sie um Hilfe gebeten haben. Behinderte machen sich gern nützlich, das weiß ich aus Kolmar. Es macht sie stolz. Wir haben eine Kette gebildet, drei Stockwerke durchs Treppenhaus. Haben die Körper von einem zum andern weitergereicht. Manche Dinge sind einfacher, wenn man nicht sehen muss, was man tut.

Eine ganze Menge Dinge.

Um sechs Uhr fing auf unserem Dachboden die Vorstellung an. Pünktlich. Die Zuschauer saßen auf dem Boden, und das Bühnenbild bestand aus einer Pferdedecke, die wir zwischen zwei Stützbalken aufgehängt hatten. Ich hatte mein Apachenkostüm an und war der Ansager. Lud die Jahrmarktsbesucher auf mein Karussell ein. *Kommen Sie, sehen Sie, staunen Sie.*

Wer fährt mit?

Es war eine sehr erfolgreiche Premiere. Auch wenn der Kerr nicht gekommen ist. Monty Jacobs auch nicht.

Seit der dritten Vorstellung spielen wir in dem großen Raum in der Hamburger. Haben ein richtiges Bühnenbild und Bänke für das Publikum. Eine Künstlergarderobe. Wer in meinem Ensemble ist, untersteht der Freizeitgestaltung und muss von seinem Arbeitskommando jederzeit für Proben freigegeben werden. Das habe ich alles verlangt und mit der Zeit auch bekommen. Zum Teil völlig überflüssige Dinge. Sessel in der Garderobe. Dolly Haas hat ihre gelben Rosen auch nicht gebraucht. Ich will damit etwas beweisen.

Ich weiß nur nicht mehr, was das eigentlich ist.

Die Vorstellung heute war gut. Es wurde viel gelacht. Im Psychiater-Sketch habe ich eine neue Pointe improvisiert, und sie hat eingeschlagen wie eine Bombe. Ich habe das Sigmund-Freud-Bild an der Wand angeschaut und ganz nachdenklich gesagt: «Ich glaube, es wäre noch viel schöner ohne Rahmen.» Das Wort *Rahmen* so verschliffen, dass man *Rahm* verstehen konnte. *Ich glaube, es wäre noch viel schöner ohne Rahm.* Dieses kollektive Einatmen, bis sich der Schreck dann im Gelächter löst, das ist einer der stärksten Effekte, die man auf einer Bühne erzielen kann. Wenn man es kann.

Eine wirklich gute Vorstellung.

Und trotzdem. Als ich in unser Kumbal kam, hat Olga ganz erschrocken gefragt: «Was ist passiert?» Ich wollte mir nichts anmerken lassen, aber sie kennt mich zu gut.

Der Mann war mir schon während der Vorstellung aufgefallen. Erste Reihe, links außen. Saß die ganze Zeit mit verschränkten Armen da. Lachte nie und rührte keine Hand zum Applaus. In meiner Anfängerzeit hätte mich so ein Miesepeter-Gesicht aus der Fassung gebracht. Ich hätte versucht, nur noch für diesen einen Zuschauer zu spielen und dabei die andern verloren. Dich bring ich schon noch zum Lachen, hätte ich gedacht. Hätte dem Affen zu viel Zucker gegeben.

Ich bin kein Anfänger mehr.

Es war eine gute Vorstellung.

Dass er hinterher auf mich gewartet hat, hat mich überrascht. Solche Leute gehen meistens als erste. Stehen demonstrativ schon mitten im Applaus auf. Er war sitzengeblieben. Hatte nicht applaudiert, war aber auch nicht rausgelaufen. Wartete auf mich.

«Ich habe Sie früher für einen guten Schauspieler gehalten, Herr Gerron», sagte er. Berliner Akzent. Berliner *jüdischer* Akzent. Das ist eine eigene Melodie.

«Heute nicht mehr?»

«Doch», sagte er. «Sie waren hervorragend. Es ist staunenswert, dass man so viel Wirkung mit so wenig Charakter erzielen kann.» Sagte es nicht aggressiv, sondern traurig. Ein enttäuschter Liebhaber.

Ich hätte einfach weggehen sollen, das meint Olga auch. Mich gar nicht auf eine Diskussion einlassen. Aber dafür bin ich zu neugierig. Zu eitel.

«Wirkungen sind mein Beruf», sagte ich.

Er nickte. Ein schmales Gesicht. Nicht abgemagert, wie die meisten hier, sondern als ob es immer so gewesen wäre. Straff. «Wenn wir uns in Berlin begegnet wären», sagte er, «hätte ich Sie um ein Autogramm gebeten. Da wusste ich von Ihnen nur, was man in den Zeitungen las.»

Ich hätte mir eine Ausrede einfallen lassen sollen. Vor der Ausgangssperre dringend noch etwas zu erledigen, tut mir leid, auf Wiedersehen. Aber ich bin stehengeblieben.

«Dass Sie hier den Clown machen», sagte er, «den Hampelmann, das kann man akzeptieren. Warum soll ein Hund nicht auf den Hinterbeinen laufen, wenn er dafür einen Knochen kriegt? Für einen Laib Brot würde ich Haindl die Stiefel lecken. Warum nicht? Aber ich würde dafür nicht über Leichen gehen.»

«Und ich tue das?» Wieso habe ich das bloß gefragt? Warum kann ich das Maul nicht halten?

Er ist Lehrer. Hat an der Jüdischen Mädchenschule in der Auguststraße unterrichtet. Bis sie die dann geschlossen haben. Begeisterter Theatergänger. Nach Theresienstadt ist er gekommen, weil er das EK I hat. Flandern, wie ich. Hat hier einen Kollegen von der Schule wieder angetroffen. Der hatte Dinge erlebt, die er nicht ertragen konnte, und darüber den Verstand verloren. «Ein Zwock, wenn Sie so wollen. Wollte wieder ein kleines Kind sein. In einer Welt leben, in der nie etwas Böses passiert. Ich hab mich ein bisschen um ihn gekümmert. Ihn ab und zu in der Kavalierskaserne besucht. Er war schrecklich abgemagert. Man musste dafür sorgen, dass er wenigstens ab und zu etwas gegessen hat. Bis er dann eines Tags verschwunden war.»

Ich habe es Olga erzählt, und sie hat die Hände vors Gesicht geschlagen. «War das einer von den fünfen?», hat sie gefragt.

Es war einer von ihnen. Sein Freund. Wir haben ihn die Treppe hinunterspediert und auf die Straße gelegt. Weil der Leichensammeldienst zu spät gekommen wäre. Weil unsere Vorstellung pünktlich beginnen sollte. Weil mich nichts anderes interessiert hat.

Bis dieser Mann gekommen ist, dieser Lehrer aus Berlin, habe ich mich nicht eine Sekunde lang gefragt, ob das auch richtig war. War nur stolz auf ein gelöstes Problem. Auf unsere Eigeninitiative.

Was bin ich bloß für ein mieses Arschloch geworden! Ein Scheißkabarett kann doch nicht wichtiger sein als ein toter Mensch. Der Mann hatte recht: Ich habe keinen Charakter mehr. Ich merke nicht mehr selber, wenn ich mich schämen müsste. In mir ist etwas abgestorben.

Olga hat versucht, mich zu trösten. «Anders würde man es nicht aushalten», hat sie gesagt.

Vielleicht. Aber muss man alles aushalten?

«Sie haben seine Asche weggeschüttet», sagte der Mann. «Weil er ja keinen Namen hatte. Weil Sie es nicht für notwendig gehalten haben, sich danach zu erkundigen. Er hat Mathematik unterrichtet, damals, als wir noch unterrichten durften. Er war ein sehr beliebter Lehrer.»

Er war ein Knochenbündel.

Und es war eine erfolgreiche Premiere, verdammt noch mal. Es war eine gute Vorstellung.

Der Film wird auch gut. Dafür werde ich sorgen. Werde mir mit dem Schnitt große Mühe geben. So sorgfältig arbeiten, dass ich viel Zeit dafür brauche. Viel, viel Zeit. Die Amerikaner, so wird heute geflüstert, haben Trier erobert. Sie stehen auf deutschem Boden. Zum ersten Mal sehe ich die Chance, diesen Wettlauf tatsächlich zu gewinnen.

Wenn ich langsam genug bin.

Zwei Drehtage hatten sie mir noch bewilligt. Nicht vier, wie beantragt. Aber egal. Ich werde mit dem auskommen, was ich habe. Dass wir überhaupt noch einmal drangehen durften, das war entscheidend. Es beweist, dass sie den Film nach wie vor haben wollen. Dass sie mit meiner Arbeit zufrieden sind. Dass sie mich brauchen.

Alles andere ist unwichtig.

Gestern ist die letzte Klappe gefallen. Ich denke immer noch in Ufa-Begriffen. Wir hatten gar keine Klappe. Die Mannschaft kam von der Wochenschau und hat nicht daran gedacht, eine mitzubringen. Gegen halb fünf waren wir mit allem fertig. Die Leute von der Aktualita haben ihre Sachen zusammengepackt und sind weggefahren. Ohne Abschied. Ich habe ja kein Fest erwartet, so wie es bei der Ufa zum Abschluss von Dreharbeiten üblich ist, aber die Hand hätte mir der Pečený schon geben können. Mir wenigstens ins Gesicht sehen. Nichts. Ich existierte nicht mehr für ihn. Ob das bedeutet, dass er den Schnitt ohne mich machen will?

Unsinn. Das würde er gar nicht schaffen.

Den Fric habe ich überhaupt nicht mehr gesehen. An den beiden Zusatztagen war er ohne festen Plan unterwegs. Hat aufgenommen, was ihm gerade vor die Linse kam. Straßenszenen, Leute bei der Arbeit und anderes Reportagezeug. Beim Schnitt ist man immer froh über solches Füllmaterial. Der Vorschlag dazu kam von mir, aber Pečený hat ihn als seinen eigenen verkauft. Der Mann ist im Filmgeschäft am richtigen Ort. Ein geborener Intrigant.

Der einzige, der sich anständig verhalten hat, war der Zahradka. Dabei hätte ich es bei dem am wenigstens erwartet. So ein schüchterner junger Kerl. Und plötzlich tut er etwas Tapferes. Er hat vor dem Einpacken den Stativkopf eingeölt und dann den dreckigen Lappen zusammengeknüllt und mir vor die Füße geschmissen. «Schaff das weg, Jude!», hat er gesagt, aber nicht überzeugend verächtlich. Ein Laiendarsteller, der einen Bösewicht spielt. In dem Lappen war eine Packung Zigaretten eingewickelt. Noch fast voll. *Osman* heißt die Marke. Elf Zigaretten, fünfeinhalb Scheiben Brot. Ich bin reich.

Es gibt auch anständige Menschen. Man vergisst das so leicht.

Mit dem Zahradka hatte ich am letzten Tag noch die beiden Märchen-Sequenzen gedreht. Olga hat den Namen erfunden, und er trifft genau, was wir da gemacht haben. *Schneewittchen und die Wundertüte.* In der Wohnung von Dr. Murmelstein haben wir ein dänisches Paket ausgepackt. Schachtelkäse. Corned Beef. Knäckebrot. Wie heißt dieser russische Professor, der seine Hunde zum Sabbern bringt, obwohl sie gar nichts zu fressen kriegen? Egal. So ging es mir. Mein Magen hat so laut geknurrt – wenn wir mit Ton gedreht hätten, wäre die Aufnahme im Eimer gewesen. Ein Stück Dauerwurst. Däne müsste man sein. Als wir fertig waren, haben wir das Paket wieder eingepackt und abgeliefert. *Und wenn sie nicht gestorben sind, dann fressen sie noch heute.*

Als Allerletztes haben wir *Familie beim Abendessen* gedreht. Noch märchenhafter. Eine glückliche Großfamilie sitzt um einen reich gedeckten Tisch. Ich war während der Szene furchtbar nervös. Sie ist mein Versuch, eine eigene Botschaft in den Film einzuschmuggeln. So wie es die Musiker vom Kurorchester versucht haben, damals beim Besuch der Rotkreuzleute. Als die Delegation bei ihnen vorbeikam, haben sie *Für dich, mein Schatz, hab ich mich schön gemacht* gespielt. Was heißen sollte: Die Schönheit von Theresienstadt ist nur aufgeschminkt. Ein verstecktes Signal. So gut versteckt, dass niemand es bemerkt hat.

Für die Szene am Esstisch hatten wir schon lang die Kozowers mit ihren Kindern als glückliche Familie bestimmt. Im letzten Moment habe ich vorgeschlagen, dass wir auch noch einen Großvater und eine Großmutter dazusetzen sollten. Um die Idylle noch idyllischer zu machen. Mein Plan ist aufgegangen. Sie haben mir als Großeltern den Professor Cohen und seine Frau bewilligt.

Vielleicht – ich kann es nur hoffen, aber etwas anderes als Hoffnung bleibt einem ja nicht –, vielleicht kommt die Botschaft an. Der Kozower und der Cohen sind bekannte Leute. Der eine aus Berlin und der andere aus Amsterdam. Sind sich in Theresienstadt zum ersten Mal begegnet. Vielleicht wird jemand die Szene sehen und denken: Die gehören doch gar nicht zur selben Familie. Und vielleicht wird er dann überlegen: Wenn die eine Situation gefälscht ist, muss der ganze Film getürkt sein.

Vielleicht.

Vielleicht auch nicht. Man will es wenigstens versucht haben.

Die Operationssequenz ist auch im Kasten. Dr. Springer operiert, und Hertha Ungar reicht ihm die Instrumente. Sie arbeitet nach wie vor in der Krankenstation. Ist nicht auf Transport gegangen. Weil ich sie da rausgeholt habe. Nur schon deshalb war es richtig, den Film zu machen.

Es war falsch. Achtundvierzig Stunden nach den Aufnahmen wurde sie auf die Transportliste gesetzt. Dr. Springer hat beim Ältestenrat protestiert, aber dort hat man ihm nur gesagt: «Die Dreharbeiten sind zu Ende.» Er ist verzweifelt. Ich vermute, dass ihn mehr mit ihr verbindet als die gemeinsame Arbeit.

Dass ihn mehr mit ihr verband.

Kurt Stretter, der den Chaplin so hinreißend parodieren kann. Der davon träumt, dass er in Paris oder in London mit seiner Schlittschuhnummer auftritt, und nach der Vorstellung kommt der Tramp in seine Garderobe, schwingt sein Stöckchen und sagt: «Du warst besser als das Original.» Der Traum wird sich nicht erfüllen. Er steht auf der Liste.

Jakub Lischka, tschechischer Meister im Turmspringen. Er hat sich bei mir entschuldigt, weil ihm der Salto nicht gelingen wollte. «Das Hungern schlägt mir aufs Gleichgewicht», hat er gesagt. Auf der Liste.

Mendel Wajskop, der in dem jiddischen Stück den Rabbi gespielt hat.

Und. Und. Und.

Ich habe zweiundzwanzig Leute gezählt, die alle in meinem Film mitgespielt haben. Zweiundzwanzig Menschen.

«Ich kann sie beschützen», habe ich gedacht. «Ich baue sie in eine Szene ein, dann sind sie sicher.» Gedacht? Ich habe es mir eingeredet. Habe mir etwas vorgemacht. Sie waren die Währung, mit der ich mir ein gutes Gewissen kaufen wollte. Kurt Gerron, der Wohltäter. Kurt Gerron, der Retter.

Kurt Gerron, der Versager.

Ich habe sie aufgefordert mitzumachen, habe sie überredet, und jetzt werden sie dafür bestraft. Obwohl sie nur getan haben, was man von ihnen verlangte.

Weil sie es getan haben? Weil sie jetzt aus eigener Erfahrung wissen, was für ein verlogenes Affentheater das Ganze ist? Weil sie es jemandem erzählen könnten?

Nein. Das kann nicht der Grund sein. Darf nicht.

Mit allen Statisten habe ich weit über tausend Personen auftreten lassen. Zweitausend. Sie können doch nicht zweitausend Menschen nach Auschwitz schicken, nur weil sie …

Sie können. Sie können alles. Wenn sie in jeden Viehwaggon fünfzig Mann packen, dann sind das …

Ich will die Rechnung nicht machen.

Zweiundzwanzig Menschen. Bis jetzt. Nur zweiundzwanzig, denke ich. Denke tatsächlich: Nur. Mein Kopf sucht schon wieder Ausreden. Ich habe noch nicht einmal den Mut, vor mir selber ehrlich zu sein.

Meine eigene Haut will ich retten. Darum geht es. Ist es immer gegangen. Um nichts anderes. Um mich.

Und um Olga, verdammt noch mal.

Zweiundzwanzig Menschen. Bald werden sie vergessen sein. Zu diesem Streifen erscheint kein *Film-Kurier*.

Regie: Kurt Gerron.

Spielleitung.

Ich werde den Film schneiden, ja, ich werde es tun. Werde mich anstrengen, damit alles genau so wird, wie Rahm es haben will. Es ist sein Film, nicht meiner. *Er sitzt da mit seiner Gigantenschere und schneidet.* Ich führe nur Befehle aus. Ich bin nicht verantwortlich.

Ich bin ein Heuchler.

Egal.

Warum nicht auf den Hinterbeinen gehen, wenn man einen Knochen dafür kriegt?

Es wird ein guter Film werden. Ein erfolgreicher Film. Man wird mit mir zufrieden sein. Die Leute werden im Kino sitzen, und sie werden glauben, was sie da sehen. «Das ist die Wirklichkeit», werden sie sagen. «Genau so und nicht anders geht es zu in Theresienstadt. Die Menschen sind glücklich dort.» Ich kriege das hin. Ich kann das. Ich habe das gelernt. Mein ganzes Leben war nur Vorbereitung auf diesen Film.

Zweiundzwanzig Menschen.

Ich konnte sie nicht beschützen. Schon im Lazarett in Kolmar habe ich in Wunden herumgestochert wie ein Blinder. Jeder Krankenpfleger war nützlicher als ich. Aber von mir erwarteten die Verwundeten Hilfe. Weil ich den weißen Kittel anhatte und den Herrn Doktor spielte.

So wie ich hier den Regisseur gespielt habe. Mir eingeredet, dass ich wieder bei der Ufa bin. Dass ich etwas zu sagen habe. Etwas bewirken kann.

Ich bin schuld daran, dass sie in diesen Zug steigen müssen.

Zweiundzwanzig Menschen. Hertha Ungar. Kurt Stretter. Jakub Lischka. Mendel Wajskop

Frau Olitzki.

Ich muss den Schnitt vorbereiten. Muss. Wenn es losgeht, muss ich sagen können: «Kein Problem. Alles im Griff.» Auch wenn ich keinen Meter Film gesehen habe. Das wird sie nicht kümmern. Wenn sie etwas befehlen, hat es zu funktionieren. Sie legen den Schalter um, und die Maschine hat zu laufen. Oder sie landet auf dem Schrottplatz.

Ich werde funktionieren.

Ich habe die Drehberichte und die Zeichnungen. Das muss genügen. Die einzelnen Einstellungen werde ich mir im Kopf ansehen. In der Erinnerung. Ich hatte schon immer ein gutes Gedächtnis.

Musculus depressor anguli oris. Musculus transversus menti. Ich vergesse nichts.

Beginnen mit einer großen Totalen. Die Kirche und die Kommandantur. Die Einstellung haben wir gedreht. Dasselbe halbtotal. Von der Mitte des Platzes aus. Haben wir auch.

Dann gleich die Kolonne der Leute, die zur Arbeit gehen. Rahm wird erwarten, dass die Bilder, die wir als erstes aufgenommen haben, auch ganz am Anfang erscheinen. Laien denken so.

Die Putzkolonne. Wieviel haben wir davon gedreht? Im Drehbericht steht nur: *Gruppen von Frauen mit Eimern und Besen.* Zwei Gruppen oder drei? Bestimmt drei. Ich lasse bei solchen Sachen immer drei verschiedene Varianten drehen. Es montiert sich dann besser. Also: *Eine erste Gruppe. Eine zweite. Eine dritte.*

Und wenn wir doch nur zwei haben? Die Zeit war knapp, und ich habe oft abkürzen müssen. Wollte vielleicht drei drehen und habe dann doch nur …

Es ist möglich, dass Rahm beim Schnitt dabeisein will. Zumindest am Anfang, so wie bei den Dreharbeiten. Wenn in meinem Schnittplan etwas steht, zu dem das Material gar nicht vorhanden ist, wird er mich für unfähig halten. Oder denken, dass es Absicht war. In der Schreinerei ist jemandem ein Metallstück vor das Sägeblatt gerutscht und hat eine Maschine beschädigt. Sie haben ihn in die Kleine Festung gebracht und erschossen. Wegen Sabotage.

Es waren drei Einstellungen. Ganz bestimmt. Mein Gedächtnis

funktioniert. *Musculus zygomaticus major. Musculus zygomaticus minor.*

Die Putzkolonne und dann das Ochsengespann. Das wir so mühsam wieder in Position bringen mussten, weil ich Idiot das Zeichen zum Abmarsch zu früh gegeben habe. Rahm war wütend. Aber er wird das unterdessen wieder vergessen haben. Ich hoffe, dass er das unterdessen wieder vergessen hat.

Die Straßenarbeiter. Das Pferdefuhrwerk mit den Brettern. Die jungen Leute von der Landwirtschaft.

Ich kenne ihre Namen nicht. Ich könnte sie erfragen. Um zu wissen, ob auch von ihnen jemand auf Transport geht.

Ich will es nicht wissen. Sie waren so fröhlich.

24. Halbtotale. Die ganze Kolonne der zur Arbeit Marschierenden zieht vor der Kirche vorbei.

Die erste Seite ist voll. Frau Olitzki hätte das schneller geschrieben, aber ich habe keine Sekretärin mehr. Die Schreibmaschine steht auf den Margarinekisten. Viel zu tief. Der Rücken tut mir weh.

Ich verachte mich für diesen Gedanken. Frau Olitzki ist auf Transport gegangen, und ich beklage mich über Rückenschmerzen.

Das Kohlepapier sorgfältig zwischen die neuen Blätter legen. Nicht immer in der gleichen Richtung. Es hält dann länger. Einspannen.

25. Das Herrenbekleidungsgeschäft. Einige Männer warten vor der Türe.

Ich bin heute daran vorbeigekommen. Vier Leute von der Baukolonne waren dabei, das Ladenschild abzumontieren. Haben die Schrauben nicht sorgfältig gelöst, sondern das Holz einfach herausgerissen. Das Schild kaputtgemacht. Ich konnte diese Art von Verschwendung schon in Berlin nicht ertragen. Habe mich eingemischt. «Vielleicht wird das Schild noch einmal gebraucht», habe ich gesagt. Sie haben die Köpfe geschüttelt. «Das soll alles verbrannt werden.» Auf ihrem Karren lagen auch schon die schön geschnitzten Hinweisschilder. *Zum Kaffeehaus. Zum Bad.* Wird alles verbrannt. Das muss etwas zu bedeuten haben.

In Theresienstadt hat alles etwas zu bedeuten. Wenn es regnet, fragen wir uns, was die SS damit bezweckt.

Wenn sie die Schilder nicht mehr brauchen, heißt das, dass sie es aufgegeben haben, die Stadt für Besucher zu verkleiden? Das wäre schlecht. Wer sein Theater schließt, braucht keine Darsteller mehr. Oder brauchen sie nur die Verkleidung nicht mehr, weil sie sich in Zukunft auf meinen Film verlassen wollen? Das wäre gut. Für mich wäre das gut.

Ich darf meine Zeit nicht mit solchen Gedanken verschwenden. Der Schnitt muss vorbereitet sein.

26. Die Gruppe der wartenden Männer. Die Tür wird geöffnet. Im Türöffnen schneiden.

27. Kamera im Geschäft. Die Tür wird ganz aufgemacht. Die Männer kommen herein. Die Kamera schwenkt mit zum Verkaufstisch. Die Verkäufer legen Ware vor.

Ich muss nicht einmal im Drehbericht nachsehen. Ich weiß noch jede Einstellung. Auf mein Gedächtnis kann ich mich verlassen.

Musculus levator labii superioris alaeque nasi.

28. Der Käufer beim Aussuchen.

Gundermann hieß der Käufer. Elias Gundermann. Ist auch auf Transport gegangen.

Nein. Er ist noch hier. Ist wieder von der Liste gestrichen worden. Eine Geschichte, so verrückt und sinnlos wie unsere ganze Existenz. Ein Jackett ist ihm zum Verhängnis geworden, und eine Hose hat ihn gerettet. Von solchen Zufällen hängt es hier ab, was mit einem passiert. Wer zu seiner Zeit und wer vor seiner Zeit, wer durch Hunger und wer durch Durst. Wer auf Transport geht, und wer hier bleibt.

Als wir die Szene im Kleidergeschäft drehen wollten, brauchten wir jemanden für die Rolle des Kunden und etwas, das er kaufen konnte. Man findet in Theresienstadt nicht so einfach Kleidungsstücke, die aussehen wie neu. Wir haben in der Schneiderei nachgefragt, und drei Leute haben im Chor geantwortet: «Gundermann.»

Ein älterer Herr mit graumelierten Schläfen. Sehr distinguiert. Ein kleiner Schnurrbart, der ein bisschen an den von Adolf erinnert. Ich habe ihn danach gefragt, und er hat sehr spitz geantwortet: «Ich trug ihn schon so, bevor dieser Herr berühmt wurde.» Das erste, was mir an ihm auffiel, war sein gelber Stern. Wie der an seinem Arbeitskittel befestigt war. Mit einem komplizierten, kunstvollen Zierstich. Muss eine Riesenarbeit gewesen sein.

Herr Gundermann ist einmal ein bekannter Mann gewesen. Erster Schneider beim exklusivsten Herrenausstatter der Tschechei. Die Firma gehörte ihm nicht, aber wenn sich jemand in Prag einen neuen Anzug anmessen lassen wollte und sich die beste Qualität leisten konnte, dann sagte er: «Ich gehe zu Gundermann.» In Theresienstadt hat man ihn in die Schneiderei gesteckt. Flickarbeit, sonst ist dort nichts zu tun. Wenn nicht jemand aus der Kommandantur etwas bestellt.

Die Arbeit weit unter seiner Würde. Aber er beschwerte sich nie. Was man ihm auftrug, führte er aus, und zwar so sorgfältig, als ob jedes fadenscheinige Hemd, dem er neue Manschetten machen sollte, zum Sonntagsstaat eines Millionärs gehörte.

Ich weiß nicht, wo er den Stoff herbekommen hat. Wenn er zusammengestückelt war, dann hat man ihm das nicht angesehen. Herr Gundermann hat sich ein Jackett gebaut. Das war sein Wort. *Gebaut*. Ein Kleidungsstück, hat er mir erklärt, muss konstruiert werden wie ein Haus. So sorgfältig und so stabil. «Einen Anzug von mir», sagte er, «müssen Sie Ihrem Sohn vererben können. Oder ihn im Sarg anziehen. Auch dann muss er noch wie neu aussehen.»

Das Jackett – grau, mit breitem Revers – hing in der Schneiderei am Bügel und wurde Besuchern so stolz vorgeführt, wie ein Trödler das einzig echte Stück im Laden präsentiert. Jetzt kam es in der Kleidergeschäft-Szene zu Filmstar-Ehren. Herr Gundermann spielte den Käufer. Probierte an und strahlte. Ich musste ihn nicht dazu überreden. Er war stolz darauf, dass ihm seine Arbeit wie angegossen passte.

So weit, so gut. Eigentlich hätte niemand wissen müssen, wer der Darsteller gewesen war. Im Drehbericht stand nur *Kunde*. Aber ich hatte, für den Fall, dass Rahm das drinhaben wollte, auch die Abgabe des Bezugsscheins gefilmt. Wie man ihn braucht, wenn man sich aus der Kleiderkammer etwas erbetteln will. Hatte mir bei der Wirtschaftsabteilung so eine Karte besorgt und hinterher natürlich nicht mehr daran gedacht. Herr Gundermann auch nicht.

Aber die Wirtschaftsabteilung dachte daran. Weil jetzt auf irgendeiner Liste diese Karte fehlte. Die Wirtschaftsabteilung fragte bei der Freizeitabteilung nach, die Freizeitabteilung schaltete die Detektivabteilung ein, und schließlich fand sich der Bezugsschein in der Tasche des Jacketts. Am Bügel in der Schneiderei.

Herr Gundermann wurde zu zehn Tagen Arrest verurteilt. Wegen unbefugter Verwendung eines offiziellen Dokuments. Wir haben eine Gerichtsbarkeit, ja. Keine Gerechtigkeit, aber ein Gericht. Ordnung muss sein.

Er hätte seine Zeit abgesessen, ohne sich zu beschweren. Es ist keine große Veränderung, wenn man im Gefängnis ins Gefängnis gesperrt wird. Aber dann erging von der Kommandantur der Erlass, dass alle Arrestanten auf die nächste Abwanderungs-Liste gesetzt werden sollten. Es war also nicht eigentlich der Film, der Herrn Gundermann zum Osttransport bestimmte.

Doch, es war der Film. Es ist ein Fluch an ihm.

Aber das Unglück ist in Theresienstadt so zufällig verteilt wie das Glück. Aus Versehen kann zwischen all die Nieten auch einmal ein Gewinnlos geraten. Ein SS-Mann hatte sich bei Gundermann eine Hose bestellt und wollte sie abholen. Hatte sogar die Bezahlung mitgebracht: Drei Kartoffeln und einen Apfel. Aber die Hose war nicht fertig und Gundermann nicht da. Er saß schon in der Schleuse und wartete auf den Zug.

Nun kann man durchaus nach Auschwitz geschickt werden, weil man einen SS-Mann nicht richtig gegrüsst hat. Weil man eine Nase hat, die ihm nicht gefällt. Aber man kann nicht einfach nach Auschwitz abhauen, wenn eine Hose noch nicht fertig ist. Ein Mensch mehr oder weniger spielt keine Rolle, aber eine Hose ist eine Hose.

Elias Gundermann wurde aus der Schleuse wieder rausgeholt und von der Liste gestrichen. Es sind also doch nicht zweiundzwanzig Namen, sondern nur einundzwanzig.

Nur.

115. Groß. Das Schild «Gericht».

116. Groß. Die Figur der Justitia.

117. Schwenkaufnahme. Im Gerichtssaal. Über die ganze Totale bis zum Staatsanwalt.

118

Es fängt wieder an. Genau wie in Westerbork. Die Krämpfe und der Durchfall. Wenn ich Glück habe, ist es diesmal nur eine Lebensmittelvergiftung. In dieser Woche gab es zweimal Kartoffeln, und sie schmeckten seltsam. Zu lang gelagert. Aber zu einer Vergiftung würde auch Übelkeit gehören. Ich muss nur ständig scheißen. Es könnte also wieder Ruhr sein.

Oder einfach die Angst. Niemand sagt mir, wie es mit dem Film weitergeht. Ich arbeite am Schnittplan und weiß nicht …

Ich muss arbeiten. Wenn sie mich anfordern, muss ich bereit sein.

118. Groß. Der Staatsanwalt.

119

Der Weg zur Latrine ist zu weit. Ich habe jedes Mal Angst, dass ich es nicht rechtzeitig schaffe. Ich sollte mir meinen Arbeitsplatz unten einrichten, bei den kaputten Betten. Aber da ist kein Licht.

Geschafft. Gerade noch.

Seltsam, dass man selbst beim Scheißen seinen Stammplatz hat. Meiner ist ganz rechts, am Rand der Reihe. Damit ich auch in der Hauptverkehrszeit nur einen Nachbarn neben mir habe. Wenn mir jemand meinen Platz wegnimmt, bin ich beleidigt.

In der Kantine der Ufa gab es den Tisch der Regisseure. An den durfte sich ein Schauspieler oder ein Drehbuchautor nur setzen, wenn er dazu eingeladen wurde. Wie eine Auszeichnung war das. Nur der Alemann hat sich nicht daran gehalten. Hat sich einfach einen Stuhl genommen.

Am Anfang wird es einem wohler, wenn man geschissen hat. Aber wenn dann nichts mehr in einem drin ist, wenn nur noch Wasser kommt oder gar nichts, dann …

Ich will nicht darüber nachdenken. Es wird schon wieder besser werden.

Olga hat mir einen ganzen Packen Zeitungen organisiert. Manchmal lese ich einen Artikel, bevor ich mich damit sauber mache. Die Wehrmacht hat Saloniki erobert, und unter den Todesanzeigen steht *In stolzer Trauer*. Alte Zeitungen. Griechenland haben sie schon wieder aufgegeben, und die Russen sind in Ungarn einmarschiert.

Auf einem Bild war Hitler zu sehen. Mit ausgestrecktem Arm hinter einem Mikrophon. Ob wohl die Todesstrafe darauf steht, wenn man sich mit ihm den Arsch abwischt?

Olga will, dass ich mich von Dr. Springer untersuchen lasse. Bisher bin ich nicht hingegangen. Wenn es die Ruhr ist, wird er wollen, dass ich in der Krankenstation bleibe. Er hat dort einen Saal, wo er die ansteckenden Krankheiten isoliert. Ich habe jetzt keine Zeit, Patient zu sein. Der Schnittplan muss fertig werden. Es geht mir ja auch schon wieder besser. Für den Moment.

«Bitte saubermachen», sagt der alte Turkavka. Er hat ein interessantes Gesicht, das fällt mir zum ersten Mal auf. Ich wasche mir die Hände, und er nickt.

Es kommt mir vor, als ob die Treppe steiler geworden wäre.

118. Groß. Der Staatsanwalt.

119. Nah. Kurze Schwenkaufnahme über eine Gruppe von Zuschauern.

120. Der Staatsanwalt setzt sich.

Wie sollen die Zuschauer überhaupt merken, dass er der Staatsanwalt sein soll? Er trägt keine Robe, und wir haben die Szene ohne Ton gedreht. Ich werde eine Anmerkung schreiben, dass es im Kommentar erklärt werden muss.

Es ist wirklich nicht in Ordnung, dass sie Frau Olitzki auf Transport geschickt haben. Ohne Sekretärin kann man eine solche Arbeit gar nicht richtig machen.

Der Kommentar muss klingen wie in der Wochenschau. Ein bisschen feierlich. *Auch die Gerechtigkeit spielt in Theresienstadt eine große Rolle.*

Man müsste solche Texte von Max Ehrlich sprechen lassen. Niemand kann absurde Pointen so gut setzen wie er. *Die Gerechtigkeit spielt eine große Rolle und hat sich entsprechend verkleidet.*

Nicht abschweifen.

121. Groß. Der Angeklagte.

122. Groß. Der Vorsitzende.

123. Groß. Der Verteidiger.

124

Es geht schon wieder los. Ich darf nicht krank werden. Nicht jetzt.

Die Zeitungen nicht vergessen. Olga hat einen ganzen Abend damit verbracht, sie in handliche Stücke zu reißen. Es war schon nach der Lichtsperre, und ich habe im Dunkeln das Geräusch gehört. Ritsch. Ritsch. Ritsch. Auch so kann eine Liebeserklärung klingen.

Die Treppe ist noch steiler geworden.

Als sie uns damals das Kumbal im Bordellhäuschen zuwiesen, habe ich mich darüber geärgert, dass ich die Latrine direkt vor dem Fenster habe. Heute weiß ich: Etwas Besseres hätte mir nicht passieren können. Ich war schon immer ein Glückskind.

Mein Stammplatz ist frei.

«Bitte saubermachen», sagt Herr Turkavka.

Er hat wirklich ein interessantes Gesicht. Erinnert mich ein bisschen an diesen ungeheuer vornehmen alten Herrn, der einem in der Toilette des Adlon das Handtuch reichte und das Jackett abbürstete. Der genau so aussah, wie man sich einen verdienten Bühnenkünstler vorstellt. Wir nannten ihn alle nur den Kammersänger. Ich habe mir immer wieder vorgenommen, ihn zu fragen, was er ursprünglich von Beruf gewesen sei, aber ich habe es dann doch nie getan.

«Was sind Sie eigentlich von Beruf, Herr Turkavka?», frage ich.

«Philosoph», sagt er.

Soviel Witz hätte ich ihm gar nicht zugetraut. «Nein, im Ernst. Es interessiert mich. Was haben Sie gemacht, als man noch etwas machen durfte?»

«Ich war tatsächlich Philosoph», sagt er.

«Das ist kein Beruf.»

«Meine Frau hat das auch immer behauptet. Aber man hat mich fürs Philosophieren bezahlt. Ich war Ordinarius in Prag.»

«Sie sind ein Professor?» Ich kann das unhöfliche Staunen nicht aus meiner Stimme heraushalten. Es scheint Turkavka nicht zu verletzen.

«Ich war es einmal», sagt er.

«Und da machen Sie hier die Klowache?»

«Ich habe um diese Arbeit gebeten. Es schien mir angebracht.»

Doch. Wenn man ihn genauer ansieht: Ich könnte ihn mir tatsächlich in einem Hörsaal vorstellen. So wie ich mir den Kammersänger aus dem Adlon auf einer Bühne hätte vorstellen können. Nur dass der wahrscheinlich Friseur gewesen ist. Etwas in der Richtung. Nicht wie Herr Turkavka.

«Sie könnten Vorträge halten», sage ich. «Für die Freizeitgestaltung. Ich lege gern bei Dr. Henschel ein Wort für Sie ein.»

Er schüttelt den Kopf. «Das würde nicht dem entsprechen, was ich heute bin. Heute ...» Er unterbricht sich, weil gerade wieder jemand die Latrine verlässt. «Bitte saubermachen», sagt er.

«Wie – entsprechen?», frage ich ungeduldig.

«Es ist alles eine Frage des logischen Denkens. Wer Veränderungen nicht akzeptiert, versucht richtige Schlüsse aus falschen Prämissen zu ziehen. Und kommt natürlich zu falschen Resultaten. Sie zum Beispiel ...» Wieder geht jemand an uns vorbei. «Bitte saubermachen», sagt Herr Turkavka. «Bitte saubermachen.»

«Was ist mit mir?»

«Nun ja, Herr Gerron, um es sehr direkt zu formulieren: Sie bilden sich immer noch ein, Sie seien Regisseur.»

«Ich bin es.»

«Falsche Zeitform», sagt Herr Turkavka. «Sie waren es. Das ist nicht dasselbe. Jetzt sind Sie etwas anderes. Freiwillig oder unfreiwillig, das spielt für die Definition keine Rolle. Ich zum Beispiel bin nur noch ein alter Mann, den man eingesperrt hat. Mehr ist von mir nicht übrig geblieben. Ein Häftling, sonst nichts. Der neben einer Wassertonne steht und die Leute zum Händewaschen auffordert. Das passt zusammen. Häftlinge halten keine Vorträge.»

«Ich habe gerade in einem Film Regie geführt.»

«Das beweist nichts», sagt Turkavka. «Ein Löwe, der durch einen Reifen springt, ist kein Löwe mehr. Lassen Sie mich eine Frage stellen. Wenn man Ihnen statt des Films etwas anderes befohlen hätte, auf dem Bauch durch die Straßen zu kriechen, beispielsweise – hätten Sie es getan?»

«Um nicht auf Transport zu gehen? Bestimmt.»

«Eine vernünftige Entscheidung. Und Sie hätten sich deswegen nicht als Bauchkriecher definiert. Nicht in Ihrer Essenz, wie Aristoteles das genannt haben würde. Sie hätten sich definiert als ein Mensch, der weiterleben will.»

«Regisseur ist mein Beruf!»

«War Ihr Beruf», sagt Turkavka. «Bitte saubermachen. Sie verwechseln Vergangenheit und Gegenwart, Herr Gerron. Wie es viele hier im Ghetto tun. Das mag tröstlich sein, aber vernünftig ist es nicht.»

«Kann man vernünftig bleiben, wenn die Welt verrückt geworden ist?»

«Eine gute Frage», sagt Turkavka. «Rein rhetorisch betrachtet. Wenn man sie allerdings inhaltlich analysiert ...»

Ich fange plötzlich an zu lachen. Weil mir klar geworden ist, dass Herr Turkavka, Herr Professor Turkavka, sich auch nicht anders verhält als ich. «Warum führen wir diese Debatte?», frage ich ihn.

«Ohne besonderen Grund.»

«Nein, Herr Turkavka. Sie diskutieren mit mir, weil Sie sich mit jedem Argument selber beweisen, dass Sie immer noch das sind, von dem Sie behaupten, es nicht mehr zu sein. Ein Philosoph.»

Er schaut mich an und lächelt. Nein, lächelt nicht. Grinst. «Touché», sagt er. Und dann: «Bitte saubermachen. Bitte saubermachen.»

Ich muss schon wieder scheißen.

581. Halbnah. Egerbad. Ein Mann steht auf dem Sprungbrett und springt mit einem doppelten Salto ins Wasser.

«Sie müssen schon entschuldigen», sagt Jakub Lischka. «Ich weiß, dass der Sprung nicht sauber war. Das Hungern schlägt mir aufs Gleichgewicht.»

«Das macht nichts», sage ich. «Aus unserem Aufnahmewinkel sieht man den Fehler nicht.»

Er ist mir dankbar. Reckt den Daumen nach oben, bevor er aus dem Fenster springt.

582. Der Springer taucht ins Wasser. Beim Schneiden im Moment, wo das Wasser nach dem Sprung aufspritzt, das Schild «Bad» folgen lassen.

Das Schild ist nicht mehr da. Sie haben das Bühnenbild zu früh abgebaut. Das Schild auf den Karren geworfen. Ich brauche es für den Schnitt. Für den Anschluss. Es gehört zum Film. Nichts, was zum Film gehört, darf verbrannt werden.

Nichts darf verbrannt werden.

583. Fahraufnahme. Aufgenommen vom Dach des Reportagewagens und endigend auf der anderen Seite des Bades.

Die Leute müssen im Wasser bleiben. Ich muss ihnen das sagen. Nur die Köpfe dürfen sie herausstrecken. Nur die Köpfe. Im Wasser bleiben, bis der Krieg vorbei ist. Die Russen stehen schon in Brüssel. Im Wasser bleiben. Sonst sieht man, dass sie keine gelben Sterne haben.

586. Nah. Vom Boot aus aufgenommen: Schwimmer.

587. Nah. Von der Steintreppe aus gesehen: Schwimmer.

588. Nah. Von oben gesehen: Schwimmer.

Schwimmer. Schwimmer. Schwimmer.

«Ich bin ertrunken», sagt Frau Olitzki. «Weil es ein fremder Badeanzug war.»

«Setzen Sie sich an die Schreibmaschine», sage ich. «Mein Rücken tut mir weh.»

Sie steht hinter mir und legt ihre Hände auf meine Schultern. Beugt ihr Gesicht über meinen Kopf. Tropfen fallen auf mich. Sie ist ertrunken.

«Du bist so fleißig», sagt sie.

Sie hat sich ihre Haare abschneiden lassen. Ohne mich zu fragen. Sie sind jetzt ganz kurz. Stachlig.

«Sie sind ein Igel», sage ich.

Wenn sie den Kopf bewegt, spritzt Wasser in alle Richtungen.

«Warum hast du das Fenster nicht geschlossen?», fragt sie. «Hast du nicht gemerkt, dass es regnet?»

«Ich arbeite», sage ich.

«Du wirst immer schussliger.»

Olga. Natürlich. Es ist Olga.

Meine Frau.

593. Groß. Ein junges Mädel.

«Wie weit bist du gekommen?», fragt sie mich.

«Bis zum Egerbad.»

«Ist das weit?»

«Etwa die Hälfte», sage ich.

Die Hälfte wovon? Ich habe es vergessen.

«Geht es deinem Bauch besser?», fragt sie. «Ich habe dir dein Essen gebracht.»

Sie kommt zu spät. Die Szene im Speisesaal ist bereits geschnitten.

Schwenkaufnahme. Vom Büffet kommen die Kellnerinnen mit Tabletts und vollen Schüsseln und servieren.

«Suppe und Knödel», sagt sie.

Sie bringt alles durcheinander.

Sehr nah. Die Hand des Kochs greift in das Fass und schöpft Kraut in einen Topf.

«Kraut», sage ich.

«Heute nicht», sagt sie.

«Tomaten», sage ich.

Drei Mädels auf der Liegebank bekommen Tomaten. Ich bin sicher, dass wir die Einstellung gedreht haben. Zuerst hat es geregnet, und dann hat es nicht mehr geregnet, und dann haben wir gedreht. Die Mädels haben Tomaten gegessen, und die SS konnte nichts dagegen machen. Weil ich es angeordnet habe. Für den Film. Niemand ist wichtiger als der Regisseur. Niemand.

«Deine Suppe wird kalt», sagt Olga.

Sie versteht nicht, dass ich nicht gestört werden darf. Der Schnittplan muss fertig werden. Turkavka ist ein Philosoph, und er hat es auch gesagt. «Der Schnittplan ist die Essenz», hat er gesagt. «Das Wichtigste überhaupt.»

«Hast du Fieber?», fragt Olga.

Wir müssen die Szene in der Krankenstation noch einmal drehen. In neuer Besetzung. Frau Olitzki statt Hertha Ungar. «Hertha Ungar ist ertrunken», sage ich.

«Du hast Fieber», sagt Olga.

Und der Haifisch, der hat Zähne. Oberstudiendirektor Kramm schreibt es an die Tafel. In diesen großen Zeiten. In deiner Brust sind deines Schicksals Sterne. Du musst die Zähne zusammenbeißen, Wallenstein. Ich will nicht zum Zahnarzt gehen. Ein deutscher Soldat kennt keine Angst. Feldwebel Knobeloch hat seinen Text vergessen. Die Pisse läuft ihm aus dem Hosenbein. «Größenwahn ist die halbe Miete für ein Kumbal», sagt er. Er heißt gar nicht Bertolt. Er meint das nur. Er heißt Eugen. Diesen Haufen Scheiße konnte nicht einmal Hitler wegschaufeln. Wie leeren sie eigentlich die Latrinen? Es wachsen Rosen aus ihnen. Er hat Olga eine geschenkt. Ihre Hand blutet. Ich werde mich bei Rahm beschweren. «Herr Oberstudiendirektor», werde ich sagen. Er heißt Gemmeker. Er ist ein verrückter König und baut sich ein Schloss. Ein Schloss ohne Schlüssel. Schlüsselschloss. Schlossschlüssel. Er fährt in einem Schlitten über den See. Nach Kriescht. Kriiiescht. Kriiiiiiescht. Napoleon kommt aus Braunau. Wir sind hier nicht in Kriescht. Wir sind in Amsterdam in Paris in Sobibor. Wir fahren mit der Eisenbahn. Tschu-tschu Eisenbahn. Wer keine Fahrkarte hat, bleibt zu Hause. Klopstockstraße 19. Einen Stock besorgen und dich verkloppen. Mein Bruder macht im Tonfilm die Geräusche. Mein Bruder heißt Kalle. Wenn er lachen muss, muss er husten muss er lachen muss er husten. Eine gelbe Wolke. Zigarrenrauch. Das ist nicht gut für den Jungen. Großpapa ist ein Riese und lässt sich nichts befehlen. Wenn er sterben will, dann stirbt er. Das wird schon wieder eine Beerdigung geben. Ein Leichenmahl geben. Königsberger Rinderfleck. Rinderfleck, Arschgepäck, Widerstand hat keinen Zweck. Um acht Uhr im Eierturm. Ein schwarzer Unterrock. Ihr Drache speit Feuer, aber sie hat keine Haare mehr. Sie ist ein Igel in der Abendstunde still nach ihren Mäusen gehn. Wie sagt man Spiegeleier auf Französisch? Anna Luise. Ich hätte Tschechisch lernen sollen. Jiři spricht Tschechisch. VYNIKAJÍCÍ KVALITY. Der Hase spricht Tschechisch. Das Rebhuhn war ein Fasan war ein Rebhuhn war ein Faisan de presse. Ich habe meine goldene Uhr liegen lassen. Sie sind kein Arier, Herr Heitzendorff. Die Uniform steht ihm nicht. Stiefel unter der Hose. Alle Juden verlassen das Atelier. Ein Stern an der Garderobentür. Die Tür ist nur gemalt, aber man kann trotzdem durchgehen. Ich lasse Ihnen das noch einmal durchgehen, aber beim nächsten Mal. Ich muss mir das nicht gefallen lassen. Ich habe Freunde. Der Rühmann spielt mit dem Goebbels seinen Kindern. In Spanien, in Spanien, da blühen die Geranien. Aber das Lokal müssen Sie vorschlagen. Ziehen Sie die Hosen aus. Das ist nur ein Gersönchen. Die Hosen aus. Sie haben Glück gehabt. Ein halber Mann ist besser als gar keiner. Lore meint das auch. Meine unwiderstehliche Loreley. Ihr Vater ist ein Fleischermeister, wenn er Fieber hat, dann scheißt er. Es ist nun mal so. Burschatz ist ein doofer Name. Ein Blumenstrauß aus Würsten. Otto Wallburg weint. Bleich wie ein Gespenst. Ich bin dein Nachtgespenst, dein süßes Nachtgespenst. Wir müssen auf Zehenspitzen gehen. Ich weck dich, wenn du pennst. Hinter der Bühne geht man auf Zehenspitzen. Die Vorstellung nicht stören. Die Probe nicht stören. Den Unterricht nicht stören. Manchmal brechen sie sich dabei die Nase. Sie ist krumm und warum? Weil der Engel Pling gemacht hat. Pling.

Pling. Pling. Sie klingeln an der Tür, aber wir machen nicht auf. Es ist niemand zu Hause. Niemand. Ich bin niemand. Alle Juden haben den zweiten Vornamen Niemand zu tragen. Niemand hat den zweiten Vornamen Judski zu tragen. Ich heiße Gerron. Leider Bagagedienst. Leider leider Hungerleider. Erst kommt das Fressen, und dann kommt der Choral. Großer Gott, wir loben dich. Der Bart ist angeklebt. Ich trug ihn schon so, bevor dieser Herr berühmt wurde. Shakespeare habe ich nie gespielt. Eigentlich heißt er Kohn kohner am kohnsten. Der Kohner bringt mich nach Amerika. Sie warten dort auf mich. Die Veendam fährt ab Rotterdam. Holland-Amerika Lijn. Bequeme Kabinen. Sehr bequem. Dort kann man schlafen. Schlafen. Schlafen.

Schlafen.

Isolierstation ist eigentlich ein sehr schönes Wort.

Isolierstation.

Wir sind acht Mann. Ich habe dreimal gezählt und komme jedes Mal auf dasselbe Ergebnis. Mein Verstand fährt nicht mehr Karussell. Pritschen für zwanzig. Acht Männer. Es werden nicht viele aus der Isolierstation entlassen. Ich habe Glück gehabt. Wieder einmal. Ich bin nicht mehr krank, aber auch noch nicht gesund.

Einer der Männer summt die ganze Zeit vor sich hin. Ich kenne die Melodie, aber ich kann mich nicht an den Text erinnern. Er schläfert mich ein.

Ich schlafe viel. «Ihr Körper braucht Erholung», sagt Dr. Springer. Er hat sich verändert. Manchmal hört er mitten im Satz auf zu reden, und wenn er wieder anfängt, ist er bei einem ganz anderen Thema. Ein Filmriss, schlecht geklebt.

Kein guter Film. Aber es steht nichts anderes auf dem Programm.

Olga hat ihm einen Brief mitgegeben. Ich lese ihn immer wieder. *Du musst ganz gesund werden, damit wir an unserem Hochzeitstag Spiegeleier essen können.* Am 16. April. Ein Datum, so weit weg wie der Mond. *Ich liebe dich*, schreibt Olga.

Ich liebe dich auch.

Ein liniertes Blatt. Auf der Rückseite tschechische Sprachübungen. *Jak se máš? Jak se máte? Jak se jmenuješ? Jak se jmenujete?* Es bedeutet etwas, aber ich verstehe es nicht.

Abendstille überall. So heißt das Lied. Mama hat das gesungen, wenn ich einschlafen sollte. «Es ist ein Kanon», hat sie gesagt und nicht verstanden, warum mir das Angst machte. Ich dachte an Kanonen.

Nur am Bach die Nachtigall.

Ich habe nie gelernt, Noten zu lesen. Aber ich kann jede Melodie nachsingen, die man mir vorspielt. Jede. Der Mann summt immer noch. Ich setze im richtigen Moment ein und singe die Melodie verschoben weiter. Wir sind ein Chor. Die Tenöre hatten Typhus, und die Bässe hatten Ruhr.

Singt ihre Weise klagend und leise durch das Tal.

Ein Schlaflied.

Schlaf.

Schlaf.

Etwas stößt mich in die Rippen. Ich schrecke auf. Haindl steht vor meiner Pritsche. Einen Gummiknüppel in der Hand. Haindl und ein zweiter SS-Mann. Der junge mit dem pickligen Gesicht. Der mich damals ins Kasino in der Kommandantur gebracht hat. Weil ich mir ein Bild ansehen sollte.

Haindl ist hinterhältig. Er liebt Kontrollen, weil er dabei Fehler findet. Er liebt Fehler, weil sie ihm Grund zum Strafen geben. Er liebt Strafen. Dr. Springer hat mir erzählt, dass er immer mal wieder in der Krankenstation auftaucht. Auf der Suche nach Drückebergern. Was immer er darunter versteht.

Ich habe mich bloßgestrampelt. Seit ich kein Fieber mehr habe, ist mir jede Decke zu heiß. Als mein Körper überhitzt war, habe ich gefroren. Ich liege da, das Nachthemd bis zur Brust hochgerollt, und vor meiner Pritsche steht Haindl.

Und lacht.

Lacht.

«Aufstehen!», kommandiert er.

Die Wände drehen sich, aber ich stehe. Versuche Haltung anzunehmen. Die Hände an der Hosennaht. Ich habe keine Hosen an.

Haindl schiebt mein Nachthemd in die Höhe. Bis über die Schenkel. Bis über den Bauch. «Festhalten!», sagt er.

Er geht vor mir in die Hocke. Wie der Junge in Kriescht damals. In Nesselkappe. Der Junge mit dem grauen Pullover. Mit seinem Knüppel hebt er mein Glied an. Nicht grob. Sorgfältig.

Hebt mein Glied an und lacht.

«Schau dir das an!», sagt er zu dem andern. Und auch der geht in die Hocke. Ganz nahe vor mir.

«Der Mann hat keine Eier», sagt Haindl. Sagt es laut. Jeder im Saal kann es hören. «Keine Eier!» Er kann sich überhaupt nicht beruhigen.

«Ein Gersönchen!», hat der Junge in Nesselkappe gesagt. Und seine Kumpel haben gelacht.

Jetzt lacht auch der Pickelkopf. Jetzt lachen beide. Jetzt lachen alle.

Über mich.

Keine Eier. Keine Eier. Keine Eier.

Ich möchte tot sein.

870. Totale. Vorstellung von Brundibár. Der Leierkastenmann tritt auf.

Es ist Hitler, aber die SS hat es nicht gemerkt.

875. 876. 877. Gruppen von begeisterten Kindern.

878. Groß. Der Leierkastenmann singt.

Das Tippen geht schon besser. Man kann alles lernen. Nur länger als eine halbe Stunde kann ich nicht arbeiten. Dann muss ich eine Pause machen. Aber wenn sie den Schnittplan haben wollen, wird der Schnittplan bereit sein. Wenn sie den Gerron haben wollen, wird der Gerron bereit sein. Mir kann niemand etwas vorwerfen. Ich war krank.

890. Nah. Die Bühne. Das Finale.

893. Ende des Stückes. Applaus. Verbeugen.

«Hände waschen!», ruft die Frau am Latrineneingang. Sie hat eine unangenehme Stimme. «Hände waschen!» Turkavka ist auf Transport gegangen. Jetzt ist er endgültig kein Professor mehr.

Ich muss weiterarbeiten.

Muss.

960. Bühnensaal. Vorstellung von «In mitt'n Weg». Der Rabbi sitzt am Tisch.

Mendel Wajskop hieß der Schauspieler. Ein Schmierant, aber wirkungsvoll. Auch abgewandert. Auf Transport gegangen. Nach Auschwitz verschickt.

970. Totale von oben. Die Juden gehen zum Tanz.

971. Halbnah. Der Tanz beginnt.

972. Näher. Die ersten Schritte.

973. Groß. Der Tanz.

974. Groß. Kamera in der Mitte. Sie drehen sich um die Kamera.

Eine effektvolle Einstellung. Ich bin ein guter Regisseur.

Mir ist schwindlig.

985. Nah. Der Rabbi schwankt und wird zum Tisch geführt.

989. Sehr nah. Im Vordergrund die beiden brennenden Kerzen. In der Mitte der Rabbi bis zu dem Augenblick, wo er stirbt.

990. Totale. Der Saal applaudiert.

Ich muss mich hinlegen.

Olga ist hier gewesen und wieder weggegangen. Sie hat mir eine Kartoffel gebracht. Sie hat mir nicht gesagt, wo sie sie her hat. Eine ganze Kartoffel.

«Man soll die Schale nicht essen», sagt Dr. Springer. Man kann sich eine Vergiftung holen. Ich esse die Schale als erstes. Das habe ich als Kind schon so gehalten. Zuerst das ungeliebte Rotkraut und dann erst das Stückchen Gänsebrust. Die fettige Haut knusprig geröstet, und …

Ah.

Pawlow heißt der Professor. Er läutet eine Glocke, und die Hunde sabbern.

Die Kartoffelschale schmeckt bitter. «Sie müssen jetzt auf Ihre Ernährung achten», hat Dr. Springer gesagt. Und gewartet, ob ich den Witz auch verstehe. Nicht jeden Tag Salmmayonnaise, bitte, sondern ab und zu auch ein gedünstetes Täubchen.

Ha ha ha.

Ein bisschen Erde war noch an der Schale. Macht nichts. Auch das füllt den Magen.

Wie nennt man eigentlich das Innere einer Kartoffel? Kartoffelkern? Kartoffelfleisch? Ich schiebe ein kleines Stückchen im Mund hin und her. Lutsche daran. Wenn ich hineinbeiße, kann ich mich nicht mehr halten, das weiß ich. Dann ist die Gier stärker als ich. Der mehlige Brei wird im Mund süß. *Kartoffel* ist ein falsches Wort. Viel zu bäuerisch klumpfüßig. *Toffel.* Eine solche Köstlichkeit müsste einen eleganteren Namen haben. *Aardappel* klingt schon besser.

Nur noch ein winziges Stück. Den Rest spare ich mir auf. Zuerst wird gearbeitet.

1089. Totale. Der Schrebergarten von oben aufgenommen.

1093. Nah. Ein Mann begießt Tomaten.

1096. Nah. Eine Frau zieht eine Rübe aus dem Beet.

Ich habe die Kartoffel doch aufgefressen. Konnte nicht widerstehen. Ich rede mir ein, dass es meine Belohnung war. Der Schnittplan ist fertig. Beinahe fertig. Nur noch die letzten Einstellungen. Lauter große Totalen, ineinander übergehend. Die letzten Akkorde einer Symphonie.

1145. Blick durch die Stadt auf den Kirchturm.

1146. Blick durch die Stadt auf den Kirchturm.

1147. Blick durch die Stadt auf den Kirchturm.

Wir leben in einem wunderschönen Ort. Es ist alles nur eine Frage der Kameraposition. Des richtigen Ausschnitts.

1148. *Totale. Großes Panorama vom Kirchturm aus über Theresienstadt.*

Langsam abblenden.

Ich sitze auf den Stufen vor der Hamburger Kaserne und versuche mich zu wärmen. Vergeblich. Der September geht zu Ende, und die Kraft der Sonne lässt nach.

Man weiß immer noch nicht, wie es mit dem Film weitergehen wird. Der Aufschub ist mir recht. Mit jedem Tag habe ich die Chance, mich zu erholen.

Ich warte auf Olga. Manchmal, wenn sie bei den Dänen saubergemacht hat, bringt sie etwas zu essen mit. Oder, noch nahrhafter, eine Information vom Kriegsgeschehen. Die Dänen müssen irgendwo ein Radio versteckt haben. Bis jetzt hat sich alles bestätigt, was man von dort hörte. Gestern hat Olga berichtet, dass englische Fallschirmtruppen in Arnheim gelandet sind. Dann sind sie vielleicht auch in Ellecom. Und der kleine Korbinian ist Kriegsgefangener. Oder tot.

Nein. Das wäre zu einfach. Er muss vor Gericht gestellt werden. Sie müssen alle vor Gericht gestellt werden.

Alle.

Der falsche Rabbi kommt die Straße entlang. Er redet auf die Leute ein, wie immer, und sie hören ihm nicht zu, wie immer. Weichen ihm aus. Schwarze Streifen hat er auf sein Leintuch gemalt, aber es sieht trotzdem nicht aus wie ein Gebetsmantel. Bei einer ersten Probe bindet man sich so etwas um, wenn zum Kostüm eine Schleppe gehört. Er steuert auf mich zu. Ich kann ihm nicht ausweichen. Ich bin mit Olga verabredet.

Er zieht sich das Leintuch über den Kopf und streckt die Hände in meine Richtung aus. Singt etwas. Mit einer hohen, künstlichen Stimme. Das ist seine Art, die Menschen zu segnen, hat mir jemand erklärt.

Er ist verrückt. Vollkommen verrückt. Experimentiert mit der Religion, obwohl Theresienstadt der beste Beweis dafür ist, dass es keinen Gott gibt. Oder dass er sich für die Welt nicht mehr interessiert, die er da geschaffen hat.

«Morgen ist Versöhnungstag», sagt der Rabbi. «Wussten Sie das? Morgen werden wir es erfahren.»

Ich will nicht mit ihm reden, aber es liegt mir im Blut, auf Stichworte zu reagieren. «Was werden wir erfahren?», frage ich.

«Alles», sagt er. «Morgen wird es besiegelt. Zehn Tage nach dem Neujahrsfest.» Er hat all die klugen Abhandlungen gelesen, in denen sie sich die Welt mit dem lieben Gott und den lieben Gott mit der Welt erklären. Seine Wissenschaft hat ihm nicht geholfen. Jetzt sucht er sein Heil im Hokuspokus. «Drei Bücher werden an Neujahr geöffnet», sagt er und hat wieder diese hohe Singsangstimme. «Das eine für die Sünder, das zweite für die Gerechten und das dritte für die Durchschnittlichen. Das Buch der Gerechten ist das Buch des Lebens. Dort werden sie eingeschrieben und besiegelt. Das Buch der Sünder ist das Buch des Todes. Eingeschrieben und besiegelt. Das Buch der Durchschnittlichen bleibt leer. Zehn Tage bleibt es noch leer. Die letzte Chance, zu bereuen. Wer es tut, kommt ins Buch des Lebens. Wer nicht zu Gott zurückfindet, kommt ins Buch des Todes. Morgen werden wir es wissen.»

«Was ist mit all den Leuten, die auf Transport gegangen sind?», frage ich. «Hat keiner von ihnen etwas bereut?»

Ich kann der Versuchung nicht widerstehen, mit ihm zu diskutieren. Obwohl es keinen Sinn macht. Es geht mir wie dem alten Turkavka: Solang ich mein Gehirn in Gang setzen kann, habe ich noch eins.

«Ich habe bereut und bin noch da», sagt er. «Meine Brüder haben sie abgeholt. Aber ich bin noch da.»

«Eingesperrt», sage ich.

«Ich kann jederzeit hinausgehen. Das Tor steht offen.»

«Man erschießt Sie, wenn Sie es versuchen.»

«Nur wenn Gott es so beschlossen hat. Nur wenn ich im Buch des Todes eingeschrieben bin. Eingeschrieben und besiegelt. Wenn ich im Buch des Lebens stehe, kann mich keine Kugel treffen.»

Plemplem, aber logisch. Er war einmal Wissenschaftler, und das steckt immer noch in ihm drin.

«Dann gibt es also nur Leben oder Tod?», frage ich. «Nichts dazwischen?»

«Es gibt die Hölle», sagt er. «Aber nur für die ganz Schlechten dauert sie ewig. Für die Durchschnittlichen ...» Er schließt die Augen und schaukelt hin und her. «Nach zwölf Monaten», singt er, «werden die Körper zerstört und die Seelen verbrannt. Der Wind streut ihre Asche unter die Füße der Frommen.»

Ein SS-Mann nähert sich. Der falsche Rabbi verliert das Interesse an mir und eilt auf ihn zu. «Morgen werden wir es erfahren», sagt er. «Morgen am Versöhnungstag.» Er bekommt einen Schlag ins Gesicht und fällt hin. Auf allen Vieren kriecht er hinter dem Uniformierten her. «Morgen», wiederholt er immer wieder. «Morgen ist der Tag.»

«Was sprichst du mit dem Mann?», fragt Olga. Ich habe sie nicht kommen sehen. «Weißt du nicht, dass er verrückt ist?»

«Vielleicht sind das die einzig Vernünftigen.»

«Du solltest nicht philosophieren», sagt sie. «Davon wirst du nicht satt.»

Sie hat nichts zu essen mitgebracht. Die Dänen waren heute nicht freigiebig.

Der falsche Rabbi ist ein Prophet. Am Versöhnungstag haben sie Eppstein verhaftet. Den mächtigsten Juden in Theresienstadt. Haben ihn in die Kleine Festung gebracht und gestern erschossen. Eingeschrieben ins Buch des Todes.

Wegen Fluchtversuchs, sagen sie. Was natürlich Unsinn ist. Man kann aus Theresienstadt nicht weglaufen. Und selbst wenn – niemand hätte weniger Grund dazu gehabt als Eppstein. Ihm ging es doch gut. Mit seiner Wohnung und den Spritzen, die er von Dr. Springer bekam.

Ihm ging es doch gut.

Rahm hat Murmelstein zum Nachfolger ernannt. Der König ist tot, es lebe der König. Es weiß noch niemand, wie er sein Amt ausüben wird. Ob man ihn bestechen kann und womit. Die alten Schuldscheine sind verfallen. Die sorgfältig aufgebauten Beziehungen haben ihren Wert verloren. Bankguthaben in der Inflation. *Teilen wir Ihnen mit, dass Ihr Konto wegen Geringfügigkeit aufgelöst werden musste.*

Olga meint, ich soll mich bei Murmelstein melden lassen. Ihn fragen, ob er etwas über den Film weiß. Aber zu ihm wollen jetzt alle. Ein neuer Intendant hat das Theater übernommen, und die Schauspieler stehen vor seinem Büro Schlange. Es gibt neue Rollen zu verteilen. Neue Pöstchen.

Ich gehe nicht hin. Was mich betrifft, wird schon am schwarzen Brett stehen.

Ich habe nicht die Kraft, etwas zu unternehmen. Ich schlafe schlecht und wache noch schlechter auf. Meine Träume verschütten mich. Jeden Tag wird es schwieriger, mich aus ihnen herauszugraben. Die Überreste der Albträume in meinem Mund wie ein fauliger Geschmack. Ich habe Dr. Springer gefragt, ob er ein Mittel dagegen weiß, und er hat geantwortet: «Ich kenne nur eines.» Er meint das Gift, das er für sich hortet. Er hebt sich die Möglichkeit zum Selbstmord auf, wie ich mir als Kind das letzte Stück Braten. Damit man doch immer noch etwas Angenehmes vor sich hat.

Mir würde er das Mittel auch besorgen, aber ich werde ihn nicht darum bitten. Wenn es so weit ist, stirbt man auch so.

Bis ich mich endlich aus dem Bett gequält habe, ist Olga immer schon bei der Arbeit. Sie magert jeden Tag mehr ab. Und bringt noch die Energie auf, Witze darüber zu machen. «Ich sehe aus wie mein eigenes Röntgenbild», hat sie vor ein paar Tagen gesagt.

Ich bin alt geworden. Siebenundvierzig Jahre und ein alter Mann. Der Weg zur Latrine wird jeden Tag länger. Schon zweimal bin ich über die fehlende Treppenstufe gestolpert.

Die Frau, die jetzt die Wassertonne bewacht, sagt ihr «Hände waschen!» so herausfordernd, als ob sie hofft, dass ihr jemand widerspricht. Damit sie sich streiten kann.

Ich habe den ganzen Tag nichts zu tun. Früher hätte mich das gestört. Es stört mich nicht mehr.

Die Schreibmaschine haben sie wieder abgeholt. Ich kann am Schnittplan nichts mehr ändern. Aber mein Vorschlag ist gut. Ich glaube, dass er gut ist. Ich hoffe es. Ich verstehe nichts mehr davon. Ich verstehe von nichts mehr etwas.

Den Plan habe ich sorgfältig in der unteren Margarinekiste verstaut. Zweiundfünfzig Seiten. Eintausendeinhundertachtundvierzig Einstellungen. Der Packen Papier ist meine Lebensversicherung.

Ich weiß nicht, warum es mit dem Film nicht weitergeht. Vielleicht haben sie einfach andere Sorgen. Der Krieg läuft nicht gut für sie. 1914 hat Papa eine Landkarte gekauft und den Frontverlauf mit farbigen Stecknadeln markiert. Die Karte, die er jetzt brauchen würde, wird immer kleiner.

Die Tage sind grau. Am Nebel merkt man, dass Theresienstadt nah an der Eger liegt. Ich friere ständig, obwohl ich kein Fieber mehr habe. Mein inneres Thermometer ist defekt. Alles an mir geht aus dem Leim. Ich löse mich auf.

Bei der Essensausgabe werden die Portionen immer kleiner. Es heißt, es gibt Transportschwierigkeiten. Sogar die SS, erzählt man sich, hat einmal zwei Tage kein frisches Brot bekommen.

Die Dänen hungern jetzt auch, sagt Olga. Es kommen keine Pakete mehr an. Oder sie werden gleich bei der Ankunft gestohlen. Geschleust.

Olga will, dass ich mich bewege. Mindestens einmal am Tag soll ich einen Rundgang machen. Von der Geniekaserne zur Geniekaserne. Aber der Weg ist so unendlich weit. Theresienstadt ist zu groß für mich geworden. Am liebsten würde ich unser Kumbal überhaupt nicht verlassen. Mein Bett nicht verlassen.

Ich denke jetzt viel an Großpapa. Wie er unter seiner Decke lag, und ich musste meine erste Zigarre für ihn rauchen. Wie er lachte, als ich kotzen musste. Wie er noch ein letztes Mal gelacht hat. Manchmal scheint mir, dass ich ihn reden höre. Ich habe seine Stimme nicht vergessen. Seine Stimme nicht und nicht die Geschichten, die sie mir erzählt.

Großpapa machte jeden Tag seinen Mittagsschlaf. Wenn ich bei ihm zu Besuch war, kannte ich nichts Schöneres, als zu ihm ins Bett zu kriechen. Mama und Papa hätten mir das nie erlaubt.

Er roch nach Zigarrenrauch und nach dem Gläschen Schnaps, das er sich nach jedem Essen genehmigte. «Zur Verdauung», sagte er.

Trank es auf einen Zug aus und schüttelte sich. Viele Jahre habe ich geglaubt, es sei eine Medizin, die ganz scheußlich schmecke.

Er schlief auf der Seite und legte dabei seinen Arm über mich. Ich habe mich nie wieder so beschützt gefühlt. An seiner Hand waren zwei Finger gelb verfärbt. Das kam von den Zigarren. Mir hat er erzählt, er habe einmal einem Chinesen die Hand geschüttelt. Ich wusste, dass seine Geschichten nur erfunden waren, aber ich habe sie alle geglaubt.

Ich bin immer wach geblieben, während er schlief. Auch wenn ich müde war. Die Zeit war zu schön, um sie mit Schlafen zu verschwenden.

Das Aufwachen begann bei Großpapa mit Husten. Auch das kam von den Zigarren. Er öffnete die Augen nicht gleich, sondern tastete an mir herum und sagte: «Wer hat denn diesen jungen Hund neben mich gelegt?» Oder: «Hab ich doch tatsächlich meinen Regenschirm mit ins Bett genommen.» Ich versicherte ihm dann – das war unser Spiel, und wir genossen es beide –, dass ich kein Hund sei und kein Regenschirm, sondern Kurt, sein Enkel Kurt. Und er wollte es nicht glauben. Es war der erste Dialog, den ich in meinem Leben einstudierte, und er endete immer mit demselben Text. «Du kannst gar nicht mein Enkel Kurt sein», sagte Großpapa. «Sonst hättest du mich schon lang um eine Geschichte gebeten.» Und ich: «Eine Geschichte, Großpapa! Bitte, bitte, eine Geschichte!»

Dann drehte er sich auf den Rücken, ich kuschelte mich in seinen ausgestreckten Arm, und er begann zu erzählen. Am liebsten hörte ich Geschichten von Riesen. Wo doch auch Großpapa heimlich einer war.

Eine dieser Geschichten ging so:

«Es war einmal ein Riese, der war groß und stark und dumm. So groß, dass er auf alle andern hinabsah. So stark, dass er sich selber am Kragen packen und in die Luft heben konnte. So dumm, dass er glaubte, es müssten ihn alle Menschen gern haben. Weil er doch so ein netter Riese war.»

«War er ein netter Riese?»

«Manchmal war er nett, und manchmal war er unausstehlich.

Manchmal hatten ihn die Menschen gern und manchmal auch wieder nicht. Das bleibt nicht immer gleich. Nur einer war da, ein Zauberer, der mochte überhaupt keine Riesen. Am Morgen nicht, am Mittag nicht, und am Abend schon gar nicht. Niemand wusste warum. Es war ihm nie ein Riese auf den Fuß getreten. Es hatte ihm nie einer den Kessel umgestoßen, in dem er seine Zaubertränke braute. Er mochte die Riesen einfach nicht. Solche Dinge kommen manchmal vor. Es ist nicht einfach, Riese zu sein.»

«Darum nimmst du jeden Tag deine Schrumpfpillen.»

«Genau», sagte Großpapa und erzählte weiter. «Eines Tages machte der Zauberer dem Riesen ein Geschenk.»

«Wieso?», fragte ich. «Wenn er ihn doch nicht mochte.»

«Es war ja auch kein nettes Geschenk», sagte Großpapa. «Es sah nur so aus. Es war ein Orden, mit Gold und Silber und Diamanten verziert. Und auf dem Orden stand: *Ich bin ein Riese.* ‹Den sollst du jetzt immer tragen›, sagte der Zauberer. ‹Damit die Leute dich erkennen.› Der Riese freute sich über das Geschenk und befestigte den Orden sofort an seinem Jackett. Es sah wirklich sehr schön aus. Aber …»

Er machte eine Pause. Wenn wir nicht im Bett gelegen hätten, würde er an seiner Zigarre gezogen haben.

«Aber», erzählte er weiter, «der Orden war verzaubert. Drei Tage in Zaubersuppe gekocht und dreimal mit Zaubersalz bestreut. Wer ihn trug – das war die Gemeinheit, die sich der Zauberer ausgedacht hatte –, der wurde jeden Tag ein ganz, ganz kleines bisschen kleiner. Und genau das geschah mit dem Riesen.»

«Wieso hat er den Orden nicht wieder abgenommen?»

«Das war ein Teil des Zaubers», sagte Großpapa. «Der Riese merkte nicht, dass er immer kleiner wurde. Er hielt sich immer noch für den größten Riesen der Welt. Auch als er den Häusern nicht mehr aufs Dach schauen konnte. Nicht einmal in die Fenster der ersten Etage konnte er mehr sehen, und dann auch nicht mehr in die vom Erdgeschoss. Er wurde kleiner und kleiner und merkte es nicht. Irgendwann waren die Blumen größer als er und dann auch die Gräser. Der kleinste Kieselstein war ein Berg. Als nur noch ein ganz, ganz winziges Pünktchen von ihm übrig war, da stand der Zauberer auf ihn drauf und schmierte ihn in den Boden hinein. Wischte sich die Schuhsohlen an einem Büschel Gras sauber. Jetzt gab es den Riesen nicht mehr. Nur sein Orden lag noch da. Aber der Schriftzug hatte sich verändert, das gehörte auch zu dem Zauber. Jetzt stand darauf: *Ich war einmal ein Riese.*»

«Das ist keine schöne Geschichte», sagte ich.

Ich weiß nicht mehr, was Großpapa damals geantwortet hat. Ich weiß, was er mir hätte antworten können. «Nein, es ist keine schöne Geschichte», hätte er sagen können. «Aber es ist deine.»

Seit heute hängen überall Plakate. Eine Bekanntmachung von Murmelstein. Disziplin, schreibt er, ist jetzt das Wichtigste. Gerade in schwierigen Zeiten. Ruhe und Ordnung. Wir müssen alle Opfer bringen für die Gemeinschaft. Schreibt er.

Sein Vorgänger Eppstein – kaum verschwunden und schon fast vergessen – hat seine Ermahnungen nicht anders formuliert. Aber er hat sie nie auf Plakate drucken und an die Wände kleben lassen. Dass Murmelstein das für nötig hält, kann nichts Gutes bedeuten. Nicht in Theresienstadt, wo noch jede Veränderung eine Wende zum Schlechteren bedeutet hat. Zum noch Schlechteren.

Man munkelt, dass die Transporte wieder losgehen sollen. In ganz großem Stil. Fünftausend Leute müssen weg, sagen die einen. Nein, sagen die andern, zehntausend. Mindestens. Überbieten sich gegenseitig. Der größere Horror schlägt den kleineren. Jede Schreckensphantasie wird geglaubt. In der ersten Schulklasse spielten wir einmal ein Spiel, in dem hatte gewonnen, wer sich die größte Zahl ausdenken konnte. Millionen, Milliarden, Billionen haben wir uns um die Ohren gehauen. Ohne eine Vorstellung davon zu haben, was diese Worte bedeuteten. Bestimmt zwei Wochen lang haben wir das in jeder Pause gespielt. Bis eines Tages einer mit einem Papierstreifen in die Schule kam, den hatte er sich mit Hilfe seiner Eltern zu Hause zusammengeklebt und mit einer endlosen Reihe von Ziffern beschriftet. Selbst Herr Olze, unser Klassenlehrer, konnte die Zahl nicht lesen. Da war das Spiel zu Ende. Mit den Gerüchten über die geplanten Deportationen geht es so ähnlich. Fünfzehntausend, hat heute jemand gesagt. Die JMA macht Überstunden.

Noch etwas anderes gibt zu endlosen Spekulationen Anlass: Alle Vorstellungen im Ghetto sind abgesagt. Keine Konzerte, kein Theater. Das *Karussell* dreht sich nicht mehr. Die Alleswisser erklären das so: Nach den neuen Transporten wird kein Ensemble mehr vollständig sein. Selbst die Zweitbesetzungen werden fehlen. Aber das muss nicht stimmen. Vielleicht hat das Verbot gar nichts mit Theresienstadt zu tun. Auch im Reich haben sie die Theater geschlossen. Das hat Olga von den Dänen mitgebracht. Die Schauspieler gehen alle an die Front, wurde gesagt. Was wohl bedeutet: Sie lassen sich in Uniformen photographieren. In maßgeschneiderten Uniformen. Ich kenne meine Kollegen.

Wir sind im letzten Akt. Daran gibt es keinen Zweifel. *Der Rest ist Schweigen.*

Filme werden im Reich weiterhin gedreht, das weiß ich aus derselben Meldung. Es lässt mich hoffen. Wenn Theresienstadt geleert wird, werden sie meinen Film erst recht brauchen. Um der Welt zu beweisen, dass wir alle noch da sind.

Die SS-Leute, auch das fällt auf, gehen nur noch zu zweit durchs Ghetto. Eine neue Vorschrift. Ob sie Widerstand erwarten? Widerstand gegen was? Von wem? Wir sind ausgehungert und entkräftet. Und selbst wenn ... Um uns zu besiegen, müssten sie keine Waffen einsetzen. Kein Giftgas. Der Duft von frisch gebackenem Brot würde genügen. Wir würden ihm folgen wie Hameler Ratten.

Denn die Brotstücke werden immer kleiner und die Suppen immer dünner. «Den Deutschen gehen die Vorräte aus», sagen die einen. Die andern erklären sich den Mangel so: «Die Buchführung war schneller als die Tatsachen. In ihren Plänen sind wir schon fünftausend Mäuler weniger.» Oder zehntausend. Oder fünfzehntausend. «Ihr werdet schon sehen», sagen sie.

Wir werden schon sehen.

Man hört auch plötzlich neue Gerüchte über die Zustände in

Auschwitz. Gruselgeschichten, die ich nicht glauben kann. Nicht glauben will. Auch wenn die Leute schwören, dass die Information direkt von Murmelstein kommt. An dem Tag, an dem ihn Rahm zum Judenältesten gemacht hat, soll er gesagt haben: «Nun bin also ich derjenige, der die Menschen in den Tod schickt.» Jeder will es aus absolut zuverlässiger Quelle haben, von jemandem, der selber dabei war oder doch einen kennt, der ganz bestimmt weiß ... Egal. Angst hat Phantasie schon immer beflügelt. Natürlich sind die Nazis Verbrecher, aber für so einen Massenmord würden sie niemals genügend Komplizen finden. Es wird auf Arbeit unter unmenschlichen Bedingungen hinauslaufen, und natürlich werden das nicht alle überleben. Das ist schlimm genug, ohne dass wir uns noch Schlimmeres ausdenken. Was sich die Leute erzählen, wäre schon rein organisatorisch nicht möglich. Dafür sind viel zu viele Leute deportiert worden.

Ich arbeite seit Tagen daran, eine Liste der Menschen aufzustellen, die ich in Westerbork und Theresienstadt gekannt habe und die nach Auschwitz geschickt worden sind. Bevor man die Schreibmaschine und das Papier bei mir abgeholt hat, habe ich heimlich ein paar leere Blätter zwischen den Seiten des Schnittplans versteckt. Habe sie geschleust. Papier ist kostbar. Ich schreibe meine Liste in ganz kleinen Buchstaben, aber es wird ein Blatt nach dem anderen voll. Vorderseite und Rückseite. So viele können gar nicht tot sein.

Oder doch?

Olga meint, ich solle das lassen. «Es ist makaber», sagt sie. Also passend für unsere Situation. Seit sie mich einmal in ein Konzert mitgeschleppt hat, weiß ich, was *Danse macabre* bedeutet.

Nein.

Nein. Nein.

Doch.

Ich habe meine Einberufung bekommen. Den Text für meine letzte Szene. Auf einem schmalen Streifen Papier.

Wir haben Ihnen hierdurch mitzuteilen, dass Sie in den Transport eingereiht wurden.

Hierdurch. Amtssprache.

Haben mitzuteilen. Wir sind es nicht selber. Wir führen nur aus. Von einer anonymen Macht gezwungen. *Er sitzt da mit seiner Gigantenschere und schneidet.* Wir haben nur mitzuteilen. Sie haben nur zu gehorchen. *Dass Sie in den Transport eingereiht wurden.* Imperfekt. Vergangenheit. Es ist schon passiert und lässt sich nicht mehr ändern. Pech gehabt. Und: *Eingereiht.* Ein Militärwort. Das letzte Mal habe ich es im Atelier gehört. Eine neue Tänzerin wurde bei den Girls eingereiht. Jetzt darf auch Kurt Gerron die Beine schwingen.

Sie haben sich zur Abfertigung pünktlich am Sammelplatz Lange Straße 5 einzufinden.

Es gibt keine Lange Straße. Das ist ein Blendwort, das sie für die Stadtverschönerung eingeführt haben. L 3 heißt das. *Sie haben sich in L 3-05 einzufinden.* In der Hamburger Kaserne. In der Schleuse. *Zur Abfertigung.* In einem Revuesketch hatte ich mal den Satz: *Ich bin mir auf dem Amt vorgekommen wie ein Eilpaket, so schnell hat man mich abgefertigt.*

Nach Erhalt dieser Einberufung müssen Sie sofort Ihr Gepäck vorbereiten. Ich werde mich vor meinen Kleiderschrank stellen und zwischen meinen zwanzig Anzügen eine Auswahl treffen. Ob ich die seidenen Hemden einpacke oder doch lieber die gestickten.

Gepäck darf nur in einem der Arbeit entsprechenden möglichst beschränkten Umfang mitgenommen werden.

Welche Arbeit? Was arbeitet man in Auschwitz? Ja, ich weiß, wo es hingeht, auch wenn sie den Namen nicht erwähnen. Den erwähnen sie nie. So wie es ja auch keine Deportation ist, zu der sie mich einberufen. Nur die *Verbringung in ein anderes Versorgungsghetto.*

Versorgungsghetto. Wer neue Worte erfindet, will lügen.

… in einem der Arbeit entsprechenden möglichst beschränkten Umfang …

Ich kann meinen Umfang nicht noch mehr beschränken. Ich

schwimme jetzt schon in meinen Hosen. Als ob sie für zwei Gerrons gemacht wären.

Nur persönlich tragbares Handgepäck, mit Wäsche, Decken usw.

Meine Decke haben sie mir gestohlen, als ich in Theresienstadt ankam. Eine Daunendecke, in die man sich herrlich einkuscheln konnte. Die einen gewärmt hat. Jetzt habe ich nur noch meine Mehlsäcke. *Schleussenmühle.* Soll ich sie einpacken, oder ist das Diebstahl staatlichen Eigentums? Vielleicht sogar Sabotage? Aber womit wollen sie mich bestrafen? Mit Transport?

Nach dem, was man sich neuerdings von Auschwitz erzählt, muss es angenehmer sein, in der Kleinen Festung erschossen zu werden.

Persönlich tragbares Handgepäck. Mit der Transportnummer beschriftet. Ein Fall für den Bagageleider. Mein Drehbuchschreiber amüsiert sich.

Das Gepäck muss von Ihnen persönlich in die Schleuse mitgebracht werden. Und ich wollte mir doch einen Dienstmann bestellen. Hübsch uniformiert. Wollte meinem Butler sagen, dass er mir am Anhalter Bahnhof einen besorgt.

Marschgepäck, Arschgepäck. Widerstand hat keinen Zweck.

Zur Vermeidung behördlicher Maßnahmen ist pünktliches Erscheinen unbedingt erforderlich.

Das hat Murmelstein gemeint, als er von Disziplin schrieb. Ruhe und Ordnung. *Pünktliches Erscheinen.* Der Fahrplan darf nicht durcheinandergebracht werden.

Eine neue Nummer habe ich bekommen. Ich bin jetzt nicht mehr XXIV/4-247. Das war ich bei der Ankunft. Jetzt bin ich XXXI/621. Man hat mich befördert.

Man wird mich befördern.

XXXI/621. Der sechshunderteinundzwanzigste im einunddreißigsten Transport. Keine hohe Nummer, mit der man nur Reserve wäre. Nur mitfahren müsste, wenn andere ausfallen. Mit 621 ist man dabei.

Ein Nummernschild aus Pappe haben sie mitgeliefert. Ein Stück

Schnur, damit ich es mir um den Hals hängen kann. Ich gehöre jetzt zu den *Numerierten*. Zu den Leuten, deren Zahl gezogen wurde. Zu den Lotteriegewinnern.

Ich werde keine Reklamation eingeben. Werde hingehen und einsteigen. Wenn ich mich wehre, könnten sie merken, dass Olga keine Einberufung bekommen hat. Für gewöhnlich werden Ehepaare gemeinsam verschickt. Ich darf sie nicht gefährden. Es ist das Letzte, was ich noch für sie tun kann.

Sie haben Olga nicht vergessen. Haben ihr ihre Einberufung bei der Arbeit zugestellt. Eigens einen Kurier losgeschickt. Die Gerrons scheinen ihnen wichtig zu sein.

Olga ist ins Kumbal zurückgekommen, hat sich auf ihren Stuhl gesetzt und gesagt: «Wir müssen etwas unternehmen.» Es war nicht ihre Stimme. Plattenaufnahmen klingen so.

Sie hat nicht geweint. Oder doch? Ihre Augen waren trocken. Vielleicht waren keine Tränen mehr übrig.

«Wir müssen etwas unternehmen», hat sie gesagt. Ohne Hoffnung. So wie man nach einem Unglücksfall sagt: «Das kann nicht wahr sein.» Und doch weiß, dass es wahr ist.

Ich habe versucht, bei Murmelstein vorgelassen zu werden. Jeder hat versucht, bei Murmelstein vorgelassen zu werden. Er hat mich nicht empfangen. Hat mir ausrichten lassen, dass ein Gespräch keinen Sinn habe. Bei Namen, die direkt von der Kommandantur auf die Liste gesetzt würden, könne der Judenälteste keinen Einfluss nehmen.

Direkt von der Kommandantur? Das ist nicht möglich. Sie müssen etwas falsch verstanden haben im Zentralsekretariat. Der Film ist doch noch gar nicht geschnitten.

Man müsste mit Rahm reden, wenn das möglich wäre. Wenn man einfach hingehen und an seine Tür klopfen könnte. Man müsste mit dem lieben Gott reden, wenn es ihn gäbe. Mit dem Teufel.

Manchmal, das erzählt man sich, kommt Rahm, kurz bevor der Zug eintrifft, in die Schleuse, und wenn man ihn dann anspricht – es soll schon vorgekommen sein –, lässt er den einen oder andern wieder laufen. In letzter Minute. Schickt stattdessen jemanden von der Reserveliste auf die Reise. Einen von denen mit den vierstelligen Nummern. Die sich schon sicher gefühlt haben. Ein Transport besteht aus exakt tausend Menschen. Einen für jedes Jahr ihres Reichs. Sie lieben runde Zahlen.

Rahm braucht mich noch. Ich habe einen Schnittplan vorbereitet, und der Schnittplan ist gut. Ich werde ihn ansprechen, und er wird den Irrtum korrigieren.

Wenn es kein Irrtum ist, werde ich mir Prügel einhandeln.

Egal.

Niemand lässt einen Film unfertig liegen. Hugenberg wollte sogar Peter Lorre nach Berlin zurückholen, nur um weiterdrehen zu können. Sie brauchen mich.

Als ich aus der Magdeburger zurückkomme, sitzt Olga immer noch am selben Platz. Als ob sie sich nicht gerührt hätte. Aber sie trägt jetzt das Pappschild mit ihrer Nummer um den Hals. XXXI/622.

Morgen früh um neun müssen wir dort sein. In der Schleuse. *Pünktliches Erscheinen ist unbedingt erforderlich. Zur Vermeidung behördlicher Maßnahmen.*

Ich werde keinen Koffer packen. Das würde bedeuten, dass ich aufgegeben habe. Die Schleussenmühlen-Decke werde ich auf dem Bett liegen lassen. Wir werden in unser Kumbal zurückkommen. Es kann gar nicht anders sein. Ich bin Kurt Gerron, und der Film muss fertig werden.

Nur mein leeres Zigarrenetui werde ich einstecken. Wegen des Dufts.

Olga fragt nicht, ob ich etwas erreicht habe. Ich hänge mir auch mein Pappschild um und setze mich ihr gegenüber auf die Stabelle. 621 und 622. Wir schauen uns an.

Hinter ihr, auf dem Regal an der Wand, steht die vertrocknete Rose in ihrer Konservendose. Daneben liegt die steinharte Scheibe Brot. Mein Verdienstorden. Vielleicht nehme ich sie mit.

Ein seltsames Gefühl, dass das heute vielleicht unser letzter Tag in diesem Zimmer ist. Dass man nicht weiß, ob wir jemals wieder etwas so Luxuriöses bekommen. Ein Doppelstockbett. Zwei Stühle. Zwei Margarinekisten. VYNIKAJÍCÍ KVALITY.

Unser letzter Tag? Ich darf das nicht einmal denken. Der Irrtum wird sich aufklären. Wir werden zurückkommen. Und dankbar sein für den Geruch der Latrine.

«Ich werde jetzt packen», sagt Olga. Aber sie bleibt sitzen.

Ihre Stachelhaare fangen an grau zu werden. Das ist mir vorher noch nie aufgefallen. Es spielt keine Rolle. Sie ist meine wunderschöne Olga.

XXXI/622.

«Ich liebe dich», möchte ich sagen. Die Worte wollen sich in meinem Mund nicht zusammensetzen. Stattdessen fange ich an zu summen. Sie erkennt die Melodie, und einen Moment lang zieht etwas über ihr Gesicht, das beinahe ein Lächeln geworden wäre. Ein totgeborenes Lächeln.

Wenn die Igel in der Abendstunde still nach ihren Mäusen gehn.

Olga versucht einzustimmen, aber sie schafft es nicht. Dafür kann sie jetzt endlich weinen. Das ist gut. Ich gehe zu ihr und lege meinen Arm um sie.

Anna-Luise, summe ich.

Anna-Luise.

Wir sitzen in der Schleuse und warten auf den Zug. Bis jetzt hat sich Rahm nicht blicken lassen. Niemand von der SS.

Ein großer Saal. Die Fenster nicht vergittert. Man könnte hinausklettern, wenn es ein Ziel für eine Flucht gäbe.

Den Wänden entlang leere Regale. Manche Leute haben ihre Koffer hineingestellt. Von der restlichen Einrichtung ist auf dem Boden eine Straßenkarte aus Spuren übrig geblieben. Hier könnte einmal die Kleiderkammer gewesen sein. Das Gerätelager. Ein Aufbewahrungsort für Verbrauchsmaterial.

Passend.

Sie haben Bänke hineingestellt. Wir sitzen in langen Reihen da.

Warten. Die tausend für den Transport Einbestellten. Und die Reserve. Jeder mit seiner Transportnummer um den Hals. Es wird wenig gesprochen. Es gibt nichts mehr zu sagen. Wer es trotzdem tut, flüstert. Wie bei einer Abdankung, wenn vorn der Sarg steht.

Im Theater kam mir jeder Stückschluss immer zu lang vor. Wenn man weiß, wie es ausgeht, sollte der Vorhang fallen.

Olga und ich haben mehr Platz als die meisten. Es will sich niemand neben uns setzen. Ich bin aussätzig geworden. Der Film hat mich aussätzig gemacht. Weil ich ihn gedreht habe, und die Transporte sind trotzdem wieder losgegangen. Die Leute sehen an mir vorbei. Wie damals im Zug nach Ellecom. Ich bin ihnen peinlich.

Otto Wallburg ist auch hier. Wir haben viel zusammen erlebt. Jetzt hat er sich weit von mir weggesetzt und tut, als ob er mich nicht kennen würde. Ich kann es ihm nicht übelnehmen. Ich möchte mich auch nicht kennen.

Wir wissen nicht, wie lang wir warten müssen. Am Nachmittag machte das Gerücht die Runde, es käme gar kein Zug mehr. Sie könnten nicht mehr fahren. Die Front sei schon zu nahe. Ich glaube nicht daran. Die Züge fahren immer.

Olga hat ihren Kopf an meine Schulter gelegt und die Augen geschlossen. Ich soll glauben, dass sie eingeschlafen ist. Sie will nicht mit mir reden müssen.

Direkt mir gegenüber sitzt ein alter Mann. Mit offenem, zahnlosem Mund. Er bewegt den Kopf hin und her, in einer ständigen hoffnungslosen Verneinung. Hin und her. Ich kann ein Gesicht sehen und mir sofort eine Geschichte dazu ausdenken. Aus einer simplen Körperhaltung einen ganzen Charakter ableiten. Das gehört zu meinem Beruf. Das gehört zu mir.

Dieser Mann: König Lear, fünfter Akt. Der alte Lear vor der Leiche Cordelias. Er hat die Schreckensnachricht bekommen und will sie nicht glauben. Darum schüttelt er den Kopf.

Oder aber: Er ist betrunken. Ein magerer, alt gewordener Falstaff. Sitzt in der Kneipe. Es wird musiziert, und den Takt spürt er in seinem Dusel. Deshalb bewegt er den Kopf hin und her.

Oder ...

Vielleicht ist er gar nicht alt. Nicht älter als ich. Vielleicht hat ihm eine Krankheit die Falten ins Gesicht gezogen. Vielleicht hat ihn der Hunger so mager gemacht. Die Zähne sind ihm nicht ausgefallen, sondern es hat sie ihm einer ausgeschlagen. Nur so aus Spaß, weil er gerade einen Knüppel zur Hand hatte.

Egal.

Auch der falsche Rabbi ist hier. Mit seinem Leintuch um die Schultern. Seinem Gebetsschal. Der einzige mit glücklichem Gesicht. Vorhin hat er sogar getanzt. «Freut euch!», hat er gerufen. «Jubiliert! Bald werdet ihr bei Gott sein.» *Näher mein Gott zu dir.* Das haben sie auf der *Titanic* gespielt. Zuerst haben die Leute versucht, ihn zum Schweigen zu bringen, aber jetzt, wo er angefangen hat zu beten, beten sie überall mit. In dieser Sprache, die sie für heilig halten, weil sie sie nicht verstehen. Ein paar schlagen sich an die Brust. Als ob sie selber schuld an dem wären, was man ihnen antut. Sie reden mit dem lieben Gott, den es nicht gibt. Ein Dialog ohne Partner.

Papa hätte sie ausgelacht. Ich beneide sie.

Heute ist der 28. Oktober 1944. Sein fünfundsiebzigster Geburtstag.

Dr. Springer hat mir angeboten, mich transportunfähig zu schreiben und in der Isolierstation zu verstecken. Wo die SS aus Angst vor Ansteckung nicht hingeht. Das sei aber nur für einen möglich, hat er gesagt. Bei einem Ehepaar würde es auffallen. Für Olga, so leid es ihm tue, wisse er keinen Rat. «Ich habe auch Hertha Ungar nicht retten können», hat er gesagt.

Ich habe mich bei ihm bedankt und das Angebot abgelehnt. Ohne Olga? Was hätte ich davon, hier zu bleiben?

«Wenn ich sonst etwas für Sie tun kann?», hat er gefragt. Ich habe verstanden, was er meinte, aber ich nehme kein Gift. Wenn sie mich umbringen wollen, müssen sie das schon selber erledigen.

Wir warten auf den Zug. Hoffen, dass er nie kommen wird, und sind trotzdem ungeduldig. Der Mensch ist ein seltsames Wesen.

Rahm ist doch noch in die Schleuse gekommen, aber er hat mich ignoriert. Wollte mich nicht kennen. Am Bahnsteig bin ich zu dem diensthabenden SS-Mann hingegangen und habe versucht, ihm zu erklären, dass es sich um einen Irrtum handeln muss. Dass ich noch gebraucht werde. Weil der Film nicht fertig ist. «Das Material muss noch geschnitten und vertont werden», habe ich zu ihm gesagt.

Er hat sich meine Einwände ganz ruhig angehört und dann in der Liste nachgesehen. Hat mir die beiden Namen gezeigt. Nummer 621: Kurt Gerson, genannt Gerron. Nummer 622: Olga Gerson. Neben meinem Namen war ein Stempel auf der Liste. Zwei Buchstaben: R.U. *Rückkehr unerwünscht.* «Der Herr Obersturmführer weiß schon, was er tut», hat er gesagt. Dann hat er mir das Knie in den Unterleib gerammt.

Auch wenn mich jetzt alle vorwurfsvoll ansehen: Ich bin nicht vor ihm gekniet. Ich habe ihn nicht angefleht. Er hat mich getreten. Ich bin umgefallen. Nichts Außergewöhnliches. Nichts, wofür ich mich schämen müsste.

Er hat Überraschung gespielt. «Tut dir das weh?», hat er gesagt. «Seltsam, wo du doch keine Eier hast.»

Als ich mich wieder bewegen konnte, bin ich in den Waggon geklettert. *8 Pferde oder 40 Mann.* Wir sind mindestens sechzig. Man versucht, die Berührung mit dem Nebenmann zu vermeiden, so gut es geht. Ich weiß nicht, wie das werden soll, wenn der Zug einmal fährt.

Olga und ich hocken direkt neben der Wassertonne. Begehrte Plätze. Wir können uns anlehnen. Ich weiß nicht: Ist das ein letzter Überrest unserer Privilegien, oder haben uns die Leute Platz gemacht, weil ich ihnen ekelhaft bin? Weil ich es nicht geschafft habe, ein Held zu sein?

Ich habe in unserem Waggon kein bekanntes Gesicht entdeckt und bin froh darüber. Der einzige, den ich erkannt habe, ist der alte Mann aus der Schleuse. König Lear. Falstaff. Er hat sich nicht hingesetzt, sondern liegt flach auf dem Boden. Vielleicht ist er tot.

Egal.

Friedemann Knobeloch hatte recht: Nur der erste Tote ist unvergesslich.

Einmal, es muss in der Quarta gewesen sein oder in der Tertia, waren Kalle und ich auf dem Heimweg von der Schule, und da lag, mitten im Passantentrubel vor dem Bahnhof Tiergarten, eine Taube auf dem Boden. Es war ihr keine Verletzung anzusehen, aber sie rührte sich nur ganz schwach. Ließ sich ohne Widerstand in die Hand nehmen. Wir haben sie abwechselnd getragen, ich zehn Schritte und er zehn Schritte. Dann blieben wir jedes Mal stehen und übergaben den reglosen Körper an den anderen. Mit einer natürlichen Feierlichkeit, für die wir uns noch nicht einmal eine Geschichte ausdenken mussten. Durch die Federn hindurch konnte man das Pulsieren des kleinen Herzchens spüren. In meiner Erinnerung hat es einen menschlichen Rhythmus. Obwohl ich doch aus der vergleichenden Anatomie weiß, dass Vogelherzen viel schneller schlagen.

In Kalles Zimmer haben wir die Krankenstation eingerichtet. Mama hätte etwas so Unsauberes wie einen kranken Vogel niemals in ihrer Wohnung geduldet. Ein Bett aus Zeitungsschnipseln in einem Schuhkarton. Der *SALAMANDER*-Schriftzug, mit dem ungewöhnlich geformten N, das aussah wie ein A, nur ohne Querstrich. Wir haben versucht, die Taube zu füttern. Haben schaudernd einen Regenwurm in schnabelgerechte Portionen geschnitten. Sie zeigte kein Interesse.

Am nächsten Morgen lebte sie noch ein ganz kleines bisschen. Dann hörte sie endgültig auf, sich zu bewegen. Wir haben sie im Tiergarten begraben, und bestimmt habe ich eine Ansprache gehalten, als Pfarrer oder Rabbiner oder sonst etwas Bedeutendes. Davon weiß ich nichts mehr.

Meine Erinnerung hört an der Stelle auf, wo wir uns endgültig eingestehen mussten, dass der Vogel tot war. *Beim ersten Mal tut es noch weh.*

Später hat man sich mit dem Tod arrangiert. Wenn die Tragödien en suite gespielt werden, schaut man irgendwann nicht mehr hin.

Vom Zugsende her nähert sich ein Geräusch, das ich noch aus meiner Militärzeit kenne. Eine Tür nach der anderen wird zugeschoben und rastet ein. Metall auf Metall.

Als der Verrücktentransport von Westerbork abging – ich weiß nicht mehr, wer mir das damals erzählt hat –, als sie all die Geisteskranken verschickten, die sie aus ihren Heimen herausgeholt hatten, da war denen einfach nicht beizubringen, dass sie beim Schließen der Türen ihre Finger in acht nehmen sollten. Sie waren zu begeistert davon, dass sie eine Reise machen durften. Haben gewinkt und gelacht. Immer wieder hat man ihre Finger vom Türrahmen gelöst, und immer wieder haben sie sie hinausgestreckt. Bis man die Türen eben so zugeschlagen hat. Metall auf Metall.

Es ist dunkel geworden im Waggon. Auch wenn nichts davon zu hören ist: Ich weiß, dass sie jetzt draußen eine Plombe anbringen. Damit uns keiner stiehlt.

Olga hat die Augen fest zugedrückt. Sie will nicht mehr wach sein.

Ich höre die Lokomotive pfeifen. Spüre das Rucken, als wir uns in Bewegung setzen.

Wir fahren mit der Eisenbahn, Tschu-tschu-Eisenbahn, wir fahren mit der Eisenbahn, wer fährt mit?

Draußen ist immer noch Tag, aber in den Waggon fällt kaum Licht. An der kleinen vergitterten Öffnung, weit oben, fahren senkrechte Linien vorbei, Bäume oder Strommasten, und dadurch scheint das Bild zu flimmern. Ein interessanter Effekt, denkt es in mir. Der Mechanismus in meinem Kopf lässt sich auch jetzt nicht abschalten.

Wenn im Tonfilm jemand Eisenbahn fährt, rattern die Räder immer ganz gleichmäßig. RataTAT, rataTAT, rataTAT. Man kann Musik dazu komponieren.

Hier, wo ich auf dem Fußboden sitze und jeden Schlag der Gleise im ganzen Körper spüre, lässt sich kein klarer Rhythmus heraushören. Weil hier im Protektorat – oder sind wir schon in Polen? –

die Gleise nicht ordentlich verschweißt sind. Bei uns in Deutschland wäre das anders, denke ich. *Bei uns in Deutschland*. Eine gute Pointe.

Ha ha ha.

Unser 8/40er gehört der Reichsbahn. Der ganze Zug gehört der Reichsbahn. Es stand an jedem Wagen ordentlich angeschrieben. Frisch gemalte Buchstaben. Wahrscheinlich hat man die Waggons erst kürzlich germanisiert. So wie den Rest von Europa auch.

Die Landkarte haben sie auch neu angeschrieben.

Im Waggon riecht es nach altem Stroh und frischem Urin. Nach Scheiße und Bedrohung. Wie im Zoologischen Garten bei den Raubtieren. Oder im Zirkus.

Im Kolosseum muss es so gerochen haben. Wo sich die Verurteilten vor Angst vollgepisst haben, wenn sie in die Arena getrieben wurden. Wo immer mal wieder einer versuchte, sich aufzuhängen, bevor sie die wilden Tiere auf ihn hetzen konnten. Aber sie haben ihn nicht gelassen, weil sonst die Zahlen auf der Liste nicht gestimmt hätten. Die alten Römer waren ordentliche Leute.

Buchhalter.

In den Zellen auf der Unterbühne wird es nicht nur Gefangene gegeben haben, sondern auch einen Statistenführer. Der hat sich vorne hingestellt, in die Hände geklatscht und eine Ansage gemacht. «Also, noch mal zum Mitschreiben! Sobald das Gitter hochgezogen wird, marschiert ihr ein. In ordentlichen Reihen. Dann verneigt ihr euch vor der Ehrenloge und ruft im Chor: ‹Morituri te salutant.› Denkt daran, Leute: Das ist euer großer Moment.»

Das ist unser großer Moment.

Die Bühnentechnik hat Fortschritte gemacht in den letzten zweitausend Jahren. Die Besetzung der Massenszenen ist größer geworden. Und es sind nicht mehr die Christen, die von den Löwen gefressen werden.

Aber sonst?

Genau so muss es damals gerochen haben. Genau so.

Wenn es im alten Rom schon Kino gegeben hätte, dann hätte der Kaiser bestimmt einen Film über seine Zirkusspiele drehen lassen.

Als Andenken. «Aber lassen Sie das Blut weg», hätte er zum Regisseur gesagt. «Die Leute wollen so was nicht sehen.»

Nicht im Kino.

In Prag schneidet jetzt wahrscheinlich der Pečený meinen Film. Sie werden ihn vorführen, und mein Name wird nirgends stehen. Es wird auch niemand danach fragen. Es hat mich nie gegeben.

Vor der kleinen Fensteröffnung heben zwei Männer einen dritten hoch. Ich sehe seinen Arm als Schattenriss. Er schiebt einen Zettel durch das Gitter. Ein Hilferuf. Oder ein Bericht über das, was mit uns geschieht.

Was sie wohl geschrieben haben? Ihre Namen werden dort stehen. Wie auf jedem ordentlichen Grabstein. Dann und dann geboren, dann und dann gestorben. Auf einen Tag hin oder her wird es nicht ankommen.

Und irgendwas Dramatisches. «Rettet uns!» Oder: «Vergesst uns nicht!» Weder das eine noch das andere wird den geringsten Effekt haben. Es interessiert sich niemand für uns.

Vielleicht wenn sie meinen Namen hingeschrieben hätten. Den die Leute von den Kinoplakaten kennen. Auf der Straße hat man mich angesprochen und um Autogramme gebeten. Ich bin jemand.

Ich war jemand.

Vielleicht wenn die Leute wüssten, dass ich in diesem Zug sitze. Ihr Liebling. Der sympathische Dicke. Dass ich hier auf dem dreckigen Boden hocke, ein Bein angewinkelt, weil kein Platz da ist, um beide auszustrecken, den Rücken an eine Wassertonne gelehnt. Vielleicht würden sie dann reagieren.

Aber die Filme, in denen ich mitgespielt habe, sind längst verboten, und Theateraufführungen haben die Leute schon vergessen, wenn sie an der Garderobe um ihre Pelze anstehen.

Ich bin Vergangenheit. Selbst wenn sie meine gesamte Geschichte hinschrieben – es würde sie niemand glauben.

Aber so war es.

Vieles in diesem Roman ist erfunden. Dieses leider nicht: Am 30. Oktober 1944 wurden Kurt Gerron und seine Frau Olga in Auschwitz ermordet. Drei Tage später wurden die Vergasungen endgültig eingestellt.

Der Film über Theresienstadt wurde vom Kameramann Ivan Fric geschnitten und vertont.